ЮЛИЯ ЛАТЫНИНА

ЮЛИЯ ЛАТЫНИНА

ДЕЛО о лазоревом письме

Москва
ЭКСМО
2007

УДК 82-3
ББК 84(2Рос-Рус)6-4
Л 27

Оформление художника *А. Коротича*

Латынина Ю.
Л 27 Дело о лазоревом письме. Повесть о государыне Касии: Роман / Юлия Латынина. — М.: Эксмо, 2007. — 448 с.

ISBN 978-5-699-21250-7

Когда капризы молодого государя ставят страну на край пропасти, когда высокопоставленные чиновники боятся предстать перед императором иначе чем со списком прегрешений в руках и с веревкой на шее, когда заморские торговцы уже считают прибытки от раздела империи, а хищных завоевателей принимают в столице как верных друзей нового фаворита, — тогда оказывается, что искусно сплетенной интригой можно добиться большего, чем умной речью, и что нет ничего, что было бы зазорно сделать во имя государства.

УДК 82-3
ББК 84(2Рос-Рус)6-4

ISBN 978-5-699-21250-7

ДЕЛО О ЛАЗОРЕВОМ ПИСЬМЕ

ЧАСТЬ ПЕРВАЯ
СИРОТА

▪ Глава первая, ▪

в которой рассказывается об удивительной находке уличного мальчишки, а также о том, как господин Нарай, войдя в сердце молодого государя, стал очищать страну Великого Света от скопившейся в стране грязи, от зла и несправедливости, зависти и обиды и причины их — частной собственности

Позади главной городской управы, между каменной потрескавшейся стеной и каналом, стоит памятник государю Иршахчану. Возле памятника день и ночь горят четыре светильника, защищенных от дождя стеклянными капюшонами, а перед государем стоит миска с кислым молоком.

В полночь, с которой мы начинаем свое повествование, в третье тысячелетие царствования государя Иршахчана и в первый год правления государя Варназда, у подножия памятника появился мальчишка по имени Шаваш. Шаваш постучал по постаменту, чтобы привлечь внимание бога, оглянулся, отцепил от пояса крючок, сделал из волоса леску и закинул леску в канал.

Тем проницательным читателям, которые удивятся, что Шаваш вздумал ловить ночью рыбу, мы должны пояснить, что дело было накануне праздника Пяти Желтоперок. В этот праздник царствующий государь берет пять рыб-желтоперок и, скормив им золотое кольцо, пускает при народе в Западную Реку.

Обычная желтоперка живет семь лет, а та, которой государь скормил кольцо, живет две тысячи, так что сейчас в реках империи вполне могут плавать желтоперки, выпущенные еще государем Иршахчаном. В полночь накануне праздника Пяти Желтоперок все эти рыбы собираются у подножия статуи государя Иршахчана и обмениваются сведениями о поведении народа. Пойманная в это время желтоперка исполняет любое желание.

Из этого следует, что Шаваш поступал не так глупо, удя ночью рыбу. Пробили полночь, взвизгнул забежавший в предместье шакал — Шаваш сидел, сжавшись в комочек, и глядел на лунную дорожку и леску. Леска не двигалась.

Шаваш понял, что сегодня ему не удастся поймать священную рыбку. Он вздохнул, свернул леску, зацепил за пояс крючок и пошел домой.

Жил Шаваш совсем неподалеку от государя. Напротив памятника стоял дуб, а в дубе было дупло. Шаваш выжил из этого дупла священную белку и устроил в нем нору. Это была очень хорошая нора. У нее было два выхода — один к каналу, между спускавшимися к воде корнями, а другой — поверх высокого сука на каменную стену, и никакой взрослый вор не позарился бы на эту дыру, потому что взрослый вор не мог там уместиться.

Людей на площади было мало, так как это было казенное место. Государь же Иршахчан ни разу не выругал Шаваша за то, что тот выжил священную белку. И то, государь всегда заботился о сирых и убогих, не то что нынче.

Итак, Шаваш прошел по суку и уже собирался было скользнуть внутрь, как вдруг пьедестал статуи скрипнул и растворился. В государе образовался проход, а в проходе — четыре человека. Они тащили за уголки тяжелый мешок.

«Эге-ге!» — подумал Шаваш.

Люди, сопя от натуги, перебежали через площадь к каналу, взошли на мост, развернули мешок...

— Ты куда запускаешь руки! — услышал Шаваш.

Что-то грузное полетело из мешка в воду. Миг — и убийцы, топоча, снова исчезли внутри государя.

Шаваш тихо, как мышь, проскользнул к корням дерева и высунул мордочку наружу. По каналу, жутко скалясь в лунном свете, плыл покойник. На шее его, выбившись из-под узорчатого кафтана, блеснула золотая цепочка.

Убийцы, по-видимому, не ограбили его.

Шаваш неслышно скользнул в воду и снова вынул из-за пазухи крючок и волос. Когда мертвец проплывал мимо, Шаваш бросил в него крючок и пошел за покойником вдоль берега канала. Он изо всех сил старался держаться так, чтобы государь Иршахчан его не увидел.

Он еще никогда не обирал покойников, да еще перед самым носом государя. Наставник его, Свиной Глазок, говорил, что даже кошелька не стоит резать, если на шее человека висит кусочек иршахчанова камня. Одна девка срезала так кошелек и купила на деньги в кошельке петуха. Только она его зажарила и съела, как петух в животе разорался: «Меня съела воровка, меня съела воровка!»

Впереди показался мост Семи Зернышек. Под мостом Шаваш остановился и притянул покойника к себе.

Убитый был из чиновников или из людей, подозреваемых в богатстве. Было ему лет сорок. На нем были замшевые сапожки, шитые в четыре шва, и дорожный, крытый синим шелком кафтан. За расстегнутым воротником можно было разглядеть синюю полосу вокруг шеи и синяк под левым ухом. Он был толстоват и лысоват, и пухлая не по-мужски грудь его вся поросла густым черным волосом.

Шаваш сунулся под кафтан и вытащил оттуда кошелек в виде кожаной позолоченной уточки. В кошельке было десять золотых монет и множество бумажных денег.

При виде золота Шаваш восхищенно задышал. Вслед за кошельком Шаваш вытащил изящный кинжал с костяной рукоятью и потом — золотой бубенчик для погребальной службы.

Шаваш прислушался: все было тихо. Лунный свет отражался от воды под мостом.

На пальцах чиновника были два витых перстня, на шее — золотая цепочка. Шаваш снял перстни и цепочку и стал щупать потайные места в кафтане и сапогах. Не прошло и минуты, как мальчишка взрезал подкладку левого сапога и вытащил оттуда целый ворох бумаг, завернутых в навощенную кожу. Там же лежал серебряный медальон. Шаваш раскрыл медальон: внутри был стальной ключ и серебряное кольцо с красным камушком.

Шаваш развернул сверток и вытащил оттуда пачку плотных и глянцевитых бумажек: двадцать штук. Лунный свет плясал на воде и в кошачьих глазах Шаваша, ловкие пальцы уличного мальчишки гладили прямоугольные бумажки.

«Великий Вей! Если это письма, то чего они такие короткие? А если это деньги, то где же на них государев лик?»

Шаваш сощурился. Вдруг, изогнувшись по-кошачьи, он сунул мертвецу обратно кинжал, бубенчик, перстни и кошелек. Подцепил какую-то плывшую мимо дощечку, завернул ее в непромокаемый сверток, а сверток — в сапог.

Документы же положил себе за пазуху, снял мертвеца с крючка и тихо пихнул его от себя.

Через пять минут мертвец выплыл из-под широкой тени моста и отправился вниз по каналу, в направлении веселых кварталов, и любой, кому бы вздумалось наблюдать за плаванием мертвеца — даже сам государь Иршахчан, — мог бы поклясться, что тот выплыл из-под моста непотревоженным.

Шаваш вернулся в свою норку, положил документы в расщелину

в дереве, задернул расщелину дощечкой, свернулся клубочком и заснул. «Надо позаботиться о будущем, — подумал он, засыпая, — экое стало тесное дупло. Надо отыскать дупло попросторней».

Шаваш жил в дереве не один. Кроме него, в дереве жил хомячок Дуня. Это был очень симпатичный хомячок, с золотистыми глазами-бусинками, серой шелковистой шерсткой и голым хвостиком. Шаваш держал Дуню в клетке, но никогда не запирал дверцу. Впрочем, он часто носил Дуню с собой. Он выпускал Дуню перед прохожим, и, пока прохожий любопытствовал, глядя на Дуню, Шаваш любопытствовал в его кошельке. Шаваш очень заботился о Дуне и всегда отдавал ему лучшие из очисток, которые подбирал на улице, а худшие ел сам.

Кроме хомячка Дуни, у Шаваша никого не было: отец его давно помер, а сам Шаваш сбежал из деревни в столицу.

Сколько было Шавашу лет, сказать трудно. В деревне его годам вели тщательный счет, и год, в который Шаваш родился, называли так: «Год, когда в Синей Лощине старый Лох вздумал вставать из могилы». Но в чиновничьих временных описях происшествие со старым Лохом упомянуто не было, и посему установить соответствие между крестьянским и государственным летосчислением было трудно. Человек, опытный в таких делах, гадатель или лекарь-пиявочник, дал бы мальчику одиннадцать, а то и двенадцать лет, а случайный прохожий не дал бы и девяти — такой был тощий мальчишка.

Был Шаваш щупл, как ветка, и проворен, как ящерка, и золотые его глаза были как два голодных воробья, приметливых до всякой земной крошки, и волосы его, если бы их отмыть, тоже были бы золотистые, словно свежесрезанная ржаная солома.

На следующий день, в Час Императора, когда солнце стоит в самом зените, ярыжки огласили у красного столба объявление: в веселом квартале, в утренний Час Росы, сразу за малым храмом Исии-ратуфы, у мельничной заборной решетки найден труп чиновника, убитого и брошенного в воду. Чиновник был ограблен полностью: срезали даже кружева с кафтана, и сапоги сперли. Приметы чиновника: лет сорока, среднего роста, в меру мясист, с круглым лицом и лысиной, глаза карие, нос вздернутый, верхняя губа как бы притиснута к носу. Одет в синий дорожный кафтан. Имеющий что-либо сообщить об убитом или убийце должен явиться к Желтой Управе и бить три раза в дощечку. Обещали вознаграждение.

Шаваш стоял у столба, когда читали объявление, — он уже с утра был на ногах.

— Ну и времена пошли, — сказал чей-то голос над ухом Шаваша, — уже чиновников стали убивать.

— А как жить-то? — горестно изумился другой голос. — Черные цеха позакрывали, люди бегают беспризорные, как крысы! Господин Нарай-то волков вешает, а овец не кормит. Еще и не то будет.

Голос был, конечно, прав: с тех пор, как господин Нарай вошел в милость молодого государя и стал наводить в столице порядок, много незаконных лавочников и таких негодяев, которые делают деньги из наемного труда, было повешено под ребра и за шею; рынки были разогнаны; а чернь, которой эти негодяи раньше давали работу, совсем обнищала.

Господин Нарай был такой человек — до дыр протрет, а грязи не оставит.

После этого Шаваш принялся бродить по улочкам Нижнего Города, собирая в уши разные разговоры. Бог знает, что он собрал, а только через три часа он постучался в заведение за беленым заборчиком, такое дрянное, что на столбе за калиткой не было даже славословия государю, а вместо славословия сохла чья-то нижняя юбка — будто другого места нет. У ворот заведения, перед богом с рыбьей головой, стояла медная ступка, а в ступке торчал пест. И ступка и пест обозначали профессию обитательниц дома, и, конечно, только человек очень невинный или какой-нибудь варвар, из тех, что мочатся с седла, заключил бы, что в доме торгуют толчеными пряностями или плющат горох.

Шаваш поднялся наверх по лесенке и всунулся в занавешенную комнатку, где перед бронзовым зеркалом сидела и красила бровки рыженькая девица.

— Тима, — сказал Шаваш, — а где Лоня-Фазаненок? Он меня просил...

— А-а, — закричала девица, поворачиваясь от зеркала и отчаянно кривя рот, — замели Лоню!

Девица повалилась со стула и начала рыдать. Тут только Шаваш заметил, — или сделал вид, что заметил, — что в комнате все выворочено, так сказать, мехом внутрь.

— Что такое, — спросил Шаваш, — в чем дело?

Рассказ девицы прерывался рыданиями, мы же его прерывать не будем, а, наоборот, дополним его некоторыми сведениями, необходимыми для лучшего понимания.

Лоня-Фазаненок был у девицы постоянным клиентом, подумывал

откупить ее у хозяйки и уже собрал для этого половинку денег. Деньги он зарабатывал, торгуя вразнос всякой железной мелочью, амулетами и гвоздями.

Хозяйка, будучи женщиной незлой, не препятствовала молодому человеку и даже согласилась сбавить цену.

Месяца два назад, однако, господин Нарай, войдя в сердце молодого государя, стал очищать страну Великого Света от скопившейся в стране грязи, от зла и несправедливости, зависти и обиды и причины их — частной собственности. Проверили товар, которым торговал Лоня, и вышло так, что товар был скорее ворованный, чем честный: крали из государственного цеха материал и в запретное время делали черт знает что.

Те, кто вверху, подпали под плети и в тюрьму, а Лоня оправдался по способу Бажара, то есть взяткой, однако остался без занятия и без денег.

Теперь уже не было разговора о том, чтобы выкупить девицу: каждый вечер он являлся к ней, пьяный и с дружками, охаживал плеткой и требовал денег: та давала, сколько могла.

Вчера вечером, по словам Тимы, Лоня явился к ней пьяный выше глаз с приятелями, с пузатым кошельком, с витым перстнем, с кольцом и с золотым погребальным бубенчиком. Девицы перепугались, а мужчины захохотали и сказали, что это они так нашли. Перстень Лоня тут же надел на Тиму, а золотой бубенчик побежали с утра закладывать в ссудную лавку: там-то, в лавке, их и взяли.

— Иииии, — заливалась девица, — так я и знала, что он человека убил! Пьяная кочерыжка!

— Почему убил? — спросил Шаваш.

— За храмом Исии-ратуфы сегодня нашли человека! Пришел чиновник, опознал убитого, описал вещи при нем: как раз этот бубенчик и перстень.

— А куда, — спросил Шаваш, — повели Лоню?

— В Четвертую Управу.

И рыженькая девица опять заплакала.

— Вот беда-то, — сказала она, успокоившись, — я ему корзинку собрала, а хозяйка меня не пускает: мол, сейчас клиенты пойдут!

Шаваш задумался.

— А что ты мне дашь, если я отнесу корзинку?

— Розовую дам.

— Две розовых, — сказал Шаваш.

— Экий ты жадный, — сказала девица.

— Я не жадный, я голодный, — ответил Шаваш.

За распахнутыми воротами Четвертой Управы сверкал белый мощеный двор, и лаковые с желтыми ободками колонны бежали наверх, мимо статуи Парчового Бужвы к бронзовым, украшенным вставшими на хвосты драконами дверям. Красный полотняный навес трепетал над дальней половиной двора, защищая от яркого осеннего солнца писцов с дощечками и многочисленных посетителей, диктовавших им жалобы.

Труп был выставлен для опознания перед статуей: зевак было больше, чем мух в свинарнике. Шаваш заметил в толпе пятерых людей с укрепленной на шапке красной бумажной полосой. На полосе было написано: «Прошу справедливости». Это были просители, одетые так, чтобы судья их сразу увидел.

Вдруг запели флейты, засвистел губной гребешок: под тройной аркой ворот показался красный паланкин, украшенный почетными венками. С боков паланкин был обшит парчовыми звездами, впереди бежали слуги с палками, разгоняя народ. Из паланкина вышел высокий человек в длинном платье дворцовых сановников, прошествовал в сопровождении слуг к деревянному лотку с трупом; упал на землю и горестно зарыдал.

— Да это же императорский наставник Андарз! — прошептал кто-то рядом с Шавашем.

Шаваш раскрыл рот и стал смотреть. С мраморных ступеней управы поспешно сошел судья, лег на землю рядом и завопил от уважения к гостю. Они проплакали столько времени, сколько надо, чтобы сварился горшок каши.

Потом во двор спустился молодой чиновник в белой пятистоpонней шапке, поклонился и произнес:

— Пожалуйте внутрь!

Шаваш смотрел на императорского наставника завороженно. Господин Андарз был стихотворцем и колдуном: одержал победу над западными варварами, засыпав их пылающими листьями; превратил одного чиновника в выдру; и однажды, когда государь пожаловал в его сад среди зимы, по просьбе государя устроил лето.

В общем, это был человек из тех, которых при жизни рисуют с двумя зрачками, а стихи его пели во всех харчевнях даже тогда, когда государыня Касия сослала его к ледяным горам.

Между тем Андарз и судья кончили плакать. Императорский наставник встал и брезгливо отряхнул песок с рукавов. Андарз и судья поднялись по мраморным ступеням; бронзовые двери закрылись.

Из-за поднявшейся суматохи судья так и не подошел к просителям, несмотря на то что красные полосы на шапках были очень заметны.

Шаваш подумал и пошел прочь из толпы. Через минуту он стоял с другой стороны управы, в маленьком загончике перед стеной, за которой держали преступников. В загончике скучало двое стражников. Один из стражников отобрал у Шаваша корзинку и сказал:

— Куда лезешь, мизинчик!

Мизинчиками называли детей, принадлежавших крупным шайкам: те носили в тюрьму корзинки, продавали краденое, а также, по распространившейся моде, большие люди в шайках употребляли их вместо женщин.

— Какой же это мизинчик, — возразил другой стражник. — Это Шаваш-сам-по-себе! Его сам Свиной Глазок приглашал в свое товарищество, а Шаваш отказался. Я, мол, сам по себе. Свиной Глазок велел его не трогать...

И стражник покачал головой, сильно удивляясь причуде Свиного Глазка.

— Что тебе нужно? — спросил он.

Шаваш объяснил стражникам свое дело, они взяли из его корзинки лепешку побольше и пустили его к Лоне-Фазаненку.

— Неудачный человек Лоня, — сказал старый стражник. — Это же надо так: убить, а наутро попасться. Ты вот, Шаваш, часто слышал, чтобы человека схватили наутро после убийства?

— Нет, — сказал Шаваш, — я нечасто слышал, чтобы человека схватили наутро после убийства.

Стражник покачал головой и добавил:

— Воистину, когда человеку суждены неудачи, то даже приобретение богатства ведет к несчастью.

За стеной начинался маленький садик. В садике рос кактус агава, символизировавший колючее преступление, и морковка для кролика госпожи супруги судьи. За грядкой с морковкой начинался крытый каменный проход, с двумя стражами у входа и выхода, а в конце прохода начиналась собственно тюрьма. Но внутрь тюрьмы Шаваша не пустили. Четвертый по счету охранник порылся в корзинке, выбрал себе лепешку и сказал:

— Не нужна уже Лоне твоя корзинка. Слышал переполох во дворе? Это приехал сам государев наставник, господин Андарз. Он, оказывается, был знаком с покойником. Судья так и обмер. Сейчас его угощают чаем в Розовом Павильоне, а потом, конечно, сразу вызовут Лоню с товарищами на допрос: не дважды же ездить в наше заведение императорскому наставнику!

— Что же, — сказал Шаваш, — и допрашивать их будут в Розовом Павильоне?

— Ради такого случая, — сообщил стражник, — велено вести в Черепаховую Залу.

И забрал из корзинки еще лепешку.

Шаваш вынул из рукава розовую бумажку и протянул стражнику.

— Чего мне тут сидеть? Отдайте корзинку Лоне, если он вернется, а? А я пойду.

Шаваш, однако, никуда не пошел из тюремного двора, как сделал бы на его месте всякий разумный человек, торопясь покинуть это место подозрения и скорби. Едва каменный угол коридора укрыл его от взора стражника, Шаваш остановился, поплевал на руки и — просочился через не забранную решеткой отдушину около пола, которую он еще раньше приметил. Не то что взрослому человеку, но и крупной собаке было б невозможно пролезть сквозь эту отдушину. Но Шаваш, как мы уже упоминали, был не человек, а так — огрызок.

Во внутреннем дворике мальчишка остановился, обдумывая дальнейший план действий. Шаваш не знал, сколько времени полагается угощать императорского наставника чаем, но подумал, что это дело займет у судьи все время до Часа Коровы.

За стеной, покрытой синей глазурованной черепицей и увитой виноградом, начинались длинные кровли и башенки парадной части управы.

Виноградные плети оборвались бы под тяжестью взрослого человека, но Шаваша должны были выдержать.

Шаваш взобрался на стену, прокрался по синему ее коньку и перескочил на толстую черепичную крышу управы. Миг — и вот он уже пробежал по кровле крытой дороги, еще миг — и вот он уже над крышей главной залы.

Шаваш лег на кровлю и тихо-тихо вытащил несколько черепиц. За черепицами начиналась вата — Шаваш вытащил и ее. Шаваш просунул голову вниз и увидел толстые, как ананас, балки. Снизу к ним были прибиты тоненькие доски потолка. Между плоской черепичной кровлей, подбитой ватой, и потолком оставалось пространство в локоть высотой.

Шавашу этого было вполне достаточно. Он влез внутрь, задвинул, как мог, за собой черепицу и ужом пополз по серединной балке. Скоро он дополз до перекрестка балок, как раз поверх стены Черепаховой Залы, отыскал место, где из потолка выпал сучок, и вытаращил внутрь любопытный глазок.

Шаваш хорошо знал устройство здешних покоев, потому что трижды его таскали сюда как свидетеля, а однажды даже что-то пытались приписать.

Суд только начинался.

Господин судья, в желтом платье с квадратным воротником, расшитом ветвями и пятилистниками, восседал на возвышении. Поверх головы судьи травяным письмом было написано красивое изречение: «Если суды в государстве устроены ненадлежащим образом, государство перестает быть государством».

Двое писцов сидели на циновках, а молодой помощник судьи, которого Шаваш видел на ступенях управы, почтительно стоял справа от кресла. Слева от кресла стояла статуя царствующего государя с головой мангусты. Эта статуя обладала удивительным свойством: в присутствии статуи даже самые закоренелые преступники говорили только правду. Самому Шавашу трижды приходилось при ней лгать, но это только потому, что у него был с собой талисман «идака», специально чтобы лгать на суде.

Самого государя Варназда Шаваш видел только один раз, в прошлом году, как раз на Новый год. Тогда на красных улицах построили большой мост, чтобы все могли видеть государя, а Шаваш, боясь, что его задавят, залез с ночи на высокий каштан. Император шествовал, окруженный львами, козами, собаками, лисами, оленями с золочеными рожками и такими животными, которых Шаваш никогда и не видел и которые водятся только по краям земли и в императорском саду.

Львы трясли головой, рвались с золоченых поводков, — слуги из императорского зверинца мотались за ними, как дым из печки. Сам император был в рисовой маске, и в его белой одежде не было ни единого шва, подобно тому как в законах империи не было ни одного зазора: впрочем, насчет швов Шаваш издалека не мог ничего сказать путного. Государь и люди из его свиты бросали в народ деньги и билетики государственной лотереи.

Пять лет назад такой вот праздничный мост обвалился: пострадали сто сорок человек императорской свиты, одна золоторогая коза и народ под мостом, но в этот раз никаких происшествий не было.

На следующий день Шаваш срезал на рынке кошелек и вдруг почувствовал угрызения совести. «Даже бессмысленный зверь, овца и павлин, — подумал он, — слушаются императора, а я вот нарушаю закон!» Но кошелек все-таки срезал.

Тем временем в зал вошел господин Андарз. Господину Андарзу было тогда лет тридцать семь—тридцать восемь. Это был человек среднего роста, худощавый, с гладкой кожей цвета топленого молока, с высоким лбом и выгнутыми, как жертвенный нож, скулами и с удивительными васильковыми глазами, формой напоминающими персиковую косточку. Руки его были несколько тонки в запястьях, и кончики длинных и узких пальцев были выкрашены хной. Шелковое платье Андарза было расшито павлинами и единорогами, и из-под платья виднелись кончики сапог, украшенных серебряными ирисами. На голове у него была круглая шапочка, увенчанная выступом наподобие соколиного клюва. Шапочка была зеленой, из-под нее выбивались темно-русые завитки.

Помощник Четвертого Судьи поспешно подставил ему бронзовую табуреточку.

— Как можно сидеть в присутствии судьи, — отрывисто проговорил Андарз и отошел к левой стене. Нечаянно он стал как раз под тем местом, где расположился Шаваш. Лицо его, отраженное в зеркале, было совершенно невозмутимым, но сверху Шаваш вдруг увидел на его затылке бисеринки пота.

«Удивительные люди чиновники, — подумал Шаваш, — даже потеют затылком».

— Значит, — осведомился судья, сделав знак писцам, — убитый был вам знаком?

— Увы, да! — промолвил государев наставник. — Я учился с ним вместе в дворцовом лицее! Его звали господин Ахсай. Он был назначен тысячником морских перевозок в Лакку и проявил на этом посту известные способности. Впоследствии он незаслуженно подвергся взысканиям: наша семья нашла возможным поручиться за него. Ахсай получил должность в провинции Укеш, однако проживал в основном в столице.

Тут Шаваш заметил, что молодой помощник судьи быстро и нагло усмехнулся. Дело в том, что провинция Укеш была давно завоевана варварами, и должности в ней за деньги приобретали люди, подозреваемые в богатстве.

Таких людей называли пустыми чиновниками. Эти пустые чиновники понастроили себе по империи домов с изукрашенными окнами, завели павлинов в садах и рабов в мастерских, — потому что по закону государя Иршахчана только чиновникам полагались дома с выгнутыми бровями и павлины в садах, и они, конечно, не очень твердо знали имена своих провинций, а зато хорошо знали дебет и кредит. Нажитые ими земли и лавки они обычно дарили высоким сановникам в обмен на покровительство и право управления подарком.

Разумеется, все эти люди ужасно рисковали, что их покровителя арестуют, а подаренную землю заберут в казну. При аресте Руша около двух тысяч уважаемых людей пострадало таким образом, — в провинции многие с трудом откупились, а в столице Нарай защемил им горло.

— Я, — продолжал между тем Андарз, — не поддерживал с ним связи, но, будучи благодарен мне, этот человек несколько раз в месяц наносил мне визиты, и, хотя лично я не имел в нем никакой нужды, он выполнял разные мелкие поручения моей жены. Я неоднократно предупреждал женщину, чтоб она не имела с ним дела, — но разве ее переспоришь?

Императорский наставник смущенно засмеялся, и судья хихикнул. Страсть господина Андарза к женщине по имени Линна была притчей во языцех. Господин Андарз встретил ее год назад в домишке какого-то лесника, застигнутый грозой. Затащил девицу на ночь в постель, а на следующий день увез с собой. Женщина эта была настырная, и по ее настоянию Андарз отослал из столицы других четырех жен.

Господин Андарз продолжал:

— Словом, вчера моя жена дала этому Ахсаю письмо для своих родителей, которые живут в императорских охотничьих угодьях, да немного денег, чтобы он его отнес. Ей не терпелось получить ответ вчера вечером, и она раскапризничалась как раз...

Уголки холеного, чуть сладострастного рта опустились вниз, и все присутствующие живо представили себе, в какой именно миг, по обыкновению, раскапризничалась глупая женщина.

— Я попытался ей объяснить, что родители ее живут далеко, что господина Ахсая, верно, угощали чаем и что из-за всего этого он не мог поспеть в Верхний Город до того, как на ночь закрыли ворота. Но когда ворота открыли, а господина Ахсая все не было и не было, госпожа раскричалась так, что я был принужден послать прислугу, поискать, не напился ли господин Ахсай где-нибудь по пути в кабачке. С ним такое случалось. И вот...

— Дело яснее ясного, — сказал судья. — Видимо, вчера господин Ахсай вернулся в столицу до того, как были закрыты внешние городские ворота, но прибыл к воротам Верхнего Города после того, как они уже были заперты. Не имея возможности в ту же ночь попасть в Верхний Город и имея предлог не возвращаться домой, он решил отыскать какое-нибудь место для развлечений и поплатился за свои пороки.

Кивнул сам себе и осведомился:

— А из-за чего подвергся взысканиям господин Ахсай?

— Его обвинили в сообщничестве с торговцами Осуи.

Судья сокрушенно воздел глазки к небу и пробормотал:

— Ужасно. Ужасно, сколько беспочвенных обвинений возводилось на людей во времена Руша!

После этого в зал ввели Лоню-Фазаненка с приятелем. Судья выпучил глаза и закричал:

— Рассказывай, негодяй, как ты убил человека!

Фазаненок повалился на колени:

— Ваша честь, мы его не убивали! Вчера вечером я с приятелем шел у канала, вдруг вижу, — плывет тело. Мы его вытащили на берег, начали приводить в чувство, а он уже мертвый. «Это самоубийца», — говорит мой приятель. Я нащупал кошелек и подумал: «Этому человеку его кошелек уже не нужен, а мне, наоборот, очень кстати, — разве не справедливо будет, если я возьму его себе?»

Судья стукнул молоточком, давая знак, чтобы Лоня замолчал. Казенный лекарь выступил вперед и сказал:

— В легких у трупа нет воды, на шее имеется полоса от веревки, а под правым ухом и на затылке — две круглые вмятины. Человека этого сперва придушили, а потом бросили в канал. Самоубийства тут быть не может.

Судья всплеснул руками и закричал на Лоню-Фазаненка:

— Признавайся, дрянь! Ты задушил человека, а потом бросил его в воду. Мыслимо ли такое дело, чтобы тот, кто убил покойника, оставил при нем кошелек и золотые бубенчики!

Фазаненок, однако, уперся на своем.

— Не убивали мы, ваша честь! — твердил он.

Но куда там! Судья распорядился: из подвала притащили бочку с плетьми, томившимися в рассоле. С преступников сорвали одежду и стали бить их от шеи и до копчика: скоро кончики плетей были все в крови.

Лоня не выдержал и показал следующее:

— Шел-де ночью по мостовой и, будучи пьян, споткнулся о чиновника. Он меня обругал грязной рожей, а я его задушил. Потом оборвал с него кошелек и бубенчик, а тело бросил в воду, надеясь, что сойдет за самоубийство.

После этого принесли мешочек с похищенным и составили опись: кошелек в форме кожаной позолоченной рыбки с десятью ишевиками и восемьюдесятью тремя «розовыми». Кинжальчик с костяной ручкой, с изображением пляшущих змей. Три похоронных бубенчика, позолоченных. Перстень-винт из серебра с камнем турмалином, кольцо золотое в виде изогнувшегося акробата, акробат держит в зубах берилл. И все.

— Постойте, — сказал судья, — а как же письмо от родителей почтенной госпожи? К тому же, наверное, при письме были подарки!

— Не брали мы никакого письма! — жалостно завопил Лоня.

— Обыскать убитого, — распорядился судья.

Молодой помощник побежал исполнять приказание, а господин Андарз сказал:

— Вероятно, он оставил письмо в месте, где остановился на ночь. Ручаюсь, что убийцы нашли все, что можно было найти. Стоит ли беспокоить мертвого?

— Я тоже так думаю, — сказал судья, — но по новым порядкам надо учинить формальную опись!

Молодой помощник, явившись обратно, доложил результаты осмотра трупа:

— На теле повреждений нет, кроме следа от веревки и двух вмятин, с кафтана спороты кружева, и никакого письма.

— Признавайся, негодяй, — закричал судья, — куда дел письмо!

Лоня заметался.

— Не брал я письма, — заплакал он.

Судья погрузился в глубокую задумчивость.

— Здесь дело нечисто, — объявил он, — почему этот человек, взяв на себя убийство, отпирается от ненужных ему бумаг? Принести платье покойника!

Приказание было исполнено. Судья поднялся с места и начал сам щупать кафтан. Но увы! Карманы были пусты.

Судья недоумевал.

Один из ярыжек поклонился и доложил:

— Господин судья! Сдается мне, что сапоги этого чиновника сделаны не в столице, а в Осуе. Я слыхал, что сапожники Осуи иногда делают особые хранилища в сапогах!

— Разрезать сапоги! — распорядился чиновник.

Сапог разрезали и вытащили из левого сапога пакет из навощенной кожи.

— Разверните пакет! — приказал судья.

— Господин судья, — поморщился Андарз, — ведь в этом пакете письма женщин! Прилично ли разворачивать их в казенной управе? Госпожа расплачется, узнав о таком бесчестье!

Судья, казалось, заколебался.

— Почтеннейший, — наконец сказал он, — правосудие не должно знать исключений.

Холеное лицо императорского наставника исказилось:

— Как! Вы отказываете мне в такой просьбе?

Судья воздел руки и вскричал:

— Увы, не я, а закон!

И тогда произошло нечто, никем не ожидавшееся.

Андарз сунул руку под платье и вдруг вытащил оттуда длинный и узкий, как лист осоки, меч.

Андарз сделал шаг вперед, и острие меча оказалось перед глазами судьи. Присутствующие ахнули. Частное владение оружием было совершенно запрещено. И хотя это запрещение не относилось к такому сановнику, как Андарз, все же при этом молчаливо подразумевалось, что если он и проучит мечом какого-нибудь нерадивого секретаря, все же он не станет шастать с этаким пестом по столичным управам!

— Или ты отдашь мне этот пакет, — холодно сказал императорский наставник Андарз, — или я насажу тебя на эту штуку.

Тут судья вспомнил, как господин Андарз, взяв речной городОдду, развесил две тысячи варваров на одном берегу, а две тысячи — на другом, и от этого воспоминания о национальном триумфе ему почему-то стало нехорошо.

Он взвизгнул и отпрыгнул от пакета подальше. К несчастью, рукавом он задел рогатый светильник, и светильник опрокинулся на пакет. Судья, спасая пакет, схватил его за один угол. Андарз в это время схватил пакет за другой угол, послышался треск, и пакет разодрался пополам.

— Ах! — сказал судья.

Из пакета выпала белая дощечка, положенная туда Шавашем.

Императорский наставник спокойно поплевал на лезвие меча, да и сунул оный в ножны. А судья, чтобы скрыть смущение, всплеснул руками и заорал на Лоню:

— Все ясно, — вскричал он, — этот негодяй нашел тайник в сапоге еще раньше! Признавайся, куда ты дел письмо!

— Не брал я никакого письма, — заявил Лоня.

— Что ты врешь, — изумился судья, — палок ему!

Лоню стали бить так, что у него с бедер поползло мясо, но на этот раз Лоня твердо стоял на своем. И то: и так с него спросят за письмо, и так спросят.

А господин Андарз стоял у стены, сложив на груди красивые руки.

Тут вмешался молодой помощник судьи:

— Видимо, преступник говорит правду. Вину свою он признал, схвачен с поличным, деньги и ценности все нашли при нем, и всю ночь он был на виду. Куда б он успел что-то спрятать?

— Похоже, что так, — согласился судья.

Лоню попрыскали водичкой и унесли. Господин Андарз, распрощавшись, направился к своему паланкину. Распорядился: «Доставьте тело в мой дом. Погребальные расходы беру на себя».

Судья завершил судебные церемонии, налил в жертвенник Бужвы молока и вина и отправился в ближние покои. Зала опустела.

Шаваш вылез на крышу, спрыгнул в казенный двор и схоронился там в пустой бочке, а когда во двор опять пустили народ, смешался с толпой просителей, выскользнул за ворота и был таков.

Через час Шаваш вошел в кабачок «Шадакун». Стены кабачка были покрашены синей краской, и на синем фоне был нарисован рыбий бог Шадакун.

Перед богом, в память о его варварском происхождении, дымился фитиль, вставленный в козий помет, смешанный с травой и нефтью. В руке бог держал корзинку с рыбой, и вместо лица у бога было большое медное зеркало. Под богом, на циновке, сидел Исман Глупые Глаза. Исман пил рисовую водку и глядел на свое отражение в боге.

Исман Глупые Глаза был когда-то писцом в министерстве, но его начальник был к нему недоброжелателен. Как-то Исман сделал описку в подорожной. «Глупые твои глаза», — сказал начальник, и Исмана уволили. Он стал давать всякие полузаконные советы делателям денег и прочим разбойникам, а в последние месяцы, когда господин Нарай стал этих разбойников изживать, совсем опустился и не просыхал.

Исман допил бутылочку и попросил еще.

— А кто платить будет? — спросил хозяин харчевни.

— Слушай, — сказал Исман, — я тебе заплачу в следующем рождении, а?

— Пошел вон, — сказал хозяин харчевни.

Исман обиделся.

— Слушай, — сказал он, — или ты не веришь в следующее рождение? Думаешь, господину Нараю такое понравится? Только бунтовщики и еретики не верят в следующее рождение!

— Пошел вон, — повторил трактирщик.

Тут Исман стал ругаться, но трактирщик не обращал на него внимания, зная, что Исман его не убьет. Шаваш вытащил «розовую» и отдал ее трактирщику. Потом подумал и вытащил вторую.

— Ого, — сказал трактирщик, — ты сегодня с добычей.

Шаваш подошел и сел на циновку рядом с Исманом. Трактирщик принес им чашки и плетеный кувшинчик с вином. Исман вставил соломинку в чашку и стал сосать вино. Шаваш тоже вставил соломинку в чашку, но вина сосать не стал.

Шаваш вытянул из рукава третью «розовую» и стал на нее смотреть.

— Слушай, Исман, — вдруг спросил Шаваш бывшего чиновника, — а правда, что государь однажды подарил господину Андарзу бумагу в сто тысяч «розовых» и просил употребить ее наилучшим способом, — а Андарз взял перо и написал на этих деньгах свои стихи?

— Правда, — сказал чиновник, — только он написал не свои стихи, а стихи Адинны.

— А чем стихи Адинны лучше стихов Андарза? — полюбопытствовал Шаваш, который разбирался в стихах гораздо хуже, чем в чужих кошельках.

— По-моему, стихи Адинны хуже стихов Андарза, — сказал Исман. — По-моему, Андарз лучший поэт, чем кто бы то ни было после Трех поэтов Пятой династии.

— Не скажи, — вмешался хозяин, — пока человек не умер, нельзя сказать, хороший он поэт или плохой. Потому что еще не было случая, чтобы хороший поэт не умер плохой смертью.

— Вряд ли господин Андарз умрет плохой смертью, — возразил бывший чиновник, — государь его нежно любит, и если бы не он, ты бы сейчас не угощал меня вином из Хабарты, потому что ее бы захватили варвары.

— Ну, — покачал головой хозяин, — если господин Андарз умрет спокойной смертью, то после смерти окажется, что он был плохой поэт.

Трактирщик высказался и ушел протирать чашки, а Исман остался нюхать лепешку и смотреть на свое отражение в боге.

— Слушай, Исман, — сказал Шаваш, — а откуда взялись деньги?

— Деньги, — сказал Исман, — ввел государь Иршахчан, чтобы учесть все, что производит страна, и чтобы выдавать чиновникам жалованье не натурой, а кожаными листами, которые можно обменять на продукты в казенных лавках.

— Это ты имеешь в виду настоящие деньги, — сказал Шаваш. — А откуда взялись золотые монеты?

— После государя Иршахчана, — промолвил бывший чиновник, — империя распалась на части, и настали такие времена, что по одну сторону реки было одно государство, а по другую — другое, а на острове между ними было третье. Так получилось, что кожаную монету, которую по одну сторону реки обязаны были менять на овцу, по другую сторону реки нельзя было обменять даже на клок овечьей шерсти, и бумага, которая вечером, при одной династии, означала фруктовое дерево, утром, при другой династии, означала разорение владельца. И вообще каждая новая власть не заботилась ни о ремесленниках, ни о земледельцах, а заботилась только о том, чтобы нарисовать побольше кожаных и бумажных денег. Тогда люди стали менять между собой товары на золото и шкурки, а на бумагу меняли только тогда, когда к ним в дом приходили люди с оружием. И с тех пор повелось, что в те времена, когда товар пересекает несколько границ, расчеты ведутся в золоте, а когда он не пересекает границ, расчеты ведутся в бумаге. Государь Иршахчан сказал: «Бумажные деньги означают, что городом правит государь, золотые деньги означают, что городом правят деньги».

— Гм, — сказал Шаваш, — значит, бумажные деньги — это как долговая расписка? Государь выдает мне «розовую», а я могу прийти в казну и попросить ее поменять на рис и на золото?

— Можно сказать и так, — согласился бывший писец.

— А если я приду в казну, а там нет ни золота, ни риса?

— Тогда, — сказал писец, — деньги начинают дешеветь, а вслед за этим дешевеет человеческая жизнь, и наступают такие времена, что человек ложится спать при одном государе, а просыпается при другом.

— А ведь деньги дешевеют, — сказал Шаваш.

Бывший писец вздохнул и стал сосать через соломинку вино. Шаваш попросил принести новый кувшинчик и сказал:

— А почему тогда не бывает частных денег?

— Чего? — удивился писец.

— Частных денег, — повторил Шаваш. — Предположим, частный человек соберет у себя зерно или золото и станет выдавать обязательства: данная бумага стоит столько-то в золоте, обещаю обменять на золото, буде потребуется. Это ведь тоже будут деньги.

— А откуда я знаю, — сказал писец, — что он меня не обманет?

— А откуда ты знаешь, что государь тебя не обманет? — возразил Шаваш.

— Ничего из частных денег хорошего не бывает, — сказал писец. — Знаешь дело о подмененном государе?

— Знаю, — сказал Шаваш.

Дело о подмененном государе случилось, когда государю Инану, старшему брату ныне царствующего Варназда, исполнилось восемнадцать лет и он потребовал, чтобы мать-регентша передала ему венец и печать.

Государыня была опечалена сыновней непочтительностью, начали расследование, и что же? Оказалось, что настоящий государь Инан давно мертв, а вместо него на троне сидит оборотень-барсук, и все это произошло через колдовство наставника государя, колдуна Даттама, настоятеля храма Шакуника.

Подлые монахи, желая извести государыню, учинили следующее: зашили за ворот платья государыни лягушачью ножку, колдовали над восковой фигурой — фу, какая мерзость! Пойманные же отпирались: колдовства-де не бывает!

Это были страшные люди: из железа варили золото, из хлопка — шелк, покупали дешево, продавали дорого, стали в ойкумене крупнейшим банком, предвидели будущее, а вот той простой истины, что накопленное добро, если не подарить его государю и бедным, ведет прямо к гибели, не знали.

— А что, — сказал Шаваш, — разве храм выпускал частные деньги?

— И какие деньги, — вздохнул ярыжка. — В иных провинциях, кроме их денег, никаких других не хотели брать! А потом вот — покусились на такое! Разорили людей!

— Значит, — сказал Шаваш, — теперь частных денег нет?

— Разве что в Осуе.

— А откуда взялась Осуя?

Бывший писец высосал первый кувшинчик и пододвинул к себе второй. Ему нравилось учить мальчика. Хотя разве это мальчик? И двенадцати нет, а уже пущен в отход мироздания. О, времена!

И писец начал рассказывать историю города Осуи: расскажем ее и мы.

— Осуя — это был город в провинции Истарна, на самом берегу моря. Лет семьдесят назад на провинцию напали варвары. Варвары не умели считать до ста и брать городских стен, и Осуи не взяли, тем более что у них не было кораблей, а Осую снабжали с моря. Осуя вообще расположена очень неудобно: с одного конца море, а с другого — горы, оберегающие жителей, но препятствующие земледелию. Поэтому город издавна занимался торговлей и другими вредными занятиями, скоро стал служить посредником между империей и варварами, покупал по низкой цене, продавал по высокой.

Через десять лет наместник Осуи, проворовавшись, задумал передать город варварам-ласам. Варварский король пришел к Осуе и стал в горах лагерем.

Горожане узнали про измену и повесили наместника на городской стене, а заодно и взбунтовались против империи. После этого они послали к королю депутацию с хартией в семьдесят статей. Город обещал платить королю ласов те же налоги, что раньше платил в империи, а взамен требовал самоуправления и права свободной торговли по всему королевству и чтобы провинившихся горожан судил не король, а городские присяжные. Король согласился.

Через десять лет его преемник пошел на Осую войной, чтобы отобрать все эти права. Горожане решили защищаться, но в городской казне не было ни гроша, потому что налогов у них почти не было. Такова уж была их политика, что казна была пуста, а горожане — богаты. Тогда они решили сделать заем: самые богатые граждане ссудили государству семьсот тысяч ишевиков. Город выиграл войну.

Через два года на город напала империя, и опять пришлось брать у богатых людей в долг. Когда война кончилась, стали думать: как отдать долг? Ведь в казне ни гроша. Тогда кредиторы города соединились в банк, «Истинный банк Осуи», и этот банк получил на откуп пошлины, и серебряные общественные рудники, и все, из чего можно извлечь доход. И с этого времени, сколько бы ни происходило в городе переворотов и столько бы раз партия Империи не изгоняла партию Варваров, Истинного банка никто не трогал, потому что тот обеспечил городу невиданное процветание.

Истинный банк бьет очень хорошую монету, и если говорить как есть, то в наше время это единственная полновесная монета, но чаще всего рассчитывается частными деньгами: именными векселями и кредитными билетами.

— А чем же они торгуют, — спросил Шаваш, — откуда такое богатство?

— Ну, во-первых, — сказал писец, — у них есть серебряные копи, и еще они ловят на севере рыбу кита и продают его жир. Во-вторых, лет тридцать назад они снова заключили договор с королем ласов, чтобы тот напал на империю. Когда он с помощью Осуи взял город Шадду, издавна славившийся своими коврами, то варвары не убили всех, как обычно, а вывели людей за стены, отделили пять тысяч искусных ткачей и перевезли их в Осую, правда, половина перемерла по дороге. А через пять лет они таким же способом добыли для себя секрет итонайских гобеленов. Еще у богатых семей есть острова на юге, где рабы выращивают сахарный тростник. Но на самом деле богатство Осуи не от производства, а от торговли и как раз от этих частных денег.

Да вот смотри, — сообразил вдруг писец, — ведь куртка твоя — это варварская шерсть! Гуляла эта овца за Голубыми горами, а красили ее в Осуе. Где ты ее взял?

— Нехорошо лежала, — сказал Шаваш.

— Словом, — возвратился писец к рассказу, — хотя у них и очень хорошая монета, кредитных билетов и векселей у них в двадцать раз больше, чем монет. Так что главное их имущество — это доверие к банку, потому что стоит только предъявить все эти билеты к оплате, и банк лопнет.

— Гм, — сказал Шаваш, — а что же, там не бывает переворотов и реформ? Вдруг кто-то отменит их билеты?

— Наоборот, — сказал писец, — перевороты там бывают довольно часто, как во всех странах с народным правлением. Ведь там есть и чернь, и банкиры, и знатные дома, происходящие от чиновников империи, и знатные дома, происходящие от варваров, и каждый год партия Империи изгоняет партию Варваров, и наоборот. А то чернь кого-нибудь повесит, или два знатных дома не поделят невесту. И даже когда ничего этого не происходит, все равно каждый год они избирают нового городского главу, а тот, вне зависимости от того, какой он принадлежит партии, начинает изгонять своих противников. Но на Истинном банке это никак не сказывается. Во-первых, его никто не трогает. Во-вторых, банк принял закон, что векселя изгнанников и повешенных все равно принимаются к оплате. А в-третьих, сила торговых людей давно ушла за пределы города. Ну и что, что кого-то там изгнали? У изгнанника конторы при всех варварских дворах. Он едет в одну из контор и ведет оттуда дела через своих представителей или плюнет на Осую, заберет у короля какой-нибудь город в уплату долга и начнет там княжить.

— Странно устроен мир, — сказал Шаваш, — когда в империи появляется бумага вместо денег, все тоскуют, а Осуя из-за этого богатеет.

— У них за векселями стоит товар, — сказал писец, — а у нас что? Съедят они нас, как вошь человека.

— Почему съедят? — встревожился Шаваш.

— Кровопийцы — вот и съедят. Ты подумай: мы производим, а они сбывают! Продают дорого, покупают дешево. Нашей же кровью платят за наш шелк! А поедет чиновник продавать сам, — так князья его по дороге ограбят, а король кинет в тюрьму по навету осуйцев: он-де шпион империи. Сгноят ткани или скупят их за гроши, а чиновник по возвращении опять идет в тюрьму: «Продал за гроши, значит, имел взятку!»

— Значит, — спросил Шаваш, — осуйцы получают выгоду, торгуя между империей и варварами?

— Да.

— А у варваров они получают товар, имея привилегии и беспошлинную торговлю?

— Точно так.

— А где же они получают товар в империи?

— Гм, — сказал писец, — это забавный вопрос. Действительно, где же они получают товар в империи?

И скорчил рожу.

— Я думаю, — сказал писец, — это дело сильно тревожит высших сановников. Лет десять назад, при государыне Касии, я слыхал, в Осуе победила партия Империи. И они предлагали подчиниться государю на тех же условиях, на каких они подчинились королю, то есть уважать их банк и их самоуправление, а взамен просили права беспошлинной торговли. И дело было уже почти сделано, но чиновники, направленные в Осую для принятия присяги, чем-то раздразнили народ. Чернь взбунтовалась, правителей повесили, изгнанников вернули, а чиновников выгнали из города без штанов.

Шаваш вздохнул.

— А что же случилось с чиновниками, которые упустили такой город?

— А что с ними случится? — возразил стряпчий. — Вон первый среди них был господин Нарай!

Шаваш угощал стряпчего еще некоторое время, пока тот не облокотился головой о столик и не заснул. Шаваш встал и пошел к выходу из харчевни. У выхода хозяин чистил медную корзинку на рыбьем боге.

— А слыхал ли ты, — спросил он у Шаваша, — что сегодня случилось в Четвертой Управе? Господин Андарз угрожал мечом тамошнему судье, если тот дотронется до письма его жены! Вот что значит любовь! Неужели такой человек умрет спокойной смертью?

Воротившись в свое дупло, Шаваш вынул Дуню из клетки и насыпал ему семечек, а потом вытащил из щели дуба пакет, доставшийся от мертвеца, и стал изучать содержимое. Сомнений не было — он держал в руках не документы и не деньги, а банкноты Осуйского банка с несколькими подписями на корешке и с квадратной красной печатью.

Билетов было двадцать штук, и на каждом стояла невиданная сумма в пятьдесят тысяч ишевиков, а на белом корешке каждого билета было написано: ***«Государство есть общество, употребляющее деньги».***

Невиданные слова!

Шаваш положил пакет обратно в дупло, а Дуню — за пазуху, поцеловал его в мордочку и спросил:

— Как ты думаешь, Дуня, в чем больше скандала: угрожать мечом судье или иметь тысячу тысяч незаконных денег? Мне кажется, что угрожать мечом судье хуже. Тогда почему господин Андарз так беспокоился об этих деньгах?

На это Дуня ничего не ответил.

▪ Глава вторая, ▪

в которой государев наставник Андарз пирует в своем дворце и в которой говорится, что хорошим поэтом может быть только тот, кто умрет плохой смертью

Через четверть стражи Шаваш покинул дупло.

Он перебрался по мосту через реку и оказался в той части города, где обыкновенно не промышлял. Здесь не было ни притонов, ни шаек — одни дворцы и управы. Высокие каменные стены были украшены резьбой и рисунками, подобными окнам в иной мир, над стенами виднелись верхушки садовых деревьев и репчатые луковки павильонов.

Канавы попрятались в трубы под мостовой, и над улицами плыл запах хорошей пищи и диковинных садовых ароматов. Шаваш глядел на эти дома удивленно и жадно, как варвар, отправленный послом в осажденный город, глядит вокруг и удивляется, что такая красота есть на свете, и прикидывает, где лучше ломать стену и тащить добычу. «Если на небе и есть рай, — подумал Шаваш, — то, наверное, он находится прямехонько над Верхним Городом».

Шаваш дошел до Бирюзовой Улицы и стал смотреть: перед ним словно занавес, подвешенный к небесам, взметнулась стена дворца государева наставника. В стене было четверо разноцветных ворот: белые, желтые, синие и красные. Сквозь белые ворота ходила прислуга. Сквозь желтые ворота ходили чиновники четырех низших разрядов. Сквозь синие ворота ходили чиновники с пятого по восьмой разряд. Сквозь красные ворота ходили чиновники девятого разряда. А когда своего наставника посещал сам государь, он не ходил через ворота. Ради него ломали стену, походившую на занавес, подвешенный к небесам.

Слева от синих ворот копошился народ: в доме господина Андарза был праздник — его брат, господин Хамавн, наместник Хабарты, одержал очередную победу над варварами. Чернь сбежалась к уличным столам в ожидании своей доли.

Господин Андарз, государев наставник, был уважаем народом за великодушие и щедрость. Вернувшись с победой из Хабарты, он заплатил в тот год налоги всех городских цехов, а за пятьдесят тысяч горожан внес квартирную плату. Каждую неделю в его доме раздавали хлеб и мясо, а раз в месяц господин Андарз звал домой трех нищих самого гнусного вида, усаживал их на серебряную скамеечку и лично мыл ноги.

Пока Шаваш смотрел, меж толпы появился паланкин, сопровождаемый четырьмя слугами. Слуги несли в руках желтое знамя и перевернутые деревянные алебарды. Распахнулись красные ворота — паланкин внесли внутрь. Перед глазами Шаваша мелькнули фонтаны, розовые колонны утопающего в зелени дома, и Андарз, идущий по дорожке навстречу гостю.

Человек высадился из паланкина, словно драгоценный кувшин. Он был одет в строгий кафтан без знаков различия. Голову его украшала красная рогатая шапка — знак траура.

— Осуйский посланник, — сказал кто-то за спиной Шаваша.

— Удивительное дело, — добавили, — вчера арестовали всех менял в Синей слободе, а осуйских купцов пускают через красные ворота.

— А что это он в трауре?

— А племянник у него позавчера умер, — забасил стоящий впереди Шаваша человек, видимо, грузчик в Осуйском квартале. — Этот племянник год назад уплыл к варварам-ласам, и пришло известие, что его корабль утонул. А племянник, оказывается, выплыл, месяц назад явился в столицу: весь в болячках, ухо драное — вот болячки вздулись, и он помер. Нежный дядя ругался: лучше бы, говорит, ко мне корабль вернулся, чем этот оболтус!

— Страсть к стяжанию, — сказал кто-то, — губит тела и души. Море боги сделали для рыб, а не для людей, нечего по морю-то плавать.

— А еще кто-нибудь спасся?

— Еще один человек спасся, хозяин корабля — Ахсай.

— А ведь этого Ахсая вчера ночью убили: эк их всех!

Кто-то кинул в посланника редькой, но не попал.

Тут ворота закрылись, скрыв от толпы фонтаны, и флигеля, и паланкин с желтым знаменем и зеленым кругом, на котором черные точки складывались в уже знакомую Шавашу надпись: «Государство есть общество, употребляющее деньги».

Когда стемнело и на вершине стены зажгли масляные плошки, Шаваш обошел стену кругом, взобрался на орех и спрыгнул в дивный ночной сад, полный неясных шорохов и дальних вскриков гостей.

Шаваш забился под куст и стал смотреть.

Красные факелы отражались в черной, как оникс, воде прудов, и белые лебеди, разбуженные музыкой и шумом, плавали за лодками, в которых сидели нарядные люди, и яства на столе были такие редкие, что даже поглядеть, не то что съесть, боязно.

Веселье разгоралось все сильней и сильней: засвистели флейты, чиновники стали хватать девиц и крутить их вокруг головы, юбки девиц разлетались так, что видны были их белые бедра. Один из чиновников упал, а девица на него села.

— Гасите факелы, — закричал кто-то.

Шаваш испугался, что все дело кончится общей свалкой, как у них в деревне.

Но тут Шаваш заметил, как господин Андарз, в длинном шелковом платье, покинув пирующих, засеменил в сопровождении спутницы к мраморному гроту, увитому струящимися по воздуху лентами и зеленью. Мгновение — Шаваш скользнул, как белка, меж кустов, меж известковой стены и плетей ипомеи и оказался в темном гроте раньше ничего не заметившего Андарза.

Господин Андарз и его спутница вошли в грот. Императорский наставник укрепил фонарь в форме персикового цветка, бывший с ним, на серебряной подставке, а девица села на край розового ложа и принялась стаскивать с себя юбку.

— Ой, — вдруг сказала девица, — тут кто-то есть.

— Да кто тут может быть! — сказал Андарз.

— Опять эти ваши выдумки, — капризно сказала девица.

Андарз, усмехнувшись, взял фонарь и наклонился над ложем: действительно, под розовым одеялом, обшитым кружевами, лежало что-то некрупное. Лежало и дышало.

— Тьфу, — сказал Андарз, — эти ручные лисицы.

Девица сняла одеяло.

На шелковом матрасике, расшитом цветами и травами, свернувшись в клубочек, спал грязный уличный мальчишка.

— Ах! — сказала девица.

— Голубчик, — сказал императорский наставник, — ты что тут делаешь?

Мальчишка что-то пробурчал во сне и перевернулся на другой бок.

Господин Андарз взял со стола ведерко с холодной водой, в котором плавала ароматная дыня, которую они с девицей намеревались съесть немного погодя, вынул дыню и положил ее на поднос, а воду выплеснул прямо на мальчишку. Мальчишка взвизгнул, проснулся и подскочил, намереваясь удрать, но не тут-то было: государев наставник крепко ухватил его за волосы.

— Ой, господин, пустите, я больше не буду! — верещал мальчишка.

Одной рукой Андарз держал сорванца, а другой поднес к нему фонарь.

Мальчишка был тощий и маленький: у него были большие испуганные золотистые глаза, хитрая, как у хорька, мордашка и волосы, о цвете которых из-за грязи ничего нельзя было сказать.

— Нахал, — сказала девица, — какой нахал!

— Ты кто такой? — спросил государев наставник.

— Шаваш, — жалобно сказал мальчишка.

— Из какой же ты шайки? — продолжал допрос чиновник.

— Из никакой, — ответил мальчишка, — я Шаваш, который сам по себе.

— Так невозможно, — сказала девица, — чтобы не быть в шайке. Иначе бы тебя давно съели.

Шаваш оглядел кружевной грот, и взгляд его, пропутешествовав по рисункам на стенах, остановился на дыне. Ноздри мальчишки расширились: он с наслаждением вдохнул чудный запах и сказал:

— Если так невозможно, то я хотел бы быть в вашей шайке.

Чиновник расхохотался.

— Да ты знаешь, кто я такой? — спросил он мальчишку.

— Вы, господин, наверно, из очень достойной шайки.

Андарз рассмеялся еще веселей. Ночное приключение ему нравилось. Это было забавней, чем девица.

А девица дулась и глядела на Шаваша, как мангуста на мышь.

— Ты как сюда попал?

Щупленький сорванец вздохнул и сказал:

— У меня сестра больная, а лекарь велел ей есть утятину. Я проходил мимо сада и подумал: «Как вкусно пахнет. Наверняка тут есть и утятина! Почему бы не влезть в сад и не пошарить по столам после пира? Из косточек можно будет сварить отличный бульон!»

— Ты откуда такой заботливый? — усмехнулся Андарз.

— Из Чахара.

— Беглый, значит.

Шаваш очаровательно потупил глазки.

— И чем же ты пробавляешься в столице? Молишься святому Роху?

С тех пор, как чиновник Рох учинил в подземном царстве растрату и лишился носа, он стал патроном цеха любителей чужих кошельков.

— Я, — сказал с достоинством Шаваш, — колдую, вот — хотите вам покажу? — И он сорвал с головы чиновника круглую желтую шапочку и поставил ее на стол. — Что под шапочкой?

— Ничего.

Шаваш снял шапочку. Под шапочкой лежал кожаный кошелек в форме листа аквилегии, а на кошельке сидел маленький хомячок Дуня. Андарз хлопнул себя по поясу, к которому кошелек был подвешен мгновение назад, а потом усмехнулся, раскрыл кошелек, пересчитал деньги внутри, вынул оттуда пять серебряных монет, украшенных изображением танцующего журавля, и отдал Шавашу.

— Головы за такое колдовство рубят, — зашипела девица.

— Я еще маленький, — возразил Шаваш, — мне не голову, а руку отрубят.

Андарз, казалось, задумался.

— Господин, — вдруг жалобно сказал маленький проказник, — возьмите меня к себе!

— Как же я могу тебя взять, — возразил императорский наставник, — государь тебя мне не дарил, и вообще ты беглый.

— А купите меня в долговые рабы.

— Да кто же тебя продаст?

— А сестра и продаст.

Андарз вынул еще одного журавля, дал его Шавашу и сказал:

— Ладно, приходи завтра в полдень с сестрой к боковым воротам.

Когда спустя некоторое время Андарз вновь присоединился к пирующим, к нему подбежал изящный секретарь, который утром сопровождал его к судье, — подбежал и шепнул что-то на ухо.

Господин Андарз кивнул и направился в глубину сада, к беседке.

Беседка, окруженная старыми соснами, походила на тысячекрылый цветок. В знак того, что в этой беседке принимаются важные государственные решения, над ней развевалось десятихвостое знамя с серебряной рыбой, вышитой на алом фоне, и надписью, исполненной травяным письмом. Почва вокруг беседки была мелко вспахана, чтобы живущий в беседке дух-хранитель не мог из нее уйти, а посторонний — подслушать что-либо. Люди в усадьбе обходили беседку стороной. Они считали, что дух-хранитель, живущий в беседке, — порядочная дрянь, судя по тому, какие там принимаются решения.

Внутри беседки, облокотившись на подушку, подобную цветочному лугу, сидел чиновник судебного ведомства. Это был молодой еще человек, лет двадцати пяти. У него были выщипанные брови, маленький изящный рот и глаза цвета карамели. Взгляд у него был внимательный и холодный. Он был одет в красные бархатные штаны и белую, затканную красными цветами куртку, и его темно-русые волосы были аккуратно прикрыты красной восьмиугольной шапочкой. На ногах у него были сапожки с высокими белыми каблуками, чтобы удобней было цепляться за стремена. Это был тот самый чиновник, который утром стоял подле судьи. Звали его господин Нан.

При виде Андарза чиновник выронил персик, который жевал, вскочил с подушки, подобной цветочному лугу, и принялся кланяться. Кланялся он минуты три, после чего Андарз слегка поклонился в ответ и попросил гостя занять его прежнее место. Нан сел на диван и даже подобрал персик.

Андарз, улыбаясь, смотрел на него.

Господин Нан был чиновник молодой и настойчивый, выходец из сонимских крестьян, скорее умный, чем добродетельный, и из некоторых вещей, которые господин Андарз знал о Нане, он мог заключить, что у этого человека волчьи зубы и лисий хвост, и даже Андарз не подозревал, сколько казенного добра застряло в этих зубах, пока секретарь Андарза, Иммани, у которого был нюх на подобные дела, не принес Андарзу ворох бумаг, уличавших Нана в крупных хищениях.

Господин Андарз тоже уселся в кресло, и вдруг вся беззаботность его исчезла, как исчезает жизнь из утки, подбитой стрелой. Он сказал:

— Я призвал вас, господин Нан, чтобы рассказать некоторые обстоятельства убийства господина Ахсая.

Нан снова оставил в покое персик и почтительно склонил голову.

— Вчера вечером, — сказал Андарз, — господин Ахсай ушел от меня, унося с собой пачку осуйских кредиток, общей суммой на миллион. Он должен был обменять их на одно заинтересовавшее меня письмо. Сегодня утром при нем не было ни денег, ни письма.

Голос высокопоставленного сановника задрожал.

Молодой чиновник вежливо улыбнулся хозяину. Он знал, что господин Андарз — нервный человек. Заплачет ветер в дереве — заплачет и Андарз, а через минуту, глядь, — веселится. «Наверное, что-то его давеча очень развеселило, — подумал Нан, — если он сейчас такой грустный». И Нан сам грустно взглянул на персик, который ему очень хотелось доесть.

— Много лет назад, — сказал Андарз, — как вам, без сомнения, известно, город Осуя попросился обратно в империю, и среди чиновников, посланных государыней в Осую, были я и советник Нарай. Тогда господину Нараю было сорок шесть. Как вы знаете, господин Нарай столь неудачно повел дело, что нас выгнали из города, а того человека, который нас пригласил, толпа повесила на фонаре и выщипала его за ночь до костей.

— Поведение Нарая было непростительно, — нахмурился молодой помощник судьи.

— Осуя соглашалась вернуться в империю лишь на определенных условиях, — осторожно заметил Андарз. — Господин Нарай вел себя так, чтобы добиться отмены позорных для государя кондиций.

— Это называется: сжечь стог сена, чтобы найти иголку, — усмехнулся Нан. — С той только разницей, что Нарай сено сжег, а иголки так и не нашел.

Андарз неприятно поморщился. Несмотря на то что Нарай не явился на сегодняшний праздник, Андарзу не очень-то понравилось, что молодой чиновник так отзывается о любимце государя.

— В суматохе бегства, — продолжал Андарз, — ко мне попал в руки ларец с бумагами господина Нарая, а в нем — одно письмо, которое я посчитал нужным оставить у себя. Господин Нарай решил, что ларец сгорел. После этого наши пути разошлись, а так как господин Нарай не пользовался влиянием, я не видел надобности в этом письме. Вместе с ларцом оно хранилось у моего брата, наместника Хабарты. Шесть месяцев назад, испугавшись излишнего влияния, которое Нарай оказывает на молодого государя, я попросил брата прислать мне это письмо с моим секретарем Иммани. Я рассчитывал предъявить императору это письмо и покончить с замыслами этого ханжи.

Молодой чиновник едва заметно сдвинул брови. Шесть месяцев назад Андарз не мог «пугаться пагубного влияния Нарая» по той простой причине, что шесть месяцев назад именно Андарз представил

Нарая государю. Стало быть, Андарз представил Нарая государю, чтобы тот отрубил для государя все головы, которые государь сочтет нужным, и тогда же отправил к брату за письмом, чтобы всегда иметь свою веревку на чужой шее.

Нан еще раз взглянул на персик и понял, что между ним и персиком больше ничего не произойдет.

— Недалеко от столицы на моего секретаря напали разбойники, отняли подарки и письмо, спрятанное в стенке черепаховой шкатулки. Вряд ли эти негодяи умели читать. Но вот неделю назад ко мне явился господин Ахсай и сказал, что к нему пришел какой-то человек и предложил мне выкупить через Ахсая письмо за миллион. А иначе он угрожал продать письмо советнику Нараю. Согласитесь, — вздохнул Андарз, — что я не мог отказаться.

— Ахсай знал этого человека раньше?

— Нет, — сказал Андарз, — этот человек сказал, что его люди не очень-то любят черствые сердца горожан и предпочитают первозданность зеленых лесов, а в столицу он пришел ради письма. Он произвел на Ахсая впечатление беглого мелкого чиновника.

Нан фыркнул: стихи о черствых сердцах горожан и первозданности леса были одними из самых известных стихов Андарза.

— Этот любитель стихов и лесов настаивал на осуйских чеках, а не на обычных деньгах?

— Да. Но это вполне разумно — миллион в деньгах империи займет целый мешок.

— Где они должны были встретиться?

— В какой-то харчевне, позавчера вечером.

Холеные пальцы Андарза чуть нервно перебирали бахрому рукава.

— И вот, вчера утром я слышу об убийстве и о том, что убийца уже найден. Я знал господина Ахсая за человека, который любит развеселиться после сделки. Я подумал: наверняка Ахсай отдал этому человеку меньше денег, чем попросил у меня. Сунул письмо в сапог и принялся пировать. Он ведь не подозревал об истинной его важности. Думаю, что он напился до бровей и затеял драку с этим... Фазаненком. Мудрено ли случиться тому, что случилось? Я поспешил в Четвертую Управу, зная господина судью за человека, далекого от Нарая и всякой подлости. Я, признаться, был шокирован его поведением... Но, как вы знаете, ни письма, ни денег при покойнике не было! Этот бродяга, верно, вытащил его из сапога и бросил куда-нибудь или сунул в щель!

— Что же вы хотите? — уточнил господин Нан.

— Всеми делами в управе занимаетесь вы. Допросите Фазаненка или устройте ему побег и приведите сюда.

— Лоня-Фазаненок, — мягко сказал Нан, — не убивал господина Ахсая.

— Как не убивал?!

— А вот так. Тот, кто его убил, не взял с трупа ничего, кроме самого главного, и оставил нетронутый труп в веселом квартале: на того, кто ограбит мертвеца, неизбежно должно было пасть подозрение в убийстве.

Нан хотел сказать, что, возможно, за трупом даже следили: очень уж быстро арестовали Фазаненка. Но господин Нан был не из тех, которые излагают любое соображение, которое приходит им в голову, лишь бы поразить собеседника быстротой мысли.

Вместо этого Нан пошарил у себя в рукаве и извлек из него, к удивлению императорского наставника, два круглых камня, связанных между собой цепочкой.

— Что это? — спросил Андарз.

— Эта штука, — сказал Нан, — на жаргоне столичных шаек называется «ловчий цеп». Ее бросают так, что она обвивается вокруг шеи, а потом бандит прыгает сверху на человека и добивает его камнем или тащит для выкупа. У покойника Ахсая были два синяка, под ухом и на затылке, и полоса вокруг шеи. В него сначала бросили «ловчим цепом», а потом задушили. Это работа бандита высокого полета. Разве такое по плечу Лоне-Фазаненку?

Господин Андарз молчал довольно долго.

— Да, — сказал он, — все сходится. Видимо, разбойник, встречавшийся с Ахсаем, ограбил его и убил, не отдав письма. Отыщите этого разбойника!

Помощник судьи улыбнулся.

— Так Ахсай сказал, что вы не знаете продавца?

Андарз обиженно прижал большой палец к столу.

— Откуда? Я не общаюсь с лесными разбойниками. Он назначил свидание в каком-то притоне...

— Ахсай врал, — сказал Нан.

Сановник недоуменно сощурился.

— В этом деле есть три обстоятельства, — сказал Нан. — Первое — это то, что человек, который продавал это письмо, знал, что вы находитесь в отчаянном положении. Что господин Нарай каждый день истребляет вас в глазах государя. Что вы купите это письмо и отдадите его государю, а не господину Нараю. Сколько людей это знает?

— Я вовсе не нахожусь в отчаянном положении, — возмутился Андарз. — Я вот уже восемь лет как наставник государя! Я и без этого письма могу потребовать отставки Нарая, когда сочту нужным!

— Сколько людей знает о вражде между вами и Нараем? — повторил Нан, словно и не услышав ответа Андарза.

— Многие во дворце это знают, — ответил тихо Андарз.

— Во дворце — высшие чиновники! Но разве высший чиновник станет продавать вам письмо за миллион? Он найдет лучшее применение такому капиталу, как это письмо! Только мелкий чиновник, который не имеет доступа к государю, сделает из такой вещи товар! А кто из мелких чиновников осведомлен о вашем положении?

— Только мои домашние, — сказал Андарз.

— Вот именно, — сказал Нан. — Человек, продававший вам через Ахсая письмо, был недостаточно высокопоставленным чиновником, чтобы использовать его самому, и недостаточно мелкой сошкой, чтобы вообще не понять его значение. Человек этот продавал вам письмо через Ахсая, тратя деньги на посредника, не потому, что был вам незнаком, а наоборот, потому что вы прекрасно его знали. Это был один из ваших доверенных людей.

Императорский наставник молчал.

— Обстоятельство второе, — безжалостно продолжал Нан. — Почему этот человек предложил письмо вам, а не Нараю? Нарай — восходящее солнце, вы — заходящая луна. Потому что, если бы Нарай завладел письмом, он погубил бы не только вас, но и все ваше окружение, — стало быть, этот человек причастен к тем из ваших дел, которым нет оправдания в глазах Нарая. Обстоятельство третье заключается в том, что лесной разбойник не станет просить осуйские деньги, потому что ему негде их будет разменять. Этот человек просил у вас чеки, потому что он известен в Осуе или потому что собирается бежать в Осую! И он был прекрасно осведомлен, что у вас есть осуйские деньги, потому что сам, вероятно, вел ваши дела... Что это? — вдруг перебил себя Нан.

Андарз замер. Нан распахнул окно: послышался шорох, ручная лисица виновато покосилась на Нана и засеменила прочь, оставляя на вспаханной земле следы, в которые словно стекался лунный свет.

Помощник судьи закрыл окно.

— Вы не могли бы показать мне само письмо?

Андарз подал принесенную с собой папку.

— Вот оно, — сказал Андарз. — Разумеется, оригинал написан на лазоревой бумаге.

Нан раскрыл папку, и, по мере того как он читал письмо, глаза его делались все изумленнее и изумленнее, словно он держал в руках не лист бумаги, а ласточку о четырех ногах или иную природную несообразность.

Васильковые же глаза Андарза делались все безумней и безумней — только теперь, казалось, императорский наставник сообразил, что именно ему было сказано: что среди ближайших его людей есть предатели и что... Великий Вей! Императорский наставник треснул крепким кулаком по ореховому столику, отчего тот деликатно присел на ножках и крякнул, и заорал:

— Но я не могу арестовать всех моих доверенных лиц! Я прослыву ненадежным человеком! А те, кого я не успею схватить, перебегут к Нараю и наговорят на меня множество несправедливостей, не зная, чем себя спасти!

Молодой чиновник аккуратно закрыл папку и сказал:

— Хотел бы завтра появиться у вас на обеде и поглядеть на тех, кого вы называете своими доверенными лицами.

Спустя четверть стражи в небе вспыхнул фейерверк: огненные имена приглашенных на праздник вспыхнули в небе и, упав в воду, не гасли, а продолжали гореть в воде.

Первый министр империи Ишнайя, обязанный этим назначением своему другу Андарзу, и его собеседник, чиновник сообщений Шима, с любопытством смотрели вверх: им было интересно, появится ли на небе имя советника Нарая, приглашенного на праздник, но не явившегося.

Тихо раздвинулись кусты, и министр, оглянувшись, увидел молодого чиновника судебного ведомства, удалявшегося по мягкой, словно серебром обсыпанной дорожке из ночного сада.

— Кто это? — спросил Ишнайя.

Его собеседник пригляделся и хмыкнул.

— Этого чиновника зовут Нан, — сказал он. — Необыкновенно деятельный молодой человек, сирота из провинции Соним, и делает за своего начальника в Четвертой Управе всю работу. Два дня назад с ним приключилась маленькая неприятность: господин Нарай разгневался на судью Четвертой Управы за отчет, и судья покаялся, что отчет писал его помощник Нан. Нарай велел обоим явиться для покаяния. Очень способный молодой человек, но, как видите, карьера его кончена.

«Надобно выяснить, зачем Андарз звал этого бедняжку», — подумал Ишнайя.

В этот самый миг у поворота тропинки показался сам Андарз.

Вельможа щелкнул пальцами, подзывая своего управляющего, и громко сказал:

— Амадия, господин Нарай не явился на праздник, проследите, чтобы его имя не запачкало неба.

Чиновники вокруг вздрогнули, и послышался звон чьего-то хрустального кубка, разбившегося о каменный бортик пруда.

Солнце давно уже закрыло свой совиный глаз, и серебряные гвоздики звезд прибили к небосводу черный бархат ночи — словом, наступил уже час Черного Бужвы, когда Шаваш постучался в ворота веселого учреждения под названием «Восьмое небо».

Как он прошел мимо запертых ночью ворот между Нижним Городом и Верхним, мы, признаться, не знаем: может, пролез в собачий лаз.

Ему открыли, и Шаваш взошел по ступенькам на третий этаж, в комнатку девицы по имени Тася. Никакого особого родства, кроме родства душ, между ними не было. В руках его была корзинка с янтарного цвета уткой, и пирожками, тающими во рту, и финиковыми лепешками, утешающими душу и разгоняющими печаль, и многим другим, что немного пьяный Андарз, смеясь, лично сложил в корзинку.

Тася лежала в постели одна и с синяком под глазом и плакала. Увидев корзинку, она перестала плакать и стала есть утку.

— Сколько тебе лет? — спросила Тася, объев ножку.

— Двенадцать, — соврал маленький сорванец.

— Жалко, — сказала девица. — Если бы тебе было четырнадцать, ты бы мог меня пасти. Ты бы побил меня и этого парня, и сейчас у нас были б деньги, а не вот это. — И девица показала на синяк под глазом.

— Я могу достать тебе деньги, — сказал Шаваш, — только ты должна сделать так, как я скажу.

— А что я должна сделать?

Шаваш помолчал.

— Завтра мы пойдем в Верхний Город. Ты скажешь, что ты моя старшая сестра и оставляешь меня в залог. Там есть человек, согласный меня купить.

Девица перепугалась.

— Шаваш, — сказала она, — что с тобой? Ты ведь даже от шаек держался в стороне! А теперь ты хочешь продать себя в рабство сильному человеку! Ведь у них же нет, как в шайке, устава, что можно и что нельзя: эти богачи творят, что хотят!

Мальчишка усмехнулся:

— Ты пойдешь и продиктуешь следующий контракт: я, Тася, получаю пятнадцать ишевиков в долг и обязуюсь возвратить их сполна и без процентов не позднее чем через три месяца. Поручительством своей доброй воли оставляю у заимодавца младшего брата Шаваша, около одиннадцати лет, каковой Шаваш, буде долг не будет выплачен семнадцатого числа третьего от ныне месяца, обязуется начать выплачивать его своей работой.

Тася слушала.

— Не забудь, — сказал Шаваш, — указать: «буде долг не будет выплачен семнадцатого числа». Если этой строчки нет, то я становлюсь рабом сразу же, а если она есть, то я им стану только через три месяца. Нотариус может попытаться опустить эту строчку, но ты слушай и смотри на меня. И еще: ты напишешь, что взяла пятнадцать ишевиков, а тебе выдадут двенадцать. Про остальные три ишевика только пишется, что их дают. Если бы дело было при Золотом Государе, когда проценты были разрешены, тебе бы дали двенадцать ишевиков и написали бы: под двадцать процентов, но так как теперь тот, кто берет проценты, торгует временем, то, чтобы их брать, поступают так, как я тебе рассказал. Только смотри, Тася: не хвастайся, что у тебя есть двенадцать ишевиков, потому что нынче честных людей меньше, чем воров, да и честные люди тоже немножко воры.

— Ба, — сказала девица, — откуда ты все знаешь?

— От Исмана Глупые Глаза.

Девица вздохнула.

— Какая разница, — сказала она, — есть строчка или нет? Откуда ты возьмешь пятнадцать золотых через три месяца? Большие люди делают с маленькими людьми все, что хотят.

— А откуда берутся большие люди? — спросил Шаваш.

Девица, зная Шаваша, заподозрила, что он что-то задумал, но Шаваш, конечно, ничего ей не рассказал: ни о своей находке, ни о том, как он подслушал сцену в суде, ни о том, как он подслушал разговор Нана с Андарзом. Вы, конечно, изумитесь, каким это образом можно подслушать разговор в беседке, окруженной со всех сторон воздухом и вспаханной землей?

Но дело в том, что у Шаваша имелся амулет в виде четырех лисьих лапок. Эти амулеты обладали такой магической силой, что превращали вора в лисицу и позволяли ему пробираться в самые неожиданные места. Но, к сожалению, у Шаваша был не настоящий амулет, из высушенных лисьих лапок, а поддельный, из деревянных. Поэтому Шаваш, конечно, не сумел превратиться в лисицу. Зато он встал на эти лисьи лапки и прошел по вспаханной земле, оставляя после себя лисий след. Он забился под фундамент и, таким образом, все слышал. Он, можно даже сказать, предвосхитил некоторые наблюдения молодого чиновника. Так, ему сразу бросилось в глаза, что вор, похитивший письмо, был не из простых, так как ни сам постреленок и никто из его знакомых не имел возможности разменять банкноту в пятьдесят тысяч ишевиков.

Эта сумма казалась Шавашу такой большой, что он даже не воспринимал ее как цифру, а только как картинку. Ведь он сам себя собирался завтра продать за двенадцать ишевиков, и то, по правде говоря, это была еще очень великодушная цена.

Поэтому Шаваш даже и не думал показать кому-либо из знакомых хоть краешек банкноты. Он понимал, что дело кончится тем, что у него выпытают все деньги, а его самого бросят в ту же речку, что и покойника Ахсая.

Эту ночь Шаваш спал сладким сном. Ему снились красные ворота, через которые входят крупные чиновники, и шишка ворот упиралась прямо в небеса.

Ворота были распахнуты, и никого, кроме Шаваша, перед ними не было. Но, однако, что это за времена, когда через ворота, предназначенные для чиновников девятого ранга, ходят осуйские торговцы!

▪ Глава третья, ▪

в которой маленький Шаваш знакомится с домашними господина Андарза, а мы знакомимся с грустной историей эконома Амадии

Наутро Шаваш и Тася явились к белым воротам Андарзова дворца. Домоправитель Андарза оформил ссуду. Все сошло, как по маслу, — только Тася получила не двенадцать, а одиннадцать ишевиков. Домоправитель Андарза по имени Амадия взял Шаваша за шкирку и увел в усадьбу.

Дворец господина Андарза издавна принадлежал императорским наставникам. Дороги и дорожки, ведущие к главному дому, были посыпаны золотистым песком, смешанным с благовониями. Среди цветущих кустов бродили барасинги с золочеными рожками, и за кустами мелькали флигеля для гостей и жилища для богов. Некоторые из них были соединены с главным домом крытыми дорогами.

Вообще в этой усадьбе небо было значительно ближе к земле, чем в других местах столицы, не считая, разумеется, самого государева дворца.

В нише у главного входа стояли два каменных человека, в длинных синих одеждах и с каменными лентами в руках. На одной ленте было высечено: «Стою по поручению господина Андарза». На другой: «Зорко наблюдаю за входом и выходом». Шавашу это не очень-то понравилось. Господин Андарз был колдуном, и вполне возможно, что за этими статуями водились какие-нибудь дьявольские штуки: или они разгуливали по ночам, а может, даже воровали кур, если были голодны.

Эконом Амадия провел Шаваша в обеденную залу и показал ему большие песочные часы. Они походили на две соединенные донышками чашки для вина.

Перед часами стоял золотой поднос, заполненный фигурками крестьян и ремесленников. Каждый час песок пересыпался из одной чашки в другую. Когда нижняя воронка наполнялась и нажимала своим весом на пружинку, золотые фигурки на подносе начинали двигаться и кружиться: плотник махал топором, прачка окунала белье в колоду для стирки, на высокое золоченое окошко, прямо к груди выглядывавшей из окошка девицы, вспархивала птичка с рубиновыми глазами и начинала ворковать, а над окошком выскакивала картинка, изображающая наступившую стражу: Час Меда или, к примеру, Час Скорпиона. Ночью время, разумеется, останавливалось.

Шаваш сразу понял, что это какое-то не очень квалифицированное колдовство, потому что, если бы колдун знал свое дело, он бы велел, чтобы не только фигурки вертелись, но и чашки переворачивались сами собой. Во дворце государя были даже блюда, которые наполнялись сами собой, и кубки, которые подлетали ко рту, но это были священные предметы государства, и у Андарза их быть не могло.

Домоправитель Амадия сказал, что в обязанности Шаваша входит присутствовать на обеде и по просьбе господина Андарза почтительно называть часы и минуты. В остальное время Шавашу вменялось разносить по городу короба с подарками, которые посылали друг другу важные чиновники, и ничего из этих коробов не красть.

Домоправитель ушел, а Шаваш остался при часах. У него даже ногти вспухли от любопытства. Он снял алтарный камень и увидел внизу колесики, похожие на те, которыми крутят мельницу, только гораздо меньше. Шаваш страшно удивился. Он никогда не знал, что колдуны используют в своем деле мельничные колеса. Вскоре нижняя чашка наполнилась, нажала на пружинку, колесики задвигались, фигурки заплясали. Колесики двигались совсем не так, как плясали фигурки. Изнутри было видно, что прелестная девица, выглядывающая из окошка, состоит из одной головы с грудью и двух колесиков. Шаваш пустил за золотое блюдо хомячка Дуню, и тот заметался среди золотых истуканчиков.

Шаваш обернулся и заметил, что на него, уперев руку в толстый бок, смотрит домоправитель Амадия и на лице у него странное выражение.

— Господин домоправитель! — спросил Шаваш. — А почему часы надо переворачивать руками? Ведь то же колесико, что движет фигуры на алтаре, может переворачивать и сами чашки!

Домоправитель дал новому рабу затрещину и сказал:

— Так положено по древним предписаниям. Устав государя Иршахчана предусматривает на этой должности человека, а не колесико!

После этого домоправитель отослал Шаваша на кухню.

Сам же Амадия выскочил из главного дома и побежал по тропинке, похожей на ручеек из золотого песка, туда, где в глубине сада тек Оранжевый источник, каждый глоток воды из которого, согласно одной старинной книге о достопримечательностях столицы, снимал по греху. Амадия так запыхался, что стал на колени и начал пить из источника. Посторонний наблюдатель сказал бы, заметив, как жадно пьет Амадия, что у этого человека на душе множество грехов. Но Амадия был человек образованный, то есть почитал предрассудком существование не только источника, который снимает грех, но и самого греха. Он пил из источника только потому, что у него пересохло во рту.

Итак, Амадия напился, а потом сел на скамейку у ручья и стал глядеть на сад. Перед господином Амадией на ветке сидела птичка, с рубиновыми глазами и шелковыми перышками. Амадия снял птичку с ветки и стал рассеянно подкидывать ее в руке. Птичка не сопротивлялась, потому что была собрана из зубчатых колесиков и обрезков шелка, — это он, Амадия, ее и собрал, как и часы в зале.

Амадия был страшно рассержен словами мальчишки и позавчерашним указом Нарая, перечислявшим три вида лентяев: торговцев, изобретателей машин и ярмарочных кривляк. «Даже маленькие рабы понимают то, что не понимает господин Нарай, — думал Амадия. — Великий Вей! Завтра же напишу письмо в Осую! Надобно выпороть этого мальчишку и любой ценой выбираться из этой страны».

ЖЖЖ

Домоправитель Андарза, Амадия, был человек низенький и жирный, как сурок. Черные его волосы росли со скоростью бамбука, и вся грудь и руки у него были в этих волосах. У него были нежная, цвета вяленой дыни, кожа, воспаленная от постоянного бритья, грустные серые глаза, формой напоминающие рыбу тунца, и нос пуговкой. Домоправитель Амадия все время задирал эти глаза к небу, молился и вздыхал. Как и у всех жадных до прибыли людей, молитвы его отличались большим святотатством.

Десять лет тому назад господин Амадия был чиновником строительного ведомства, подавал блестящие надежды, привлекал к себе благосклонные взоры. Государыня Касия, изумившись его таланту, поставила его во главе строительства подземных ходов в Небесном Дворце. Выше него были только Андарз и сама государыня.

В это время его звали не Амадия, а Амасса, и он пел перед рабочими и махал руками, и он никогда не бил людей, если они не были в чем-то виноваты, и ни один виноватый не умер под его плеткой.

За неделю до окончания всех работ господин Андарз позвал к себе молодого чиновника и показал ему распоряжение государыни. Государыня Касия, для соблюдения безопасности и тайны, приказывала убить всех строителей, и господин Амасса был особо отмечен, за ненадежную веселость и за страсть к выдумке и машине.

Молодой чиновник заплакал, закрываясь рукавом.

— В этом деле не будет строгой отчетности, — промолвил господин Андарз. — Почему бы нам не представить какой-нибудь другой труп, вместо вашего? А вы бы пережили несколько лет у меня.

Так Амасса стал не Амассой, а Амадией. Амадия, конечно, не мог быть чиновником. Поначалу он укрывался в одном из дальних поместий Андарза. Он плакал, как подбитый гусь, и дни проводил над чертежами, а ночами наблюдал звезды. Он ни разу не осмелился выйти из флигеля днем, и три года он ничего не видел, кроме звезд. Он плакал так часто, что ему все время приходилось перерисовывать чертежи. Зато ему не нужно было солить суп.

Однажды ночью он наблюдал во флигеле звезды и по расположению их увидел, что государыня Касия умерла. «Какое несчастье! — подумал Амадия. — Государыня была великой императрицей! Птицы не смели нести яйца без ее указа, венчики цветов склонялись перед ее наставлениями! А сын ее, государь Варназд? Говорят, он ни разу не дочитал до конца указов, на которых стоит его подпись! Что будет с империей?»

И Амадия горько заплакал.

После смерти государыни Касии Амадия стал выходить из флигеля при дневном свете, и постепенно все дела, касающиеся вассальных фабрик и заводов наставника, сосредоточились в его руках. Он распоряжался всеми купцами, прибегавшими к покровительству Андарза, управляющими инисских рудников, ткацких фабрик в Чахаре и баданских поместий, — а поместий у Андарза было много, одного только меду Андарз продавал в год на полтора миллиона.

Пока Амадия сидел во флигеле, душа его умерла, и он стал глядеть на мир глазами прибыли. Стоило ему посмотреть на пустой кусок земли, и он тотчас прикидывал, сколько на нем вырастет кунжута. Стоило ему посмотреть на покосившийся амбар, и он приходил в такое волнение, как будто этот амбар покосился у него в сердце. Стоило ему посмотреть на водопад, и он думал, как бы приделать к водопаду столярный станок. Дай ему волю, он бы все в природе разодрал и сшил по-правильному, а может, и не сшил бы — не успел.

Он всегда жалел, что, когда боги кроили мир, Амадия не был у них в советчиках.

Амадия также убедил Андарза отдать ему кусок земли на правой стороне канала, пожалованный государем наставнику под сады и пастбища, и возвел там кирпичный сарай со станками, за которые посадил сначала десять, а потом сто рабов. Теперь Амадия жил и ночевал в этом поместье, там же принимал вассальных купцов и заключал договоры. Каждый раз, когда Андарз узнавал, что Амадия опять его обокрал, Амадия подносил ему какую-нибудь игрушку, механическую птичку или часы, и поэтому дом Андарза был полон этих диковинок.

Эконом был человек нервный и издерганный, и со времени его трехлетнего дрожания во флигеле у него появилась странная привычка: он имел обыкновение собирать и выхаживать в своей комнате маленьких птичек, а выходив, напускал на них дневную сову.

XXX

Едва домоправитель ушел, Шаваш встряхнулся, повел носом, сунул под мышку хомячка Дуню и вышел в коридор. Где-то за окнами звенели голоса слуг, по ту сторону гостиной били молотки. Шаваш пошел на звук молотков и вскоре пришел к красивой комнате с разобранным полом: под полом начинался этакий кирпичный лабиринт, уходивший под соседние стены. Двое рабов в набрюшных юбочках, синей и желтой, ломали остатки пола.

— Мир вам, — сказал Шаваш.

— Ай-ай-ай! — закричал раб в синей юбочке и уронил молоток себе на ногу.

В этот миг часы в обеденном зале очнулись и стали бить Час Треножника. Раб в желтой юбочке оглядел Шаваша, пнул своего напарника в бок и сказал:

— Ты что, сдурел? Разве привидения появляются в Час Треножника? Привидения ходят только в полночь и в полдень. Это какой-нибудь новый раб.

Шаваш подтвердил, что он, точно, новый раб, и поинтересовался, что это за строение под полом: неужели господин Андарз разводит морских свинок?

Желтая юбочка сказал, что это отопление. В холодные месяцы в доме топят печь и пускают в лабиринт теплый воздух. А в теплые месяцы слуги наловчились разводить в подполах морских свинок и торговать ими на базаре.

Андарз дознался об этом и закапризничал, уверяя, что морские свинки шуршат и мешают ему сочинять стихи. Тогда эконом Амадия предложил обогревать дом теплой водой в трубах, а отопление под полом засыпать щебнем и песком.

— А я так скажу, — промолвил раб в синей юбке, — что ни черта этот щебень не поможет, потому что в этом доме под полом шуршат вовсе не морские свинки.

— Это точно, — сказал желтый, — не думаю, что этот щебень будет сильно мешать тем, кто ночью тут шуршит под полом.

И пощупал Шаваша, чтобы убедиться, что Шаваш все-таки не привидение.

Дом господина Андарза был выстроен в два этажа, если не считать высокой башни в саду, соединенной с домом крытой дорогой. За парадными залами начиналась галерея, поддерживаемая тонкими столбами, покрытыми лаком, яшмой и черепаховыми щитками; галерея выводила во внутренний дворик с прудом и фонтаном. По три стороны дворика располагались маленькая столовая, баня и жилые комнаты. Из столовой крытая дорога на втором этаже вела в женские покои, а если свернуть направо, то там был устроен другой дворик, облицованный мрамором и агатом-моховиком. К нему выходили кабинеты господина Андарза и его доверенных лиц.

Надо сказать, что дом господина Андарза был очень богатый дом, и в то время в богатых домах было не принято закрывать кабинеты секретарей и прочих «малых господ» на ключ. Вместо этого по ним прокатывали восковую печать. И вот, когда Шаваш добрался до дворика с агатом-моховиком, он увидел, как из самого дальнего кабинета вышел, озираясь, изящный человек лет тридцати, запечатал дверь кабинета печатью, похожей на огурец, и — убежал по лестнице вверх.

Заинтересованный Шаваш подошел к двери, изукрашенной золотой и серебряной канителью и такой красивой, что если бы для небес понадобилась дверь, то, наверное, приспособили бы эту. «Наверное, кабинет Андарза», — подумал Шаваш, а господин Андарз был во дворце.

Шаваш толкнул дверь: печать разорвалась, мальчик вошел внутрь.

Кабинет был весь затянут зеленым шелком с рисунками, изображавшими победы Андарза, и в углу кабинета, там, где обыкновенно в комнатах располагалась полка для домашних богов, на особой подставке лежал обнаженный двуручный меч. Меч был ростом с Шаваша; у него было голубоватое лезвие, гладкое, как кожица сливы, если не считать желобка посередине, и длинная рукоять, обтянутая черной кожей. В широкую гарду между рукоятью и лезвием были вплетены нити серебра и четыре больших рубина, похожих на лужи крови.

Перед мечом, в курильнице, Шаваш заметил пепел от сожженных жертвенных денег, а рядом с мечом стоял здоровенный ларь.

Кроме меча, в кабинете было ужасно много книг. Толстые их переплеты сверкали мертвыми зрачками драгоценных камней, и книги взбирались друг на дружку так высоко, что по ним можно было добраться до пухлого солнца, нарисованного на потолке кабинета. Посередине кабинета стоял стол с малахитовыми уголками и вокруг него — три или четыре шелковых стула. Чуть поодаль стола, на возвышении, стояло кресло.

Мальчик понял свою ошибку. «Это кабинет не Андарза, а одного из рабов, — подумал он. — В кабинете Андарза кресло, предназначенное для господина, стояло бы за столом».

Шаваш влез на стол и снял одну из книг с рубиновыми глазами. Это была «Книга тысячи превращений», трактат по черной магии. Шаваш сунул книгу на место, спрыгнул с кресла и подошел к ларю с тяжелой нефритовой крышкой. Миг — и постреленок выудил из рукава инструмент из числа тех, что не перечислены в государственном перечне для цехов.

Шаваш вставил отмычку в дырочку на сундуке, пошевелил ей и с трудом поднял крышку. В сундуке лежала пачка отчетов на бумаге с красным ухом, брусок серебра и секира на длинной-длинной ручке.

Под секирой стояли две банки из стекла, и каждая банка была закрыта крышкой с дырочками. В углублении на донышке была вода. В одной банке были серые мыши, а в другой — белые. Корма в банках не было. Из белых мышей одна уже подохла: серые бегали довольно шустро.

Шаваш осторожно просунул в ящик палец и провел им по синеватому краю секиры, похожему на полумесяц. Щечки у секиры были выложены серебром, и с другой стороны рукоятки имелся стальной зубец, формой напоминающий ласточкин клюв. В конце клюва застыла недавняя кровь, и к лезвию секиры прилип кусочек птичьего пера. Рукоять секиры была покрыта серебром и напоминала клубок сверкающих змей, свернувшихся вокруг пустого пространства для рук. Шаваш никогда раньше не видел такой вещи.

Шаваш так засмотрелся на секиру, что едва не пропустил легкие шаги сверху. Шаваш мигом захлопнул крышку ларя и выскользнул наружу. В тот самый миг, когда человек спустился с наружной лестницы и увидел мальчишку у закрытой двери кабинета, Шаваш сложил перед дверью молитвенно руки — и распахнул ее. Человек ахнул, прыгнул и схватил негодника за шкирку.

— Ты кто такой, — сказал он, — и что ты здесь делаешь?

Шаваш пискнул, поджал ножки и стал болтаться в огромной руке, как червяк на удочке. Человек отпустил его. Шаваш встряхнулся, обиженно помотал головой и указал на бывшую с ним корзинку.

— Меня сегодня купили, — объяснил Шаваш. — И я пошел поблагодарить хозяина, потому что у нас в деревне всегда учили приносить благодарность. Но я вижу, что я глуп и сделал что-то не то.

— Хозяина? — усмехнулся человек. — Это мой кабинет. Я начальник охраны господина Андарза, Шан'гар.

Букву «г» в своем имени Шан'гар произнес удивительно странно, не то щелкнул, не то крякнул, так что вышло что-то вроде «гх» или вообще «гкх»; волосы его были огненно-рыжие, как лепестки горного мака, и лицо его было все время совершенно неподвижным. Эти три признака мгновенно дали понять Шавашу, что он имеет дело не с коренным вейцем, а с варваром, аломом или ласом. Чиновники ничего не имели против варваров, коль скоро те получали образование и должность, но вот в Нижнем Городе таких людей считали ниже себя, потому что даже если ты из Нижнего Города, — надо же тебе кого-то считать ниже себя. «Ага», — понял Шаваш про меч с рубиновыми лужицами.

А огромный варвар показал на печать на двери и сказал:

— Ты зачем разорвал печать? Никто, кроме хозяина, не должен

первым входить в кабинет, потому что тогда духи, живущие в документах и отчетах, набросятся на вошедшего и убьют.

Шаваш перепугался и спросил:

— Неужели в отчетах живут такие гадкие духи?

— Гадкие духи, — пояснил Шан'гар, — живут только в несправедливых отчетах. В справедливых отчетах живут хорошие духи.

Шаваш подумал и сказал:

— А зачем тогда вы пишете несправедливые отчеты?

— А вот когда ты станешь чиновником, — сказал Шан'гар, — иди и попробуй писать справедливые отчеты.

С этими словами варвар собрал Шаваша в ладонь и легонько пихнул его в сторону, так, что мальчишка, пискнув, пролетел по дворику, ударился о цветущий куст азалий, обернулся, поклонился — и со всех ног бросился прочь.

***

В Час Императора господин Андарз появился в зале.

За стол сели шесть человек.

Господин Андарз, в длинном синем одеянии, перехваченном тисненым поясом с серебряной застежкой, сидел во главе стола. Господин Нан, вчерашний чиновник из Четвертой Управы, сидел на резном сиденье для гостей по правую руку хозяина. По левую руку Андарза сидел его сын: это был высокий юноша лет пятнадцати, с тонкой шеей и коротко остриженными русыми волосами. Лицом он совсем не походил на Андарза, но в манере приподымать уголки бровей и поглаживать во время разговора подбородок удивительно напоминал отца.

Кроме этого, за столом сидели трое домашних императорского наставника, и это было довольно необычно. Хотя государь Иршахчан и отменил частную собственность, личные слуги сановников обыкновенно бывали у них в частной собственности, — то есть, проще говоря, в рабстве, — а многие ли будут сажать свою частную собственность за стол с собой?

Но господин Андарз, как мы уже сказали, доверял своим людям, и частенько случалось, что он обедал со своими рабами, в то время как высокопоставленные чиновники протирали подметки в приемной.

Прямо напротив господина Андарза сидел огненно-рыжий варвар Шан'гар, родом из западных ласов. Это был человек огромный, как медведь. Пальцы левой его руки были сведены и покалечены, и оттого она напоминала крабью клешню. Он был столь силен, что однажды на спор выдернул в саду из земли старое персиковое дерево. Как и множество очень сильных людей, он был человек добродушный. И хотя Шан'гар умел все, что требуется от чиновника — то есть писать, считать и сочинять стихи, — все же главные его обязанности касались личной охраны Андарза.

Справа от Шан'гара сидел черноволосый домоправитель Амадия. У Амадии было маленькое усталое личико и необъятный живот. К еде он питал необъяснимую страсть: что ни попадется ему на глаза, то он и тащил в рот, спокойно мимо куска пройти не мог. Оттого, что он был так толст, он казался довольно старым: на самом деле ему было немногим более тридцати, — зато он бы и через двадцать лет выглядел точно так же. Грустную историю его мы уже рассказали.

Слева от Шан'гара сидел личный секретарь господина Андарза, холеный, красивый чиновник лет тридцати с маленьким и совершенно бесстрастным лицом. Как и все люди с маленькими лицами, он казался еще моложе. На нем был щегольской синий кафтан с изображениями фениксов, резвящихся в садах. Брови у него были тщательно выщипаны, кончики пальцев выкрашены хной, и длинные завитые волосы его были тщательно вытравлены до пепельно-белого цвета, по распространенному среди столичных щеголей обычаю.

Звали его господин Иммани, и Шаваш мигом узнал в нем того человека, который утром лазил в чужой кабинет. Иммани скользнул взглядом по Шавашу, как по новой детали обстановки, и что-то проговорил сыну Андарза. Юноша вспыхнул и стал перебирать пальцами по кафтану, словно хотел вытащить оттуда блоху, — но возразить побоялся.

Андарз улыбнулся, завидев мальчишку.

— А, — сказал он, — ты здесь, маленький лисенок? — и, обращаясь к Нану: — Представляете, хотел вчера украсть утку для своей сестры, забрался в сад, да так и заснул в гроте. Забавный, впрочем, мальчишка.

Серые глаза молодого гостя задумчиво сощурились, и он внимательно оглядел Шаваша.

— Ленивый мальчишка, — сказал эконом Амадия, — дерзок и не знает приличий. Его поставили возглашать время, а он тут же полез трогать механизм. Если всякий болван будет трогать механизм, то фигурки вообще перестанут двигаться!

— А, голубчик, — сказал Андарз, — куда же тебя за такую провинность деть? В ткачи отправить?

Шаваш надулся. Он слыхал о мастерских в усадьбах, где рабы

ткали и красили: ноги у них были кривые, глаза красные, и спали они, говорят, по три часа в день.

— Конечно, — сказал эконом Амадия, — у меня как раз нехватка в чесальщиках.

Андарз задумчиво глядел на мальчишку.

— Как нехватка? — спросил секретарь Иммани. — Неделю назад было сорок человек.

— А он их кормит одними оплеухами. Потом из косточек варит клей и продает его в Осуе для большей прибыли, — сказал начальник охраны Шан'гар.

— Глупый варвар, — возмутился домоправитель Амадия, — что ты понимаешь в хозяйстве и прибыли?

— А то и понимаю, — ответил Шан'гар, — что однажды твои рабочие защиплют тебя до смерти. Не в деньгах счастье, правда, господин Нан?

— Правда, — сказал молодой чиновник, — деньги — это еще не все. Тот, у кого семь миллионов, вполне может быть несчастней того, у кого пять миллионов.

Императорский наставник засмеялся.

За обедом господин Нан был душою общества, рассказал историю о чиновнике, который поймал беса, резвившегося среди отчетов, и о том, как духи-щекотунчики сняли под свадьбу дворцовый павильон Танцующих Лебедей, после чего в павильоне постоянно принимались неправильные решения, — и так забавно изображал духа-щекотунчика, что даже застенчивый Астак раскраснелся от смеха.

— Да, кстати, — спохватился Андарз, — я слыхал, позавчера господин Нарай разбранил вас за какой-то проект? Чем же он не понравился Нараю?

— Не знаю, — сказал Нан, — имею, однако, при себе копии...

И потянулся к папке.

— Вы с ума сошли, — сказал Андарз, — что я вам, Нарай, чтобы читать проекты? Хватит того, что иногда их надо подписывать.

Сын Андарза, Астак, перестал смеяться, и глаза его сделались, как у больной малиновки.

Уже подали дыню и фрукты, когда речь зашла об убитом чиновнике.

Господин Андарз всплеснул рукавами и приказал своему секретарю Иммани отправиться в Нижний Город, на улицу Белой Сирени, где жила вдова убитого чиновника.

— Возьми-как у нее все бумаги мужа, — сказал Андарз, — и скажи, что я оплачу все расходы на похороны. Из-за неожиданной смерти дом и имущество могут быть востребованы казной. Пусть она пока переселится в какую-нибудь из моих усадьб, а я похлопочу об имуществе.

«Ага! — подумал Шаваш, — а если она не отдаст бумаги, то останется без дома и без имущества».

Изящный секретарь потер рукою рот и сказал:

— Улица Белой Сирени — где это?

Все недоуменно переглянулись.

— Я знаю, где эта улица, — вмешался Шаваш от своих часов.

Андарз повернулся.

— Знаешь? Так иди с Иммани.

И пусть они пока идут на улицу Белой Сирени, а мы немного расскажем о господине Андарзе.

***

В то время, о котором мы ведем рассказ, императорскому наставнику Андарзу было тридцать восемь лет; это был крепкий, сильный мужчина с чистой кожей цвета топленого молока, темно-русыми волосами и гладким еще лицом, на котором странно сочетались веселые, жадные к жизни губы и отрешенные васильковые глаза.

Был он тонок и нервен, от беззаботности легко переходил к величайшей грусти. Бывало, заплачет ночью в кабинете, кричит секретарю седлать коней, ехать в монастырь, — вот кони уже готовы, Андарз, посыпав голову пеплом, летит по улице, а на улице трактир. Андарз соскочит с коня и бежит в трактир, глядь, — а он уже хохочет вместе со всеми.

Человек он был учености необычайной, но несколько странной. То вдруг примется изъяснять самую хитрую математику, то вдруг окажется, что он не знает семи причин падения последней династии, каковые причины, к слову сказать, под его же именем и были опубликованы: какой-то бедный чиновник умолил его одолжить труду свое имя.

Андарз слегка увлекался черной магией, был отличный полководец и тонкий поэт. Пять лет назад, подавляя восстание в Чахаре, утопил провинцию в крови. Возвращаясь в столицу по топким осенним дорогам, он написал цикл лучших своих лирических стихотворений о временах года.

Господин Андарз родился в годы, когда провинции не всегда внимали столице, и был младшим сыном наместника Хабарты. Юноша ни в чем не знал отказа, проводил дни на охоте и в отцовской библиотеке, был избалован и своенравен. Охотился он посреди развалин огромного города, в котором было легко подавлять бунты, так как жители разных кварталов жили слишком далеко друг от друга. Сплетничали, что он охотился не только на зверей, но и на людей и бесов.

Однажды во время народного праздника монахи били в колотушки перед городским богом, чтобы привлечь внимание бога к молитвам и еде. У Андарза болела голова, юноша послал сказать им, чтобы они замолчали. Монахи воспротивились, и тогда Андарз сжег городского бога вместе с колотушками, да еще и пригрозил сжечь монахов. Народ был возмущен.

Юноша плакал во время грозы и очень любил павлинов и голубей. Он упросил отца ввести специальный налог для содержания павлинов. Эти птицы ходили по всему городу, и если на человека доносили, что он обидел павлина, ему приходилось тошно. Дело в том, что Андарз собрал компанию сверстников, и они ездили по городу, привязав к поясу плетку, а к хвосту лошади — дохлую кошку, входили к людям, провинившимся против павлинов, и плеткой заставляли их съесть дохлую кошку. Кроме этого, они делали все, что хотели.

Когда Андарзу было шестнадцать, в город приехал инспектор из столицы и нашел, к своему изумлению, что должность наместника в Хабарте переходит от отца к сыну вот уже третье поколение. С инспектором было пять тысяч солдат, и его наблюдению было трудно воспротивиться. Население города разгромило старинную библиотеку и съело проклятых павлинов.

Отец Андарза был арестован и в клетке увезен в столицу. Припомнили ему все — и павлиний налог, и истребленного бога, и... черт знает что припомнили. Инспектор понаписал в обвинении, что наместник кормил павлинов человечьим мясом, хотел отделиться от империи и был привержен чернокнижию. Словом, наместника обвинили во всех злодеяниях, которые он совершал, и во всех, к которым он был непричастен.

Шестнадцатилетний Андарз со своей раскрашенной шайкой бежал в горы, и там друзья его бросили. Тогда Андарз отправился вслед за арестованным отцом в столицу. В столице он увидел, что дело его отца пропало. Император Неевик был очень сердит на тех чиновников, которые присваивали свои должности и передавали их по наследству, и, когда мог добраться до одного из них без кровопролития, радовался.

У Андарза не было денег, а если бы были, судьи побоялись бы их брать. Родственники его в столице сказали, что они из другой семьи.

И вот Андарз сел и написал стихи, в которых умолял императора о милосердии. Начинались стихи так: «Я плачу не о судьбе отца, а о том, что он заслужил ее. Справедливость требует казни, будь же несправедлив!»

Стихи понравились государю и народу, который стал распевать их на всех перекрестках: общественное мнение вдруг переменилось, все сострадали наместнику, попавшему из дворцовых палат в яму с водой. Император помиловал отца Андарза. Отец умер через три месяца от стыда и перенесенных в тюрьме пыток.

Юноша стал любимцем императора, получил несколько должностей на прокорм. Продолжал, однако, выкидывать такие штуки, что даже щитки на колоннах краснели, когда об этих проделках шептались раздосадованные чиновники. Однажды император все-таки выслал его из столицы — но воротил с полдороги. Другой раз накричал при всех на аудиенции. Андарз — ему был уже двадцать один, — отвечал, что повзрослел. «Конечно, повзрослели, — воскликнул в раздражении император, — три года назад вы разрушали семьи, уводя мужей от жен, а теперь вы уводите жен от мужей!»

Молодой Андарз стал влиятельным человеком: в его садах снова гуляли павлины, торговцы искали его покровительства, чиновники — знакомства, и множество карьер было разбито вдребезги его стихами, которые обожала столичная чернь.

Император умирал, и партия государыни Касии и партия наследника Харсомы обхаживали Андарза. Андарз был во всем согласен с партией Харсомы, пока Харсому не зарезали. После этого он написал государыне Касии поздравительную оду. Государыня хотела было арестовать его, но передумала и послала с войсками против одного из малых бунтовщиков, бывшего близким другом Андарза.

Государыня надеялась, что Андарз либо перейдет на сторону друга и его по этому поводу можно будет казнить, либо по избалованности погубит армию, и его можно будет арестовать по обвинению в предательстве.

Была уже зима: все дороги занесло снегом. Андарз вооружил солдат лопатами, и они в два дня после страшной метели разгребли путь до города, в котором из-за этой метели даже не выставили часовых. Чиновника, друга Андарза, привели к нему с веревкой на шее, и Андарз приказал зацепить эту веревку за самый высокий зубец городской стены.

Вскоре провинцию Хабарту захватили варвары-ласы. По этому случаю государыня Касия казнила того чиновника, который арестовал отца Андарза, и послала Андарза с войсками в Хабарту. Но, опасаясь, что Андарз употребит это войско для войны с правительством, а не с варварами, она дала ему всего пять тысяч человек.

В Хабарте в это время княжили три брата.

Прошло немного времени, — и средний брат узнал, что на землю его вторгся молодой чиновник, сластолюбец и развратник, и что он везет с собой триста пар шелковых штанов, без которых не может путешествовать, и вино из императорских кладовых. Варвар, не желая делиться такой добычей, побежал к Андарзу и напал на него у самой границы. Полководец и его солдаты разлетелись, как вспугнутые грачи, а невиданная добыча и вино достались ласам. Варвары вошли в лагерь и стали делить шелка и вино, в которое был подмешан сонный порошок, и упились страшно. Ночью Андарз вернулся и перебил всех варваров.

Король ласов как раз справлял десятидневный праздник, когда узнал о поражении брата. Праздник бросили, а воинов, сошедшихся на него, король повел на Андарза.

Андарз отступил за Бархатную Реку, и отступал в такой спешке, что даже не сжег за собой мост. Король, обрадованный такой трусостью, устремился за ним по тесному мосту, — но раньше, чем его войско на берегу выстроилось в боевые порядки, Андарз напал на него с двух сторон. Треть войска он убил, а треть утопил в реке.

После этого младший брат короля ласов, который как раз собрал армию, чтобы напасть на старшего брата, оборотился и повел ее против Андарза: но так получилось, что Андарз не стал дожидаться варваров по ту сторону реки, а перешел старую границу провинции, укрыл свое войско на горе и напал на варваров, когда они проходили под горой в полной уверенности, что до Андарза — еще пять дневных переходов.

В честь этого события государыня Касия выбила серебряную монету, изображавшую Андарза, попирающего ногой шею короля ласов, так как именно это случилось с королем, пойманным в кустах после битвы.

Через месяц Андарз осадил приморский город Ханну; жители его были мирными людьми и сами наняли для защиты города ласов. Варвары же, увидев, что припасов в городе мало, и не желая сдавать город, собрали нанявших их граждан и выставили их за ворота. Андарз тоже не пустил горожан через свои ряды, и велел идти обратно.

Варвары тоже не пустили их внутрь, и так они жили между стенами и лагерем два месяца, пока не сдохли. Только в государев день Андарз приказал выдать каждому по сушеной рыбке. Андарз ничего не мог поделать для этих людей, так как ему нужно было сделать из Ханны пример для других городов.

Но это еще что, подумаешь, уморить негодяев голодом, это и любой другой военачальник может сделать, если у него много войска и много времени!

А история, которая случилась с Андарзом и перешедшим на его сторону варваром Бар-Хаданом, которые пили вместе в шатре и допились до того, что стали хвастать перед друг другом храбростью? Слово за слово, дошло до дела, и вот они оба выбрались из лагеря, переплыли речку, и взобрались на горку, где в старом складе ночевал отряд ласов. Вот они вдвоем перерезали спящих, но так как они были пьяны, они перерезали не всех, и некоторые бежали и подняли тревогу. Ласы окружили горку и пошли на приступ, и Андарз с Бар-Хаданом спаслись только тем, что склад был набит бочками с маслом, — эти-то бочки, подожгши, храбрецы скатили с горки на варваров и ускользнули во время суматохи.

А чума, поразившая варварское войско? А поединок с покойником — королем ласов, поединок, когда призрачный король уронил подкову, с помощью которой Андарз потом вызывал духов?! А когда от Андарза сбежал мятежный командир, и Андарз, не имея возможности добраться до его шеи, сжег на площади в присутствии всего войска чучело командира, и тот на следующий день заболел и умер?

В этой войне Андарз познакомился с банкирами Осуи: осуйские купцы скупали у него пленников и добычу и ссужали его деньгами, требовавшимися для платы наемникам, потому что государство Андарзу не платило.

Андарз выписал из столицы своих двух братьев, Савара и Хамавна, и поручил им замирение края. После этого Андарз, влекомый любопытством, а может быть, желанием основать царство, перешел границу и через шесть месяцев дошел до Желтого Моря: в его триумфальном шествии в столице участвовали народы, которые раньше были неизвестны в империи даже по имени. Государыня, однако, рассердилась: Кто-де защищает империю у Желтого Моря? — и отозвала Андарза в столицу.

Из этого похода Андарз привез так много золота, что оно подешевело на четверть по сравнению с бумажными деньгами. В этот год он заплатил все налоги столичных цехов, устроил на свои средства три больницы и объявил, что, если крестьянин из его имения придет жаловаться на управляющего, он получит хлеб и деньги на все время его пребывания в городе, но будет бит соленым кнутом, если жалоба не подтвердится.

В это время государю Инану исполнилось восемнадцать лет, и мы уже рассказывали, какая неприятная история случилась с ним после того, как его превратили в барсука.

Первый министр Руш хотел, чтобы новым государем стал его трехлетний сын от государыни Касии, но государыня изволила ударить его по щечке и велела читать обвинительное заключение своему младшему сыну, десятилетнему Варназду. В обвинительном заключении про барсука не было сказано ни слова, и многие злонамеренные люди говорили, что государыня казнила вовсе не барсука, а... А, чего зря болтать языком! Народ любил государыню, и кукольники всегда рассказывали эту историю как «дело про подмененного барсука», а как кукольники рассказывают, так оно и есть.

Вот государыня заметила, что, когда младший ее сын читал приговор, он запинался и читал по складам, а потом с ним и вовсе от волнения случился припадок астмы. Государыня всплеснула руками:

— Воспитанием ребенка преступно пренебрегли! Господин Андарз! В ойкумене нет человека, более сведущего в науках! Прошу вас стать наставником моему глупенькому сыну.

В это время кусочки господина Даттама, наставника старшего сына государыни, еще висели на Стене Предателей, и высокая эта должность была не так уж аппетитна. Прямо скажем, аппетитности у нее было меньше, чем у сыра в мышеловке. Андарз хотел было отказаться, ссылаясь на неразумие, но увидел слезы в больших прозрачных глазах Варназда и согласился.

Несмотря на то что маленький Варназд был теперь государем, он по-прежнему жил в Седьмом Павильоне. Во дворце были три волшебных предмета, принадлежавших государю Иршахчану: золотое блюдо, само передвигавшееся по воздуху, с которого государи ели на пирах, серебряная печать, которой повиновались птицы, звери и боги, и бронзовое зеркало, в котором было видно все, что происходит в государстве. Все эти три предметы государыня забрала себе.

При дворе поговаривали, что государыня, выбрав в наставники сыну человека легкомысленного и безусловно развратного, надеялась, что мальчик унаследует все пороки Андарза без его талантов, но Андарз стал опекать мальчика, как утка — утенка. Он таскал ему сласти, а потом и еду: слуги, приставленные к Варназду, были так вороваты, что мальчик часто ложился спать голодным. Он проводил дни и ночи у постели государя: ребенок много хворал, а со страшного дня суда над братом страдал приступами астмы.

Как-то ночью мальчик стал рассказывать Андарзу, что он хочет сделать с первым министром Рушем, и Андарз в ужасе зажал ему рот рукой. Однажды, не зная, как выразить признательность, десятилетний государь переписал золотыми буквами стихи Андарза в книжечку и подарил ее наставнику. Государыня, услышав, залилась смехом, потому что не все стихи были пристойны.

Так прошло пять лет.

Государь плакал. У него появилась привычка бродить во сне, и однажды он во сне зашел к ловчим и задушил своего любимого сокола, видимо, подозревая в нем шпиона государыни Касии. Другой раз, желая доказать независимость, он стал есть во время аудиенции в Зале Ста Полей персик, и косточку бросил прямо в лицо наместника Кассанданы. Чувствуя пренебрежение придворных, швырялся мисками в слуг; а когда государыня отослала Андарза послом в Осую, припас ночной горшок и вылил его на голову свечного чиновника.

В шестнадцать лет государь затеял писать книгу об управлении страной, обложился необходимыми материалами. Государыня, услышав об этом, сказала:

— Вот и прекрасно. Пусть он пишет себе книгу, а править буду я.

Однако государь книгу забросил.

Государыня решила его женить. Желая, однако, показать свою власть над молодым государем и испытывая ревность, она вскоре после полуночи пришла в спальню молодоженов и раскудахталась на государя, что он еще не спит.

Государь настолько перепугался, что после этого по дворцу пошли разговоры, что он ничего не может поделать в женщине. Через год, однако, у одной из наложниц родилась девочка.

Государыня Касия опять косилась на сына. На рынке видели девятихвостого барсука. В городе расплодились маленькие красные зверюшки — эти зверюшки рождаются от притеснений, чинимых простому народу, в последний раз их видели перед концом прошлой династии.

Первый министр Руш размышлял о том, что, если молодой Варназд умрет, государыня признает своим наследником маленького Минну, которого она родила от Руша, и, пожалуй, возьмет Руша замуж. Эти мысли неотступно терзали скверную душу первого министра. Ослепленный любовью к власти, он даже не видел, что женщина, которая не хочет делиться властью с сыном, наверняка не захочет делиться ею с любовником.

Однажды государыня собрала гостей в Синем Павильоне. Варназд, по обыкновению, сказался больным и вскоре ушел. И надо же было такому случиться, что в ту ночь в зале обвалился потолок! Задавило нескольких гостей, ранило государыню Касию, а Руш, налитой по ушки вином, испуганный, закричал «Заговор» и побежал в покои государя.

Андарз в это время сидел с государем. Выйдя посмотреть, что случилось, он увидел за бронзовыми решетками пьяного Руша с десятком стражников. Андарз спросил, в чем дело, и Руш принялся на него вопить. «Уж не хотите ли вы арестовать государя по обвинению в заговоре или вы намерены убить его в постели?» — справился Андарз.

Руш закричал ему, чтобы убирался прочь, если не хочет быть повешенным. Тогда Андарз выдрал из двери бронзовый прут и заметил, что всю компанию, верно, поили хорошим вином, а вот не хотят ли они отведать на закуску бронзового прута, и охотников до такой закуски почему-то не нашлось.

Когда Андарз вернулся в государеву спальню, Варназд полюбопытствовал, что там за шум.

— Это сбежала обезьянка старшего садовника, — сказал Андарз.

На следующее утро государыня выбранила Руша за самоуправство, а Андарза посадила под домашний арест за порчу бронзового прута.

А восемь месяцев назад государыня простудилась на паломничестве к Голубым Горам и умерла.

Словом, Андарз имел все основания рассчитывать на любовь молодого государя Варназда — если бы молодой государь когда-нибудь кого-нибудь любил.

▪ Глава четвертая, ▪

в которой вдова покойника обвиняет Дануша Моховика в убийстве, а Шаваш беседует с посетителями кабачка

Изящный секретарь Иммани был очень недоволен, что Андарз послал его в Нижний Город, и так как Андарза побить было нельзя, а Шаваша можно, он по дороге дал Шавашу две затрещины. Никакого другого желания к общению с маленьким рабом он не проявил. Вообще Иммани имел обыкновение оскорбляться, когда ему давали в товарищи всякую дрянь, а так как, по мнению Иммани, это происходило каждый день, то он и ходил постоянно обиженным.

Через час Иммани и Шаваш остановились перед длинной стеной сырцового кирпича. Под стеной, в вонючей канавке, бежала вода. Прямо из склона канавки росла чахлая вишня, и несколько тыквенных плетей облепили ржавую калитку.

Вокруг царил обычный гомон: занавеси на лавках были распахнуты, — лепешечник оттискивал на сырых лепешках печать, в знак того, что имеет лицензию на ремесло, — за ним дышали жаром горлышки печей, чуть подальше, в лавке мясника, резали свинью, и женщины уже собрались вокруг, споря о лучшем куске. Перед калиткой стоял зеленый столб со славословиями государю. В такое — весеннее — время года, давно уже было пора перекрасить столб из зеленого зимнего в красный летний цвет. За воротами виднелись изогнутая, как лист антурии, крыша домика. Чиновник и Шаваш вошли внутрь.

— Не стоит ли сначала поговорить с соседкой? — спросил Шаваш.

Иммани дал Шавашу третью затрещину и постучал в дверь.

Вдова, услышав о смерти кормильца, опрокинула таз с бельем и заголосила. Иммани принялся ее утешать. Шаваш тихо выскользнул на улицу, прошел два дома и поднялся на веранду для еды: двое красильщиков с ногтями цвета индиго сидели на циновке вокруг бревна, и толстая хозяйка жарила на прутиках карасей.

— Эй, — сказал Шаваш хозяйке, — госпожа Ния просит вас помочь уложить ей вещи.

Женщина всплеснула руками.

— Ишь, — сказала она. — Добилась своего. Я ей всегда говорила: «Убеги! А то ведь убьет его Дануш, и пропадете оба!» А та: «Никуда я не убегу, получу развод и приданое!» Стало быть, добилась своего, а уж как она его ненавидела!

— Да, — сказал один сапожник, — скверное это дело. Три жены — это на три больше, чем нужно.

— А я думаю так, — сказала хозяйка. — Хочешь одну жену — бери. Хочешь вторую — бери. А приказчиков из жен делать нечего, потому что богатство, собираемое ради богатства, а не добрых дел, непременно приносит несчастье.

— А что, — сказал Шаваш, — госпожа разве не единственная жена?

— Нет, — буркнула трактирщица. — У него три лавки: одна в столице, другая в Осуе, третья в Хабарте. Он то тут, то там. А кому смотреть за лавкой в его отсутствие? Он пожадничал завести себе приказчика, купил трех жен.

В этот миг в харчевню взбежал человек лет сорока, косматый, как баран, и смуглолицый, в синей куртке с красным кожаным воротом, какую положено носить красильщикам. Черные волосы его были скручены в пучок, и в пучке красовалась заколка в виде медной рыбы.

— Эй, Дануш! С тебя, — сказал один из сапожников, — угощение!

А хозяйка добавила:

— И чем это ты уговорил Ахсая? Кулаками?

— Чего это? — удивился косматый. — Я его не видел.

Все стали смотреть на Шаваша.

— Сударыня, — смущенно пролепетал Шаваш, — вы не так поняли. Господина Ахсая позавчера ночью зарезали у Синего Моста. Мой хозяин, государев наставник Андарз, сочувствуя горю вдовы, покупает для нее новый домик, а до совершения погребальных церемоний предлагает ей приютиться в его ничтожном жилище.

Все стали глядеть на косматого.

— Чо-чо, — сказал косматый, — не видел я Ахсая, слышали?

Когда Шаваш вернулся в казенный домик, вдова все еще безутешно плакала.

Секретарь Иммани поклонился и сказал:

— Ваше горе, вижу я, слишком велико, чтобы покинуть этот домик немедленно. Вот вам деньги на переезд и на сборы. Сумеете ли вы сами нанять носильщиков?

Вдова, всхлипывая, согласилась, и Иммани, морщась, вышел на улицу.

— Господин, вот сюда! — кланяясь, запищал Шаваш.

Иммани дал мальчишке затрещину и сказал:

— Я и сам знаю дорогу обратно. Образцовый чиновник никогда не забудет того, что было показано ему один раз.

И зашагал впереди.

Шаваш незаметно отстал от него за углом и, как белка, сиганул через беленую стену сада. Прошло меньше времени, чем надобно, чтобы сварить горшок каши, — Шаваш подобрался к окну, раздвинул нити в навощенной ткани, и стал смотреть.

Вдова, плача, собирала вещи.

Потом в глубине дома хлопнула дверь, и мужской голос произнес:

— Куда собралась, сука?!

Женщина обернулась и подскочила.

— Ах ты дрянь, — сказала она, — ты его и убил!

— Как же я его убил, — возразил косматый, — когда его убийцу уже арестовали? Или ты думаешь, что государевы чиновники арестовывают невинных?

— Знать ничего не знаю, — заверещала женщина, — я тебе сказала, что он в «Красной тыкве», ты пошел за ним в «Красную тыкву», он тебе отказал, а ты подстерег его и убил.

— Слушай, женщина, — сказал косматый, — его не было в «Красной тыкве». Я пошел туда, а его там не было.

— Ври больше, Дануш Моховик! — зашипела вдова. — Ты его убил, ты его и обобрал! При нем деньги были: отдавай деньги!

— Ага, — сказал косматый, — ты, я вижу, избавилась от мужа, а теперь хочешь избавиться и от меня? Это ты к кому собираешься?

— К господину Андарзу, — сказала женщина, — я эту неделю буду плакать над телом мужа, чтобы он не заподозрил неладного. Или ты не можешь подождать неделю?

— Ага, — сказал косматый, — теперь вижу. А что он с тобой будет делать эту неделю?

— Дурак, — сказала женщина, — нужна моя ступка Андарзову песту. Он, если хочешь, отослал из столицы всех своих жен по настоянию госпожи Линны! Господин Андарз хочет посмотреть деловые бумаги моего мужа. И когда он посмотрит на дневник моего мужа, он купит мне два домика.

— Почему это? — удивился косматый.

— Видишь ли, — объяснила женщина, — мой муж торговал с Осуей шелком, а шелк ему давал господин Андарз.

— Как — торговал? — изумился косматый.

— А ты не знаешь, как торгуют? — усмехнулась женщина. — Но это что! Ты не представляешь, и Андарз не представляет, какие дела творил этот человек! Он начал с того, что, будучи начальником морских перевозок в Кассандане, сжег, по настоянию осуйского купца Айр-Незима, казенный корабль, груз которого составлял Айр-Незиму конкуренцию. Айр-Незим заплатил ему большую взятку, а потом обнаружил, что муж, перед тем как сжечь корабль, вывез и продал его груз другому купцу из Осуи! А потом, когда Андарз за него заступился и дал ему должность пустого чиновника, — он вытворял такое! Обладая мандатом чиновника империи, он заплывал в завоеванные варварами земли и говорил бедным крестьянам, что получил приказ отвезти их в Страну Великого Света! А потом он сажал их на корабли и продавал на сахарные плантации осуйцев!

Мужчина всплеснул руками.

— И все это он описал в своем дневнике?

— Описал и сопроводил документами! Представляешь, сколько денег заплатит Андарз, чтобы иметь этот дневник?

— Дура, — сказал мужчина. — Если ты принесешь Андарзу этот дневник и документы, он, пожалуй, отберет его у тебя, да и убьет, как маленького Минну! Отдай-ка их мне!

— И не подумаю! — заявила женщина.

— Шлюха! — крикнул косматый.

— Убийца, — взвизгнула вдова.

Тут косматый схватил вдову и начал рвать на ней волосы, а та орудовала доской с желобками, которой гладят белье, и оба они подняли такой шум, что Шаваш в испуге отскочил от окна. Драка продолжалась изрядно долго, а потом начались вздохи и всхлипы. Шаваш заглянул в окошко и увидел, что ссора давно кончилась, а мужчина лежит на женщине, и оба они вполне довольны. Шаваш поглядел-поглядел на них, а потом поскакал прочь из сада, решив, что сейчас самое подходящее время для того, чтобы убраться незамеченным. «Однако, — подумал маленький постреленок, — может быть, среди этих документов есть и тот, за который Андарз собирался отдать миллион! Как бы отобрать у него документы?»

Выйдя от Андарза, молодой помощник судьи Четвертой Управы господин Нан поспешил в Небесную Книгу — главный архив ойкумены, в котором хранились сведения обо всех чиновниках ойкумены, бывших, настоящих и будущих. Впрочем, последние были записаны чернилами, невидимыми для смертных.

Нан запросил в архиве сведения обо всех близких императорского наставника: о начальнике охраны Шан'гаре, секретаре Иммани и домоправителе Амадии, а также копию документов по делу об ограблении, которому секретарь Иммани подвергся в Козьем Лесу три месяца назад — эти документы должны уже были прийти в архив. Подумал и прибавил к ним сведения о молодом сыне Андарза, Астаке. После этого он отправил в управу записку одному из своих сыщиков: составить перечень харчевен, в которых бывал покойный Ахсай, и проследить за его вдовой, и выяснить у вдовы и знакомых, часто ли Ахсай встречался с Иммани.

Пепельно-белый секретарь, с его манерой вихлять бедрами и строить глазки, был Нану очень неприятен. Он припоминал, что вроде бы этот секретарь был любовником брата Андарза, Савара. Савара убили варвары, и Андарз взял молодого чиновника к себе.

Сведения для господина помощника Четвертого Судьи обещали подготовить к завтрашнему дню, но господин Нан не был уверен, что он успеет их изучить.

Ведь в Час Коровы ему предстояла аудиенция у господина Нарая, который был разгневан его докладом, а со времени казни Руша в ойкумене арестовали более пяти тысяч человек.

***

Через час красильщик Дануш Моховик вышел из домика безутешной вдовы и заспешил вниз по улице. Под мышкой у него была квадратная корзинка для документов. Крышка корзинки была расписана целующимися фазанами. «Ой-ля-ля! — думал красильщик. — Почему бы господину Андарзу и вправду не купить нам домик?»

Дануш свернул на Песчаную улицу и обомлел. Послеполуденная улица была пустынна; где-то бранились визгливые женские голоса, и из садовых печей доносились вкусные запахи. На пустой улице, у бровки колодца, сидел мальчик в синих атласных штанишках и шелковой курточке, глядел в колодец и плакал.

— Ты чего плачешь? — спросил косматый Дануш.

— Матушка моя, — сказал мальчик, — послала меня к знахарке и дала мне тридцать единорогов, я заблудился и хотел напиться, и вот — уронил кошелек в колодец.

Мальчишка, ясное дело, был из богатой семьи — зашел не туда и не видал никогда колодцев в бедных кварталах.

«Достану-ка я этот кошелек, — подумал красильщик, — и отниму у него деньги».

Дануш Моховик снял штаны и куртку, положил на них корзинку с документами и полез в колодец. Он шарил в колодце довольно долго и наконец закричал:

— Не нахожу я твоего кошелька!

Ни звука в ответ.

Дануш Моховик повозился еще немного и вылез из колодца.

Мальчишки нигде не было. Штанов, куртки и корзинки с документами тоже нигде не было!

***

В дневной Час Коровы судья Радани из Четвертой Управы, известный ворам и лавочникам просто как Четвертый Судья, и его помощник Нан явились к воротам Небесного Дворца. Там они покинули повозку и пошли пешком, как и полагается всем чиновникам, не имеющим высшего ранга. Идти было далеко, и Четвертый Судья, человек пожилой и шарообразный, весь вспотел.

Господин Нарай совещался в своем дворцовом кабинете с новым начальником Ведомства Справедливости и Спокойствия и новым префектом столицы. Оба чиновника заняли свои должности меньше месяца назад. Оба они были обязаны должностью господину Нараю.

Господин Нарай сам имел возможность занять любую из этих

должностей или даже выше и получить в свое распоряжение огромную управу и огромный дворец префекта, но он предпочитал занимать скромный павильон во дворце.

Жил он тут же, в двухкомнатном белом домике, причитавшемся ему как дворцовому чиновнику; впрочем, говорили, что он проводит в своем кабинете дни и ночи и спит не более трех часов в сутки.

Господин Нарай был сухопарый чиновник в платье синего цвета, расшитом павлинами и павами, с желтоватыми глазами и редким седым волосом, и было видно, что Бог меньше старался над его лицом, чем портной — над его платьем.

Подчиненным своим Нарай внушал трепет. Однажды мелкий чиновник заснул над указом. Чиновник проснулся, когда Нарай потряс его за плечо, и тут же умер от ужаса. Господин Шия, любимый помощник Нарая, угодил ему тем, что однажды Нарай отдал ему документ и забыл, а через три месяца вспомнил, — и тут же Шия вынул документ из папки.

Господин Нарай был так бережлив, что единственной серьезной статьей расходов в его домике были розги для провинившихся. Он держал перед кабинетом священных кур и всегда говорил: «Чиновник должен печься о бедняках, как курица о цыплятах».

Все мысли господина Нарая были направлены на благо государства и на искоренение зла. Господин Нарай говорил, что чиновники — это как кулак, полный мух: только разожми кулак, улетят; и ему не нравилось, что люди все разные, как носки на неряхе.

За последние два месяца Нарай поднимался во мнении государя все выше и выше, и дело дошло уже до того, что инспекторы, посланные по провинциям, возвращались в столицу с поддельными документами и в чужом платье из боязни выставленных Нараем застав, на которых отнимали подарки.

Узнав о приходе чиновников из Четвертой Управы, Нарай велел их ввести. Нан и старый судья совершили перед любимцем государя восьмичленный поклон. Нарай посмотрел на молодого помощника судьи своими желтыми глазами и спросил:

— Вам известно, зачем я вас позвал, господин Нан?

— Отчет, который я составил, был полон ошибок.

— Каких? — спросил Нарай.

— Я не вижу в нем ошибок. Если бы я их видел, я бы их не сделал.

Префект столицы и начальник «парчовых курток» всплеснули рукавами от такой наглости. Нарай пристально смотрел на молодого чиновника, почтительно склонившегося в поклоне.

— С некоторых пор, — сказал Нарай, — судья Четвертого Округа стал предлагать мне отчеты, отличающиеся глубиной мысли и верностью суждений, и упорно выдавал их за свои, хотя я его два раза поймал на том, что он даже не помнит примеров мудрости, упомянутых в отчетах. Тогда я перестал хвалить отчеты и жестоко разругал последний за допущенные ошибки, — он отперся от авторства и назвал ваше имя.

Нарай поднялся из-за стола. Префект столицы и министр полиции затаили дыхание, а стоявшие вокруг секретари — те и вовсе обмерли.

— Вы не сделали никаких ошибок, господин Нан.

Любимец государя внезапно повернулся и, взвизгнув, ткнул в судью Радани пальцем:

— А вы? Могу ли я поверить, что судья, который присваивает себе отчеты подчиненных, удержится от того, чтобы не присвоить добро подсудимых?

Четвертый Судья повалился в ноги высокому сановнику. Префект столицы и министр полиции одобрительно кивали головами.

Старик оборотился к статуе Бужвы, высоко поднял руки и воскликнул:

— О Бужва! Кому справедливей быть судьей Четвертого Округа, — тому, кто распоряжается делами на словах, или тому, кто распоряжается на деле?

Все окружающие стали кивать в том смысле, что тому, кто на деле, конечно, справедливей.

Господин Нарай приказал принести Черепаховый реестр, вычеркнул имя господина Радани из листа назначений начальников столицы и вписал туда имя господина Нана и ударил в медную тарелочку.

— Следующий!

За дверьми кабинета для меньших аудиенций, изукрашенными вставшими на хвосты змеями, господин Радани сел кочаном на мраморный пол и принялся плакать.

Господин Нан отошел к балюстраде и стал, не отрываясь, смотреть на маленький сад под ногами, где в розовом озерце плавало коротконогое заходящее солнце. Он прижался щекой к колонне и почувствовал, что весь с головы до ног в липком и холодном поту. Вокруг него уже теснились с поздравлениями. «Великий Вей, — думал Нан, — что же теперь?..»

Он никогда бы не решился явиться утром к Андарзу, если бы вечером ему не предстоял разнос у Нарая. А теперь что? Если теперь унести ноги от Андарза, мечтатель и поэт оскорбится до невозможности и, разумеется, выпросит у императора голову Нана или хоть клок волос с головы — большого указа ему уже не выпросить, а такую мелочь как раз уважат, в виде утешения... Если отвернуться от Нарая, тот не простит, что человек, которого он из таракана сделал судьей над четвертью столицы, от него отвернулся. Отпасть от обоих нельзя, состоять в партии обоих — это даже не сидеть на двух стульях, это висеть на двух крюках...

Но все-таки Нан был польщен, безмерно польщен: мыслимо ли это — прочесть доклад и назначить человека на должность на основании, так сказать, «черных строк и белой бумаги», без просьбы семьи, без компрометирующей бумаги в сейфе? Только господин Нарай из нынешних чиновников ойкумены способен на это.

И тут что-то кольнуло Нана: он подумал, что Андарз никогда не станет читать отчет, и чем усердней будет отчет, тем больше Андарз будет над отчетом смеяться... «А Радани-то, Радани, — вдруг промелькнуло в мозгу, — неудобно, вон как рыдает... Хоть бы кто подушку подложил».

И, верно, не одному Нану пришла в голову эта мысль: кто-то уже спешил из верхних покоев с подушечкой, вышитой мелкими гусями, кто-то уже приподнимал бывшего судью.

Когда, спустя несколько дней, старого судью арестовали, все сошлись на том, что господин Нан повел себя необыкновенно благородно: предоставил жене судьи казенный дом при управе, сам ютился в скромном жилище, а впоследствии отыскал для несчастной семьи беленый домик на окраине.

В тот самый час, когда справедливый чиновник Нарай разоблачил бесчестного судью, присваивавшего отчеты подчиненного, и когда бесчестный судья плакал на атласной подушечке, Шаваш явился в харчевню «Красная тыква», упомянутую косматым красильщиком как место его невстречи с покойным. «Красная тыква» называлась так потому, что весь потолок в харчевне был застлан красным шелком, на котором имелась красивая надпись: «Красное небо счастья». С потолка свисали цветочные шары. Из дверей, раздвинутых в сад, доносился запах цветов и журчанье фонтана. «Красная тыква» была заведением не из самых почетных, а так, для средних чиновников и для людей, подозреваемых в богатстве. Бывали там и знатные воры, и главари шаек, но не для кутежей, а для переговоров. В заведении было много денег и мало драк.

Из-за раннего еще часа харчевня была пуста. Хозяин сидел за столиком в углу и играл с приказчиком в резаный квадрат. Шаваш подошел к хозяину и сказал:

— Мой господин сегодня не сможет отужинать у вас. Он, однако, просил снарядить со мной корзинку — все, как позавчера.

И Шаваш раскрыл потную лапку с денежкой.

Хозяин взял денежку и снарядил корзинку. Он положил в корзинку холодную маринованную утку, отборных фруктов и зелени, костистую рыбу пузанку, сверкнувшую на солнце алмазным срезом, и наструганную завитками баранину, положил рыбу-тетушку и белобрысого осетра, и маринованную медузу, и множество всяких закусок в коробочках. А сверху всего этого он утвердил короб со сластями, кувшин пальмового вина и кувшин того вина, которое делают из ананасов на юге: ананасы варят и процеживают, а потом добавляют немного мяты и мед и сосновую смолу и держат все это в бочке, пока вино не станет цвета темного янтаря.

— А что, — сказал Шаваш, — случилось после того, как мой господин ушел отсюда позавчера?

Хозяин, закусив губу, взглянул на мальчишку. Мальчишка был, конечно, «мизинчик» из шайки: воображает, что каждый знает его господина! Однако и спрашивать неудобно: он скажет главному вору, а тот обидится.

— А когда он ушел, — спросил хозяин, — до драки или после?

— В самом начале, — сказал маленький хитрец.

— Ну, — сказал хозяин, — ведь сначала все было довольно мирно. Красильщик подсел к нему и стал есть из второго прибора. Ахсай-то вел себя рассудительно, а красильщик полез ему в рожу и стал кричать о разводе. Чиновник все хотел от него отвязаться, но потом, когда красильщик бросил в него кувшин, схватился за лавку: тут мы их, конечно, разняли, и чиновник убежал. Так что напрасно ваш господин боится из-за этого приходить: ничего такого не было.

— Да, — сказал Шаваш, — но чиновника-то ночью убили.

Хозяин хлопнул себя по шее от ужаса.

Шаваш взял корзинку и пошел через сад к выходу. У выхода стоял человек в зеленой косынке привратника, по виду варвар с юга, и подстригал куст.

— Это здесь они дрались? — спросил Шаваш.

— Ага, — сказал привратник. — Вот, куст помяли. Что за времена! Сначала красильщик обедает с чиновником, а потом на него и лезет!

— А с чего это получается, что он обедал с чиновником?

— Ну как же. Чиновник заказал два прибора: сказал, что ждет друга. Потом пришел этот красильщик и сел за стол.

— Да, — сказал Шаваш, — одно огорчение. Кто, спрашивается, войдет в заведение, где начинается беда?

— Твоя правда, — сказал привратник. — Вот прошло полчаса после драки, приходит старый клиент. Из такого, скажу тебе, дома... — Привратник развел руками. — Огляделся, повертел носом, узнал про драку и сгинул. Ну ему-то что, а? Человек большого места... Я даже и хозяину не сказал, чтобы не прибил с досады.

Шаваш сообразил, что была ночь и что, кроме привратника, никто клиента не видел.

— А какого он места? — полюбопытствовал Шаваш.

— А тебе-то что? — насторожился привратник.

Мальчишка вынул из кармана бронзовую монетку и показал привратнику.

Привратник сунул монетку за щеку и сказал:

— А ну катись отсюда, полицейская сводня!

В проеме двери появился хозяин и подозрительно посмотрел на оборвыша: он не любил, когда слуги якшаются с людьми из шайки.

— Ах ты дурак, — тихо сказал Шаваш. — Видать, этот ваш клиент приходил сегодня и побольше моего заплатил, чтобы ты не упоминал его имени, а?

Через минуту Шаваш был за воротами, на неширокой улице, заросшей увядшими сорняками. Стало быть, косматый красильщик, Дануш Моховик, врал. Он нашел Ахсая и учинил скандал. Из-за скандала Ахсай ушел, не дождавшись того человека, для которого и был заказан второй прибор. А через два часа Ахсай был убит. И лазоревое письмо, что бы это такое ни было, осталось у того человека, которого Ахсай не дождался.

Шаваш не прошел и двух шагов, как вдруг отскочил назад, за ребро стены, и озадаченно вгляделся в пробежавшую мимо него женскую фигурку. Женщина была одета в красную кофточку с вышитыми облаками и звездами и в малиновую запашную юбку с оборками, а поверх головы имела прозрачный с кистями плащ. Эти плащи были в прошлом году великой роскошью, все дамы их носили. В этом году советник Нарай, порицая роскошь и понимая, что запретами с ней не совладать, постановил, что прозрачные плащи обязаны носить все девицы для катания верхом. После этого приличные девушки перестали носить прозрачные с кистями плащи и стали носить пуховые платки, расшитые павлинами.

Женщина пересекла улицу и исчезла в калитке трехэтажного дома с закрытой деревянной галереей поверх стены, стоявшего почти напротив «Красной тыквы». Перед домом стояла цеховая эмблема: бутылочная тыква была высушена и рассечена пополам, и верхний конец тыквы, напоминавший известное снаряжение мужчины, был воткнут в нижний конец тыквы, напоминавшей известную дырку у женщины.

Шаваш подумал и постучался в дом с веселой тыквой.

— Я с корзинкой к госпоже, — сказал мальчишка отворившей ему старухе, сунул ей под глаза корзинку и нахально скользнул по лестнице наверх, туда, где щелкнула затворяющаяся дверь.

Шаваш пихнулся в дверь и вошел. Девица, снимавшая плащ, обернулась и недовольно оскалилась, узнав мальчишку. Шаваш убедился, что не ошибся: это была та самая девица, которая ходила с Андарзом в грот. По правде сказать, девушка была очень красива: у нее были тонкий стан и высокая грудь, и ее темно-русые волосы имели удивительный рыжеватый оттенок, выгодно подчеркивавший перламутровую белизну лица. Даже Шаваш, которому по малолетству хомячок был куда интересней девушки, понимал, что эта дама не в пример краше толстушки Таси.

— Тебе чего надо? — сказала красавица.

Шаваш переступил с ножки на ножку, как бы не в силах сдержать смущения, а потом вынул из рукава шесть серебряных журавлей и протянул их девице:

— Вот... я... отдать... это мне господин Андарз тогда дал, в гроте....

Красавица потупилась и робко спросила:

— А я тут при чем?

Мальчонка совсем застеснялся.

— Ну, — сказал он, — я подумал: если чиновник уединился в собственном гроте с девицею и у него при себе деньги: то зачем же он взял их в грот, как не затем, чтобы отдать девице? И как только я это подумал, мне показалось, что я эти деньги украл.

Девица недоверчиво взяла деньги и сказала:

— Спасибо.

Через полчаса девица совсем развеселилась. Оказалось, что зовут ее Ная. Они вместе с Шавашем съели маринованную утку, и баранину, наструганную тонкими завитками, и белобокого пузанка, и сладости, похищающие ум и развлекающие душу, и девица одна выхлестала полкувшина пальмового вина. Девица ерошила мальчишке волосы и подкладывала ему в рот кусочки. Шаваш стеснялся и трепетал.

— Осмелюсь спросить, — осведомился Шаваш, — как же господин Андарз отличил вас? Неужели он сам, как говорится, посещает общинные луга?

— Нет, — сказала Ная, — это получилось через его секретаря Иммани. Видишь ли, я родом из Инисcы, и у нас в городе такой обычай: когда приезжает важное лицо, цензор или инспектор, красивейшие из казенных девушек встречают его обнаженными у ворот города, представляют разные сценки и состязаются в красоте. Девицы прямо-таки дерутся за право участия в этих сценах, потому что потом им цена вдвое дороже, а наилучшей инспектор присуждает венок и две сотни монет. И вот я получила этот венок и сидела с инспектором Иммани на пиру, и я так ему понравилась после этого пира, что он велел мне ехать в столицу.

— Если ты ему так понравилась, — спросил Шаваш, — почему он послал тебя в столицу, а не взял с собой?

— У него, — сказала девица, — было неспокойное поручение. Он ехал из столицы в Верхнюю Хабарту и вез брату господина Андарза деньги для варварского войска. Он боялся, что по пути его ограбят.

— И что же? Ограбили?

— Представь себе! — сказала девица. — По пути туда все сошло спокойно, а на обратной дороге его ограбили! И не где-нибудь, а под самой столицей, в Козьем Лесу!

Вздохнула и добавила:

— Лучше бы его ограбили на пути туда.

— Почему? — удивился маленький раб.

— Видишь ли, варварское войско получило деньги и тут же взбунтовалось. А если бы его ограбили на пути туда, варвары бы продолжали ждать причитающейся им платы и хранили бы верность империи!

Тут девица выпила еще вина, и глазки ее совсем разлетелись в разные стороны. Шаваш спросил:

— Осмелюсь полюбопытствовать: сам ли Иммани показал вас своему господину?

— Нет, — сказала девица, — это его товарищи: они частенько проводят здесь время, здесь и в «Красной тыкве» — это харчевня напротив.

— Неужели слуги господина Андарза, — удивился Шаваш, — настолько богаты, чтобы посещать подобное заведение?

Ибо заведение, как Шаваш мог заметить, было из числа самых дорогостоящих.

— Нет, — сказала девица, — но человек пять. Начальник охраны и домоправитель, еще Ласида, которого вот уже месяц нет в столице, да и сын господина Андарза, даром что юноша, трижды бывал здесь.

Шаваш вздохнул, поднял на девицу влажные глаза и пролепетал:

— А что за человек — секретарь Иммани? Похож он на Шан'гара или нет?

— Нет, — сказала девица, — они совсем разные люди. Иммани — тот тебя зарежет из-за гроша. А Шан'гар — нет, этот тебя за грош не зарежет, а зарежет только за золотой.

Спохватилась и поглядела на Шаваша:

— А ты зачем спрашиваешь?

— Помилуйте, — сказал Шаваш, — ведь от этих людей теперь зависит мое «я» — вот и спрашиваю.

— А, — сказала девица, — Шан'гар смешной человек. Варвар. Держит в сундуке наследственную секиру и рубит ей кур.

— А зачем? — спросил Шаваш.

— А зачем рубят кур? — изумилась девица. — Чтобы делать золото. Он завел себе целую мастерскую, а потом Иммани донес на него, и выяснилось, что на всю эту алхимию Шан'гар потратил больше десяти тысяч, которые украл у хозяина. Андарз приказал ему выбросить все эти горшки.

— И что ж? Выбросил?

— Выбросил и три дня плакал. А теперь он нашел в Белой Слободе какого-то чародея и ходит к нему. — Девица вдруг сняла с себя сережку. — Видишь, сережка? Этот чародей сделал ему серебро, а Шан'гар подарил кусочек мне.

«Гм, — подумал Шаваш, — если Шан'гар умеет делать серебро и золото, вряд ли он станет красть у Андарза миллион ишевиков».

А девица между тем продолжала:

— Эти опыты пока очень дорогие. Шан'гар мне однажды пожаловался, что покамест это серебро обошлось ему впятеро больше против рыночной цены.

Когда новый судья Четвертого Округа Нан вернулся в свою управу, чиновники уже теснились с поздравлениями; во дворе было не протолкнуться от челобитчиков.

Господин Нан собрал все прошения и занимался делами до Часа Башен; он рассудил сложный случай, когда муж, выгнав жену из дома, ложно обвинил ее в супружеской неверности, лишь бы не возвращать приданого; и он приказал пытать члена шайки, ограбившей склад цеха красильщиков, — а потом и взять под стражу начальника склада, ибо оказалось, что на складе было товаров куда больше, чем полагалось цеху по лицензии.

В Час Башен судебные управы кончают работу; в это время к новому судье прибыл свиток из дворца, и с ним — небольшое личное письмо, написанное советником Нараем. Советник просил господина Нана быть у него завтра в Час Росы.

Новый судья совершил положенные возлияния, переоделся в неофициальное платье, предписанное чиновникам пятого ранга, и отправился в архив, где его уже дожидались заказанные им сведения о сыне Андарза, Астаке, и троих его секретарях.

Астаку было шестнадцать лет, и о нем имелась лишь одна запись: тот учился в лицее Белого Бужвы, но был исключен за то, что поймал и распял кошку. Кошка принадлежала учителю математики: Астак не согласился с ним во взглядах. Разумеется, сына императорского наставника никто бы не исключил за такие пустяки, но Андарз сам ужасно рассердился и настоял, чтобы все было по закону. Андарз сказал, что тот, кто повздорил с человеком, должен распять человека, а не его кошку.

Начальник охраны Шан'гар был варваром и в списках уроженцев ойкумены не значился. Отыскав в списках имя домоправителя Амадии, Нан, спустя несколько страниц, с изумлением убедился, что список подложный.

Зато дело секретаря Иммани насчитывало десять страниц.

Секретарь Иммани трудился в верхней Иниссе. Он подружился с некоторыми людьми, подозреваемыми в богатстве, и они устроились так: Иммани требовал с горожан налоги раньше срока, и те, чтобы уплатить налоги, продавали имущество за полцены. А друзья Иммани покупали имущество за полцены и платили ему десять процентов с каждой покупки. Также господин Иммани завел себе два размера для корзин: один, побольше, для измерения налога, собираемого с населения, а другой, поменьше, для измерения налога, отправляемого в столицу. Разницу между двумя корзинами Иммани продавал через осуйских купцов.

Во время голода, присваивая казенное зерно, ссужал его крестьянам под десятикратные проценты; пользуясь наличием в уезде какой-то безвредной секты, выдумал бунт и умиротворил уезд до полного запустения; выстроив на морском берегу виллу с башней, зажигал в башне ложный маяк и грабил разбившиеся корабли, а капитанов их ссылал в каменоломни за управление казенным кораблем в пьяном виде; и он попался на том, что ради любовницы проел имущество отлучившегося друга, а потом оклеветал его.

Изо всего этого даже не очень прозорливый человек мог заключить, что Иммани был дрянь, каких мало, и совесть у него была меньше мышиного хвостика. Нан подумал, что на месте Андарза он не стал бы держать при себе такого человека. Безопаснее было бы поступить с ним так, как сын Андарза поступил с кошкой своего наставника.

Да, что касается матери Астака, — Андарз утопил женщину шесть лет назад, застав на ней какого-то свечного чиновника. Чиновнику же лично отрезал его кукурузину, отчего тот через неделю помер.

Вечером Шаваш, словно лисенок, скользнул в ворота усадьбы господина Андарза. Он хотел пробраться в людскую, но на садовой дорожке, рядом с беседкой, похожей на розовый бутон, его застукал секретарь Иммани.

— Негодяй! — сказал секретарь, взяв Шаваша за ухо. — Ты куда сбежал?

Шаваш пискнул.

Занавеси беседки раздвинулась, из нее показалась всклокоченная черная голова домоправителя Амадии.

— Это что там такое? — раздался из глубины беседки голос императорского наставника.

— Да ничего. Это два раба дерутся, — громко ответил домоправитель.

Секретарь страшно побелел и выпустил ухо Шаваша. Вдруг он сжал виски руками и бросился вниз, по садовой дорожке.

Домоправитель, прикрывая окошко, сказал:

— Нельзя держать рабов просто для роскоши! Надобно извлекать из них выгоду. А то вот, этот мальчишка: кто может поручиться, что он сегодня не воровал на рынке?

Шаваш дождался, пока домоправитель вышел из беседки, и нахально скользнул внутрь.

Беседка, в которой сидел императорский наставник, изнутри напоминала тысячелепестковый цветок. Стены ее были затянуты шелковыми гобеленами с изображениями зверей и трав; с балок драгоценного дерева свисали цветочные шары, и дымки от курильниц, расставленных по всем пяти углам беседки, вились в воздухе, как призрачные танцовщицы. Императорский наставник сидел в высоком кресле за столом из малахита и оникса; по столу в поэтическом беспорядке были разбросаны бумаги и свитки, и когда Шаваш вошел, императорский наставник как раз оторвался от очередного листа, зачеркнул написанное, записал что-то снова, а потом в раздражении скомкал лист и бросил его в жаровню.

— Ах ты дрянь, — сказал Андарз, поворачиваясь к мальчишке, — ты куда сбежал от господина Иммани? Тот совсем заблудился, вымок в канаве!

— Я никуда не сбежал, — сказал Шаваш, — я остался.

— Пожалуй, — проговорил Андарз, — я все-таки пошлю тебя в мастерскую. Как можно: сбежать от чиновника, посланного утешить убитую горем вдову!

— Не очень-то она убита горем, — возразил Шаваш.

Андарз только молча всплеснул рукавами от такой наглости.

— У господина Ахсая, — сказал Шаваш, — была лавка в столице, в Осуе и в Хабарте. Он боялся завести себе приказчика из скупости и из опасения, что тот донесет на него властям. Поэтому он купил себе трех жен, по одной в каждую лавку. Ведь жена не имеет права давать показаний против мужа. Сначала все шло хорошо, но потом жена из столицы спуталась с красильщиком по имени Дануш, а по прозвищу Моховик. Она влюбилась в него и стала требовать развода, а Ахсай не давал ей развода, потому что она вела все дела в его отсутствие и слишком много знала. Позавчера Дануш Моховик услышал, что Ахсай вернулся и ночует в веселом месте. Он пошел в это веселое место поговорить с Ахсаем. Сказал: «Если он не даст тебе развода, я его убью». Но сегодня, когда они ругались с женщиной, он сказал, что не видел Ахсая.

Андарз посмотрел на мальчика внимательно и удивленно. Про лавку в столице и лавку в Осуе он, конечно, знал, а вот семейные дела покойника были для него новостью.

— Как называется веселое место?

— Не упоминали, господин.

— О чем они говорили еще?

— Дануш Моховик требовал, чтобы женщина переехала к нему, а та возражала, что если это сделать, то она потеряет обещанный вами домик и много денег, а до вас дойдет слух, что дело нечисто.

— И как ты это выяснил? — спросил Андарз.

Шаваш вынул из-за пазухи крупное яблоко.

— У безутешной вдовы в саду, — сказал Шаваш, — растут дивные яблоки. Я подумал: «Все равно, когда она уедет, эти яблоки оборвут всякие негодяи. Справедливей, чтобы они достались мне, нежели чтобы послужили пищей кому-нибудь другому». Вот я полез в сад и все слышал.

— Гм, — сказал Андарз, — и если бы тебя поймали, то оказалось бы, что ты полез за яблоками.

Шаваш стал на колени и поцеловал мягкие сапожки хозяина.

— Я бы, — сказал маленький постреленок, мечтательно поднимая голову, — еще раз сбегал бы туда за яблоками.

Андарз взял из рук Шаваша яблоко, очистил ножичком кожуру, надкусил. Потом выудил из кармана золотой и вложил его в ручонку Шаваша.

— Хорошее яблоко, — сказал императорский наставник. — И за каждое яблоко, которое ты мне принесешь, ты получишь по золотому. Но если ты спрячешь от меня хоть одно яблоко...

Когда Нан вернулся в Четвертую Управу, был уже глубокий вечер. На его столе лежали список заведений, посещавшихся покойным Ахсаем и такой же список, касавшийся секретаря Иммани. Пять названий в списке были общими. Кроме этого, Нану доставили копию отчета секретаря Иммани об ограблении в Козьем Лесу.

Новый судья внимательно изучил отчет и еще кое-какие запрошенные им бумаги, переоделся и отправился во дворец господина Андарза.

Господин Андарз принял его в своем садовом кабинете. Стены кабинета, из розового дерева, были украшены золотой резьбой. На стенах висело несколько рисунков с подписью императора. Рамки их были обиты мехом горностая. Из окна кабинета до самой земли свисала веревка для жалоб: государь Иршахчан распорядился, дабы в управах и усадьбах висели такие веревки, привязанные к колокольчикам, и чтобы за них мог дернуть любой человек. Чтобы веревка не мешала Андарзу сочинять стихи, он обрезал колокольчик и поставил его на стол, а веревку приторочил к оконной решетке.

Господин Андарз сухо поздравил Нана с утренним назначением. Будучи человеком деликатным, он не стал напоминать чиновнику об имеющихся у него бумагах касательно налогов с храма Исии-ратуфы, каковые бумаги совершенно бы уничтожили Нана в глазах Нарая, но ему было вдвойне приятно, что он имеет эти бумаги.

Вместо этого господин Андарз прочитал Нану свое стихотворение и со злорадством заметил, как чиновник беспокойно заворочался в кресле. Еще пять лет назад господин Андарз выделил экзаменационное стихотворение Нана, как самую блестящую имитацию хорошего стихотворения при самом полном отсутствии чувства стиха.

— Господин Андарз, — сказал Нан, — я бы хотел немного поговорить о той поездке, в ходе которой пропало письмо. Можно узнать, почему вы послали в Хабарту именно Иммани?

— Потому что я ему доверяю, — ответил Андарз.

— Напрасно. Подъезжая к столице, господин Иммани отпустил охрану и поехал один. Это в высшей степени подозрительно. В копии отчета о разбойном акте, которая у меня с собой, Иммани утверждает, что на него напал десяток разбойников, а чиновник, выехавший на место происшествия, пишет, что, судя по следам, разбойник был один. Зачем Иммани поехал один, как не затем, чтоб инсценировать это нападение? Как вы можете доверять негодяю?

— Мало ли кто мог ограбить Иммани? — возмутился Андарз. — Что вы так прицепились к этому человеку?

— Я просмотрел в Небесной Книге документы, касающиеся ваших близких, и нашел документы только об Иммани, — пояснил Нан. — Я не знаю ничего ни о домоправителе Амадии, ни о вашем начальнике охраны, Шан'гаре, кроме того, что он из знатного ласского рода и что тринадцать лет назад он зарезал вашего брата. Если бы я знал больше об Амадии и Шан'гаре, возможно, я бы подозревал их, а не Иммани.

— Господин Нан, — сказал Андарз, — вас должно интересовать лазоревое письмо, а не прошлое моих домашних.

— Почему? Потому что в прошлом каждого найдется что-нибудь, что я не должен знать? Тогда арестуйте всех троих: кто-нибудь из них да виновен.

— Господин Нан, — улыбнулся Андарз, — кто-нибудь из троих виновен, но два — невиновны. У меня нет власти сделать так, чтобы по всей стране не хватали невинных людей, но я не потерплю, чтобы в пределах моего дома сыщик арестовывал человека потому, что так легче для сыщика.

«Он уже не доверяет мне!» — подумал Нан.

— Господин Андарз, — спросил Нан, — как я понимаю, секретарь Иммани вез казенные деньги для воинов некоего Бар-Хадана. Я справился по документам и уточнил, что он вез с собой два миллиона восемьдесят восемь тысяч пятьсот девяносто восемь «рогачей» — по пятьсот тринадцать монет для пяти тысяч сорока шести воинов. Это очень большие деньги, да еще в «рогачах», — а Иммани на пути в Хабарту сопровождали всего трое охранников. Разве это безопасно?

Серебряные «рогачи» были варварской монетой, не имевшей в империи хождения, и не могли попасть в казну в качестве налогов. Другое дело имперские ишевики — те частенько оканчивали свой жизненный путь в сокровищницах варварских королей, будучи получены в качестве дани, стыдливо именовавшейся «подарком».

— Иммани вез не «рогачи», а векселя Осуйского банка, — сухо ответил Андарз, — спокойней на душе, знаете ли.

— То есть здесь, в столице, казна отдала Айр-Незиму наши ишевики, а взамен Иммани получил вексель, по которому Хабартинское отделение Осуйского банка должно было выдать ему соответствующую сумму в «рогачах»?

— Да, — сказал Андарз, — он вез пару пачек векселей, и никакой охраны ему не было нужно.

— И сколько же ишевиков получил Осуйский банк?

Сановник недоуменно пожал плечами.

— Откуда я помню? Можете посмотреть в архиве, если это вас так интересует.

— Я уже посмотрел. Осуйский банк получил двести восемьдесят две тысячи пятьсот семьдесят шесть ишевиков. Не очень-то круглые числа во всей этой сделке, а?

— Какое мне дело до цифр?

— Дело то, — сказал Нан, — что за один толстый золотой ишевик Осуйский банк дал девять и шестнадцать сотых тощих серебряных «рогачей». У любого уличного менялы ишевик стоит двенадцать, а то и тринадцать «рогачей». Это была недурная сделка для Осуйского банка. И на ней стоит не только подпись Иммани, но и ваша.

Императорский наставник молчал несколько секунд. Потом васильковые глаза его вспыхнули, и он надменно произнес:

— В условия этой сделки входила плата осуйцам, чтобы они не интриговали против империи в этой провинции.

— Господин Нарай будет иного мнения. Он назовет такую сделку потравой в казне. И заподозрит, что участники сделки разделили прибыль пополам.

— Ах вот так? Это не он ли предоставил вам документы?

— Этих документов достаточно для ареста Иммани. А когда его арестуют, что он расскажет?

Андарз оглядел сухощавого невысокого собеседника.

— Господин Нан, — вкрадчиво спросил он, — я гляжу, вы не теряете времени на новой должности. Кстати, говорят, что вечером советник Нарай прислал вам синий конверт назначения. Что там было?

— Господин Нарай предложил мне отправиться инспектором в Хабарту.

Наместником Хабарты был младший брат Андарза, господин Хамавн. Полномочный инспектор — это была невероятная карьера для бывшего помощника судьи.

«На его месте я бы почел это за счастье», — рассеянно подумал Андарз. В уме вдруг промелькнула строка из Веспшанки: «Конечно, позор вступить на путь предательства первым, но когда все вокруг следуют этим путем — глупо отставать от других». Андарз закрыл лицо руками и сказал глухо:

— Поздравляю вас, господин Нан. У меня больше нет власти послать вас ни в Хабарту, ни куда бы то ни было.

— Я не собираюсь выполнять распоряжения господина Нарая, — сказал новый судья Четвертого округа.

— Почему?

— Они несут гибель стране.

Андарз изумленно посмотрел на молодого чиновника и захихикал. Он хихикал все больше и больше. Лицо его перекосилось. С императорским наставником началась истерика.

Начальник охраны Шан'гар, извиняясь за спешку, с поклоном проводил Нана по дорожкам ночного сада. Он хотел узнать, что так расстроило господина наставника.

— Господин наставник думает лишь о благе государства, совсем не заботится о здоровье, — отвечал Нан. — Прошу вас беречь его!

Нан откланялся и покинул дворец наставника через синие ворота, предназначенные для чиновников пятого ранга. Перед табличкой слоновой кости, укрепленной на воротах, пылали красные факелы, разгоняя ночной мрак.

Чуть поодаль от ворот стоял квадратный каменный столб для государевых указов. Все четыре стороны столба были выкрашены в разные цвета. Нан подошел к столбу и задрал голову. Высоко над ним висел желтый фонарь, а между чиновником и фонарем висел новый указ господина Нарая, предписывающий всем неучтенным фокусникам, торговцам и бродягам столицы явиться к Третьей Управе на предмет отправки в Иниссу для освоения целинных земель.

Господин Нан был смертельно оскорблен. Он опять подумал о том, что императорский наставник Андарз никогда не станет читать его указов.

Шаваш не остался на ночь в доме императорского наставника. Пользуясь данным ему разрешением, он вышел из дворца и снова неведомыми путями просочился в Нижний Город; и в то самое время, когда господин Нан изучал новый указ Нарая, Шаваш заскребся в двери веселого учреждения «Восьмое небо». Хозяйка всплеснула руками, увидев разодетого в шелк мальчишку.

— А где Тася? — спросил Шаваш.

— Тася уехала с гостями кататься по Левому Каналу, — ответила хозяйка.

— Я ее подожду, — ответил Шаваш и поскакал на верхний этаж в комнатку девицы.

— А я и не знала, что вы брат и сестра, — сказала с подозрением хозяйка, — пока она тебя не продала.

— Нынче оно так, — согласился мальчишка, — и не знаешь, кто твой родственник, пока он тебя не продаст.

Ему очень не понравилось, что, видно, Тася хвасталась деньгами.

В комнате Таси Шаваш затеплил свечку и вынул из корзинки дневник и документы. Шаваш боялся, что Андарз спросит о документах, и у него был готов ответ: «Разве я могу отнять такие документы у разбойника силой? Он же мне откусит голову и не заметит!» Но Андарз ничего не спросил про документы и даже дал Шавашу золотой.

Золотой — это, конечно, очень много: но вдруг среди документов есть лазоревое письмо или в дневнике — указание на продавца письма? Маленький хитрец чувствовал, что несправедливо было бы ему получить золотой за то самое дело, за которое Ахсай должен был получить миллион золотых.

Стиль господина Ахсая, как и стиль многих, кто любит прибыль, отличался ясностью формы и бессовестностью содержания, и другому человеку хватило бы полчаса на затрепанный дневник, написанный крупным и четким почерком. Но Шаваш в науке чтения не был силен, а читать выучился так: в час, отведенный для объявления указов, он являлся к Указному Столбу и запоминал от слова до слова все, что читал чиновник, а потом, когда народ расходился, сличал запомненное с очертаниями букв на указе. При Руше указов было маловато, а при Нарае учеба пошла бойко.

Кроме дневника, в корзинке лежала целая стопка казенных бумаг. Шаваш не знал, что именно он ищет, но он очень хорошо запомнил фразу: «Разумеется, оригинал написан на лазоревой бумаге».

Изучая бумаги, Шаваш заметил вещь, которой раньше не знал: документы, озаглавленные «Отчет по перевозке», имели синюю полосу, а с заголовком «Подорожная» — имели зеленый трилистник. Шаваш понял, что бумага лазоревого цвета тоже обозначает какой-то определенный документ. Образованный чиновник сразу бы понял, в чем дело, а вот уличному мальчишке это было невдомек.

Шаваш вздохнул и попытался представить себе, что это за документ и кого он компрометирует — Андарза или Нарая.

Что, если письмо компрометирует Нарая? Тогда оно, скорее всего, уличает его во взятке. Это могла быть взятка от осуйского правительства или от казненного Руша.

Что, если письмо компрометирует Андарза? Тогда это не может быть свидетельство о взятке, потому что о желанных взятках в стихах Андарза говорилось, может быть, реже, чем о прекрасных женщинах, но гораздо чаще, чем о прекрасных мальчиках. Зато это могло быть письмо с оригиналом одного из стихотворений, от которых Андарз всегда отпирался, хотя народ приписывал их ему. Например, того стихотворения, в котором чиновники собираются ко двору императора со своими женами — Ишнайя с госпожой Алчностью, Дават с госпожой Глупостью, Ион с госпожой Вракой — и где рассказывается, из-за какого события именно этому чиновнику досталась именно эта супруга. Если бы стало известно, что автор этих стихов — действительно Андарз, то многие бы съели его живьем.

Шаваш вздохнул, аккуратно загасил чужую свечку, забрался в резной ларь за занавеской, свернулся в клубочек и заснул.

Он проснулся, когда ночью пришла Тася, высунулся из корзинки и сказал:

— Тася, я днем уже три раза слыхал на рынке, что ты продала меня и получила кучу денег, и один раз мне назвали двадцать золотых, а другой раз — тридцать. Ну зачем ты всем хвастаешься, что у тебя есть деньги? Ты пойми, это нетрудное дело — заполучить деньги, трудно сделать так, чтобы их у тебя не отняли.

Но Тася была пьяна.

— Ба, — сказала она, — зачем деньги, как не для того, чтоб хвастаться?

ЧАСТЬ ВТОРАЯ
СОВЕТНИК

▪ Глава пятая, ▪

в которой господин Нан клянется в верности господину Нараю и в которой выясняется, что если ты не знаешь, что думать о человеке, то надо думать о нем самое худшее

В Час Росы — час, когда восходит солнце и когда открывают ворота между кварталами, а петухи и стражники хором выкрикивают наступление нового дня, — новый судья Четвертой Управы господин Нан вошел в кабинет государева любимца Нарая.

Нарай любил вставать рано. Что касается Нана, то он в эту ночь не ложился вообще. Выйдя после первой ночной стражи от Андарза, он вытащил из кармана список заведений, где бывал покойник Ахсай, обошел за ночь семь из тринадцати и не узнал ничего интересного. Восьмой в списке стояла харчевня под названием «Красная Тыква», но в нее Нан не успел.

Господин Нарай сидел за белым дубовым столом, похожим на алтарь. Справа от него стоял ящик для правых половинок документов, слева от него стоял ящик для левых половинок документов. За его спиной стоял старец Бужва с лицом пунцового цвета и держал в руке молнию о трех ножках.

Господин Нарай сидел и читал инвентарный список богов провинции Чахар, время от времени вымарывая строчки.

При виде Нана Нарай отложил список и внимательно оглядел молодого чиновника.

Тот, несмотря на явный недостаток времени, был в официальном служебном наряде судьи, — в желтом платье с квадратным воротником, расшитом ветвями и пятилистниками. На русых расчесанных волосах аккуратно сидела пятиугольная шапочка, на тонких изящных пальцах не было ни одного кольца, которые так любила нынче носить благополучная молодежь. И только внимательный взгляд мог разглядеть под кружевным батистом на запястьях старинные браслеты чахарской работы — вещь поразительной древности и невероятной цены.

— Я слышал, — сказал господин Нарай, — что вы вчера обедали у господина Андарза. Что вы думаете о господине Андарзе и его брате Хамавне?

— Господин Андарз, — сказал Нан, — смеется, когда при нем говорят о благе государства. Господин Хамавн берет взятки от осуйских купцов, превратил вверенную ему провинцию в место для рынков и ярмарок.

— Господин Хамавн, — сказал Нарай, — собирается отложиться от империи, просит войск под предлогом защиты от варваров.

Помолчал и прибавил:

— Я посылаю вас инспектором в Хабарту. Получили ли вы письмо назначения?

Скромный сухощавый чиновник утвердительно поклонился.

— Хотел бы знать, что вы найдете в Хабарте, до вашего отъезда. Вот вам бумага: садитесь и пишите отчет.

Делать нечего; Нан ушел в соседний кабинет и через два часа вернулся с отчетом.

Нарай прочитал исписанные страницы и стал пристально глядеть на Нана. Глаза старика формой напоминали две устричные раковины.

— Я слыхал, — сказал господин Нарай, — что по возвращении в управу вас ждали жалобщики и ждали люди с подарками; жалобщиков вы приняли, а люди с подарками ждут во дворе до сих пор; почему?

— Жалобщиков было очень много, — ответил Нан, — я не мог не выслушать их.

Советник Нарай долго молчал; за распахнутыми окнами кабинета в императорском саду заливались птицы, и на священной полке в кабинете, в правом углу, великие древние книги стояли рядом с великими древними богами.

— И все-таки жалко, — сказал Нарай, — что вы обедали в доме господина Андарза. О чем вас попросил этот человек?

— Этот человек, — медленно ответил Нан, — просил меня обедать у него два-три раза в неделю.

— Почему?

— Сын Андарза, Астак, очень замкнутый мальчик. Он смотрит только вниз и все время держится левой рукой за запястье правой. А когда он сидит за столом, он отгораживается от отца вилкой или лопаточкой для варенья. Я развеселил его, и он опустил лопаточку для варенья. Отец заметил это и просил меня бывать чаще.

— А что с юношей? — спросил резко советник Нарай.

— Он ненавидит отца, — сказал молодой судья.

Новый любимец императора помолчал.

— И это единственная причина, по которой Андарз решил приблизить вас?

Нан позволил себе улыбнуться.

— Это — главная причина для такого человека, как Андарз.

— Есть и другая?

— Господин Андарз, — сказал Нан, — зазвал меня в кабинет и сказал мне, что некий убитый позавчера чиновник, Ахсай, имел при себе на миллион осуйских ассигнаций, и должен был купить на эти деньги у неизвестного Андарзу лица письмо, которое сделает советника Нарая прахом и пылью в глазах государя.

Нарай даже не шевельнулся.

— Он сказал вам, что это за письмо?

— Он сказал, что письмо досталось ему в руки случайно, когда вам обоим пришлось спешно покинуть Осую. Из его намеков я понял, что письмо было написано одним из вождей противной империи партии в Осуе. Эти люди якобы посулили вам большие деньги, если вы вызовете своим поведением недовольство народа и не допустите присоединения Осуи к империи.

Господин Нарай полуприкрыл глаза.

— Что вы об этом думаете, господин Нан?

Молодой чиновник почтительно поклонился:

— Господин Андарз — мечтатель и глупец! Разве может действие, предпринятое для блага империи, уничтожить вас в глазах государя? Разве можно было допускать Осую в империю? Что такое эти горожане? Ничего не производят, все продают! Разве не ясно, что они просились в империю только затем, чтобы опустошить казну и расстроить финансы? Восстание глупого осуйского народа спасло империю. Если на восстание потребовались деньги, то можно ли было придумать что-нибудь мудрее: получить деньги, нужные для возмущения народа и спасения империи, от тех, кто империю ненавидел?

Господин Нарай слегка улыбнулся горячности молодого человека. О, как он привык в последнее время к этим горящим глазам, к этим восторженным улыбкам! Были, оказывается, еще среди молодого поколения люди, преданные благу родины, готовые во всем оправдывать своего кумира: не чистоплюи, однако; понимающие, сколь часто благо государства велит совершать мелкие несправедливости для предотвращения великих бед!

А скромный молодой судья развел руками и закончил:

— Секретарь Иммани вез это письмо шесть месяцев назад и был ограблен в Козьем Лесу, близ столицы. Господин Андарз просил меня понаблюдать вокруг покойника и поймать того разбойника, который хотел продать письмо.

— Что же вы ответили ему?

— Я ответил ему, что письмо не может быть в руках разбойника, так как тот не стал бы делиться с посредником, а потребовал бы денег у самого Андарза. Из чего следует, что письмо — в руках одного из членов дома Андарза.

— Почему вы это сказали?

— Я сказал это по двум причинам, — поклонился Нан, — во-первых, господин Андарз теперь будет подозревать всех ближайших к нему — от этого можно сойти с ума! Во-вторых, я надеялся, что господин Андарз позволит мне бывать в его доме, и, едва его подозрения смутят домашних, они расскажут, чтобы спасти свою шкуру, о мерзких проделках их хозяина.

Господин Нарай помолчал и промолвил:

— Господин Андарз, — человек с хромой душой, сердцем привязан к греху, как дверной молоток к ручке двери. Внутри дворца этот человек обманывает государя, вне дворца — обирает народ.

Покачал головой и добавил:

— Полагаю, что нет надобности посылать вас инспектором в Хабарту. Здесь, в столице, вы принесете больше пользы. Идите же, господин Нан.

Отчет, написанный Наном, однако, оставил у себя.

Молодой чиновник раскланялся и ушел. Советник Нарай долго сидел неподвижно. Потом он встал и прошел во внутренние покои. Нашарил потайную дощечку в алтаре, дощечка отскочила: за ней, перевязанной золотой ленточкой, лежал сандаловый валик. На валик были навиты письма на необычайно плотной, лазоревого цвета бумаге. Каждое письмо старик аккуратно пометил номером: семнадцатого письма не хватало. Фаворит молодого императора опустился перед алтарем на колени и заплакал.

Так он плакал довольно долго, а потом запер потайную дощечку и отправился к государю.

Вот так кухня была в доме господина Андарза! Кухня, где встречались продукты со всех пяти сторон света! Были там и козы, висевшие рядком на закопченных балках, и копченые индейки с нежным мясом цвета хурмы, и утки с янтарной корочкой; были финики из Иниссы и орехи из Чахара, павлины из Хабарты и рябчики из Верхнего Варнарайна; были бочки с морскими желудями и пурпурными улитками, и, конечно, были мешки с рисом и просом, круглые кадушки с вином и квадратные — с маслом, длинной чередой тянулись к кухне подводы с капустой и рисом, бежали посыльные с подарками, и дышали жаром устья печей с налепленными внутри лепешками. Так много было всего этого добра, что после того, как треть разворовывали, а треть раздавали бедным, оставалась целая прорва на трапезы и подарки: этим подаркам домоправитель Амадия вел строгий учет и записывал в особую книгу.

Когда утром Шаваш явился на кухню, домоправитель Амадия дал Шавашу корзинку и подзатыльник и велел отнести корзинку в Осуйский квартал господину Айр-Незиму.

Шаваш отправился в путь. У белых ворот, через которые ходили слуги, была будка, а в будке сидели два охранника. Оба они были раньше солдаты Андарза, и один из них был высокий и белокурый, из народа ласов, а другой маленький и смуглый, из племени аколь. Оба они были вооружены арбалетами и мечами. У ног ласа сидел привратник без оружия и вырезал на головках сыра изображения Исии-ратуфы. Такой сыр охотно покупали перед праздниками, и стоил он немного дороже.

Привратник был тоже старый солдат, с лицом, сморщенным, как скорлупа грецкого ореха, и в глазах его было много черных воспоминаний и мало светлых.

Шаваш поставил корзинку на землю, вытащил из-за пазухи недоеденную лепешку и угостил старика. Скоро к воротам подошли еще несколько человек, чтобы почесать языками. Один из стражников стал выделывать штуки с мечом, а Шаваш показал всем фокусы с хомячком, и ему громко хлопали.

— А что, — спросил Шаваш, когда немного погодя все сели в кружок, — разве господин Иммани тоже раб?

— Господин Иммани не любит, когда об этом говорят, — сказал белокурый лас, — а только лет десять назад он сделал покражу в казне, и когда все дело открылось, ему угрожали веревка и топор. Но он отдался под покровительство брата Андарза, Савара, и государыня Касия махнула рукой и сказала: «Пусть Савар его берет и делает с ним что хочет. Для такого человека рабство будет хуже смерти». А после смерти Савара Андарз его унаследовал.

— То-то он такой злой, — сказал Шаваш.

— Да, — вздохнул привратник, — злой — это правда. Все-таки у чиновников, говорят, пять душ, а у простолюдинов — только три. Легко ли человеку с пятью душами стать рабом?

— Не знаю, как насчет пяти душ чиновников, — горячо возразил белокурый лас, — а у Иммани, я думаю, нет ни одной. Когда мы еще воевали против империи, Иммани однажды пришел к нам на переговоры о выкупе пленных; мы попросили по сотне «рогачей» за каждого пленного. И что ты думаешь? Он предложил заплатить нам по двести, с тем чтобы пятьдесят с каждой суммы пошло ему!

— А господин Шан'гар — тот добрый, — сказал Шаваш. — Отчего это у него пальцы порезаны?

— Неужели ты не видел представления «Андарз и пятеро князей»? — изумился смуглый стражник из народа аколь.

— Видел, — сказал Шаваш, — только я не помню там ничего об искалеченных пальцах.

Все в кружке зашумели, изумляясь невежеству молодежи, а привратник, как самый старший, сказал:

— Когда Шан'гару было тринадцать лет, его родичи отослали его господину для казни, а господин не стал его казнить. Через два месяца господин сидел в палатке наедине с Шан'гаром, и вдруг в палатку ворвался убийца и ударил господина ножом в грудь: на господине был кафтан, распахнутый у ворота, и ворот был обшит золотой нитью так плотно, что кинжал скользнул по золоту вниз. Господин было перехватил убийцу за руку, а убийца еще раз ударил господина, на этот раз в горло. Но, так как господин держал убийцу за руку, удар пришелся немного мимо, кинжал вошел под ворот и разорвал нашему господину плечо. Господин выпустил убийцу и стал терять сознание, убийца хотел было ударить в третий раз, но тут сзади подскочил маленький Шан'гар, вцепился в кинжал и не отпускал, хотя ему отрезало два пальца. Тут подоспела стража и запинала убийцу.

В это время на повороте дорожки показался секретарь Иммани. По обрывку разговора Иммани мигом догадался, о чем говорят люди, сидящие в кружке, и лицо его приняло злобное выражение. Он очень не любил, когда слуги рассказывали про Шан'гара эту историю. Ему всегда казалось несправедливым, что про него таких историй никто не рассказывал. Он всегда почему-то забывал, что с ним таких историй не происходило.

Тут Иммани углядел подле Шаваша подарочную корзинку, и глаза его забегали, как две мыши. Он неслышно приблизился к сидящим, протянул изящную, как кошачья лапка, руку с окрашенными хной кончиками пальцев — миг — и верхний из пяти сочных персиков, лежавших в корзинке, исчез в его отороченном кружевом рукаве. Шаваш обернулся.

Иммани пнул маленького раба сапогом в бок и сказал:

— Чего сидишь?

Шаваш был слишком перепуган, чтобы запричитать о персике. Он подхватил корзинку и бросился со двора. Проходя по рынку, он стянул у прохожего кошелек и купил два персика: один, недостающий по списку, и другой для стражников в Осуйском квартале.

Шаваш никогда не был в Осуйском квартале, и ему там понравилось. Дома в нем были маленькие, а улицы прямые. Стражники у ворот не взяли персика, и вообще ничего не взяли. Шаваш уже потом узнал, что это были не стражники, а обыватели, раз в месяц несущие дежурства. У стражников были грустные глаза, и петушьи перья на их алебардах свешивались кончиками вниз. Они размышляли: придет толпа громить их квартал или нет? Но, несмотря на советника Нарая и эти проницательные размышления, они предавались корыстолюбию и не хотели покинуть свои дома и склады.

Двор осуйского посланника, господина Айр-Незима, располагался прямо у реки. С частной пристани по сходням катили бочки. Шаваш был поражен, когда увидел, что посланник в одних широких штанах сам несет на загривке ящик.

На голове у него по-прежнему была красная траурная шапка, только не камчатая, а из этакой драной байки. Шаваш вспомнил, что, когда Осуя отделилась от империи, Бужва в гневе приказал, чтобы отныне у всех осуйцев рос этакий свиной хвостик, и с тех пор они от стыда носят широкие штаны.

Айр-Незим принял от Шаваша корзинку, сличил опись с содержимым и спросил:

— И это все? Больше домоправитель ничего тебе не давал?

— Еще он дал мне подзатыльник, — сказал Шаваш, — но я не думаю, что это для передачи вам.

Айр-Незим упер руки в боки и захохотал. Шавашу очень хотелось посмотреть, есть у него хвостик или нет.

Потом посол ушел в дом, а Шаваш остался стоять во дворе и смотреть, как грузчики управляются с баржей. Один ящик упал и разбился, из него высыпались перламутровые гребни, сделанные из раковин. Шаваш заметил, что грузчики не стали класть гребни в карман.

Посол вышел из дома через полчаса, и у него в руках была другая корзинка, на этот раз для домоправителя Амадии.

Выходя из ворот, Шаваш чуть не столкнулся с полным, несколько поросячьего вида разносчиком, спешившим к дому Айр-Незима с письмом в корзинке. Шаваш обернулся и озадаченно посмотрел ему вслед. Этот человек был знакомый Шаваша и правая рука городского разбойника по имени Свиной Глазок.

Айр-Незим кивнул разносчику и зазвал его в дом. Шавашу показалось удивительным, что у него и у осуйского консула есть общие знакомые.

Шаваш воротился из Осуйского квартала к полудню. Домоправитель Амадия встретил его на дорожке и тут же перерыл всю корзинку. Вытащив пакет со сливами и пересчитав их, он вдруг сделался необычайно доволен.

— Сударь, — робко сказал Шаваш, — а что это за город — Осуя?

— О, — вскричал домоправитель, прижимая к груди пакет, — это лучший на свете город! Там нет ни воров, ни убийц, ни чиновников, и высшие должности там занимают сами граждане! А у тех, кто подает заявку на гражданство, никогда не спрашивают об их прошлом — были бы деньги!

Отделавшись от поручения домоправителя, Шаваш поскорее переоделся в лохмотья, побежал к харчевне «Красная тыква», сел там в грязь и притворился, что спит.

Вскоре, к изумлению Шаваша, в харчевню прошел молодой судья Нан в сопровождении двух сыщиков. Нан поднялся наверх, а сыщики пошевелили Шаваша, чтобы убедиться, что он не мертвый, и сели рядом. Вот к ним присоединился третий сыщик, вздохнул и сказал:

— А баба-то бежала!

— Какая баба?

— А жена покойника Ахсая. Оказывается, у нее был сожитель! Вчера между ними была ссора: женщина гонялась за ним по улице, обвиняя в краже документов, швырнула в него туфлей, туфля утопла в колодце. Господин Нан узнал об этом и велел мне ее арестовать за оскорбление общественного порядка посредством утопления туфли, а я поленился идти туда вечером. А она возьми и убеги.

— Это плохо, — сказал второй сыщик, — теперь скажут, что ты ее отпустил за взятку, и станут пороть.

А первый развел руками и согласился:

— Вот то-то оно и обидно! Если бы я явился к ней вечером, я

наверняка имел бы деньги, а теперь меня будут пороть совершенно зазря!

Стражники помолчали. Потом первый стражник снова сказал:

— Скоро господин Нарай распорядится, чтобы все входящие в городские ворота получали специальный пропуск, который им надлежит предъявить при выходе, а постоянные горожане будут предъявлять при выходе свою бирку. Представляешь, сколько станут получать стражники у ворот!

В это самое мгновение на пороге харчевни показался давешний привратник. Парень пошнырял по улице глазами, сгорбил плечи и заторопился вниз. Шаваш выждал, пока тот завернул за угол, зевнул, встал и пошел за ним.

Не прошло и осьмушки стражи — парень оказался у дворца Андарза. Он дошел до белых ворот, предназначенных для слуг, выждал, пока в ворота поехал воз с сеном, и прошел рядом с возом внутрь, сэкономив, таким образом, малую взятку.

Парень шел по золотой дорожке, ведущей в глубь сада. По обеим ее сторонам качались диковинные деревья, шевелились пахучие кусты, птицы перелетали с ветки на ветку. За краснобоким, с репчатой крышей павильоном, где жил секретарь Иммани, дорожка поворачивала вправо. Парень дошел до павильона, завернул вместе с дорожкой за угол и скрылся из глаз Шаваша. В дверь павильона он, во всяком случае, не постучался.

Маленький постреленок бросился следом.

— Ты что здесь высматриваешь?

Шаваш оглянулся.

Перед ним, слегка наклонив голову и глядя на него по-птичьи, стояла невысокая женщина. У нее была удивительная кожа, такая молочно-чистая, что казалось, будто она светится изнутри, и эту теплую белизну ее лица оттеняли зеленые глаза и густые вьющиеся волосы цвета кленового сиропа. У нее были пышная грудь и гордая шея, и ее алые губы были подобны утренней розе. На женщине была дорогая бархатная юбка, расшитая серебряными цветами и коралловыми ветками, и синяя кофта с разрезами и кружевами. Над волосами женщины была укреплена маленькая бабочка, сделанная из жемчуга и драгоценных каменьев, и при каждом движении прелестной головки бабочка вздрагивала и трепетала крыльями.

Шаваш раскрыл рот и уставился на бабочку.

Женщина рассмеялась.

— А, ты тот самый раб с хомячком за пазухой! А чего ты такой грязный?

И женщина со смехом взъерошила Шавашу волосы и притянула его к себе.

Шаваш обомлел. Женщины часто ерошили ему волосы, но ни одна из них не носила рубиновых бабочек в волосах. В лучшем случае они носили в волосах серебряную рыбку, знак своей профессии. Шаваш понял, что это та самая жена Андарза, ради которой он отослал из столицы всех остальных, и что Андарз, верно, потешил ее рассказом о мальчишке.

Шаваш уцепился за пышную юбку. А женщина шаловливо повертела его в руках, полезла ему за пазуху и спросила:

— А где твой хомячок? — спросила она.

— Сейчас принесу, — сказал Шаваш.

— Постой, — вскрикнула женщина, но мальчишка был уже далеко.

Он мчался со всех ног по золотой дорожке, в глубину сада, туда, куда ушел привратник из «Красной тыквы». У флигеля секретаря Иммани Шаваш остановился и осторожно шагнул за угол, туда, куда пять минут назад скрылся привратник.

Шаваш сделал шаг, другой и третий... Рядом с дорожкой тянулся мраморный бассейн. В бассейне жил государев подарок — тюлени. Четыре дня назад господин Андарз заметил, что дно в бассейне зеленовато, и ему стало неприятно, что кто-то может сказать, будто он не ценит государев подарок. На следующий день тюленей перевели в зимний домик, а воду из бассейна выкачали и начали ставить новое дно, из пестрой яшмы.

Шаваш заглянул в бассейн: полдневное солнце стояло в самом зените, на далеком дне были навалены друг на друга яшмовые квадраты и треугольники. Рабочих не было. Около маленьких квадратов, далеко внизу, залитый солнцем и кровью, лежал давешний привратник. Шаваш раскрыл рот и принялся вопить.

Прошло полчаса: Шаваш, свесив голову, стоял в кабинете господина Андарза, напротив него сидели Андарз и Нан, а позади стоял очень сердитый эконом Амадия.

Императорский наставник поднял к потолку сиреневые рукава, отороченные в три ряда жемчугом, и сказал:

— Несчастья, одно за другим, так и валятся на мой дом! Сначала убили друга, а теперь какой-то простолюдин осквернил своей кровью императорский прудик для тюленей! Придется выкапывать новый пруд!

Нан молчал. Андарз всплеснул руками и продолжал:

— Кто вообще пустил этого простолюдина в мой сад? Разве не ясно, что этот дурак потерял голову от красоты? Небось вертел головой по сторонам и не заметил, что в прудике нет воды! А заметив, дернулся от испуга и полетел вниз! Это всегда так с простолюдинами: едва попав в жилище великого сановника, они глазеют на красоту вокруг и не замечают пропасти под ногами!

Нан молчал, облокотившись на руку, и задумчиво потирал подбородок. Этот подбородок ужасно не нравился Шавашу. У людей с такими ласковыми глазами не должно было быть таких твердых подбородков.

А эконом взял нового раба за ухо и сказал:

— Ты чего поднял крик? В следующий раз, когда увидишь непорядок в хозяйстве, пойди к старшему человеку и тихо доложи, чтобы дело можно было замять! А то кричит, как петух на рассвете!

Императорский наставник брезгливо усмехнулся и сказал:

— Бесполезный разговор, господин Амадия. Эти люди запоминают задницей, а не головой. Идите и напишите приказ, чтобы ему выдали двадцать палок: вот тогда он запомнит.

Эконом ушел писать приказ, а Шаваш, которого разговор о двадцати палках привел в страшное беспокойство, завертел головой.

— Так что ты делал в саду? — спросил Нан, когда они остались одни.

— Я, — сказал Шаваш, — побежал за этим человеком.

— Ты его знаешь?

— Это привратник из харчевни «Красная тыква».

— Да он всю дрянь в городе знает! — воскликнул Андарз.

— Я его увидел только вчера, — сообщил Шаваш. — Вы велели мне выяснить, в какой харчевне Дануш Моховик собирался поговорить с убитым Ахсаем, и я выяснил, что это была «Красная тыква».

Нан и Андарз изумленно переглянулись, и Нан с неожиданной ловкостью подскочил к двери и распахнул ее: не подслушивает ли кто? Но за дверью никого не было.

— Я пошел в «Красную тыкву», — сказал Шаваш, — и узнал, что Дануш Моховик говорил неправду: он встретился там с господином Ахсаем в вечер убийства и учинил скандал. Хозяин харчевни полагал, что Ахсай и Дануш Моховик собирались ужинать вместе, ибо господин Ахсай заказал ужин на двоих, а потом к нему пришел Дануш Моховик.

— Дальше, — сказал ледяным голосом Андарз.

— Я, — продолжал маленький раб, — подумал, что господин Ахсай, вероятно, заказывал ужин для кого-то другого, ибо никак не мог знать о Дануше. Этот другой либо не явился на встречу, либо испугался скандала и ушел. Я стал расспрашивать привратника, бывшего в тот вечер у входа, и тот пожаловался мне, что один из его постоянных клиентов из высокого дома испугался скандала и ушел.

Нан и Андарз переглянулись снова.

— Из какого дома? — сказал мертвым голосом Андарз.

— Я хотел узнать имя клиента, — вздохнул Шаваш, — но тут парень заподозрил во мне соглядатая и погнал вон. Тогда я сказал парню: «Готов дать голову на отсечение, что этот клиент уже приходил к тебе и хорошо заплатил, чтобы ты не упоминал его имени!»

— Зачем ты это сделал? — рассердился молодой судья.

— Я подумал, что парень рассудит так: «Видать, дело нечисто! Откуда мне знать, кто убил чиновника: тот, кого определили убийцей, Дануш Моховик или этот клиент? Сдается мне, что парнишка говорит дело! И если эти деньги еще не пришли ко мне, почему бы мне самому не пойти к деньгам и попросить плату за молчание? Ведь когда его арестуют, просить деньги будет уже поздно!»

— И что же было дальше? — спросил Андарз.

— Я, — сказал Шаваш, — сел у ворот харчевни и побежал за привратником, когда тот вышел и пошел вниз по улице. Судите сами, каково было мое удивление, когда он направился в этот дом! Я побежал за ним по дорожке, желая узнать, с кем он будет говорить, но меня задержала уважаемая госпожа...

— Сколько времени прошло, — перебил его Нан, — от того момента, когда убийца столкнул привратника на дно, и до того момента, как ты заверещал?

Андарз вздрогнул при слове «убийца». Он не любил таких слов.

— Не больше, — сказал Шаваш, — чем надо, чтобы сварить яйцо, если бросить его в горячую воду. Я подумал, что убийца совсем рядом и, так как вокруг много народу, он не сможет убежать незамеченным. Если он сохранит присутствие духа, он явится в числе первых, будто услышав крик, если же он потеряет голову, то слуги обратят внимание на человека, который бежит от крика.

— И кто же, — спросил Андарз, — прибежал на крик?

— Рабочие, и господин домоправитель, и еще, осмелюсь заметить, молодой господин.

— При чем здесь мой сын? — возмутился сановник.

— А что же секретарь Иммани? — усмехнулся Нан. — У него под стеной подняли такую возню, а он не полюбопытствовал о причине?

— Нет, — сказал Шаваш, — даже не выглянул в окошко.

— Позвать Иммани! — распорядился Андарз.

Вскорости в кабинет вошел секретарь Иммани в длинном шелковом платье с круглым воротником и при папке с янтарной застежкой.

— Ваша честь... — начал он, становясь на одно колено.

— Слышали ли вы, — перебил его Нан, — что у вас под окном убился человек?

— Разумеется, слышал! — возмутился Иммани. — Какой-то бродяга. Этот бесенок так орал, что даже мертвый бы услышал!

— Этот бесенок орал, — сказал Нан, — увидев убитого человека. Долг человеколюбия в таких случаях велит всем живым спешить на помощь. Чем вы занимались в это время?

— Я, — сказал с достоинством секретарь, — переписывал доклад господина Андарза о сырах Горной Иниссы. В древности чиновники писали при луне, не обращали внимания на ураганы!

— Значит, — сказал Нан, — этот крик не потревожил вас?

— Еще как потревожил, — возмутился секретарь, — мне пришлось перебелить целый лист, а ведь я уже почти дописал его!

— Но за дверь вы не выглянули.

— И не подумал, — пожал плечами Иммани. — Если каждый раз, когда умирает простолюдин, переставать писать доклады, то дела в ойкумене остановились бы вовсе! — И повернулся к Андарзу: — Ваша честь, умоляю отодрать этого бесенка как следует! Он нарушил своим криком сочинение документа, испортил гербовый лист! — И, кланяясь, подал хозяину доклад.

Андарз посмотрел на Шаваша. Глаза его стали холодные и пустые. Андарз взял переписанный доклад о сорока страницах, перелистал его и — разорвал.

— Вам, господин Иммани, за отсутствие сострадания придется переписать доклад еще раз. А ты, маленький бесенок, иди на конюшню и скажи, что тебе за недостойное поведение причитается двадцать палок.

Шаваш вздохнул и пошел на конюшню.

У выхода из дому его нагнал судья Нан, наклонился к мальчонке и прошептал:

— Было бы в высшей степени подозрительно, если бы весь этот переполох сошел тебе с рук. Убийца мог бы начать охотиться за тобой. Но за каждый удар ты получишь по серебряному грошу. Ясно?

— Господин судья, — прошептал маленький раб, — прикажите, чтобы мне дали тридцать палок.

Когда Нан вернулся к господину Андарзу, тот по-прежнему сидел в садовом кабинете. Перед ним лежали листы с его давней пьесой, но было незаметно, чтобы императорский наставник что-то правил в них или писал.

По знаку господина Андарза молодой судья сел напротив. Вздохнул и сказал:

— С этим я к вам и спешил. Я навел справки и выяснил, что Ахсай накануне смерти был в «Красной тыкве». Это не бог весть какое заведение, но это вовсе не притон, как он вас уверял. Как видите, его сообщник вовсе не принадлежал к той публике, которая ошивается в притонах. Я также разузнал о ссоре. Хотел арестовать и допросить привратника, но узнал, что он ушел в вашу усадьбу. Поспешил за ним и, как видите, опоздал.

— Почему они назначили встречу в «Красной тыкве», — сказал Андарз, — если они знали друг друга?

— Именно потому, что знали, — усмехнулся Нан. — Ахсай понимал, что человек, который украл такое письмо у собственного господина, может отнять у него деньги, а письмо не отдать. А преступник понимал, что Ахсай может отнять письмо, а деньги оставить себе, — и жаловаться будет некому. Вот они и выбрали людное место, где никто из них не стал бы поднимать скандала.

— Теперь я понимаю, что случилось, — проговорил Андарз. — Преступник увидел, что Ахсай ушел, нагнал его в пустынном месте и предложил завершить сделку. Ахсай протянул ему чеки, а преступник подумал: «Ведь цель моя — получить деньги, а не отдать письмо! Так стоит ли мне расставаться с ним!» Взял деньги и прикончил Ахсая, опасаясь, что тот проговорится.

— Да, — сказал Нан, — может быть, так оно и было. А этот мальчишка, Шаваш, — как он к вам попал?

Андарз рассмеялся и стал рассказывать.

ХОХ

Наказаниями в доме ведал начальник охраны Шан'гар, и когда он услышал, за что Шавашу велели дать двадцать палок, он громко сказал, что господин Андарз не приказал бы выпороть Шаваша, если бы не господин эконом. Эконом, услышав об этом, назвал Шан'гара «варваром, не ведающим приличий».

Вечером в каморку, где лежал Шаваш, заглянул судья Нан, вытащил белую тряпочку и вложил ее в руку мальчишки. Шаваш пересчитал деньги и увидел сорок маленьких серебряных монет, украшенных с одной стороны портретом государя, а с другой — журавлем, птицей благочестия — вдвое больше, чем было обещано.

— А вы бы, — спросил Шаваш, — взяли деньги за то, что вас пороли?

— Непременно, — ответил чиновник. — Все мы даем пороть себя за деньги. Разница же между нами та, что одни дают пороть себя за грош, а другие — за тысячу.

— Не думаю, — сказал Шаваш, — что всех порют за деньги. Только бесчестных порют за деньги. Честных порют бесплатно.

Судья Нан помолчал, а потом сказал:

— В этом доме двести семнадцать комнат, а замочных скважин еще больше. Думаю, что слуги часто глядят в эти скважины и обсуждают между собой множество вещей, о которых не говорят хозяину.

Шаваш вздохнул и сказал:

— А что бы вы хотели знать?

— Я бы хотел знать, например, откуда в доме Андарза взялся эконом Амадия.

— Нет, — сказал Шаваш, — об этом не говорили. Говорили только о том, что начальник охраны Шан'гар тоже был близ покойника: его видели, когда он шел по дорожке к главному дому.

Помолчал и добавил:

— А почему молодой господин ненавидит отца?

Господин Нан поднялся и сказал:

— Спи, бесенок.

Выйдя от Шаваша, Нан заметил у поворота дорожки секретаря Иммани, пробиравшегося к синим воротам. У ворот Иммани обернулся, и Нан помахал ему рукой. Они пошли по улице, огороженной стенами складов, и свернули к реке. Нан заметил у пристани кабачок с трехэтажной башней и предложил зайти.

После второго стакана беловолосый секретарь подозрительно покосился на собутыльника и спросил:

— Что это вы не пьете?

— Дрянное вино, — сказал Нан. — Здесь недалеко есть место, где подают вино, настоянное на сосновой хвое и шафрановых лепестках. Пойдемте-ка туда.

Они явились в новый трактир.

Улыбающийся хозяин принес им кувшин вина, две лакированные чашки с продетыми сквозь крышки соломинками, и блюдо вареных раков на закуску. Нан любил пить из чашек, закрытых крышками, потому что при этом трудно было заметить, что человек не пьет. Нан взял соломинку в губы и стал делать вид, что смакует вино. Иммани стал ломать раков и запивать их вином.

Руки его дрожали. Смерть привратника явно взволновала его несколько больше, чем землетрясения волновали чиновников древности. В один миг Иммани опростал четыре чашки. Чашка Нана по-прежнему была полна. Иммани уже стал пьянеть: глаза чиновника выпучились, кончик острого носа свернулся на сторону и покраснел.

— Сорок страниц! — вдруг вскричал Иммани. — Из-за какого-то паршивого мальчишки я опять должен переписывать эти сорок страниц!

— Ужасно, — сказал Нан, — что человек с вашим талантом и образованием должен выполнять работу простого писаря. Я мог бы отдать эти разорванные листы переписчикам в управе: они сделают все к завтрашнему дню.

Иммани тут же вытащил из рукава разорванную рукопись.

— Следует писать ее полууставом и инисской тушью, — заявил он, — тогда Андарз и не заметит разницы.

Он снял крышку и налил себе пятую чашку вина. Он был уже порядочно пьян. Нан щелкнул пальцами и, вынув из-под чашки блюдечко, положил туда несколько монет.

— Принеси-ка нам пальмового вина, — сказал он хозяину. — И перемени чашки.

Хозяин хотел сказать, что, если пить пальмовое вино после виноградного, тут же опьянеешь, но поглядел на монеты в блюдечке и молча пошел вниз.

После шестой или восьмой чашки Иммани разволновался. Он стал хвалить государя и жаловаться на жизнь.

— Сочувствую вам, — сказал Нан. — Такому тонкому и образованному человеку, как вы, нелегко ужиться с такой вздорной особой, как Андарз.

— Именно, — подтвердил Иммани, — я не то что этот Шан'гар. Верите ли? Родственники подарили его Андарзу, и он считает себя рабом Андарза! А ведь по законам империи он совершенно свободный человек.

— Варвары, — сказал Нан, — по природе своей рабы.

— И убийцы, — добавил Иммани, — ведь это он убил младшего брата Андарза! Господин Андарз в этом деле преступил закон, простил человека, которого полагалось казнить топором и секирой!

Глаза молодого судьи сделались задумчивыми.

— А знаете, что этот Шан'гар выкинул сегодня? Он поговорил со своим подчиненным, который порол этого мальчишку, и стражник набрал в левую руку охры и перед ударом проводил палкой по левой руке! На заднице мальчишки осталось больше охры, чем крови! А когда я это заметил, он кинул меня в стог сена и сел сверху!

— А этот эконом, Амадия? — спросил чиновник. — Откуда он у Андарза?

Иммани осклабился и помахал перед Наном пальцем. Нан понял, что секретарь еще недостаточно пьян. Нан подождал, пока тот уговорил кувшин, и заметил:

— Впрочем, Андарз спас вам жизнь. Разве не он просил государя о вашем помиловании?

— А, — сказал Иммани, — просил о помиловании? А откуда я знаю, отчего ему отказали? Может быть, он одной рукой просил о помиловании, а другой просил отказать в просьбе! Нет человека несчастней, чем я! На меня всю жизнь списывали чужие грехи! Господину Андарзу хотелось иметь умного секретаря и не хотелось платить ему денег: и вот он одной рукой написал на меня донос, а другой спас от топора и секиры! Если хотите знать, он и с Амадией проделал то же самое!

— Какой ужас, — изумился Нан, — а он мне еще хвалил свое милосердие; что это была за история выкупом пленных?

— Пленные! — вскричал Иммани. — Выкуп за пленных! Он конфисковал все, что я нажил с этого выкупа, и еще хвастается своим милосердием. А что я мог сделать? Это наместник Савар был виноват. Он получил ровно половину, спрашивается, почему я должен отдать половину человеку, который палец о палец не ударил в этом деле?! А потом? Андарз отнял у меня все, а брату оставил его половину!

Белые волосы Иммани, растрепавшись, лежали в беспорядке по его плечам, и на среднем пальце сияло золотое кольцо с огромным и явно поддельным сапфиром.

— Если ты маленький человек, — продолжал Иммани, — ты сидишь по уши в дерьме, и сколько ты ни пытаешься выбраться, тебя затягивает еще больше. Посмотрите на тех, кто добился высоких чинов! Андарз — сын наместника Хабарты, Нарай — сын наместника Сонима! Разве маленький человек может сделать карьеру?

— Господин Руш — человек из простого народа, — задумчиво проговорил Нан.

— Правильно! И что они сделали с Рушем? Вот что они сделали с Рушем. — И Иммани патетическим жестом указал в окно, опрокинув по пути полупустой кувшин.

Нан взглянул в окно. Они сидели на третьем этаже решетчатой башенки: сквозь вьющийся плющ проблескивала река, заходящее солнце катилось стремглав в воду, и красные блики сверкали на западной стене государева дворца. Если приглядеться, можно было заметить на стене небольшой крюк, на котором висел кусок бывшего первого министра Руша, но этот кусок висел так давно, что даже вороны, ходившие по стене, не обращали на него никакого внимания.

— Боже мой, — вглядевшись, сказал Нан. — Вы испортили мне весь аппетит! Пошли-ка в другой кабачок!

В другом кабачке дело пошло еще проще: хозяин поставил перед ними кувшин с ламасским вином и кувшин с розовой водой, чтобы его разбавлять, и Нан славно поделил кувшины: себе он наливал из кувшина с водой, а Иммани — из кувшина с вином. Иммани был настолько пьян, что не обратил на это внимания.

— А что, — спросил Нан, — правда ли, что этот варвар Шан'гар сердит на Андарза?

— За что?

— Я слыхал, — сказал Нан, — что Шан'гар занимался чернокнижием, как это часто бывает с варварами, попавшими в империю, а Андарз обругал его идиотом и растоптал всех бесов, которых варвар держал в колбах.

— Ну, — настороженно сказал Иммани.

— Наверняка, — сказал Нан, — глупый варвар не отстал от мерзкого занятия. Я бы мог арестовать его за это паскудство, если бы знал, к какому алхимику он ходит.

Винная чашка выскользнула из рук Иммани, стукнулась о край балкона, подскочила и улетела вниз, на мостовую. Через мгновение далеко внизу послышался бьющийся звук и бешеная ругань случившегося рядом возчика.

— Что вы, — сказал беловолосый секретарь, — если бы я знал, к какому алхимику он ходит, я бы давно сообщил господину Андарзу!

Ночью Шаваша разбудил хомячок Дуня: тот тревожно попискивал и метался в гнезде. Шаваш открыл глаза и сунул руку под подушку, туда, где в белой тряпочке лежали деньги. Деньги были на месте. В проеме двери стояла тень.

— У тебя тут холодно, — сказала тень.

По голосу Шаваш узнал молодого господина Астака.

Юноша сел к нему на матрасик.

— Страшно это было — мертвый человек? — спросил юноша.

Шаваш ничего не ответил. Он однажды видел село, где императорские войска усмирили повстанцев.

— Все сбежались, как стервятники, — продолжал юноша о своем. — Что за дрянь — люди? Вот подумать только: когда к казненному на площади слетаются стервятники, они это делают, потому что им надо есть. А ради чего к казненному собираются люди?

— Люди не все делают ради того, что им надо есть, — сказал Шаваш. — Люди многое делают совершенно бескорыстно.

Юноша молчал. Потом сказал:

— Слушай, пошли в мою комнату. Там теплее, а мне страшно одному.

Шаваш поднялся и стал скатывать свой матрасик.

— Не надо, — сказал юноша. — У меня борзая померла, от нее осталась хорошая лежанка: для раба как раз хватит.

Лежанка была действительно хороша, и много мягче матрасика.

— Если бы не Амадия и не Иммани, — сказал юноша, — отец бы не приказал тебя выпороть! Как не стыдно — слушаться собственных слуг!

— Иммани плохой человек, — сказал Шаваш. — Представляете, господин, мне велели отнести корзинку с подарками осуйскому послу, а он стащил из корзинки персик! Надеялся, что меня накажут! Разве человек, который воровал миллионы, может опускаться до того, чтобы украсть персик? А осуйский посланник подарил мне серебряный грош.

— Глупый ты мальчишка, — сказал Астак, — этот осуец еще хуже Иммани. Иммани украл у тебя персик, и ты это видел. А осуец одной рукой дал тебе грош, а другой в это время украл у страны миллион!

— Другой рукой он в это время дал мне корзинку для господина Андарза, — возразил Шаваш. Вздохнул и прибавил: — А правда, что Шан'гар искалечил пальцы, спасая вашего отца? Или он лишился их в каком-нибудь кабачке?

— Правда, — сказал юноша. — А когда ему было одиннадцать, он убил моего дядю, наместника Савара.

— Удивительное это дело, — сказал Шаваш, — убивает одного брата, защищает другого.

— Он же варвар, — сказал юноша, — а варвары совсем не такие, как мы. Они такие дикие, что прабабка Шан'гара родилась от шестиногого вепря. А у этой прабабки был сын, который, чтобы отомстить за смерть отца, согласился превратиться в скорпиона и десять лет жил в доме обидчика, выбирая верное время для укуса.

История о скорпионе насторожила Шаваша. Он засопел.

— Ты чего сопишь?

— Так, — ответил Шаваш, — не знаю, что и думать о Шан'гаре.

— Если ты не знаешь, что думать о человеке, — сказал молодой господин, — думай самое худшее.

После этого Шаваш заснул, и сорок ишевиков в белой тряпочке оттягивали ему рукав и грели его сердце.

Когда Нан и Иммани вышли на улицу, была уже полночь. Вдалеке били колотушки стражников. Иммани был пьян выше глаз, лепетал о несправедливости богов и просил Нана отвести его к одной девице в Осуйском квартале. Нан немедленно согласился. Они спустились по обрыву, туда, где в речной гавани покачивались красные и желтые корабли. Вход в гавань был перегорожен железной решеткой, а в решетке была дырка.

Пролезши через дырку, Иммани вдохновился, запетлял, как заяц, меж улиц и запел государственный гимн Осуи.

Наконец он свалился в лужу, к великому облегчению судьи Нана, размышлявшего в этот момент, не является ли обязанностью чиновника империи известить ближайшую власть о смутьянах, поющих хотя бы и в Осуйском квартале проклятую осуйскую песню.

Нан подтащил его к ближайшему фонарю и стал обыскивать. Из кармана Иммани он вытащил коробочку с женской костяной расческой, украшенной дешево, но довольно мило, платок, ключи, коробочку с леденцами и смятую бумажку. Ключи Нан, ухмыляясь, сунул себе за пазуху, бумажку прочитал и положил обратно, а затем потянул из кармана Иммани кошелек, стянутый кожаным шнурком.

— Стой!

Нан оглянулся: у угловой стены, высоко вздымая караульный фонарь, стояли три осуйца. Правый стражник взял наперевес хохлатую алебарду и полетел на него с быстротой птицы страуса. Нан выпустил кошелек и помчался в темный переулок.

— Держи вора, держи! — орал стражник. — Оман, забирай по левой!

Нан плохо знал Осуйский квартал, но сообразил, что улица, по которой он бежит, огибает несколько дворов и выходит на левую улицу, по которой и должен бежать вышеуказанный Оман. Улица была нага: ни дерева, ни травинки. Вокруг тянулись спящие дома и сады, и изрядные белые стены, огораживавшие частные владения, подобно поясам целомудрия, были через каждые несколько шагов подперты узкими треугольными контрфорсами. В тень между контрфорсом и стеной и отскочил Нан.

Чиновник надеялся, что горожанин не заметит его, но не все надежды сбываются. Горожанин почти пробежал мимо, повернулся, однако, и открыл рот, чтобы заорать. Нан вцепился в конец его алебарды и дернул к себе. Горожанин пролетел два шага и поймал головой угол. Отскочил и попер было на Нана, но чиновник перехватил древко алебарды и обеими руками пришиб своего противника к стене. Деревяшка пришлась поперек горла, и горожанин стал корчить рожи и хрипеть. Нан, не отпуская древка, ударил горожанина коленом в живот. Тот вспискнул и закрыл глаза. Нан выпустил алебарду, и горожанин свалился на землю, как мешок с мукой.

Нан метнулся обратно в переулок и перескочил через стену первого попавшегося сада. Он свалился под куст рододендронов у самого крыльца маленького, крашенного белым дома, проклиная добросовестность осуйского городского ополчения. За рекой в это время привидение было встретить легче, чем государственного стражника. «Хорошо хоть собаки нет», — думал он, прислушиваясь к остервенелому лаю в соседних дворах.

Скрипнула дверь, и на пороге домика показалась женская фигурка.

— Иммани! — позвала фигурка. — Иммани! Это ты?

На улице стражники звали своего товарища. Через мгновение горестный вопль известил Нана, что товарища нашли.

Женщина постояла, высоко поднимая свечку и вглядываясь в темноту. Силуэт ее очень ясно обрисовался на фоне освещенной двери: у нее была высокая грудь и тонкая талия, стянутая по осуйской моде жакетом на пуговках. Женщина повернулась и ушла. Молодой судья снова услышал скрип плохо смазанной двери.

Нан полежал немного, потом стал шнырять глазами по сторонам и увидел справа от куста свежий поминальный алтарь, формой напоминающий лопату, кувшин с медом и тарелку перед алтарем.

Любопытствуя, чиновник прочитал имя: перед ним был поминальный алтарь Айр-Ашена, который приходился мужем племяннице Айр-Незима, да и сам был ему двоюродным племянником, и воздвигнут был этот алтарь неутешной вдовой.

ЖЖЖ

Посреди ночи Шаваш проснулся: в комнате горел красный светильник, молодой господин лежал глазами кверху и листал какую-то книжку в черной обложке. Астак шумно вздохнул, и Шаваш подумал, что это, наверное, книжка со срамными картинками, которую читают, когда рядом нет женщины. Тут барчонок отложил книжку и поглядел на Шаваша.

— А Иммани пошел пить, — сообщил он. — Валяется небось в канаве. А флигель его стоит пустой.

Юноша поднял голову и стал глядеть в окно, туда, где за кустами, подстриженными в форме рыб и драконов, плыла в лунном свете луковка секретарского флигеля. Какая-то мысль, видно, неотступно в нем сидела.

— А что за человек господин Амадия? — осторожно спросил Шаваш.

— Скверный человек, — сказал Астак, — все время чего-то жует и стремится к выгоде. Торгует с Осуей и отца заставляет делать то же самое. Этакий позор — императорский наставник возится с воском и кружевами!

— Да, — сказал Шаваш, — этот Амадия посылал меня в Осуйский квартал с подарками, и мне показалось, что они посредством подарков договариваются о гнусном. А откуда он взялся?

— Их тут целая компания, — продолжал Астак о своем, — человек двести или триста, со всех концов империи. Это называется — вассальные торговцы. Отдают свои заводы отцу, а взамен требуют покровительства. Эти подлые люди поссорили Андарза с советником Нараем, и они обворовывают государство. Амадия руководит ими, а Иммани на него доносит. Они оба ненавидят друг друга. Это вообще-то правильно, потому что, когда двое слуг ненавидят друг друга, хозяин всегда осведомлен о том, что происходит в доме. В прошлом году Иммани принес Андарзу бумаги о конвоях в Хабарту. Представляешь, оказалось, что эконом Амадия отправлял с конвоями куда больше шелка, чем он сказал Андарзу! Они были в таком плоском ларчике из розового дерева, а на крышке было выдавлено изображение павлина. Хотел бы я иметь такие бумаги!

Маленький раб вздохнул и сказал:

— И отчего только люди плохо себя ведут?

— Все люди, — ответил юноша, — действуют под влиянием злобы, зависти, алчности, гордости, самодовольства и отчаяния, и все это не что иное, как разновидности страсти к стяжанию.

— Все? — переспросил Шаваш.

— Все-все.

— А государь?

— Государь владеет всем миром, от полевой травы до зверей в горах, и поэтому он избавлен от алчности. В том-то и смысл империи, чтобы был человек, который владеет всем и поэтому не имеет ни алчности, ни зависти, ни злобы.

Помолчал и добавил:

— А правда, что ты умеешь воровать?

Шаваш сделал смущенную мордочку.

— Слушай, — сказал молодой господин, — почему бы тебе не залезть во флигель Иммани и не поискать павлиний ларчик?

— А что, — сказал Шаваш, — Иммани где-то пьян, флигель пуст — пошли!

Астак был совершенно поражен.

— Как? Сейчас?

Однако согласился.

Спустя четверть стражи оба мальчика, полностью одетые, стояли у флигеля, в двух саженях от того самого места, где утром разбился привратник. Шаваш оставил молодого господина под вишнями и сказал:

— Если Иммани вернется, просто окликните его погромче да заговорите с ним. Я услышу.

Шаваш уже раньше осмотрел дверь флигеля, и она ему не понравилась. Никаких печатей там не было, и помимо хитроумного осуйского замка, который было невозможно открыть без следов, слева от двери висел бумажный талисман «агава», совсем новенький.

Против этого талисмана у Шаваша, правда, имелось отличное средство из сушеных лягушачьих лапок. Но Шаваш только недавно слыхал о том, как один вор с этими лапками влез в сад через дверь с талисманом «агава» и спер какую-то мелочь, а когда он уходил, персиковое дерево, растущее в саду, выдралось из земли и погналось за ним. Впоследствии выяснилось, что лягушачьи лапки были некачественные.

Словом, вместо того чтобы лезть в дверь, Шаваш обошел флигель со стороны, достал из-за пазухи заранее припасенную веревку с кошкой и забросил кошку за резной край плоской крыши. Миг — и вот он уже крадется по плоской кровле. Еще миг — и Шаваш, зацепив кошку за одно из узких, как лапша, отверстий для света, какие обыкновенно делают в крышах, скользнул внутрь.

Флигель был невелик: в нем было два этажа и три комнаты. Нижняя комната, где работал Иммани, была устроена на двух уровнях: верхняя половина, на которую вели шесть ступенек, была затянута синим ковром и закидана подушками и подушечками. От нижней половины ее отделяла ширма.

Нижняя половина представляла собой кабинет. Рабочий стол был придвинут к помосту, и документы, не умещавшиеся на нем, были сдвинуты прямо на помост. Все было вылизано, как шерсть на кошке. Окно над столом было сделано не из бумаги, а из стекла, и поэтому лунный свет, бивший в него, был необыкновенно ярок: малое полнолуние только что прошло, а до большого полнолуния оставалось три дня.

Шаваш стал рыться в ящиках письменного стола и в корешках книг. Шаваш не думал, что такой умный человек, как Иммани, станет держать лазоревое письмо там, где его можно легко отыскать, но у него были другие намерения.

Среди книг Шаваш не нашел ничего интересного, не считая нескольких книжек из числа непристойных. В письменном столе и правда лежали накладные, но мальчику по неопытности трудно было сразу определить, уличают ли они кого-то или находятся в ящике по служебной надобности.

Зато одна вещица немедленно привлекла внимание Шаваша: кусок мастики величиной с грецкий орех. Человек, не посвященный в тайны искусства жить от чужих кошельков, не обратил бы на мастику внимание или принял ее за благовоние. Но Шаваш очень хорошо знал, что это за штучка, — это была смола дерева вак, смешанная с мелом и шерстью черной овцы, сожженной с надлежащими заклинаниями, и употреблялась она для снятия отпечатков с ключей.

Бегло осмотрев комнату, Шаваш направился было к лесенке на второй этаж. Вдруг он замер и уставился на дверь, освещенную ярким лунным светом: ручка двери тихо поворачивалась. «Ой-ой-ой! — подумал Шаваш. — Никак это убитый привратник явился выяснять отношения с Иммани!»

Шавашу стало очень неуютно, ибо, хотя он привратника не убивал, это был мертвец свежий и вздорный, и вряд ли он был настроен в отношении Шаваша доброжелательно.

Дверь отворилась: на пороге стоял господин Нан. Шаваш сразу заметил, что до талисмана «агава» чиновнику не было решительно никакого дела, более того, он откуда-то раздобыл ключи. Молодой судья мягко повернул ключ в замке и огляделся. Он подошел к окну, задернул занавески и вынул из-под плаща фонарь в форме тыквы. Шаваш вспомнил, что у Нана карие глаза и что, стало быть, чиновник гораздо хуже видит в темноте. Дело в том, что у Шаваша были глаза золотистого цвета, и люди с такими глазами видели в темноте, как кошки.

Чиновник вынул из рукава слуховую трубочку и, приложив ее к стене, принялся методично простукивать кабинет, с каждый шагом приближаясь к помосту, где за ширмой ни жив ни мертв сидел Шаваш. Право, трудно было сказать, что бы Шаваш предпочел в эту минуту: встречу с мертвым привратником или живым чиновником.

Чиновник подошел к самой ширме, и тут его усилия увенчались успехом: стена справа от помоста откликнулась на стук как-то не так. Чиновник довольно осклабился и принялся осматривать деревянные планки. Он поддел одну из планок и отложил ее в сторону. За планкой блеснула бронзовая скважина. Чиновник выбрал ключ из имевшихся у него в связке и вставил его внутрь. Кусок стены провернулся. Нан посмотрел в сейф и разинул рот. Потом, словно не веря себе, он вытащил из вместительного ящика то, что там лежало, и положил на стол.

Это была многократно изогнутая стеклянная трубка. Каждое из коленец трубки было перехвачено бронзовым кольцом и прикреплено к бронзовой раме, так что все сооружение напоминало челюсть собаки со стеклянными зубами. Шаваш бывал у алхимиков и знал, что эта штука стоит очень дорого и называется змеевик. Но зачем она Иммани? К тому же алхимики, учиняющие насилие над природой, преследовались не меньше, чем воры, учиняющие насилие над людьми, а денег почти не имели, так как насиловать природу было неприбыльно.

Нан вытащил из кармана нож-кочедык и процарапал на бронзе еле видную полоску. Убрал змеевик обратно и закрыл тайник. Может, там было еще что, но Шаваш не видел.

После этого Нан подошел к письменному столу, поставил фонарь на краешек стола и стал пробовать, один за другим, ключи. Третий ключ подошел. Нан дернул на себя ящик, фонарь затрепетал, соскользнул со стола и погас, шлепнувшись о пол. Чиновник выругался и наклонился, ища фонарь.

Шаваш ужом скользнул к лестнице и взлетел на второй этаж. Чиновник замер, вертя головой и вглядываясь в темноту, но без фонаря он был слеп, как крот.

Прошло еще минут пятнадцать, прежде чем Нан с фонарем поднялся в летнюю спальню: в спальне все было тихо, через узкие отдушины под потолком светились звезды. Нан приподнял полог, ощупал постель и насторожился: под подушкой лежало что-то твердое. Нан приподнял подушку, взял книжку, которую обнаружил под ней, и стал листать: он не прочел и двух страниц, как понял, что читает дневник покойника Ахсая.

***

Шаваш нашел молодого господина в беседке у пруда: тот положил голову на круглый столик и сладко спал. Шаваш разбудил его.

— А, — сказал Астак, — нашел?

— Нет, — сказал Шаваш, — а потом пришел этот чиновник, Нан, и я чудом удрал.

— И ты ничего не нашел?! — капризно сказал Астак.

Шаваш не стал ему разъяснять, что это было дело Астака — сидеть на карауле — и что, вместо того чтобы выполнять свою часть уговора, молодой господин спал, как тритон зимой.

Мальчики прокрались по дорожкам сада. Астак вернулся в свою постель, а Шаваш — на лежанку.

— Интересно, — сказал Астак, — что Нану понадобилось у Иммани? И откуда у него ключи?

— Не знаю, — сказал Шаваш, — но думаю, что он подозревает Иммани в убийстве привратника. Господин Нан — справедливый чиновник. Ему не нравится, что какой-нибудь секретарь Иммани может ускользнуть от правосудия только потому, что он раб высокопоставленного вельможи.

***

Около второй ночной стражи Айр-Незим, судья Осуйского квартала согласно разрядным спискам империи и посол Осуи в империи согласно разрядным спискам Осуи, стоял за конторкой и читал сборник упражнений о том, как познать Бога, — этот предмет его сильно занимал, и он посвящал ему все время, свободное от делания денег. Он как раз собирался очертить круг и вынуть из колбы беса по имени Шестиухий Черный, когда во дворе раздались голоса слуг и стук подков, и через минуту привратник доложил Айр-Незиму, что в его дом пожаловал господин Нан, новоназначенный судья Четвертого Округа.

Айр-Незим в ужасе выронил колбу с бесом, оправил воротничок и сошел в нижнюю залу, занятую суконной лавкой.

Молодой чиновник нетерпеливо постукивал красным каблучком о пол, разглядывал черную листву, шевелящуюся за окном. Он был ловок, соразмерен в движениях и чисто выбрит, и от него приятно пахло инисским благовонием, которое в столичных лавках стоило пять ишевиков фунтик, а у Айр-Незимовой племянницы — четыре с половиной. Айр-Незим отметил, что об этой разнице в ценах стоит Нану сообщить.

Новый судья Четвертого Округа поклонился и сказал:

— Прошу прощения за столь позднее вторжение! Но только что ко мне прибежал сыщик и заявил, что он слышал, будто в портовом кабачке «Золотой Кукиш» толпа треплет троих осуйцев. Я немедленно выехал в кабачок, но не обнаружил никаких следов насилия. Тем не менее я почел своим долгом навестить вас, господин Айр-Незим: точно ли, что у вас никого не зарезали?

Айр-Незим немного помолчал. И ночи не проходило, чтобы кто-то не пустил слуха о драке между осуйскими матросами и народом, и каждый пятый слух оказывался верным. Обычно власти столицы не очень-то извинялись за потасовки. В случае чего они еще брали штраф с Осуйского квартала.

— Нет, — сказал посол, — наших сегодня никого не били, а вашего чиновника, представьте себе, чуть не зарезали, и причем в нашем квартале.

— Кого же это? — поинтересовался Нан.

— Иммани, секретаря господина Андарза.

Четвертый судья всплеснул руками.

— Что вы говорите! Я распил с ним сегодня чашечку вина в «Трех трилистниках». Заметил, что он желает напиться, и спешно простился. Однако что ему понадобилось в Осуйском квартале?

Осуец пожал плечами.

— Наши патрульные, — сказал он, — обнаружили его под стеной квартала в тот момент, когда над ним старался какой-то бродяга. Они пытались поймать злоумышленника, но тому удалось утечь. Иммани был мертвецки пьян. Вряд ли он соображал, куда идет.

Нан вспомнил женский силуэт в двери и шепот: «Иммани! Иммани!» Это точно — вряд ли Иммани соображал, куда идет, но ноги сами привели его в знакомое место. Вернее, то, что между ног.

Новый судья выразил желание посмотреть на пьяного. Осуец из вежливости лично проводил его в подсобное помещение при посольской лавке.

Иммани лежал на деревянной скамейке, и от него несло спиртным и канавой. Нан осторожно поковырялся в одежде пьяного, вытащил кошелек и двумя пальцами ослабил кожаный шнурок.

— Однако у него ничего не украли! — изумился чиновник.

— Бродяга выронил кошелек, когда увидел патруль, — пояснил посол.

Кладя кошелек обратно, Нан тихонько спустил в него ключи, которые он три часа назад прихватил с собой. Случись у него такая история со стражниками империи, он бы, разумеется, спер ключи, а стражники бы сперли все остальное. Но тут добродетельные лавочники, как и опасался Нан, оберегли карманы. «Вот чудаковатый народ», — причмокнул про себя чиновник.

Господин посол заверил господина судью, что завтра же утром, едва откроют большие ворота, он лично отправит захворавшего чиновника в дом своего друга Андарза. Он был очень растроган учтивым визитом гостя и, прощаясь, вынес ему скромный подарок. «Это не случайный визит! — отметил про себя консул. — Этим визитом он хочет показать, что не забыл прежних друзей, и при случае можно на него рассчитывать».

Консулу было крайне приятно иметь среди приближенных Нарая человека, на которого можно было рассчитывать.

Глава шестая,

в которой господин Нарай посылает в подарок Андарзу железную клетку и в которой оказывается, что молодой Астак держит под подушкой не книжку со срамными картинками, а трактат об управлении государством

Когда Шаваш проснулся, было уже позднее утро: в стеклянных окнах сверкало лимонное солнце, плавились золотом крутобокие вазы на малахитовых подставках, и по расшитому шелком ковру кралась черно-белая ручная мангуста. Постель молодого господина была пуста: пухленькая служанка вытряхивала перину. На столике лежала книга с черной обложкой.

— Давай-ка я помогу, — сказал Шаваш.

— Да лежи уж, — сказала служанка.

Но Шаваш все-таки помог ей управиться с периной, потом служанка показала ему, как мести ковер, чтобы вылущить из него шерсть мангусты, а сама стала заплетать в шар свежие цветы.

— Уф, — сказала служанка через час, — однако сегодня я ранёнько управилась.

Они сели рядышком на ковер, и Шаваш, любопытствуя, подобрал со столика книжку с черной обложкой.

— А что это молодой господин тебя позвал? — спросила пухленькая служанка, которую звали Дарани, что означало «сад тысячи удовольствий».

— Не знаю, — сказал Шаваш. — Боязливый он. Чего он боится?

— Ну, — сказала служанка, — у людей из рода наместников Хабарты всегда есть кого бояться.

— А что, — спросил Шаваш, — правда, что есть такие личные привидения, которые липнут к одному человеку и ходят за ним даже днем, а другие люди их не видят?

— Не знаю, — сказала служанка, — а только в этом доме водятся привидения всех четырех видов. Ты лучше ночью не ходи к Белому Пруду: утопят.

— А кого здесь больше, — спросил маленький раб, — живых или привидений?

— Днем, наверное, больше живых, — сказала служанка, — а ночью больше привидений. Намедни господин Шан'гар зашел ночью на задний двор: так какой-то покойник налетел на него сзади и стал топтать. Шан'гар дал ему разок между глаз, и покойник — бряк на землю. Наутро на этом месте нашли белого хряка: Шан'гар проломил ему лоб. А вчера секретарь Иммани напился пьян и не ночевал в усадьбе: так в его флигеле видели призрачный огонь.

— Это, наверное, был вчерашний покойник, — сказал Шаваш, — какой-то у него был зуб на Иммани.

— Да ты что? — возмутилась служанка таким предположением. — В нашем доме обитают самые высокопоставленные мертвецы трех династий! Есть даже несколько родственников императора. Да какой-то там привратник в трактире и носа бы не посмел высунуть в их обществе! Они бы его тотчас разодрали на клочки!

— А какие в доме самые частые привидения? — спросил Шаваш.

Пухленькая служанка задумалась и стала загибать пальцы:

— Ну, во-первых, покойная госпожа. У покойников обычно после смерти переменяется характер: и вот при жизни она не обращала на сына внимания, но после смерти повадилась к нему ходить каждую ночь. Я так думаю, что это она дурно на него влияет.

— А что она была за женщина? — полюбопытствовал Шаваш.

— Правду сказать, — задумалась служанка, — она была большая стерва, и господин Андарз утопил ее, застав на ней одного свечного чиновника.

— А что случилось с чиновником? — спросил Шаваш.

— А чиновнику Андарз отрезал ту штуку, которой блудят, — тот попищал-попищал и умер. По правде говоря, господин Андарз поступил не очень хорошо, потому что он хотел развестись с госпожой за блуд и сам подговорил этого чиновника на такое... А застав их друг на друге, рассвирепел...

Пухленькая служанка вздохнула и покачала головой, удивляясь безрассудству свечного чиновника, а потом добавила:

— А женщина, наверное, опять стала приходить, раз Астак звал тебя спать.

— А еще кто тут бывает? — спросил Шаваш.

— Еще тут бывает покойный отец Андарза, но это привидение мирное: оно плачет и уходит в землю за своими слезами. Ходит один чиновник по имени Дан: его по приказу Андарза зарезали неподалеку; а другого, Хамифу, отравили зубным порошком. Есть еще один глупый чиновник: Андарз убедил его подать донос на министра финансов, но донос вышел такой глупый, что чиновника по приказу Андарза удавили в тюрьме.

— А я тут видел одного мальчика, моего роста и веса, — сказал Шаваш, — это кто?

Пухленькая служанка вскочила в ужасе, потом протянула руку, чтобы пощупать Шаваша...

— А ну марш на кухню, бездельник, — заорала служанка, — если господин его вместо мангусты завел, так он все утро будет на ковре язык трепать!

На кухне Шаваш забился за печь и раскрыл книгу с черной обложкой на заложенном закладкой месте. Но вопреки надеждам Шаваша она оказалась совсем без срамных картинок. Книга раскрылась на странице, озаглавленной «Обращение с врагами». Автор книги советовал государю, у которого есть два врага, подговорить первого на убийство второго, а потом казнить первого, как убийцу.

Совет был жирно отчеркнут красным. Шаваш почитал немного дальше и, найдя, что книжка эта очень полезная, хотя и занудная, потихоньку отнес ее обратно в комнату молодого господина. Вообще в книге было множество тонких советов из области управления, но Шавашу показалось странным, что книжка советует государю вести себя точно так, как обычно ведут себя главы разбойничьих шаек.

***

Белокурый секретарь Иммани лежал в своем флигеле. Во рту у него было так погано, словно он съел дохлую мышь. Далеко в городе уже забили барабаны в управах, засвистели серебряные раковины в храмах, извещая богов и людей о том, что наступил полдень, — Иммани все лежал в постели и при мысли о том, что когда-то придется вставать, с отвращением закрывал глаза.

В эту минуту в дверь постучали, и на пороге комнаты показался изящный чиновник лет двадцати восьми, в голубом кафтане, отделанном изображениями цветущих вишен и бамбуковых зарослей, и белой пятисторонней шапке с золотой каймой. Из-под шапки виднелись темно-русые волосы, глаза цвета карамели приветственно улыбались — судья Нан! «Вот еще принесла нелегкая, — подумал Иммани, — что ему-то нужно?»

Нан между тем раскрыл папку и подал Иммани доклад, в котором Иммани, к своему изумлению, узнал тот доклад, что разорвал вчера Андарз. Доклад был переписан черными чернилами, почерком «пяти тростников», и выглядел в точности так, как пристойно.

— Вот, — сказал Нан, — я счастлив выполнить свое обещание.

— Какое обещание? — изумился Иммани, пуча глаза.

Молодой чиновник всплеснул руками:

— Помилуйте! Мы с вами распили кувшин в кабачке «Три трилистника», и вы пожаловались на разорванный доклад. Я сказал, что мои писцы могут его переписать, и вы отдали мне доклад! Я счастлив помочь вам!

Иммани закрыл глаза, пытаясь вспомнить «Три трилистника»: да, что-то такое было... А потом? Черт знает что было потом, ничего Иммани не помнил...

Человек менее самовлюбленный, Нан, Андарз, даже простодушный Шан'гар, немедленно бы насторожился: с чего это незнакомый чиновник заставляет своих писцов переписывать чужие доклады? Но бедой господина Иммани, не раз подводившей его в жизни и в конце концов навлекшей на него погибель, была неистребимая уверенность в том, что все люди должны любить его и оказывать ему услуги. Эта-то беда, и ничто иное, приводила к крушению все его хитроумные мерзости, в то время как многим, проделывавшим гораздо более гадкие вещи, удавалось выйти сухими из воды.

Люди, оказывавшие ему услуги от чистого сердца, быстро возмущались, видя, что Иммани принимает услуги как должное, люди, завлекавшие его услугами в ловушку, добивались полного успеха. Из-за этого незначительного брака в душе Иммани получилось так, что он был очень хорош, когда речь шла о том, чтобы заставить страдать других, но никуда не годен, когда речь шла о том, чтобы самому добиться успеха. Словом, поведение его всегда нарушало золотое правило добродетели: никогда не делай людям зла, если это не приносит тебе выгоды.

Иммани открыл глаза и спросил:

— А потом? Что я делал потом?

— Потом? Мы зашли еще в кабачок «Семь Звезд», и, право, я там ужасно напился. Помню только, что вы изъявили желание посетить одну свою знакомую и приглашали меня с собой. Я отказался, не чувствуя в себе похоти, и вы удалились в сторону Осуйского квартала.

— Знакомую, — тревожно спросил Иммани. — Какую знакомую?

— Не помню, — ответил Нан, — видимо, какую-то девицу из Осуйского квартала: я слыхал, что осуйский патруль нашел вас у внешней стены и прислал нынче утром в паланкине.

Иммани в ужасе смотрел на судью. «Пьяный дурак, — пронеслось в его голове, — но не могло же быть такого, что я напился больше его. Стало быть, ничего страшного».

— Слушайте, — сказал он Нану, уцепившись за его рукав, — окажите мне услугу, не рассказывайте никому об этой осуйской знакомой? Ну просто ни слова.

— О чем речь! — изумился молодой чиновник.

Он откланялся и спустился на первый этаж флигеля. Там, не оглядываясь и не колеблясь, он мягко подошел к письменному столу секретаря, и, открыв один из ящиков, переложил туда из бывшей с ним папки тонкую пачку накладных и коносаментов. Накладные судья Нан позаимствовал этой ночью, и копии с них сделал тот же писец, что перебеливал доклад Иммани.

От ключа, которым Нан открыл ящик, слегка пахло смолой дерева вак: не одни лишь уличные шайки знали о достоинствах этой смолы.

***

Этот день Шаваш провел в саду: он забрался на ветхую башню, в комнату, полную рисунков и шорохов, лег на парапет и стал глядеть вниз.

Сверху ему был виден весь сад и красная кирпичная фабрика через реку. В Час Росы во двор приехал подарок: пирог на телеге. Телега была обшита желтым бархатом.

Около полудня во двор прибыл гонец с императорской грамотой. Шаваш видел, как господин Андарз встал на колени посреди двора, целуя грамоту.

После этого Андарз выехал во дворец. Секретарь Иммани, ссылаясь на головную боль, остался в усадьбе.

Немного после обеда госпожа со служанками вышла играть в мяч, и к ним присоединился Иммани. Белоголовый секретарь очень ловко подкидывал мяч ногами и головой и весь вспотел. Он подошел к госпоже, взял ее за подол и вытер подолом лицо.

Вечером под самое подножие башни пришел начальник стражи Шан'гар. Под мышкой у него был меч и узел с документами и книгами. Шан'гар начал проделывать упражнения с мечом. После этого он разделся, нырнул в воду и стал плавать ловко, как гусь. Шан'гар вытерся насухо, натянул чистые штаны и, взойдя на первый этаж башни, расположился там с бумагами.

Шаваш сошел вниз. Шан'гар оторвался от бумаг.

— А, — сказал он, — вот ты где! А я пришел утром в комнату для слуг, а тебя не было. Ты зачем полез на башню?

— Так, — сказал Шаваш, — все-таки на два этажа ближе к небу.

— А привидений ты не боишься? Здесь в полдень и в полночь ходит привидение: один чиновник, которого отравили зубным порошком.

— Нет, — сказал Шаваш, — сегодня я его не видел.

— Вот и я, — вздохнул варвар, — который месяц хожу и все не могу его увидеть! А другие видят!

— Он, наверное, — высказался Шаваш, — был важным чиновником. У него и при жизни было трудно добиться аудиенции, а после смерти — и подавно.

Помолчал и спросил:

— А сложно ли быть чиновником?

Шан'гар оглядел его и, усмехнувшись, сказал:

— Видел белые цветы у дальнего источника? Пойди-ка и сорви мне десять штук.

Шаваш пошел и сорвал десять белых цветов. На обратном пути он вдруг наткнулся на секретаря Иммани — тот искал в траве клубок госпожи, а госпожа смеялась над ним из беседки. Иммани заметил цветы в руках Шаваша и всплеснул руками:

— Ах ты негодяй! Это же цветы от Оранжевого источника! Даже садовник, прежде чем прикоснуться к ним, умывается три раза росою и медом, творит заклинания! Как ты смел их рвать?

Шаваш опустил голову, застеснялся и промолвил:

— Они такие дивные! Я хотел отнести их госпоже.

Госпожа Линна рассмеялась, а Иммани надулся и сказал:

— Такому поступку нет прощения! Иди на конюшню и скажи, чтобы тебя двадцать раз выпороли.

— Десять раз, — сказала госпожа.

Так-то Шаваша снова немного выпороли, а через час его навестил начальник стражи Шан'гар и принес ему ожерелье из бронзовых пластинок и коробочку сластей.

В общем-то, Шан'гар, несмотря на щелкающий звук в его имени

и рыжие волосы, очень нравился Шавашу. Шаваш редко видел человека, который так хорошо бы обращался с мечом, и Шан'гар был такой огромный, что каждая рука его, бугрящаяся мышцами, как дорога ухабами, была шире талии Шаваша. Если бы Шан'гар хотел, он мог бы раздавить мальчишку, как телега давит завалявшийся в колее орех.

— Я пришел к тебе, — сказал Шан'гар, — чтобы объяснить, что такое служба чиновника. Это когда один начальник говорит: «Сорви цветы» — и выпорет, если не исполнишь приказания, а другой начальник говорит: «Не рви цветов» — и порет, если ты их сорвешь.

Помолчал и добавил:

— Маленький хитрец! Почему, однако, ты не сказал, что это я тебя послал за цветами, а сказал, что сорвал их для госпожи?

Шаваш ответил:

— Я понял, что этих цветов было рвать нельзя, и подумал: если я упомяну о вашем приказе, двадцать палок мне достанутся все равно, а если я упомяну о желании угодить госпоже, мне перепадет вдвое меньше.

Рыжеволосый великан засмеялся и сказал:

— Да ты, пожалуй, не нуждаешься в моем уроке.

Андарз ездил во дворец вот почему: в этот день опубликовали указ господина Нарая о запрете совместных бань. В зале Ста Полей советник Нарай, кланяясь, доложил императору:

— Нынче в провинции и в столице распространен обычай — мыться в банях вместе, мужчинам и женщинам. Лица противоположного пола лежат вместе в одной ванне, тот, кто тянет соседку за ноги или за грудь, считается скромником! После бани, не одеваясь, пляшут вместе голые. Подобные места всегда плохо освещены, якобы ради экономии, а иные молодцы платят хозяину за то, чтобы тот вовремя уронил в воду светильник. Невозможно сказать, какой разврат происходит от этого! Необходимо запретить совместные бани!

Молодой государь, стыдясь народа, закрыл лицо рукавом.

— Ваша вечность! — сказал Андарз. — Если запретить совместное купание, так народ перестанет мыться.

Придворные засмеялись.

— Пусть лучше не моются, чем развратничают, — возразил Нарай. — Ведь разврат порождает жажду быть не как все. Жажда быть не как все порождает роскошь, роскошь одних влечет за собой нищету других, вследствие этого хиреет и гибнет государство. Запрещая разврат, искореняют роскошь, искореняя роскошь, спасают государство!

После этого господин Андарз уже ничего не стал возражать, и молодой государь подписал указ, представленный Нараем.

Вернувшись домой, императорский наставник призвал к себе старосту банного цеха, который неделю назад от имени банщиков передал ему три золотых слитка, каждый весом в небольшого петуха, и со слезами на глазах вернул ему подношение. Банщик всполошился:

— Что вы! Считайте это даром нашей признательности!

— Пустяки, — отвечал Андарз, — честь не позволяет мне брать деньги за то, что я не смог сделать. Берите и владейте.

После встречи с секретарем Иммани судья Нан покинул дом Андарза и выехал к городку Зеленые Ветви, где два месяца назад разбойники ограбили секретаря Иммани и отняли у него лазоревое письмо.

Через четыре часа быстрой езды Нан прибыл на место. С правой стороны императорского тракта простирались виноградники, усеянные крестьянами, с левой сверкала река. Ленивые коровы, зайдя в воду по брюхо, отмахивались хвостами от слепней, и чуть поодаль, как мелкий сор на воде, виднелись рыбацкие лодки. По пыльной дороге шел сборщик налогов, волоча за собой козу.

За полуразрушенной часовней дорога свернула вправо. С поросшего деревьями холма Нан увидел маленький городок, окруженный восьмиугольной стеной, и множество домиков с зелеными флагами снаружи стены. Это все были постоялые дворы, неподалеку находился храм Золотого Художника Ияри, и паломники проводили ночь в постоялых дворах, чтобы с первыми лучами солнца отправиться к храму.

Ияри жил во времена первой династии и был не просто художником, а волшебником и рисовал чудовищ. Все эти чудовища когда-то существовали, но были превращены им в рисунки. А если бы их не превратили в рисунки, то они по-прежнему бы ели людей.

С холма храма не было видно.

Местный начальник уезда был рад угодить столичному судье. Он казался немного смущен и встревожен его появлением. Дело в том, что, когда ограбленный Иммани, в одном травяном плаще, прибежал вечером во двор управы и стал дергать за веревку для жалоб, чиновник ужинал с девицами.

Он выглянул в окно, решил, что это какой-то крестьянин, и велел посадить его в тюрьму за нарушение покоя во время вечерних церемоний. Наутро жалобщик оказался секретарем императорского наставника, и судья валялся перед ним на полу и вообще пережил множество неприятных страхов.

Нан застал начальника уезда в кабинете с кувшином вина. Он походил на помесь щуки и карася, как это часто бывало с мелкими пожилыми чиновниками. Звали его Одон. На стене кабинета красовалось темное квадратное пятно: Нан догадался, что в этом месте висел портрет Руша или другого казненного. Одон снял старый портрет, но не знал, какой новый следует вешать.

Начальник уезда Одон занавесил кувшин вина тряпочкой, отдал кое-какие распоряжения и отправился вместе со столичным чиновником на место происшествия.

Козий Лес начинался сразу за городскими воротами. Дорога была старая-старая, а лессовые почвы такие мягкие, что колея ушла глубоко в землю. Отвесные края дороги были опутаны плющом и повиликой, высоко вверху шумела листва и оглушительно кричали птицы, — это было действительно опасное место, потому что путники на дороге не могли разглядеть злоумышленника вверху.

— Как вы думаете, много ли разбойников напало на Иммани? — полюбопытствовал судья Нан.

— Ба, — сказал Одон, — когда мы его спросили об этом утром, их было трое, к полудню их стало семь, и вечером — десять. Бьюсь об заклад, хозяину он рассказал, что бился с целым войском.

Тут они наконец подъехали к месту происшествия, и Одон показал на дуб, нависающий над дорогой.

— На самом деле, — сказал он, — разбойник был всего один. Он сидел на развилке этого дуба не меньше часа, а потом прыгнул сзади на лошадь Иммани и стал душить всадника. Иммани даже его не видел. Судя по следам, которые он оставил в грязи, это был очень большой и сильный человек. Потом он снял с секретаря дорожную одежду и, видимо, тут же в нее переоделся, а свой травяной плащ оставил на дороге.

— Почему вы считаете, что он прыгнул именно с дуба?

— Преступник ел дынные семечки и заплевал семечками дуб и дорогу. Если бы он стоял на дороге или над обочиной, он бы вряд ли заплевал дуб, а? Также понятно, что он ел семечки не после разбоя, а до. Когда человек сидит, ждет чего-то и нервничает и имеет в кармане семечки, — он обязательно станет их есть. Я собрал все семечки с дуба и с дороги, и набралось около осьмушки. После этого я реквизировал семь осьмушек семечек и раздал их моим стражникам, имеющим эту привычку, и ни один из них не справился с этой задачей меньше, чем за час.

Судья Нан отметил про себя, что уездный начальник, может быть, и не самый чистый душой человек, но явно не лишен ни ума, ни опыта.

— Мы едем по этой дороге не больше часа, — сказал Нан, — и нам дважды встречались люди. Проходили ли другие путники под деревом, в то время как на нем сидел разбойник? Видели ли они семечки на земле?

Уездный начальник вздохнул.

— Я и сам задался этим вопросом. Я расклеил объявления, призывавшие тех, кто проходил в этот день по дороге, к даче показаний. Но ни один из проезжих не явился, не желая связываться с управой. Зато я получил целую кучу доносов от разных соседей, а одна баба даже надиктовала, что не знает, ходила ли ее соседка по этой дороге или нет, но что эта соседка, когда стирает белье, вечно выливает воду со щелоком в чужой сад.

— А плащ, который оставил разбойник? — спросил Нан.

— Плащ сохранили, но только по нему ничего не установишь. Это обычный крестьянский плащ, такие плетут по всей провинции.

Одон задумался и добавил:

— Это все паломники Золотого Ияри. Черт знает что за народ.

Нан кивнул. Паломники, по его опыту, были странный народ: редко-редко это были степенные люди, а чаще мошенники и бродяги, которые стекались к храму, чтобы замолить свои грехи, а деньги в пути добывали новыми преступлениями.

— Что, — сказал Нан, — больше стали грабить за последнее время?

— Именно, особенно с тех пор, как...

Одон запнулся, не зная, как сказать столичному судье: «с тех пор, как Нарай житья не дает людям» или «с тех пор, как советник Нарай выгнал негодяев из теплых гнезд».

— С тех пор, как воры, выгнанные господином Нараем из лавок, перебрались на большую дорогу, — сказал столичный судья.

Начальник уезда вздохнул с облегчением и немедленно согласился.

Нан спешился и облазил место происшествия, влез на отвесный склон дороги, забрался на дуб. Сделать это оказалось нелегко: несмотря на всю свою ловкость, столичный чиновник изрядно запачкал свой голубой с вышивкой кафтан и едва не сорвался вниз, когда ему пришлось подпрыгнуть, чтобы ухватиться за слишком высокий сук. Зато, забравшись на дерево, судья Нан был вознагражден игрой тени и света на старой коре и удивительным видом на зеленые флаги постоялых дворов и повороты старой дороги, открывавшимся меж резных листьев, — и ощущением вечности, покоя и солнца, ощущением мимолетным и оттого еще более острым.

Да, это было подходящее место для нападения на Иммани, и если учесть, что преступник час просидел на дереве и пропустил множество людей, то он явно поджидал определенного человека. Но ведь Иммани и сам мог инсценировать ограбление. Ничто ему не мешало влезть на дуб, высыпать семечки, изваляться в пыли и потом, переодевшись в травяной плащ, побежать к управе. Только куда он тогда дел лошадь с сумками? Нан еще раз посмотрел сквозь резную зелень на зеленые флаги постоялых дворов.

На дороге меж тем начальник уезда Одон обдумывал замечание Нана. Нан слез вниз, и чиновники поехали обратно. На выезде из леса чиновник наконец решился.

— По правде говоря, — сказал он, — тут дело нечисто. Признаться, если бы я не посадил этого секретаря на ночь в клетку, я бы повел расследование совсем по-другому. Подумайте сами — человек едет с такими подарками и отсылает от себя всех слуг. А на границе области этот Иммани отказался от вооруженного эскорта!

— Что вы хотите сказать?

Одон указал на зеленые флаги гостиниц:

— Если человек отсылает от себя слуг, значит, он боится свидетелей. Если он боится свидетелей, значит, он намеревается преступить закон. Сдается мне, что этот Иммани намеревался обделать в городке кое-какие делишки своего хозяина, встретиться на постоялом дворе с сообщником!

— То есть вы думаете, — спросил Нан, — что этот сообщник, зная о прибытии Иммани и о том, что Иммани прибывает один, подстерег его в лесу, спрыгнул сзади и ограбил?

Одон застыл с раскрытым ртом.

— Великий Вей! — вскричал он. — Как это раньше не пришло мне в голову! Мне и раньше казалось, что в этом деле есть что-то странное! И знаете что? Вот именно то, что преступник прыгнул на Иммани сверху, рискуя собственной шеей. Вы видели, это чертовски трудный прыжок! Почему он не выскочил из-за поворота с дубиной, не накинул на Иммани сетку, как это в обычае у других людей? Он боялся, что Иммани его узнает! С хорошенькими людьми ведет дела господин Андарз!

Уездный глава даже затанцевал в седле от усердия. Теперь он проклинал себя за нерасторопность. В самом деле, проведи он тогда облаву в постоялых дворах, кто знает, куда привела бы ниточка? Может быть, он изобличил бы изменнические сношения Андарза с Осуей, оказал бы неоценимую услугу господину Нараю. Что тогда он именно потому и не стал возиться с этим делом, так как Андарз и Нарай были еще друзьями и задавили бы его, как телега — мышь, Одон как-то позабыл. В смятении чувств он даже не заметил, что молодой чиновник что-то ему говорит.

— Видите ли, — донесся до него наконец голос Нана, — наверняка Иммани отпустил слуг, чтобы избавиться от свидетелей. Но и слуги, и вооруженный эскорт принадлежали, честно говоря, господину Андарзу. Иммани не было смысла их отпускать, если сделка совершалась согласно воле Андарза. Стало быть, если сделка имела место, Иммани не выполнял волю хозяина, а, наоборот, обманывал его. Разоблачение такой сделки ничуть не повредило бы господину Андарзу.

Нан вежливо отказался от приглашений Одона и заночевал в усадьбе человека по имени Решна. Решна был давним знакомым Нана и вассальным торговцем Андарза, — он торговал с Осуей медом и коноплей. Решна был наполовину ласом, и они говорили между собой на языке, который щелкал и посвистывал. Так что каждый, кому бы вздумалось подслушать разговор, не понял бы ни одного слова, кроме, разумеется, двух повторяющихся имен: «Амадия» и «Иммани».

И по тому, как говорил Решна, было видно, что этот разговор ему не очень-то нравится.

Едва государь подписал указ о банях, господин Нарай послал Андарзу в подарок железную клетку, а в клетке — выдру, символ изменника и сластолюбца.

Господин Андарз изломал клетку и сказал:

— Что ж! Если на меня лезут с топором, пусть не думают, что я буду обороняться салфеткою.

На следующий день с утра императорский наставник велел снаряжать паланкин и отправился к господину Ишнайе, которого он сделал после казни Руша первым министром. Ишнайя встретил его с распростертыми объятьями и выразил сожаление по поводу решения государя.

— Боюсь, — сказал Андарз, — господин Нарай не остановится, пока не погубит государство. Вскоре он попросит у государя мою голову. А когда он выпросит у государя голову его ближайшего друга, головы остальных сановников станут дешевле гусиных яиц.

Ишнайя обещал подумать об этом, и сановники вдвоем отправились к господину Чаренике, министру финансов.

— Сдается мне, — сказал Ишнайя Чаренике — что этот негодяй Нарай считает нас всех ворами и взяточниками! Стоило бы предпринять что-то по этому поводу!

Чареника обещал подумать об этом, и сановники втроем отправились к управителю дворца господину Мнадесу.

Андарз остановился полюбоваться расцветшими хризантемами, а оба сановника заговорили с управителем дворца об интересующем их деле.

— Не стоит беспокоиться, — сказал Мнадес, — ведь государь расправился с первым министром Рушем не потому, что тот был вор, а потому, что тот был любовником его матери. Что же касается Андарза, то у государя к нему сложные чувства. Из этого я заключаю, что Нарай добьется казни Андарза от той половинки государя, которая ненавидит Андарза, и на этом его владычество кончится, потому что та половинка государя, которая Андарза любит, не сможет Нарая простить. Так стоит ли вступаться за человека, чья казнь принесет гибель Нараю?

Чареника был так поражен этой мыслью, что вскричал:

— Вы правы!

А Ишнайя добавил:

— К тому же, кто не знает, что стихи «О Семи Супругах» принадлежат Андарзу? А в этих стихах говорится, будто, когда я был городским судьей в Чахаре, вместо виноградных кистей в судебном саду на ветвях росла одна оскомина! Самая отъявленная ложь!

В это время к ним подошел Андарз и спросил, что они решили.

— Полно, страхи ваши преувеличены! — сказал Чареника.

— Почему бы вам не помириться с господином Нараем? — сказал Ишнайя.

— Зачем говорить о неприятном, — промолвил Мнадес, — почитайте нам лучше свои новые стихи.

Андарз поклонился всем троим и поехал в трактир, где и напился выше глаз.

Этим вечером Шаваш тихонько пробрался в библиотеку, размещавшуюся в самом дальнем конце главного дома, у дворика, облицованного мрамором и агатом-моховиком.

У господина Андарза была огромная библиотека: книги на высоких полках смотрели на мальчика своими гранатовыми глазами, по стенам были развешаны ковры, изображавшие победы Андарза, а позади стола, выложенного отполированными черепаховыми щитками, висел удивительный гобелен, изображавший карту империи. Шаваш вытаращил глаза. О том, что такие карты существуют, он знал только по рассказам: не только владеть, но и смотреть на карту империи простому смертному было запрещено. Неисчислимые бедствия могли произойти от колдовства с картой!

Вот, например, в десятый год правления государыни Касии началась засуха, чума... В народе поползли слухи, что причина — в том, что иссякла государева благая сила, что страной правит женщина. Государыня приказала произвести расследование: и что же? Выяснилось, что один из высших чиновников, обманом добыв карту империи, сушит ее над огнем, колдует, злоумышляя на государство и государыню. Чиновника, разумеется, казнили: слухи прекратились совершенно.

Но Шаваш пришел сюда не из-за карты. Он хотел найти книгу, которая ответила бы ему на вопрос: что такое лазоревое письмо? Он боялся задать этот вопрос Андарзу или его домашним, потому что трудно было это сделать, не возбудив подозрения. Что же касается книг, то книги никогда не предавались подозрениям по поводу заданных им вопросов или, во всяком случае, никому эти подозрения не могли сообщить. Шаваш давно заметил эту особенность книг. Поэтому он и выучился читать.

Нужную книгу оказалось найти сложнее, чем тайник под чужой половицей, и прошло не меньше времени, чем надо, чтобы сварить рис, пока Шаваш не вынул из второго слева шкафа толстый том, называвшийся: «Книга о надлежащих бумагах».

Мальчик раскрыл книгу и погрузился в чтение. Он быстро узнал, что, составив накладную, надо верхнюю половинку бумаги класть в правый ящик, а нижнюю — в левый и что накладная на сыр имеет вверху знак козьей головки, а накладная на сено — увенчанный рогами кружок. Он узнал, что недопустимо подавать по начальству бумагу, которая скверно пахнет от долгого лежания или на которую что-то пролили.

Он узнал, что бумага о вступлении в должность наместника должна быть синяя, как камень лазурит, а поданная жалоба должна иметь красную полосу цвета оскорбленного сердца, доносы же можно писать на любой бумаге, лишь бы в словах сквозило чистосердечие и верность государю.

А потом Шаваш перевернул страницу, касавшуюся официальных

указов, и нашел то, что искал: на лазоревой бумаге имел право писать только царствующий император — свои частные письма.

Шаваш захлопнул книгу.

— Ты что здесь делаешь?

Шаваш, обомлев, поднял глаза: в проходе над шкафом стоял Андарз. Щека у императорского наставника была слегка расцарапана, и от него несло дешевым вином, какое пьют в кабаках на пристани.

Он был в дорогом парчовом кафтане, выложенном по обшлагам золотыми узорами, такими тонкими, что трудно было понять — это еще золотая нить или уже золотая проволока, и проволока эта оплетала плоские яшмовые пластины с изображениями зверей и птиц.

— Ты что здесь делаешь? — повторил императорский наставник. Кафтан его, в нарушение всех правил, был распахнут, и в проеме его Шаваш видел крепкую грудь цвета топленого молока и розовый шрам чуть выше сердца, там, где когда-то пришелся удар подосланного варварами убийцы. Васильковые глаза Андарза словно глядели в разные стороны.

— Читаю, — сказал Шаваш.

Андарз пошатнулся и едва не упал, а потом выхватил у Шаваша книгу. У него были сильные гладкие руки с длинными пальцами, и крепкие его запястья были перехвачены, по варварскому обычаю, золотыми браслетами в виде свернувшихся змей.

— Да? И что же ты тут вычитал?

— Ой, — сказал мальчик, — я очень многое вычитал. Я вычитал, что накладная на сыр имеет знак козьей головки, а накладная на сено — кружок с рогами и что если доклад от долгого лежания приобрел дурной запах, надо поставить рядом с ним на ночь стакан с мятой и росовяником...

— Где ты научился читать? — перебил Андарз.

— У столба с указами, — сказал Шаваш. — Когда читают новый указ, я его запоминаю, а когда указ вешают на столб и толпа расходится, я стою у столба и сличаю буквы со звуками.

— А ну-ка прочти последний указ! — велел Андарз.

Делать нечего: Шаваш прочел наизусть последний указ Нарая, в котором написание доноса приравнивалось к совершению воинского подвига. Теперь за донос можно было получить не только деньги, но и право носить оружие, чтобы защищаться от родных того, на кого донесли.

— А я и не знал, что его уже вывесили, — пробормотал Андарз.

Императорский наставник оглянулся и опустился в стоявшее у окна кресло. Некоторое время он молчал, и Шаваш уже совсем было решил смыться, когда сановник резко взмахнул рукой, подзывая к себе мальчика.

Шаваш подошел и сел у его ног. Андарз наклонился, и тяжелая его рука легла на встрепанную головенку золотоглазого сорванца.

— Ты будешь поумнее иных моих учеников, — проговорил Андарз.

Глаза его были закрыты. Он напоминал больную птицу, слегка, впрочем, пьяную.

— Какой-то вы грустный, господин, — испуганно сказал Шаваш.

— Да, — глухо сказал Андарз, — грустный. Когда государь меняется к человеку, даже собаки на его псарне начинают лаять по-другому.

— А почему государь переменился к вам? — спросил Шаваш.

— А ты не знаешь?

Шаваш заморгал, не зная, что отвечать. Книги таращили на него свои тысячелетние глаза, воздух в библиотеке был полон страхом и кровью, застегнутыми между страниц, и рука императорского наставника вдруг показалась Шавашу тяжелее, чем взгляд тысячелетних книг.

Андарз вдруг сказал:

— У государыни Касии и министра Руша был сын, Минна, мальчик десяти лет. Руш всегда надеялся, что Касия отправит государя Варназда в монастырь и укажет государем этого мальчика, Минну, но государыня Касия умерла раньше, чем Руш добился своего. Когда я и государь арестовывали Руша, Минна прибежал в беседку на крики. Я спросил государя, что делать с Минной, и государь сказал, чтобы я забрал его в свой дом. Я увез Минну сюда, он ничего не ел и плакал. Через неделю он умер. С этой поры государь стал ко мне охладевать.

Шавашу стало не очень-то по себе. Он подумал, что человек, убивший сводного брата государя, не очень-то задумается, если ему надо будет убить Шаваша. Ему показалось, что он попал в очень скверную историю.

— Я, — сказал Шаваш, — ни разу про это не слышал. В народе ничего такого не рассказывают.

— Да, — сказал Андарз, — в народе рассказывают все больше про то, как я дрался с покойным королем ласов и о моих победах над варварами. Однако что же ты делал эти два дня?

— Так, — сказал Шаваш, — охотился за болтливыми языками.

— И что же ты выяснил?

— Например, — сказал Шаваш, — я выяснил, откуда у вас взялся домоправитель Амадия.

Андарз вздрогнул и спросил:

— Откуда?

— Однажды государь послал вам подарок: золото и серебро и семь персиков, сорванных лично государевой рукой. Вы нечаянно выронили один персик за окошко, а под окошком в этот миг пробегала свинья. Свинья сожрала государев подарок и тут же превратилась в человека: это и был домоправитель Амадия.

Императорский наставник заулыбался.

— Я, конечно, не знаю, правда это или нет, — продолжал Шаваш, — а только если Амадия в прошлом был свиньей, то немудрено, что ему хочется в город Осую, где никто не спрашивает о прошлом, а спрашивают только о деньгах.

— Откуда ты знаешь, что ему хочется в Осую?

— Я принес ему корзинку с подарками от Айр-Незима, — сказал Шаваш, — и он так обрадовался, словно получил весточку от возлюбленной, и он сказал, что Осуя — это самый прекрасный город на свете, где никому не рубят головы. А в корзинке было двенадцать слив, персик и телячья ножка.

— Ну и что? — сказал Андарз.

— Я думаю, что двенадцать слив значит храм Двенадцати Слив, персик значит день недели, а телячья ножка значит Час Коровы.

Андарз долго молчал.

— Хорошо, — сказал он наконец, — иди и следи за Амадией. И если тот действительно встретится с осуйцем в Персиковый день в храме Двенадцати Слив, можешь просить у меня все, что хочешь.

Маленький раб пошел, но остановился у двери. За окном уже совсем стемнело, посвистывал ветер, и ветки дуба терлись о стену.

— А что за город — Осуя? — спросил Шаваш. — Правда, что там никому не рубят головы?

— Нет на свете таких городов, — глухо сказал Андарз, — где никому не рубят головы. Иди.

Столичный судья Нан выехал из городка Зеленые Ветви с первыми открытыми городскими воротами. Проезжая предместьями, он с любопытством вертел головой, приглядываясь к домикам с белеными стенами и зелеными флагами. Из-за беленых стен доносились звонкие голоса постояльцев, пахло свежевыпеченными лепешками.

Возможно, Одон был прав, полагая, что Иммани отпустил слуг ради тайной встречи, но Нан почему-то не думал, что Иммани встречался с торговцем или сообщником. Господин Иммани любил две вещи: деньги и женщин. Нан вспомнил темный силуэт на пороге домика, свечку и ласковый голос недавней вдовы: «Иммани! Иммани!»

К полудню Четвертый судья добрался до столицы и отправился в дом господина Андарза. Он спросил у конюха, подбежавшего к его коню, не видел ли тот домоправителя Амадию, и, получив ответ, направился в глубину сада.

Амадия пил чай в розовой беседке: каждый месяц два дня он должен был проводить в усадьбе, ожидая, не захочет ли Андарз выслушать отчет. При виде молодого судьи он вскочил и начал восьмичленный поклон, как полагается при виде высокопоставленного чиновника; однако Нан жестом остановил его и, улыбнувшись, поставил на стол бывшую при нем корзинку, обтянутую зеленым бархатом, — это был подарок от господина Решны.

Столовый мальчик поспешно принес для судьи чайный прибор и двузубую золотую вилку. Принесли яичницу из перепелиных яиц, маринованные бобовые стручки и приправу из розового толченого имбиря; принесли карпа, тушенного с корицей и медом, и кабанятину с лотосовыми корнями; а поверх всего принесли сладкий просяной пирог с финиками и медом, и пряженные в сахаре фрукты «овечьи ушки», — словом, все, что полагалось для легкого завтрака.

Молодой чиновник ел изящно и немного и повеселил домоправителя рассказами о дворцовой жизни; к изумлению Амадии, он высказал немалый интерес к механике и даже некоторое время спорил с домоправителем о камнях, падающих с неба. Амадия полагал, что императорской академии следует запретить принимать как проекты вечного двигателя, так и сообщения о падающих с неба камнях, потому что это глупость и суеверие, и происходит оно от невежества крестьян, полагающих небесный свод сделанным из камня лазурита; молодой чиновник выразил нерешительное сомнение, что, может, как-то удастся обойти проблему, если выяснится, что камни все-таки падают.

Как-то незаметно перешли на новые станки; Амадия похвастался, что усовершествованный им челнок позволяет ткать впятеро быстрее; к сожалению, новшество это вызывает гнев цехов, а с ними и советника Нарая.

— Если не наладить такие станки в империи, вся наша шерсть будет перерабатываться в Осуе, — пожаловался домоправитель. — В прошлом году, когда я был в Хабарте, уже половина ее сидела на новых станках, но кто знает, к чему приведут требования Нарая?

— Кстати, о провинции Хабарта, — спросил молодой судья, — а почему в этот год туда поехал Иммани? Господин Шан'гар уроженец тамошних мест, а у вас там торговые дела. Разумнее было б послать вас.

Домоправитель Амадия несколько нахмурился и пробормотал, что такова была воля хозяина.

— Я слыхал, — спросил судья Нан, — что между вами и секретарем Иммани была немалая распря: в прошлом году он обвинил вас в хищениях?

— Иммани — вздорный наглец, — сказал Амадия, — сердце у него без жалости, а язык без костей, господин посмеялся и прогнал его прочь.

— Но документы-то были? — спросил судья Нан.

Тут толстый домоправитель нахмурился еще больше и, чтобы скрыть свое волнение, запустил зубы в финиковый пирог.

— Я слыхал, — сказал Нан, — что перед этой поездкой был большой скандал. Иммани снова обвинил вас в том, что вы нечестны с Андарзом и что поэтому-то вы и хотите сам ехать в Хабарту: иначе воровство выплывет.

— Иммани, — сказал Амадия, — умен, как сова, и вздорен, как гусь, и гусь в нем часто побеждает сову. Он нес глупость, и господин Андарз чуть не побил его палкой.

— Но тем не менее он послал в Хабарту Иммани?

— Он послал в Хабарту Иммани, — сердито сказал Амадия, — но тот не нашел ни недостачи в мерах, ни недостачи в деньгах, и никогда он не предъявил господину не единого документа, подтверждающего этот вздор!

Молодой судья кивнул, словно сострадая домоправителю в возведенной на нем напраслине, и осторожно, двумя пальцами, взял цукат из финика с миндалем; а потом он омыл руки в розовой воде и достал из широкого рукава несколько грузовых ведомостей, которые было легко признать по зеленой с желтым полосе на документе.

— Это что? — спросил домоправитель Амадия.

— Это документы, которые секретарь Иммани переслал советнику Нараю, — ответил молодой судья. — По ним получается, что в этом году «Золотая Звезда» повезла в Осую из Хабарты три тысячи мер шелка, а перед господином Андарзом вы указали в ней пятьсот мер. К господину Андарзу вопросов нет — он ведь имеет особое дозволение императора торговать с Осуей. А вот с вас есть чего спросить — ведь рабу никто не даровал привилегии красть у хозяина.

Мигом эконом Амадия забыл и о каменном небосводе, и об усовершенствованных челноках. Пирог вывалился из его раскрытого рта прямо на атласную скатерть.

— Ах он подлец! — вскричал домоправитель Амадия. — Он взял с меня двести тысяч, чтобы все оставалось в тиши! Пусть он не думает, что я буду молчать! Он... он... да этот негодяй!

— Он — что?

— Он торговал людьми с варварами! Государыня Касия приговорила его к смерти!

Сухощавый чиновник улыбнулся, и его глаза внезапно стали как два алмазных буравчика.

— А вас? — спросил господин Нан. — Господин Иммани торговал людьми с варварами; Шан'гар — убил наместника Савара. За пределами дома Андарза Иммани ждет обвинение в измене, а Шан'гара — обвинение в убийстве наместника Хабарты. Им обоим некуда идти. Андарз спас их от смерти. От чего Андарз спас вас? Какое преступление совершили вы?

— Я ни в чем не виновен, — взвизгнул Амадия.

— Что ж, в определенных обстоятельствах — это самое непростительное преступление, а? — сказал Нан и вышел из беседки. За его спиной Амадия закрыл пухлые глазки и потерял сознание.

***

Из беседки господин Нан прошел в кабинет Андарза. Императорский наставник сидел в кресле на возвышении и смеялся, а перед ним на руках ходил Шаваш. Впрочем, мальчишку тут же отослали, и Нан принялся рассказывать о своей поездке в Козий Лес. Едва он кончил, в дверь послышался стук, и на пороге показался начальник охраны Шан'гар. Он сказал, что Амадия потерял сознание в розовой беседке и по этой причине просит позволения удалиться домой и не дожидаться, вызовет ли его Андарз с отчетом.

— Великий Вей! — сказал Андарз — Что с ним?

— Этот шпион Нарая, Нан, напугал его до смерти, — сказал Шан'гар.

— Невежливо говорить о присутствующем человеке в третьем лице, — сказал Андарз.

— Ах я козел в капусте! — с насмешкой вскричал Шан'гар. — Простите меня, глупого варвара! В нашем языке, когда о присутствующем говорят в третьем лице, это свидетельствует о величайшем почтении! Ах я невежественная скотина! Вечно путаю языки!

Откланялся и вышел. Вейский его был безукоризнен.

«Великий Вей, — подумал Нан, — как бы этот варвар не свернул мне шею».

— Да что же это у вас такое случилось с Амадией? — спросил Андарз.

Нан молча протянул ему те же бумаги, которые он показывал домоправителю.

— Что это? — спросил императорский наставник.

— Это документы о торговле с Осуей, — ответил Нан, — согласно им домоправитель Амадия не особенно был честен с вами. Только «Золотая Звезда», по бумагам, везла две тысячи мер шелка — а перед вами Амадия отчитался за пятьсот. Я сказал Амадии, что ваш секретарь Иммани передал эти бумаги советнику Нараю, и Амадия чуть не сошел с ума и закричал: «Он же взял с меня двести тысяч!» Никаких этих бумаг Иммани никуда не передавал: они были у него во флигеле. Вы взяли Иммани, думая, что он ловок шпионить за всеми? Напрасно. Такой человек не будет доносить господину, если можно шантажировать слугу.

— Мерзавец! — сказал Андарз. — Я его повешу!

— Не советую. Вы не сможете сделать это сами, вам придется передать его властям: представляете, что он сможет рассказать перед казнью? Можно избавиться от него, не прибегая к посредничеству властей, но, увы, всякий скандал в вашем доме будет на руку господину Нараю. Стоит кому-либо из ваших домашних исчезнуть, и Нарай обвинит вас в том, что вы убили человека, решившегося свидетельствовать против вас.

Андарз сидел молча, и руки его машинально рвали и скатывали в комочки исписанную бумагу на столе.

— Этим дело не ограничивается, — продолжал Нан, — ведь так или иначе, но все эти бумаги датированы прошлым годом! Нет ни одной, которую Иммани мог привезти только из последней поездки. Ваш секретарь давно шантажирует вашего домоправителя. Амадия мог бояться, что тот привезет из Хабарты еще документы и, конечно, потребует еще денег. Мне представляется вполне возможным, что Амадия объяснил положение одному из своих соучастников, и они согласились, что лучше отнять эти бумаги у Иммани, нежели снова платить ему из собственного кармана. Когда Амадия увидел среди добычи лазоревое письмо, он, по обыкновению, перепугался и сообразил, что письмо надо отдать вам. Но как? Отослать его даром — не будет ли это подозрительно и вдобавок убыточно? Зачем отдавать даром то, за что можно попросить миллион?

— Стало быть, — сказал Андарз, — вы подозреваете, что Иммани был ограблен Амадией и его осуйским сообщником?

— Более всего, — покачал головой молодой чиновник, — я подозреваю самого Иммани. Он мог инсценировать ограбление сам. Он мог зарыть где-нибудь свою одежду или бросить ее в реку, а ценные вещи спрятать в укромном месте. Через несколько недель он мог вернуться и выкопать укрытое, благо застава находится в четырех часах езды от столицы. Мне также известно, что он поддерживает тайную связь с одной женщиной из Осуйского квартала: он мог передать поклажу ей. Возможно, Иммани даже не знал о содержании письма, а хотел просто украсть подарки, которые наместник Хамавн переслал брату. Только через несколько недель, вернувшись за добычей, он мог обнаружить, что у него в руках. Вся эта история с отпущенными слугами и с разбойником, которого никто не видел, кажется очень подозрительной. С другой стороны, если разбойник приложил усилия, чтобы Иммани его не видел, — это могло быть оттого, что Иммани разбойника знал. Так, например, Шан'гар, варвар по происхождению и человек неимоверной физической силы, предан вам, но терпеть не может Иммани. После того как слуги известили о скором возвращении вашего секретаря, варвару ничего не стоило проскакать эти четыре часа до Козьей дороги, залезть на дерево, подкараулить Иммани и ограбить его. Наверняка он просто хотел проучить Иммани за донос касательно алхимии, но потом увидел меж строчек письма миллион, и этот миллион встал между ним и его верностью.

— Да, — сказал Андарз, — удивительные вещи происходят с людьми, когда миллион встает между ними и их верностью...

И рассеянно посмотрел на документы.

— А вы как попали во флигель? — спросил внезапно господин Андарз.

Нан махнул рукой, и в жесте его была чуть большая легкость, чем та, что дозволена молодому чиновнику перед вельможей девятого ранга.

— Тут главное, — сказал судья Нан, — чтобы Иммани не знал, что это я был во флигеле. Вы как-нибудь успокойте домоправителя. Скажите ему, что эти бумаги у вас, а не у Нарая. А то он черт знает чего из страха может выкинуть.

В усадьбе господина Андарза жил слепой солдат: глаза ему вынули варвары, чтобы заставить его сучить шерсть, и он сучил шерсть десять лет, пока Андарз его не отвоевал. Этот старик хорошо знал обычаи варваров и любил поговорить, и он рассказал Шавашу, как Шан'гар убил брата Андарза, Савара.

Отвоевав столицу Хабарты, Андарз сделал своего брата Савара

наместником Хабарты, и они принялись воевать вместе: Савар воевал в западной Хабарте, а Андарз — в восточной, он воевал хорошо и в битве у Бараньего Лога убил в поединке князя Полосатых Холмов.

В это время у ласов было в обычае посвящать молодых людей в воины. Новому воину подстригали волосы, и ему вручали оружие самого знатного человека из тех, кого он убил. Чтобы в воины не посвящали людей недостойных, пиры, на которых посвящали в воины, устраивались родственниками тех, кого воин убил.

Через месяц после битвы у Бараньего Лога новый князь Полосатых Холмов пригласил Савара на пир. На этом пире Савару подстригли волосы, посвящая в воины, и подарили шлем и меч покойника. Ласам казалось непорядочным, чтобы такой сильный боец не был посвящен в воины.

А через месяц Савар пригласил на пир всех вождей варваров и обещал подарить каждому меч и шлем. Всем хотелось получить меч из рук такого богатого человека и доблестного воина. Савар разбил в садах перед столицей провинции шатры, и воинов-ласов по очереди вводили в шатры и убивали. Он убил всех, кто пришел на пир, числом восемьдесят четыре вождя, а потом приказал надеть на каждого берестяной шлем и дать в руки каждому деревянный меч, и отправил трупы домой.

Шан'гару, самому младшему из княжьего рода, не было и двенадцати лет, и ему еще не делали прически воина, и поэтому его не взяли на этот пир. Шан'гар, оскорбившись, переоделся в крестьянскую одежду и тайком проследовал за отцом и тремя старшими братьями. Он спрятался в садах и видел, какой пир задал наместник своим друзьям-ласам.

На следующий день наместник выехал с войском в поход, чтобы доесть остатки народа ласов, и перед городскими воротами к его коню подбежал крестьянский мальчишка в шапке с красной лентой, на которой было написано: «Прошу справедливости». Наместник наклонился, чтобы выслушать жалобу, а мальчишка воткнул ему в горло железный прут. Наместник свалился с коня, мальчишка вскочил на коня и ускакал. У наместника был лучший конь в войске, и догнать коня не смогли. От этого железного прута наместник захворал и через десять дней умер на руках рыдающего Андарза.

После этого Андарз повел войска в земли ласов, и те, видя, что у них не осталось ни одного взрослого вождя, запросили мира. Андарз потребовал выдать убийцу брата, и женщины племени привели Шан'гара в шатер Андарза со связанными руками. Мальчишка был длинный, как угорь, и грязный, и когда Андарз положил ему руку на плечо, он немедленно тяпнул Андарза за палец.

Все ожидали, что Андарз казнит убийцу брата самой нехорошей из смертей, но Андарз сказал, что брат его поступил бесчестно, хотя и правильно, убив доверившихся ему людей, и оставил Шан'гара в живых.

В Час Мыши Нан явился во дворец, в кабинет Нарая. Императорский любимец сидел за столом, а в коробочке перед ним лежали фальшивые банкноты. Господин Нарай показал одну из них Нану. Это была «розовая» ассигнация, стоимостью в десять журавлей. Ассигнацию выкрасили в пурпурный цвет, цифрам подрисовали ножку, и превратили «десять» в «сто».

— Удивительное дело, — сказал Нарай. — Каждый человек понимает, что, если перекрасить ассигнацию и подрисовать на ней цифры, — это преступление. Но если, допустим, человек покупает за десять журавлей штуку шелка, а потом перепродает ее за сто журавлей, — чем это отличается от перекрашивания ассигнаций? Некоторые говорят, что перекупщик затратил время, проявил хитрость и смекалку. Но разве тот, кто перекрашивал ассигнацию, не затратил времени и смекалки?

Молодой судья согласился с рассуждением господина Нарая.

— Хотел бы доложить вам о результатах своей поездки в Козий Лес, — сказал Нан, кланяясь и протягивая доклад.

— Оставьте, господин Нан! — поморщился Нарай. — Дрязги рабов и сплетни женщин, мелкие раздоры большого дома, господин, который стравливает слуг, как петухов: мудрено ли, что любой из них перегрыз бы ему шею, если б нашел способ уберечь при этом свою? Государственному мужу не подобает забивать голову пустяками, все его мысли должны быть о благе народа.

Чиновники сели и заговорили о тринадцати видах учета. Суждения господина Нана все были самые проницательные.

Вдруг советник Нарай полюбопытствовал:

— Что вы думаете о торговле с Осуей?

Молодой чиновник поклонился:

— В настоящее время существует три способа торговли между империей и Осуей. Первый, самый прибыльный, — это когда патриции из банка Осуи отправляют товары под видом подарков государю. Прибыль от этой торговли делят между собой верхушка Осуйского банка и высокопоставленные чиновники Дворца. Они, используя свое влияние, побуждают казну возмещать дары в двадцатикратном размере, наносят непоправимый вред государству. Второй вид торговли — это когда провинциальные чиновники и люди из столичных ведомств снабжают осуйские корабли своими пропусками. Этим занимаются люди среднего положения. Третий вид торговли — это контрабанда на границе, когда крестьяне ходят по горам туда и сюда, носят с собой то гвозди, то соль. Этой торговлей люди занимаются от нищеты.

Советник Нарай подошел к окну и развернул шторы: вдали лениво блеснула излучина реки и круглые суда на пристани — окна кабинета выходили прямо на Осуйский квартал.

— Они грабят народ, — закричал Нарай, — они сосут костный мозг государства, и они делают это руками наших же собственных чиновников, и они используют наши же мысли и установления! Бедствий народа, возникающих от этого, не перечислишь! Прибылей взяточников не сочтешь! В стране есть все: она не нуждается во внешней торговле! Если на то пошло, она не нуждается и во внутренней! Необходимо запретить обмен с Осуей и конфисковать все товары осуйских торговцев, а показания их, данные при допросах, использовать для того, чтобы расправиться с негодяями, нажившимися на крови государства! Девять лет я вынашивал подобный доклад, три месяца я держу его готовым: завтра же я представлю доклад императору!

Был уже Час Проса, когда Нан вышел из управы советника Нарая и так раскричался на носильщиков, что те в четверть часа добежали до дворца господина Андарза.

***

Эконома Амадии за предвечерней трапезой не было. Нан заметил в углу среди стеклянных фигурок часов маленького Шаваша. Тот был одет куда лучше, чем в прошлый раз: вместо серой шелковой курточки на нем был алый кафтанчик, отороченный кружевом, золотые его волосы были тщательно расчесаны и укрыты серебряной сеточкой, и лукавая мордочка сорванца сияла, как фонарик в праздничную ночь.

За второй переменой блюд Андарз вдруг указал на Шаваша:

— Знаете, Нан, как мальчишка научился читать? Слушал глашатаев, запоминал слова указа и сличал звуки с буквами на столбе!

— Советник Нарай доставил ему изрядную практику, — заметил Шан'гар.

— Быть такого не может, — злобно вскричал Иммани, — чтобы глупый мальчишка научился читать по указам!

— А ну-ка прочти последний указ, — потребовал Андарз.

Золотые глазенки сверкнули, Шаваш натянул губу на нос и сказал:

— В целях искоренения неправедности и поощрения праведности! Чтобы добрые смеялись, а злые плакали! Повелеваю: каждой хозяйке взять четверик красноречия, да полфунта ключевой воды, да полфунта целомудрия, купленного в веселом доме, да полфунта справедливости, купленной в судебной управе, да и питаться этим для экономии риса. А когда придут в управу за полуфунтом справедливости, брать с пришедших по ишевику за порцию, а тех, кто не придет, сослать в каменоломни!

Андарз и Шан'гар захохотали, Иммани захихикал по-девичьи. Молодой сын императорского наставника вскочил из-за стола.

— Стыдно, — закричал юноша, — стыдно! Справедливый чиновник пытается навести порядок в государстве — продажные твари осыпают его насмешками и клеветой!

И выбежал вон. Нан подумал, встал и вышел за ним.

Андарз, с совершенно бледным лицом, созерцал Шаваша.

— Надобно доучить его грамоте, господин Иммани, — сказал Андарз.

Иммани покраснел от обиды, как рак, брошенный в кипяток.

— Я доучу его грамоте, — сказал огромный Шан'гар.

Минут через двадцать Нан вернулся: нити кружев его кафтана намокли и прилипли к темно-красным обшлагам, как бывает, если прижать к себе плачущего. Андарз проводил эти мокрые рукава завистливым взглядом.

Уже подали сладкую дыню и орешки, сваренные с маслом и сахаром, когда Андарз спросил, о чем Нан беседовал с господином Нараем.

— О, — сказал Нан, — он поручил мне обработку проекта указа об украшении города.

— И какие практические меры он предлагает?

Молодой судья развел изящными руками.

— Я еще не дочитал до конца. Я застрял на седьмой странице, где господин Нарай делится своими познаниями в зоологии и сообщает, что животное под названием «небесный огонек» имеет черную блестящую шкурку и в присутствии императора склоняет свою голову, а в присутствии злого чиновника закрывает глаза лапками и поворачивается к нему спиной. Где-то там в конце было про запрет есть на городских площадях фиги и заплевывать мостовую косточками.

— А при чем здесь животное? — ошеломленно спросил Андарз.

— Вот и я тоже читал и думал, при чем здесь животное, — усмехнулся Нан.

— Черт знает что, — сказал Андарз. — Иммани, вы когда-нибудь слыхали о животном «небесный огонек»?

— Конечно, — сказал секретарь, — с пяти лет и до пятнадцати. У нас в деревне шаман все о нем рассказывал. Я полагаю, что господин Нарай употребляет имя этого животного метафорически — как преамбулу для государственных постановлений.

— Государственные постановления не нуждаются в метафорах. Они нуждаются в здравом смысле, — пробормотал Андарз, страдальчески сморщившись. — Все, господа, прошу меня извинить — у меня болит голова. Мой дом — ваш дом, располагайте всем.

И с этими словами императорский наставник быстро встал и вышел из зала.

Секретарю Иммани по казенной надобности надо было во дворец: судья Нан сказал, что охотно предоставит ему место в своем паланкине, и секретарь, который не мог упустить подобного случая, заторопился переодеться в дворцовую одежду.

В ожидании его Нан прошел в сад.

В глубине сада тек заколдованный источник, уничтожающий все грехи: так, по крайней мере, извещала надпись на источнике. Около источника Нан заметил начальника охраны Шан'гара: варвар сидел верхом на желтом камне и лущил дынные семечки. Он уже заплевал всю траву вокруг.

Молодой судья подошел и сел рядом, и так они некоторое время сидели без слов, — изящный чиновник в белом парчовом платье и рыжеволосый великан в кожаных штанах и с кулаками, напоминающими две головки сыра.

— Почему вы так ненавидите Иммани? — внезапно спросил Нан.

— В этом человеке совести не больше, чем костей в медузе, — ответил варвар.

Молодой чиновник недоверчиво засмеялся.

— И все?

— Что ж больше?

— А скажите, Шан'гар, кем был Иммани до того, как он перешел в дом Андарза?

— Секретарем Савара.

— Секретарем Савара или его любовником?

Варвар встал, и когда он встал, оказалось, что он нависает над чиновником, как медведь над мышью:

— Что вы хотите сказать?

Нан остался сидеть, небрежно опираясь унизанной кольцами рукой о мшистый камень.

— Я хочу сказать, — мягко произнес Нан, — что вы в конце концов обнаружили, что убили не того человека. Что наместник Савар мог, конечно, увешать трупами берега реки или бросить пленников в ров и засыпать их землей, но что совет перебить на пире варварских вождей он получил от своего молодого любовника Иммани. И...

Нан не договорил: варвар одной рукой сгреб чиновника за шиворот, как нашкодившего кота, и приподнял его над землей, а другой крепко и страшно ударил его в лицо. Затрещала ткань: Нан пискнул и улетел в прудик, а Шан'гар недоуменно поглядел на кусок кружевной ткани, оставшийся в его изрядной лапе, и стряхнул его, как собака стряхивает с морды обрывок мышиного хвоста.

Шан'гар повернулся и пошел прочь. За поворотом дорожки он встретил секретаря.

— Эй, — сказал Шан'гар, — там сидит этот чиновник, Нан, подберите его.

— А что с ним? — встревожился Иммани.

— Ушибся, — сказал Шан'гар.

— Обо что?!

— О мой кулак.

Секретарь Иммани нашел Нана вполне живым: молодой чиновник купал лицо в источнике. Он встряхнулся, как утка, вынул из рукава расческу, пригладил волосы и, как ни в чем не бывало, направился к выходу из сада.

В паланкине Нан откинулся на подушку и, вынув кружевной платок, время от времени промакивал нос, из которого сочились кровь и сопли. Искоса он поглядывал на Иммани. Иммани сиял от удовольствия, что путешествует с высоким чиновником: секретарь был, как всегда, надушен и одет с тщанием, если не с кокетливостью. Нан представил себе, каким хорошеньким было его капризное, женственное лицо лет двенадцать назад.

Интересно, Андарз взял к себе любимца своего брата только потому, что об этом просил умирающий Савар, или и сам положил глаз на Иммани? Впрочем, господин Андарз только что женился и написал для женщины цикл стихотворений. Андарз не такой человек, чтобы молчать о том, что может шокировать публику. Но самое странное — Нану показалось, что он задал Шан'гару не тот вопрос об Иммани и что Шан'гар расквасил ему нос именно затем, чтобы убедить, что вопрос был тот и попал в точку.

— Однако, — сказал Нан, — этот Шан'гар не так силен, как кажется. Удивительно, что в одиннадцатилетнем возрасте он смог убить такого сильного человека, как Савар. Неужели нельзя доказать, что рана была не смертельной и что наместник Савар ни за что бы не умер через десять дней, если бы за ним не взялся лично ухаживать его любящий брат, которому после смерти Савара достался титул наместника?

У Иммани похолодели руки.

— Великий Вей, — прошептал он, — где вы это услышали?

— Как, — ошеломился Нан, — но это же ваши слова! Правда, мы были оба пьяны, но я прекрасно помню, как вы сказали, что Андарз никого не пускал к раненому брату и что вообще эта история пошла Андарзу на пользу. С его пути исчезли два главных соперника: король ласов и наместник Савар!

Белоголовый секретарь пучил глаза. Что он в пьяном виде говорил о людях не то, что есть, а то, что ему хотелось, — это он за собой знал. Но неужели он нес, будто Андарз убил брата?

— Великий Вей, — пробормотал он, — если Андарз об этом услышит...

— Да, — сказал Нан, — если Андарз об этом услышит, правда ему не понравится. Правда вообще никому не нравится, кроме одного человека.

— Кого?

— Советника Нарая.

Господин Нарай принял Нана в своем кабинете.

— Что это за человек был с вами в паланкине? — спросил Нана Нарай, не отрывая взгляда от разбитого носа чиновника. — Наряженный, как павлин, туфли с круглым кончиком!

— Это был любовник наместника Савара, секретарь Андарза, некто Иммани. Он совершил множество преступлений, но он считает себя не преступником, а неудачником. Я только что уговаривал его обвинить Андарза в убийстве Савара: как ближайший к Савару человек, он вполне может подтвердить, что рана, нанесенная Савару одиннадцатилетним мальчишкой, не была смертельной. Самое поразительное, что он не только согласился это сделать, но почти убедил себя, что так оно и было! Если письмо находится у этого человека, то через три дня он убедит себя, что, если он отдаст это письмо вам, вы накажете всех его врагов, а его сделаете чиновником девятого ранга.

Глаза временщика задумчиво сощурились.

Остаток дня Нан провел, письменно излагая свои соображения об осуйской торговле.

За стеной советник Нарай медленно, четко диктовал писцу новое уголовное уложение: «Тому, кто бросался камнями на площади, — штраф в пять розовых или десять плетей. Тому, кто бросался камнями в месте, где есть стеклянные окна, — штраф в десять розовых или пятнадцать плетей. Тому, кто в драке вымазал человека собачьим дерьмом, — штраф пять розовых. Тому, кто схватил человека за волосы и сунул его в колодец, — штраф шесть розовых или двенадцать плетей...»

В раскрытые окна управы било заходящее солнце, под окном садовник, задрав задницу, полол клумбу с росовяником, в прудике возле храма Бужвы весело кувыркались утки, где-то далеко, за семью воротами, бранились визгливыми голосами просители, и размеренный голос Нарая говорил: «Если бродяга украл хлеба до пяти грошей, — смягчить наказание до трех ударов плетьми, если же при этом в кармане бродяги найдется пять и больше грошей, дать ему двадцать плетей».

Нан прекрасно понимал, зачем господин Нарай заставляет его писать эту бумагу. Нарай был уверен в преданности Нана, но ему хотелось, чтобы в случае, если Нан найдет лазоревое письмо, подпись Нана стояла под двумя-тремя такими документами, которые делали бы примирение Нана и Андарза совершенно невозможным.

После обеда Шан'гар повел Шаваша в свой кабинет и дал ему переписывать стихотворение Андарза. Это были недавние стихи, посвященные новой госпоже. Госпожа сравнивалась в них с лилией и с луной, и Шавашу особенно понравились строчки, где Андарз говорил, что он взглянул на заколку в ее волосах, и ему показалось, что она воткнута ему прямо в сердце.

— А вы сами когда-нибудь любили? — спросил Шаваш.

— Не знаю, — сказал Шан'гар, — а вот про моего старшего брата есть очень хорошая песня.

Шаваш попросил рассказать историю про старшего брата, и Шан'гар рассказал:

— У князя горных ласов по имени Идлис Непоседа была красавица дочь, и в нее влюбился один раб, черный и кривой, как репа, но прекрасный певец. Он сложил такие песни о ее красоте и уме, что их пели даже мыши в своих норах, и множество людей влюбилось в нее из-за этих песен. Когда мой старший брат услышал эти песни, он потерял сон и покой, он ворочался на постели ночами, но отец запретил ему свататься к ней, потому что наши роды враждовали. Вот однажды, когда отец и брат охотились в горах, на них напала засада. Отец вынул меч и стал драться, а брат только вертелся за щитом, не вынимая меча. «Вынимай меч!» — закричал отец. А брат: «Клянусь, я обнажу свой меч не раньше, чем ты разрешишь мне посвататься к дочери Идлиса Непоседы!» — «Сватайся, — заорал отец, — пусть лучше ты будешь женатый, чем мертвый». Вот после этого они отбились от засады, вернулись домой и стали снаряжать послов. Брат мой приготовил уже свадебные подарки, но вдруг засомневался. «А что, если этот певец врал! — подумал он. — В конце концов, я влюбился в нее со слов какого-то раба! Вдруг моя возлюбленная похожа на щербатого карася или на овощ баклажан? Отправлюсь-ка я сам в числе своих сватов и погляжу на невесту!» Он взял и поехал с собственными сватами. К его изумлению, отец девушки согласился на свадьбу, и невеста вышла к послам. Брат увидел девушку и сказал себе: «Поистине, этого певца мало повесить, ибо все его сравнения взяты у вещей, уже существующих, а такой красоты не было и не будет».

А невеста, желая расспросить посла о своем женихе, позвала его в свои покои вечером играть в резаный квадрат. Брата моего бросало то в жар, то в холод. Он выиграл первую партию и спохватился: «А на что мы играем?» — «На деньги», — ответила невеста. «Нет, на поцелуй! — закричал брат. — Я выиграл партию, а значит, и поцелуй!» С этими словами он схватил ее в руки и стал целовать, а потом, осознав опасность происшедшего, выскочил в окошко и ускакал домой. Девушка, плача, пришла к няньке и рассказала ей о странном поведении свата. «Не бойся, — сказала нянька, — этот сват был сам молодой князь, иначе бы он не осмелился сделать того, что сделал». И так они любили друг друга и были счастливы, — сказал Шан'гар, — а когда Савар убил моего брата, она умерла с горя.

«Надо же, — подумал Шаваш, — а эти варвары совсем как люди».

А рыжеволосый великан погладил Шаваша и сказал:

— Я научу тебя писать и считать и выделывать с числами удивительные штуки, от которых радуется сердце, но в вашей империи ничего не делают даром. И взамен ты будешь следить для меня за экономом Амадией и за молодым господином, потому что молодой господин находится всецело под влиянием покойницы, и как бы он не навредил отцу.

Глава седьмая,

в которой некий осуйский купец наносит визит алхимику и в которой выясняется, что когда государь меняется к человеку, то даже собаки на его псарне начинают лаять по-другому

Усадьба, где хозяйничал господин Амадия, спускалась к самой реке. У пристани виднелись корабли с парусами в форме свиного уха. Напротив ворот, похожих на лошадиную подкову, виднелся независимый кабачок, с верандой, приподнятой над землей и уставленной лимонными деревьями в красных кадках.

Шаваш заметил на веранде нескольких рабочих из усадьбы и среди них — одного своего знакомого. Человек этот был раньше художником и расписывал простую бумагу так, что она походила на билеты государственного казначейства. После того как его брата сварили за это в кипящем масле, он исправился.

Шаваш взошел на веранду и завел со своим знакомым разговор об экономе Амадии и о фабрике. Тот рассказал ему множество интересного. О том, что Амадия произошел от свиньи, съевшей императорский персик, рабочие слышали, но сомневались.

— А много ли он платит? — спросил Шаваш.

— Сто розовых в месяц, — отвечал бывший художник, — в полнолуние и в первый день молодой луны.

До полнолуния оставалось два дня, и художник горько вздохнул, вспоминая те времена, когда брат его был жив.

В это время ворота усадьбы, похожие на лошадиную подкову, раскрылись, и в них показалась супруга эконома с жертвенной корзинкой, а за ней и сам Амадия. В корзинку был воткнут шестиухий флаг: судя по надписи на флаге, оба они направлялись в храм Двенадцати Слив.

Шаваш распрощался с собеседниками и осторожно последовал за экономом. «Удивительное дело», — подумал Шаваш, вспоминая золотистые башенки и утопающие в зелени павильоны городской усадьбы императорского наставника: поистине по красоте это место было приближено к небу, и если рай есть на самом деле, то не иначе, как он расположен над усадьбой Андарза. Между тем он не пробыл в усадьбе и пяти дней, как молодой господин велел ему шпионить за Иммани, Шан'гар — за молодым господином, а Андарз и Нан — за Иммани, Шан'гаром и Амадией, вместе взятыми. «Если дело пойдет так дальше, — подумал Шаваш, — то сегодня Амадия должен попросить меня следить за Шан'гаром».

Храм Двенадцати Слив находился по ту сторону реки, посереди четырехугольного пруда, поросшего белыми тысячелистными кувшинками. К храму вела дамба, чья узость напоминала об узости добродетели. Середина храма была перетянута золотой аркой, а за ней стояла статуя Бога Правосудия с весами в руках. Наверное, он измерял, кто больше даст.

В дальнем углу пустого храма играла кучка детей. Эконом поставил перед богом жертвенную корзинку, стукнулся носом о пол, испещренный молитвами, и молился довольно долго.

После этого супруга его направилась в часовню Исии-ратуфы, а эконом ушел в домик для еды. Перед домиком продавали связки прутьев, приносящие счастье, и эконом Амадия купил себе несколько связок. В домике для еды пожилой монах поставил перед ним целое блюдо ароматных блинов, свернутых трубочкой. Блины плавали в соусе из масла, сахара и шафрана. Амадия принялся жадно есть блины. Немного погодя он поднял голову: над столом стоял осуйский посланник Айр-Незим.

— Какая неожиданная встреча! — сказал осуйский посланник, оглядываясь, нет ли вокруг свидетелей.

Они уселись за стол и стали есть блины. Служка принес им вино в белом кувшине, и Амадия вылил первую чашку в священный прудик и сказал, что делает это во здравие Осуи.

Дело в том, что, как уже было замечено, эконом Амадия очень хотел бы перебраться в Осую. Он устал от непрерывных притеснений со стороны императорских чиновников, и ему казалось, что, как только он приедет в Осую, он сможет застроить своими станками половину города и одеть ими половину мира.

— Я обдумал ваше предложение, — сказал осуйский консул

Айр-Незим, — и мне оно показалось разумным. Но вы знаете, что я ничего не могу делать без совета мудрых людей. Я написал старейшинам нашего города, и оказалось, что я ошибся. Нам нет надобности в вашем станке. Во-первых, цеха запрещают иметь такие станки, и тому, кто заведет такой станок, придется иметь дело с законами и судами. Можно, конечно, изменить законы, но эти законы сделаны не столько ради выгоды, сколько ради стабильности. Наши подмастерья и так не очень-то любят своих хозяев. А ваш станок превратит отношения между мастерами и подмастерьями в отношения между господами и наемными рабами, наполнит город всяким отребьем, которое промышляет неквалифицированным трудом, как то: работой на станках, грабежами и революциями. Нынче трудные времена. Варвары хотят съесть Осую, империя хочет съесть Осую, и, признаться, члены Совета хотят съесть друг друга. Мы не можем позволить себе заводить станки, которые превратят наших подмастерьев в наших главных врагов. К тому же, — добавил со вздохом осуец, — едва кто-то из членов Совета заведет станки, как другие члены Совета, менее предприимчивые, но более честолюбивые, возглавят народное недовольство.

Круглое лицо Амадии вытянулось.

— Я обсудил, — сказал Айр-Незим, — ваше предложение с заинтересованными лицами, и они нашли, что мы не можем предоставить гражданство за то, что знает господин Амадия, но мы можем предоставить гражданство за то, что знает господин Амасса.

Амадия вздрогнул и спросил:

— Это кто такой?

— Этот человек, Амасса, — ответил осуец, — был молоденький чиновник поразительного таланта. Десять лет назад он заведовал строительством ходов и укреплений дворца. Он был старший над строительством, и старше него были только Андарз и государыня Касия. Государыня Касия к старости стала немного вздорной. После конца строительства она отдала приказ — убить всех рабочих и надзирателей, и Амассу в том числе. Господин Андарз обманул государство, сохранил молодому механику жизнь, раздобыл ему новое имя, позволил ему изобретать любые механизмы. И вдруг — что скажет Андарз, когда узнает, что человек, обязанный ему жизнью и возможностью заниматься любимым делом, хочет убежать в Осую!

Осуец замолчал и стал с наслаждением слушать, как щебечут птицы.

— Великий Вей, — прошептал, побелев, Амадия, — что вы хотите?

— Пусть господин Амасса нарисует нам план секретных укреплений Небесного Дворца.

Домоправитель побледнел и сказал:

— Вряд ли господин Амасса это сделает. Чертежи станков должны принадлежать всем, а чертежи секретных укреплений должны принадлежать государству.

— Если вы нарисуете нам этот план, — сказал осуец, — вы получите осуйское гражданство. Если вы его не нарисуете, вы погубите господина Андарза. Что скажет советник Нарай государю, узнав о вашей прежней жизни? Он скажет: «Андарз скрывает у себя мертвого преступника, ради собственной выгоды подвергает опасности государство! Зачем он держит при себе человека, которому известны все секреты дворца? Уж не этими ли секретами он собирается торговать с Осуей, когда не сможет торговать потом и кровью народа?»

— Убирайтесь! — зашипел домоправитель.

Осуец тоже зашипел:

— Чего вы ломаетесь — кому вы верны? Государству — так надо было умереть, когда приказали! Андарзу, который вас спас? Так не надо было его обманывать! Стоит сделать обыск в заречном поместье, и окажется, что едва ли треть кружев из числа находящихся на складе объявлена вами Андарзу и государству!

— Вряд ли стоит делать обыск в поместье, — возразил домоправитель. — После этого обыска вы, господин Айр-Незим, лишитесь изрядной части дохода, и вдобавок вас вышвырнут из империи, если не арестуют.

— Именно так, — согласился господин Айр-Незим. — Мне этот обыск ужасно невыгоден. Но жители нашего города не могут действовать, думая о собственной выгоде. Жители нашего города действуют, исходя из общей выгоды. Совет написал мне, что если я не сумею убедить господина Амассу принять наше предложение, то я буду отозван из империи. А как только меня отзовут, городу будет очень полезно, если новый посланник изобличит все мошенничества в торговле между Осуей и империей и тем самым приобретет благоволение советника Нарая.

Домоправитель молчал. Жирное, добродушное лицо его все покрылось потом. Главные свои деньги домоправитель, на случай опасной перемены судьбы, держал в Осуйском банке. Он полагал, что эти деньги в безопасности от чиновников империи. Он совершенно забыл, что чиновники Осуи тоже имеют длинные когти. Он представил себе, что эти деньги могут пропасть, и мир исчез из его глаз.

Домоправитель Амадия сел на скамейку и закрыл лицо руками.

— Но зачем вам мое предательство? — жалобно спросил он. — Чертежи, может быть, уже устарели.

Осуец выпучил глаза.

— Помилуйте, — изумился он, — о каком предательстве идет речь? Разве у Осуи есть войско, чтобы воевать с империей? Мы думаем не о чужих городах, а о своем собственном! Нет такого войска, которое бы добралось через тысячи гор и рек до Небесного Города! А стоит варварам забраться на горы, нависающие над Осуей, как нашему городу придет конец! Мы бы хотели поглядеть на эти чертежи и сделать себе такие же укрепления и подземные ходы!

Тут бедный Амадия разрыдался — и кивнул головой.

Вечером Шаваш доложил Андарзу, что эконом Амадия встречался в храме с Айр-Незимом из Осуи.

— Только я не один наблюдал за этой встречей, — сказал Шаваш. — Там еще был один продавец лапши, который пошел со своим коромыслом прочь, едва Айр-Незим вышел из храма, и не прошло и десяти минут, как у этого продавца купил лапши сыщик из управы Нана.

В то самое время, когда несчастный Амадия вел с осуйским консулом свой предательский разговор, молодой судья Нан сидел в трактире в одном из кварталов Нижнего Города, именуемого Болоки. Это было гнусное место с тесными домами, промежутки между которыми использовались как уборные, и с выцветшим кусочком неба в вышине.

Нан знал, что для здоровья судейских чиновников вредно появляться в этом квартале, и поэтому он предусмотрительно оставил дома и пятистороннюю шапку, и голубой кафтан. Молодой чиновник был одет залихватским осуйским купцом, и его рукава, сшитые по последней моде, были так длинны, что он то и дело окунал их в суп.

Стукнула дверь, и на террасу трактира взошел еще один посетитель — черный старик с маленьким и сморщенным, как персиковая косточка, лицом. С собой старик тащил изрядную сумку, пахнувшую лекарственными травами, и стакан для гадания. Хозяйка трактира что-то торопливо прошептала ему, указывая на молодого осуйского купца.

Старик подошел к Нану, сел напротив и сказал:

— Вы хотели меня видеть?

Молодой купец ужасно сконфузился, а потом сказал:

— Я со своим товаром впервые в Небесном Городе. Хотел бы,

чтобы почтенный учитель указал на благоприятный день для отплытия, а если возможно, то составил бы и гороскоп.

Старик принялся его расспрашивать, и Нан охотно рассказал, что отец с детства попрекал его глупостью и наконец, по просьбам матери, отпустил в первое самостоятельное путешествие и что астрологией Нан никогда не занимался, поелику какие в Осуе астрологи? Там душа у людей забита мыслями о деньгах, окорока там, а не астрологи, разве можно Осую сравнить с Небесным Городом?!

Итак, Нан попросил сделать гадание об отплытии и спросил, хватит ли на это пяти золотых.

Астролог посмотрел на деньги, которых хватило бы на пятьсот гаданий, и сразу понял, что отец недаром попрекал юношу глупостью.

— Для меня будет истинным удовольствием, — сказал старик, — оказать услугу такому умному юноше, а что до денег — я не нуждаюсь в золоте. Я и сам могу его добыть сколько угодно.

— Уж не обладаете ли вы философским камнем? — полюбопытствовал Нан.

— Именно так.

Нан изумился:

— Но мой батюшка говорил, что этой штуки нет на свете и что это только уловка, посредством которой плуты-алхимики добывают золото из карманов дураков!

Алхимик оскорбился.

— Если вы мне не верите, могу доказать! А что бы вы не заподозрили обмана, давайте сделаем так: извольте сами добыть какую-нибудь дрянь, железные опилки или ртуть, любой металл, да и приходите с этим ко мне домой: я покажу вам, где я живу.

Через час Нан явился по указанному адресу с баночкой ртути, приобретенной им неподалеку в лавке, где торговали разными ухищрениями для алхимиков.

Дом владельца философского камня вонял наподобие сгнившего баклажана. Кабинет был украшен черными треугольниками и заставлен книгами для гадания по звездам. Нан с любопытством вертелся по комнате, оглядывая снасти для насилия над природой.

Старик тем временем развел огонь в камине, поставил на огонь круглый горшок, прочел несколько заклинаний из книжки и, когда ртуть в горшке закипела, высыпал туда небольшую щепотку красного порошка. Закричал, замахал рукавами, вывалил горшок в ванну с холодной водой и, достав щипцами небольшой слиток, показал его Нану.

— Серебро! — изумился Нан.

— Возьмите, — сказал старик, протягивая слиток.

Нан окинул взглядом комнату, отличавшуюся чрезвычайным запустением.

— Ни в коем случае, — запротестовал Нан, — вы могли бы употребить это на благоустройство вашего жилища!

— Ба, — возразил старик, — я мог бы выстроить эти стены из золотых кирпичей! Но зачем? О золоте мечтают лишь те, кто не имеет его в достаточном количестве. Я же могу набрать золото так же легко, как вы можете набрать, к примеру, грязи на улице. Вы же не станете украшать стены своего дома грязью?

На лице Нана изобразилось крайнее почтение к человеку, которому так же легко раздобыть ведро золота, как другим — ведро грязи.

— Впрочем, — тут старик вздохнул и провел рукой по корешкам книг, — есть кое-какие вещи, на которые я трачу золото, — книги! Вот за этот трактат я отдал столько золота, сколько он весил, а вот эту книгу продиктовал мне сам чернокнижник Даттам, сидя в кувшине и с жабой, вцепившейся в детородный член, — и, так как при жизни он был человеком жадным, он потребовал за эту диктовку тысячу мер золота.

И с этими словами старик подал Нану книгу в кожаном переплете, украшенном разноцветными камнями.

— Да никак это изумруды! — восхитился Нан, хотя он прекрасно видел, что это всего лишь зеленое стекло.

Старик между тем убрал со стола горшок с серебром и предложил гостю выпить чаю. Наливая чайник, он хвалил гостя и его страсть к мудрости, столь необычную в осуйском купце.

— А возможно ли приобщиться к вашем искусству? — промолвил Нан, осушив третью чашку.

— Нынче это очень трудно, — заявил старик. — Философский камень хранится в сокровищнице подземного государя. В прошлые времена бесы были простодушны, соглашались таскать его алхимикам за сущие пустяки: достаточно было завоевать расположение главного над бесами. Теперь же начальник у них сменился, стал неприступен и строг, до порошка можно добраться только через мелких сторожей сокровищницы. Эти бесы жадны и требуют взяток: чтобы получить, допустим, тысячу гранов золота, надо затратить не менее двухсот! А меньше чем ради тысячи гранов они и беспокоиться не станут! К тому же существует опасность, что их плутни раскроются, сторожей сменят, и вы останетесь и без золота, и без денег!

Молодой осуец погрузился в размышления.

— Тысяча гранов взамен двухсот! — промолвил он. — Ни один из кораблей отца не приносил ему такой прибыли! Деньги у меня есть, пожалуй, я мог бы и рискнуть. Однако как жалко, что небесное царство не устроено наподобие нашего города: как было бы славно, если бы бес — хранитель казны — избирался всеми, кому нужен философский камень.

Так-то молодой осуйский купец и старый алхимик сговорились: купец обещал явиться послезавтра с сотней чистокровных ишевиков, а старик обещал в присутствии купца передать их бесу в качестве взятки.

Вот поэтому Нан вышел из дома алхимика, нехорошо улыбаясь. У старого негодяя в углу стоял перегонный куб со змеевиком, и на бронзовом коленце змеевика имелась та же царапина, которую Нан оставил на змеевике из тайника Иммани.

А между тем накрашенный секретарь сказал: «Если бы я знал, у какого алхимика варит золото Шан'гар, я бы тут же донес Андарзу!»

▪ Глава восьмая, ▪

в которой хорошие люди грабят усадьбу господина Амадии, а господин Андарз предлагает Нараю издать указ о том, чтобы выкрасить небо в желтый цвет

Толстушка Тася была простодушной девицей. Получив одиннадцать ишевиков, она побежала на рынок и купила себе бархатную юбку, и она расхвасталась перед всеми гостями новыми сережками в форме серебряных гусиных лапок. Один ишевик она подарила хозяйке.

Вечером Тася сидела в своей комнате, когда в дверь постучали. Она открыла, думая, что это гости: но это были трое в парчовых куртках, из приданных советнику Нараю. Старший заглянул в бумагу и сказал:

— Гулящая девица Тася, мы слыхали, что ты занимаешься незаконным промыслом по продаже людей и что ты продала в дом господина Андарза мальчишку по имени Шаваш.

Тася перепугалась до смерти, но пролепетала:

— Господин Андарз ссудил мне денег, и он был так добр, что

под залог этих денег он взял на службу моего младшего брата: как старшая в семье, я имею полное право над Шавашем.

Тогда стражник вытащил другую бумагу и прочитал, что при поступлении в веселый дом она сказалась найденышем из Иниссы и что в одной из этих бумаг она обманула государство, что карается судом и плетью.

— Впрочем, — заявил стражник, — если ты отдашь нам сорок ишевиков, полученных за мальчишку, обещаю не давать этому делу ход.

— Но у меня нет сорока ишевиков, — заплакала Тася, — мне заплатили только одиннадцать, и три из них я уже потратила на сережки и юбку!

— Докажи!

Тася, плача, достала бумагу о ссуде.

— Здесь написано — пятнадцать ишевиков, — заявил десятник, с довольной улыбкой пряча бумагу.

Тут только Тася сообразила, что бумагу стражникам нельзя было давать ни в коем случае, потому что она была единственным доказательством преступления!

— Но мне на руки выдали только одиннадцать, — запричитала Тася. — Четыре лишних ишевика записали в счет процентов!

Стражник надулся от негодования.

— Ты, гулящая девка! — загремел он. — Или ты хочешь сказать, что императорский наставник Андарз занимается ростовщичеством? А ну подавай сюда живо пятнадцать ишевиков!

Тася упала на колени и стала биться о пол головой, а другой стражник содрал с нее юбку и сказал:

— Ладно, один ишевик можно взять натурой.

Через час «парчовые куртки» ушли, забрав долговую бумагу, и они сказали Тасе, что через два дня придут за оставшимися четырнадцатью ишевиками и что, если она не достанет этих ишевиков хоть у Бужвы из задницы, пусть пеняет на себя.

Тася забилась в подушку и горько-горько зарыдала: и так ее утром и нашел Шаваш, который принес ей жареную утку с кухни Андарза.

* * *

В утренний Час Треножника Шаваш вышел от Таси и, пройдя два квартала, спустился в кабачок, именуемый «Золотой Кукиш». Это был кабачок в плохой части города, но достойный и тихий. Вот уже месяц в нем никого не убивали.

В кабачке трое играли в карты, и Шаваш присоединился к компании. Когда он раздавал карты, он вытащил из колоды туза, заложил его в рукав и вынимал, смотря по обстоятельствам: от этого его игра шла довольно успешно.

Наконец в дальнем углу харчевни зашумела занавеска, хозяйка кинулась снимать сапоги посетителя.

— Ишь ты! Цыпленок сам на вертел пришел! — сказал хриплый голос.

Шаваш оглянулся: перед ним стоял разбойник по имени Свиной Глазок. Свиной Глазок был широк в кости и в пузе; волосы у него были черные, и он носил длинную бороду, заплетенную в две косички. Кулаки у него были как два чугунных горшка, ум свой он держал в кулаках, а души у него было на самом донышке. Он избавлял людей, подозреваемых в богатстве, от излишних забот, связанных с владением нечестно нажитым добром, и это он предлагал Шавашу быть мизинчиком в его шайке. Свиной Глазок чмокнул этак разок, и партнеров Шаваша сдуло, как при слове «облава».

Свиной Глазок повертел Шаваша, подергал шелковые штанишки и сказал:

— Этакое дерьмо да в таких штанах! Зачем явился?

— Я слыхал, — сказал Шаваш, — что вы, господин Свиной Глазок, послезавтра устраиваете пир в честь свадьбы племянницы: нельзя ли мне покушать на этом пиру?

— Нет у меня припасов кормить чужих рабов.

— Если у вас нет припасов, — промолвил Шаваш, — почему бы вам, господин Свиной Глазок, не устроить свой пир за счет моего хозяина?

— А чего это ты заботишься о моих припасах? — насторожился Свиной Глазок.

Шаваш молча снял шелковую курточку и показал разбойнику свою спину: а спина у него была вся синяя от недавнего угощения, как овощ баклажан. Увидев, что с мальчонкой сделали в богатом доме, Свиной Глазок всплеснул руками. Всю его досаду на мальчишку, который его, Глазка, бросил, а к императорскому наставнику пошел, как рукой сняло.

Он подумал и сказал:

— Слишком жирный это кусок — дворец императорского наставника. Боюсь подавиться.

— А я и не предлагаю вам дворца господина Андарза, — возразил Шаваш. — Зачем я буду вам предлагать господина Андарза, если спину мне разрисовал домоправитель Амадия?

— Что же ты задумал? — сказал Свиной Глазок.

— А вот что, — ответил Шаваш. — Домоправитель Андарза, Амадия, на самом деле только по названию домоправитель, а всеми делами собственно домового хозяйства занимается начальник охраны Шан'гар. Что же до Амадии, то тот живет в маленьком домике, через реку. Вокруг домика ограда, а внутри ограды, по документам, место, где императорский наставник пасет лошадей. Но вместо лошадей там стоят два красных сарая, а в них — станки, изобретенные Амадией, и сотня рабов на этих станках день и ночь ткет кружева. Господин Амадия в этих станках похоронил всю свою душу, и, как я уже сказал, живет там с женой и детьми и сотней рабочих. Мне доподлинно известно, что господин Амадия обманывает Андарза, продавая эти кружева, и держит в своей усадьбе великое богатство, украденное у бедняков и у хозяина. Завтра днем он выплачивает рабочим деньги, и сегодня вечером он должен их считать. Полагаю, что, если украсть эти деньги, господин Амадия вряд ли сможет пожаловаться властям, ибо он превратил это место в завод вопреки строжайшим указам господина Нарая.

— Так-то оно так, — сказал разбойник, — но в заводике сто человек! Не кинутся ли они на нас?

— В том-то и дело, — возразил Шаваш, — что, наведайся мы в усадьбу господина Андарза, дворня, преданная хозяину, непременно кинулась бы на нас, будь мы даже Небесными Стражниками, что же касается рабов на заводе, то тут беспокоиться следует только об одном: как бы они не съели Амадию живьем, раньше чем он укажет нам сундуки и лари. Амадия помыкает народом, обкрадывает господина — только зная, как вы цените справедливость, я и решился предложить вам пойти на грабеж!

— Что за негодяй! — изумился разбойник. — Клянусь, что не остригу своих волос, пока не восстановлю справедливость и не отберу у него деньги!

Тогда маленький постреленок оглянулся вокруг и, заметив, что они со Свиным Глазком одни, сказал:

— Я слыхал, что в этих местах бывает новый судья Четвертого Округа Нан. Это человек с лисьим хвостом и волчьими зубами, и я боюсь, что, если меня показать твоей шайке, кто-нибудь из них проболтается с пьяных глаз и от этого на нашу долю выпадут через Нана большие неприятности. Хочу поэтому устроить так, чтобы наша дружба осталась тайной. Из этого произойдет двойная выгода: мы сможем еще не раз наведаться в усадьбу, а добытое в этот раз разделим меж собой. Согласись, что, когда одно и то же делят напополам, получается гораздо больше, чем когда одно и то же делят на двадцатерых.

«Экое разумное дитя», — восхитился про себя Свиной Глазок.

Тут Шаваш изложил свой план, а напоследок сказал:

— А сейчас мне нужно четырнадцать ишевиков. Тут один человек попал из-за меня в беду, и он пропадет без этих денег. Я хочу, чтоб этот человек остался цел, что бы ни случилось со мной ночью, а если все сойдет как надо, ты можешь забрать из моей доли двадцать ишевиков.

Свиной Глазок дал ему четырнадцать ишевиков.

Шаваш навестил хозяйку Таси. Он отдал ей золотые, и они объяснили Тасе, что делать, когда придут стражники. Провожая Шаваша, хозяйка сказала:

— Шаваш, на тебе лица нет! Как ты заполучил эти деньги?

Шаваш показал на часовню напротив, а на часовне, по указанию господина Нарая, был нарисован бог богатства в виде огромной свиньи, испражняющейся золотыми монетами:

— Как-как! Накакал!

И был таков.

***

Днем господин Андарз прибыл во дворец. Он застал государя в кабинете: тот, облокотившись на столик, слушал доклад советника Нарая. Со своими большими ореховыми глазами, с бровями, изогнутыми наподобие листа антурии, в голубой куртке, вышитой гуляющими павлинами, государь был прелестен.

Справа от него лежала печать для утверждения бумаг, которым суждено было стать указами, а слева — бронзовый нож для разрезания бумаг, которым это было не суждено. На столике, близ государя, Андарз заметил старинную «Книгу наставлений» — это была любимая книга Нарая, на которую Андарз написал вот уже три эпиграммы, но так и не прочел до конца.

Указ, который читал Нарай, запрещал торговлю с Осуей. Нарай кончил, и государь Варназд спросил, есть ли у Андарза возражения.

— Никаких, — сказал Андарз. — Почему бы господину Нараю не издать указ о том, чтобы небо выкрасили в желтый цвет?

— Потому что, — совершенно серьезно ответил Нарай, — это не дело чиновника — вмешиваться в распорядок движения звезд. Боги поддерживают строжайший порядок на небе, а чиновники должны поддерживать строжайший порядок на земле. Если солнце перестанет всходить и заходить в точно расчисленное время, погибнут люди и звери! Если товары перестанут продаваться по цене, указанной государством, погибнет государство! Посему не следует издавать указы о цвете неба и следует издавать указы о запрещении торговли!

Государь слушал Нарая с явным удовольствием, опираясь правой рукой на «Книгу наставлений».

— Государь! — сказал Андарз. — Разумный правитель не подписывает невыполнимых указов! Если мы опубликуем этот указ, мы не сможем его осуществить! Если мы конфискуем богатства осуйских купцов, то Осуя употребит деньги на то, чтобы нанять варваров и разорить земли империи!

— Довольно, господин Андарз, — сказал государь. — Ваши подворья кишат осуйскими банкирами, ваши гавани переполнены осуйскими судами! Я не желаю слушать, как вы защищаете город, в котором вы провели шесть месяцев! Шесть месяцев я тосковал без вас, а вы — вы устремились к осуйским взяткам!

— Я не устремился, — сказал Андарз, бледнея, — я был сослан.

— Сослан к взяткам?

— Руш выслал меня из столицы, чтобы причинить вам боль.

— За что вы так ненавидите Руша, Андарз? Или вы хотите сказать, что моя мать не умела выбирать министров? Едва мать моя умерла, вы не успокоились, пока не добились его казни! Боже мой! Тело, которое ласкала моя мать, рвала на части глупая толпа, руки, которые обнимали, достались воронам!

— Мне кажется, — проговорил императорский наставник, — обвинение Рушу зачитывал господин Нарай...

— Нарай ненавидел Руша за вред, приносимый им государству, а за что ненавидели Руша вы?

— Да, — сказал Андарз с кривой улыбкой, — до государства мне дела не было. Я ненавидел Руша за то, что он ненавидел вас.

— Да, — промолвил государь, закусив губку, — в детстве я был уверен в вашей преданности. Но теперь: разве могла мать назначить моим наставником человека, который не был ей безусловно предан? Отчего вас ненавидел Руш?

— Он опасался моего влияния на вас.

— На меня или мою мать?

— Государь, что вы хотите сказать?

— Я хочу сказать, — проговорил государь, задыхаясь и трепеща, как карась на удочке, — что десять лет на посту наставника государя мог продержаться только человек, бывший любовником моей матери.

Андарз побледнел. Признаться, при дворе нашлось бы мало статных чиновников, которых государыня не отведала, было то и с Андарзом, но, как говорится, если ты два раза побывал со своим пестом в чужой ступке, это еще не повод называться мельником! Впрочем, Андарз очень предусмотрительно не стал говорить государю, как обстояло дело. Он повернулся к Нараю и сказал:

— Вы лжец, советник Нарай, и это нетрудно доказать. Если бы я был любовником государыни — неужели бы я не написал для нее ничего, кроме трех од на ее именины!

Советник Нарай изумился. Действительно, любого другого человека в империи можно было обвинить в тайном прелюбодеянии, но о каждом прелюбодеянии господина Андарза было известно в трактирах и на перекрестках, и нередко с самыми циничными подробностями.

Но государь был уже весь белый от гнева:

— Вы учили меня смеяться над справедливостью, чтобы я не осуждал ваших собственных преступлений! Вы ворошили историю, как могли, скрыли от меня такие книги, как «Железный свод» и «Книгу наставлений», потчевали взамен разными книжонками об удивительном и занятном! Мать назначила вас моим наставником, чтобы сделать меня неспособным к управлению страной! В детстве я спрашивал вас о «Книге наставлений», а вы засмеялись, что это книга, где предлагают рубить много голов и читать много доносов! Я лишаю вас звания наставника, господин Андарз! Верните мне ваше кольцо, вы недостойны его носить.

Андарз посмотрел на свои длинные, крепкие пальцы: на безымянном сидело кольцо императорского наставника — редчайший, оранжевого цвета сапфир, оправленный в золото.

Андарз подергал за кольцо, потом поискал глазами и подошел к маленькому столику, на котором справа лежала государственная печать, для утверждения бумаг, которым суждено было стать указами, а слева — бронзовый нож для разрезания бумаг, которым это было не суждено.

— Что вы хотите? — закричал государь.

— Не могу снять кольцо, Ваша Вечность. Оно вросло в кожу.

— Прекратите! — пискнул Варназд.

Андарз оперся левой рукой о столик, а правой взял бронзовый нож и с силой рубанул по пальцу: мерзко стукнуло, брызнула кровь, заливая бумаги. Андарз, сжав зубы, положил нож на столик и вышел. Государь завизжал. На столе, прямо на указе о прекращении торговли с Осуей, в луже красной крови плавал отрезанный безымянный палец с оранжевым в золоте кольцом.

ЖЖЖ

В то самое время, когда господин Андарз повздорил с государем, привратник на фабрике Амадии, по имени Дана Косолапка, сидел на камне под именным столбом перед воротами. Вдруг с противоположной стороны улицы показался прохожий. Это был коренастый человек в штанах цвета гусьего пуха и чесучовой куртке, с рукавами, оборванными до такой степени, что они напоминали комки прелой листвы. Из-под повязки на лбу человека, там, где обычно ставят клеймо за воровство, выглядывала розовая язва.

За спиной незнакомец нес небольшой, обитый жестью сундук.

— Эй, — сказал незнакомец, — господин хороший, где мне тут найти местечко переночевать?

Ухнул и спустил свой сундук на землю, явно намереваясь переночевать в усадьбе.

— Иди-ка ты прочь, — сказал Дана Косолапка, — наш хозяин не велит пускать на двор посторонних без рекомендации.

— А не подойдет ли тебе рекомендация за подписью самого господина Чареники, государева казначея? — говорит незнакомец и протягивает ему розовую.

Дана Косолапка запихнул деньги в рукав и подумал: «Этот человек сам напрашивается на беду! Сдается мне, что его сундук набит всяким добром и что неплохо будет, если его сундук не только переночует здесь, но и останется навсегда, — а хозяина сундука, если вздумает протестовать, можно будет зарыть у ручья под ивой».

И вот Дана Косолапка кивает незнакомцу и несет его сундук в сторожку, скрытно, так чтобы этого никто не видел, а потом незнакомец с розовой язвой на лбу ведет его в кабачок напротив.

Едва сторож и незнакомец, над которым замышлялось такое нехорошее дело, ушли в кабачок, крышка сундука приоткрылась, и из нее высунулась лапка Шаваша, а вслед за тем вылез и он сам. Шаваш почесал себе бок, ушибленный, когда сундук сбросили на пол, вздохнул, раздвинул деревянные рамы окна и выскользнул наружу.

Было уже темно. Дул пронзительный холодный ветер, и облака, уцепившиеся за черное небо, напоминали остатки каши на донышке котла.

Шаваш стоял во внутреннем дворике небольшой усадьбы: посреди дворика потерянно чирикал фонтан, слева, на втором этаже, светился мягким розовым светом кабинет домоправителя Амадии. Шаваш скользнул к кустику красноглазки и заметил, что расцветшие было бутоны загнили от холода. Шаваш вдруг почувствовал, что замерзает: кто же мог знать, что погода так внезапно переменится! Шаваш облизал посиневшие губки и стал осторожно взбираться по резному именному столбу, вкопанному в землю рядом с кабинетом. Миг — и он уже у самого кабинета. Еще миг — и Шаваш, зацепив крючок, перебрался на карниз и спрятался под широкими, закрывавшими стену плетьми ипомеи и красноглазки.

Маленький сорванец осторожно раздвинул нитки в промасленной оконной ткани, заглянул внутрь и стал смотреть.

Эконом Амадия сидел за толстым дубовым столом спиной к Шавашу и что-то писал. Перед экономом стояла большая миска с синими и белыми пирожными. Время от времени эконом запускал в миску руку, совал пирожное в рот и продолжал жевать и писать. В кабинете имелась бронзовая курильница, а на обитом сукном алтаре — дюжина раскрашенных серебряных богов.

Время шло. Шаваш, скрючившись, смотрел в дырочку. Одной рукой он цеплялся за карниз, а другую держал у рта, дыша на пальцы. На улице пробили середину ночи. Шаваш опять поменял руки. Он замерзал, как лягушка во льду. Запах пирожных на столе у эконома проникал, казалось, через оконную бумагу и сводил его с ума.

Шаваш ждал. Эконом писал. Ручной дрозд, вылеченный экономом, прыгал по столу за освещенным окном.

Вдруг, немного после полуночи, в ворота усадьбы застучали. В кабинет эконома влетела ополоумевшая хозяйка.

— Стража, — квохтала она, — стража! Люди советника Нарая!

— Вон! — закричал эконом.

Хозяйка брызнула вниз, во дворик. Амадия заметался, сгреб со стола бумаги и поскорее сунул их в потайное место в полу, где он хранил деньги и ценные документы. Встряхнулся, помолился и бросился вниз.

Когда эконом Амадия подбежал к воротам, вокруг уже толпились рабочие и прислуга. Эконом заглянул в смотровую щель: за воротами крутились десять всадников. Старший среди них был в белом кафтане и зеленой шапке, имевшей форму цветочного горшка.

— Эй, — завопил человек в белом кафтане, — открывайте ворота!

— Лупоглазый дурак, — заорал эконом, — ты хоть знаешь, куда лезешь? Эта усадьба отдана в пользование государеву наставнику Андарзу!

К этому времени под воротами столпилось множество работников. Среди них слышались смешки и разговоры.

— Попалась крыса! — довольно громко говорили работники.

Кто-то посмелее закричал:

— Эй, служивые! Когда будете грабить, и нам немного оставьте!

У эконома ото всех этих разговоров душа протекла на землю. Он даже пожалел, что обращался с людьми, как с тараканами, и подумал: «Завтра же заведу новую графу: расходы на народное благоволение!»

А за стеной орали:

— Ты чего, оказываешь неповиновение власти?

— С чего это я буду открывать ворота? — возмутился эконом. — Может, вы и на стражники вовсе, а разбойники! Я вас впущу, а вы кинетесь грабить!

— Эй, — заорали за стеной, — как вы смеете оказывать неповиновение властям! Эй, вы, слуги! Если не откроете ворота, завтра пойдете в каменоломни за укрывательство воров!

Работники заволновались и начали понемногу оттеснять эконома от ворот. Было видно, что многие среди них готовы открыть ворота и разбойникам, а уж быть арестованными за сопротивление властям не хотел никто.

— Да какие у вас основания? — жалобно завопил Амадия.

— Отдайте преступника, не то обыщем все помещение!

— Какого преступника? — спросил, холодея, эконом.

— Преступника по кличке Две Морковки, из шайки Свиного Глазка: на лбу у него язва, скрывающая клеймо, и этот человек вчера ограбил дом почтенного Иданы. Свидетели рассказали, что он вошел с украденным сундуком в ваш дом, а потом его видели в кабачке с вашим сторожем!

Эконом всплеснул руками и оглянулся: сторожа Даны Косолапки нигде не было видно.

— Разыскать сторожа! — отдал приказание эконом.

И что же? Прошло меньше времени, чем надо, чтобы наполнить ведро водой из родника, — трое слуг выволокли из домика бедного Косолапку и какого-то чужака с розовой язвой на лбу. За ними двое стражников тащили сундук. Косолапка и незнакомец были пьяны выше глаз.

У эконома отлегло от сердца.

— Отворить ворота! — распорядился он.

Ворота отворили, и ночные стражники въехали во двор. Пьяных преступников немедленно посадили в повозку для арестованных и туда же водрузили сундук. Всадники, спрыгнув с лошадей, разгоняли разочарованную толпу.

Эконом Амадия отвел командира в белом кафтане в сторону, вложил ему в руку приятно звякнувший мешочек и прошептал:

— Этот Дана Косолапка действовал без моего ведома. Можно ли надеяться, что я не буду упомянут в вашем рапорте?

Командир пощупал мешочек и кивнул, ворота закрылись вновь, и страшные всадники растаяли в ночи.

Через час в воровском погребке делили добычу. Открыли сундук и вынули из него: двух золотых павлинов, давеча распускавших хвосты на хвалебной полке перед богами, — и богов тоже вытащили, числом двенадцать штук, серебряных, крашенных в двенадцать цветов, вытащили пачки розовых и зеленых денег, и небольшой ларец, полный маленьких золотых ишевиков, и несколько глазастых камней: опалов и аквамаринов. Свиной Глазок только ухмылялся, когда его спрашивали, как эти вещи попали в сундук, и одни решили, что Свиной Глазок, напоив сторожа, сумел отвести ему глаза и ограбить кабинет, а другие решили, что тут дело не обошлось без колдовства. По общему решению Свиному Глазку выделили половину.

А Свиной Глазок запустил в руку пригоршню опалов, и у него обломилась душа. «Экое богатство, — подумал он, — жаль будет делиться этим богатством с мальчишкой!» Испугался таким мыслям и сообразил: «Это, наверное, камни заколдованные, дурные мысли внушают». Он поскорее высыпал камни обратно, но мысли не прошли.

Когда все перепились, Свиной Глазок вынес сундук в комнату, открыл второе дно, достал оттуда мальчишку и спросил:

— Маленький негодяй! Сколько ты хочешь за это дело?

— Все, что произошло, — отвечал умненький Шаваш, — началось благодаря твоей храбрости и завершилось благодаря твоей удаче! Дай мне, сколько сочтешь нужным: мне бы лишь выкупиться от хозяина да купить сережки Тасе.

— Что ж! — сказал Свиной Глазок. — Ты обокрал хозяина, отказался вступать в мою шайку. Я боюсь, что боги прогневаются на меня, если я позволю тебе выкупиться из рабства на деньги, украденные от хозяина. Вот тебе серебряная четверть, иди купи на нее гуся.

Шаваш принял мертвой рукой монетку и пошел вон.

— Эй, — сказал старый вор, — погоди! — и зацепил Шаваша. — Что-то ты слишком легко уходишь! Уж не украл ли ты чего-нибудь отдельно?

Свиной Глазок заставил мальчишку раздеться, содрал с него и рубашку, и рваные штаны. Никакого золота, однако, не нашел, только увидел за воротом бумажный сверток, перевязанный красной нитью.

Он развязал его и увидел, что это скрученные в трубочку страницы плотной бумаги, разукрашенные квадратиками, кругами и полукружиями, и что над некоторыми из них имеются надписи, которые Свиной Глазок не мог прочесть, так как был неграмотен.

Свиной Глазок никогда не видел подобной штуки. Он обалдел и спросил:

— Это что такое?

— Это, — сказал Шаваш, — амулет, который мне дал начальник стражи Андарза.

Свиной Глазок скрутил удивительные страницы трубочкой и сказал:

— Заберу-ка я этот амулет себе! Сдается мне, что в нем сидит большая удача и что это благодаря ему ты придумал этот план и сумел украсть столько добра.

— Не думаю я, — сказал Шаваш, — что это большая удача, — украсть добра на много тысяч, а получить серебряный грош.

— И то правда! — испугался Свиной Глазок и отдал амулет мальчишке. А тот, захныкав, ушел из воровской корчмы в ночную тьму.

***

На рассвете, когда луны, бледные, как лицо и затылок утопленника, выцвели в небе, когда чиновники на шпилях управ известили богов о начале дня и стражники в желтых куртках открыли ворота между кварталами, Шаваш, замерзший и бледный, появился перед засыпанными снегом дверями веселого дома. Тася всплеснула руками, увидев его:

— Великий Вей! Я же говорила тебе: Андарз тебя сомнет, как циновку! Что с тобой?

— Ничего, — сказал Шаваш, — вот тебе, Тася, серебряный грош. Поди купи себе юбку, а нам — гуся.

Тася ушла, а Шаваш сел к окну, снял с амулета красную ленточку, расправил и стал читать. Что в тайнике не было бумаги лазоревого цвета, — в этом Шаваш убедился еще на месте ограбления, но когда он увидел, как Амадия мечется с этой бумагой, он подумал, что документ, который так прячут, вполне стоит украсть.

Читать было трудно. На окне стоял кувшин, с нарисованной рожей, рожа все время вытягивалась и чмокала губами, — до чего гнусная рожа! Шаваш глядел в прыгающие буквы и стучал зубами, его знобило, черные знаки разлетались с листа вспугнутыми грачами и складывались в надписи «малый приемный зал», «зала пятидесяти полей», «покои отдыхающих уток», — тут Шаваш сообразил, что документ наверняка заколдован.

— Да это же план императорского дворца! — вдруг ахнул мальчишка, и едва он это сказал, как план осветился ярким светом, взмахнул крыльями и рванулся навстречу Шавашу, — мальчишка вскрикнул и упал, и листы белыми гусями разлетелись по комнате.

В тот самый час, когда Андарз и Нарай спорили о прекращении торговли с Осуей, а домоправитель Амадия, трепеща, совал взятку страшным «парчовым курткам», — осуйский консул Айр-Незим, покончив с дневными делами, сидел в своей лавке, подводя баланс.

Весь этот день осуйский консул пребывал необычайно мрачным. Без толку сновал он по лавке, размещавшейся в длинном, развернутом к улице здании, придирался к приказчикам и слугам, нервничал за конторкой, и сердце его болезненно сжалось, когда вечером входная дверь лавки стукнула, и на пороге в кольце мокрого фонарного света показался молодой судья, господин Нан.

Гость и хозяин поднялись наверх, и немедленно вслед за гостем в гостиную проследовал пузатый чайник с наилучшим инисским чаем, по четверти за фунтик, и засверкало прозрачное вино в белоснежных чашечках, и заняли свое почетное место посереди стола пирог-хохотушка и пирог-ракушечник, а также уважаемый Айр-Незимом пирог-дроздовик, с груздями и курьей печенкой, с сахарной корочкой и красивым дроздом посередине, — Айр-Незим любил кушать сытно и весело.

Заговорили о достоинствах пирогов и цене на дрозда и пулярку — суждения господина Нана были самые проницательные.

— Да, кстати, — сказал чиновник, откушав чашечку, — как вы знаете, дня три назад в моем округе убили одного пустого чиновника по имени Ахсай. Имущество убитого досталось мне в руки, и, представьте себе, оказалось, что этот Ахсай — автор совершенно великолепного романа!

Сердце Айр-Незима замерло, и чудесный дрозд перестал радовать взор и небо.

— Этот роман, — пояснил Нан, — написан в форме дневника и описывает, от первого лица, жизнь некоего чиновника. Начинается все с того, что герой романа служит морским чиновником в Лакке. Он рассказывает, как по взятке одного осуйского купца, Айр-Незима, — как видите, один из героев романа носит то же имя, что и вы, — он сжег казенный корабль, груженный шелком, чтобы уменьшить конкуренцию Айр-Незиму. Бедный купец не знал, что чиновник, перед пожаром, разгрузил корабль и тайно продал груз другому конкуренту Айр-Незима!

— Ах, подлец! — изумился консул.

— Эта и еще несколько проделок выплыли наружу, и ему пришлось претерпеть тюрьму и лишения за свою благожелательность осуйской торговле. Осуйцы выручили его из тюрьмы, и Айр-Незим даже дал взятку одному императорскому наставнику. Благодаря этой взятке герой романа получил должность пустого чиновника. Отныне от торговал с Осуей. Не брезговал он и пиратством. Обладая мандатом чиновника империи, он заплывал в покинутые провинции и говорил доверчивым крестьянам, что имеет приказ отвезти их в Страну Великого Света. Дальше он сажал их на корабли и отвозил на сахарные плантации осуйцев: более двух тысяч подданных империи продал он Айр-Незиму. Да что с вами? — сказал Нан.

— Экий негодяй, — сказал Айр-Незим.

— О да, — сказал молодой судья, — но это не все. Полгода назад этот купец, который носит такое же имя, как и вы, — Айр-Незим, решил отправить своего племянника в первое далекое плавание. Он отплыл в страну Белых Гор на корабле Ахсая, с грузом шелка, купленного в доме императорского наставника. Корабль принадлежал Ахсаю. И вот этот Ахсай продал весь товар от себя, а заодно продал и племянника. Надежней было б пленника убить, но Ахсай пожалел истреблять товар, который можно было продать. Вернувшись назад, Ахсай рассказал, что корабль, товар и люди погибли, и еще получил страховку за корабль. И вдруг он встречает этого племянника, кашляющего и без уха, на пристани в Небесном Городе, — а через две недели племянник умирает! И наш герой начинает страшно беспокоиться, что его страсть к стяжанию привела его к порогу жизни, и он заканчивает дневник словами: «Мне все время кажется, что за мной следят по поручению Айр-Незима. Это не такой человек, который прощает смерть близких. У него есть большая бухгалтерская книга, в которую он записывает имена должников и обидчиков, и против имен тех, кто уже убит, написано «уплачено».

— Так-таки этими словами и заканчивается дневник? — упавшим голосом спросил Айр-Незим.

— Этими словами и заканчивается, — с иронией подтвердил чиновник. — Так вот, — продолжал Нан, — я в великом затруднении. С одной стороны, я обязан передать эту рукопись советнику Нараю. Но советник Нарай совершенно не умеет ценить литературы. Если я передам ему эту рукопись, он, пожалуй, решит, что перед ним не роман, а дневник, тем более что сочинитель выводит в качестве действующих лиц исключительно реальных людей! Он воспользуется случаем обвинить осуйцев в преступлениях против империи, а самого Айр-Незима — в убийстве Ахсая! Причем Нараю будет совершенно неважно, убил Айр-Незим Ахсая или нет — важно, что его можно обвинить в этом убийстве!

Консул Айр-Незим опустил глаза и стал глядеть на жареный пирог с дроздом, и почему-то ему представилось, что вместо дрозда в пироге запечена его собственная голова.

— С другой стороны, — продолжал молодой судья, — если все это не более как литературное произведение, я вовсе не обязан показывать его Нараю.

— Гм, — сказал Айр-Незим, — я думаю, что это литературное произведение. Этот купец не следил за Ахсаем и не убивал его, и бухгалтерской этой книги на свете нет. Совершенно воспаленное воображение.

Нан молча глядел на траурную красную шапку Айр-Незима.

— Значит, литературное произведение? — спросил чиновник, и в глазах его засверкали веселые чертики. — Так что же мне с ним делать? Предложить, что ли, издателю?

— Гм, — сказал Айр-Незим, — у одного моего друга есть маленькая печатня для благочестивых календарей и скверных картинок. Я бы очень хотел купить у вас эту рукопись за пять тысяч ишевиков.

Молодой судья только улыбнулся.

— За десять тысяч, — сказал Айр-Незим.

Молодой судья улыбнулся еще невинней.

— За двадцать, — сказал Айр-Незим, — черт побери, за двадцать тысяч мне бы ее продал сам автор!

Нан едва заметно покачал головой:

— Мне бы не хотелось оказаться на листах той бухгалтерской книги, о которой упоминал покойник, господин консул. И, как справедливо замечено, большие деньги ведут к большой погибели. Мне не нужны деньги.

— Чего же вам нужно? — изумился Айр-Незим, который из своих предыдущих встреч с Наном вынес твердое убеждение, что Нану нужны именно деньги, и обязательно большие деньги, и чем больше — тем лучше.

— Имена людей, которые следили за Ахсаем.

— Никто, — сказал Айр-Незим, — за Ахсасм не следил. У страха глаза велики.

— Имена людей, которые следили за Ахсаем и знали, что он будет в «Красной Тыкве».

— Господин Нан, — сказал Айр-Незим, — это бескорыстие ввергнет вас в еще большие беды.

Нан выразительно молчал.

— Я не собираюсь делать никаких порочащих меня признаний.

Молодой судья встал, и бронзовые колечки на его шапке звякнули, словно колокольчик, в который звонят перед пытками. Золотые драконы на обшлагах ожили в свете свечей и вспыхнули красным и пурпурным. Чиновник улыбнулся, и белые его ровные зубы напомнили Айр-Незиму формой топор палача.

— Хорошо, — сказал Нан. — Советник Нарай докладывает сейчас государю; туда же зван господин Андарз. Я увижусь с советником утром. Если к этому времени вы не пришлете мне записку с объяснением о том, кого вы поставили следить за Ахсаем, я передам дневник покойника Нараю.

У ворот Осуйского квартала молодого судью нагнал его собственный стражник:

— Господин Нан! — зашептал он. — Я следил за домом того негодяя алхимика, как вы велели, учитывал входящих и исходящих, и знаете, кого я там увидел?

— Шан'гара, — сказал Нан.

— А вот и не Шан'гара, а господина Иммани! Кто бы мог подумать, что Иммани тоже занимается алхимией!

***

Сразу после ухода молодого судьи осуйский консул отправился во дворец Андарза. Императорский наставник, в придворном платье, запачканном кровью, и с замотанной шелком рукой, встретил его в малом дворе.

— Вы с ума сошли! — напустился он на консула. — Нам нельзя видеться! Слышали ли вы, что произошло у государя?

— Нет.

Андарз рассказал ему о сцене во дворце.

— А указ? — вскричал Айр-Незим. — Указ подписан?

— Не думаю, — сказал Андарз.

Айр-Незим то краснел, то бледнел. Он и не представлял, что дело зашло так далеко. Один несомненный факт представился ему совершенно ясно. Если бы Нан хотя бы отдаленно обвинил его, осуйского консула, в уголовном убийстве, государь наверняка подписал бы указ о запрете торговли с Осуей.

Айр-Незим сглотнул и сказал:

— Господин Андарз! Два часа назад ко мне приходил этот чиновник Нан и обвинил меня в том, что торговец Ахсай был убит по моему приказанию. Он вел себя очень любезно, но требовал сказать ему, откуда я знал о том, что этот чиновник ужинает в «Красной тыкве». Я побоялся сказать ему правду, не посоветовавшись с вами. Дело в том, что о местопребывании Ахсая меня предупредил письменно ваш сын, господин Астак.

И Айр-Незим подал Андарзу скомканную бумажку.

***

Молодой господин Астак лежал в своей спальне на пушистом ковре и смотрел на черного жука, спешащего по «Книге наставлений». Когда встревоженный жук добежал до края страницы, молодой господин щепочкой отпихнул его обратно. Так повторилось еще раз и еще раз. Наконец Астак раздавил жука.

В этот миг снаружи спальни послышались шаги, дверь распахнулась, и в спальню вбежал Андарз. На нем по-прежнему был опаловый кафтан императорского наставника, отороченный золотыми узорами и яшмовыми пластинами с изображениями птиц и зверей, и синий шелковый плащ с круглым воротом. Правая рука Андарза была замотана шелковой лентой.

Андарз сунул клочок бумажки, бывший у него в руках, под нос сыну и сказал:

— Это ты писал?

— Да.

— Зачем?

Астак усмехнулся.

— Зачем?

— Убивать таких людей, как Ахсай, — сказал Астак, — священный долг каждого честного человека! Если честный чиновник не может сам истребить негодяя, то он должен сделать так, чтоб негодяи истребляли друг друга.

— Тебе никто не сказал, что красть чужие письма нехорошо?

— Это лучше, — сказал Астак, — чем кормить павлинов человечьим мясом.

Юноша видимо наслаждался собой.

— Где письмо? — заорал Андарз.

— У советника Нарая, — сказал Астак.

Васильковые глаза Андарза от гнева разлетелись в разные стороны.

— Почему ты это сделал?

Юноша улыбнулся. В этот момент он очень походил на свою убитую мать, — та же мертвенно-белая кожа и приподнятые кверху уголки бровей.

— Ты сам знаешь.

Андарз занес над сыном замотанный шелком кулак. Тот взвизгнул и отскочил. Андарз повернулся и что было силы ударил кулаком по туалетному столику с малахитовой крышкой. Столик крякнул и присел, одна ножка его подломилась, и многочисленные баночки и притирания поехали по блестящей крышке вниз. Андарз с искаженным от боли лицом повернулся к вбежавшим на шум слугам:

— Возьмите молодого господина под стражу и обыщите его.

Господин Андарз выбежал во внутренний дворик и остановился: у другого конца опоясывавшей дворик галереи, прямо под красным чадящим факелом, стоял Четвертый судья Нан и с интересом прислушивался к переполоху.

Андарз молча прошел в свой кабинет. Он шел так быстро, что плащ за его плечами развевался, как крылья вышитых на нем драконов.

— Господин Андарз, — сказал Нан, когда за ними захлопнулась дверь кабинета, — я нашел человека, который убил Ахсая...

— Спасибо, — сказал Андарз, — осуйский консул только что был у меня. Я нашел и письмо, и виновного.

— Кто это?

— Неважно, — сказал Андарз.

— Я не мог бы посмотреть на письмо? — вкрадчиво спросил Нан.

Нан не отрывал глаз от правой его руки, замотанной белым шелком. Нан уже знал, что случилось во дворце. Нан знал, что государь не подписал осуйского указа и что Нарай еще долго не осмелится лезть с этим указом к государю. Нан также понимал, что если бы он рассказал Андарзу об указе, то палец Андарза, возможно, был бы цел. Но Нан ценил проницательность Андарза и понимал, что Андарз отделается пальцем там, где другой потеряет голову.

Андарз нехорошо усмехнулся, и в этот миг в дверь кабинета постучали. Вошел начальник охраны Шан'гар и что-то зашептал Андарзу на ухо. Андарз кивнул. Шан'гар поглядел на Нана и вышел.

— Я вижу, — сказал Нан, — что это не Шан'гар. Иммани и Амадию я встретил внизу...

— Господин Нан, — спросил Андарз, и его васильковые глаза сделались твердыми и холодными, как пластинки яшмы на его рукавах, — недавно один человек сказал мне, что указы Нарая приносят гибель стране. А теперь я слышу, что самый гнусный из этих указов написан его рукой. Как это понимать?

Молодой чиновник покраснел.

— Я вчера спросил вас, о чем с вами говорил Нарай: вы потешили меня историей зверька, именуемого «небесный огонек», и забыли сказать об Осуе?

— Господин Андарз, сейчас речь идет не об указе, а о лазоревом письме. Его взял не тот, кого вы арестовали.

— Вы хотите поссорить меня с моими домашними? Хотите, чтобы одних я арестовал, а другие сами перебежали к вашему хозяину Нараю?

Нан побледнел.

— Не выйдет! Достаточно того, что ему нечего больше опасаться!

— Я требую ареста Иммани! — заорал Нан.

Андарз хлопнул в ладоши. В двери кабинета образовался огромный Шан'гар.

— Унеси это, — распорядился Андарз.

Через четверть стражи во двор управы советника Нарая вошел рыжий варвар с мешком на загривке и известил:

— Подарок господину Нараю от господина Андарза!

Варвар сгрузил мешок и удалился. Вот прошло немного времени, и даже несообразительные стражники заметили, что мешок подпрыгивает да гукает, развязали его и достали, к своему изумлению, молодого судью Четвертой Управы, господина Нана, оплетенного веревкой, словно кувшин доброго вина, и с хорошей затычкой во рту.

ЧАСТЬ ТРЕТЬЯ
ВАРВАР

▪ Глава девятая, ▪

в которой государь казнит наместника Хамавна за поражение в войне, а победитель наместника король Аннар Рогач признается в любви к государевой дочке

Очнулся Шаваш не скоро, а очнувшись, обнаружил, что лежит в длинной спальной корзине, и одеяло поверх него сшито из шелковой нижней юбки, а сверху, на ручке корзины, висит круглый талисман против лихорадки. Шаваш выглянул из корзины и сразу увидел, что он — в комнатке Таси, а сама Тася занимается за занавеской с посетителем, и этот посетитель удит в Тасе своей удочкой.

Шаваш нырнул обратно в корзину и стал смотреть сквозь щелку. По правде говоря, он сразу заметил, что в удильщике многовато жирка, и удочка у удильщика более длинна, чем прочна. Вот мужчина подцепил один раз удочкой рыбку, а второй раз — не смог, попыхтел-попыхтел и ушел.

Когда тот ушел, Тася встала и отдернула занавеску, и тогда Шаваш заметил на окне хомячка Дуню: тот прихорашивался в бамбуковой клетке. Тася заглянула в корзинку и сказала:

— Ишь ты! Живой!

— И давно я такой? — спросил мальчишка.

— Вторую неделю, — сказала Тася, — удивительно, как ты не помер.

Шаваш долго соображал, а потом спросил:

— Откуда здесь Дуня? Я же его оставил в доме господина Андарза.

— А судья Нан принес, — откликнулась Тася. — Откуда, ты думаешь, эта корзинка? Хозяйка хотела тебя выкинуть в тот же день, а тут явился Четвертый Судья. Дал на корзинку и лечение, знахаря привел. Сказал: «У Андарза он сдохнет, у сестры ему будет лучше». Вручил хозяйке деньги и пригрозил, если что, арестовать за нарушение святых уз между сестрой и братом. Приходил здесь, сидел: один раз ты визжал, так мы в тебя вместе лекарство пихали.

Шаваш слабо прикрыл глаза. Значит, ему не почудилось: молодой судья и вправду сидел у постели.

— Эй, — сказал Шаваш, — а когда я заболел, при мне была бумага: что с ней стало?

— А ничего, — сказала Тася, — я взяла ее и сунула в коробку для притираний, ничего никто не стащил.

Мальчик помолчал.

— А когда я кричал в бреду, о чем я кричал?

— Глупость всякую кричал, — сказала Тася. Отвела глаза и прибавила: — Говорят, у Андарза домоправителя ограбили. А он будто бы отрицает.

— А что, когда судья Нан был рядом, я тоже глупости кричал?

— Нет, — сказала Тася, — при Нане ты глупостей не кричал.

В это время дверь растворилась, и на пороге показался судья Нан, завитой и надушенный. В руке чиновника была корзинка. Из корзинки торчали печеная свиная ножка и несколько коробочек, из тех, в которые кладут сласти.

— Проснулся, — сказал Нан.

Снял с пояса кошелек, протянул Тасе розовую и промолвил:

— Иди-ка вниз и принеси ему бульона.

Тася вышла, а чиновник остался стоять и кротко смотреть на мальчишку. Шаваш хотел что-то сказать, но не смог. Ему было уютно и хорошо, как жуку в норке. Еще никто не покупал ему спальной корзинки и одеяла. Прошло минуты две: Тася вернулась с бульоном.

— Хорошая у тебя сестра, — сказал чиновник. Шаваш на это промолчал, и чиновник, чуть улыбнувшись, добавил: — Живи у нее, пока не встанешь на ноги. Лекарь тебе неделю запретил выходить на улицу.

— А как же господин Андарз, — спросил Шаваш, — он не гневается, что меня нет в доме?

Нан страдальчески приподнял уголки бровей: Шаваш вдруг увидел, что молодой судья страшно устал и — горюет.

— Лежи здесь, — сказал чиновник.

И ушел. Тася и Шаваш остались одни.

— Странно, — сказал Шаваш, — чего это он обо мне заботится?

— Ты не думай, Шаваш, что он на тебя положил глаз, — проговорила девица, — он не из таких, которые любят мальчиков, — и, застеснявшись, поправила вышитый мешочек меж грудей.

— А что, — сказал Шаваш, — сокол его лучше гоняется за дичью, чем у утрешнего?

— Ну никакого в тебе стыда нет, — всплеснула ручками Тася.

Потупилась и призналась:

— Гораздо лучше.

ЖЖЖ

Вечером к Шавашу зашла хозяйка и рассказала между прочим, что воров, ограбивших усадьбу эконома Андарза, замели и что сделал это не кто иной, как Четвертый Судья Нан. Он давно подозревал, что десятник «парчовых курток» Ивень замешан в разных подлых делах, учредил поиск, и что же? В поленнице при его шестидворке нашли разломанный на части сундук!

Поначалу Ивень признался в вымогательствах и убийствах, но про сундук уверял, что сундук ему утром продали на дрова. Советник Нарай был разъярен, лично драл Ивеня и сухим и соленым, через полчаса Ивень сознался и в сундуке, и в убийствах, и в грабежах, и если бы потребовали признаться, что он скушал черепаху Шушу из государева сада, он бы и в этом охотно признался. Эконом Амадия тоже признал в Ивене грабителя, хотя рожа у него была, говорят, при этом несколько изумленная.

Хозяйка сказала, что вчера Ивеня казнили большой секирой, а товарищей его отправили в каменоломни.

— Так что не понадобились твои четырнадцать золотых, — сказала хозяйка, — и очень хорошо, что не понадобились. Это ведь такие люди, они бы никогда от Таси не отстали. Страшные люди: брали доносы, написанные советнику Нараю, и вымогали деньги в свой карман.

И пристально поглядела на маленького сорванца.

— Да, — сказал мальчишка, — повезло Тасе.

Весь этот день Тася была дома, а на следующее утро ушла, наказав Шавашу никуда не выходить. Шаваш спросил ее об Андарзе — она, как и Нан, чуть не заплакала. «Что такое — изумился про себя мальчишка, — ведь не могли моему хозяину за какие-то две недели отрубить голову?»

Едва Тася ушла, Шаваш оделся и поскакал на рынок, где и услышал новость: взбунтовались варвары-ласы и захватили провинцию Хабарту.

— Отчего взбунтовались-то?

— Да вот: наместник провинции прибрал к рукам всю торговлю и стал требовать от варваров непомерные цены. Торговавших помимо него бросал в тюрьму. Варварам приходилось продавать жен и детей за товары. Они взбунтовались, вымели провинцию, как амбар перед инспекцией. А наместник сегодня прибежал в столицу.

— А кто наместник?

— А младший брат императорского наставника, господина Андарза.

⁂

Когда Шаваш вернулся в дом Андарза через ворота для слуг, он увидел, что во дворе стоит белый паланкин с двумя красными фонарями, — провинившийся наместник прибыл к брату.

Шаваш бросился в сад, перескочил из дворика в дворик, пробежал навесной галереей, на которую выходил кабинет Андарза, и запустил глаз в окно.

Наместник, чья жадность стала причиной восстания, сидел на мягкой скамье, уронив голову на руки. У него были тонкие, длинные кисти с узкими, накрашенными хной ладонями и тщательно вычищенными ногтями. На нем был розовый кружевной кафтан, расшитый пчелами и мотыльками, и замшевые сапожки в три шва. Черные его кудри были уложены в пучок и заткнуты кинжальчиком для волос. Плечи его вздрагивали. Он плакал.

Господин Андарз ходил перед братом из угла в угол. Губы его дрожали, а лицо побелело от гнева так, что черные брови выделялись на нем, словно два жука в молоке. Шаваш еще не видел хозяина в такой ярости.

— Мразь, — говорил господин Андарз, — мразь! Наместник жрет, а народ кровью блюет, да?

— Но... — начал Хамавн.

— Молчать, — заорал Андарз, — что я отвечу государю? Что мой брат продавал варварам шелк втрое дороже справедливой цены? Что ласы, к сожалению, не так терпеливы, как наши крестьяне? А что я скажу моим друзьям с Золотого Берега? Что пути на Золотой Берег через провинцию Хабарту теперь нет, потому что в Хабарте теперь нет ни городов, ни пристаней, а есть только ласы, которые пасут стада и охотятся за караванами, а другого пути на Золотой Берег природа не выдумала?

— Но... — проговорил наместник Хамавн и поднял голову.

— Цыц, — закричал Андарз и отвесил наместнику пощечину, одну и другую.

— А что скажет советник Нарай? — продолжал Андарз. — Он приведет варварских послов, которые расскажут, как за кусок шелка они были вынуждены продавать своих жен и детей, как шелк стоил в четыре раза дороже, чем это было два года назад; он скажет: благодаря жадности одного человека империя потеряла провинцию, и кто знает, что потеряет еще! И он потешит государя рассказом о том, как наместник провинции, забыв честь чиновника, бежал из осажденного города в платье разносчика и с корзинкой на голове, бежал не от варваров, а от ярости народа, который предпочел варваров его правлению!

Бывший наместник поднял голову. Лицо его было белее кружев на его кафтане. Глаза у него были заплаканные и красные, и он вовсе не походил человека, по милости которого империя потеряла провинцию. Он походил на мышь под дождем.

— Рад, — сказал ядовито Хамавн, — что мой брат рассуждает, как советник Нарай. Похвальное единомыслие!

Государев наставник затопал ногами, обутыми в замшевые сапожки в четыре шва.

— Варвары взбунтовались из-за высоких цен, — продолжал Хамавн, — да от такого резона за версту пахнет Нараем! Варвары жадны и драчливы, для них и грош за штуку шелка будет высокой ценой! Да и какое им дело, что сколько стоит? Они добывают деньги грабежом, а потом зарывают их в землю! Взбунтовались по причине высоких цен, скажите на милость! Да разве ласам нужна причина, чтобы взбунтоваться? Они живут грабежом и пирами, и если у них в деревне неделю нет войны, так значит, что эту деревню неделю назад как сожгли!

Хамавн встал, и глаза его страшно сверкнули. Шаваш с удивлением заметил, что, хоть Хамавн и был младше брата, выглядел он много старше: подбородок его отвис от излишеств и жира, и толстый мясистый нос расползся по всему лицу.

— Ласы напали на Хабарту не из-за высоких цен, а из-за того, что при мне провинция преисполнилась богатства, — сказал Хамавн, — а теперь послы их явились в столицу, и Нарай посулил им: скажите, что вы взбунтовались из-за жадности наместника, и я устрою так, что государь станет платить вам дань! Кто же предатель? Я или Нарай, который сговаривается с варварами?

— Десять ишевиков за штуку шелка, — это какая цена? — спросил Андарз.

— А откуда мне взять другую? — зашипел наместник. — Я не могу продавать шелк дешевле, чем он обходится твоим друзьям. И не говори, что ты не знаешь! Инспектору из столицы — давай! За краску — плати! Городским цехам — плати, а то донос напишут! Рабочим — тоже плати! Или я на них должен скаредничать? Продавать за границу по дешевой цене, а своим платить так, чтоб они умирали в прядильнях? Так тогда дома поднимут бунт, и опять я выйду виноват.

— Я, — сказал Андарз, — завоевал эту землю, а ты проворонил ее варварам! Я дядю этого Аннара водил на поводке!

— Ты, — ответил Хамавн, — завоевал не Хабарту. Ты завоевал

пустырь! Когда ты мне его оставил, пепел от рисовых амбаров достигал локтя толщиной, матери ели детей от голода! Забыл, как ты взял всех мужчин Хануны да и повесил по обе стороны реки? За этакую-то войну столичная чернь восхищалась тобой! Я завел в ней ремесло и торговлю, стал торговать с варварами. Пока Хабарта была голодной плешью, варварам до нее и дела не было. А когда по деревням понастроили каменные дома, ласы выкатили глаз на чужое добро! Странное это дело, однако, что о «несправедливых ценах» они сообразили, — а хватило ли у них ума подумать, что если в прошлом году они разорили треть провинции, то в этом году ценам придется быть выше?

— Надо было разбить варваров! — усмехнулся Андарз.

— Да, надо было разбить варваров, только без армии это сделать очень трудно. Я прислал государю доклад: «Прошу позволения сделать армию в восемь тысяч человек для обороны провинции». Нарай написал на этом докладе: «Варвары мирны. Этому человеку нужна армия, чтобы отложиться от империи!»

— У тебя был отряд Бар-Хадана! — сказал Андарз. — И я заплатил этому отряду!

— Ага, — сказал наместник, — и как только твой проклятый секретарь привез деньги, Бар-Хадан взял эти деньги и ушел в горы, потому что понял, что больше ничего от нас не получит.

— У тебя были люди Росомахи.

— Ага, и я послал Росомаху навстречу этому королю Аннару, и они поговорили и решили, что лучше им воевать с империей, чем друг с другом! — Наместник горько засмеялся и махнул рукой. — Что я мог сделать? Запретить людям богатеть, так как чем больше у них добра, тем больше у варваров алчности? Закрыть мастерские? Тут же все, кому я подношу на благовония и развлечения, да и твои друзья по Золотому Берегу разинули бы рот и съели меня. Нанять-таки армию? Тут же Нарай бы меня и арестовал... Кто же негодяй, — я, из-за которого провинция преисполнилась частного богатства, или Нарай, который, чтобы доказать, что частное богатство ведет к гибели государства, отдал провинцию варварам, а меня отдаст палачу?

— Ты что говоришь про любимца государя? — зашипел Андарз.

Брат его истерически засмеялся.

— Бывало при государыне Касии, что разоряли одного, чтобы угодить другому! А кому угождает Нарай? Чиновники в ужасе, старосты в цехах поджали губы, народ вот-вот взбунтуется, о людях богатых я и не говорю... Так кому же угоден Нарай? Никому он не угоден, кроме одного паршивого щенка, которого мать его не успела доду...

Наместник не договорил: Андарз схватил со стола поводок для мангусты и этим поводком ударил его по губам.

— Думай, что говоришь, — сказал Андарз.

Наместник откинулся на спинку кресла, вытер губы и сказал:

— Мне уже все равно.

Тут-то у двери зазвенела медная тарелочка. Вошел Иммани и, кланяясь, доложил:

— Господин Андарз! Господин Хамавн! Его Вечность желает видеть вас во дворце! Прикажете подавать паланкины?

Этим вечером Андарз вернулся с императорской аудиенции один: брат его был арестован прямо в Зале Ста Полей и брошен в тюрьму, а через три дня казнен.

Многие в те дни ожидали скорого ареста Андарза, но — обошлось. Молодой государь питал все-таки любовь к своему наставнику, а господин Андарз вел себя с величайшим тактом, сказал: «Я оплакиваю смерть брата, но не смею оправдывать его преступлений». Так что господин Андарз не пострадал. Да и что, в самом деле, такого? Если один брат, скажем, умрет от лихорадки, то это же не значит, что другой тут же тоже должен умереть от лихорадки? Почему же тогда, стоит отрубить одному брату голову, все сразу смотрят на голову другого брата так, словно у него там не голова, а созревший кокосовый орех, который вот-вот собьют с ветки?

Всего две недели Шаваш лежал больной, и за это время столица сильно переменилась, и с каждым днем она менялась все больше. Тот, кто недавно смеялся при имени Нарая, теперь прятал свой смех глубоко в глотку, чтобы не попасться на кулак разъяренной толпе.

Городские цеха издавна изготовляли больше, чем положено, продавали сверх сметы, устанавливали новые станки. Одни мастера богатели, другие по лени или болезни оставались бедными. Теперь Нарай разрешил доносить на тех, кто изготовляет больше положенного, и освободил доносчика от ответственности за его собственные прегрешения. Бедные мастера начали доносить на богатых, желая получить по доносу половину имущества, богатые — на бедных, опасаясь их зависти.

Мастеру Достойное Ушко отрезали нос, а мастера Каввая бросили в колодец, где он пролежал два дня, и нагадили сверху, причем судья так и не оштрафовал тех, кто бросил его в колодец, несмотря на то что по новому уложению с того, кто бросит человека в колодец, причиталось пять розовых штрафа, а с того, кто в пылу ссоры вымажет лицо человека дерьмом, — четыре розовых.

Кроме этого, советник Нарай издал указ о том, что каждый, кто не донесет на преступника, будет разрублен на две части, а каждый, кто на преступника донесет, получит такую же награду, как за обезглавливание врага, и так как преступниками по новому уложению считались все, кто зарабатывал помимо закона, тюрьмы и виселицы были переполнены.

Но самое страшное случилось в день Пяти Гусениц. В этот день в Лицее Белого Бужвы принимали Белый Экзамен, и императорский наставник был в числе экзаменаторов. Не успел Андарз войти в залу, как один из лицеистов, мальчик четырнадцати лет, по имени Лахар заявил, что он и его товарищи, будущие опоры порядка и справедливости, клялись жить в тростниковых стенах и принести свою жизнь в жертву народу и что они отказываются сдавать экзамены взяточнику, сочинителю похабных песен и гнусному развратнику, который пьет кровь и мозг народа. Этот мальчик Лахар был во главе «Общества Тростниковых Стен», к которому добровольно присоединились все лицеисты, а которые не присоединились добровольно — тех защипали и запугали. Андарз удалился, а лицеисты, сдав экзамен, вытащили из библиотеки его книги, сорвали со стен подаренные им свитки и сожгли все это во дворе. «Не беда, — сказал Андарз, услышав о костре, — стихи — это то, что остается после того, как сожгут книги».

Поразмыслив над этакими событиями, первый министр Ишнайя надел на шею веревку, посыпал голову пеплом и явился в управу Нарая, держа в руке список неправд, учиненных им в государственных закромах. Он сказал, что жил, как вредный дикобраз, и сосал кровь народа и ел его костный мозг и что он раскаивается в своих преступлениях. Советник Нарай обнял его и сказал, что нет ничего слаще раскаяния в своих грехах и что, когда Нарай видит, как люди сами признают свои грехи, это доставляет ему больше удовольствия, чем когда из них вытаскивают эти признания раскаленным крюком. У Ишнайи полегчало на душе, но все-таки явился с веревкой на шее даже в Залу Ста Полей, доставив живейшее удовольствие государю. После этого многие чиновники стали приходить к Нараю с веревками на шее и приносили списки своих грехов, не дожидаясь, пока из них вытащат их грехи крюком и плетью, — и не было дня, чтобы кому-нибудь не взбрело в голову каяться во дворце перед управой Нарая.

Между тем лицеисты Белого Бужвы, будущие чиновники пятнадцати лет, прогуливали занятия, чтобы ходить по городу и наблюдать за нравственностью. Под предводительством Лахара мальчики врывались в дома и выслушивали жалобы бедных людей. Вскоре они стали создавать свои отряды в обычных школах и даже среди уличных детей. Теперь часто на улицах столицы можно было видеть колонны детей. В одной руке дети держали ветку, а другую обматывали желтой шелковой лентой со словами «Благополучие государства», и родители их умилялись, видя, какой порядок соблюдают вчерашние сорванцы и с какой радостью бегут поутру в школу. Родители качали головами и говорили: «Наверное, нам уже не увидеть счастливых дней, а эти дети будут жить, как в раю». Эти дети останавливали любого и жестоко били его, если не видели нашейной бирки об уплате налога, — согласно новому указу каждый человек должен был обзавестись такой биркой, — или находили на нем игральные кости. Они входили в лавки, требовали лицензию и расходные книги и, проверив их, пороли хозяина, если обнаруживали какую-то неточность. Так как лицеисты еще не были чиновниками, они не имели права арестовывать и наказывать. Поэтому они предлагали хозяину: «Попроси-ка нас, чтобы мы тебя выпороли». Лавочник, ошалевший от страха, падал на колени и прямо-таки умолял о таком одолжении.

Андарза в городе всегда считали колдуном, но теперь слухи о колдовстве Андарза стали с каким-то нехорошим душком, который обыкновенно идет от слухов, распространяемых казенными соглядатаями: кукольники больше не рассказывали, как Андарз наслал чуму на вражеское войско, а рассказывали вместо этого, как Андарз гадал о победе на печени невинного ребенка; прошел также слух, что Андарз отдал собранные для войны в Хабарте средства осуйским банкирам в рост, — оттого-то, а не от государственной скупости испытывали его армии нужду в деньгах.

Пьяный ложкарь по прозвищу Кривой Клен пел одну из песен Андарза — дети поймали его и защипали почти до смерти; кукольник в день Лисы вздумал представить пьесу о победах в Хабарте — дети разогнали зрителей, поломали руки кукольнику и куклам, а главную куклу, изображающую Андарза, проволокли по улицам и повесили на воротах Андарзова дворца.

Шаваш вновь перебрался в дом Андарза со всеми своими пожитками: матрасиком и хомячком Дуней. Его встретили, как своего, и старый солдат Хатти соорудил для Дуни красивую клеточку из бамбуковых стеблей, покрытых синим лаком и скрепленных бронзовыми колечками. Весь дом облачился в траур по казненному Хамавну, и слуги плакали и ругались, беспокоясь за свою будущую судьбу. На улице их часто встречали улюлюканьем.

Через три дня после казни государь вызвал Андарза во дворец и сказал:

— Приказываю вам собрать армию и разгромить наглых варваров! Только вы обладаете необходимым дарованием!

Андарз упал на колени и стал целовать сапожки государя. Но тут вмешался Нарай:

— Ни в коем случае, Ваша Вечность! Ведь так называемые победы Андарза и явились причиной нынешнего завоевания! Раньше варвары ели сырую рыбу и своих начальников, а Андарз научил их дисциплине! Ведь войско ласов состоит наполовину из старых ветеранов Андарза!

Андарзу показалось обидным, что его упрекают за то, что империя, послав воевать, не дала ему войска, и он ответил:

— Тем более следует поручить эту войну мне, чтобы мои бывшие солдаты перебежали на мою сторону.

Советник Нарай возразил:

— Кто может поручиться, что это не вы перебежите на их сторону?

— Вы подозреваете меня, господин Нарай, в том, что я стану на сторону тех, с кем сражался двадцать лет и кто погубил моего брата?

— Я подозреваю вас в чем угодно, — отвечал Нарай, — и я не знаю, кого вы считаете убийцами своего брата.

И, повернувшись к государю, продолжал:

— В этой войне, к которой вас подговаривает Андарз, нет никакой надобности. Мне удалось доподлинно разузнать, что варвары сами ни за что не напали бы на Хабарту, если бы их не подкупили торговцы Осуи! Всю эту беду навлекли неумеренное пристрастие наместника к торговле и торговое соперничество между Хабартой и Осуей! Что же касается самих варваров, то это люди грубые и дикие, но исполненные величайшего почтения к государю! Сейчас они в ужасе от своего поступка. Особенно это касается их короля по прозванию Аннар Рогач. Этот король от души желает примириться с империей и стать наместником Хабарты.

Андарз от этих слов возмутился необычайно. Он расхохотался так, что государь с испугом посмотрел на него, и воскликнул:

— Западные ласы не думают ни о чем, кроме славы, денег и власти! Уж мне-то это неплохо известно! С чего бы это королю хотеть стать подданным?

Советник Нарай склонился перед императором в глубоком поклоне и объяснил:

— Ваша Вечность, дело в том, что варвары подчиняются королю только в военное время, а в мирное время они не подчиняются никому. Кроме того, король понимает, что наместники с помощью налогов добывают больше, чем короли с помощью грабежа. Из-за всех этих соображений он был бы счастлив признать над собой власть государя, потому что только государь поможет ему сломить власть знатных людей в его племени. Он готов сам приехать в столицу с визитом, и взамен он просит только одного — послать в Хабарту заложников, гарантирующих его безопасность!

Когда Андарз услышал, что советник Нарай ведет переговоры с королем, завоевшим те земли, которые он, Андарз, возвратил империи, и что этого варвара готовы с почетом принять в той самой Зале Ста Полей, откуда на казнь увели его брата, он побледнел, как смерть, и один его глаз от гнева выкатился наружу, а другой ушел глубоко внутрь. А Нарай между тем продолжал:

— Что же, спрашивается, потеряла империя? Если правильно повести дело, то взамен продажного и слабого наместника Хамавна она приобретет сильного наместника Аннара Рогача, безгранично преданного государю, человека, который железной рукой наводит порядок в провинции, железным копьем охраняет ее рубежи! Ясное дело, что это не по душе господину Андарзу, он бы предпочел воевать и грабить!

Андарз вздумал лаяться. Государь, колеблясь, спросил совета у случившихся рядом министров Чареники и Ишнайи. Чареника, будучи зол на Андарза за перехваченную взятку, сказал:

— Андарз и его брат обращались с провинцией словно с частным поместьем. Постыдно отвоевывать частное поместье государственными войсками.

А первый министр Ишнайя сказал:

— Во всех своих завоеваниях господин Андарз грабил земли провинций, а награбленное раздавал столичной черни, добиваясь дешевой популярности! Недопустимо, чтобы такое повторилось!

А между тем Ишнайя солгал постыдным образом, ибо прекрасно знал, что большую часть награбленного в походах Андарз раздавал не народу, а высоким чиновникам, в том числе и самому Ишнайе.

* * *

Андарз возвратился из дворца в самом скверном настроении; заперся было в кабинете, но не прошло и пяти минут, как он позвонил в тарелочку и осведомился, где Иммани с докладом о его поездке в Иниссу. Иммани, трепеща, явился и представил папку. Андарз не прочел и двух страниц, как взгляд его споткнулся на рапорте управляющего Инисским поместьем: тот доносил, что к поместью, пользуясь смутой, пришли три лодки белых ласов, которые сожгли кленовую рощу и ограбили кладовые, забрав, между прочим, четыреста больших мер бронзы. В другое время такой пустяк не привлек бы внимания сановника, но в этот раз он вскочил и заорал:

— Лодки белых ласов водоизмещением не превышают пятидесяти мер! Как это три лодки могли увезти четыреста мер бронзы? Сколько управляющий заплатил тебе за этот отчет?

Иммани побледнел и хотел было сказать, что так изложил дело сам управляющий, но Андарз выскочил из-за стола, схватил своего секретаря за шкирку, вздыбился и зашипел:

— Да ты меня за идиота считаешь?

Иммани отшатнулся, а Андарз сгреб его и ударил лицом о раскрытую папку, раз и другой. Из носа Иммани брызнула кровь, из глаз — слезы.

— Куда? — со злобой заорал императорский наставник, заметив, что капли крови попали на другие бумаги. Подхватил маленького секретаря под мышки, напрягся — и в следующую секунду Иммани, ломая тонкие планки двери, вылетел из кабинета.

Еще миг — и ему на голову шлепнулась, трепеща страницами, злополучная папка.

Дверь в кабинет Андарза захлопнулась. Иммани, кусая губы и рыдая навзрыд, лежал в коридоре. Минут через пять он встал, подобрал папку и, пошатываясь, побрел вниз. Проходя через людскую, оглянулся: на окне людской стояла бамбуковая клетка, в клетке, попискивая, гулял хомячок. Это был хомячок того гадкого мальчишки, Шаваша.

Разбитое лицо Иммани исказилось: он поднял тяжелую папку и с размаху ударил по клетке. Прутья сломались: Иммани в остервенении заколотил по клетке, как дятел по коре.

Отбросил папку и побежал в свой флигель. Там он упал на ковер и стал рыдать, горько и страшно.

В этот день Шаваш, исполняя поручение Шан'гара, ходил к одному старому солдату Андарза: многие из этих людей жили в столице. Большею частью это были варвары — ласы, аломы, «рогатые шапки». Андарз строжайше запретил Шан'гару видеться с ними, считая, что это очень опасно, и теперь Шан'гар посылал к ним Шаваша.

Иные привыкли к беззаконию и были грабители, но тот человек, к которому ходил Шаваш, наоборот, зажил мирной жизнью и имел лавку. Лавка была отписана на Андарза, и хозяин с его шестью рабочими очень беспокоился за судьбу лавки в случае ареста Андарза, и хозяйка его, баба дородная и языкастая, стояла посереди горницы, уперев руки в боки, и орала: «Кабы вы были не бабы, а мужчины, пришибли бы вы давно этого Нарая, и дело с концом».

Шаваш вернулся во дворец так тихо, что его никто не видел, и передал Шан'гару ответ лавочника: «Ваш товар очень хорош, и я уже договорился с тремястами покупателями, найдутся и другие».

— Тебя никто не видел на обратном пути? — спросил Шан'гар.

— Ни на пути туда, ни на пути обратно, — сказал Шаваш.

— Смотри, чтобы тебя никто не видел. Потому что за тот товар, о котором идет речь, режут шею и продавцам, и покупателям, включая детей в утробе матери.

От Шан'гара Шаваш воротился в свою каморку, и сердце его упало: клеточка Дуни была растоптана, шелковый платок, покрывавший ее, намок. Шаваш поднял платок: под бамбуковыми палочками лежало раздавленное тельце хомяка, и несколько палочек торчали из него, словно иглы из ежа. Шаваш вынул Дуню и принялся его гладить.

— Немедленно выкинь эту гадость!

Шаваш поднял голову: над ним стоял секретарь Иммани в кружевном кафтане и с растрепанным лицом.

— Это вы сделали? — спросил Шаваш.

Беловолосый секретарь отвесил мальчишке затрещину.

— А ну быстрей!

Шаваш утащил из кухни немного хвороста, разложил на каменном берегу пруда костерок и сжег на нем мертвого хомяка. Костер горел довольно долго.

Шаваш сидел, не шевелясь. Солнце закатилось под землю, сквозь рваные облака замелькали звезды. Когда костер догорел и пепел остыл, Шаваш ссыпал пепел в мешочек и подвесил мешочек к локтю. Ему давно говорили, что такой мешочек будет хорошим талисманом.

xxx

На следующий день Шаваш застал государева наставника в Белой Беседке: тот сидел у окна и играл мелодию, от которой плачут боги и птицы.

— А, это ты, — сказал Андарз. И вдруг вспомнил: — А где твой хомячок?

— Его раздавили, — сказал мальчик.

Шавашу показалось, что Андарз не слышал ответа. Вдруг, минут через пять, чиновник промолвил:

— Разве меня или тебя труднее раздавить, чем хомячка?

***

В тот же день Андарз собрался и уехал на покаяние в храм Идинны.

Он взял с собой только Шаваша.

Вечером, в трактире, старый Мень сказал:

— Зря господин взял с собой этого щенка! Помнится, все несчастья начались с того самого дня, как он появился в доме.

— Точно, — согласился его племянник, служивший в дворовой кухне, — как это можно — ехать в монастырь и брать с собой мальчика для блуда!

И опрокинул в рот кружку доброго пива.

— О ком это вы говорите? — поинтересовался человек, угощавший их пивом.

Те рассказали, и человек, угощавший их пивом, остался очень доволен: это был шпион советника Нарая.

Надо сказать, что Андарз не доехал до храма, а застрял на полпути в кабаке. Там его, изрядно пьяного, и нашел Нан: несмотря на свое путешествие в мешке, молодой чиновник как-то втерся обратно в дом. Нан сел рядом с Андарзом и полюбопытствовал о причине паломничества. Андарз сказал:

— Мне приснился сон — меня позвали играть в Сто Полей с Парчовым Старцем Бужвой.

— А на что же играли? — спросил судья Нан.

— На мою голову. Объяснили: если я проиграю, мне рубят голову как проигравшему. А если выиграю, мне рубят голову как святотатцу — обыграл, мол, самого бога.

— Да, — отозвался Нан, — но я вам советую выиграть. Все же это приятно — обыграть бога.

***

Через неделю Шаваш опять спал на лежанке в спальне молодого господина Астака. Тот беспокойно ворочался из стороны в сторону. За окном звезды были насажены на верхушки деревьев, словно на кол.

— Что ты думаешь о рогатых ласах? — спросил Астак.

— Не знаю, — сказал Шаваш, — на рынке говорят, что у них рога вместо ушей и свиные морды и они питаются коноплей и пленными.

— Завтра делегация их приезжает в столицу, и Андарз посылает меня для встречи, — сказал Астак, — как ты думаешь, они не съедят меня?

— Вряд ли они станут есть людей под столицей, — возразил Шаваш, — особенно если государь пошлет им много другой еды.

Юноша помолчал и сказал:

— Все равно Андарза скоро казнят.

— За что?

— Государь не казнит без дела.

— Нехорошо так говорить о своем отце.

— Он мне не отец, — сказал юноша.

— А кто же?

— Мою мать любили двое, господин Андарз и господин Идайя. Она вышла замуж за Идайю, и господин Идайя стал наместником Чахара. Вскоре после этого случился бунт Харсомы и Баршарга, и Андарз интригами объявил отца мятежником. Он подошел с войском к Чахару, и моего отца приволокли к нему со связанными руками и поставили на колени перед палачом. Андарз казнил моего отца и взял себе мою мать, — а через пять месяцев родился я. Тогда, однако, вышел указ уничтожать потомство мятежников, включая младенцев во чреве их жен, и Андарз, видя отчаяние женщины, подкупил цензоров, обманул государыню и зачислил младенца своим.

В комнате, где лежали мальчики, было так темно, что даже Шаваш не видел лица своего собеседника, а слышал только его учащенное дыхание.

— А на самом деле, — спросил Шаваш, — этот Идайя не был изменником?

— Ну конечно, он не был изменником, — разозлился юноша, — не могу же я быть сыном изменника!

Помолчал и сказал:

— Как ты думаешь, советник Нарай знает об этом?

Маленький раб распластался на своей лежанке, едва дыша.

— Когда-нибудь, — сказал юноша, — он узнает об этом и расскажет государю. И тогда государь казнит убийцу моего отца, как он казнил его брата, а мне возвратит имя и честь.

Эту ночь Шаваш долго ворочался на лежанке, не мог заснуть. Ему было страшно. За свои двенадцать лет он вынес немало бед и мог бы вынести еще больше, — а то и вовсе давно расти где-нибудь подорожником, — если бы не его проворство да еще, верно, особливая любовь богов: он им аккуратно откладывал двадцатую часть ворованного. Ну может, не двадцатую, а двадцать пятую... А что? Вот поймают, изувечат руку — будешь знать, как жадничать.

Но хотя его личная жизнь протекала среди всяких опасностей и стоила, по правде говоря, меньше, чем жизнь какой-нибудь дворовой псицы, — ему всегда казалось, что она протекает на фоне неизменной и вечной в своем постоянстве империи и мудрости императора, по чьей воле весной распускаются почки и птицы начинают нести яйца.

Теперь, после месяца пребывания в доме господина Андарза, этому ощущению был нанесен страшный удар. Империя не была безгранична, — какие-то варвары и купцы ошивались вокруг ее окраин, лазали по рекам до столицы. Империя не была вечна, — эти варвары и купцы разевали на нее рот и только что не могли согласиться, с какого края начать есть пирог. А люди, люди, близкие императору, держащие, можно сказать, подол неба рукой... черт знает что это были за люди! Чем они руководствовались? Рыночные воры тем не руководствовались, чем они руководствовались! Разве рыночный вор станет тащить в столицу варваров, чтобы отомстить своему врагу?

Или — карта империи в кабинете Андарза, священная карта, которой могли владеть только высшие сановники и изображения на которой превращались в действительность? Город Осуя был обозначен на этой карте частью империи — город Осуя от этого даже не чихнул...

А император?

Хамавн, брат господина Андарза, крикнул: «Паршивый щенок, которого не додушили по приказу матери». Андарз, правда, замахал рукавами, но Шаваш сразу же понял, что Хамавн сказал правду, и эта правда ставила все в новом мире на свои места. И было в этом новом мире пусто и страшно.

***

Варварский поезд въехал во двор ровно в полдень, — в Час Императора. К изумлению Шаваша, у варваров оказались не собачьи головы, а человечьи. Зато лошади их, словно женщины, были одеты в длинные, до земли юбки. Впереди всей свиты на лошади с белой шеей и в красной юбке ехал главный король по имени Аннар Рогач. Это был человек лет сорока, весом с молодого бычка, с квадратным подбородком, светло-рыжими космами, голубыми глазами и изрядным шрамом на большом белом лбу.

На нем был боевой кафтан, крытый красным шелком с изображением извивающихся змей и пастей, и красная же шапка, украшенная тремя рядами жемчуга. В ухе на золотой цепочке висел человеческий зуб. Зуб принадлежал тому самому человеку, который украсил лоб Аннара шрамом, а все остальное было награблено в кладовых Хабарты. По правому боку короля ехал молодой господин Астак, а по левому боку — Четвертый Судья Нан.

Спешиваясь, Нан подманил Шаваша пальцем и шепнул:

— Мы сейчас взойдем наверх. Заслужи внимание варваров, потешая их фокусами, и послушай, о чем они говорят.

Императорский наставник Андарз вышел встречать варваров к самым воротам. На нем был белый парчовый кафтан, затканный облаками и травами, и белые сапожки с черным узором, а на поясе его висел старинный двуручный меч прежнего короля ласов, который Андарз добыл в честном поединке. Волосы Андарза были коротко острижены в знак траура. На лице его цвета слоновой кости ничего нельзя было прочесть.

— Я счастлив, — сказал король Аннар Рогач, — видеть вас в добром здравии!

Господин Андарз провел обоих варваров в роскошный кабинет, и там они остались вчетвером: старый король Аннар Рогач и его сын, Маленькая Куница, императорский наставник Андарз и господин Нан.

— Поистине, — сказал Андарз, глубоко кланяясь, — я, недостойный, счастлив вас видеть в моем доме.

— Ого, — сказал Аннар Рогач на своем птичьем языке, — счастлив он, как же!

Отпихнул кресло и сел на пол.

— Что он говорит? — справился Андарз, делая вид, будто не знает птичьего языка.

— Он говорит, — перевел Нан, — что проделал путь в тысячи верст, переправился через горы и потоки, неустанно стремился вперед, только чтобы побеседовать с вами!

— Ага, — сказал варвар по-человечески, — именно так, через горы и водопады.

— Я, — сказал господин Андарз, — взволнован до глубины души. Чем бы я мог отблагодарить вас за ваш визит?

Варвар замялся.

— Дело в том, — сказал господин Нан, — что вы глядите на безнадежно влюбленного человека.

Императорский наставник всплеснул руками и справился:

— В кого же вы влюблены?

— В государеву дочку, — ответил варвар.

— Гм, — сказал Андарз, — а видели ли вы ее когда-нибудь?

— Нет, — сказал король, — но слухи о совершенствах царевны и ее красоте переполнили мое сердце. Молва о ее уме и таланте поразила меня в моих диких ущельях. Я решился на великие подвиги, только чтобы добиться ее руки!

— Да, — сказал господин Андарз, — но государевой дочке только два года: не рано ли ей говорить о браке?

— Дети государей, — возразил король, — не то, что дети простолюдинов, они растут не по дням, а по часам. Или вы хотите сказать, что ваши послы лгали, говоря об уме и красоте дочери государя?

Господин Андарз улыбнулся и сказал:

— Я был бы счастлив быть вашим сватом, но, признаться, государь почти не слушает моих советов. Не лучше ли вам попросить об этом господина Нарая?

На это варвар, улыбаясь, сказал:

— Завтра вечером государь примет нас в Зале Ста Полей. Он спросит: как мы, глупые люди диких гор, осмелились на мятеж? Как вы думаете, что мне лучше ответить: что я осмелился на мятеж, желая добиться славы и стать достойным государевой дочери, или что я осмелился на мятеж из-за несправедливых цен, установленных вашим братом?

— Я не желаю, чтобы вы упоминали это имя, — вскричал Андарз, — мой брат — преступник, опозоривший наш род!

— Так-то оно так, — возразил варвар, — но во дворце вашего брата остались бумаги и документы! И подумать только, что у половины этих бумаг — ваша личная печать!

Сановник закрыл глаза и пробормотал, кланяясь:

— Я доложу государю о вашем желании. Я счастлив стать вашим сватом!

Варвар улыбнулся и стал тереть руками о щеки, а сын его, Маленькая Куница, недовольно сказал:

— Батюшка, вы забыли о моем счастье!

— Ах да, — сказал варвар, — дело в том, что вы видите перед собой двух влюбленных людей!

— Великий Вей, — сказал Андарз, — в кого же влюблен ваш сын?

— В вашу дочь, — сказал Аннар Рогач.

Все говорят «варвары, варвары». А кто такие были эти варвары-ласы? Мы вам расскажем.

Жил некогда народ по прозванию «та-лас», что значит «рогатые шапки». Это был совсем дикий народ. Они жили в лесу вместе с обезьянами. У обезьян не было царя, и у «рогатых шапок» не было царя, и они жили одинаково скверно. У них было много племен и мало законов, и каждые три года они собирались в одно священное место выбирать начальника, которого они потом не слушали.

Однажды они выбрали начальником человека по имени Лахар Сурок, и Лахар Сурок повел их через северные сопки. В тот год, когда это случилось, они захватили в одном набеге кувшин с прекрасным лицом и шитую серебром скатерть. Все посчитали это благоприятным предзнаменованием, потому что тогда у «рогатых шапок» не было таких дивных вещей.

Через три года после того, как Лахар Сурок стал королем, к нему привели двух человек, путешествовавших со стражей и с нагруженными ослами.

— Вы лазутчики? — спросил король.

— Нет, мы купцы из Осуи, — ответили эти люди.

Король подивился храбрости этих людей, пускающихся в одиночку за прибылью, и стал их расспрашивать, что такое торговля. И когда они ему объяснили, он сказал:

— Покажите мне ваши товары и назначьте за них цену.

Тогда первый купец разложил свои товары, и каково же было изумление короля, когда он увидел перед своей палаткой на земле кувшины с маленькими ручками и тяжелыми бедрами, и шелк, белый, как кислое молоко, и цветные ткани, благоухающие, как цветущий луг, — и все это добро было много прекрасней того кувшина, который был захвачен три года назад и слухи о котором передавались из уст в уста.

А купец разложил товары, поклонился и сказал:

— За всю эту красоту я прошу у тебя тысячу шкурок бобра и пятьсот шкурок горностая.

Король Лахар Сурок покраснел от гнева и сказал:

— Этот человек принимает нас за невежд, которые никогда не видали кувшинов с прекрасными лицами! Неужели человек чести будет платить за то, что он может взять даром?

И он приказал прибить купца к ограде перед палаткой. После этого он спросил у его товарища:

— А сколько ты просишь за свой товар?

Тот перепугался и ответил:

— Великий король! Я пустился в путь, прослышав о твоей мудрости, и привез эти товары тебе в подарок, а о плате я сроду не думал.

Такая торговля понравилась великому королю, он взял те подарки, что предложил ему купец, и сказал:

— Ты справедливый человек! Я прикажу моему племени покупать твои товары за ту цену, которую ты назначишь.

Так и пошло: каждый год осуйские купцы приезжали к королю, и он брал у них приглянувшиеся ему вещи по той цене, которую он назначал, а потом купцы продавали племени вещи за ту цену, которую назначали они.

Вот прошло много лет, и Лахар Сурок помер, и народ избрал королем его племянника. К этому времени «рогатые шапки» слушались самих себя во время мира, а во время войны слушались одного человека. По счастью, они много любили воевать.

Годы летели, и вышло так, что все бобры и песцы, которыми «рогатые шапки» платили за кувшины и шелк, были истреблены, а кувшинов и шелка, напротив, меньше не становилось. Тогда князья «рогатых шапок» стали воевать с соседями и отбирать у них золото и разные вещи, и на эти вещи покупать у осуйцев товары, которые они потом раздавали дружине, чтобы она храбро воевала с соседями.

Как-то один осуйский купец, приближенный короля ласов, сказал:

— На юге есть большая страна под названием Страна Великого Света, и в ней много добра, которое плохо лежит. Если вы переселитесь к ее границам, то ее правители будут посылать вам дань только за то, чтоб вы их не грабили. Эту дань вы будете продавать нам и жить очень хорошо, а во времена смуты, кто знает? Может, вы и сами завладеете этой большой страной.

После такого намека король созвал общий совет, и совет рассудил, что в провинции Хабарта много добра и на нее можно напасть. Король повел свои войска с гор на равнину. Наместник испугался и прислал ему письмо, в котором обещал королю заплатить деньги, лишь бы тот не трогал провинцию. Король согласился и ответил: «Пошли же мне людей, с которыми я заключу мир». Тот прислал троих чиновников и дары. Король схватил этих чиновников и одного убил, а у других с помощью пыток выведал наилучшую дорогу.

Король построил алтарь своему богу и сжег на нем все подарки наместника, чтобы обеспечить себе благоволение и поддержку небес, а потом призвал себе в палатку осуйского банкира, бывшего при нем, и заключил весьма выгодные соглашения о продаже добычи, так как был очень корыстолюбив.

В скором времени они подошли к столице провинции Хабарта. Жители столицы, не видавшие войн, дивились на них со стен и потешались, что такие грязные свиньи могут взять такой большой город.

Варвары же соорудили перевернутые суда на колесиках, и обмазали их, по совету осуйских банкиров, глиной и уксусом. Сжечь эти суда было невозможно. Спрятав внутри этих черепашек воинов, варвары подступили к городским стенам. И в конце концов вышло так, что варвары ворвались в город, сжигая дом за домом и квартал за кварталом. Последним пал дворец аравана. Аравану провинции предложили сдаться, но араван стал спиной к спине своего брата. Рядом стало еще до сотни людей, а в середину они воткнули государево знамя. Первым погиб араван, а потом его брат, а потом варвары срубили государево знамя.

Наместник бежал в самом начале осады, так как араван, враждовавший с ним по обыкновению, воспользовался этим случаем, чтобы обвинить наместника в том, что это он привел варваров.

Множество людей тогда бросились в реку и утонули. Король, ужаснувшись, приказал вытаскивать трупы на берег, так как ему было жалко, что столько золота и серебра пропадает на утопленниках.

Так варвары-ласы в первый раз завоевали Хабарту и очень огорчились, когда Андарз отвоевал ее обратно. Но они постепенно смирились с этим фактом, поселились на границах империи, грабили ее или служили в ее войсках. Хамавн выплачивал ласам содержание, которое ласы называли «данью», а вейцы «жалованьем», и вожди ласов продавали эту дань купцам города Осуи.

Кроме того, вдоль границы имелись рынки.

Года три назад у ласов выбрали нового короля, Аннара Рогача, и Аннар Рогач потребовал у наместника Хамавна увеличить дань. Наместник выполнил его просьбу раз, и другой, и третий, а когда король Аннар потребовал то же в четвертый раз, наместник Хамавн послал против него отряд человека по имени Росомаха.

Поговаривали, что отец Росомахи был раб, показавший чудеса доблести и занявший в королевском совете место своего хозяина. Из-за своего новейшего происхождения Росомаха был человек неверный и злой. Войско Росомахи сошлось с войском Аннара, и король подскакал на глазах у всех к Росомахе, схватил за повод его коня и сказал: «Ты с ума сошел! Какого беса нам, братьям-ласам, воевать друг с другом, если мы вдвоем завоюем всю Хабарту?» Росомаха поразмыслил и пришел к выводу, что Аннар прав.

Через три дня жители богатого приграничного города Эреты увидели войско Росомахи, которое гнало к городу пленных варваров, и впереди, на поводке и со связанными руками, ехал король Аннар. Горожане высыпали на стены и отворили ворота, но не успели конвоиры въехать в город, как пленники их освободились от фальшивых узлов и бросились вместе с конвоирами избивать горожан.

Так они завоевали Хабарту так легко, словно это было какое-нибудь овечье пастбище.

Выполняя указание господина Нана, Шаваш принялся развлекать варваров всякими фокусами. Впрочем, фокусников во дворе оказалось двенадцать человек, и шестерых из них Шаваш знал как государственных соглядатаев, одного — как чародея из запрещенной секты «знающих путь», а еще один работал на побегушках у богачей из «красных циновок». Словом, все слои общества проявили интерес к новому элементу.

Некоторые из варваров были совсем сырые, а другие были вполне люди, впереди всех сидел и хмурился Росомаха, которого не позвали наверх. Шавашу говорили, что Росомаха — человек злой и корыстный, но Росомаха бросил Шавашу золотой, и Шаваш решил, что чужие языки часто мелют вздор. Когда Шаваш кончил подкидывать в воздух шарики, Росомаха сдернул его со стола и посадил рядом с собой. Они поговорили о том о сем, и Шаваш полюбопытствовал, как получилось, что завоеватель провинции Хабарты так скоро приехал в Небесный Город.

— Видишь ли, — сказал Росомаха, — когда король брал стены города, впереди нас бился какой-то великан в черных доспехах; а когда после битвы король пожелал отличить этого человека, оказалось, что никто, кроме короля, его не видел! Король бросился искать по залам и переходам, зашел в храм Парчового Бужвы, взглянул на статую бога и вскричал: «Вот этот черный парень». Тут статуя встрепенулась и сказала: «Я отдал тебе этот город, потому что владевший им погряз во взятках и воровстве: смотри же, следуй правильному пути!» Эти слова произвели на короля Аннара большое впечатление, и вот он вытребовал у вашего государя двести чиновников в заложники, а сам с тремястами воинами явился в столицу.

В это время послышался шум: во двор спустились господин Андарз с королем, и Андарз объявил:

— Сегодня я угощаю всех! Пусть дружинники остаются во дворе, первых людей прошу в Красный Зал!

— У моего народа, — заявил король Аннар Рогач, — нет первых и последних, мы тут все равны!

И велел звать всех в Красный Зал.

Красный Зал получил свое название по колоннам красного мрамора, уходящим в глубь усадьбы. Эти мраморные колонны были не что иное, как хвосты драконов, чьи крылья, перекрещиваясь, образовывали потолок. Головы драконов были вырезаны с необычайным искусством, и в пасти некоторые драконы держали светильники.

Поначалу варвары притихли, изумленные красотой. Но скоро к ним вынесли кожаные блюда с наваленным на них мясом и тяжелые серебряные кувшины с вином, и, по мере того как все это исчезало в глотках варваров, столь широких, что в них без труда могла бы пролезть изрядная дыня, они вели себя все более и более нахально и даже велели фокусникам плясать на столе, чего в порядочных домах не делается.

Все были довольно пьяны, когда Нан, наклонясь к королю Аннару, спросил:

— Как вам Небесный Город?

— Чудный город, — ответил король, — хотел бы я княжить в таком городе.

— Ба, — сказал молодой судья, видимо пьяный, — разве это — чудный город? Раньше был, а теперь? Видели ли вы львов перед входом в храм Земных Зерен?

— Видел, — сказал варвар, — золотые львы, стоят на задних лапах и держат в передних факелы!

— Были золотые, — сказал Нан, — но при государыне Касии их продали Осуе за проценты от долга.

Нан вздохнул. Варвар поглядел на него горящими глазами: чиновник был явно пьян, выбалтывал государственные секреты.

— Чтобы не было позора, — продолжал Нан, — умоляли осуйцев не говорить, откуда взялось золото. И что же? Они воспользовались этим, чтобы утверждать, будто мы вообще не платили никаких процентов, и теперь требуют их от государя Варназда второй раз! А государь — он ведь не может признаться, что заплатил долг священным золотом!

— Клянусь божьим зобом, — изумился варвар, — то-то осуйский посланник мне говорил, что вейцы не хотят платить долга!

— Мало этого, — горько сказал Нан, и его ореховые глаза наполнились слезами, — видели вы крышу в Зале Облачных Чертогов?

— Видел, — сказал варвар, — но там нет крыши: просто сеточка.

— Сеточка, — заплакал пьяный чиновник. — Раньше над залом была золотая кровля, ее сняли и отправили в Осую. Государь строит в Зеленом Овраге маленький дворец — десять комнат! Хочет в него переехать. А отчего? Ему не по силам содержать нынешний дворец. Государь, конечно, горд, уверяет, будто ему хочется уединения.

И пьяный чиновник уронил голову на стол.

Варвар озадачился, а вскоре поднялся с места и пошел поднести рог певцу, игравшему на лютне в дальнем конце зала.

Когда варвар ушел, к Нану незаметно приблизился секретарь Иммани.

— Господин Нан, — зашипел он, — что вы себе позволяете? Вы что — травы наглотались? Над Залой Облачных Чертогов никогда не было никакой крыши, кроме серебряной сетки! Золотых львов никто не продавал!

— Тише, — сказал Нан, безо всякой пьянки в голосе, — я знаю, что я себе позволяю.

Между тем король вернулся с певцом, и тот начал петь одну за другой песни о походах Андарза, и все это были славные песни. А затем он спел новую песню, и эта была та самая песня о Черном Бужве, который сражался впереди короля на стене города и который пригрозил королю бесчестьем, если тот не будет править по совести. Сын короля, Маленькая Куница, дал певцу золота и сказал:

— Это неплохая песня, но сдается мне, что господин Андарз сочинил бы об этом песню получше!

— А ведь и правда, — сказал человек по имени Каба Деревянный Башмак, — провинция погибла из-за жадности наместника! Господин Андарз подписал указ о взяточничестве своего брата, почему бы ему не написать об этом песню?

Андарз поднял голову и поглядел на Кабу этаким тараканьим глазом, а король заметил это и сказал:

— Не пори чепухи, Каба! Одно — подписать указ, а другое — написать о таком деле песню!

Росомаха, желая сгладить впечатление от случившегося, взял за шкирку Шаваша и поставил его на стол:

— А ну-ка, покидай свои шарики. — И, вздохнув, прибавил вполголоса: — А все-таки это была бы прекрасная песня, если б ее написал Андарз.

Шаваш стал между сладкими дынями и фруктами, запеченными в тесте, вынул из корзинки семь гибких колец и стал их подкидывать. Кольца закрутились в воздухе, подобно разноцветным бабочкам. Король наблюдал за мальчишкой, разинув рот. Если бы дело было на рынке, сообщник Шаваша непременно срезал бы у него в этот миг кошелек.

— А, — сказал король, — не такое уж это дорогое дело — подкидывать в воздух круглый прут! А вон у левой стены стоят кувшинчики: покидай-ка их!

С этими словами король подошел к стене, сгреб с полки три стоявшие там вазы и стал швырять их Шавашу одну за другой, а Шаваш их ловил.

Это были ламасские вазы из собрания господина Андарза: только десяток таких ваз, может быть, и осталось по всей ойкумене, и больше этих фарфоровых вазочек Андарз любил только сына. Андарз, побледнев, положил убить про себя мальчишку, если с вазами что-то случится.

Шаваш покидал-покидал вазочки, и они остались целы. Андарз и гости стали смеяться и хлопать в ладоши, а варвара взяла зависть. Он еще не забыл, что Андарз выразил нежелание сочинить песню о своем брате. Он сгреб вазы и сказал:

— Подумаешь! Каждый может удостоиться похвалы от господина Андарза за то, что не разбил эти вазы! А вот я могу их разбить, и все равно меня похвалят!

И шваркнул все три вазы о пол.

Утром, расставаясь, Андарз подарил гостю меч старинной работы, драгоценное янтарное ожерелье, меховой плащ на златотканой подкладке и много штук шелка и виссона.

— Все мое добро в вашем распоряжении, — сказал Андарз, — чем я, ничтожнейший, могу порадовать гостя?

В это время через двор, как на грех, проходил Шаваш.

— Господин Андарз, — сказал король, кланяясь, — подарите мне этого мальчишечку: он вчера славно меня позабавил.

Господин Андарз наклонил голову, но не посмел отказать варвару. Он подозвал к себе Шаваша и сказал:

— Я хочу подарить тебя королю Аннару: иди с ним.

— Долгового раба нельзя дарить без его согласия, — дерзко возразил Шаваш.

Король ужасно изумился.

— Что же за порядки в этой стране, — сказал он. — Если человек, который вершит судьбы государства, не имеет права продать своего слугу?

А золотоволосый мальчишка упал в ноги Андарзу и запричитал:

— Никуда я не уйду от вас, господин.

Императорский наставник страшно разгневался. Он приказал выпороть Шаваша и вскричал:

— Либо ты отправишься завтра же к прекрасному королю, либо я пошлю тебя на кружевной завод, чтобы ты не думал, будто у варваров тебе будет хуже, чем у меня.

Шаваша выпороли не очень сильно. Он не спал всю ночь и думал о далеких северных варварах, которые не знают домов и земледелия, а живут в шатрах и питаются молоком кобылиц, и о княжеском городе Инехе, далеко в горах, богатом городе: склады его ломятся от награбленного и унесенного, подземелья его полны пленниками из империи.

Надобно сказать, что нрав народа очень переменчив, и прибытие варварского посольства сильно расстроило население столицы. Все доводы о покорности короля Аннара, так хорошо звучавшие во дворце, были совершенно потеряны для народа. Народу казалось, что будет гораздо лучше, если варвары будут платить дань империи, а не империя — жалованье варварам.

Народ был возмущен утратой провинции и поведением Нарая. Черт знает что за глупый народ: ведь, казалось бы, это у государя пропала провинция и налоги, но государь был согласен с доводами Нарая. А какое дело горшечнику или башмачнику, который и за ворота квартала-то только в праздник ходит, до провинции за речными переправами и горными хребтами?

А горшечник рыдает.

О причинах варварского посольства в городе говорили по-разному.

Рассказывали ту самую басню про Черного Бужву, который, собственно, и сдал город. Говорили также, что наместник Хамавн, идя на войну, пренебрег ежегодными церемониями в честь Бужвы и даже обозвал его «дерьмом собачьим» — и лазутчики варваров, услышав об этом, проникли в храм и принесли Бужве жертвы, умоляя о победе. Перед городским храмом росло священное дерево, отросток Золотого Дерева из императорского сада, без которого в провинциях не бывает урожаев и налогов: наместник перед бегством срубил это дерево, и рассказывали, что варвар приехал к государю за новым ростком.

Трудно сказать, было ли так на самом деле или нет, и трудно сказать, не совершил ли бог Бужва государственного преступления, сражаясь на стороне врагов империи, — но несомненно, что народ толковал в этой басне о том же, о чем советник Нарай заявил государю в простых словах: «Король понимает, что наместник налогами добудет больше, чем король — грабежом, и он готов признать над собой власть императора, если император поможет ему справиться с непокорной знатью».

Басни эти имели перед рассуждениями то преимущество, что басни рассказывали между собой и самые знатные варвары, в то время как ни один знатный варвар не повторил бы с удовольствием рассуждений чиновников.

Читатель, однако, может удивиться, почему король Аннар Рогач вздумал сватать сына за дочку Андарза, брата которого он победил, а не за дочку Нарая. Но, во-первых, у Нарая не было дочки, а во-вторых, король Аннар был вполне варвар, то есть не обладал такой гибкостью в перемене суждений, как верховные чиновники и столичная чернь.

Андарз воевал в Хабарте: в войске короля были такие, которые сражались против Андарза, а были и такие, которые сражались в его войсках. Все они пели про Андарза множество песен, а про Нарая песен не пел никто.

Чиновники видели в Нарае нового фаворита, а в Андарзе — старого; король же, в силу своей варварской невосприимчивости, видел в Андарзе лучшего полководца империи, а в Нарае — дурака-крючкотвора. К тому же вся знать у варваров знала язык империи, а стало быть, и стихи Андарза; королю было не все равно, какие Андарз напишет про него стихи, и ему было совершенно неважно, какой Нарай сочинит про него указ.

Надо сказать, что Нарай всего этого совершенно не ожидал.

На следующее утро король осматривал город. В числе сопровождающих был Четвертый Судья Нан. Король осмотрел Площадь Великого Перекрестка, где пересекались четыре дороги, идущие в Хабарту, Иниссу, Харайн и Кассандану, каждая из которых была вымощена квадратными и треугольными камнями и имела ширину, достаточную для одновременного продвижения четырех повозок, — и эту ширину она имела от столицы и до провинции на всем своем протяжении.

— Как хороши дороги империи! — восхитился король. — У нас, глупых варваров, ничего подобного. Войско, проникнувшее за пограничные укрепления, за неделю дойдет по вашим дорогам до столицы!

Короля провели на монетный двор, и он заметил:

— Вам следовало бы чеканить поменьше железных монет и побольше наконечников для стрел.

Показали и рынок: место, где товары сами находят свою цену. На рынке король заметил группу детей с ветками ивы в руках, разгонявших торговцев, и, узнав, что это дети из общества «Тростниковых стен», полюбопытствовал:

— А кого больше в столице, сторонников Нарая или сторонников Андарза?

— Все честные люди на стороне Нарая, — ответил ему один из сопровождавших его царедворцев.

— Гм, — сказал король Аннар, — в таком случае кого в городе больше: честных людей или негодяев? Судя по законам господина Нарая, он считает, что негодяев много больше.

Днем король Аннар встретился с советником Нараем. Советник Нарай поклонился знатному гостю и преподнес надлежащие случаю подарки. Король осмотрел подарки и остался очень доволен. «Как же мне Андарз сказал, что это плохой человек, — подумал король, — когда он преподносит такие подарки».

Советник Нарай пригласил короля и Нана в малый кабинет. Собеседники расположились в удобных креслах, и король изложил свою просьбу касательно государевой дочки и Хабартинского наместничества. Помимо руки государевой дочки, Аннар попросил двести тысяч золотых ежегодного вспомоществования, а также попросил, чтобы половина этого золота была выдана новыми монетами, по чеканке похожими на те, что были выпущены в честь побед Андарза, и чтобы на монетах этих было изображен король Аннар, попирающий ногой шею бывшего наместника империи.

А потом вздохнул и признался:

— Я вчера немного обожрался, — сказал король, — и мне приснился удивительный сон: я ворвался в императорский сад и сожрал дивный персик, и был так груб, что слопал вместе с персиком косточку. И вот я заснул: а косточка проросла из моего живота, пустила росток, покрылась листьями, и я оказался под сенью цветущего древа. Что бы это значило?

— Гм, — сказал советник Нарай, — несомненно, персик, сожранный вами, — это провинция Хабарта, на которую вы обрушились как законная, но прискорбная кара на алчность наместника, а дерево, выросшее из вашего живота, суть ваше потомство, которому суждено плодотворное управление Хабартой, при том условии, что вы сумеете совладать со своими главными врагами.

— Кто же мои главные враги? — спросил король.

— Ваша знать, — ответил Нарай.

— Как же мои собственные воины могут быть моими врагами? — усмехнулся король. — Я думал, что мои враги — воины империи!

— Как вы можете так говорить, — упрекнул его Нарай. — Император ежегодно присылал вам подарки, в письмах своих называл братом, теперь вот готов отдать за вас дочь. Семеро ласских королей погибли от рук ласской знати: разве вейский император убил хоть одного из ласских королей?

«Кишка тонка у вейского императора убить ласского короля», — подумал про себя король, но промолчал.

А судья Четвертого Округа Нан добавил:

— Говорят, к вам во сне явился Черный Бужва и потребовал, чтобы вы правили справедливо, а не так, как прежний наместник. Разве вы не знаете, как Черный Бужва определил справедливое правление? Он сказал, что при справедливом правлении в стране отсутствуют три вида грабителей, как то: торговцы, взяточники и знать!

Король Аннар задумался над этими словами, а судья Нан встал и вдохновенно продолжал:

— Разве вы не знаете, что Черный Бужва удостоился звания Бога Правосудия и Пыток после того, как он предложил императору Иршахчану план устранения двухсот знатнейших семейств, явившихся в империю с его отцом? Кровная месть вместо суда, восстания вместо повиновения, грабеж вместо хозяйственного житья, — вот что такое знать! Разве может быть справедливым правитель, опирающийся на знать?

— Бог ты мой, — вскричал король, — истинная правда! Не оскорбить какого-нибудь из этих нахалов, давая ему приказание, так же трудно, как не замочить штанов, переправляясь вброд!

И надо же было такому случиться, что в этот миг дверь кабинета распахнулась и в нее вошел командир Аннара Бар-Хадан, один из имеющих золоченый дротик.

— Эй, — сказал он, — Аннар! Там какая-та заварушка! Стоит чиновник с толпой и требует, чтобы мои дружинники заплатили за рыбу, которую они взяли на рынке!

Повернулся и ушел.

— Надо пойти разобраться, пока там никого не убили, — сказал король.

Нан вскочил с места и всплеснул вышитыми рукавами.

— Как, — вскричал Четвертый Судья, — и вы не снесете этому наглецу голову? Помилуйте! Если государь — в комнате, никто посторонний не смеет войти в комнату, не коснувшись губами его сапога; если государь сидит, посторонний человек должен стоять, если государь стоит, посторонний должен поджать одну ногу. А вы позволяете такое!

Король был совершенно поражен. Он был очень восприимчив к цивилизации, и вся некультурность его подданных мигом представилась ему в самом черном свете.

— Клянусь той штукой, которой пашут женщину! — вскричал король (по правде говоря, он выразился несколько откровеннее). — Завтра же я прикажу моим людям целовать мои сапоги! Надо же как-то учить народ церемониям!

Однако, покинув управу Нарая, король Аннар одумался. «Черт побери! — подумал он. — Если я отдам такой приказ, так меня тут же зарежут! Эти чиновники только и добиваются, чтобы поссорить меня с моими добрыми воинами. В следующий раз надо быть осторожней! А все-таки приятно будет, когда каждый человек из рода Росомахи или Белки станет целовать мне сапог!»

Тут над ухом его заржала лошадь, и его с размаху хлопнул по плечу сотник по имени Ханна.

— Ну, — сказал он, — о чем говорили с Нараем?

— Да так, пол языком мели, — ответил король и мечтательно посмотрел на свои сапоги.

Что же касается судьи Нана, то он поехал с Бар-Хаданом и его побратимом улаживать драку на рынке, произошедшую оттого, что несколько сырых варваров, проголодавшись, взяли у рыночной торговки живую рыбу и, надкусив за жабрами, убили ее, съели и пошли прочь. Торговка потребовала деньги, и варвары жестом объяснили, что, когда она будет проходить мимо их лагеря, она может тоже поесть рыбы. Тут весь рынок, не поняв жеста, бросился на варваров, потому что это был не первый случай, когда варвары, пожрав, не платили денег, но тут прибежали рыночные власти и не допустили смертоубийства.

Нан заплатил торговке из своего кармана, и толпа, разочарованная, разошлась.

После этого судья Нан пригласил Бар-Хадана и Росомаху в один из столичных кабачков, где они очень приятно провели время.

— Какая разница между манерами чиновников и простолюдинов! — заметил Росомаха. — Чиновник дарит, что ни попросишь, всегда рад оказать услугу благородному человеку! А у рыночного торговца возьмешь на грош, так он будет канючить, пока его не зарубишь!

Вот варвары налились по самые ушки, и Бар-Хадан полюбопытствовал, как Нан нашел короля Аннара, и молодой судья сказал, что ему жалко ласов.

— Это за что же тебе нас жалко? — справился Росомаха.

— Да за то, что вам скоро отрубят головы, — сказал Нан.

— За что это нам отрубят головы? — возмутился варвар. — Я лично ничего такого не делал, чтобы мне рубили голову!

— А за то, что вы теперь помеха для короля, — ответил Нан, — раньше король жил на дань, а теперь ему придется жить на налоги с Хабарты. Раньше ему были нужны воины, а теперь — чиновники. Воины ему, прямо скажем, теперь совсем не нужны. Тот, кто опирается на воинов, вынужден уважать их свободу, а тот, кто опирается на чиновников, насаждает всеобщую покорность.

— Точно, — сказал Росомаха, — уже крутился там один, бывший казначей Хамавна! Говорил, что, если назначить его главой казны, через пять месяцев он один даст королю больше денег, чем все наше войско! Мы его за такие слова зашили в мешок вместе с муравейником, так Аннар три дня ругался!

— У каждого народа, — сказал чиновник, — свои привычки, и тот, кто стыдится привычек своего народа, не достоин им править. И сдается мне, что королю Аннару Рогачу свобода его народа так стоит поперек горла, что он готов продать свой народ за двухлетнюю девку с приданым и за титул наместника.

— Клянусь божьим зобом, — изумился варвар, — да ты попал прямо по головке гвоздя!

— Или вот хотя бы песня о том, как Черный Бужва проложил королю путь в город, — продолжал Нан. — Не понимаю, что вы так восхищаетесь песней, — ведь согласно этой песне победу королю принесли не вы, а старый покойный чиновник империи, который и меча-то никогда держать в руках не умел и вдобавок вел себя в этом деле как последний изменник, а это «справедливое правление», которого Бужва потребовал от короля, значит не что иное, как то, что тебя и твоих детей скормят муравьям!

Росомаха так удивился, что хлопнул себя по ушам и сказал:

— И правда так! Удивительное дело песня: если бы нам прямо сказали, что король собирается покончить с вольностью своего народа, мы бы немедленно перерезали ему глотку, а когда нам поют, как судья Бужва дрался, видите ли, за будущую справедливость, так мы только бросаем золотые певцу!

По возвращении к господину Нараю молодой судья доложил:

— Король ласов груб и неотесан, однако хотел бы разделаться с независимостью своих воинов. Если он одолеет свою знать, из него выйдет отличный наместник, если он поссорится с ней, то его зарежут, и Хабарту нетрудно будет отвоевать. Кроме того, в племени имеется человек по имени Росомаха. Князь Росомаха беспринципен, жаден и труслив, обладает всеми необходимыми для изменника качествами. Было бы очень важно посадить на трон такое ничтожество.

Глава десятая,

в которой господин Нарай диктует указ о невыплате процентов по осуйскому долгу, а государь просит Андарза не посещать дворца ночью, если его казнят

Утром Шаваша отвели к королю. Несмотря на то что варварам отвели Четвертый Округ, они отказались жить в темных домах, а заняли один из садов, окружавших столицу, и, вырубив лишние деревья, раскинули там триста шатров. Многие чиновники отнеслись к этому с уважением. На рынке говорили, что варвары — дети природы и гор и не могут жить среди душных стен.

Сын короля нахмурился, увидев Шаваша. Он велел мальчишке лечь и раздеться, а потом начал вертеть его из стороны в сторону, мять бедра и смотреть зубы. Дружинники стояли кружком и обсуждали достоинства нового раба. Когда Маленькая Куница запустил ему пальцы в рот, Шаваш подумал, не укусить ли варвара, но благоразумно воздержался от такого поступка.

— Разве это человек? — сказал Маленькая Куница. — Если его послать пасти овец, он и то замерзнет на перевале.

Днем Маленькая Куница велел Шавашу поискать вшей у него в голове, и Шаваш полюбопытствовал, почему ласы расположились в шатрах, а не в домах.

Маленькая Куница ответил:

— В прошлый раз, когда я и Ратут Росомаха ездили по ойкумене, у нас не было с собой шатра, и эти проклятые чиновники драли с нас за гостиницы такую цену, что просто страшно сказать. Вот мы и решили, что на этот раз этим охотникам за деньгами не удастся слупить с нас ни гроша.

Вот Шаваш повыловил из королевского сына вшей, заплел ему косу и принес вина, а потом не удержался и всхлипнул.

— Ты чего такой грустный? — удивился Маленькая Куница.

— А правда, — сказал Шаваш, — что вы едите рабов?

— Ба, — сказал Маленькая Куница, — очень редко и очень плохих рабов. Если ты будешь хорошим рабом, отец тебя не съест. Он выделит тебе людей и, может быть, сделает своим сыном.

Шаваш засопел.

— Ты чего сопишь? — удивился Маленькая Куница. — Разве, если бы ты понравился господину Андарзу, он сделал бы тебя своим сыном?

— Нет, — сказал Шаваш, — как бы я ни понравился господину Андарзу, он никогда бы не сделал меня сыном. Но если бы я ему не понравился, он бы никогда меня не съел.

— Вы, вейцы, — наставительно сказал Маленькая Куница, — фальшивый и чопорный народ. А мы — дети природы.

На следующий день господин Айр-Незим, осуйский консул, прислал другу своего друга Андарза золотую посуду дивной работы, блюда с капризными ручками и кувшины с рубиновыми глазами. Варвары не знали, как разделить подарки по справедливости, пока не придумали сделать так: они повесили эти кувшины и блюда на палках, стали носиться на конях мимо и метать в них копьем, и кто попадал в золотое блюдо, тот его и получал. Рабы собирали блюда и раздавали их победителям, а управляющий Айр-Незима и начальник охраны Андарза, рыжеволосый Шан'гар, стояли поодаль с каменными лицами.

Маленькая Куница заметил, что их соплеменник Шан'гар не хочет принимать участия в турнире, и стал его задирать. Шан'гар положил руку на свой двуручный меч, с длинной кожаной рукоятью и четырьмя большими рубинами в серебряной оплетке гарды, и ответил:

— Если хочешь, Маленькая Куница, я сражусь с тобой, и посмотрим, кто из нас обабился.

Но Маленькая Куница не стал драться с Шан'гаром.

Вечером у варваров был пир, и король велел Шавашу развлекать гостей фокусами. Шаваш отказался. Король ужасно разгневался и хотел сгоряча нацепить раба на ту же палку, на которую только что цепляли кувшины, и сделать с ним то же, что с кувшинами. Шаваша потащили к палке, но он так шипел и кусался, что королю это надоело. Тот махнул рукой, и кончилось тем, что Шаваша только выпороли.

После этого король зашел в каморку, куда положили Шаваша, и стал укорять его за недостойное поведение.

— Я все равно убегу, — сказал мальчишка.

— Что тебе сделал твой господин, — изумился король, — что ты его так любишь? Ты мне нравишься, и притом ты горд и строптив. Когда ты приедешь в мою страну, ты мог бы стать братом моим сыновьям.

Шаваш сказал:

— Я не хочу покидать столицу, потому что в ней есть несколько людей, которым я должен отомстить. Если я умру в твоих краях, не отомстив, душа моя попадет в ад.

Король был пьян. Он сказал:

— Слушай, неужели ты думаешь, я явился в эту столицу за серебряными кувшинами и почетными титулами? Я явился посмотреть, есть ли хоть один человек, способный ее защищать, и я не нашел такого! Через шесть лет я возьму Небесный Город, и если ты поедешь со мной, ты вернешься во главе тысячи всадников. Почему бы тебе не переждать этот срок и не отомстить так, как ты сейчас и не смеешь об этом мечтать? Люди ждали мести и по сорок лет!

Была уже полночь, когда Шаваш выскользнул из шатра, прошмыгнул по освещенному луной лагерю и взобрался на высокий орех. Орех был помилован варварскими топорами, так как этот вид ореха считался у варваров деревом, по которому лазят к богам. Повсюду пылали костры, и силуэты часовых, сидевших на корточках, танцевали на стенах сада под треск горящего хвороста и стрекот цикад. Король строго-настрого запретил выходить из лагеря без его личного разрешения, опасаясь, что между его воинами и населением произойдет какое-нибудь несогласие.

Шаваш понял, что из этого места будет нелегко убежать, и его лисья мордочка вдруг приняла неприятное выражение. «Ладно, господин Андарз, — подумал он, — ты меня подарил, ты меня и ищи».

Шаваш устроился поудобней на ветке и принялся обдумывать планы своего бегства. Он не имел ни малейшей охоты оставаться среди сырых варваров. И пусть господин Андарз попробует разыскать своего бывшего раба в Нижнем Городе...

Тень заспешила по дорожке — Шаваш узнал секретаря Иммани. Иммани метнулся в кусты близ ореха и стал там возиться, по звукам Шаваш понял, что Иммани выпил лишнего. Иммани выбрался из кустов, и тут же ему навстречу неслышно шагнули два варвара. Один был в белой накидке и маленькой круглой шапочке. Шаваш узнал жадного князя Росомаху. Другой варвар был русоволос и статен, в зеленом боевом кафтане с черными лаковыми пластинами, и, когда он заговорил, Шаваш поразился его отменному вейскому.

— Ты не помнишь меня, Иммани? — спросил варвар. — Это я, Бар-Хадан.

Белоголовый секретарь пьяно хихикнул.

— Что вам нужно? — спросил Иммани.

— Мне тридцать два года, — сказал Бар-Хадан, — и четырнадцать из них я воевал за империю. Я воевал в войсках господина Андарза, и после нашего приключения в масляном складе он дал мне свой меч и назвал меня братом. Я воевал в войсках господина Хамавна, и я вел для него переговоры с королем Аннаром. А потом ты, кружевной трус, прихал в мой лагерь прямо из столицы в запыленной одежде и на загнанной лошади и передал мне предупреждение моего брата Андарза, что император отказался платить мне и, чтобы разрешить вопрос, вызывает меня в столицу для казни!

Иммани молчал. Может быть, в кабинете господина Андарза или в дворцовом покое он бы нашел, как извернуться языком, но дело было ночью и в варварском лагере, и сказать ему было совершенно нечего.

— И вот, — сказал Бар-Хадан, — я бежал, и только сейчас, в столице, я услышал, что тебя посылали ко мне вовсе не с предупреждением. Тебя посылали с деньгами, которые ты присвоил!

Иммани задрожал так, что ореховое дерево закачалось и несколько молодых орехов упали на землю. Варвар посмотрел наверх, любопытствуя, не духи ли швыряются орехами, и увидел, что, точно, духи: на дальней ветке сидело что-то черненькое, ростом с лисицу и формой с человека.

— Клянусь печенкой моих предков, — сказал Бар-Хадан, — ты должен каждому человеку в моем отряде пять тысяч и еще тринадцать «рогачей», и если ты не принесешь их через три дня, я расскажу моему брату Андарзу, как было дело; а потом мы вместе подвесим тебя к очагу, и разведем самый малый огонь, и будем срезать каждый обжарившийся кусочек.

Иммани пошатнулся, и в эту секунду высокий военачальник варваров схватил его за шиворот и швырнул на колени.

— Я отдам деньги, — сказал Иммани, — не бейте!

Бар-Хадан взял Иммани за волосы и плюнул ему в лицо, а потом они с Росомахой повернулись и растворились в ночной тиши. Иммани лежал на земле и плакал. Потом он кое-как встал, отряхнулся и побрел к выходу.

Шаваш остался сидеть на орехе, очень задумчивый. Иммани ездил в Хабарту только один раз, семь месяцев назад. Туда он вез деньги для Бар-Хадана, а обратно он вез то самое лазоревое письмо. Спрашивается, если он не отдал денег Бар-Хадану, то он должен был возвращаться обратно с деньгами? На обратном пути его ограбили, отобрали подарки и письмо. Если у него отобрали подарки и письмо, стало быть, должны были отобрать и деньги.

Если у него отобрали деньги, то чем же он собирается платить сейчас? А если деньги остались у него, то, значит, и письмо осталось у него, и весь этот грабеж — не что иное, как хитрый розыгрыш.

На следующее утро Шаваш мыл королю ноги в серебряном тазу, когда в шатер пожаловал разряженный придворный чиновник. Чиновник принес рисунки для монет, на которых король Аннар попирал шею несправедливого наместника, и осведомился, всем ли довольны государевы гости. Король сказал:

— Премного счастливы, но я вчера всю ночь не мог заснуть из-за запаха ваших светильников.

Чиновник завертел головой и увидел, что в шатре стоят подаренные императором витые светильники в форме изогнувшихся фениксов, наполненные благовонным чахарским маслом.

— У нас в горах, — сказал король, — делают так: берут козий помет и смешивают с глиной и нефтью и вставляют фитиль. Такие светильники и дешевле, и приятней запахом.

Чиновник озадачился.

— Право, — сказал он, — я в отчаянии, но вряд ли на дворцовых складах найдутся светильники из козьего помета!

Шаваш высунул свою головку и сказал:

— В кабачке «Шадакун» есть светильник из козьего помета — я знаю!

Что ж! Король надел на маленького раба поводок и поехал покупать этакое удобство. Спустились к берегу: там царила матросская суета, грузчики перекидывали арбузы, таскали мешки; портовые девицы вертели перед матросами задницами. Каких только судов там не было: круглые, как ореховая скорлупа, суда из Иниссы; длинные, как лещ, из Чахара; судно-губошлеп из Маиды, а вон и совсем глупая вещь, радусская лодка, обвязана веревками вместо железных гвоздей, через два года тонет...

По другую сторону реки тянулась неприступная стена, на стене сидели серебряные гуси, за стеной вздымались красивые, как сказка, башенки павильонов Государева Дворца.

Король Аннар повертел головой, вздохнул и сказал:

— Как прекрасен этот город! Сдается мне, что рай расположен в той части неба, которая висит над этим городом. Счастлив будет тот, кто его завоюет.

— Ба, — сказал маленький сорванец, — столица бедней Осуи.

— Экий вздор, — изумился король, — я был в Осуе! По сравнению со столицей это не город, а кочерыжка.

— На кого приятней смотреть, — спросил Шаваш, — на овцу или на павлина?

— На павлина, — сказал король.

— А кого приятней есть?

— Есть приятней овцу.

— Вот, — сказал Шаваш, — Небесный Город подобен павлину, а Осуя подобна овце. Половина этих кораблей, — и Шаваш показал на баржи у пристани, — плывет в Осую, но то, что мы прибиваем к стенам храмов, они прячут под замками складов. Они везут в свою Осую шелк и шерсть, фарфор и пряности, ковры и ожерелья, красную медь, белое серебро и желтое золото, благовония и курильницы, а что взамен они отдают нам? Одни бумажки.

— Ничего такого я не слышал от чиновников раньше, — сказал король, вспоминая, однако, разговор с судьей Наном.

— Чиновники, — сказал Шаваш, — надутые люди. Разве могут они признать, что какой-то город богаче столицы? А вот спросите любого лавочника, он тут же скажет, что Осуя разорила столицу.

— Так-то оно так, — возразил варвар, — но самый богатый из осуйских банкиров живет в доме, который скромнее самого бедного из дворцовых павильонов.

— Небесный Город, — сказал Шаваш, — стоит за тысячу верст от границ, болота, леса и реки преграждают к нему путь. А Осую легко захватить: всякий, кто взберется на прибрежные горы, съест ее, как пирог с блюдечка. Поэтому осуйцы прячут свое добро. Кроме того, каждому, кто прикидывается бедняком, легче делать грязные дела. Семьдесят лет назад, например, Осуе сильно мешал город Дах, где делали дивные ковры. В это время к Осуе подступили варвары. Осуйцы сказали: «Мы бедны, не нападайте на нас, а лучше нападите на Дах». Варвары им ответили: «Нам не на чем доехать до Даха». — «Это не беда, мы дадим вам суда, если вы заплатите за перевоз». Варвары согласились и напали на Дах. Вот они разграбили конкурента Осуи и еще заплатили за перевоз, а осуйцы на эту плату скупили всех жителей Даха, обращенных варварами в рабов, и поселили их в своих мастерских. После этого они стали делать вдвое больше ковров и продавать их втрое дороже и везде говорили: «Это не наши ковры, это ковры из империи. Мы бы рады продавать их дешевле, но жадные чиновники сами дерут с нас три шкуры».

Шаваш вздохнул и сказал:

— Если бы Осуи не было, то и империя была бы богаче, и варвары бы были богаче. А злые чиновники продают все добро империи в Осую, получают взамен одни бумажки и скрывают от государя положение дел!

Через полчаса дошли до кабачка «Шадакун», упоминавшегося в самом начале нашего повествования. Увидев светильник, горевший перед богом, король подскочил к нему с радостным криком и сгреб его за пазуху. Потом направился к хозяйке, стоявшей за стойкой, и спросил, сколько она хочет получить за эту штуковину. Глаза хозяйки загорелись: она сразу сообразила, что с этого дела можно попользоваться.

— Во всем городе нет такого светильника, — заявила она, — я расстанусь с ним не меньше, чем за золотой!

Король Аннар возмутился:

— Ты меня принимаешь за невежественного варвара, женщина, — воскликнул он. — Да у нас такой светильник у живого торговца берут за два гроша, а у мертвого владельца — и вовсе даром!

И с этими словами он направился к выходу. Но хозяйка была женщина бойкая. Она вылетела из-за стойки, раскорячилась поперек двери и заорала:

— Ах ты бесстыжие твои глаза! Думаешь, если ты король, так тебе и воровать можно! А ну плати за светильник!

Король Аннар одной рукой подвесил светильник к кожаной петле на поясе, а другой взялся за меч, висевший по соседству, и заявил:

— Женщина! Как ты смеешь так разговаривать с будущим зятем императора! В жизни короли ласов не платили за покупки ничем, кроме как вот этим. — И тут король вытащил из ножен меч.

Бог знает, что последовало бы дальше, если бы в эту минуту с верхнего этажа поспешно не спустился заспанный хозяин, — за ним семенил Шаваш, отправившийся на поиски хозяина с первого же мгновения своего пребывания в кабачке. Шаваш настойчиво шептал хозяину на ухо и нес за ним корзинку, в которой были еще три светильные лепешки из козьего помета, смешанного с нефтью и глиной.

— Великий король, — закричал хозяин, — не слушайте вздорную рабыню!

Король Аннар повернулся к нему, и хозяин, запыхавшись, поклонился ему корзинкой со светильными лепешками.

— А, — сказал король Аннар, — так это ты владелец кабачка. Сколько же ты хочешь за свои лепешки?

— Помилуйте, — отвечал хозяин, — все мое желание — услужить вам. Эти лепешки — ничтожный подарок вашей милости.

Эти слова королю понравились, и, так как он не хотел, чтобы про него говорили, что он оставляет подарки без воздаяния, он снял с запястья золотой браслет и отдал его хозяину.

После этого король выразил желание выпить чашечку вина и уселся за длинный дубовый стол к трем или четырем лавочникам, которым случилось в этот момент быть посетителями кабачка.

Трактирщик подал им лучшее свое вино, которое, по правде говоря, было порядочной дрянью, и, отойдя к стойке, стал любоваться игрой камней на браслете. Шаваш подошел к нему за вторым кувшином вина. Трактирщик поспешно сунул браслет за пазуху и поинтересовался:

— Я слыхал, что ты устроился в дом господина Андарза?

— Да, — ответил Шаваш, — господин Андарз велел мне показать варвару столицу.

Хозяин с сомнением поглядел на поводок на шее Шаваша, вздохнул и промолвил:

— Сдается мне, что я прав и что господин Андарз — хороший поэт, поскольку он умрет плохой смертью.

В этот миг пьяный Исман Глупые Глаза, тоже бывший в кабачке, подошел к стойке и сказал:

— Чудный мой! Дай вина.

— А этого тебе не дать? — сказал хозяин, показывая ему шиш.

— Нет, — сказал Исман, — этого не надо. Дай лучше вина.

Кабатчик упер руки в боки и захохотал.

— Ах ты дрянь, — рассердился пьяный Исман, — только и знаешь, что хвалить Андарза и обирать честных людей.

Кабатчик захохотал еще громче.

— Это кто тут хорошо говорит об Андарзе? — послышался от порога звонкий голос.

Кабатчик поднял глаза и перестал смеяться: откинув дверную штору, на пороге стоял юноша в белом кафтане. В левой руке он держал пальмовую ветвь, а правая его рука была украшена желтой шелковой повязкой с надписью «Во имя справедливости». Заходящее солнце как будто сияло вокруг его белокурых волос. Это был лицеист из «Общества Тростниковых Стен», десятник — судя по тому, что повязка была шелковая.

— Вот он — он! — заторопился Исан. — Он всегда называл Андарза лучшим поэтом в мире!

Командир десятки неторопливо наклонился и вошел в кабачок. За ним гуськом вошли несколько его товарищей. Немногочисленные посетители кабачка замерли, а король Аннар раскрыл рот так широко, словно хотел проглотить целиком дыню.

— Значит, хвалит Андарза, — нежным голосом сказал юноша. — Сдается мне, что у кабатчиков, которые хвалят Андарза, или не в порядке государственная лицензия, или они вообще скупают краденое.

Хозяин заведения побледнел. Глаза его запрыгали, как две блохи: лучше, чем кто-либо из присутствующих, он знал справедливость ужасного обвинения.

А юный десятник уже повернулся к Исману:

— Значит, ты указываешь, что этот человек хвалил Андарза?

Исман состроил рожу хозяину и сказал:

— Этот человек хвалил негодяя Андарза и поносил на чем свет советника Нарая, и у него дрянная водка, которую он не дает в мне долг.

— А ну-ка дай нам посмотреть свои расходные книги, — сказал десятник.

И тут с хозяином что-то случилось. То ли мысль об обыске и неизбежной находке подаренного королем браслета — а по новым законам человек его занятия не имел права на такую вещь — поразила его, то ли в доме можно было отыскать иные грехи, — он вдруг подхватил железный прут, каким мешают угли в жаровне, перемахнул через стойку и заорал:

— А ну убирайся отсюда, сопля на веревочке! Ты что, мой цеховой инспектор, чтобы проверять лицензию! Ходят тут всякие недоучки, слушают подзаборную дрянь, пугают честных людей!

И с этими словами он подскочил к растерявшемуся лицеисту, схватил его за ворот и дал ему такого леща, что добродетельный член «Общества Тростниковых Стен» вылетел из двери, головой вперед, а сапожком зацепился за порог и растянулся поперек порога.

— Вон отсюда, щенки, — заорал разъяренный трактирщик, с прутом в руках устремляясь на остальных защитников справедливости. Те с визгом катились к выходу. Они не привыкли к такому обращению.

— Нету у вас права меня пороть! — орал им вослед трактирщик, черствая душа, скупщик краденого и любитель стихов Андарза. — А если человек не желает, чтобы его пороли, это его личное дело! И никто, кроме суда, пороть его права не имеет!

Король в восторге затанцевал на стуле. А трактирщик продолжал:

— И не ваше щенячье дело, какие стихи я хвалю, а какие ругаю! Стихи — это не указы, чтобы их нельзя было обсуждать! И я так скажу, что, если в стране не имеют права хвалить или ругать стихи, дрянь эта страна!

Что же касается Шаваша, то он уже не слышал последних слов трактирщика. Видя, что глаза короля обращены на разбушевавшегося простолюдина, Шаваш рассудил, что сейчас самое время обрести свободу: он оборвал поводок, сунул его за пазуху и сиганул в раскрытое окно, чрезвычайно удачно расположенное как раз за его спиной.

Шаваш спрыгнул на землю, — в ту же секунду чья-то твердая рука ухватила его за шкирку и с интересом потянула. Шаваш поднял глаза и понял, что со свободой он опоздал. Привлеченный визгом и криками, над ним улыбался судья Четвертого Округа господин Нан.

На нем было полуофициальное платье и зеленая шелковая куртка вместо кафтана. Шапки, приличествующей рангу, на нем тоже не было, и его темно-русые волосы были скручены в пучок и охвачены черепаховым полукружием. Ничто не выдавало в нем чиновника, если не считать ласковых глаз цвета гранита и железной скобы подбородка.

Молодой судья оглядел мальчишку. Тот был грязен и бос, с синяком под скулой, и Нану показалось, что от него пахнет всеми помойками, в которых тот ночевал несколько дней. Нан решил, что Шаваш сбежал от Андарза и, вероятно, при этом обокрал его.

Чиновник повел Шаваша за собой. Они пришли в харчевню с внутренней галереей, выложенной зелеными изразцами, и каменным белым богом посереди дворика. Бог был вредный и подземный, с восемью зрачками и крабьей клешней вместо правой руки.

— Ты чего сбежал от Андарза? — спросил Нан.

— Я сбежал не от Андарза, а от короля Аннара, — сказал Шаваш. — Андарз меня подарил, а я сбежал.

— Почему? — осведомился чиновник.

— Так, — сказал золотоволосый сорванец.

Тут пришла хозяйка харчевни, и Нан спросил Шаваша, чего он хочет есть. Шаваш больше всего на свете любил пирожки с финиковой начинкой, из желтого масла и белой муки, восхищающие разум и наполняющие сладостью душу, и Нан велел хозяйке принести столько пирожков, сколько Шавашу будет угодно. Шаваш съел три пирожка и сказал:

— Король Аннар хочет завоевать Небесный Город. Он сказал, что если я поеду с ним, то через пять лет возвращусь в столицу во главе тысячи воинов, и он сделает меня своим сыном и большим чиновником, так как я умею читать.

— И что же ты на это сказал? — спросил судья Нан.

— Я ничего на это не сказал сразу, — ответил Шаваш, — но назавтра я беседовал с королем, и я сказал ему, что Осуя богаче Небесного Города и что ее легче завоевать.

И Шаваш повторил весь свой разговор с королем.

— А еще ты ничего интересного не слышал? — спросил Нан, аккуратно проглатывая кусочек перепелячьего омлета.

Теперь, в трактире было ясно, что он все-таки чиновник. Он вымыл руки перед трапезой и потребовал, чтобы даже хлеб ему положили на особую тарелочку, и еду он брал не руками, а резал ее на части маленьким ножичком и потом подхватывал кусок специальной двузубой штучкой. Такую штучку Шаваш не видел ни у Свиного Глазка, ни у варваров, — а видел он ее только в самых изысканных харчевнях да в доме Андарза. Она называлась вилка и была серебряная или костяная.

— Еще, — сказал Шаваш, — я узнал, что отряд Бар-Хадана отложился потому, что секретарь Иммани сказал Бар-Хадану, будто его вызывают в столицу для казни. Бар-Хадан испугался и ушел в горы, а Иммани забрал себе деньги, которые он вез Бар-Хадану. Это совершенно достоверная вещь, потому что я своими глазами видел, как Бар-Хадан бил Иммани, и тот пообещал все вернуть.

— У тебя заячьи уши и лисий нюх, — сказал Нан. — Это принесло бы много пользы, если бы ты остался при короле.

Шаваш замотал головой.

— Ладно, — сказал Нан, — тогда возвращайся к королю и переночуй у него, чтобы твое отсутствие не было замечено. Вечером, в Час Мангусты, я явлюсь к королю: смотри, попадись нам обоим на глаза.

Вечером следующего дня Нан явился к королю с подарками от Андарза. И вот, когда он выезжал со двора, чиновник увидел Шаваша, который сидел с поводком на шее и заплетал хвосты лошадям.

— А это кто? — вдруг изумился Нан, тыча в мальчишку.

— А, — сказал король, — это мне подарил господин Андарз.

Чиновник в ужасе всплеснул руками.

— Помилуйте, — сказал он, — как можно! Вы сватаетесь к государевой дочке! Господин Нарай только и ищет, чем вам навредить. Он непременно доложит государю: этот варвар не соблюдает приличий! Сватаясь к девушке, просит в подарок хорошеньких мальчиков, а ваш наставник потворствует разврату!

Лицо короля Аннара вытянулось.

— Клянусь той штукой, которой я делаю детей, — вскричал он, — я ничего такого... Пусть этот мальчишка убирается прочь!

Нан схватил Шаваша за поводок на шее и потащил к воротам лагеря.

Ворота между кварталами уже закрывались, и чиновник привел Шаваша к себе домой.

Судья Нан жил в небольшом домике на улице Семидесяти Облаков. Задняя стена домика примыкала к управам, но это был не казенный домик, а частный. Нан провел Шаваша в комнату для гостей. В комнате стояла кровать, отгороженная шелковой ширмой. На ширме была нарисована во всю длину ветка цветущего абрикоса. На стене висело несколько плетеных циновок, а под потолком качались сухие цветочные шары. Около кровати стояла бронзовая курильница в форме уточки и деревянный столик. Это была лучшая комната во всем доме.

Нан уложил мальчика в постель и сказал, чтобы тот спал и ничего не боялся.

Шаваш заплакал.

— Ну, что такое? — спросил судья Нан.

— Страну жалко, — вдруг сказал Шаваш.

— Это хорошо, — сказал Нан, — Андарзу страну не жалко, государю не жалко — спасибо, нашелся уличный мальчишка, пожалел.

Шаваш продолжал плакать. Чиновник положил руку на волосы Шаваша и сидел так, пока мальчик не заснул.

* * *

Когда Шаваш проснулся, было давно светло. Через растворенное окно был виден маленький сад. В саду, под виноградным навесом, сидел господин Нан. Перед ним на столе стоял чайничек с душистым чаем, лепешки и варенье. Он читал какую-то книгу и завтракал.

Шаваш оделся и вышел в сад.

— Спасибо, — сказал он, подойдя к Нану.

— Бери-ка пирожки, — сказал Нан и раскрыл короб, стоявший

позади чайничка: в коробе лежали свежие финиковые пирожки, круглые и светлые, как полная луна.

Шаваш весь перемазался вареньем. Чиновник смотрел на него с улыбкой. Шаваш съел один пирожок, и другой, и третий, а четвертый положил перед собой и стал на пирожок глядеть. Потом спросил:

— А что вы делаете для Андарза?

Нан немного подумал, прежде чем ответить:

— Он меня просил об одной услуге.

— Найти убийцу того торговца, Ахсая?

Нан неторопливо окунул в чашку ложечку. Чашка была белого фарфора, с узором из розоватых кленовых листьев. Ложечка тоже была отлита в форме кленового листа.

— Да, — сказал Нан.

— И вы его нашли?

— Да, — сказал Нан.

— Его убили по приказу Айр-Незима, да?

— А ты откуда знаешь?

— Так, — сказал Шаваш. — Я слыхал в Осуйском квартале, что этот Ахсай продал и погубил Айр-Незимова племянника, и еще я знаю одного человека по имени Свиной Глазок. Свиной Глазок исполняет для Айр-Незима дела, для каких нужен нож, а не взятка. Он убивает людей довольно необычным способом. У него есть два камня, соединенных тонкой жилой, которые он мечет в человека так, что жила обвивается вокруг горла, а потом он прыгает на человека и душит его до конца. Я видел этого мертвого Ахсая, и мне показалось, что у него, кроме следа от жилы, была еще и дуля от камней, под ухом и у скулы.

— Да, — сказал Нан, — это похоже.

— Отчего же вы не арестовали Свиного Глазка?

— Опасаюсь за здоровье господина Нарая, — желчно сказал судья Нан, — а то его удар хватит от радости, что осуйского консула взяли за этакую уголовщину.

Подумал и прибавил:

— Кстати, этот Свиной Глазок, должно быть, взял с покойника осуйских чеков на миллион. Неясно, что он с ними сделал. Знаешь, что такое осуйские чеки?

— Да, — сказал Шаваш.

— Ты знаком с этим Свиным Глазком короче, чем я. Если как-нибудь услышишь, что он или кто другой ищет, где бы сбыть осуйские чеки на миллион, ты скажешь мне?

— А что я с этого получу? — спросил мальчишка.

— Десять процентов, — ответил судья.

Шаваш вздохнул и стал есть четвертый пирожок. Он доел пирожок, вытер о штанишки руки, и полез в грязный мешочек, висевший у него на шее. Он высыпал из мешочка много разного сора и глиняную свистульку-печать. Он разломал печать, вытащил из нее двадцать длинных розовых бумажек и протянул их Нану.

Нан долго глядел на банкноты.

— Как ты их достал? — спросил судья Четвертого округа.

— Я, — сказал Шаваш, — раньше жил в старом дубе, напротив статуи Государя Иршахчана. В этом дубе есть дупло от верха до низа, и внизу оно выходит к воде. В ночь накануне Праздника Пяти Желтоперок я сидел на берегу канала и пытался поймать там желтоперку, рыбу удачи. Вдруг дверь управы раскрылась, из нее вышли четыре человека и вынесли мертвое тело. Они кинули тело в канал, и оно поплыло мимо дуба. Мне показалось, что я узнал одного из убийц, и я подумал: «Такие люди гоняются за крупными вещами. Может, и мне кое-что останется поклевать?» Но я испугался делать это на глазах государя Иршахчана. Поэтому я пошел за телом так, чтобы меня не было видно. Я подумал: «Хорошо бы укрыться под мостом, чтобы государь Иршахчан меня не увидел, а если государь видит сквозь камень, то я хотя бы укроюсь от глаз случайных соглядатаев». Я пошел за телом, пока его не занесло под мост. Там я стал копаться в мертвеце и вытащил из него кошелек и золотой бубенчик, а из сапога — вот эти бумаги. Это мне совсем не понравилось. Я подумал: «Ба! Если этого человека убили, но не ограбили, — как бы на того, кто украдет этот кошелек, не повесили убийства!»

После этого Шавашу ничего не оставалось, кроме как рассказывать дальше. Золотоволосый сорванец кончил, Нан покачал головой, будто удивляясь, и сказал:

— Стало быть, ты поступил в дом Андарза, чтобы разыскать документ, за который Ахсай собирался платить деньги. Четверо могли его похитить: пасынок Андарза, домоправитель Амадия, начальник стражи Шан'гар и секретарь Иммани. Кто из них, по-твоему, виноват?

— Я думаю, — сказал Шаваш, — что виноват Иммани.

— Почему?

— Он меня не любит.

— Это серьезный довод, — сказал судья Нан.

Они помолчали, и Шаваш спросил:

— А что, нельзя арестовать всех четверых?

— Нет, — сказал Нан, — если бы это были четыре лавочника или четыре нищих, я бы, конечно, арестовал всех четверых и кончил это дело. Но это четыре высоких лица, и их просто так арестовать нельзя.

— Жалко, — вздохнул Шаваш, — что высоких людей нельзя арестовать, как маленьких. Все было бы гораздо лучше, если бы с высокими людьми можно было поступать так же, как с маленькими.

— Сдается мне, — сказал Нан, — если бы маленьких людей нельзя было арестовывать просто так, как и высоких, все было бы еще лучше.

Между тем за всеми этими варварами мы совсем забыли о городе Осуе, где каждый свободен и богат, и о его консуле Айр-Незиме, а этот город играет немалую роль в нашем повествовании.

В царствование государыни Касии казна империи заняла у Осуйского банка десять миллионов золотых монет под самые незначительные проценты, причем банк процентов, собственно, и не требовал, а довольствовался тем, что получал вместо них каждый год какое-нибудь полезное право: право на монопольную торговлю солью в провинции Чахар или на монопольный вывоз инисского льна и тому подобное.

Когда советник Нарай запретил ростовщичество, ему показалось обидным платить заграничным ростовщикам такие проценты, за которые собственным ростовщикам клеймили лоб. А так как указ о запрете торговли с Осуей так и не был подписан, потому что каждый раз, когда речь заходила об этом указе, государь принимался плакать и кричать что-то про кольцо, советник Нарай не оставлял надежды забраться с боков туда, куда не получилось забраться спереди.

К тому же осуйский консул держался очень вызывающе. Как-то на приеме у Ишнайи он рассуждал о храбрости варваров. Нарай подошел к беседующим и сказал:

— Сдается мне, что тетивы луков, которыми стреляли ласы, были проданы им Осуей.

— Мы, — ответил консул, — продаем то, на что есть спрос. Ласам мы продаем лубяные тетивы для луков, а вам, господин Нарай, можем продать конопляные веревки для виселиц.

А в другой раз Айр-Незим сказал так: «В империи теперь два государя, одного зовут Нарай, а имени другого я что-то не упомню».

Все были шокированы таким поведением и решили, что господин Айр-Незим зря распускает свой язык и что Осуе теперь не видать процентов как собственных ушей. Но мало того, что Нарай решил не платить процентов.

Он представил государю смету доходов, которые Осуя получила от соляных и шерстяных монополий, и по этой смете с хитрой арифметикой вышло, что не только и проценты, и основную сумму банк давно получил, но что он еще и нажился за счет казны на сто пятнадцать миллионов и что хорошо бы эти сто пятнадцать миллионов получить обратно. Документ был совершенно хамский, хотя и весьма талантливый, и Айр-Незим просто взбеленился, когда узнал, что одним из его соавторов является Четвертый Судья Нан.

И вот когда, покинув Шаваша, господин Нан явился в управу советника Нарая, тот встретил своего молодого протеже очень весело. Если бы это был не господин Нарай, можно было бы сказать, что он танцевал.

— Могу вас поздравить, мой молодой друг, — сказал Нарай, — государь подписал проект о прекращении выплат осуйского долга. Завтра в Зале Ста Полей Айр-Незим выслушает указ!

Нан поклонился и произнес:

— Множество вещей, полезных для государства в принципе, вредят ему в данный момент. Не лучше ли подождать до той поры, пока варвары не покинут столицу?

Но Нарай только отмахнулся:

— Этого требуют интересы государства, — сказал он, — к тому же я больше не желаю терпеть насмешек Айр-Незима!

Господин Нарай продиктовал ему несколько мыслей, подлежащих обработке, и вдруг спросил:

— А что поделывает господин Андарз?

— Господин Андарз, — сказал Нан, — вчера сочинил стихи о месяце, который плавает в пруду как желтый кораблик. Он выразил в них желание забраться на лунный кораблик и уплыть на нем далеко-далеко.

Старый чиновник вдруг поднял голову и стал смотреть на почтительно стоявшего Нана, и будь у Нарая вместо глаз два сверла, они бы мигом провертели в чиновнике дырку.

— У вас острый язык, судья Нан, — сказал Нарай, — хотел бы я знать, что вы говорите про меня Андарзу.

— Я, — сказал Нан, — говорю Андарзу, что вы думаете о благе государства, и от этого он каждый раз принимается хохотать, потому что господин Андарз находит очень забавным, что бывают люди, которые думают о благе государства.

— А вы думаете о благе государства, господин Нан?

— Да, — сказал Нан, — все мои помыслы — о благе государства.

Нарай кивнул головой, полузакрыл глаза. Казалось, ответ Нана вполне удовлетворил его. Вдруг он проговорил:

— Вы слыхали, как чиновник Аян клялся в верности Золотому Государю? — И, не дожидаясь ответа: — Он повесил правую руку в лубок, будто сломав ее, и поклялся в верности левой рукой, а правой рукой он в ту же ночь поклялся в верности заговорщику Канане, — и так он ходил два месяца, то по надобностям правой руки, то по надобностям левой руки.

— Я могу поклясться обеими руками, — сказал тихо судья Нан.

— Не надо. Идите. Я вполне вам верю, господин Нан, что вы день и ночь думаете о благе государства, как и я. Я почему-то не уверен, что под благом государства вы понимаете то же, что и я.

Назавтра Айр-Незим явился в Залу Ста Полей.

Дело было ровно в полдень: драконы, высеченные из яшмы, обвивались вокруг колонн и глядели на Айр-Незима страшными многогранными глазами, и огромные светильники чистого золота покачивались в солнечных лучах.

Молодой государь восседал на аметистовом троне. По одну сторону трона стоял господин Нарай, по другую — господин Андарз. На голове государя сверкала корона, которую государю преподнес в прошлом месяце советник Нарай: корона была сделана из золота и драгоценных камней, конфискованных у преступников. В одной руке государь держал медное зеркало, поглядев в которое он видел все, что происходит в государстве, а другой сжимал шнурок, на котором висела государственная печать. В белом платье государя была тысяча складок и ни одного шва.

Господин Нарай был, как всегда, одет с удивительной простотой, принятой в древности: ни единого перстня не было на его тощих бескровных пальцах, ни единого браслета не было на его запястьях, и единственным украшением господина Нарая была вышивка на его тяжелой бархатной ферязи, а по подолу ее было вышито все, что плавает, летает и бегает в ойкумене, и каждый раз, когда советник Нарай глядел вниз, он видел у своих сафьяновых сапожек всех птиц, зверей и рыб мироздания. Наставник государя Андарз был облачен со всевозможной роскошью; что же до первого министра Ишнайи, то он почел нужным явиться в Зал Ста Полей с веревкой на атласном воротнике и с волосами, посыпанными пеплом.

Айр-Незим вступил в зал. Он был облачен, по осуйскому обычаю, в строгий суконный кафтан черного цвета, невыгодно оттенявший его мясистое лицо и широкое мощное тело, скорее приставшее грузчику, нежели высокопоставленному лицу. На душе у него было так скверно, словно он съел мышь, но он не подавал и вида.

Господин Нарай склонился к уху государя и прошептал:

— Этот негодяй явился требовать выплаты процентов по государственному займу. Ни в коем случае нельзя соглашаться. Эти люди уже десятижды получили с нас свои деньги!

— А вы что скажете, господин Андарз? — спросил государь.

— Я скажу, — промолвил Андарз, — что нет ничего приятней, чем не платить своих долгов, но что по новому уложению господина Нарая тот, кто не платит свои долги, лишается больших пальцев на обеих руках.

Айр-Незим остановился около Ишнайи, и тот приветливо поклонился ему и спросил, как чувствует себя его супруга в Осуе. Айр-Незим усмехнулся и ответил:

— Моя супруга чувствует себя превосходно. Она прислала мне письмо, сообщающее цены на урожай, и она спрашивает, какова нынче мода в Небесном Городе. Я написал ей, что в Небесном Городе нынче мода носить конопляную веревку поверх воротника и коротко стричь волосы для удобства палача.

Первый министр надулся.

В это мгновение забили барабаны, засвистели серебряные раковины, государь встал с трона и сказал:

— Все мои желания — быть слугой и защитой моих подданных, где бы они ни обитали, в городе Ламассе или в городе Осуе. Да не проживу я дольше, чем это нужно для блага народа. Говорите, господин Айр-Незим. Я готов выслушать вашу просьбу.

Айр-Незим выступил вперед и произнес:

— Я приношу жалобу от имени Совета Банка Осуи и от имени его вкладчиков. Во-первых, я приношу жалобу на первого министра Ишнайю, который в этом году не заплатил процентов от долга казны банку в сумме девяноста тысяч золотых. Во-вторых, я требую наказания чиновников, виновных в лихоимстве, и возмещения ущерба нашим купцам. Для купца Имана Тая — возвращения тысячи золотых, которые взял у него начальник пограничной заставы Оюн, приказав открыть сундуки и без всякого на то основания. Для купца Рода Тая, у которого вышеуказанный начальник управы взял пятьсот золотых и пять штук шелковой ткани. Для купца Ии Сорокопута, который был задержан наместником Иниссы, и наместник не отпускал его, пока купец не подарил ему восемьсот золотых в осуйских деньгах.

Для детей купца Рода Родоя, которого новый начальник Ведомства Справедливости и Спокойствия господин Занасси посадил в тюрьму и там задушил, а баржу с товаром взял себе и продал вышеуказанную баржу вместе с товаром и матросами варварам-ласам, благодаря чему это дело вышло наружу.

Для купца Иони, корабль которого выкинуло на берег из-за ложного маяка, поставленного араваном Чахара, и вышеуказанный араван арестовал Иони за наезд на чужой берег и забрал корабль, и не отпускал Иони, пока тот не написал ему долговую расписку на двадцать тысяч золотых.

Чиновники в зале зашевелились.

— Что это значит? — зашипел государь Нараю. — Вы говорили, что речь пойдет о процентах!

Советник Нарай стоял бледный, как мел. Вряд ли Айр-Незим решился врать в своей жалобе, а между тем араван Чахара и глава «парчовых курток» Занасси были назначены Нараем на должности два месяца назад! Еще ни один из чиновников, чьи имена упоминались в жалобе, не был связан с Андарзом, все перечисленные были ставленники или любимцы Нарая! И подумать только — эти люди предали его: завтра же они будут арестованы! Скоро они составят компанию взяточнику Рушу! Скоро Нарай подарит государю новую корону!

— Для купца Ваи Ремешка, — читал посол Осуи, — который приехал в Верхний Чахар с грузом чая, шелка и перца и которого араван прибил гвоздями к стене и не выдирал гвозди, пока Вая Ремешок не подарил аравану половину корабля.

Для купца Родды, которого чиновники вечного государя схватили в Белой долине и, когда он отказал во взятке, конфисковали судно и товар... Для купца Идака... Для купца Агина Серого... Для купцов Медена и Харны Лошадника...

И так Айр-Незим читал звонким голосом полчаса — и наконец кончил. В Зале Ста Полей воцарилась мертвая тишина. Пятеро или шестеро чиновников, упомянутых в списке, стояли белые: вот сейчас Нарай прикажет их арестовать!

Государь вскочил с места и закричал:

— Я не верю ни единому вашему слову!

— Каждый из этих случаев строго доказан. Я вручаю Вашей Вечности все необходимые документы. — И Айр-Незим, поклонившись, поставил на ступени трона корзинку с бумагами.

Государь отпихнул корзинку и закричал:

— Берегитесь, тому, кто лжет перед государем, приходится говорить правду под пыткой!

— Ваша Вечность, — сказал Айр-Незим, — мое государство не потерпит таких угроз своему послу.

Как бы ни обстояли дела на самом деле, до сих пор в Зале Ста Полей никто не называл Осую — государством.

Чиновники окаменели. Государь всплеснул руками и вскочил с аметистового трона. Им овладел один из припадков ярости, страшной наследственной ярости, которая завелась в их семье с тех пор, как император Амар женился на дочери Бога Грома.

Император схватил медное зеркало, которое держал в руке и в котором было видно все, что происходит в государстве. Айр-Незим отпрянул от трона.

Государь изволил налететь на него с быстротой птицы страуса, но, к несчастию, в этот самый миг запутался в тысяче складок своего парадного платья и поскользнулся вышитым сапожком. Послышался треск рвущейся ткани. Государь упал, ударившись белой рисовой маской о витой бортик ступеней. Андарз и Нарай бросились его поднимать. Но государь уже сам был на ногах. Он отпихнул Андарза и закричал:

— Я... я... — Государь стал задыхаться и рвать маску с лица — с ним начался приступ астмы.

Посланник Осуи Айр-Незим, видя, что государь бьется, как карась в лотке, и что его никто не арестовал, поспешил покинуть залу.

Глаза Нана, стоявшего в ряду второстепенных чиновников, были белые от ужаса и изумления. «Мерзавец, — шептал он, глядя на Айр-Незима, — мерзавец».

На следующий день господин Нан, судья над Четвертым Кварталом столицы, и господин Адани, судья над Первым Кварталом, подъехали к стенам Осуйского городка. Они были не одни: их сопровождали две сотни стражников и небольшая толпа, этак в семь тысяч человек. Слухи в этой толпе ходили самые разнообразные. Одни рассказывали, что на аудиенции в Зале Ста Полей осуйский посол Айр-Незим обвинил Нарая в том, что тот заколдовал государя и что государь изволил снять с ножки туфлю и бить этой туфлей Айр-Незима. Другие — что Айр-Незим сделал список чиновников, не бравших с осуйцев взяток, и приписал этим чиновникам такие грехи, что государь упал замертво, пока советник Нарай не разъяснил ему, в чем дело. Третьи уверяли, что советник Нарай, наоборот, признал каждую строчку в обвинении справедливой и поклялся через неделю подарить императору вторую корону, из золота и камней, конфискованных у лиц, упомянутых в обвинении.

Нан приблизился к запертым воротам и закричал, что государь, согласившись с неотступными просьбами народа, подписал указ об аресте всех жителей Осуйского квартала и конфискации их имущества и что если осуйцы откроют ворота, то с ними обойдутся честно и дружелюбно и отправят их женщин и детей домой, разрешив каждой женщине взять столько добра, сколько она сама весит, а если осуйцы ворот не откроют, то чиновники не смогут препятствовать народному гневу, и пусть их женщины и дети пеняют на своих мужей.

После этой приветственной речи на стене появился Айр-Незим в сопровождении короля Аннара Рогача и его сына Маленькой Куницы, и Айр-Незим сказал, что он, как верный подданный императора, готов не только открыть ворота, но и сию же минуту отправиться на плаху, крича «Да здравствует государь!». Но что Большой Совет Банка, пугаясь за безопасность квартала, велел ему нанять на защиту квартала варваров, которые окажутся при этом в Небесном Городе, и что вот эти двое, Аннар и Маленькая Куница, не пускают его открыть ворота.

Нан закричал королю, правда ли это, и король отвечал, что он получил плату за защиту городка и считает, что лучше его воинам отработать эту плату, пав мертвыми на стенах, нежели открыть ворота и отдать золото обратно.

Тогда Нан напомнил королю Аннару по прозвищу Рогач о его сватовстве к императорской дочке и спросил, не кажется ли ему лучше оставить при себе первую плату, за охрану городка, и получить от империи еще одну, за его сдачу. От этого предложения Аннар Рогач погрузился в раздумье, а Айр-Незим, напротив, пришел в страшное беспокойство. Наконец король Аннар сказал, что он получил от Айр-Незима всего сто золотых и, так как советник Нарай вдвое благородней купца Айр-Незима, он хочет получить от советника Нарая ту же сумму в квадрате.

Судья Нан сказал, что посоветуется с советником Нараем, и уехал.

А толпа в это время швыряла в Айр-Незима и короля Аннара тухлыми овощами.

Спустя три часа господин Нан вернулся и закричал королю, что он посоветовался с советником Нараем и что, уважая храбрость Аннара Рогача, хочет подарить ему десять тысяч золотых. На что король Аннар ответил, что за это время купец Айр-Незим тоже предложил ему десять тысяч золотых в знак уважения и дружбы и, так как в советнике Нарае много больше благородства, он хочет получить от Нарая ту же сумму в квадрате.

Нан сказал, что посоветуется с советником, и уехал. А толпа в это время бросала в Айр-Незима и короля тухлыми овощами, и Айр-Незиму стоило немалого труда уговорить варваров не бросать в толпу копьями.

Вечером судья Нан вернулся и сообщил, что советник Нарай поразмыслил над достоинствами короля Аннара и решил подарить ему сто миллионов золотых. На что Аннар Рогач отвечал со стены, что он поговорил за это время с купцом Айр-Незимом и купец Айр-Незим обещал ему сто миллионов золотых в знак уважения и дружбы, и так как в господине Нарае вдвое больше благородства, чем в Айр-Незиме, то с господина Нарая причитается та же сумма в квадрате. Нан сказал, что посоветуется с советником, и уехал.

Наступила ночь, и собравшаяся толпа, не желая расходиться и желая покакать, стала ходить какать под стену квартала, и Айр-Незиму стоило немалого труда отговорить варваров от стрельбы по нахалам.

Утром господин Нан вернулся. Он подъехал к городской стене, принюхался и спросил у Айр-Незима, знает ли тот, что такое экспонента.

Айр-Незим грустно отвечал со стены, что он очень хорошо знает, что такое экспонента, и что всю эту ночь он провел в размышлениях по поводу математических свойств экспоненциальной кривой. Это несказанно удивило короля Аннара, потому что он не знал, что такое экспонента, но сомневался, что господин Айр-Незим в эту ночь думал о математике.

Тогда Нан сказал, что государь отменяет свое решение об аресте и конфискации осуйских купцов и пусть они сами платят королю Аннару, сколько хотят.

К вечеру толпа разошлась, и на следующий день жители Осуйского квартала, вздыхая, пообчистили почву под стенами и сделали могилу для всех дохлых собак и кошек, которых принес под стену народ.

* * *

А днем государь вбежал в кабинет Нарая с упреком:

— Вот до чего довело страну ваше ослиное упрямство! Кто говорил, что этот сырой варвар согласен съесть Осую живьем, лишь бы угодить мне! Моя империя потеряла лицо! Завтра же я пошлю господина Андарза с войском против этих варваров!

— Ни в коем случае, — вскричал Нарай, — ведь это Андарз повинен во вчерашнем! Никогда бы осуйцы и варвары не осмелились вести себя так нагло, если бы Андарз не обещал и тем и другим всемерную поддержку. Этому человеку плевать на благо государя, если предоставляется возможность досадить мне!

— Что же, если дело обстоит именно так... — нерешительно проговорил государь.

В этот миг дверь кабинета раскрылась, и взволнованный секретарь подал Нараю записку. Увидев в кабинете государя, секретарь так и замер. Старик прочитал записку и, побледнев, сунул ее в карман.

— Это что за записка? — спросил государь.

— Ваша Вечность, — сказал Нарай, — извините моего секретаря. Тут требуется тщательная проверка: обвинение слишком серьезно.

— Дайте записку! — затопал ногами государь.

Нарай со вздохом подал записку. В записке говорилось, что Андарз не убил Минну, как он это доложил государю: он укрыл сводного брата государя в одном из своих поместий, а совсем недавно, после казни его брата, в его доме видели мальчика, лицом и ростом напоминающего Минну: Андарз выдавал его за слугу и проводил с ним много времени.

Молодой государь прочитал записку, и лицо его стало белей его нешитой сорочки.

— Государь, — сказал Нарай, — не торопитесь с обвинениями. Быть может, это какой-то другой мальчик..... Быть может, Андарз просто хотел спасти мальчику жизнь, а вовсе не думает о государственном перевороте. Одно дело — поддерживать каких-то торговцев, другое — переменить государя!

Но, странное дело, слова Нарая вовсе не произвели на государя того впечатления, на которое он рассчитывал. Вместо того чтоб приказать взять Андарза под стражу, государь закрыл лицо руками и бросился вон из кабинета.

***

Этой ночью государь Варназд не мог уснуть. Ах, как он хорошо помнил арест Руша! Накануне Руш удалился из дворца успокоенный, покрывая поцелуями наградной лист. На следующий день государь и Андарз поехали на охоту, затравили оленя, вдруг государь дернул Андарза за рукав: «Почему бы не затравить зверя покрупнее?»

Прискакали ко дворцу Руша, государь, пренебрегая церемониями, пробежал в беседку: Руш дремал, полуодетый, пуская слюни — и вдруг увидел перед собой государя с егерями. Руш так изумился, что спросонья стал что-то лепетать о великой чести и о стене, которую надо было сломать, — государь было намеревался сказать что-то достойное случая, а вместо этого взбесился: Андарз держал Руша за руки, а государь налетел на Руша, как молодой гусенок, и стал топать по Рушу ногами.

Сначала Руш целовал сапожки государя, а потом упал глазами вниз и затих.

После этого Руша возили по городу на осле, задом наперед, и в венце из соломы. Толпа забрасывала его всякой дрянью. Государь следил за ним с дворцовой стены. Руш, полумертвый от пыток и голода, был как бы в забытьи. Люди драли на части его одежду, государь ужаснулся, подумав, что на тело, которое ласкали руки его матери, глазеет глупая толпа. Уже потом государю сказали, что крестьяне нарочно сбежались к преступнику, надеясь, что кусочек одежды с первого министра улучшит урожай. Странное дело: эта месть не доставила радости душе Варназда, как мертвецу, умершему от голода, не доставляет радости посмертная пища.

Никто не может сказать, что он казнил Руша за прелюбодеяние: нет, он казнил его за казнокрадство и алчность! Стало быть, другие казнокрады также подлежат казни. Никто не оскорбит память его матери! Никто не скажет, что он казнил не вора, а развратника!

Но самое худшее, то, о чем государь не осмеливался помнить и не мог забыть, произошло потом. У Руша и государыни был сын, мальчик девяти лет, по имени Минна — это его Руш пророчил в государи. Услышав шум, мальчик бросился в беседку и налетел на Варназда с криком:

— Не смей бить моего отца!

Андарз подхватил мальчика и увез с собой. На следующий день Андарз спросил у государя: какой указ угодно ему написать насчет мальчика?

— Неужели вы нуждаетесь в указах? — воскликнул Варназд.

— Относительно вашего брата? Да, государь.

Варназд расплакался, и Андарз поселил мальчика у себя во дворце. Государю донесли, что мальчик сидит в углу, не пьет и не ест. Прошла неделя: государя без Андарза взяла тоска. Он оделся свечным чиновником, взял с собой пятерых людей и приехал в дом своего наставника.

— Где Андарз?

Изумленный слуга указал ему путь.

Боже! Что государь увидел! Андарз был в беседке: он сидел на ковре, а перед ним сидел Минна, в белых атласных штанишках и курточке с прорезями, и они играли в резаный квадрат и хохотали. Вот так же Андарз играл с ним, с Варназдом!

Андарз обернулся на звук раздвинутых дверей и слегка побледнел. Он прижал было к себе Минну, но молодой государь, ни слова не говоря, полетел на него, схватил брата и швырнул, как грузчики швыряют кули. Мальчик отлетел к подоконнику и схватился за шторы, висящие на толстом бронзовом стержне.

Никто не знал, что мраморные плиты, между которыми был вдет стержень, давно ослабли: от рывка и плиты, и стержень сорвались вниз. Минна был убит на месте.

Что было дальше, государь не помнил.

Через неделю до государя дошли слухи, что, мол-де, Андарз взял мальчика к себе и убил его, чтобы угодить государю. Государь не имел силы возразить этим слухам.

Этой ночью у ворот Андарзова дворца замелькали факелы: государь срочно требовал Андарза к себе. Не прошло и получаса, как Андарз вошел в государеву спальню. В спальне строго горели ночники, освещая курильницы и ковры, и старинный узор государства: священных птиц, связанных по двое цепочкой.

Государь лежал, свернувшись клубком, подушка его намокла от слез:

— Ах, Андарз, Руш опять приходил ко мне! Он был весь в червяках и со своим сыном.

Андарз стал его утешать. Государь сначала плакал, а потом утих, забился в подушки и заснул.

Андарз по-прежнему сидел у изголовья. Андарзу, поэту и мечтателю, ни разу не случалось видеть привидений, и он не очень-то верил в их существование. Он бы очень желал увидеть хотя бы парочку привидений, потому что иногда упоминал их в стихах и хотел сравнить стихи с действительностью.

Через час государь заворочался и открыл глаза: в государевой спальне горел ночник, и рядом, как в детстве, сидел Андарз, и Руш был далеко-далеко, в могиле. Какое счастье, что рядом есть Андарз! Разве будет вот так сидеть — сухарь Нарай?

— Государь, — сказал Андарз, — Хабарта, которую я завоевал, потеряна для империи благодаря небрежности моего брата. Прервите переговоры и дайте мне войско: я казню Аннара здесь, а варваров разобью через месяц!

Государь кивнул. Андарз понял, что он победил. Потом государь уцепился за рукав своего наставника и сказал:

— Андарз! Я сделаю все, что ты попросишь, только поклянись мне в одной вещи.

— Какой?

— Если тебя казнят, не приходи ко мне никогда ночью.

Андарз похолодел.

— Хорошо, государь, — пообещал он, — если вы меня казните, я обещаю не докучать вам ночными посещениями.

На следующий день король Аннар пировал у Андарза: день, благоприятный для свадьбы их детей, выпадал только через двадцать дней, но Андарз торопился обменяться подарками и обрести в варварах опору против Нарая.

Императорский наставник провел короля и его сына в сокровищницу и показал им множество удивительных вещей: мечей в золоченых ножнах и чаш, высеченных из оникса. Но всех удивительней была одна вещь, которую Андарз хранил в тройном сундуке: то был круглый венец, весь из золота, усыпанный драгоценными камнями, и в середине венца торчал острым шипом вверх пятиугольный кремень — наконечник того самого копья, которым король ласов Лахар Сурок поразил одного речного бога, вздумавшего томить ласов засухой.

Это была знаменитая кремневая корона ласов, и Андарз снял ее с последнего ласского короля Хабарты вместе с головой. Король так и впился глазами в кремневую корону.

— Можете просить у меня любого подарка, — сказал Андарз будущему зятю и его отцу.

После третьей перемены блюд господин Андарз вышел из-за стола и, отозвав Нана, попросил его съездить обратно в город за одной из шкатулок невесты, забытой им впопыхах, и дал ему письмо к эконому Амадии. Нан уже выезжал со двора, когда вдруг вспомнил, что Андарз не приложил к письму печать — а Амадия ведь человек вздорный. Нан спрыгнул с лошади и поспешил в дом, и так получилось, что для экономии времени он поднялся по наружной галерее.

Вдруг, не огибая угла, он остановился.

В пяти шагах от него, у распахнутых окон кабинета, стояли Андарз и король Аннар Рогач, и они громко спорили о том, что лучше — дать запаренной лошади покататься в песке или обтереть пот ветошкой. На оконной раме сверкала корона Хабарты.

Вдруг свежий порыв ветра ворвался в кабинет, занавес вздыбился и хлопнул о раму, корона стала падать, Андарз и король подскочили, чтоб ее поймать.

Андарз схватился за корону слева, король — справа.

— Что вы мне дадите, — тихо спросил варвар, — если я отомщу за смерть вашего брата?

— Корону Хабарты, — сказал Андарз.

— Я хочу корону империи, — ответил варвар.

— Лучше ваше владычество, чем владычество Нарая, — сказал сановник.

За окном, едва дыша, Нан запрокинул голову и вжался в стену.

Через час Нан вручил домоправителю Амадии письмо, и, попросив его позаботится о шкатулке, ушел в управу советника Нарая.

Пир кончился намного после полуночи, и начальник охраны Андарза Шан'гар отправился спать во двор, среди соплеменников. На рассвете он проснулся от холода и заметил в окне кабинета господина Андарза свет. Шан'гар поднялся в кабинет и увидел, что императорский наставник сидит в спальной рубахе, а поверх нее накинут тяжелый плащ и на столе перед ним догорает свеча.

— Что случилось? — спросил Шан'гар.

Андарз поднял голову.

— Сегодня, — сказал он, — я предал государя.

Рыжеволосый великан оглянулся и заметил:

— Не стоит говорить об этом так громко.

Андарз подергал губами.

— Господин, — сказал Шан'гар, — вот уже полтора месяца, как вы ходите сам не свой. Это началось с тех пор, как убили того чиновника, Ахсая. Вы избегаете меня и всех домашних, и вот теперь вы говорите такое!

— Да, — сказал Андарз, — все началось именно тогда. Дело в том, что убитый имел при себе лазоревое письмо к советнику Нараю, и этот чиновник, Нан, убедил меня, что письмо осталось в руках одного из моих близких: Амадии, Иммани или твоих. От этого с ума можно было сойти.

— И что же, — сказал Шан'гар, — он нашел, у кого письмо?

— Нет, этого письма больше нет. И я думаю, что, если бы он нашел это письмо, он отнес бы его Нараю.

Тут свечка вспыхнула и догорела, и Андарз увидел, что за окном крадется рассвет, серый, как полевая мышь, и что перед ним на столе лежит маленькая книжечка, а в ней — его собственные стихи, которые когда-то переписал для своего наставника одиннадцатилетний мальчик Варназд.

— Господин Андарз, — сказал Шан'гар, — я начальник вашей охраны и пятидесяти человек, готовых умереть за вас; и в этом городе не меньше трех тысяч человек, аломов и ласов, для которых вы лучший полководец империи. Не думайте, что у вас меньше людей, чем у короля Аннара Рогача.

— Отведи меня в спальню, — сказал Андарз.

Шан'гар отвел его в спальню, раздел и уложил, и он долго сидел у двери, боясь, как бы его хозяин не сделал с собой чего.

Потом он ушел к себе в кабинет, вынул чистый лист бумаги и стал писать. То, что он написал, было адресовано господину Нараю.

На следующий день государь подозвал Нарая и продиктовал ему указ:

— Я назначаю Андарза главнокомандующим в войне с ласскими варварами. Потрудитесь озаботиться мобилизацией!

— Государь, — сказал Нарай, — нельзя доверять этому человеку! Я, увы, доподлинно удостоверился, что в его доме живет мальчик, ростом и обликом напоминающий Минну! Андарз выдает мальчишку за раба, однако он наряжает его в платье Минны, отрядил своего доверенного человека для занятий с мальчиком, то прячет, то показывает гостям! Многие слышали, будто он творит с ним блуд! Если человек держит в доме отпрыска императорского дома, публично признаваясь в его убийстве, — зачем, как не затем, чтобы возвести его на трон вместо вас?

Государь Варназд молчал. Вдруг мелькнула мысль: «Вот и предлог казнить Андарза! Никто тогда не узнает...» Взглянул на Нарая: старик стоял, словно готовый слизнуть слова с государевых губ.

— Нарай, — сказал государь, — этого не может быть! Это я убил Минну... Случайно.

Старик в ужасе отпрянул, кляня себя за ошибку. И не колеблясь ни мгновения:

— Ваша вечность! Но Андарз исподволь распространяет слухи

о том, что этот мальчик — Минна! Следовательно, пользуясь вашим молчанием и виной, он намерен посадить на престол самозванца!

Глаза молодого государя стали большие, как блюдца, от горя и тоски.

— Боже мой, зачем вы меня так мучаете! — воскликнул он. — Разве под силу одному человеку во всем этом разобраться!

Зарыдал и бросился вон из комнаты.

***

Многие из тех, кто знал Андарза в пору его юности, были поражены произошедшими в нем переменами. Полководец и поэт побледнел, осунулся: белая кожа его теперь напоминался пленку на молоке, и глаза пребывали вечно тусклыми, словно светильник, в котором невзначай повредили фитиль. Он настолько перестал следить за собой, что порой брался за перо, не вымыв руки.

Каждый день жизни был для него пыткой: мог ли он, переживший государыню Касию и министра Руша, думать, как будет терзать его сердце его воспитанник, государь Варназд?

Раньше Андарз больше думал о законах стихосложения, нежели о законах государства. В жизни своей он добивался славы, заботился о собственном благе и всегда смутно верил, что то, что хорошо для Андарза, неплохо для народа. Разве его война с Хабартой не принесла империи чести и выгоды?

Разве торговля с Осуей кому-то мешает?

Но, когда около ушей государя оказался господин Нарай, Андарзу было нечем возразить старому чиновнику, кроме колкостей и шуток. С ужасом и интересом Андарз стал искать рассуждений о том, почему действия Нарая гибельны для государства — и не находил их.

Как-то раз они беседовали с Наном, и молодой чиновник сказал:

— Боюсь, что из-за Нарая у государя исчезнет всякая власть.

Сановник удивился:

— Как это человек, который хочет собрать всю власть в руках государства, вдруг сделает государство слабым?

— Видите ли, — сказал Нан, — господин Нарай полагает, что власть — это что-то вроде постоянной суммы, и если в одном месте власть убавляется, то в другом она непременно возрастает. А между тем власть — это скорее способность общества достигать стоящие перед ним цели, и количество этой власти не постоянно, а возрастает при добровольном сотрудничестве всего общества. И если этого добровольного сотрудничества нет, то никакой власти в государстве тоже нет. Я за сильную власть, — закончил Нан, — а чем больше Нарай издает законов, тем меньше у государя власти.

Это рассуждение молодого чиновника, хотя и не столь оригинальное, вдруг поразило Андарза: он стал доверять судье Нану больше, чем то было позволительно.

И в самом деле: ведь Андарз знал, что чиновник — свой человек в управе Нарая и что указ о непризнании осуйского долга был написан молодым судьей Наном, — а все-таки находил утешение в беседах с этим человеком, который ни возрастом, ни происхождением, ни характером так не походил на него, родовитого вельможу, и в нехороших гранитных глазах которого Андарзу было нетрудно уловить тот же огонь, что и в глазах Нарая, — огонь жажды власти в стремлении с жаждой государственного блага. В один из таких вечеров Андарз вынул и отдал Нану компрометирующие того бумаги. Сказал: «Вдруг, под влиянием момента или под пытками, мне захочется погубить вас? Возьмите это».

Андарз жил в отчаянии, как в черной комнате: только одна любовь к госпоже Линне поддерживала его, да еще временами нежность к сыну первой жены. Все чаще и чаще затворялся он в женских покоях, осыпал женщину дорогими подарками, дрожал от ее нахмуренных бровок: кто бы мог подумать, что в последние недели своей жизни государев наставник только и будет заботиться, что о дочке мелкого лесного чиновника, с которой он случайно переспал в лесу, застигнутый грозой!

Если бы не женщина, Андарз давно бы покончил с собой, но мысль о ее страданиях после его смерти была невыносима.

Впрочем, Андарз знал: даже если случится чудо, если государь прогонит Нарая, — между наставником и воспитанником больше никогда не будет тех отношений, какие царили между ними тогда, когда Андарз тайком приносил ему сладости, а молодой государь, смеясь, переписывал его стихи.

▪ Глава одиннадцатая, ▪

в которой господин Андарз напивается в кабаке, а осуйский консул объясняет королю варваров основы кредитно-денежного обращения

На следующий день после пира Шаваш играл в кабинете Андарза: императорский наставник был, видимо, рад, что варвары отпустили маленького раба, часто брал его в кабинет и на женскую половину. Многие слуги страшно завидовали Шавашу, но, так как он не ябедничал наверху и не задирал носа, эта прихоть Андарза пока сходила Шавашу с рук. Итак, Шаваш играл в кабинете, когда с докладом вошел секретарь Иммани. Шаваш поклонился и вышел из кабинета, но далеко не пошел, а, став за дверью, вытаращил глазок и стал смотреть в щелочку.

— В нижний двор прибыл посланец от государя, — доложил тощий беловолосый секретарь.

— Помогите мне одеться, Иммани, — приказал Андарз.

Андарз встал, и Иммани помог ему застегнуть верхний плащ, малинового цвета, с вышивкой, описание которой занимает в ткацком статуте шесть страниц. На поясе у Андарза висела связка ключей, и среди них — этакий серебряный ключик с агатовой головкой. Плащ зацепился за связку, Иммани завозился, оправляя ключи. Улучив момент, он вытащил из кармана кусочек мятной мастики и прижал его к серебряному ключу. Положил мастику в карман и заботливо разгладил плащ.

Шаваш за дверью все видел.

Андарз сошел вниз и принял, как подобает, императорское письмо, прибывшее в паланкине с четырьмя всадниками: в письме было пожелание увидеться.

Вот Андарз пошел переодеться для поездки во дворец, а что касается секретаря Иммани — тот направился в глубь сада. Шаваш последовал за ним. Секретарь зашел в свой флигель, но пробыл там недолго: вскоре он засеменил по дорожке к желтым воротам. На нем был серый кафтан и красные штаны — одежда людей, не любящих выделяться. Под мышкой он нес свернутый непромокаемый плащ, сделанный из просмоленной травы.

В доме уже суетились: по верхней галерее несли парадное платье императорского наставника, и старший садовник, бешено бранясь, требовал три охапки лилий, которыми полагалось осыпать паланкин в начале официальной поездки.

Иммани направился к главной гавани. В гавани теснились черные галеры с красными парусами, на носах их развевались значки, обозначавшие ведомства и провинции, которым принадлежали галеры. На одной из круглых галер вдалеке развевалось семиконечное знамя с надписью «Дань из Осуи».

Прямо за галерой выгнулся, как исполинский кот, каменный мост, столь высокий, что до него не доставали даже мачты осуйских судов.

Перейдя мост, белоголовый Иммани натянул на себя плащ и сделался совершенно неотличимым от зажиточных жителей гавани.

Иммани шмыгнул к первому же ключарю, над лавкой которого не было листа с государственной лицензией. Ключарь сидел в окошечке лавки и пил чай с мухами. Иммани попросил его сделать по слепку ключ, и ключарь, напевая, принялся за работу. От волнения Иммани забыл спросить, во сколько ключ ему обойдется, и когда ключарь показал ему ключ и назвал цену, Иммани разинул рот.

Ключарь сказал, что, если цена ему не нравится, он может позвать ярыжек и оспорить цену, а заодно и предъявить ярыжкам ларчик, которым отпирается ключ. Иммани заплатил деньги и ушел.

К изумлению Шаваша, даже потеря денег, и та не расстроила Иммани. Секретарь пустился вниз по улице, размахивая ключом и припевая. Можно было подумать, что это ключ от рая, а не от сундука.

На речном рынке Иммани купил половинку маринованного гуся, немного зелени, коробочки со сластями и, сложив все это в корзинку, направился к небольшой, но уютной гостинице с башенкой, похожей на кукурузный початок, с зеленой шелковой занавесью у входа и с надписью: «Золотой Трилистник».

Иммани спросил ключ от пятого номера и велел принести горячей воды. Едва он поднялся наверх, в харчевню вошел Шаваш. Он был в той же самой одежде, что и в кабинете Андарза, — в зеленой атласной курточке и в серых штанишках; со своими тщательно расчесанными золотыми кудрями и лукавой мордочкой, на которой сияли огромные, как две луны, глаза, он точь-в-точь напоминал богатого барчука или дорогого мальчика для развлечений.

Шаваш вытащил золотой и, подав его хозяйке, сказал, что один господин велел ему идти в гостиницу и ждать его в верхних комнатах, а сам господин явится попозднее. Хозяйка попробовала на зуб монетку и, покачав головой, дала мальчишке ключ. Комната Шаваша располагалась через две комнаты от той, что отвели Иммани.

Вскоре Шаваш услышал тяжелые шаги на лестнице и скрип двери: это служанка тащила в комнату Иммани два ведра горячей воды. Шаваш выждал немного, шмыгнул в коридор и приоткрыл дверь в комнату Иммани.

Посереди чистенькой комнаты стояла широкая кровать с одеялом, вышитым утками и павлинами. Возле кровати стоял светильник в форме бронзового листа на бронзовом пруте. Под потолком качался шар из бумажных цветов.

Правый угол был отгорожен плотной ширмой, за ширмой фыркал и плескался Иммани. Одежда его лежала на кровати, и там же лежал ключ. Шаваш вынул из кармана кусочек воровской мастики, сделал с ключика отпечаток, подумал-подумал — и нырнул под кровать.

Через пять минут Иммани вылез из-за ширмы и сел на ложе. Он воздел перед собой медный ключ с дырочкой на конце и стал тереть его руками и целовать дырочку. Шаваш никогда не видел человека, так влюбленного в прибыль.

Вскоре на лестнице послышались осторожные шаги, дверь комнаты раскрылась, и в ней показалась Линна, молодая жена Андарза. Женщина была одета в зеленую шелковую юбку и распашную кофту, отороченную белым мехом. Под мышкой она держала лаковый короб с конфетами.

— Принес? — сказала женщина.

— Принес, — ответил секретарь и высоко воздел ключ.

Женщина взвизгнула от радости и поспешно стянула с себя юбку. Шаваш, лежавший под кроватью, вытаращил глазок: под юбкой на женщине был надет серебряный пояс целомудрия. Секретарь, дрожа от нетерпения, вставил в замок на поясе свой ключик, пояс расцепился и упал на пол.

Тут женщина повалилась с ним на кровать, и они подняли такую возню, словно торговец, поймавший воришку.

Наконец они решили передохнуть. Женщина присела на кровать, раскрыла лаковый короб, который она принесла с собой, вынула из него круглую белую конфету и стала кормить секретаря конфетой. У Шаваша изо рта потекли слюнки.

— Это что за конфеты? — удивился белоголовый секретарь.

— Это государь император, — сказала женщина, — прислал моему мужу со своего стола, посмотрев на них благосклонным взором. Говорят, эти конфеты повышают мужскую силу: я изловчилась и сберегла их для тебя.

— Или я тебе плох, что меня надо кормить конфетами, — возмутился секретарь Иммани.

— Что ты, — встревожилась женщина, — я просто думала, что тебе будет приятно.

— Пусть эти конфеты, — сказал секретарь, — ест сам государь, может, сделает себе сына.

Но все-таки секретарь был явно доволен, что женщина пошла ради него на такое дело. Он съел конфеты и запил их вином. После этого они опять повалились ни постель и подняли такую возню, что опрокинули на пол тарелку с конфетами, и она закатилась под кровать, туда, где лежал Шаваш.

Женщина услышала, как тарелка упала, и встревожилась:

— Пусти! Я подберу конфеты.

«Ой, что сейчас будет», — подумал Шаваш.

Но куда там! Господин секретарь уже ничего не говорил и не слушал, а только урчал.

Когда они заснули, Шаваш тихонечко выбрался из-под кровати, нашарил несколько конфет, положил их за пазуху и был таков.

Проходя мимо лавки ключаря, Шаваш вздохнул и смял в кармане кусочек мастики с отпечатком ключа, — потому что, по правде говоря, этим ключиком отпирался совсем не тот замок, который интересовал маленького сорванца.

***

Утром, распростившись с Андарзом, король Аннар Рогач вернулся в свой лагерь. Он приказал рабам отнести все подарки в дальнее помещение шатра, вошел вслед за ними и занялся чтением списка подарков.

Вдруг угол шатра распахнулся, и в помещение въехал на мышастом коне князь Росомаха в сопровождении Ашены и еще пятерых.

— Это что такое? — сказал король. — Мой ковер не лужайка, чтобы топтать его копытами!

— С каких это пор командиры не имеют права сидеть на коне перед избранным ими начальником? — сказал Росомаха. — Или тебе жалко этого поганого ковра?

Королю Аннару было и вправду жалко ковра, но, стыдясь такого чувства, он вытащил меч и сказал:

— Мне жалко твоей поганой головы, Росомаха, если ты сейчас же не слезешь со своей кобылы.

От этаких слов Росомаха поспешно слез с кобылы, тоже вынул меч и сказал:

— Сдается мне, король Аннар Рогач, что тебе в этом городе дарят много подарков и что не все подарки ты раздаешь твоей дружине!

— Ах ты дрянь, — изумился король, — в этакой подлости меня еще никто не упрекал! А если ты, Росомаха, уже пропил все, что я тебе подарил, можешь выбрать в этом шатре любую вещь тебе по вкусу, не считая моей головы.

— Что ж, — отозвался Росомаха, — в этаком случае я попрошу у тебя тот подарок, который ты выпрашиваешь у государя и который не принадлежит ни ему, ни тебе — свободу нашего народа! И сдается мне, что этот подарок ты не отдашь никому, а, напротив, засунешь поглубже в зоб!

— Ах ты дрянь, — возмутился Аннар, — сын раба и наемник Хамавна, — тебе ли чирикать о свободе! Это службу в чужом гарнизоне ты называешь свободой, а власть над целой провинцией — рабством?

— Великое дело, — сказал Росомаха, — завоевать Хабарту! Раньше мы были вольными людьми, делали, что хотели, получали от наместника Хамавна дань, продавали ее осуйским купцам. А теперь ты зарезал овцу, которую мы доили, и готов признать себя рабом императора, если тот поможет сделать нас твоими рабами!

— Слушай, ты, Росомаха! — вскричал король. — Тебя послушать, так нет беды больше хорошей добычи и несчастья хуже великой победы! Сдается мне, что это говоришь не ты, а золото, которым тебя угостили вейские чиновники, чтобы ты сеял раздор!

— Чиновники, — сказал Росомаха, — меня не угощали, а вот ты выплатил мне лишь четверть того, что обещал под Иннехом!

— Я и не выплачу, — отвечал король. — Когда я сговаривался с тобой, ты был честным воином, а когда ты изменил наместнику Хамавну, ты показал себя как предатель и трус, и цена тебе стала вчетверо дешевле.

Росомахе нечего было на это ответить, он затопал ногами и убрался из шатра вместе с конем.

А король оседлал коня и поехал к осуйскому консулу Айр-Незиму, который, как мы помним, был должен ему сто миллионов ишевиков за оборону квартала. Он ехал в самом скверном расположении духа, ругая Росомаху и присматриваясь к городской жизни, кипящей вокруг. Человек нерешительный в такой ситуации постарался бы загладить случившееся, одарив и обласкав мятежника. Но король терпеть не мог мягкотелости. «Очень мне нужно задабривать того, кого я могу зарезать! — подумал он. — Беда только в том, что, если я сделаю это сам, между нашими родами ляжет кровь. Лучше бы поручить это дело кому-нибудь другому. Быть не может, чтобы во всем этом городе не нашлось человека, который не мог бы прикончить Росомаху!»

В этаком-то настроении король явился во двор к осуйскому консулу Айр-Незиму. Его провели в приемную комнату, расположенную в глубине резиденции. Широкие окна выходили во дворик, засаженный желтыми и красными розами, а вдоль стен тянулись резные, запертые на ключ шкафы и лари, в которых посланник держал образцы осуйских товаров. Айр-Незим в черном платье и с черной же книгой под мышкой поспешно вышел навстречу гостю.

Король заявил, что его войско ждет денег, обещанных за охрану квартала: сто миллионов ишевиков.

— Сто миллионов? — сказал Айр-Незим. — Но у нас нет стольких денег.

— Да что ты врешь? — вознегодовал король. — По докладу господина Нарая вы одолжили империи двадцать миллионов и нажили по сорок золотых на каждый данный в долг, а теперь отказываетесь выплатить какой-то пустяк моему народу!

Этакая ссылка на доклад Нарая Айр-Незиму пришлась ужасно не по душе. Ведь его известили, что Нарай советует королю напасть на Осую.

— Мы нажили даже больше, — сказал Айр-Незим, — но у нас нет этих денег.

Король разинул от изумления рот, а консул продолжал:

— Скажите, светлый король, что бы вы сделали, получив эти деньги?

— Ну, — изумился король, — раньше я бы роздал половину дружине, а остальное зарыл в землю. А теперь я, пожалуй, не буду зарывать деньги в землю. Я думаю, что мне придется потратить их на восстановление каналов в южной части провинции и на всякие другие дела, без которых нельзя получать налоги.

Консул кивнул как бы про себя.

— Да, — сказал он, — вы замечательно умный человек, король. Немногие, кто рос в горах, столь проницательны! Вы быстро поняли, что можно завоевать империю в седле, но нельзя ею с седла управлять! Вы поняли, что есть государства, которые добывают богатство с помощью воинов, и есть государства, которые добывают богатства с помощью налогов. Но есть и третий вид государств, богатство которых состоит в их кредитной системе.

— В чем в чем?! — спросил рыжеволосый владыка варваров.

— В кредитной системе, — повторил консул. — Главное наше богатство — это торговля и билеты Осуйского банка. Все, что идет из империи к варварам и от варваров к империи, и даже от варваров к варварам, останавливается в Осуе и там перегружается и перепродается — это называется транзитная торговля. От покупки до продажи проходит уйма времени, и нам очень важно, чтобы купец мог покупать и продавать в кредит. Поэтому, хотя у нас и очень хорошая монета, кредитных билетов и векселей у нас в двадцать раз больше, чем монеты. Так что главное наше имущество — это доверие к банку. Поэтому Осую нельзя ограбить, ее можно только разорить.

Если вы захватите наш город, поднимется паника. Все билеты

банка будут предъявлены к оплате, и банк лопнет. А что вы сможете захватить? Только вот эти самые билеты лопнувшего банка! Этого-то и добивается господин Нарай! Если вы нападете на Осую, господин Нарай зажарит двух кабанов на одном вертеле: во-первых, он разорит наш банк, во-вторых, он погубит вас, потому что ваши воины, захватив город, в котором золота и побрякушек меньше, чем в одном квартале столицы, прирежут вас на другой день после штурма.

«Ой, — тоскливо подумал король Аннар, — наверняка кто-то из них двоих врет, а может статься, и оба! Вот народ — здесь кредит, там налог! Погубят они меня, погубят!» И король пожалел, что ввязался в эту, несвойственную ему как сыну природы политику.

— Вздор, — сказал король. — Кто первым отказался от платы, тот и беднее! Что такое налог, а знаю, а этим самым кредитом вы мне просто морочите голову! Как это золота становится больше оттого, что оно вертится в десять раз быстрее? Как это один человек может продать другому деньги, которых у него нет? Как в докладе Нарая сказано, так оно и есть!

— Не очень-то слова господина Нарая заслуживают доверия, — возразил Айр-Незим, — наверняка он затевает за вашей спиной козни. Вам он говорит, что ваша знать — ваши худшие враги, а вашим воинам тайком нашептывает, что вы хотите отнять у них свободу. Он спит и видит, чтобы ласы сами себя съели! Мне доподлинно известно, что вчера он тайно принимал князя Росомаху и обещал ему корону Хабарты!

Настроение короля мгновенно переменилось.

— Ах он негодяй, — вскричал король, — наконец-то мне все ясно! Да я его на части разорву! Да я ему яйца повыдергаю и скажу, что так было!

— Кому? — спросил осуец. — Росомахе или Нараю?

Король остановился, потом хлопнул себя по шраму на лбу.

— И правда, — сказал он, — не такое-то это простое дело — выдернуть яйца у высокопоставленного чиновника и при этом не потерять свои.

— Гм, — сказал осуец, — а ведь, пожалуй, есть способ помочь вам.

— Какой же?

— Почему бы вам не овладеть на днях столицей? Если вы захватите город в свои руки, вы можете... гм... повыдергать столько яиц, сколько захотите!

— Захватить столицу? — засмеялся король. — С тремястами воинами? Да легче поймать дракона в сачок!

— Ну почему же тремястами? — спросил осуйский консул. —

Только бывших солдат Андарза в городе не меньше двух тысяч, и многие из них ваши соотечественники. Если вы договоритесь с Андарзом, они с радостью последуют за вами обоими!

— Это верно, — сказал Аннар Рогач, — однако и врагов Андарза в городе больше, чем вшей у моих воинов, а вшей этих черт знает как много!

— Ба, — сказал осуец, — да что это за враги? Лицеисты пятнадцати лет, с пальчиками, тонкими, как лист осоки! Даже я, на что уж невоенный человек, а и то справлюсь с целым десятком! Если, например, ваши воины вступятся за битого лавочника да и поругаются с детьми, из этого в один миг может получиться народное восстание с вами во главе!

— Нет, — сказал король, — ничего не выйдет! Возмутить народ, конечно, нетрудно, но ведь императорский дворец выстроен как раз на случай таких мятежей! Он набит стражниками, как коробочка мака — зернами, а на стены даже слюнявая улитка не залезет, не то что человек!

И рыжеволосый король вздохнул, ибо он грустил по поводу этих стен с той самой минуты, как их увидел.

— В императорском дворце, — сказал Айр-Незим, — есть подземные ходы, соединяющие между собой все покои. Имеются и выходы наружу. При государыне Касии они использовались в основном для тайных арестов и подслушиваний, при нынешнем же государе бездействуют. Когда захватываешь город снаружи, всегда нужно много человек, а когда захватываешь его изнутри, достаточно горсти храбрецов. Если проникнуть в эти ходы ночью, то ста человек будет довольно для того, чтоб захватить дворец и открыть ворота возмущенному народу. Что же касается дворцовой стражи, то большинство стражников в количестве двух тысяч человек ночью содержится в двух казармах, Северной и Южной, расположенных у соответствующих ворот. Эти казармы — деревянные строения с узкими дверями и прорезями в крыше для света. Достаточно будет запереть как следует двери и поджечь казармы.

«Эге-гей! — пронеслось в голове Аннара, — если я с тремястами дружинниками переменю династию, это будет самая дивная песня в истории! При этом в суматохе можно будет всадить нож в князя Росомаху! Как же мне повезло, что всем в столице заправляет этот Нарай! Если бы не он, разве такие надутые люди, как осуйский консул и сановник Андарз, поглядели бы на меня, сырого варвара?»

— Гм, — вдруг подозрительно уставился король на осуйца, — а откуда вы знаете о подземных ходах?

— От их главного инженера, — ответил осуец.

— А я слыхал, что ему перерезали глотку.

— Вот именно, — сказал осуец, улыбаясь и похлопывая рукой по черному фолианту на своих коленях, — ему перерезали глотку, и вы не представляете, как он рад был отомстить своим убийцам!

Король задрожал. Неизвестное всегда пугало его, а векселя, банковские подвалы, разговаривающие покойники, книги по бухгалтерии и черной магии одинаково принадлежали неведомому и пугающему.

— Дайте-ка я посмотрю ваш план, — потребовал король.

Осуец, улыбаясь, раскрыл черный том.

Но тут во внутреннем дворике показался писец — он летел к Айр-Незиму, размахивая руками, словно хотел сбить из воздуха масло. Подбежал, зашептал на ухо.

— В чем дело? — спросил повелитель лосов.

— Увы! Сюда направляются таможенные чиновники, — сказал Айр-Незим, — как бы они не заподозрили дурного, застав вас здесь.

Через полчаса король выехал из осуйских ворот на рыбный рынок. Вокруг царила суета: румяный пекарь выставлял на окне свежие лепешки с отпечатанной на них печатью, свидетельствующей о государственной лицензии, мясник поддувал козу, чтобы содрать с нее шкуру, и чернокнижник в дырявом халате громко извещал улицу, что он всего за два медяка готов наведаться на небо и произвести исправления в книге судьбы, — и при виде столицы, как при виде обнаженной женщины, у короля радостно шевельнулось под брюхом.

«Эге-гей, — думал он, обозревая рыночную суету, — всех этих дураков обложу тройным налогом! Что же касается моих воинов, надо будет запретить им заниматься ремеслом и торговлей, потому что чуть только воин начинает заниматься торговлей и читать книжки, так это уже не воин, а вареная свекла!»

Но спустя немного времени король перепугался. «Еще неизвестно, — подумал он, — кто из этих двоих, чиновник или торговец, обманывает меня больше и с кем из них будет легче расправиться после победы!»

«Это дело явно превосходит человеческое разумение, — думал рыжеволосый владыка лосов, выезжая из осуйских ворот на рыбный рынок. — Не такой я дурак, чтобы самому разобраться, что лучше для моего народа! Тут надо посоветоваться с богами!»

В эту минуту король посмотрел направо и увидел рыжего кота, который запрыгнул на деревянный короб с рыбой, подцепил лапой плотвичку и поволок ее прочь. Торговки заорали, но куда там! Кот уже смылся к дальним чердакам.

«Ба, — подумал король, — не иначе, как божество намекает мне, что вытащить императора из дворца не труднее, чем плотвичку из деревянного короба».

И тут он решил никоим образом не предавать Айр-Незима, а, наоборот, принять его план.

И подумать только, что от какого-то ничтожного, облезлого кота, посредством которого капризничают боги, зависят судьбы могучих государств!

ӿӿӿ

Как мы уже говорили, в ночь после подслушанного разговора господин Нан отправился во дворец, в управу советника Нарая. Там он работал до рассвета, а потом потыкался головой в бумаги и заснул.

Когда он проснулся, был уже полдень. Нан выглянул в окно: ворота управы были широко раскрыты, посереди двора советник Нарай совершал возлияние Бужве. По его бокам два стражника били в барабаны, чтобы привлечь внимание бога.

Вокруг теснился народ: множество просителей ожидало Нарая. На их шапках были укреплены красные ленты со словами «Требую справедливости». Церемония кончилась, стражники, ругаясь, выравнивали просителей, Нарай быстрым шагом шел мимо них, благосклонно собирая прошения. Вдруг один из просителей отпихнул палку стражника, бросился перед Нараем на колени, ловя подол советника. Нарай ласково поднял его и забрал жалобу. Стражники уже теснили просителя прочь.

Нан побледнел и отошел от окна: в подателе жалобы он узнал варвара Шан'гара, верного начальника охраны Андарза.

ӿӿӿ

Шаваш вернулся во дворец Андарза к Часу Мыши и стал караулить, когда вернутся любовники. Женщина появилась через час, а потом и Иммани просочился через ворота для слуг. Господин Андарз был еще во дворце.

Шаваш отправился к начальнику стражи Шан'гару; тот во дворе оперял стрелы.

— Можно я помогу? — спросил Шаваш.

Шан'гар охотно позволил. Шаваш сел в кружок с людьми в кожаных доспехах и с зарубками на лице и стал помогать им оперять стрелы. Вообще-то этих, в кожаных доспехах, было довольно много, не меньше ста их сидело во дворе, и многие переговаривались между собой на птичьем языке. Было даже удивительно, что, когда у Андарза случилось несчастье, штатских просителей в его доме стало все меньше, — а вот, наоборот, его бывшие солдаты, проливавшие с ним пот и кровь в Хабарте, заладились в его дом.

Так-то золотоволосый мальчуган оперял стрелы, а потом один из старых солдат Андарза показал ему, как плести тетиву. Шаваш плел тетиву и трогал маленький мешочек с талисманом из пепла хомячка Дуни.

Покончив с тетивой, Шаваш сел спиной к стене, вытащил из кармана белую мятную конфету и принялся ее есть. Шан'гар все говорил о чем-то по-птичьи и не замечал конфеты. Шаваш закашлялся, начальник охраны обернулся, всплеснул руками и спросил:

— Ты где взял эту еду?

— А, — сказал Шаваш, — выпала из рукава Иммани.

Начальник стражи несколько мгновений молчал, потом вырвал остаток конфеты из рук Шаваша и вскочил.

— Господин, вы куда? — изумился Шаваш.

Но Шан'гар уже исчез за поворотом дорожки. Шаваш побежал за ним, и несколько стражников — тоже, но они не могли бежать так быстро, как рыжеволосый великан.

Первым делом Шан'гар побежал к флигелю Иммани, но флигель был заперт. Шан'гар пустился на розыски завитого секретаря. Он обнаружил Иммани возле Белой Залы — тот важно давал инструкции пухленькой служанке. Шан'гар взял Иммани за воротник и молча повернул его к себе.

— В чем дело? — пискнул секретарь.

Шан'гар раскрыл ладонь и показал ему помятую и приклеившуюся к ладони конфету. Потом он сжал ладонь в кулак, и в следующее мгновение этот самый кулак быстро и страшно въехал Иммани под ребра. Иммани пискнул и согнулся напополам. Он бы согнулся и ниже, но по пути его лицо повстречалось с услужливо подставленным коленом варвара. Иммани перестал сгибаться и рухнул бочком на ковер. Пухленькая служанка заверещала. Варвар потянулся, подобрал Иммани с полу и занес кулак.

— Господин Шан'гар! Это что такое?

Шан'гар оглянулся: в проеме двери стоял господин Андарз, а за ним маячил этот подхалим, Нан. Господин Андарз был в придворной одежде, алое с серебром платье заполонило весь проем.

— Что вы не поделили с Иммани? — сурово спросил Андарз.

Шан'гар надулся и замолчал.

— Я искал вас по всему дому: я желаю поговорить с вами!

Шан'гар посмотрел сначала на Иммани, а потом на сбежавшуюся стражу, махнул рукой и поплелся за Андарзом и Наном. Иммани полежал-полежал и пополз в противоположную сторону.

К удивлению начальника охраны Шан'гара, императорский наставник направился в его, Шан'гаров, кабинет. В кабинете было сумрачно и тихо. Шан'гар побыстрее слизнул с потной ладони конфету и проглотил ее. Нан и Андарз шли впереди и ничего не заметили.

Нан запер за Шан'гаром дверь и уселся прямо на стол, а Андарз остался стоять посереди комнаты, в красном, до полу, платье, затканном драконами и единорогами. Шан'гар затрепетал. Огромный варвар не имел ничего против настоящих драконов, но всегда боялся нарисованных с надлежащими заклинаниями; никогда Андарз не расхаживал по кабинетам рабов в придворном платье.

— Из-за чего вы били Иммани? — спросил Нан.

— Так, — сказал Шан'гар.

Андарз подошел к письменному столу, взялся за ящик и рванул. Ящик, треща и всхлипывая, выпрыгнул из-под стола, бумаги напуганными белыми гусями разлетелись от драконов на платье Андарза. Нан подошел к сундуку, стоящему в углу, и поднял незапертую крышку. В нос ему ударил какой-то кислый запах. Нан поворошил бумаги, сложенные в сундуке.

— Ключ, — сказал Нан, — тут второе дно.

— Прошу вас, не надо! — взмолился рыжеволосый великан.

— Утром вас видели, переодетым, в управе советника Нарая, — вы лично подавали ему прошение! — заорал Андарз.

Голубые глаза Шан'гара наполнились ужасом.

— Умоляю, не открывайте! — прошептал он.

— Ключ!

Шан'гар мертвой рукой подал хозяину ключ. Андарз наклонился к сундуку, отпер второе дно и стал там шарить. Через мгновение он выпрямился: в руках его звякнул стеклянный, трутом закупоренный кувшин: на донце кувшина подыхала странная мышь с синей шелковой ниткой вокруг горла. Андарз отбил у кувшина горлышко, вытряс мышь и поднял ее за хвостик.

— Нитка из одеяния советника Нарая, — сухо прокомментировал судья Нан. — Пункт сто восемнадцатый Иршахчанова Уложения: «Тот, кто, задумав путем колдовства извести человека, берет нитку из его одежды и обвязывает ее вокруг живой твари и морит эту тварь голодом или отравой, в надежде, что человек тоже помрет. За глупость и суеверие и греховные помыслы наказывается сорока ударами плетей и пятью годами заключения. Если, однако, жертвой был выбран чиновник выше седьмого ранга, наказанием служит топор и веревка».

Андарз между тем снял с мыши нитку и положил ее на стол. Приподнял крышку фарфоровой корзинки на столе, достал несколько сладких печений и покрошил перед мышью. Ошалевшая мышь стала есть.

— Все ясно, — заявил императорский наставник, — вы пробрались в управу советника Нарая и, вручая ему прошение, выдернули у него из полы нитку. Затем вы назвали эту мышь именем Нарая, посадили в банку и поставили умирать. Вы хоть помните, что колдовство такого рода наказывается смертью через топор и веревку?

— А все-таки беды бы не было, — угрюмо проговорил варвар, — если бы он сдох через эту мышь.

Говоря это, Шан'гар искоса наблюдал за господином. К его удивлению, Андарз был как будто доволен. Шан'гар вдруг сообразил, что Андарз подозревал его не в колдовстве, а в предательстве, и подумал, не стоит ли ему убить себя на глазах господина: ведь если вассала подозревают в предательстве, значит, он чем-то это заслужил.

— Думаете, — сказал Нан, — если бы Нарай вас узнал и послал в усадьбу стражников, он обвинил бы вас в покушении на Нарая? Он обвинил бы вас в покушении на государя! Он бы сказал, что эта мышь изображает государя и что вы все делали с ведома и позволения Андарза!

Шан'гар побледнел.

— Я считал вас храбрее, господин Шан'гар, — продолжал между тем судья Нан. — Что это за бабьи штучки с ядами и мышами? Если уж вы решились на такое дело, почему вы не зарезали Нарая кинжалом без всяких мышей?

Огромный варвар вздохнул.

— Я бы так и сделал, — промолвил он, — потому что тот, кто убивает ядом и колдовством, будет в следующем рождении тараканом, а тот, кто убивает мечом, удостаивается вполне пристойной участи. Но потом я сообразил, что ничего хорошего из этого не выйдет.

После такого убийства трудно ускользнуть незамеченным. Я подумал: «Наверняка меня поймают, и, когда государь узнает, что я слуга Андарза, он решит, что я действовал по приказанию хозяина».

В кабинете воцарилась тишина.

— Так почему, — спросил вдруг Андарз, — ты бросился на Иммани?

Шан'гар, свесив голову, молчал.

— Ты будешь говорить или нет?

— Он опять надел эту свою красную куртку, — сказал Шан'гар. — Я ему говорил, чтобы он не надевал красной куртки, а то побью. Вот я его и побил.

Андарз махнул рукой и вышел из кабинета. Узкий дворик был пуст: только посереди его нагая мраморная девица лила из кувшина воду — и налила вокруг себя круглый пруд. Дворик был обращен на юг и построен так, чтобы в зимнее время низкое солнце обогревало стены и колоннаду, а летнее высокое солнце, наоборот, оставляло его в тени; и лучи, сверкающие на мокрой зелени верхних карнизов, свидетельствовали о неудержимом наступлении лета.

Судья Нан последовал за ним, и когда они взошли на галерею второго этажа, Андарз вдруг увидел своих старых воинов, которые метали дротики на заднем дворе, — и Нан их тоже увидел. Императорский наставник повернулся так стремительно, что алые его одежды хлестнули по столбу.

— Ну, вы еще что-то хотите, Нан?

— Да. Найти лазоревое письмо.

— Не смейте этого делать, Нан.

— Почему? Потому что вы думаете, что письмо взял Астак?

— Забудьте об этом деле, — сказал Андарз, — и вспомните о своей голове.

— Почему Астак ненавидит вас?

Вельможа опустил голову.

— Будьте вы прокляты, Нан, — сказал он. — С тех пор, как вы появились в моем доме, на меня сыплются несчастья. С чего вы взяли, что мой сын ненавидит меня?

— Он не ваш сын, — отозвался Нан.

— Вздор, — с тоской сказал Андарз. — Он мой сын, он похож на меня!

— Он двигается, как вы, шевелит руками, как вы. Но он не ваш сын. Он сын Идайи.

Андарз прислонился лбом к резной балюстраде. Мир вокруг был полон тысячью голосов: далеко за стенами дворца перекликались разносчики, бил в барабан чиновник, оповещая жителей столицы о новом указе, в саду господина Андарза оглушительно свистели соловьи, и в этот шум, такой обычный для столицы, вплетался новый звук, — на заднем дворе полсотни варваров, собравшись вокруг начальника стражи Шан'гара, хлопали в ладоши и становились в боевой круг.

Андарз повернулся к своему молодому собеседнику.

— Да, он сын Идайи. Теперь, Нан, это уже не имеет значения, а тогда имело. Вы молоды, вы не помните мятежа Харсомы...

Судья Нан молчал.

— Идайя был моим самым близким другом. Он был слабый, грустный человек, Нан! Он бы никогда не присоединился к бунтовщикам, если бы не женщина, на которой он женился, — троюродная сестра Харсомы. Выдра! Дрянь! Она мутила войска, она сочиняла его манифесты: в них одни бабьи выдумки! Мужчина бы писал про суды и налоги, а эта баба писала, что у государыни Касии — рыбья чешуя на боках! Это она подбила мужа на мятеж, и Касия имела жестокость послать меня подавить его! Руш имел на меня зуб и надеялся, что я перейду на сторону друга.

— Но вы не перешли на сторону друга.

Сановник смотрел прямо сквозь Нана. Варвары хлопали на заднем дворе все громче.

— Я не доставил Рушу этого удовольствия... Когда я видел Идайю в последний раз, он стоял передо мной с веревкой на шее. Он сказал, что ни в чем меня не винит, и просил сохранить жизнь его ребенку. Я удивился: «У тебя нет ребенка». Он ответил: «Моя жена беременна, а государыня Касия приказала уничтожить всю семью изменника, включая детей в утробе матери». Я сказал, что возьму женщину к себе в дом. — Андарз помолчал. — Мне не следовало этого делать, Нан! Государыня чуть не казнила меня, услышав, что я взял в жены родственницу мятежника. А та — сначала та пыталась стать любимой женой. Потом, когда это не удалось, она стала спать со всем, что имело между ног эту скалку. Я отобрал у нее ребенка. Пригрозил разводом. Она заявила: «Я скажу при разводе, что мой сын — сын Идайи. Понравится тебе, когда ребенка казнят?» Государыня Касия была еще жива. Я приказал зашить тварь в мешок и кинуть в реку. Что я мог сделать, Нан?

Андарз развел руками и тихо прибавил:

— Как я могу сердиться на Астака из-за того, что он сжег это проклятое письмо? Я поступил с его отцом хуже.

Нан молча склонил голову — и через мгновение его изящный силуэт растаял за поворотом галереи.

Андарз прошел вдоль второго этажа и спустился во дворик, ведущий к жилому крылу. Он был бледен больше обычного, руки его тряслись. Он почувствовал, что страшно устал.

Императорский наставник сам переоделся в домашнее платье, лег на кровать под пологом, закрыл глаза, и распорядился:

— Позовите госпожу Линну.

Прошел кусочек времени, другой, третий — Линна все не шла. Андарз подумал, не позвать ли ему Иммани, но потом улыбнулся, встал и направился на женскую половину. Служанка у дверей в личные покои госпожи поглядела на него удивленными глазами. В девичьей было тихо: женщина, верно, гуляла в саду.

— Велите госпоже Линне возвращаться в дом, — сказал Андарз, не оборачиваясь к служанке, — и скажите Иммани, чтобы ждал меня потом в кабинете.

Андарз вдруг обернулся. Служанка пучила на него изумленные глаза.

— Но, господин, — пролепетала она, — вы сами отпустили госпожу Линну на богомолье и велели господину Иммани ее сопровождать! Я сама видела, как они выехали из главных ворот, и господин Иммани вел в поводу рыжую лошадь госпожи, и с ними была лошадь с вьюком храмовых приношений.

Андарз оттолкнул служанку и бросился в спальню. В спальне госпожи Линны царил страшный беспорядок: на постели лежал неувязанный узел с платьями, и на черепаховом столике громоздились пустые коробочки от украшений. Андарз все понял и закричал.

На крик и шум прибежали Нан и Шан'гар: императорский наставник катался по полу в разоренной спальне.

— Найдите их, — заорал он Нану, — я...

Он не договорил: в руках его была черная лаковая коробочка из-под серег, и он вцепился в эту коробочку зубами. Дерево треснуло, Андарз выплюнул щепки и, рыдая, принялся биться головой о пол спальни, покрытый, по счастию, длинношерстым инисским ковром.

В это мгновение дверь в спальню раскрылась, кланяясь, вошел домоправитель Амадия:

— Там, во дворе, — опять императорский посланец! Государь огорчен, что господин Андарз покинул его так рано, настоятельно просит отобедать вместе с ним!

И замер, глядя на хозяина и на разоренную спальню.

— Пошли, — сказал Нан Шан'гару, — они не могли уйти далеко.

Во исполнение приказа государя Андарзу снова пришлось облачиться в придворную одежду и пожаловать во дворец. Однако у дверей во внутренние покои ему преградил путь начальник внутренней стражи.

— Государю хочется побыть одному, — сказал он, — беспокоясь за ваше здоровье, он просит вас возвращаться домой и отобедать без него.

Андарз оглянулся: на стене, слева от двери, висела старинная картина с изображением Бужвы, играющего в «сто полей». Андарз снял с пояса письменный прибор, попробовал перо и начертил на картине несколько строк.

Вечером государь заметил надпись на картине и заплакал, закрываясь рукавом. «Нарай говорит мне, что справедливый властитель должен не обращать внимания на свои чувства, наказывать даже близкого друга, если тот преступник, но как арестовать Андарза!»

Андарз же, как был, в придворной одежде, пошел в кабак к ворам и сидел там до вечера. Соглядатаи донесли, что он сказал: «В этом свинарнике приятней, чем в том, куда меня не пустили».

Вернулся домой он поздно.

— Нан и Шан'гар еще не возвращались? — спросил он.

— Нет.

Андарз сел в кресло в кабинете и так сидел, долго-долго, пока за дверью не послышались осторожные шаги. Андарз оглянулся: на пороге стоял Шан'гар, и за ним — двое его друзей-варваров.

— Вы поймали их?

Рыжеволосый гигант странно потупился.

— Нан отыскал женщину, — сказал Шан'гар.

— Где она?

Шан'гар повернулся и пошел вниз. Андарз побежал за ним. Они сошли во двор за синими воротами: там стоял десяток лошадей, оседланных по способу ласов — с глубоким седлом гармошкой, на котором было удобно есть и спать. Возле них толпились люди с оружием.

Через одну из лошадей был перекинут какой-то черный сверток. Шан'гар подошел к лошади, снял сверток и развернул: это была госпожа Линна. Глаза ее были удивленно открыты, и из груди ее торчала костяная головка ножа. Шан'гар слегка подкинул покойницу и сказал:

— Иммани хотелось завладеть драгоценностями женщины, и поэтому они бежали вместе. Но Иммани, конечно, понимал, что любовникам очень трудно пропасть вдвоем, особенно после того, как она набила все тюки шелковыми платьями. Женщина была ему только обузой. И вот он довез ее до постоялого двора под названием «Золотой Трилистник», служившего местом их частых свиданий, завел в комнату, убил и ушел с ее драгоценностями.

Андарз хотел, казалось, что-то сказать, открыл рот, закрыл его, опять открыл и, махнув рукой, побрел к дому. Шан'гар за его спиной бросил женщину на кучу соломы и презрительно стряхнул рукава.

Пробили уже первый вечерний Час Скорпиона, когда Четвертый судья Нан спустился со второго этажа гостиницы, где он и Шан'гар обнаружили свою страшную находку. Перепуганная хозяйка вилась за ним, совала в руку зеленый конверт. Нан взглянул — в конверте была такая мелочь, что не стоило и мараться.

— Значит, вышел через полчаса и свернул налево? — сказал Нан.

Хозяйка кивнула — чиновник отогнул дверную занавеску и пропал.

Через полчаса Нан стоял перед тесаными воротами дома господина Айр-Незима. Он был в парчовом кафтане опалового цвета и пятиугольной шапке с золотой каймой — наряд более официальный, чем любой другой, в котором он обыкновенно появлялся в квартале.

Осуйский консул сам вышел навстречу гостю и провел его на высокую террасу, с синими лаковыми столбиками и резными перилами. Служанка, расставив чашки, поспешно удалилась. Гость и хозяин поклонились друг другу, коснувшись широкими рукавами земли.

— Господин Айр-Незим, — сказал Нан, — в доме господина Андарза сегодня случилось несчастье. Его секретарь Иммани сбежал с его женой. Оба преступника доехали до заведения под названием «Золотой Трилистник», служившего местом свиданий любовников. Понимая, что ему будет легче скрыться одному, Иммани завел женщину в комнату для свиданий, убил и скрылся с ее драгоценностями.

— Какой ужас! — вскричал Айр-Незим.

— Я бы хотел, чтобы вы помогли в его розыске.

— Помилуйте, — сказал Айр-Незим, — мы приложим все усилия, чтобы его поймать, если он захочет бежать через Осую.

— Вам не потребуется прилагать много усилий, — промолвил Нан. — Вам потребуется лишь задержать человека по имени Амая. Это муж вашей племянницы.

Айр-Незим открыл рот так широко, что туда вполне могла поместиться небольшая дыня.

— Не смотрите на меня как на единорога, — сказал Нан, — вы сами выдали ему документы, и вы прекрасно знали, что это — Иммани.

Айр-Незим закрыл рот и вытаращился на Нана. Нан замолчал и тоже вытаращился на Айр-Незима. Айр-Незим покачался в кресле и отодвинул от себя чашку хозяина. Нан тоже покачался и отодвинул от себя чашку гостя.

— Хорошо, господин судья, — вдруг заговорил осуйский консул, — я признаюсь: Иммани действительно женился на моей племяннице после смерти несчастного Айр-Ашена. Я не очень одобряю этот выбор, но я привык всеми силами защищать честь моей семьи. Вы рассказали мне очень некрасивую историю. Теперь я расскажу эту историю так, как мне ее рассказал только что Иммани.

Вот уже месяц, как Иммани просил меня об этом паспорте и о содействии в бегстве в Осую. Он признался мне во всем, в том числе и в том, что хозяйка дома воспылала к нему похотью. Вы знаете, на что способна хозяйка, если раб отвергнет ее домогательства, и на что способен хозяин, если раб уступит им. Господин Андарз ревнивый человек — знаете, как он убил чиновника, которого сам поощрил на блуд с собственной женой?

Сегодня Иммани прибежал ко мне в ужасе. Он был избит, как гнилая груша. Он сказал, что Андарз застал его в покоях жены и что женщина была убита Андарзом на его глазах. После этого Андарз решил, что он уже убил Иммани, и погнался за какой-то служанкой, а Иммани уполз в соседнюю комнату и убежал.

Нан слушал молча, поглаживая подбородок. Айр-Незиму очень не нравилось, что молодой судья пришел к нему в официальном платье.

— Версия моего зятя, — продолжал Айр-Незим, — больше походит на правду, чем ваша, потому что согласно вашей версии Иммани не только убил госпожу, но и сам себя избил чуть не до смерти и потому что мужья чаще убивают жен, чем любовники.

— Иммани, — сказал Нан, — был избит начальником стражи Шан'гаром, который знал про его шашни с госпожой. Так случилось, что я и Андарз оторвали Шан'гара от его жертвы и увели для разговора. А Иммани, опасаясь, что Шан'гар все выложит, успел бежать.

Маленькие глазки Айр-Незима зашныряли.

— Удивительное дело, — сказал Айр-Незим, — двое взрослых людей застают Шан'гара за таким делом и уводят его для разговора, столь обстоятельного, что за это время можно сбежать с женщиной! О чем это вы говорили, можно узнать?

Нан помолчал, а потом:

— Господин Айр-Незим! Иммани взял с собой драгоценности госпожи! Разумеется, он спрятал их где-то по дороге и не принес к вам, но он обязательно попытается перевезти их в Осую! Наверняка их можно найти!

— Или подбросить, — отозвался Айр-Незим. — Если вы уже послали соглядатая сунуть драгоценности где-нибудь в дупло у реки, а потом обнаружите их, все это будет подтверждать вашу версию?

Молодой судья молчал, и длинные сильные его пальцы, скрещенные на столе, были так же неподвижны, как его ореховые глаза.

— У господина Андарза, — продолжал Айр-Незим, — сейчас не то положение, что пять лет назад. Тогда он мог убить и жену, и любовника, которого сам соблазнил на такое дело. А теперь, убив жену в припадке безумия, он быстро сообразил, что обвинение в женоубийстве — не ко времени! И кто-то, — видимо, вы, господин Нан, — хладнокровный, как черепаха, предложил обвинить в убийстве Иммани, коль скоро тот уже сбежал.

Нан молчал.

— Послушайте, Нан! — сказал Айр-Незим. — Я — величайший друг господина Андарза, и если он готов обвинить в этом убийстве какого-то секретаря Иммани, меня это не касается. Но если ему угодно убить при аресте моего зятя — не дам! Слушайте, Нан! Только вы знаете, что мой зять и Иммани — одно и то же лицо! Если вы скажете это Андарзу, я воспротивлюсь! Я принесу документы, что это чушь! И я скажу, что эта чудовищная чушь выдумана вами, чтобы поссорить меня с Андарзом! Что такой план выгоден только шпиону Нарая, и после этого, господин Нан, ваша жизнь станет дешевле необеспеченной закладной!

Айр-Незим все больше и больше приходил в возбуждение. Шапка сбилась с его головы, широкие рукава мели стол, из глаз, как говорится, вылетали драконы. «А ведь он это сделает, — мелькнуло в голове Нана. — Он еще, пожалуй, предъявит Андарзу поддельного Амая, с родословной и с биографией».

— Где Иммани? — спросил судья Нан.

Айр-Незим вздыбился и зашипел, как гусь.

Нан полез правой рукой за пазуху, вынул оттуда книжечку с переплетом из кожаных завязок, а из книжечки, — аккуратно вырванный листок.

— Узнаете? — спросил Нан.

Айр-Незим узнал листок: это был тот самый недостающий листок из дневника несчастного Ахсая, и об этом листке консул уже интересовался месяц назад, когда покупал книжку, но тогда лукавый чиновник сказал: «Так было». Айр-Незим опустил глаза на строчки и прочитал: «Шесть месяцев назад осуйский консул Айр-Незим отправил к белым ласам своего племянника на моем корабле: после этого ко мне явился Андарзов секретарь, Иммани, и стал уговаривать меня присвоить груз, а племянника убить. Дело в том, что Иммани завел блуд с женой этого племянника, и хочет жениться на вдове, чтобы выбраться в Осую. Я присвоил груз и продал, будто свой, но пожадничал и не убил племянника, а продал его вместе с грузом. Племянник сбежал от варваров, явился, хворая, в столицу, и сегодня помер. Говорят, у него почернел рот, как у того человека, которого Иммани отравил в Чахаре. Теперь Айр-Незим готов съесть меня живьем, да и Иммани — тоже. Боюсь, как бы меня не нашли мертвым».

Запись была помечена вторым днем до праздника Пяти Желтоперок.

— Так где Иммани? — спросил Четвертый судья.

— Не знаю, — сказал Айр-Незим, а большим пальцем правой руки молча ткнул в потолок.

— Это запирательство вам так не пройдет! — взвизгнул Нан и выскочил из комнаты, шумно задвинул дверь, остановился и тихо-тихо, как лиса, скользнул вверх по винтовой лестнице. Наверху в три стороны глядели три двери. Нан выбрал ту, которая помещалась над нижним гостевым залом, и вломился внутрь.

Ковер на полу был завернут в сторону, и из пола, для лучшей слышимости, кто-то вынул пару паркетин. С раскрытого окна свисало скрученное в веревку покрывало. Нан выглянул в окно, убедился, что клумба внизу умята, словно на нее сбросили мешок, и, не утруждая себя кисейным покрывалом, выпрыгнул вниз за беглецом.

Стоя на верхней ступеньке лестницы, Шаваш видел все: и как рыжеволосый варвар побил Иммани, и как Андарз в развевающихся алых одеждах поволок варвара в кабинет, и как Иммани тихонечко пополз в сторонку. Шаваш заметался: ему очень хотелось посмотреть, что произойдет между Андарзом, Шан'гаром и Наном, и очень хотелось посмотреть, что будет делать Иммани. Наконец его неприязнь к белоголовому секретарю победила.

Шаваш видел, как Иммани полежал-полежал в галерее, встряхнулся, вытер занавесью лицо и поспешил к женским покоям.

Когда спустя половинку стражи госпожа Линна, закутанная в плащ паломницы, в сопровождении Иммани и вьючной лошади покинула главные ворота, Шаваш тихонько последовал за ними.

Беглецы доехали все до той же харчевни «Золотой Трилистник» и скрылись внутри, вероятно, чтобы переодеться.

Шаваш наблюдал за домом не больше четверти стражи, когда из боковой калитки выскользнула изящная женщина в синей юбке и белом покрывале, накинутом поверх головы, и заспешила, не оборачиваясь, по улице. За плечом женщина тащила два немаленьких узла. Она уже почти скрылась за поворотом, когда Шаваш вдруг сообразил, что мимо него в женской одежде прошел Иммани. А где же Линна?!

Шаваш побежал за Иммани. Они миновали Четвертый Округ, прошли вдоль дворцовой стены, пересекли Левую Реку и оказались у ворот Осуйского квартала. Иммани шел, стуча каблучками и покачивая бедрами, ни дать ни взять — баба!

Ворота Осуйского квартала были уже открыты после недавних беспорядков, и двое грустных граждан с пиками учитывали глазами прохожих. Иммани дождался, пока они занялись обширным возом с капустой и простучал каблучками по другую сторону воза. Шаваш последовал за ним.

Иммани спустился к реке и вскоре оказался у большого забора, за которым начинались причалы и склады. Над забором, невдалеке, торчала четырехгранная башенка с маяком и осуйским флагом на плоской верхней площадке. Иммани раздвинул доски забора и ввинтился внутрь.

Шаваш подошел к забору и стал смотреть. Сразу за забором начинался склад. Иммани отпер низенькую железную дверь и прошел в помещение. Дверь закрылась. Шаваш завертел головой и, обнаружив в двух шагах от забора высокий зеленый тополь, вскарабкался на самую верхушку. Шаваш боялся, что Иммани выйдет не из той двери, в которую вошел.

Тополь оказался удивительно удачным местом: Шавашу открылся вид на весь Осуйский квартал, от лодок и грузовых кораблей, похожих на стручки гороха, до аккуратных западных стен. Около реки теснились склады и дома состоятельных граждан. Шаваш узнал дом консула Айр-Незима по пестрому флагу на крыше главного зала.

Шавашу было хорошо виден парадный двор, с шестью резными столбиками для привязи: у одного из столбиков, нагнув красивую шею, тыкался в овес рыжий конь с белой попоной. Шаваш не очень хорошо различал коней, но про попону мог поклясться, что это та самая попона, которую он чистил королю Аннару Рогачу.

Иммани вышел оттуда же, откуда вошел, тщательно запер дверь на ключ и ключ привесил к поясу. Узлов с ним не было, и он опять переоделся в мужские штаны и серую куртку с отделанными дешевым мехом рукавами. Он настороженно огляделся, и Шавашу сверху показалось, что синяк в том месте, где бровь Иммани повстречалась с кулаком Шан'гара, вырос втрое против прежнего.

Вообще даже с верхушки тополя было ясно, что синяки Иммани будут возбуждать всеобщее любопытство. Из этого Шаваш заключил, что Иммани теперь не пойдет далеко, и с тополя слезать не стал.

Господин Иммани попетлял портовыми задами и прошел в служебные ворота дома осуйского консула, над которыми развевался красивый, синий с золотыми хвостами флаг.

Шаваш остался на своем тополе. Ах, если бы его глаза могли снять с Айр-Незимова дома крышу! Но увы, Шаваш, конечно, не мог разглядеть, что делается под крышей и к кому в этом огромном доме явился Иммани. Зато что-то подсказывало Шавашу, что, буде Иммани явился к самому консулу, консул немедленно постарается спровадить гостя, чей высокий, рыжий с белой попоной конь стоял во дворе у резного столба.

Не прошло и четверти стражи: Шаваш вздрогнул и вытянул шею. С широкого крыльца консульского дома спускались двое: Айр-Незим в черном с серебром платье и светло-рыжий король лосов. За королем несли подарки.

Айр-Незим поклонился гостю у ворот и поспешно вернулся внутрь. Прошла еще половинка стражи — Шаваш убедился, что Иммани не собирается покидать дом осуйского консула. Он осторожно слез с тополя, раздвинул доски в заборе и подкрался к пустому и запертому складу. Шаваш пошнырял глазками туда и сюда, вытащил из-за пазухи инструмент из числа тех, изготовление которых карается двумя годами тюрьмы, и стал ковыряться в замке. Через пять минут Шаваш убедился, что имперская отмычка не подходит к осуйскому замку. Шаваш решил попробовать в другом месте.

Он обошел четыре двери, и у четвертой, с противоположного конца, ему повезло: осуйский замок в двери сломался — поверх него прибили ушки и вдели в ушки обыкновенный висячий крендель. Золотоволосый сорванец поколупался немного и вошел в склад.

По стенам громоздились тюки с шерстью: посередине качались, доставая до пола, огромные весы, на которых можно было взвешивать по десять тюков сразу. Шаваш осторожно оглянулся: склад был совершенно пуст.

Шаваш пошел между тюками к противоположной двери, той, в которую входил Иммани. Вдруг он замер: дверь была опять открыта, потревоженная пыль танцевала в луче заходящего солнца. В то же мгновение кто-то потянул Шаваша за воротник. Шаваш обернулся: за его спиной, ухмыляясь, стоял Иммани и держал в руке круглый, хорошо наточенный нож-кочедык. Синяк над бровью Иммани распускался на глазах, через всю щеку шла ветвистая царапина от женского ногтя, белые крашеные волосы висели сосульками.

В представлении Шаваша Иммани всегда был человеком, который ворует персики из корзинок и золото из отчетов, и Шаваш впервые сообразил, что убить для Иммани — так же легко, как украсть персик.

Иммани помахал перед Шавашем ножом, а потом снял с мальчишки пояс, которым тот был подпоясан, и стянул ему этим поясом руки. Потом он пихнул Шаваша так, что тот упал между тюками, наступил на него ногой и спросил:

— Значит, эта конфета выпала из моего кармана?

В следующую секунду лучик света, пробивавшийся из полуоткрытой двери, превратился в целый сноп, и Шаваш увидел на пороге судью Нана: чиновник, любопытствуя, оглядывал склад.

— Нан! — заорал Шаваш, брыкаясь.

Чиновник всплеснул руками и побежал к тюкам.

— Тише, судья! Или я убью мальчишку!

Нан остановился. Иммани стоял у подножия лестницы, ведущей на башню. Он ухватился за веревку, которой были стянуты руки Шаваша, и протащил его несколько ступенек вверх. Шаваш ужасно напоминал упирающуюся мангусту на поводке.

— На колени!

Чиновник медленно опустился на колени. Иммани поискал глазами и бросил Нану ключ.

— Справа от вас люк, — видите кольцо? Откройте и достаньте оттуда вещи. Попробуете вскочить с колен, я зарежу мальчишку.

Нан подполз к люку, откинул крышку и стал доставать тюки. Он напоминал утку, ныряющую за едой. Через две минуты оба тючка стояли на полу.

— А теперь лезь туда сам, — велел Иммани. — Ну!

Судья Нан поднял голову и стал смотреть на Иммани и Шаваша. Несмотря на свой парчовый кафтан и пятиугольную шапочку, в этой позе, на коленях, он совсем не напоминал императорского чиновника, а напоминал простолюдина-просителя перед управой. Внезапно взгляд его скользнул чуть вбок и наверх, туда, где лестница над Иммани уходила в башню. Торжествующая улыбка на миг мелькнула на его лице. Шаваш понял, что на лестнице кто-то стоит. Иммани тоже это понял и в отчаянии оглянулся.

Наверху никого не было. В тот же миг Нан подхватил один из тюков и швырнул им в секретаря. Иммани вскрикнул и выпустил Шаваша, Шаваш всунул голову в плечи и покатился с лестницы, как колобок. Нан вскочил на ноги и бросился на секретаря. Иммани поднял ногу и ударил его под ложечку, но чиновник уклонился, схватил ногу и сдернул Иммани со ступенек. Иммани выставил вперед нож и полетел прямо в объятия Нана. Шаваш закрыл глаза. Нан схватил Иммани за запястье, но было поздно: нож разорвал кружева плоеного воротника и ушел глубоко в плечо. Нан вскрикнул и разжал пальцы. Иммани выдернул нож и бросился наверх. Нан остался стоять на середине лестницы.

Кружево на его кафтане покраснело, словно рак, если его бросить в кипяток. Нан пошатнулся, ухватил здоровой рукой перила и побежал вслед за Иммани. Шаваш пустился следом.

Когда Шаваш взбежал наверх, он увидел, что башня кончается квадратной площадкой, окаймленной этаким деревянным бортиком. Посереди площадки была палка, из которой торчал городской флаг Осуи. По четырем сторонам площадки стояли, блестя на закате стеклами, четыре разноцветных фонаря.

Кирпичный пол был покрыт толстым слоем пыли и листьев. Нан стоял, загораживая белоголовому секретарю выход с площадки. Лицо его было бледно, как воск, он сжимал правой рукой левую и разевал рот, словно карась без воды.

— Голубчик! — засмеялся Иммани. — Да ты сейчас сдохнешь.

Чиновник зашатался и опустился на одно колено. Рука его заскребла по полу. Иммани засмеялся еще громче. В следующий миг Нан подобрал с пола горсть пыли и швырнул ее Иммани в глаза. Секретарь замотал головой.

Нан вскочил с колен и перехватил правой рукой запястье Иммани. Тот пискнул и выронил нож. Нан согнулся, подставляя спину, — Иммани, подброшенный в воздух, вдруг перепорхнул через эту спину, ударился о деревянный бортик — бортик подался, Иммани с диким воплем полетел вниз.

Шаваш подбежал к краю площадки и осторожно заглянул в дырку. Иммани, вполне мертвый, лежал далеко внизу на камнях. Шаваш оглянулся. Нан подошел к проломленному бортику и наставительно сказал:

— Кто высоко взбирается, тому долго падать.

Худощавый невысокий судья разрезал пояс, стягивавший руки мальчишки, и Шаваш свел его вниз.

Лицо чиновника побелело и заострилось, и Шаваш увидел на нем капли холодного пота. Нан сел на пол у тюков и велел Шавашу разрезать рукав. Потом Шаваш распорол один из тюков с тканями и перевязал молодому судье плечо. Шавашу попалась зеленая ткань с красными и черными павлинами, но все равно было видно, что она быстро намокла от крови.

Рана была узкой, но очень глубокой и пришлась едва на два пальца выше сердца. Шаваш вспомнил, что раненый Нан еще перебросил Иммани через себя, и в изумлении сунул в рот палец. Шаваш, конечно, не удивился, если бы это сделал Шан'гар. Шан'гар вообще мог разорвать Иммани пополам и даже не вспотеть при этом. Но Шаваш и не подозревал, что хрупкий на вид судья владеет борьбой не хуже, чем тушечницей.

По просьбе Нана Шаваш сбегал наверх за ножом. Нан обтер нож, попросил пододвинуть к нему тюки и стал их потрошить. В тюках была большею частью женская одежда, дорожный прибор и коробочки с женскими украшениями. Шаваш раскрыл одну из коробочек, и из нее выпрыгнула маленькая золотая птичка с рубиновыми глазками и крыльями, усыпанными топазами. Это была та самая птичка, которая качалась в волосах госпожи Линны, когда Шаваш увидел ее в первый раз. Мальчик заплакал.

Нан распорол последний тюк и вынул из него шкатулку с документами. Вытащил документы, просмотрел их и сунул в правый рукав.

Снаружи зазвенели голоса: кто-то, видно, заметил разбившегося Иммани, и это, естественно, возбудило в людях любопытство. Шаваш сказал:

— Я сидел на тополе и заметил, как Иммани прошел в дом Айр-Незима. Кроме этого, я видел там короля Аннара, и с ним было всего двое варваров.

— А пирожника ты в переулке не заметил? — спросил Нан.

— Нет, — сказал Шаваш, — я на короля глядел.

— В следующий раз, — сказал Нан, — гляди не только на королей. Это был мой сыщик. А то откуда бы я узнал, в какую сторону побежал Иммани?

xxx

Весь этот день сын господина Андарза Астак провел в библиотеке. Стены библиотеки были украшены гобеленами с рисунками из жизни империи, подаренными Андарзу государыней Касией. На одном из гобеленов был изображен круглый город, опоясанный рвом. Рядом с городом стоял Андарз с мечом в руке, а перед ним на коленях стоял мятежник Идайя. Мятежника Идайю было легко узнать по черной туче над головой.

Астак сидел, подобрав ноги, и смотрел на мятежника и на тучу. К вечеру это занятие ему надоело. Он вышел в сад, а оттуда — за ворота. Никому не было до него дела: слуги плели языками о Линне. Вот так же семь лет назад они судачили о его матери. Кто-то сказал, что Иммани сбежал в Осую и что Нан арестовал его в тот самый миг, когда тот садился на корабль.

Ноги сами привели Астака к гостинице, где произошло убийство: у входа стояли желтые, как сердечко ромашки, стражники в парчовых куртках, а вокруг них собралась разноцветная толпа, интересующаяся несчастиями высокопоставленных лиц.

Толпа густела; прошел слух, что гостиницу будут разорять, как гнездо разврата, и представители многих городских шаек явились поглядеть, нельзя ли будет принять участие в разорении. Через час вывели на поводке содержательницу гостиницы, а за ней нескольких гостей, связанных попарно.

И вдруг из толпы зевак вылетела женщина в пуховой юбке, вцепилась в одного из гостей и заорала:

— Люди добрые! Ведь это же мой муж! Ах ты негодяй, а сам сказал, что в храм поехал! Теперь вижу, куда деньги деваются!

И полезла в глаза привязанной к мужу девице. «Парчовые куртки» отпихнули ее и заверили:

— Ничего, мы его тебе отдадим! Накажем да отдадим!

Тут баба насторожилась:

— Накажете? А как?

— По новому закону каждому преступнику рубят ту часть тела, которой он грешит: клеветнику — язык, мятежнику — голову, вору — руку, а прелюбодею сама знаешь что.

Надо сказать, что стражники шутили, но откуда неграмотной бабе знать новые законы! Она опешила и заверещала:

— Да на что же он мне без этой штуковины!

Толпа вокруг заволновалась. Многие сочувствовали горю женщины, а у многих прямо-таки зашевелились штаны, когда им сказали, что они каждую ночь совершают мятежный акт против правительства. В этот-то миг один из лавочников, пришедший посмотреть бесплатный спектакль, сунул руку за пазуху и обнаружил, что зрелище вышло не такое уж бесплатное, так как у него срезали кошелек:

— Воры! — заорал лавочник.

— Воры, — подхватила толпа, отнеся возглас на счет властей.

Женщина бросилась на стражников, выдирая у них своего мужа, лавочник стал пихаться, в одно мгновение строй стражников был прорван, а глупая толпа заметалась, разевая глотку:

— Долой Нарая!

Свиной Глазок и некоторые другие охотники за чужим имуществом, бывшие в толпе, пользуясь случаем, бросились отнимать у стражников узелки, которые те вынесли из опечатанного дома. Астак чувствовал себя очень неудобно. В этот миг раздался крик:

— Лицеисты! Лицеисты! Стражники!

Молодой Астак полетел вместе с толпой к набережной, запнулся о корень и упал в кусты.

— Астак, ты чего здесь делаешь! Уходи, заметят!

Астак выдрался из куста: над ним стоял один из его старых лицейских товарищей, сын главного управителя дворца Мнадеса, с большими от изумления глазами и с золотой повязкой на правой руке.

Астак повернулся, чтобы бежать, но было уже поздно: из-за угла показались трое лицеистов в сопровождении конного стражника.

— Это кто такой? — обалдел стражник, глядя на хрупкого юношу в атласной курточке из сине-зеленых квадратов, простроченных золотой нитью.

— Это сын взяточника Андарза! — заявил предводитель лицеистов, молодой Лахар. — Он-то и мутил народ!

— Вовсе я не мутил народа, — возразил Астак.

— Что ты врешь! Разве народ сам может взбунтоваться против справедливого чиновника? Ты и устроил беспорядки!

Сыщики в беспокойстве завертели головой. Это были простые представители народа, добродушные в меру своей профессии; и, как и многим, им казалось, что все эти лицеисты с их повязками и знаменами выдуманы Нараем из сора и мелкой пыли и что господин Андарз обратит их обратно в пыль, когда захочет.

Не таков был предводитель лицеистов; его звали Лахар, это был мальчик из мелкой чиновничьей семьи. Раньше он немного заискивал перед Астаком, и ему было тяжело вспоминать об этом. Он был очень беден и никак не мог забыть, как однажды зимой мальчики из высоких семей затеяли кидать фруктами в зимних птиц, — по реке неслись пластины льда, похожие на осколки мрамора, и на стылую землю шлепались красивые крутобокие персики и крупные, цвета свиной печенки сливы. Лахар глядел на эти персики, Астак повернулся и сказал: «Смотрите, он хочет съесть наши персики!»

— Арестуйте его! — заявил Лахар. — Он устраивал беспорядки, раздавал народу золото, радея о своем отце!

— Лахар! — с тоской сказал Астак. — Я не сын негодяя Андарза! Я сын человека по имени Идайя, которого Андарз оклеветал и убил! Я всю жизнь хотел отомстить за отца!

— Вы слышали? — заявил Лахар. — Он признался, что он не сын взяточника Андарза, а сын казненного мятежника! Арестуйте его!

«Ой, в какую плохую историю я влип», — с тоской подумал сыщик.

***

Через полчаса изумленного и перепуганного Астака втолкнули в камеру главной городской тюрьмы, страшного места, населенного изможденными узниками и упитанными крысами. Астак плакал и метался, как мышь в кувшине.

«Это все произвол Лахара, — думал он, — Лахар даже на экзаменах передергивал. Стоит только Нараю или Нану узнать о происшедшем, как они тотчас же выпустят меня, а Лахара сурово накажут!»

Спустя два часа узкая, как крышка гроба, дверь одиночной камеры растворилась, и на пороге показался судья Нан. Он был немного бледен, и левая рука его была замотана в кокон, напоминая личинку шелкопряда.

— Господин Нан! — бросился к нему Астак. — Я ни в чем не виноват! Это все проделки Лахара! Он сердит на меня за то, что я не дал ему персика!

Изумление и негодование изобразились на лице судьи Четвертого Округа. Он схватил здоровой рукой юношу за ворот и закричал:

— Да как ты смеешь так говорить о любимце советника Нарая! Людей не арестовывают за то, что они кому-то не дали персик!

И с этими словами Нан швырнул растерявшегося Астака на лежанку. Юноша вскочил:

— Вы не имеете права!

И тут же получил новый страшный удар по губам: на этот раз Астак полетел на пол.

— Вы не имеете права так обращаться...

— С сыном изменника?

— Я... я...

— Ты сам везде хвастаешь, что ты — сын Идайи.

— Идайя не изменник!

Нан вынул из-под мышки папку:

— Полюбуйся!

— Что это?

— Переписка Идайи и Харсомы. Манифесты Идайи. Да вот хотя бы...

Нан развернул бумагу и прочел: «Всем известно, что Касия, публичная девка, грешила с мужчинами всеми тремя отверстиями, пользуясь гнусным колдовством, отвела глаза государю, зачала своего щенка от барсука-оборотня: неужто народ допустит сына шлюхи и барсука до управления ойкуменой?»

Мальчик в ужасе зажал уши.

— Это подделка! Мой отец не писал таких мерзостей!

Судья расхохотался и бросил ему папку. Мальчишка стал копаться в документах, читал их один за другим. Старая бумага ломалась в его руках. Он еще не встречался с политической пропагандой мятежников. Великий Вей! Неужто отец его писал, что у государыни Касии — козлиные ноги?

Мальчик стал плакать.

— Господин Андарз, — сказал Нан, — совершил преступление, спасши жизнь сыну мятежника, но закон, слава богам, еще не отменен! Господин Нарай казнит и Андарза и тебя...

Мальчик поднял голову, и лицо его побледнело, словно ткань, на которую плеснули уксуса.

— Казнить меня? За что?

— Ты сын Идайи. Уже забыл?

Хрупкий юноша побледнел еще больше.

— Но это несправедливо, — сказал он, — нечестно казнить человека за то, что произошло до его рождения!

— Господин Андарз так и думал. За это ему придется поплатиться головой. Стремясь сделать последнее одолжение другу, он взял замуж женщину, подстрекнувшую того к мятежу, признал ее сына за своего, был готов простить ему то, за что наказал бы родного сына!

Астак опустил голову. Руки его тряслись. Его черные волосы висели безжизненными прядями, словно рядок речных угрей, вывешенный лавочником в предпраздничный день.

— Где письмо?

— Какое письмо?

— Лазоревое письмо. Отвечай!

— У меня его нет.

— Знаю, что нет. У кого оно?

— Я не знаю, клянусь, не знаю!

— Врешь! Это ты предупредил людей Айр-Незима, что Ахсай будет в «Красной тыкве» и купит письмо! У кого он должен был его купить?

— Не знаю. Клянусь вам, господин Нан!

— Откуда же ты знал о «Красной тыкве?»

— Я встретился там с Ахсаем накануне. Он заказывал ужин, сначала на сегодня, а потом на завтра. Вскоре он напился выше глаз, стал нести какую-то чепуху. Вдруг сказал: «Завтра, в этой харчевне, я куплю гибель советника Нарая». Я спросил: «Для кого?» Он ответил: «Дурачок, для твоего отца!» Я спросил: «А что это?» Он: «Лазоревое письмо!» Я спросил: «А кто продавец?» Он расхохотался и говорит: «Ах, если бы Андарз знал, кто продавец!» Он упал под стол, а я убежал в ужасе. Я думал, что делать, а потом вспомнил, как Иммани рассказывал о том, что за Ахсаем охотится осуйский консул, и написал письмо Айр-Незиму.

Нан побарабанил по стене пальцами.

— А почему, — спросил он, — Айр-Незиму? Почему не Нараю?

— Я как раз читал «Книгу наставлений», — пробормотал мальчишка. — Там написано, что если у тебя два врага, то надо покончить с первым врагом руками второго, а второго арестовать за убийство. И вот я решил, что Айр-Незим убьет Ахсая, а потом Айр-Незима арестуют за это убийство. Вы же знаете, что Ахсая убил Айр-Незим! Это нечестно, что вы его не арестовали!

Нан, не говоря не слова, повернулся и пошел к выходу. Мальчик пополз за ним. Дверь открылась: на пороге возник стражник.

— Кормите заключенного три раза в день, — брезгливо сказал Четвертый судья. — И смотрите, чтоб не убился: господин Нарай будет недоволен. Книгочей!

Астак глядел на дверь остановившимся зрачками. Великий Вей! Неужели его порочный отчим спас ему жизнь, рискуя собственной, а справедливый советник Нарай готов казнить его из-за шутки о раздавленном персике?

xxx

Через два часа господин Нан снова появился в доме осуйского консула, в паланкине и в сопровождении пяти сыщиков. Айр-Незим, с хмурым выражением лица, велел попотчевать сыщиков на кухне, а гостя повел вверх. Когда они остались одни, Нан вынул здоровой рукой из-за пазухи два удостоверения личности: одно, на имя мужа своей племянницы Амая, консул выдал сам. Другое было выдано на имя какого-то Шии, морского писаря: отпечатки пальцев на обоих удостоверениях были, однако, одинаковые.

— Это, — сказал Нан, — я нашел при покойнике и забрал, чтобы не было лишних пересудов. Иммани таскал с собой оба документа и предъявлял бы их по мере надобности.

Айр-Незим запихал обе бумаги в карман, буркнул, что второй документ делали умельцы империи.

Судья промолчал.

Консул порылся в шкатулке, вытащил десять билетов Осуйского банка, каждый по пять тысяч, и шлепнул деньги на стол перед Наном:

— Хватит?

Нан покосился на бумажки.

— Господин Айр-Незим, — сказал он, — честь вашей семьи бесценна, да и дружба ваша с Андарзом не поддается исчислению. Я бы не хотел разорять вас: эти два документа — скромный подарок молодого чиновника.

Айр-Незим так же молча взял билеты и сунул обратно в шкатулку.

— Однако, — сказал Нан, — чтобы оправдаться от подозрений в близости к партии Нарая, я принес также некоторые вещи, которые хотел бы продать.

— Хороши подозрения! — взвизгнул консул. — Это вы писали указ об отмене государственного долга!

— До сих пор, — спокойно продолжал Нан, не обращая особого внимания на критический выпад собеседника, — вы находились в прекрасных отношениях с господином Андарзом. Советник Нарай пытался испортить эти отношения, распуская слухи, будто это город Осуя и даже лично вы, господин банкир, натравили варваров на провинцию Хабарту, опасаясь конкуренции от ремесел, заведенных наместником, и что, таким образом, ответственность за завоевание провинции и смерть наместника Хамавна лежит на Осуе.

— Вздор и чушь! — с сердцем воскликнул Айр-Незим.

Судья Нан вынул из рукава пачку писем, перевязанных розовой ленточкой.

— И вот, — сказал изящный чиновник, — я стал собирать материалы, опровергающие эти слухи...

Нан развязал ленточку.

— Ваше письмо, — сказал он, — писанное в качестве секретаря республики королю Аннару Рогачу: республика продаст ему арбалеты и копья, только если он нападет на Хабарту. Отчет некоего Галатты, купца, бывшего в Хабарте, о состоянии городских укреплений. Имена чиновников, которые, будучи дружны с Осуей, сдадут королю Аннару город: начальник сырного ведомства Аден, смотритель над церемониями Атоя, глава над семью видами складов Варан...

Четвертый судья говорил и перебирал своим тонкими пальцами жуткие бумаги.

— Как видите, — сказал судья Нан, — Черному Бужве не было необходимости творить чудеса для варваров. Это сделали вполне живые и купленные вами чиновники.

— Как это к вам попало? — взвизгнул посланник.

— А, вот еще — водный инспектор Кигира в городе Май, — он очень кстати рассказывает, как забраться в город по разрушенному акведуку.

Посланник вскочил из кресла и схватил бумаги. В здоровой руке Нана сверкнул кинжал: миг — и узкий рукав посланника был пришпилен к лакированному столику. Горожанин зашипел.

— Тише, — сказал Нан, — а то прибежит моя стража.

И убрал бумаги в рукав.

— Сколько вы стоите? — сказал посланник.

Чиновник не спеша рассматривал свои пальцы. Пальцы были длинные и узкие, кончики их были выкрашены хной и присыпаны ароматной пылью. На среднем пальце сиял перстень в виде золотого угря, обвившегося вокруг пальца и держащего в своей пасти рубин. Молодой судья, конечно, одевался не с той показной роскошью, что господин Андарз. Но странное дело — аккуратность его прически и необыкновенное изящество немногочисленных украшений придавали ему больше блеска, чем иному бессмысленному франту, цепляющему на себя золото и камни без счета.

— Я дорого стою, — задумчиво сказал новый любимец Нарая.

Вдруг поднял глаза на посланника.

— А может, это только начало? Может, вы натравите короля на столицу, как натравили на провинцию, и тоже попросите себе четверть земель и доходов бывшей империи. Может, здесь, в столице, вы также ходите, покупаете недовольных чиновников, разыскиваете старые акведуки...

— Империя, — сказал осторожно посланник, — большой тигр, а мы — маленький хвост.

— Нынче такие времена, что хвосты вертят тиграми.

— Вы опасный человек, господин Нан, — огорчился посланник.

Четвертый судья, казалось, встревожился.

— Я не хочу сказать, что эти письма не продаются. Просто они очень дорого стоят. Вот я и хочу подчеркнуть, как дорого они стоят.

Посланник засмеялся.

— Вот я и говорю, что вы опасный человек, господин Нан. Опасный человек — это не тот, кто не берет взяток, и не тот, кто берет их по любому поводу. Опасный человек — это тот, кто продается, соблюдая свою выгоду, и умеет взять деньги за то, что он сделал бы и так.

Молодой судья улыбнулся и откинулся в кресле. Несмотря на все свои хлопоты и небезобидную рану, он выглядел собранно и аккуратно, — разве что скулы на его белом, как молоко, лице, слегка заострились, и зрачки ореховых глаз были чуть расширены от боли.

— Вот господин Нарай, — продолжал посланник, — он опасный человек. Но разве он не брал взяток? Когда десять лет назад он был послан в Осую, он сумел убедить дома Кадуни и Рашков дать ему целую кадушку золота за то, чтобы он помешал присоединить город к империи.

Посланник развел руками.

— Спрашивается — ведь советник Нарай скорее умер бы, чем позволил совершиться такому объединению! Но он сумел получить за свои убеждения еще и кадушку золота, и что же он с нею сделал? Он раздал ее черни, та подняла бунт и вырезала Кадуни и Рашков!

Господин Нан чуть повернул голову, прислушиваясь к шуму внизу: как там, накормили его сыщиков или нет? Если накормили, так нечего им трепать языками...

— Сколько вам надо? — спросил посланник.

— Деньги, — сказал Нан, — опасная вещь, и недаром говорится, что деньги, не отданные государству и богу, навлекают только несчастья. Вот, например, управляющий Андарза, Амадия. Сегодня он уехал из столицы в Иниссу, и что-то подсказывает мне, что он уехал с осуйским паспортом.

Айр-Незим нетерпеливо фыркнул.

— Последний месяц, — сказал Нан, — вы четырежды встречались с управляющим Андарза. Этот человек передал вам один документ в обмен на право бежать в Осую: я меняю эти бумаги на этот документ.

— Господин Нан, — сказал посланник вкрадчиво, — если вы знаете, что Амадия передал нам этот документ, то уж, наверное, вы догадываетесь, что это произошло не иначе как с ведома господина

Андарза. А если это произошло с ведома господина Андарза, то дело зашло уже слишком далеко, чтобы вы, сторонник Андарза, могли что-то сделать, не погубив себя.

— Документ, — сказал Нан.

Посланник некоторое время сидел неподвижно.

— Господин Нан, — сказал он, — вы потеряете голову совершенно без толку. Вам не жалко потерять такую голову?

Нан усмехнулся.

Тогда, к изумлению Нана, посланник раскрыл бывшую при нем черную книгу, вынул из ее листов синий конверт и протянул его Нану.

▪ Глава двенадцатая, ▪

в которой господин Нан падает в обморок, а осуйский посланник и варварский король подбивают государева наставника на участие в военном перевороте

Нан раскрыл синий конверт и вытащил бывшую там бумагу. С первого взгляда чиновник понял, что это не письмо, и тем более не лазоревое письмо. Нан чуть не закрыл глаза и не застонал с досады. Он вгляделся.

— Да, — сказал он, как ни в чем не бывало. — Тайные ходы Небесного Города! И вы утверждаете, что Амадия передал вам это с позволения Андарза?

— Конечно, — ответил посланник.

Судья засунул план в рукав и встал, чтобы откланяться. Но, видимо, разочарование подкосило его, или поклон оказался слишком резок для человека, которого давеча пырнули ножом: выпрямляясь, Нан побледнел, заскреб было по спинке кресла — и грохнулся навзничь.

На лестнице послышался топот, и в гостиную ворвались два сыщика. Айр-Незим, подскочивший было к чиновнику, чтобы забрать драгоценный план, отпрыгнул от Нана, как волк от костра, и заплясал перед сыщиками:

— Боже мой! Какое несчастье!

Захворавшего чиновника перенесли наверх, приготовили удобную кровать.

Айр-Незим и слышать не хотел о перевозке больного. Сыщики согласились.

Прилежный лекарь уже возился над больным в широкой и солнечной спальне, когда Айр-Незим сцапал со спинки стула опаловый с золотом кафтан Нана, указал на кровяное пятно на рукаве:

— Кафтан надо почистить!

С кафтаном Айр-Незим побежал на второй этаж, в свой кабинет, где лучи заходящего солнца бешено плясали на черных с серебряными накладками шкафах, в которых хранились наиболее ценные образцы продукции и отчетные книги, и балки, изображающие дракона, били в воздухе красными лаковыми крыльями. К одному из этих шкафов и кинулся Айр-Незим. Изнутри шкаф был укреплен длинными стальными балками, и всю нижнюю его половину занимал стальной, крашенный синим лаком сейф. Вокруг круглого глаза сейфа торчала кожаная бахрома, закрывавшая ряды цифр и букв. Айр-Незим покопался в бахроме, и дверь сейфа отошла в сторону. План из конверта мигом перекочевал в сейф, а в конверт Айр-Незим засунул несколько бумаг розового цвета, очаровательных для взгляда всякого чиновника.

Запер шкаф и полетел вниз по лестнице, совершенно пренебрегши чисткой кафтана из чудесной, опалового цвета парчи, с белыми цветами и золотыми зверями на обшлагах.

Нан, лежа на постели, растерянно лупал глазами, и прилежный лекарь бинтовал Нану плечо. Лекарь ушел. Айр-Незим вежливо подал Нану кафтан. Нан поспешно сунулся в рукав. Там вместо плана небесного города, лежала розовая книжечка из пяти страниц, и каждая страница этой книжечки стоила двадцать тысяч, ибо представляла собой облигацию Осуйского банка, что было впятеро выше его ежемесячного жалованья и вдвое — ежемесячных взяток.

— Господин Нан, — вкрадчиво сказал Айр-Незим. — Ну что делать, если случилась такая беда? Бедняжка Амадия хотел уехать в Осую, прямо-таки ходил на бровях, чтобы оказать услугу городу. Судите сами, каково было мое изумление, когда он заявил, что его зовут Амасса, и прибежал с этой бумагой! Черт меня попутал ее взять! Однако я не жалею — оказывается, имеется подземный ход, ведущий из императорского дворца в наш квартал! Хорошо, что об этом ходе не вспомнили на прошлой неделе и не послали по нему стражников, а сегодня я этот ход замурую! Только за этим я и польстился на этот план — чтобы обеспечить безопасность квартала! Согласитесь, что я не могу пренебрегать охраной вверенных мне людей и что мои доводы убедительны.

Изящный судья хмуро перелистал облигации и сказал:

— Если бы в этой книжке было шесть листов, ваши доводы были бы убедительней ровно на двадцать тысяч.

Айр-Незим рассмеялся и выдал Нану шестую страницу книжечки.

XXX

У ворот Осуйского квартала молодой судья слегка пришел в себя: начиналась ночь, рыночная площадь, по которой, бывало, не пройдешь днем, не изорвав платья, была совершенно пуста, конь Нана едва не поскользнулся на рыбьих очистках.

Вдалеке, у круглой часовни, маялись десяток всадников. При виде судебной шапки Нана они пришпорили коней и разъехались в разные стороны. Нан узнал того, что поехал навстречу: это был Шан'гар.

— Эй, — сказал Шан'гар, — молодой господин куда-то делся, не видали?

— Нет, — сказал Нан.

Оба мужчины нашли на берегу реки, в двадцати шагах от Осуйского квартала, приятный кабачок, поднялись на второй этаж узорной башенки и уселись за столик. Прямо напротив них, в открытом окне, струились ветви высокой ивы, и за близкими деревьями мелькала наполненная звездами река, и по ту сторону реки стояла черная, как кусок сланца, тюрьма, в которой сейчас плакал несчастный Астак и многие, более его виновные люди.

Хозяин принес им кувшин вина, две чашки с соломинками, продетыми в крышку, и большое блюдо речных крабов, посыпанных солью и политых лимоном.

— Дело прошлое, — спросил Нан, — так почему вы бросились сегодня утром на Иммани?

— Этот мальчонка, Шаваш, сидел и ел конфету, выпавшую из кармана Иммани. Конфеты были подарком императора, и я знал, что господин отдал их Линне. Я понял, что Линна опять путается с Иммани.

С реки дул мягкий ветерок. Нан, потягивал вино и, казалось, любовался игрой листьев в лунном свете. Шан'гар жадно разламывал крабов и запивал их вином. Когда перед Шан'гаром образовалась изрядная горка крабьих огрызков, он поднял голову, поглядел на Нана и спросил:

— Ну? Вы еще чего-то хотите узнать?

— Только одно. Куда вы дели вещи, которые отняли у Иммани в Козьем Лесу?

Рыжеволосый великан ошеломленно глянул на чиновника.

— Я не был в Козьем Лесу.

— Бросьте, Шан'гар. Ведь теперь это уже не имеет значения. Если вы сами не хотите рассказывать, что случилось в Козьем Лесу, то могу рассказать я. Двадцать восьмого числа госпожа Линна уехала в храм Исии-ратуфы. Вы, будучи преданы ее мужу, хотели ее проводить, а когда она отказалась, проследовали за ней тайком, мечтая оказать ей услугу. Каково было ваше удивление, когда госпожа Линна, вместо того чтобы отправиться в храм Исии-ратуфы на запад, обогнула столицу и поехала на восток! Вы вспомнили, что завтра с востока возвращается секретарь Иммани. Вы вспомнили улыбки и взгляды между ними; возможно, вы и раньше что-то заподозрили. И когда вы увидели, что госпожа Линна остановилась в гостинице, больше подходящей для дома свиданий, ваши подозрения переросли в уверенность.

Рыжеволосый начальник стражи Андарза долго молчал, а потом наклонил голову и просто сказал:

— Да.

— Что вы сделали с вещами?

— Там были две седельные сумки, — признался Шан'гар. — Они были сплошь набиты личными подарками для самого Иммани, ларчиками да коробками с притираниями. Фу! Я сначала хотел их сжечь, чтобы боги не заподозрили меня в грабеже, а потом передумал и отнес одному человеку, который тут неподалеку варит золото. Это совершенно чудесный человек, знаком с массой подземных духов, но духи эти жадные существа, всячески выкаблучиваются и иначе, как за большую взятку, философского камня не отдадут.

— Значит, вы даже не обыскали их как следует? — чуть печально улыбнулся молодой судья.

— Я не шакал, чтобы рыться в чужих притираниях! — надменно сказал рыжеволосый великан.

Когда последние звуки в доме осуйского консула затихли, в пустом кабинете послышался шорох. С балки, изображающей дракона, протянулся пояс, а по поясу спустился Шаваш.

Шаваш был немного растерян. Он пришел с одним из сыщиков, в одежде разносчика, поболтал со слугами и, будто заблудившись, проскользнул в кабинет, где и прилип к предусмотрительно устроенному Айр-Незимом глазку, через который можно было наблюдать все, что происходит в главном зале.

Это был план Нана. Днем Нан заявил Шавашу, что лазоревое письмо находится у Айр-Незима, а передал это письмо Айр-Незиму эконом Амадия. А что Шаваш не нашел письма у Амадии в тайнике — так домоправитель не бедная вдова, чтоб иметь один тайник, и вообще Амадия, может быть, еще до этого отдал письмо. Нан велел Шавашу вскрыть его собственный служебный сейф, и, убедившись, что маленькому бесенку эта штука вполне по плечу, велел Шавашу забраться в кабинет Айр-Незима.

Он сказал, что хочет предложить Айр-Незиму кое-какие бумаги в обмен на письмо и что если Айр-Незим письмо отдаст, то Шаваш должен будет потом украсть бумаги. А если Айр-Незим письма не отдаст, то он, Нан, упадет в обморок, и вряд ли Айр-Незим устоит от искушения утащить эти бумаги. В таком случае Шавашу надо проследить, куда и как консул эти бумаги положит, и сто против одного, что в этом месте будет лежать и лазоревое письмо.

Как и Шаваш, Нан считал обыски занятием утомительным и небезопасным. Он полагал, что, вместо того чтобы пытать человека или ставить вверх дном уютную комнату, доискиваясь, куда хозяин комнаты дел те или иные бумаги, гораздо проще — дать хозяину какую-нибудь ценную бумагу и проследить, куда он ее положит.

Теперь Шаваш был в недоумении. С одной стороны, Айр-Незим отдал какой-то документ. С другой стороны, Нан упал в обморок, и притом самым натуральным образом. И теперь было совершенно непонятно: надо ли красть бумаги? Надо ли красть синий конверт? И вообще, упал Нан в обморок или не упал?

И потом, Шавашу не понравилось, как себя повел Нан, очнувшись. Шаваш, конечно, не знал всех ихних дворцов и ходов, но, по его мнению, Айр-Незим говорил Нану то самое, что однажды втирал продавцу масла Свиной Глазок, когда продавец застал его с ключом от его, продавца, дома в руках. «Ведь тот же ход, что ведет из дворца в квартал, ведет из квартала во дворец! — подумал мальчонка. — Айр-Незима, можно сказать, застукали с ключом в руках, а Айр-Незим уверяет, что ключ оказался у него по недоразумению!» Шаваша на враки было не взять, в воровских шайках и не такое в уши заливали. Но ведь Нан был, в конце концов, чиновник, правда, очень умный чиновник — а все же чиновник знает только чернильницу и бумагу.

Не прошло и четверти стражи, как Шаваш, отлично запомнивший положение пальцев Айр-Незима, вертевшего цифры замка, открыл сейф. В сейфе стояло несколько черепаховых шкатулок, а поверх всего лежала толстая книга, в которую торговец записывал дебет и кредит. Маленький сорванец открыл одну шкатулку, вторую, третью, облизнулся и подумал: «Глупый человек Айр-Незим, сказано же: «Не клади все яйца в одну корзину и даже в один сейф».

ЖЖЖ

В Небесном Городе имелось три вида глашатаев для объявления указов: местные указы провозглашал чиновник в сером кафтане; указы-постановления провозглашал чиновник в парадном кафтане «единорог», а подписанные рукой государя законы провозглашал чиновник, ехавший по городу на муле с золотыми подковами и золотой уздечкой.

Законов в последнее время стало много, и кое у кого рябило в глазах от обилия законов, а кое у кого — от золота на уздечке. И вот как-то люди Серого Бычка и Радани, сговорившись, окружили чиновника плотным кольцом и, крича «ура», стали бросать его в воздух. Стража не посмела препятствовать народному волеизъявлению, и оказалось, что под видом этого самого волеизъявления две шайки разбойников ободрали с мула золотые подковы и уздечку и смылись.

Отчет о случившемся, попав на стол советника Нарая, привел его в необычайно скверное состояние духа. Старик был мнителен и даже суеверен; обладал наклонностью в каждом происшествии видеть символ; и вот эта заурядная уголовщина представилась ему обличительным знаком против всех верховных воров империи, которые — как то показал доклад проклятого торговца Айр-Незима — даже справедливые указы советника Нарая используют для того, чтобы под видом восторга урвать себе золотую уздечку.

Старик не спал всю ночь — и время Черного Бужвы, и время Белого Бужвы, и к рассвету у него заболело сердце. Кутаясь в красный халат с кистями, он сошел вниз, в кабинет, и стал глядеть на редкие звезды вверху. Душа его вот уже давно была неспокойна. Он не стремился ни к чему, кроме как установлению разумного правления, о злом или добром в своих поступках он не рассуждал: смешно было бы отрицать, что истинная доброта не в том, чтобы не творить зла, а в том, чтобы наименьшим злом предотвращать наибольшее.

Но вот что смущало Нарая — он был влюблен в разум и порядок, и он не мог не видеть, что для установления разумного правления он обращался к самым неразумным страстям государя; для установления режима, при котором не будет ни зависти, ни злобы, он поощрял зависть толпы, — в идеальном правителе нужно воспитывать бесстрастие, а что он воспитывал в государе? Этим способом нетрудно было устранить врагов, но как этим способом добиться той цели, которой он задался?

Скрипнула дверь — на пороге кабинета показался Нан. Как всегда, молодой судья был одет с чуть большей роскошью, нежели то было приятно советнику Нараю, и даже вздувшееся от бинтов плечо не умаляло изящества его наряда. Нос старика недовольно дернулся, учуяв исходящий от Нана запах — не просто дорогого благовония, а «янтарной смолы», воскуряемой, по обычаю, в дорогих домах Осуи. О, как Нарай ненавидел этот запах!

Нарай поглядел на него с подозрением:

— Где вы были, судья Нан? Почему я слышу о смерти этой женщины из вторых рук? Правда ли, что вас ранили?

— У Айр-Незима. Он благодарил меня по своему обыкновению. — И Нан выложил перед советником Нараем розовую банковскую книжицу.

Нарай пересчитал страницы книжки:

— Это очень большая благодарность. За что?

— Покойник Иммани тайно женился на его племяннице, и Айр-Незиму очень не хотелось, чтобы об этом узнали вы или Андарз. Я попытался захватить Иммани живьем; он чуть не убил меня.

— Он и вправду сбежал с женой Андарза, а потом убил женщину?

— Именно так, — поклонился Нан.

Нарай встал и принялся расхаживать по кабинету из стороны в сторону. Ферязь его, густого бирюзового цвета, мела за ним пол, и за краем ферязи волочились три маленькие золотые кисточки, похожие на просителей, которые ползут за министром на коленях.

— Это никуда не годится, — решительно произнес он, — когда государь услышит, что у Андарза убили жену, он расплачется от сочувствия!

Молодой судья промолчал.

Нарай вручил Нану лист с голубым обрезом, употребляющийся для докладов императору, и произнес:

— Полагаю, что дело обстояло так: Андарз проговорился жене о своих изменнических планах; женщина побежала из дворца, чтобы все рассказать; Андарз, сообразив, что он наделал, послал Иммани убить женщину, а потом послал второго человека убить Иммани, — этот-то второй сбросил Иммани с башни и ранил вас. Что вы и напишете в докладе.

— Этого не было в действительности, советник Нарай, — сказал Нан.

— Действительность — это частный случай, — возразил всемогущий царедворец.

Нан принял лист и отправился сочинять доклад.

ЖЖЖ

Осуйский консул Айр-Незим был страшно раздосадован поведением Нана. Конечно, что такое Нан? Пятый ранг, и пуповина у него еще не просохла. Это только Нарай или Андарз могут бросаться обвинениями величиной с Желтое Море, а Нан — слишком маленький чиновник, чтобы ему кто-то поверил без документа.

Если он придет с рассказом о ночном происшествии к Андарзу, то Андарз решит, что Нан — просто шпион Нарая, который хочет поссорить Андарза с Айр-Незимом, а если он придет с рассказом о ночном происшествии к Нараю, то Нарай, услышав о пропавших документах, прямо прикажет ему пойти и повеситься.

И все-таки ему было чрезвычайно неприятно, что Нан откуда-то прознал о плане дворца, и если бы какой-нибудь завалящий бог пришиб Нана молнией или, скажем, бараньей лопаткой, какую нет-нет да и выбрасывают с верхних этажей вместе с помоями ленивые хозяйки, — Айр-Незим с радостью дал бы богу бараньей лопатки на содержание его храма. Но у Айр-Незима не было знакомых богов, а те, которые были, были весьма ненадежны и то и дело его подводили.

Поэтому банкир решил обратиться к другому ведомству. Едва благодетель и прародитель смертных, круглое солнце, выкатилось из серого утреннего тумана, Айр-Незим поспешил на пристань полюбоваться ящиками и товарами и по дороге поманил к себе разносчика пирожков, в веревочных туфлях и с коромыслом через плечо: на одном конце коромысла было блюдо с рисовыми пирожками, а на другом — с мясными.

Улица, между Часом Петуха и Часом Росы, была еще пустынна: из-за беленых стен садов поднимался запах свежевыпеченных лепешек, смешанный с ароматом росовяника и ночного табака, да вдалеке беззлобно переругивались кухарка с хозяйкой.

Айр-Незим выбрал мясной пирожок и протянул пирожнику плату: бумажку в сто розовых.

— У меня нет сдачи, — сказал хмуро продавец.

— Знаешь нового судью Четвертой Управы? — спросил банкир.

— Я не знаю, а пятки мои с ним знакомы, — со вздохом сообщил продавец, которого неделю назад по приказу Нана били двадцать раз по пяткам за совершеннейшие пустяки.

— Сегодня в полдень, — сказал Айр-Незим, — молодой судья будет в часовне Исии-ратуфы, что у северного канала. Ваше дело — сделать так, чтобы он оттуда не вышел.

И с этими словами Айр-Незим протянул продавцу еще девять бумажек.

— А с чего это молодой судья пойдет в такое скверное место?

— Вы передадите ему, — сказал Айр-Незим, — что один лесной человек хочет переговорить в часовне с судьей относительно письма, которое тот разыскивает. Так и передадите: «Относительно письма».

Продавец повертел бумажки, данные ему Айр-Незимом, и сказал:

— Этот пирожок вам дешевле, чем за две тысячи, никто не продаст.

На лице Айр-Незима выразилось возмущение:

— За такого маленького человека такие большие деньги!

Они немного поторговались и сошлись на том, что пирожок, заказанный Айр-Незимом, стоит полторы тысячи розовых.

«Вот ведь какое дело! — думал Айр-Незим через десять минут, наблюдая за разгрузкой баржи-губошлепа и рассеянно выслушивая причитания капитана. — Через три дня этого человека будет убить легче, чем проглотить яйцо, а его, как назло, надо убить именно сегодня!»

***

К полудню следующего дня множество чиновников было осведомлено об убийстве жены Андарза, но мало кто поспешил лично выразить свое соболезнование. Большинство ограничилось подарками, а иные и подарков не прислали. Зато народ собрался под стенами дворца благожелательной толпой. Множество людей в столице не любили Нарая за ущерб, причиненный имуществу или пяткам, но эти люди были совершенно неорганизованны и принуждены молчать под напором маленького, но агрессивного меньшинства.

Кроме того, послезавтра был день Пяти Гусениц. В этот день Андарз, по обыкновению, выдавал каждому кварталу и цеху определенную сумму на угощение и устраивал особую еду для всех, кто приходил к его дворцу.

Теперь толпа тревожилась — будет угощение или нет; прошел слух, что отпуском денег на угощение заведовал как раз убитый любовник женщины и что люди советника Нарая опечатали все его бумаги; рассказывали также, что Андарз от горя превратился в белого журавля и улетел в Голубые Горы.

Люди заволновались за судьбу Андарза и угощения. Им казалось, что неопытный журавль пропадет в диких горах. Больше всего их возмущало, что ни один из высших чиновников не решился нанести Андарзу визит соболезнования, и среди возмущавшихся было немало белых и рыжих голов, явно принадлежавших бывшим солдатам империи.

Поэтому, когда в Час Императора они увидели осуйского консула Айр-Незима и своего соплеменника Аннара Рогача, которые в сопровождении слуг пробирались на конях между густой толпы, запрудившей площадь, все радостно закричали, а когда Аннар и Айр-Незим принялись кидать в толпу деньги, прямо-таки запрыгали от восторга.

Обоих гостей почтительно провели в библиотеку. Андарз сидел в глубоком кресле, укутанный до подбородка каким-то покрывалом с васильковой опушкой и золотыми кисточками по нижнему краю. Стены были затянуты мягкими гобеленами, и Андарз рассеянно смотрел на один из них — на гобелене были вышиты маленькие домики столицы, и над ними, подпоясанные каналом, возвышались сверкающие стены государева дворца: серебряные гуси, охраняющие дворец, били на стене крыльями, и два маленьких бога в вышине разворачивали над дворцом свиток.

— Сколько народу, — сказал Айр-Незим, — сколько народу у вашего дворца, бог ты мой! Удивительная вещь — внимание народа. Оно преображает человека, как философский камень преображает металлы. Талант, если его знают тысячи, становится гением; предприниматель, если ему доверяют тысячи, становится миллионером, чиновник, если его обожают тысячи, может поменять местами небо и землю.

— Не беспокойтесь, — сказал Андарз, — эти люди волнуются не за меня, а за праздничное угощение.

— Огромная толпа, — покачал головой Айр-Незим. — Как бы в этой толпе после угощения не вспыхнул бунт!

— У меня нет денег на угощение, — коротко сказал Андарз, — государь передал мои чахарские земли Мнадесу, а рудники в Ланша переданы наместнику Иниссы. Так что если бунт и будет, то не в мою пользу.

— Я могу ссудить вас деньгами на этакий праздник, — сказал грузный Айр-Незим.

— Вы вряд ли допроситесь своих денег назад у моей отрезанной головы. И мне нечего продавать, кроме своей страны.

— Этот товар меня устроит, — сказал Айр-Незим.

Тут императорский наставник слегка приподнял брови и стал разглядывать своего собеседника.

— Дорогой консул, — ласково сказал Андарз, — вы забыли, где вы находитесь. Здесь вам не город Осуя, где ратуша стоит прямо посереди городской площади, для удобства народа, который имеет привычку выкидывать каждые четыре месяца магистратов из окошек. Поднять бунт в столице нетрудно, добиться чего-нибудь с его помощью — невозможно. Когда ворота дворца закрыты, даже таракан не пролезет внутрь.

И в доказательство справедливости своих слов Андарз указал на гобелен с изображением дворца и богов, разворачивающих над дворцом свиток.

— И наружу! — вскричал Айр-Незим. — И наружу! Вы не можете себе представить, господин Андарз, как жутко мне было на этой злосчастной аудиенции: пока я не выскочил из ворот, я только и думал: «Сейчас нагонят! Сейчас арестуют!» И я очень хорошо себе представил, какая это страшная западня — дворец! Ведь мы, торговцы, не отличаемся храбростью. Ох, я даже собирался от испуга утопиться в ближайшем фонтане.

И Айр-Незим растопырил рукава и замахал ими так, что король Аннар, глядевший на него с недоумением, не мог удержаться от смеха.

— Но ведь необязательно ходить во дворец через ворота, — сказал король Аннар. — Я слыхал, что во дворец ведут подземные ходы и что господин Андарз заведовал их строительством.

— Ходы давно занесло песком, — дернул губой Андарз, — уж в этом-то я, как начальник стройки, ручаюсь. Да и не помню я о них ни черта.

— Вы не помните, — сказал Айр-Незим, — зато ваш домоправитель помнит отлично.

— Мой домоправитель вчера уехал в Иниссу.

— Думаю, — сладко сожмурился Айр-Незим, — что он уехал гораздо дальше. И на прощание оставил мне вот это. — И с этими словами Айр-Незим помахал перед растерявшимся Андарзом планом подземных ходов.

Вельможа, догадывавшийся уже некоторое время, к чему идет разговор, стал белее яичной скорлупы.

— Что вы хотите? — пробормотал он.

— Господин Андарз! — развел руками Айр-Незим. — Ведь бунт все равно вспыхнет! Обязательно вспыхнет, причем народ со свойственным ему легкомыслием будет, с одной стороны, бунтовать против Нарая, а с другой — громить нашу слободу. И вот я подумал: эти народные бунты все равно что печка в чистом поле — сгорает много, а толку никакого. Почему бы не построить вокруг печки стены? Почему бы, пока народ бьет горшки, не забраться во дворец и не объяснить государю, что следует прислушиваться к голосу народа!

На красивом лице императорского наставника появилось странное выражение.

— Мои люди много говорили с вашими людьми, — сказал рыжеволосый король варваров, — сотни ваших бывших воинов в столице готовы встать за вас! А ведь это не только ласы, но и наши братья аломы, и люди племени аколь! Вам достаточно слово сказать Шан'гару, и огонь побежит, как по сухим тростникам!

— Государя не тронем, — воскликнул Айр-Незим, — Аннар женится на его дочке. Я составил список сторонников Нарая, подлежащих устранению, можете внести в него добавления. Как только народ узнает, что Нарай убит, он тут же расправится с его приспешниками. Каждому воину выдадите из казны по тысяче золотых, а Осуе возместите убытки в сумме ста миллионов.

— Двадцати миллионов, — сказал Андарз.

— Да как вы смеете торговаться, — возмутился Айр-Незим. — Мы спасаем вашу голову, а вы проявляете неблагодарность! Мы бы и без вас могли проникнуть во дворец!

— А на следующий день, — возразил Андарз, — после государственного переворота, произведенного варварами и осуйскими купцами, вся страна бы восстала против вас! Может быть, три сотни варваров и могут перерезать дворцовую стражу, но только мое имя привлечет на вашу сторону и моих воинов, и горожан, и высоких чиновников!

Осуец надулся. Он знал, что он непопулярен в столице. Такова уж судьба торговца! Вот, допустим, чиновник посылает чиновнику подарок, — и оба они чувствуют взаимную дружбу. А вот, допустим, торговец посылает чиновнику деньги, — разве чиновник чувствует дружбу? Он чувствует: «Да эта бесчестная сволочь дает мне взятку! Как бы слупить с него еще?»

— Как вы уверены! — сказал Андарз. — Как вы уверены, что я соглашусь! Что я не явлюсь к императору, не покончу с собой, наконец! Что вы тогда будете делать?

— Господин Андарз, — мягко сказал осуец, — я действительно уверен в вас. Скоро вас арестуют. У вашего дворца очень большая толпа, но вы знаете, что в ней все меньше простых нищих и все больше воровских соглядатаев, которые караулят миг вашего ареста, чтобы быть здесь первыми после стражников? Вы знаете, что главы городских шаек уже спорят о том, как поддерживать порядок во время грабежа? А если вас арестуют, — мне бы хватило двух горстей золота, чтобы освободить вас, и я бы диктовал совсем другие условия освобожденному нами из тюрьмы Андарзу!

— Я должен подумать, — сказал Андарз.

— Э, нет, — возразил король Аннар, — надобно решать сейчас! Когда вам отрубят голову, решать будет поздно!

Императорский наставник молча глядел вниз — на правую руку, унизанную перстнями и кольцами, и искалеченную левую, с безымянным пальцем, отрубленным у самой фаланги. Палец уже почти зажил, и кожица на верху его была тонкая и розовая, как у дешевой ассигнации.

— Поверьте мне, — вкрадчиво продолжал посланник Айр-Незим, — мы осторожные люди! Если бы у Осуи был какой-нибудь другой выход, разве мы бы пошли на такое? Но у нас нет никакого выхода, и если мы не начнем действовать завтра, то послезавтра вас — арестуют, короля Аннара, благодаря интригам Нарая, перевыберут на Росомаху, а город Осуя, того и гляди, потеряет свободу!

— Да помилуйте, — вдруг заорал Андарз, — что вы так носитесь с этой свободой, как с яйцом? Чего ваша свобода значит?

— Свобода очень много значит, — обиделся посланник, — свобода значит, что я плачу налоги только в городскую казну, а при несвободе я буду платить еще и в казну империи.

Андарз опустил голову. Он понимал, что его загнали, как ежа в кувшин. Притворно согласиться и рассказать все государю? Невозможно, в нынешнем своем состоянии государь не поверит, что это не Андарз был главным зачинщиком!

План Айр-Незима безумен не был: и более удивительные вещи происходили с империей. Но что будет дальше? Дальше осуйские купцы будут хозяйничать по всей стране, варвары, от Чахара до Ламассы, будут жиреть данью и кровью, а он, Андарз, — он будет стоять во главе игрушечного правительства, единственным правом которого будет рубить столько голов неугодных Андарзу чиновников, сколько ему захочется. Андарз никогда особенно не думал о благе государства, это судья Нан незаметно заразил его дурной привычкой. Что бы посоветовал Нан?

Императорский наставник заглянул в лежащий перед ним список чиновников, подлежащих устранению — на последней странице было поспешно приписано имя Нана.

— Чем это вам так насолил молодой судья? — справился Андарз.

— Нана надо убить! — заявил Айр-Незим. — Это соглядатай Нарая, любитель держать ноги в обеих стременах. Если хочешь остаться в живых в смутные времена, надо убивать по одному подозрению!

«Он хочет устранить всех, кто способен управлять империей, а не только ее продавать, — вдруг подумал Андарз, — а меня он хочет оставить, я его устраиваю».

Императорский наставник вдруг резко отбросил от себя покрывало и рывком вскочил на ноги. Он был в серой домашней рубахе, вышитой по рукавам жемчугом, и в такого же цвета штанах, заправленных в замшевые, без каблуков, сапожки; в раскрытом вороте рубахи мелькнул давнишний шрам, полученный в поединке с покойным королем ласов, и крепкое, чуть обвисшее тело цвета слоновой кости.

Ореховые глаза Андарза страшно сверкнули, и Айр-Незим отступил на шаг: он никогда не видел Андарза в бою, но он вдруг легко понял, что чувствовал этот изнеженный юноша, когда в двадцать три года, впервые брошенный в пекло войны, он с лопатой в руках, впереди оборванной армии, прокапывался к мятежному городу Идайи.

— Хорошо, — сказал вельможа, — я согласен.

Через полчаса, под восторженные крики толпы, из дома Андарза на палевой лошади выехал его начальник охраны, рыжеволосый великан Шан'гар. Он подъехал к красному лаковому столбу для объявлений и прямо поверх нового указа советника Нарая о запрете группировок, клик и больших семей наклеил извещение господина Андарза: императорский наставник Андарз угощал народ в день Десяти Гусениц.

В это время Шаваш, взъерошенный и немытый, сидел в комнатке Таси у окна и, подперев кулачками щеки, глядел на улицу. Свежее, пряное солнце рассыпалось о репчатые луковки веселых флигелей, утопающих в зелени, утренние торговки стучались в двери с рыбой и зеленью, и через реку победно изгибался мост, с черно-красной, как гусеница-пожарник, крышей, с ослепительно сверкающими на солнце красными лаковыми столбами и трепещущими зонтиками лоточников, чистящих перышки в ожидании первой публики.

Дверь отворилась, и вошла Тася с двумя кадушечками воды. От кадушечек пахнуло жаром, и пар вился над их горлышком.

— Ну и влип я, — сказал мальчик.

— Да, — сказала Тася, выливая воду в большой медный таз, — точно влип. Андарзу скоро отрубят голову.

— Ничего ему не отрубят голову, — сказал Шаваш, — это он отрубит голову Нараю.

Тася изумилась и сказала:

— Это хорошо.

— Ничего хорошего, — вздохнул Шаваш, — потому что, как только Андарза арестуют, Айр-Незим поднимет в городе бунт, а варвары в это время залезут во дворец по подземному ходу. И после этого Айр-Незим положит в ихний банк одну половинку страны, а варвары разграбят другую половинку, а Андарзу они разрешат воровать все, что осталось.

— Откуда ты это узнал? — изумилась девица Тася.

— Это не я узнал, — сказал Шаваш, — случайно это узнал господин Нан, а я был в это время неподалеку.

— Вряд ли судья Нан допустит такую вещь, — сказала Тася, — наверное, он уже у Нарая.

— Нет, — сказал Шаваш, — господин Нан по уши запутан в осуйских взятках. Он делал дела еще почище, чем покойник Ахсай, только осторожней был. Если он донесет на Айр-Незима, он поедет на тот свет в одной с ним лодке. Этим людям все равно, что будет с государством, им бы лишь голова была цела и карман полон. Скорее всего Айр-Незим даст ему тысяч двести, да и возьмет в приспешники.

Золотоволосый постреленок вздохнул и добавил:

— Если бы мне дали двести тысяч, я бы тоже на многое согласился.

— А Андарз об этом знает?

Шаваш покрутил головой в знак неосведомленности.

— Может быть, — предложила Тася, — рассказать все господину Андарзу? Наверняка ему будет неприятно, если он узнает, что варвары хотят схватить государя и разграбить город.

— Нет, — отказался Шаваш, — Андарза такие соображения не всегда занимают. Он как-то год назад ездил во храм молиться. «Наверное, господин Андарз молился о спасении государства», — говорит государю Ишнайя, а Андарз, живо обернувшись: «Ничуть, у меня болели зубы». Так что Андарза в этом деле взволнует только то, что он сможет отрубить головы Нараю и еще кое-кому, а сколько при этом голов отрубят варвары, его не очень-то заинтересует.

Тут Тася с шумом вылила воду в кадушечку для купания.

— Нет, — сказал мальчик, — тут надо рассказать все другому человеку. Дай-ка мне, Тася, ту бумагу, что у тебя в коробке для притираний.

Тася пошла за бумагой, а когда она вернулась, Шаваш уже фыркал в окутанной паром кадушечке и лил себе на голову из дымящегося кувшина.

Выкупавшись и обсохнув, он переоделся в подобающее ему, как слуге Андарза, платье: в бархатные штанишки василькового цвета и такую же курточку с кружевом у воротника и серебряной вышивкой у рукавов. На ноги он надел мягкие, плетенные из полосок замши туфли, а на голову — черную шапочку, из-под которой выбивались золотистые, чуть вьющиеся волосы мальчишки.

Сунул бумагу, украденную им в свое время у эконома Амадии, за пазуху — и был таков.

Утро только начиналось: румяный пекарь выставлял на окне свежие лепешки с вытесненной на них печатью, свидетельствующей о государственной лицензии, мясник поддувал козу, чтобы содрать с нее шкуру, и чернокнижник в дырявом халате громко извещал улицу, что он всего за два медяка готов наведаться на небо и произвести исправления в книге судьбы.

Напротив кукольник раскладывал свой кожаный помост.

— Слушайте-слушайте, — говорил кукольник стекавшейся толпе, — сегодня я покажу пьесу о том, как господин Андарз затеял заговор против государя, его жена об этом узнала, и он ее убил. Ничего, все это дойдет до государя!

Никто из зрителей не возражал — у кукольника были прыгающие глаза казенного соглядатая.

— А, — раздалось над ухом Шаваша, — вот ты-то мне и нужен!

Шаваш оглянулся: справа от него стоял лаковый столб для объявлений, — и поверх указа Нарая на столбе висело известие о завтрашнем угощении, устраиваемом господином Андарзом. За столбом, дивясь на объявление, стоял разбойник Свиной Глазок, который так нехорошо обошелся с Шавашем.

— Ты-то мне и нужен, — продолжал Свиной Глазок, зацепив Шаваша лапой и радостно скалясь, — ты ведь знаешь Четвертого Судью Нана. Иди к нему и передай, что один лесной человек хочет переговорить с судьей относительно письма, которое тот разыскивает. Этот человек ждет его в полдень в часовне Исии-ратуфы, у северного канала. Так и передай: «Относительно письма».

— Хорошо, — сказал мальчик и побежал к Четвертой Управе.

Теперь он очень торопился: он чуть не опрокинул лепешечника с двумя коромыслами, полными лепешек с прозрачной сахарной корочкой, проскочил длинный красный лаковый мост и припустился по широкой набережной, где торговцы и ремесленники уже разворачивали свои вредные зонтики. Задняя, выходящая на набережную стена управы была заперта: за стеной шелестели и пахли в казенном саду деревья, и сквозь них виднелось невысокое, с облупившейся синей башенкой здание управы, погруженное в утреннюю тень от вздымавшегося по соседству храма Парчового Бужвы.

Кляня проклятых сторожей, которые запирают двери на час раньше и отпирают их на час позже, Шаваш полетел дальше, туда, где за острым углом начинался прямой мощеный проход к передним улицам.

Шаваш завернул за угол и замер: перед ним, расположившись полукругом, стояли двенадцать подростков. В правой руке подростки держали пальмовую ветку, а на левой имели желтую повязку с надписью «Благоденствие государства». На них были аккуратные хлопчатые костюмы, и по этим костюмам Шаваш сразу понял, что это не какие-нибудь дети сапожников, а лицеисты из «Общества Тростниковых Стен», чистые чиновники с детской прической.

— Ты куда спешишь? — спросил предводитель отряда, хорошенький мальчик лет пятнадцати.

А другой обошел его со всех сторон и сказал:

— Если ты из семьи чиновника, почему ты не в школе? Если ты из народа, то как ты смеешь носить атласную куртку и кружева на запястье? Кто твой отец?

— Вор его отец, — сказал кто-то и дернул сзади Шаваша за кружево на воротнике.

— У меня нет отца, — сказал Шаваш, — я раб господина Андарза.

Изумление и отвращение изобразились на лицах лицеистов. Слухи о распутстве Андарза среди них ходили самые невероятные. Шаваш услышал несколько непристойных шуток.

— У меня нет отца, — повторил Шаваш, — он умер от голода и поборов в одном из поместий Андарза. В это время там был его секретарь Иммани: я бросился ему в ноги, умоляя простить семье долги. А Иммани велел оформить меня как недоимку и забрал в столицу. Этот Иммани чернокнижник и негодяй: в его флигеле не раз пропадали дети. Как-то он пришел ночью в комнату для слуг и понес меня к себе, а я стал царапаться и кусаться. Тогда он подговорил Андарза продать меня варварам, как будто я не свободный подданный императора! Сегодня ночью я сбежал от варваров, и я клянусь, что у меня нет ни отца, ни жилья, ни родной души на свете, и варвары вот уже третий день меня не кормили и держали на веревке, вот, смотрите!

И Шаваш, расстегнув кружевной воротничок, показал след от веревки, которую накинул на него вчера секретарь Иммани. Засим Шаваш, как был, в шелковых штанишках, повалился на землю.

— Этот маленький развратник лжет нам! — заявил один из лицеистов. — Он ждет не дождется, чтобы сплести ноги со своим хозяином!

Но предводитель отряда Лахар напустился на него.

— Как ты смеешь не верить человеку из народа! — закричал он. — Народ всегда проявляет большую добродетель, чем продажные чиновники! Мы не можем оставить этого мальчика в беде! Мы должны отвести его к советнику Нараю!

По правде говоря, Шавашу не хотелось ни в темный колодец, ни в глубокий омут, ни к советнику Нараю, ни в какое другое подобное место, и он рассчитывал сбежать по дороге, но это оказалось не так-то легко: юные защитники справедливости защемили ему руки в маленькую лакированную колодку с надписью «Общество Тростниковых Стен» и с торжеством поволокли за собой.

Вскоре толпа детей прибежала к дворцовой управе: стражники почтительно расступились, и Шаваша потащили внутрь, по песчаным дорожкам к мраморной колоннаде, вздымающейся перед ним, подобно скале из моря. «Ладно, — подумал Шаваш, стараясь унять дрожь, — какое дело господину Нараю до десятилетнего раба Андарза! Я даже в суде не имею права свидетельствовать! Велит разомкнуть колодку и дать леща в зад!»

Тут Шаваш поднял глаза: на веранде второго этажа стоял высокий худой старик в развевающемся, синем с золотом платье и шапке, опоясанной тремя рядами жемчужных нитей. Глаза старика, как раскаленные пятаки, там и прижгли Шаваша. За спиной старика что-то шептал лицеист. Нарай отдал негромкое распоряжение: через пять минут явились двое стражников и отволокли маленького раба в каменный мешок.

▪ Глава тринадцатая, ▪

в которой государь знакомится с лазоревым письмом, а господин Нан разъясняет Андарзу все обстоятельства этого запутанного дела

Через три часа — время, достаточное, чтобы испугаться и проголодаться, — Шаваш стоял в кабинете советника Нарая: ресницы мальчика дрожали от ужаса, и на мордочке Шаваша было потерянное выражение плотвички, которую кладут в суп.

Нарай, откинув голову на подушки и полуприкрыв прозрачные куриные глаза, глядел на мальчишку. Нарай видел Минну, сводного брата государя, раз или два, но имел хорошую память и сразу заметил, что в мальчишке достаточно сходства с Минной, чтобы возбудить тоску и злобу государя.

Заметил он и другое: мальчишка был старше Минны года на два и хрупок от недоедания в детстве: вечно жестокие чиновники угнетают крестьян; Минна же был просто деликатного сложения. Нарай тотчас понял, что Андарз не замышлял из мальчика самозванца — иначе он бы нашел одногодка Минны.

Нарай также понял, что государь, юноша мнительный, увидев мальчишку, будет поражен злонамеренным сходством.

— Почему, — спросил всесильный советник, — Андарз принял тебя в число слуг?

— Не знаю, господин, — испуганно проговорил Шаваш. Его тонкое, как луковая кожица, личико приняло довольно глупое выражение.

— Время от времени, — сказал Нарай, кривя рот, — Андарз принимает в свой дом мальчиков, а потом они исчезают неведомо куда. Этот человек занимается гнусной магией: сначала развращает мальчиков, а потом гадает на их печени!

— Ой, — сказал Шаваш, выкатив глазки, — что это вы такое говорите?

— Приставал ли к тебе Андарз с гнусными домогательствами? Трогал ли за разные части, ходил ли с тобой в баню?

Шаваш замялся.

— Ну, что ты молчишь! Признавайся!

Шаваш потупился и стыдливо прошептал:

— Если по правде, господин, то не трогал, но как вам надо... то есть для блага государства...

Нарай внезапно и визгливо расхохотался.

— Значит, — сказал он, — ты готов подтвердить перед кем бы то ни было, что Андарз преследовал тебя гнусными домогательствами?

Золотоглазый мальчик кивнул.

— Одевал ли в одежду, достойную самого государя?

— Да, — сказал Шаваш, — подарил мне этакую курточку с жемчужными рукавами.

— Знаешь ли ты, чья это курточка?

— Знаю, — прошептал Шаваш. — Минны, которого он убил.

— Скажешь просто: Минны! Что он хотел при этом? Не говорил ли, что вот, мол, Минна пропал, но ты сойдешь и за Минну?

— Ах, — сказал Шаваш, — господин Андарз такой человек, что сам Черный Бужва не может разобрать его мыслей; но однажды он сказал, что я много понятливей иных его учеников.

— У императорского наставника, — сказал Нарай, усмехаясь, — был один ученик. Этому ученику ты и повторишь Андарзовы слова.

Шаваш, белый, как исподняя сторона сыроежки, кивнул. Потом вдруг всплеснул руками и бухнулся советнику в ноги:

— Господин Нарай! Сделайте милость!

— Что такое? — удивился чиновник.

— Я — учиться хочу! Я к Андарзу пришел, надеясь на учебу, а он учит меня, как кошка мышь... Возьмите меня в лицей Белого Бужвы! Я — ради блага государства...

Растроганный чиновник поднял мальчишку.

— Ладно, — сказал он, — но правильно ли я понял, что ты пришел к Андарзу, чтобы учиться, а тот вместо этого стал гоняться за тобой с гнусностями? А неделю назад ты пришел в ужас, увидев, как тот зарезал младенца и гадал по его печенке, и прибежал ко мне, ища защиты.

— Точно так, — испуганно сказал Шаваш.

Нан увел мальчишку, а советник Нарай остался сидеть в кресле, время от времени стряхивая пальцы. Встреча почему-то оставила в Нарае неопределенное ощущение гадливости. С чего бы? Андарз должен умереть — это человек бессовестный, враг Нарая. И мальчик, мальчик мечтает о чине, как и полагается в юном возрасте, недаром сказано, что в Стране Великого Света даже пастух может стать первым министром. Но... разве вот что, — чиновником становишься для того, чтобы блюсти справедливость. А этот мальчишка, разве он будет блюсти справедливость? Выпороли его у Андарза, и за дело небось выпороли, — вот он и злится.

Через час Нарай доложил государю:

— Государь! Андарз намерен уехать с варварами и поднять мятеж, выставив кандидатом на престол самозванца под именем Минны! Он убил свою жену, пришедшую в ужас от его планов, но замыслы его легко обнаружить: покорнейше прошу вызвать изменника во дворец и послать за мальчиком, которого он неотступно держит при себе! Дети не умеют лгать, я готов положиться на слова мальчишки!

Государь расплакался и велел послать за Андарзом.

***

Императорский посланец нашел Андарза в садовой беседке: тот сидел, раскрыв рот и глядя на озеро, и во взгляде его гонцу почудилось безумие.

Во всяком случае, когда гонец объявил, что император желает его видеть, Андарз подергал губами и сказал:

— Я себя нехорошо чувствую. Видать, объелся на вчерашнем обеде.

Великий Вей! Разве в здравом уме можно так отвечать? Посланец в ужасе убрался.

Прошло еще три часа: Андарз все так же сидел в беседке, а за ним на корточках сидел Шан'гар: варвар очень боялся, что хозяин что-нибудь над собой учинит. Только один раз Андарз пошевелился и велел сыскать Шаваша, но проклятый мальчишка опять где-то, верно, ворон гонял.

Вдруг в доме послышался шум, на дорожке замелькали факелы. Андарз повернул голову и растерялся: перед ним на пороге беседки, в сером плаще, из-под которого виднелись квадратные носки сапожек, стоял государь. Светло-русые его волосы были встрепаны, как колосья после града, и в прозрачных глазах были лед и огонь.

За спиной государя теснились придворные и стражники.

— Вы так больны, господин наставник, — сказал государь Варназд, — что даже не ответили на мое приглашение! Я почел своим долгом навестить вас.

— Благодарю вас, государь, — ответил Андарз. — Это большая честь. До меня ее удостоился только один человек — первый министр Руш.

Чиновники, сопровождавшие государя, изумленно охнули. Государь Варназд скинул плащ и принялся дергать шелковые занавеси на окнах. Он был в белом парчовом кафтане и белых же сапожках, и на голенищах сапожек были вытканы три круга — черный, в честь земли, синий, в честь моря, и белый, в честь облаков, — так что было видно, что тот, кто ходит в этих сапожках, попирает ногой и землю, и море, и небо.

— Вы кого-то ищете, государь?

Варназд в ярости обернулся:

— Да, я ищу мальчишку, которого вы выдаете за Минну, мечтаете посадить на мое место!

Андарз удивленно помолчал.

— Государь, вам солгали. В моем доме сорок с чем-то слуг: пятеро или шестеро — совсем дети. И хотя я не упомню имен каждого, ни один из них не похож на убитого мной Минну.

Государь замер. Как ни был он разъярен колкостями Андарза насчет вчерашнего обеда и визита к Рушу, но — «убитого мной Минну!». Первый раз Андарз сказал такие слова, подтверждая этой ложью те слухи, которые государь не имел духа опровергать.

Но в это мгновение за дверьми послышался шум и крики «нашли!» — и незнакомый государю чиновник в шапке городского судьи вытолкнул вперед маленького мальчика, лет десяти, в васильковых атласных штанишках и кружевной курточке: Великий Вей! Вылитый Минна! Государь на мгновение испугался, что его наставник и в самом деле оживил мертвеца.

Мальчишка раскрыл рот и уставился на государя Варназда.

— Шаваш, — раздался спокойный голос Андарза, — тебе, как подданному, стоило бы пасть ниц: перед тобой государь Страны Великого Света.

Мальчишка вытаращил глазенки и брякнулся на колени. Государь вне себя повернулся к Андарзу, который, нарушая все мыслимые приличия, по-прежнему сидел в глубине кресел.

— Ага! Значит, вы все-таки помните его имя?

— Разумеется, помню. Шаваш, где тебя черти носили сегодня: неужели в управу советника Нарая?

Мальчишка испуганно зашнырял глазками.

— Я дома был! — сказал он. — Вон, господин Нан вынул меня из первой людской!

Андарз понял, что мальчишка врет и что объяснять это — недостойно и бесполезно.

— Тебя зовут Шаваш? — спросил император.

— Да, — сказал мальчишка, стоя на коленях и глядя вверх. Мордочка его была в точности как у затравленного и почтительного зайца. Господи! Отчего же он все-таки так похож на Минну?

— Откуда ты?

— Из чахарских крестьян.

— Откуда в столице?

— Сбежал.

— Что делал в Небесном Городе?

Шаваш свесил голову.

— Воровал я.

Кто-то из чиновников вздохнул, потому что ответ мальчика стоил ему, по новому уложению, руки. Варназд тоже озадачился ответу и вдруг понял: бедный маленький беглец просто не мог лгать императору! И этого-то крольчонка Андарз предпочел ему, императору Варназду, человеку, который носит небо и землю на отворотах своих сапожек!

— Когда оказался у Андарза?

— Да месяца два назад, в День Пяти Желтоперок.

— Почему?

Шаваш молчал.

— Почему?

— Накануне праздника Пяти Желтоперок, — сказал Шаваш, — я сидел у статуи государя Иршахчана и хотел поймать желтоперку, приносящую счастье. Но у меня ничего не вышло. Когда настала полночь, из-под статуи вышли люди и швырнули в воду какой-то труп. Я был голоден и решил обокрасть труп, если уж не удалось поймать желтоперку, но испугался делать это на глазах государя Иршахчана и подождал, пока труп уплывет под мост. Там я нашел на трупе много денег, а в сапоге трупа сверток с бумагой. Я сунул сверток за пазуху и хотел взять кошелек, но тут труп оборвался и поплыл, а я испугался идти за ним. А на следующий день я услышал, что труп звали Ахсаем, и что это был знакомый господина Андарза, и что Андарз устроил в Четвертой Управе скандал, добиваясь бумаг, найденных на трупе. А бумаг никаких не было, потому что их взял я.

Шаваш свесил головку и сказал:

— И вот я изловчился и продал себя в долговые рабы господину Андарзу, надеясь побольше разузнать, что это за бумаги и зачем они нужны, и я терся каждый день около господина Андарза, но так ни разу и не слышал о бумагах ни слова.

— Ложь, — вдруг закричал Нарай, — маленький бесенок обманывает вас, государь.

— Что это были за бумаги? — спросил государь.

— Странные бумаги, — сказал Шаваш, — потому что написано непонятно, как куричьими следами, и лазоревого цвета.

— Где они?

Шаваш вздохнул, выпростал из-под рубашки шнурок с глиняным амулетом-свистулькой, который ему пришлось поменять три дня назад, разломил, вздыхая, свистульку...

Император выхватил обломки из рук Шаваша, оборвав плотный шнурок о шею мальчишки, — и вытащил свернутый в трубочку плотный и мягкий, как бумажные деньги, лазоревого цвета лист. Развернул — ему было достаточно мгновения, чтобы узнать летящий почерк его матери и понять, что он читает ее любовное письмо, адресованное — советнику Нараю.

— Это подложное письмо, — вдруг закричал Нарай, в сущности, выдавая себя этим криком.

Государь стремительно обернулся к своему фавориту. Великий Вей! Так вот почему этот человек так ненавидел Руша! А еще говорил о государственном благе...

— Государь, — сказал вдруг Нарай, — это подлинное письмо. Я прошу вас об одной милости: отдайте мне его. Оно будет моим утешением в ссылке.

«Почему вы так уверены, что отправитесь в ссылку, а не на плаху?» — хотел было спросить Варназд, но махнул рукой и покинул беседку.

Нарай медленно оглянулся вокруг и невольно усмехнулся: он еще не был лишен ни чинов, ни званий, присутствующие даже не знали, что было в письме, а вокруг него, словно вокруг прокаженного, уже образовалось пустое место.

Советник Нарай еще раз поднял глаза и вдруг понял, что не один он сегодня закончил политическую карьеру. Андарз, императорский наставник, по-прежнему сидел в кресле, полузакрыв глаза, и, казалось, не обращал внимания на произошедшее. Этот сластолюбец и взяточник, который за месяц лишился жены, и брата, и блеска в глазах, этот виршеплет, который за последний месяц — Нарай это точно знал — не написал ни строчки, этот бывший полководец, завоевания которого пошли прахом, — Нарай вдруг понял, что он все-таки растоптал этого человека, хотя и не успел снять его голову...

Нарай повернулся и вышел вон: чиновники испуганно расскочились в стороны.

Ночь, глубокая ночь уже сверкала над Небесным Городом: в саду императорского наставника шелестел пахучий ночной ветер, и звезды разметались по небу, катились в темную листву деревьев.

Старик понял, что в эту ночь с государством произошло непоправимое несчастье. Он вдруг вспомнил свое беспокойство по поводу противоречия: как можно, взывая к самым неразумным инстинктам одного человека, создать государство, основанное на разуме? — и осознал, в чем крылась ловушка. Его, Нарая, карьера, была кончена — бог с ней. Но судьба устроила так, что теперь в течение многих лет на каждого честного и справедливого человека, который заговорит с государем о причинах упадка и способах возрождения, государь будет глядеть так же, как на обманщика и лгуна Нарая.

Замечательно, что и в эту минуту, и впоследствии Нарай всегда думал о судьбе и никогда не думал о скромном молодом судье Четвертой Управы по имени Нан.

⁂

Чиновники потихоньку разошлись, и в опустевшей беседке остались только Нан, Шан'гар и Шаваш.

— Господин Андарз, — сказал Нан, — пойдемте отсюда! Я расскажу вам, что было на самом деле.

Андарз не шевельнулся.

— Вот он с полудня так сидит, — сказал Шан'гар.

Нан заглянул в глаза Андарза и с ужасом убедился, что они совершенно пусты, как комната, из которой унесли мебель.

Шан'гар взял своего хозяина на руки, словно ребенка, и снес в спальню. Нан и Шан'гар кое-как раздели Андарза и уложили в постель. «Ничего, оправится!» — подумал Нан, вспоминая, как еще час назад Андарз огрызнулся на императора. Хотя, с другой стороны, не была ли дерзость, сказанная Андарзом, неотвратимым признаком безумия?

Огромный дом был пуст: все сорок слуг, завидев государя и стражников, разбежались, кто куда, прихватив с собой все, что попалось под руку. Нан, будучи голоден, стал искать еду и насилу нашел круг козьего сыра.

В нижней гостиной Нан встретил Астака: мальчик стоял, глядя в окно и задумчиво катая ножкой угол ковра.

— Кто бы мог подумать, — сказал Астак, — что советник Нарай окажется блудодеем! Толкует о пользе государства, а сам, припертый к стене, просит отдать ему срамное письмо!

Кто-то из чиновников, значит, уже рассказал ему.

— Ты бы лучше подумал об отце, — сказал Нан.

— А что с ним?

— Ничего, — сказал Нан, — только он не сказал ни слова, с тех пор как съязвил государю.

Астак повернулся и, к облегчению судьи Нана, с быстротой птицы страуса побежал наверх.

⁂

На рассвете, со стражниками и в боевом кафтане, Четвертый Судья Нан вошел в лавку, примыкавшую к дому осуйского консула Айр-Незима. Обыватели квартала знали уже, что произошло. Влажные глаза стражников ощупывали дубовые стены лавки и шкафы с не выставленными еще товарами, предполагая, что при определенных обстоятельствах содержимое шкафов достанется им.

Ходощавый невысокий чиновник оставил стражников охранять все ходы и выходы, а сам поднялся в кабинет Айр-Незима, где высокие свечи в бронзовых канделябрах плясали в завитках и глазках железных шкафов и красные лаковые балки потолка били резными драконовыми крыльями. Хозяин кабинета сидел за столом белый, как простокваша.

— Советник Нарай, — сказал Нан, — сослан. Завтра господин Андарз получит должность начальника Ведомства Справедливости и Спокойствия. Как видите, обошлись без вашей помощи.

Это заявление произвело на Айр-Незима необычайное действие. Он принялся бегать по кабинету. Он открыл шкафы, и в воздухе перед молодым судьей взметнулись атласные и шелковые ткани, украшенные танцующими лебедями и серебряной листвой.

— Нан, — бормотал Айр-Незим, — ради бога, все возьмите, все, только чуть-чуть оставьте. Нан, я коробейником начинал...

— План подземных ходов, — сказал Нан.

Но Айр-Незим был в таком смятении, что никак не отреагировал на это, в общем-то, пустяковое требование. Вместо этого он сел на порог раскрытого шкафа, схватившись одной рукой за сердце, а другой за танцующих лебедей, набитых белой и серебряной краской на куске атласа.

Тогда Нан забрал у него ключи, подошел к шкафу, второму слева, распахнул шкаф, и на глазах у изумленного Айр-Незима стал вертеть комбинацию сейфа. Круглое брюхо сейфа подалось, из него посыпались бумаги и папки. Чиновник, опустившись на колени, принялся рыться в разноцветных папках, как свинья в желудях.

Не прошло и десяти минут, как злополучный план, начерченный Амадией, был найден. Нан просмотрел оставшиеся бумаги, вывернул на прощанье ящик Айр-Незимова стола, обнаружил еще две копии плана, сделанные, как ему показалось, рукой консула, сгреб все это, а папки и деньги из сейфа подтолкнул ногой к Айр-Незиму:

— Забирайте свое добро.

— Благослови вас боги, — сказал Айр-Незим.

Нан, не обращая внимания, подошел к бронзовому подсвечнику, укрепленному в промежутке между шкафами, и сунул бумаги углом в пламя.

Пламя вздрогнуло и перекинулось на листы, бронзовые цветы и драконьи крылья на стенах кабинета ожили, затрепетали.

— Завтра, — сказал Нан, — вы покинете столицу. Это приказ Андарза.

— Благослови вас боги, — во второй раз сказал Айр-Незим.

— Кстати, — сказал Нан, — за сколько Иммани вам продал лазоревое письмо?

— Это не Иммани, — с достоинством ответил Айр-Незим. — Это письмо выкрали у Андарза какие-то разбойники — они сделали предложение Иммани, а Иммани передал это предложение мне; разбойники просили миллион сто тысяч, сто тысяч я у них выторговал, а Иммани даже ничего не взял за посредничество.

Вопреки здравому смыслу молодой чиновник расхохотался. Отсмеявшись, он сказал:

— И еще, господин Айр-Незим, я арестовал вчера близ трактира «Благоухающие лошади» разбойника по кличке Свиной Глазок. Тот сознался во всем: я, право, польщен, что вы оценили мою жизнь втрое дороже, чем жизнь этого дурака Ахсая, убитого по вашему приказу накануне праздника Пяти Желтоперок.

С этими словами чиновник поклонился и вышел.

— Благослови вас боги, — повторил в закрытую дверь Айр-Незим.

***

Был уже последний утренний Час Меда, когда Нан, крепко держа за руку Шаваша, вошел в спальню к господину Андарзу. Императорский наставник лежал, немного набок, в кружевных подушках, а рядом, на ковре, сидел рыжеволосый варвар Шан'гар с серебряным чайничком, от которого шел густой и гнусный запах: в носик чайничка была вставлена соломина, и Андарз время от времени потягивал из этой соломины, страшно морщась.

Шаваш немедленно заключил из этого, что императорский наставник еще не вполне оправился, коль скоро Шан'гар поит его своей колдовской стряпней; наверняка в этом чайничке был отвар из лягушиных лапок и тараканьих печенок или еще чего похуже.

Однако при виде судьи Нана и Шаваша господин Андарз оттолкнул от себя чайник, и глаза его сделались разумными и колючими, а тонкие пальцы с розовыми ногтями и ободками от снятых перстней начали скрести красное одеяло, шитое целующими утками. Нан вытолкнул Шаваша вперед и сказал:

— Полагаю, мальчик заслужил вашу благодарность.

— Он бы заслужил мою благодарность, — сказал Андарз, — если бы отдал письмо месяц назад.

— Но он никак не мог отдать письма месяц назад, — возразил Нан, — потому что он заполучил его только вчера.

Тут глаза Андарза удивились, и он спросил:

— Стало быть, ты соврал государю?

Шаваш потупил глазки с выражением как можно более пристыженным.

Судья Нан кашлянул и сказал:

— С самого начала в этом деле мне бросились в глаза два несовместимых обстоятельства. С одной стороны, покойник Ахсай был убит с помощью «хлопушки», то есть веревки с двумя закрепленными на концах камнями. Это указывало на убийцу из числа профессиональных бандитов. С другой стороны, владелец письма требовал платы за письмо в осуйских чеках. Это указывало на преступника из высокопоставленных людей. Это сразу заставило меня предположить, что одно преступление наслоилось на другое и что разбойник, который убил Ахсая, не имел отношения к человеку, который собирался продать ему письмо. И действительно, изучив характер покойника, я подумал: «Не то удивительно, что его убили, а удивительно, что он дожил до сорока трех лет!» Скверный это был человек, что и говорить! Ведь сущность обогащения в том, что на каждой сделке приобретаешь не только богатство, но и друзей, а покойник на каждой сделке наживал страшных врагов. И вот, во-первых, расследуя это дело, я сразу обнаружил красильщика по имени Дануш Моховик, который крутил с его женой любовь и устроил Ахсаю скандал в тот памятный вечер. Из-за какой-то ничтожной выгоды, величиной с таракана, Ахсай держал жену вместо приказчика и не думал о бедах, которые могут проистечь из-за обыкновенных человеческих чувств. Я сразу понял, что этот скандал отпугнул человека, который должен был встречаться с Ахсаем, однако я ни на минуту не предполагал, что красильщик учинил само убийство. Ведь если бы красильщик это сделал, то либо от естественной жадности, либо от желания замести следы он ограбил бы труп.

Между тем труп не был ограблен: кто-то очень хитрый, наблюдавший за ссорой, оставил мертвецу и кошелек, и одежду, рассудив: «Если труп ограбят, то за убийцу примут грабителя. А если труп останется целым, то за убийцу примут Дануша Моховика».

Я дал полную волю своим агентам, и через два дня я узнал следующее: что покойник Ахсай продал родственника Айр-Незима в варварских землях, что родственник этот вернулся, поболел и умер; что умер он за два дня до смерти Ахсая; и что после смерти Ахсая Айр-Незим тут же выплатил кому-то из городских бандитов изрядную сумму.

Лоня-Фазаненок, обобравший труп, был принят за убийцу, арестован и осужден, и это дело было бы совершенно закрыто, если бы не неизвестные Айр-Незиму обстоятельства.

Словом, можно было идти и арестовывать Айр-Незима. Но мне вовсе не хотелось арестовывать осуйского консула в тот момент, когда господин Нарай требует запрета на торговлю с Осуей. Это было бы бестактно по отношению ко всем торговцам империи. Мне казалось несправедливым портить жизнь такого уважаемого человека из-за ходячего недоразумения вроде Ахсая.

К тому же я искал не убийцу Ахсая, а владельца письма, и было ясно, что из-за смерти Ахсая письмо так и осталось у прежнего хозяина.

Правда, на убитом не было не только письма, но и миллиона денег. Я решил, что до Лони кто-то уже ограбил покойника, — либо сами убийцы, либо еще один посторонний.

И тут, обыскивая флигель Иммани, я натолкнулся на дневник покойника Ахсая: тогда я, конечно, решил, что Иммани унес этот дневник вместе с другими документами из домика вдовы и не отдал его хозяину. Только впоследствии я узнал, что дневник добыл и подкинул мне под глаза вот этот самый бесенок, Шаваш. В дневнике очень подробно было рассказано об этой самой продаже племянника. Но рассказывалось там и еще кое-что, — а именно, что совет продать племянника исходил от приятеля Ахсая, секретаря Иммани, так как секретарь Иммани прелюбодействовал с женой осуйца.

Тут же смерть вернувшегося племянника стала выглядеть очень подозрительной, и мне не составило труда опознать Иммани в изящной монахине, навещавшей домик вдовы Айр-Ашена, а в конце концов я отыскал старуху, которая продала все той же изящной монахине яд. Но все это было потом.

А тогда я выдрал страницу, рассказывающую о прелюбодеянии Иммани, а остальной дневник отдал Айр-Незиму, с одним условием: назвать мне людей, которые убивали покойника. Я знал, что Айр-Незим употребляет для подобных дел профессионалов из городских шаек, и надеялся, что эти люди расскажут мне, с кем в последние дни тайно встречался покойник.

И тут я попал впросак, потому что оказалось, что за покойником Айр-Незим не следил, а о встрече в «Красной тыкве» его известил письмом ваш сын, господин Андарз!

После этого все пошло кувырком. Вы, господин Андарз, вбили себе в голову, что юноша сжег письмо, и стоило только мне заговорить о том, что это не так, как вы начинали кричать, что я настраиваю вас против ваших домашних.

Между тем признание Айр-Незима подтверждало, что неизвестный владелец письма не убивал Ахсая и не брал у него денег и благодаря стечению обстоятельств письмо осталось у него. Не могло быть и речи о том, что этот владелец — ваш сын. У юноши больная душа, он чах в вашей тени и обожал Нарая, и даже советы о том, как расправиться с врагами, он вычитывал из любимых Нараем книжек. Если бы мальчишке попалось в руки любовное письмо государыни, обращенное к Нараю, то он отреагировал бы на это примерно так же, как и сам император! Он откуда-то слышал о письме, да, — и он был уверен, что письмо компрометирует его приемного отца!

Тогда я решил начать с другого конца — с ограбления, которому подвергся секретарь Иммани в Козьем Лесу. С самого начала, как только я услышал об ограблении, мне бросилось в глаза то удивительное обстоятельство, что господин Иммани ехал один. Это наводило на мысль об инсценировке ограбления, с одной стороны. С другой стороны, это наводило на мысль о том, что Иммани отослал всех слуг в преддверии тайной встречи. Господин Иммани склонен к воровству и блуду, но вряд ли неграмотные слуги могли быть нежелательными свидетелями в воровстве. Остается блуд. Опять-таки речь должна была идти не о простом блуде, а о такой женщине, которую Иммани не мог любить на глазах у слуг. Кто мог подходить на роль такой женщины лучше, чем госпожа Линна? Я навел справки и узнал, что госпожа Линна часто ездит на молебен в храм Исии-ратуфы и что двадцать восьмого числа она уехала в храм и провела там два дня. Служанка ее упомянула, что госпожа вернулась без венков, обыкновенно привозимых ею из храма, и причина, по которой Иммани отослал вперед сопровождающих, стала мне ясна.

По книге домовых записей, я увидел, что в этот день из столицы уехал и Шан'гар. Я вспомнил о том, как разбойник, подкарауливший Иммани, заплевал всю траву семечками, и сопоставил ее с привычкой Шан'гара лущить семечки и с тем, что разбойник прыгнул на Иммани сверху, — и я был убежден, что разбойником этим был Шан'гар, вознамерившийся отучить Иммани от шашней с госпожой, но тихо, так, чтобы вы, господин Андарз, об этом не знали.

Шан'гар ведь слышал, что все вещи Иммани отправил вперед, с сопровождающими, и полагал, что при Иммани остались только его собственные подарки, — и, таким образом, Шан'гар бы не нанес этой кражей вреда вам.

Я рассудил, что Шан'гар унес вещи себе в кабинет, даже не потрудившись их рассмотреть. А когда я увидел дверь Шан'гарова кабинета, закрытую благодаря его суеверию на печать, а не на замок, я понял, что вещи эти мог утащить любой желающий, то есть тот же Иммани или Амадия. Но кто же? И почему преступник, не получив денег, не дает вновь о себе знать?

Тут я поставил себя на место преступника и подумал: «Продавать письмо второй раз Андарзу — слишком опасно; продавать письмо Нараю — значит погубить Андарза и самого себя; надо продать письмо кому-то, кто не меньше Андарза заинтересован в падении Нарая и кто готов заплатить за такое большое дело большие деньги». Только один человек удовлетворял этим условиям — консул Осуи Айр-Незим. Он ничего не знал о происшедшем, он бы заплатил за письмо любые деньги, и в отличие от прочих сановников, которые с легкостью кувыркались во взглядах, Айр-Незим был заинтересован только в одном: не оставить от Нарая ни сухого, ни мокрого.

И тут я сделал ошибку. С одной стороны, мои шпионы донесли мне, что через три дня после праздника Пяти Желтоперок Амадия тайно встречался с осуйским консулом в храме Двенадцати Слив и что таких встреч было еще три. С другой стороны, я черным по белому прочел в дневнике Ахсая: «Теперь Айр-Незим готов съесть меня живьем, да и Иммани — тоже». Мне казалось невероятным, что Ахсай опять польстится на сообщничество с Иммани. После этого я перестал волноваться и подумал: «Господин Айр-Незим осмотрительный человек и знает, что делает. Он прекрасно понимает, что чем больше Нарай возрастает во мнении государя, тем сокрушительнее для него будет это письмо. В самом начале карьеры Нарая государь, может, и не обратил бы внимание на такое досадное обстоятельство; но когда советник Нарай стал для государя светочем и поводырем, человеком, обрушившимся на все пороки предыдущего царствования, разогнавшим любовников лживой и развратной матери, — словом, всем, чем должен был быть отец, которого государь не помнил, — тогда, конечно, любовное письмо покойной государыни, обращенное к светочу добродетели, убило бы Нарая в глазах государя».

Поэтому я не очень-то беспокоился по мере того, как государь подписывал все более нелепые указы. Все равно, думал я, действовать они будут не более месяца, а отвращение к ним у государя останется на всю жизнь. И вот, когда государь подписал указ о неплатеже осуйского долга и Айр-Незим получил право опротестовать оный в присутствии государя, я прямо-таки запрыгал от удовольствия. Я присутствовал на приеме в полной уверенности, что в этот день государь побьет и прогонит Нарая. И вдруг, вместо того чтобы вручить государю письмо, Айр-Незим зачитал этот дурацкий список претензий, который взбесил бы даже уличного разносчика, не то что императора Страны Великого Света!

И тогда, когда на следующий день на стенах Осуйского квартала показались копья варварских воинов, я понял, что Айр-Незим задумал кое-что посерьезней дворцового скандала.

Что, в конце концов, Айр-Незиму отставка Нарая? Ну, вернется в милость Андарз. Ну, пойдет все по-прежнему: осуйские купцы будут платить маленькие цены и давать большие взятки. По-прежнему чиновники будут арестовывать купцов, если не хватает на приданое дочке, ревизоры будут срывать печати с товаров, и начальники застав — сообщать приграничным грабителям о приближении каравана за долю в добыче. Да и сам Андарз — человек ненадежный. А вот как придет ему в голову завоевать Осую? Вполне понимаю осуйского консула.

Обычный дипломат на его месте, как я уже сказал, предъявил бы государю письмо, одолел Нарая и вернулся бы домой героем. Но Айр-Незим задумал большее: он понял, что недовольство народа, присутствие варваров в столице, страх чиновников — все результаты правления Нарая, — позволяют ему переменить не просто правителя, но сам образ правления! Покончить с империей в том виде, в котором она есть: заставить не осуйских купцов дрожать перед наместниками империи, а наместников империи — перед осуйскими купцами. Превратить империю в стадо овец, а варваров в овчарок; править империей, угрожая затравить ее варварами, и править варварами, угрожая отобрать у них империю, обеспечить Осуе торговую монополию по всей империи и за ее пределами и уж точно сделать так, чтобы никакая из провинций, ни Инисса, ни Чахар, ни Кассандана не рождали купцов — конкурентов Осуи.

— На месте Айр-Незима, — продолжал Нан, — я бы сделал именно это, но я был на месте чиновника империи, и замысел Айр-Незима мне очень не понравился.

Я, однако, понимал, что Айр-Незим не станет упускать такого популярного союзника, как господин Андарз, и с этой минуты ваше спокойствие, господин Андарз, стало представляться мне в чрезвычайно черном свете. Мне показалось, что вас уже не заботит судьба лазоревого письма, потому что вы нашли более жестокий способ расквитаться с Нараем.

Меня этот способ не очень-то устраивал, и я подумал, что если предъявить государю лазоревое письмо, то повод для мятежа отомрет сам собой. Но как добыть это письмо? Ведь не могу же я просто прийти к Айр-Незиму и попросить его сделать этакое одолжение? А если влезть ночью в кабинет Айр-Незима, — так ведь эти бумаги не так спрятаны, чтобы их можно было найти!

Тогда вместо того, чтобы отбирать у Айр-Незима бумаги, я решил предложить ему новые: и вот вчера я явился к нему в дом с документами, доказывающими его соучастие в завоевании Хабарты и гибели вашего брата. Это были очень неприятные для Айр-Незима документы, так как есть вещи, которые вы никогда и никому не прощали, и, даже если бы, увидев документы, вы не отказались бы от соучастия в перевороте, вы бы непременно придушили Айр-Незима после.

И вот я пришел с Шавашем к Айр-Незиму, и пока я беседовал с консулом в главном зале, Шаваш пролез к нему в кабинет и схоронился над балкой. Мы договорились так: если Айр-Незим отдаст мне письмо и получит документы, то он отнесет документы в кабинет, и уж дело Шаваша выкрасть их из того места, куда он их положит. А если Айр-Незим письма мне не отдаст, то я хлопнусь в обморок: Айр-Незим вытащит из меня документы и понесет в кабинет, и опять-таки это дело Шаваша — обобрать тайник или сейф.

Вообразите мое изумление, когда, перепутав мои намеки, Айр-Незим протянул мне план подземных ходов в императорский дворец и заверил, что план достался ему с полного вашего одобрения. Тут я хлопнулся в обморок, и Айр-Незим вытащил из меня план, и мне оставалось только надеяться на сообразительность Шаваша.

Нан вздохнул и продолжал:

— Признаться, это была очень неприятная ночь, а утро, которое я провел возле вашего дворца, было еще неприятней. Я мог нажаловаться Нараю и предотвратить заговор, но я не мог предотвратить бунта. Заговор бы кончился разделом государства; бунт послужил бы Нараю предлогом для повальных казней. К тому же на моих руках было миллион сто двадцать тысяч осуйских частных денег. Если бы заговор удался, я бы стал покойником по приказу Айр-Незима. А если бы заговор не удался, то Нарай первым делом запретил бы торговлю с Осуей, и тогда покойниками стали бы частные деньги.

Не могу сказать, что это было главное, о чем я думал — но ведь миллион — это немало!

Тут мне к тому же принесли записку о том, что со мной хочет встретиться Свиной Глазок. Это меня совсем расстроило — ведь я знал этого разбойника как человека, который по просьбе Айр-Незима убирал неугодных тому людей.

Если бы Айр-Незим посвятил меня в свои планы, вместо того

чтобы откупаться деньгами, то, может быть, я и увидел бы какое-нибудь преимущество для страны в этих планах. Но так как Айр-Незим не только не посвятил меня в свои планы, но и внес в списки лиц, подлежащих уничтожению, то мне справедливо казалось, что ничего хорошего для страны в этих планах нет.

К тому же весь ужас моего положения заключался в том, что, даже добудь я теперь лазоревое письмо, я бы не решился отдать его вам, господин Андарз, потому что вам оно больше не было нужно, и я не имел возможности лично и быстро передать его государю!

Нан тяжело вздохнул. Он не стал прибавлять, что ему не хотелось лично передать письмо государю, потому что, сделав это, он бы навсегда запечатлелся в памяти молодого государя как человек, передавший «то гадкое письмо».

— И вот, — продолжал Нан, — я иду по коридору управы Нарая, и вдруг мне навстречу ведут Шаваша. Я иду за ним и беседую с ним в камере, и оказывается, что он добыл письмо и был случайно задержан на пути ко мне ребятишками из «Общества Тростниковых Стен». Мальчик дрожит, как яйцо над иголкой, и душа у него замерзла от страха, но мы внимательно обговариваем, что и как ему говорить перед советником Нараем, — и Шаваш исполняет свою роль в совершенстве. При дальнейшем вы присутствовали сами.

Андарз всплеснул руками и оборотился к Шан'гару:

— Значит, это ты напал на Иммани! Глупый варвар, как можно оставлять ворованное в незапертой комнате!

— Но Шан'гар вовсе не оставил эти вещи в незапертой комнате, — отвечал Нан, — в том-то все и дело! Он испугался и снес их к городскому алхимику по кличке Чемоданчик, вместе с которым и варил золото. Он упросил алхимика продать вещи и употребить их на взятки духам. О чем Шан'гар не знал — так это о том, что проклятый алхимик был сообщником Иммани и Иммани свел его с Шан'гаром с тем, чтобы обобрать доверчивого варвара, а потом утопить его в ваших глазах, господин Андарз! Иммани сам, будучи пьян, проговорился мне об этом месяц назад, и мне стоило бы поразмыслить, с чего это Иммани отказался от такой поганой затеи.

Я уже схватил алхимика, и тот признался, что он показал Иммани полученные вещи. К слову должен вам сказать, что в потайном отделении вьюка было спрятано не только лазоревое письмо, но и все те деньги, которые Иммани якобы привез вашему старому подчиненному Бар-Хадану. На самом деле Бар-Хадан вовсе не изменял империи, получив жалованье. Иммани сказал ему, что империя опасается его воинов и вызывает его в столицу для казни, — и вот доверчивый варвар убежал в горы, а Иммани присвоил деньги себе. Так или иначе, лазоревое письмо снова оказалось в руках Иммани, и он сообразил, какой прекрасный случай предоставляет ему судьба. Сначала он попытался продать письмо через Ахсая вам, господин Андарз, а потом, когда Ахсая убили, он продал его Айр-Незиму. Интересно, что он расписал Айр-Незиму точно такую же историю про ограбление, разбойника и посредника!

Андарз невольно рассмеялся. Молодой чиновник выждал и продолжал:

— Что же касается Шаваша, то он снял с мертвеца только миллион в осуйских кредитках, каковые я и возвращаю вам, господин Андарз.

И Четвертый судья Нан, почтительно поклонившись, протянул Андарзу тонкую пачку.

— Что ж, — сказал Андарз, — в сложившихся обстоятельствах, я думаю, мне ничего не остается, как признать ваше полное право распорядиться этими деньгами.

▪ ЭПИЛОГ ▪

Года три спустя, в жаркий летний день, на плетеной трактирной террасе в одном провинциальном местечке, сидело трое купцов: купцы ели дыню и обсуждали последние известия из Дальней Хабарты, где войска господина Андарза наконец-таки взяли город Иннех, священную столицу ласов. Говорили, что между королем ласов Аннаром и его главным союзником, князем Росомахой, не было согласия, хотя в бою этого заметно не было. Но, когда стало ясно, что город удержать нельзя и ласы стали бросаться на свои мечи, Аннар и Росомаха, вместо того чтобы покончить с собой, сошлись в поединке, наконец-таки желая удовольствовать свою неприязнь: Росомаха победил Аннара и велел рабу покончить с собой.

Известия из Дальней Хабарты сильно занимали присутствующих: дело в том, что один из них был купец, снабжавший армию нефтью и серой, а другие два были хозяева заводиков. Эти заводы они уступили Андарзу в обмен на покровительство и аккуратно делились с ним прибылью, и старший из них послал в войско Андарза дюжину самых крепких своих работников и вооружил еще сорок всадников и платил им за все время, пока они были в войске. О трате он ни капельки ни жалел.

— Империи, — говорил он, — подобает покорять варваров, а народ должен это приветствовать. Сын пишет, близ Иннеха хороши медные рудники, — ежели господин Андарз будет сдавать эти рудники в аренду, я надеюсь, что он не забудет о моем патриотизме.

Собеседники кивали: они понимали, что одному старику медные рудники не поднять, и были готовы внести свою долю.

Разговор этот внимательно слушал молодой чиновник шестого ранга, посланный, судя по щеголеватому его кафтану, из столицы с какой-нибудь проверкой. Чиновник был не один: рядом с ним сидел хорошенький мальчик лет тринадцати или четырнадцати, в белой бархатной курточке лицеиста Белого Бужвы.

Вот спустя некоторое время купец поинтересовался у чиновника, кем ему приходится мальчик — братом или племянником и куда они едут, и чиновник ответил, что мальчик этот ему вроде воспитанника, и из-за летнего перерыва в занятиях он взял его с собой, а едет он инспектировать сыры в провинции Инисса. Разговорились; чиновник как-то удивительно располагал к себе; заказал всей компании вина и поинтересовался, не укажут ли ему хорошую модную лавку, — он слыхал, что в здешних местах отличные кружевные воротники.

Один из торговцев как раз занимался воротниками. Принесли узел с образцами, бывший с торговцем, чиновник пришел в такой восторг, что тут же, не торгуясь, купил три штуки. Сели вместе пить вино.

— А помните советника Нарая? — вдруг полюбопытствовал один из купцов. — Страху-то было, а что оказалось? Арестовывал людей за страсть к стяжательству и за блуд, а сам в это время сделал какой-то девице ребенка, государь выгнал его сразу, как только узнал о девице.

— И вовсе не поэтому его выгнали, — возразил другой торговец. — В саду у Андарза стояла статуя плачущего лебедя, господин Андарз переселил в эту статую душу Нарая и оттяпал ей голову, и как только это случилось, государь охладел к Нараю.

— Господа, стыдно потакать суевериям, — возразил третий купец, тот самый, который был дальновидней других и задумывался насчет медной аренды, — в наше время взгляды господина Нарая были невоплотимы; возможно, они и были пригодны для древности, но сейчас, с нынешним развитием производительных сил, со станками и техническими открытиями! Ба! Император просто понял всю их вздорность!

В это время трактирщик наконец принес господам последнюю перемену блюд, и все некоторое время занимались душистым чаем в крупных глиняных чашечках, черничным пирогом и пряжеными в сахаре фруктами «овечьи ушки».

— А нельзя ли узнать, сколько вы платите господину Андарзу с прибыли? — полюбопытствовал молодой чиновник.

— Да процентов тридцать платим, — честно ответил главный купец.

— А зачем?

— Как зачем? — рассердился купец. — Затем, что я как яйцо, меня только курица не раздавит. Конечно, если бы меня человеком признали, так ни шиша бы Андарз от меня не видал. Только вряд ли это случится, а?

— Да, — согласился молодой чиновник, — вряд ли господин Андарз станет добиваться, чтобы вас признали человеком, даже если ему очень хорошо за это заплатить.

И когда молодой чиновник приподнялся, чтобы передать собеседнику корзинку с фруктами, купец невольно обратил внимание на его изящные длинные пальцы и стальные запястья, перехваченные витыми браслетами работы старых чахарских мастеров.

ПОВЕСТЬ О ГОСУДАРЫНЕ КАССИИ

▪ Глава первая, ▪

в которой молодой юноша по имени Руш отправляется в столицу хлопотать об отце, а государыня Касия проявляет милость к вовлеченным в мятеж

В первый год правления государя Инана в провинции Харайн жил юноша по имени Руш. Рушу был тогда двадцать один год: он был весьма пригож собой. Глаза у него были синие, как лепестки лилии, волосы белокурые и немного вьющиеся, а брови красотой напоминали лист гиацинта, изогнувшийся под каплями росы. Девицы и замужние женщины на него заглядывались, но сам он был человек неопытный в искусстве сажать свою кочерыжку.

В то самое время, с которого мы начинаем рассказ, произошел мятеж Харсомы и Баршарга. Отца Руша, окружного инспектора и большого врага наместника Харайна, объявили одним из заговорщиков. В тот же вечер хотели арестовать и Руша, но он как раз был на вечеринке с сыном судьи, и судья велел отложить арест, дабы не бросать тень на сына, а затем как-то запамятовал. Вскоре отца Руша сослали в каменоломни, и Руш, верный предписаниям долга, поехал в столицу хлопотать о помиловании.

В столице Руш совсем отощал. Денег у него было мало, а связей и вовсе не было. Государю Инану исполнилось тогда восемь лет от роду. Все говорили, что государь Инан и мать его государыня Касия весьма гневаются на мятежников и пощады никому не будет. Руш мечтал подать личную жалобу государю, но оказалось, что это не так-то просто. Каждый день Руш ходил к судебной управе мимо Серединной Площади, и каждый день на Серединной Площади толпа смотрела, как кому-то рубят голову.

Поселился он на постоялом дворе за городскими воротами, где дешевле, и каждый день, как только открывали ворота, уходил в город, а в сумерки возвращался. Можно сказать, только эту дорогу в столице и знал: из постоялого двора в Верхний город, а там — от управы к управе.

Руш был юноша доверчивый и ласковый и рассказывал хозяину постоялого двора все о своих несчастьях. Так уж случилось, что эти частые жалобы навели хозяина на дурные мысли, и тот решил донести на постояльца «парчовым курткам», дабы завладеть всем добром юноши, которого, по правде говоря, было меньше мышиного зернышка.

И вот как-то к концу дня Руш возвращается на постоялый двор, — только миновал ворота, а навстречу ему бежит хозяйская дочка, сует в руку узелок с башмаками и связку монет и шепчет:

— Бегите! В дом пришли «парчовые куртки», а ищут — вас!

Все-таки хозяин не совсем потерял совесть, и потом он боялся, что юношу оправдают.

Руш заметался по всяким дворикам и рощицам, а затем выбежал на какую-то дорогу, обсаженную магнолиями с большими листьями, по форме похожими на утятницы. Светлый день кончился, на небе засияли звезды, словно кто-то прибил серебряными гвоздиками черный бархат к гробу, в котором схоронили солнце. За речкой защелкали соловьи.

Рушу совсем было некуда идти, и он брел себе по дороге, сворачивая то влево, то вправо. Западные предместья остались далеко позади, дорога шла меж деревьев и полей, и Рушу ужасно хотелось спать и есть. Вдруг впереди Руш заметил будто городскую стену, а рядом — небольшой храм. Руш подумал: «Если я постучусь в ворота храма, меня схватят и выдадут властям, а если я тихонько перелезу через стену, кто знает? Может быть, благочестивые горожане оставили здешнему богу немного еды и он поделится со мной трапезой».

К чему много слов?

Юноша перелез через белую ограду и вошел в кумирню. Место было необыкновенно чистым, ухоженным. Бог восседал на алтаре, исполненном в виде серебряной птицы, а позади алтаря была деревянная перегородка, за которой совершались возлияния. Перед богом, на свежей веревке, висела ивовая корзинка, и в ней лежала лепешка. Посреди зала был маленький бассейн, а над ним — отверстие в крыше. Сбоку от бассейна стоял куст «плакучей ножки», весь покрытый мелкими белыми цветами.

Руш взял лепешку и начал жадно есть. Потом он напился из бассейна, забрался за перегородку и крепко заснул: и пусть он пока спит.

В полночь у дверей послышались голоса, замелькали факелы, и в храм, смеясь и разговаривая, впорхнул десяток женщин. В середине очаровательной стайки служанок шла молодая госпожа, бесспорно превосходившая своих спутниц изяществом лица и осанки. У нее было удивительно правильное лицо с высоким лбом, изящно очерченными скулами и темными глазами цвета малахита. Кожа ее сияла, как лепесток лотоса, обрызганный росой, сияет под утренними лучами, и ее длинные черные волосы были уложены в сложную прическу и закреплены на голове двумя черепаховыми шпильками.

Она была одета в белую юбку, вышитую по подолу узором из уточек, резвящихся на лугу, и белую же парчовую кофту, затканную узором из астр и магнолий и перехваченную красным поясом со вставками из гранатов и сердолика. Из-под подола юбки виднелись маленькие ножки в красных замшевых башмачках с круглым узором на мыске.

Женщины совершили возлияния, а потом начали смеяться и шутить. Минуты шли за минутами. Дамы раскраснелись, от вина и внесенных жаровен им стало жарко. Госпожа оглянулась, заметила перегородку за алтарем и велела ее сломать, чтобы в зале стало больше воздуха.

Не прошло и мгновения, как приказание ее было исполнено, и Руш, спавший доселе непробудным сном, вскочил на ноги от яркого света и женских голосов. Женщины испуганно закричали: подбежали несколько слуг, явно евнухов, и схватили юношу за локти.

— Ты как сюда попал? — строго спросила прелестная госпожа.

Делать нечего! Руш стал рассказывать все, как оно было.

— Ах, сударыня, он, верно, врет, — сказала одна из служанок. — Мыслимое ли дело, чтобы наместник Харайна обвинил невинного человека? Я думаю, отец его бунтовщик и он тоже.

Старшая же госпожа, выслушав бесхитростный рассказ Руша, опечалилась и произнесла:

— Ах, сударь! В этом храме похоронен мой отец, и я сострадаю вашему горю всей душой. Но что значат чувства человека по сравнению с долгом? Так что, если есть приказ вас арестовать, я, конечно, прикажу своим слугам отвести вас в управу.

Юноша повесил голову и сказал:

— Госпожа, у меня к вам только одна просьба! Здесь так много вкусных вещей, а я вот уже день ничего не ел, да и перед этим два месяца жил впроголодь, — не согласитесь ли вы меня накормить, а утром препроводить в управу? Вы бы исполнили свой долг перед государем и совершили бы доброе дело, воздаяние за которое приходит еще в этой жизни.

Тут женщина улыбнулась и велела накормить юношу. Руш, несмотря на то что был голоден, ел аккуратно, так что приятно было на него посмотреть. Женщина несколько раз украдкой бросала на него игривый взор, а он и вовсе не отрывал глаз от красавицы и то краснел, то бледнел. Вновь наполнились вином кубки, послышались песни и шутки. Выяснилось, что молодой человек не только прекрасно поет и играет, но и обладает тонким умением подобрать строфу к строфе.

Наконец юноша поднял голову к отверстию в крыше над бассейном и увидел, что стало совсем светло.

— Ах, уже рассвет! — воскликнул он с отчаянием.

Женщина, казалось, тоже опечалилась.

— Поверьте, — сказал юноша, — мне не страшно идти на смерть, но мне горько, что я больше вас не увижу.

И он так покраснел, что было ясно, что он говорит правду.

Прислужницы между тем собрали корзинки с остатками еды и глиняные кувшины. В воде бассейна заплясали солнечные зайчики. Женщина сунула руку в поднесенную ей корзинку, вынула оттуда мешочек с серебряными монетами и положила его в руки юноши.

— Возьмите, — шепнула она, — и уходите своей дорогою. Я — жена финансового инспектора второго столичного округа...

Смахнула украдкой слезу и вдруг произнесла:

— А впрочем... Я вернусь в храм этим вечером и буду молиться за вас.

Повернулась, легкая, как иволга, и вместе со своими служанками покинула часовню.

Руш остался стоять у маленького бассейна с мешочком в руке. Он раскрыл его и пересчитал: там было сорок монет. Мысли его смешались. Он подумал: «Бежать, бежать немедля! Жена высокопоставленного чиновника, что хорошего тут может выйти? К тому же муж ее разузнает обо всем от прислужниц...»

Но вместо того, чтобы бежать без оглядки, он остался в часовне и с нетерпением ждал вечера. Стало смеркаться: за живой изгородью зашелестели легкие шаги. «Она или не она? — подумал Руш. — И если она — то не со стражниками ли?»

Но, к его удивлению, прекрасная зеленоглазая госпожа явилась лишь с двумя прислужницами.

— Как вы неосторожны, — сказала она, улыбаясь, — неужели минутная прихоть для вас дороже жизни?

Юноша только потупил голову. Снова начались песни и шутки...

К чему долгая речь?

Так получилось, что юноша не ушел ни во вторую ночь, ни в третью, ни в четвертую. Руш был человек красивый, этот самый предмет имел, можно сказать, удивительной стойкости, а у женщины были мягкие бока и нежные пальцы, словом, они сошлись друг с другом, как две половинки одного ореха.

Так прошло шесть ночей, а на седьмую дама сказала:

— Два месяца назад мой муж был направлен ревизором в провинцию Иниссу: завтра он возвращается. Увы, приходит пора расстаться! У меня нет ничего достойного вас, чтобы подарить вам на память: однако возьмите все же эту шкатулку!

Смущенный юноша стал отнекиваться, но зеленоглазая красавица его пристыдила:

— Как вы можете так говорить! Вам теперь нет ни счастья, ни удачи во всей ойкумене! Одна надежда: уйти за границы населенного мира или же присоединиться к какой-нибудь разбойничьей шайке и, свершив несколько подвигов во имя справедливости, заслужить прощение испуганного правительства. Мой подарок — пустяк, но, может быть, он поможет вам выжить, — а вы обижаете меня отказом.

Что же!

Юноше пришлось взять шкатулку, а на следующее утро он выбрался из храма и зашагал по дороге.

И вот Руш идет себе по дороге, а солнце катится по небу, как яичный желток по раскаленной сковородке, и орхидеи свесили наружу от жары свои длинные язычки, и дорога бежит вдаль, обсаженная двумя рядами пальм на толстых репчатых корешках. Каждый корешок — словно бочка! На северо-востоке, в родных краях Руша, таких пальм не росло.

Руш шел, запустив руки в карманы, и в одном кармане у него лежал ларчик с брошками и жемчужным ожерельем, который дала ему жена чиновника, а в другой — некоторая толика серебряных монет от нее же: муж, уезжая, пожаловал их ей на притирания и платки. Руш шел и позвякивал монетами, и ему было очень приятно иметь эти деньги. Он еще никогда не имел в жизни столько денег, и к тому же он добыл эти деньги способом, доставившим ему изрядное удовольствие.

Самые безумные мысли бродили в голове Руша: вот он покупает на подаренные ему деньги поддельные документы, сдает экзамены: двор в восторге от его таланта, его назначают инспектором, наместником, первым министром, наконец: враг его отца падает перед ним, с плачем, на колени, а Руш небрежно взмахивает рукой: «Отрубить преступнику голову». Или нет: нынче в окраинных землях проходу нет от разбойников, почему бы не добраться до отдаленной горы, соорудить себе укрепленный лагерь, собрать тех, кто обижен несправедливостью... Вот он врывается в столицу Харайна, ликующий народ тащит к нему за ноги наместника, погубившего его отца, а Руш небрежно взмахивает рукой: «Отдать его народу!» Известное дело: если прославиться громкими подвигами, можно заслужить прощение у испуганного правительства, покрыть свое имя славой в сражении с варварами...

Так-то юноша шагал по дороге и, увлеченный несбыточными мечтами, не заметил, как оказался на пути важной процессии: впереди бежали двое стражников с бронзовыми колокольчиками и пучками желтых лент на палках, а сзади, верхом на коне, ехал высокопоставленный чиновник со свитой. Несколько зевак — рядом, в поле, была горшечная ярмарка — стояли за стволами пальм и хлопали по стволам в знак приветствия.

Юноша поспешил отпрыгнуть в сторону — и надо же такому было случиться, что, отпрыгнув, он толкнул одного из зевак. Тот обиделся и пихнул Руша локтем — молодой человек отлетел на дорогу, прямо под ноги стражнику с пучком желтых лент на палке.

— Негодяй, — завопил стражник и ударил юношу палкой, — как ты смеешь мешать торжественной процессии!

Кровь бросилась Рушу в голову. Он кинулся на стражника с поднятыми кулаками, но его схватили под локти. Чиновники на конях завертели головами.

— Что случилось? — раздался оклик из середины процессии.

Стражники проволокли Руша по земле и поставили его на колени перед черным в белых носочках конем. Конь был покрыт попоной зеленого шелка, с вышивкой, изображавшей сельскохозяйственные работы, и на ушах его был укреплен парчовый чепчик. Чиновник, сидевший на коне, одет был не менее представительно.

— Ваше сиятельство, — рявкнул стражник, — этот человек бросился на дорогу перед процессией с намерением устроить беспорядки!

— Что ты врешь, — закричал оскорбленный Руш, — меня толкнули из-за деревьев, а ты избил невинного человека с перепуга, а теперь еще и оболгать норовишь!

— Обыщите его! — приказал важный чиновник.

Стражники вывернули карманы Руша и достали из одного — мешочек с серебром, а из другого — ларчик сандалового дерева и почтительно передали найденное начальнику.

Тот спросил:

— Откуда такие украшения у такого бродяги?

— Это фамильные вещи моей матери, — заявил Руш.

В это время один из чиновников подъехал поближе и вскричал:

— Это украшения супруги моего друга, заведующего финансами во втором округе! Наверняка этот человек обокрал почтенный дом!

И бедняжку Руша арестовали.

***

На следующее утро юношу доставили в местную управу. В кресле на возвышении сидел окружной судья, а рядом с ним, на почетном месте, — финансовый инспектор второго столичного округа. Это был человек лет шестидесяти, с толстыми руками и ногами и с глазами некрасивыми, как вареное яйцо. На столе перед судьей стоял злополучный ларчик.

Судья стал спрашивать молодого человека, как попал к нему этот ларчик, и Руш сказал, что он украл этот ларчик из женских покоев, принужденный к тому безденежным существованием, а как — это его дело.

Судья переглянулся с инспектором и сказал:

— У этого юноши правильная речь и благородные манеры. Он предназначен к лучшей судьбе, нежели быть искалеченным за воровство. Думается мне, что дело тут нечисто.

— Тут и думать нечего, — вскричал со злобой старый инспектор, — это моя жена дала ему ларчик в награду за блудодейство!

— Так ли это? — спросил судья юношу.

— Вздор, — ответствовал Руш, — я украл этот ларчик!

— Как же ты залез в мой дом, — спросил инспектор, — через калитку у канала или через калитку с розовыми кустами?

— Через калитку у канала, — ответил Руш.

Чиновник покраснел от гнева и затопал ногами:

— Негодяй, я поймал тебя! В моем доме нет калитки у канала!

Тогда юноша воскликнул:

— Как я вошел, это дело мое и моих сообщников, и я тебе ничего не скажу, чтобы не выдавать их!

Судья, увидев, что дело нечисто, огласил бумажку о пытке. Юношу положили на пол и стали бить длинной веревкой, пока кончик ее не намок от крови. Но Руш стоял на своем: украл, и все тут. А сообщников не называю затем, чтобы они, чувствуя благодарность, позаботились о семье.

Тогда старый чиновник сделал знак прекратить пытку, отвел Руша в угол и сказал:

— Неразумный юноша! Я, право, не знаю, какое у вас было дело с моей женой и было ли оно. Но подумай только: если ты покажешь, что это она дала тебе ларчик, то тебе ничего не угрожает, потому что за блуд мужчинам ответственности нет. А если ты будешь называть себя вором — то тебе отрубят сначала руки, а потом голову.

Но Руш рассердился и вскричал:

— Да что тут говорить! Украл — и попался! А клеветать на честных женщин я не буду!

Руша избили розгами, вымоченными в соленом растворе, и бросили в каменный мешок. Сторожа пожалели юношу и принесли ему чистой соломы. На этой-то соломе он пролежал три дня, и каждый день проклятый чиновник являлся к нему и говорил:

— Все равно я найду способ развестись с моей женой и доказать, что ты прелюбодей, а не вор.

И каждый раз Руш только огрызался.

На четвертый день чиновник пришел к нему с двумя дворцовыми охранниками, и в руках у этих охранников было платье постельного чиновника. Старый инспектор сказал:

— Я добился того, что сегодня наше с тобой дело рассудит сам государь Инан, и, клянусь твоей душой, я потратил на это дело денег больше, чем стоят все проклятые цацки, отданные моей женой. Но берегись: теперь мою жену накажут за блуд, а тебя — за лжесвидетельство!

Услышав о личном государевом суде, Руш совсем растерялся. Он подумал: «Если бы государю было двадцать или хотя бы двенадцать лет, государь, несомненно, рассудил бы нас по справедливости и отпустил бы меня! Но ведь государю — только восемь лет! Разве восьмилетний ребенок, хотя бы и божьего рода, может вникнуть во все обстоятельства дела? Ясно, что он утвердит тот приговор, который подскажут купленные чиновники!»

Тут же Руша переодели в пристойное платье, чтобы не смущать глаза государя, нацепили на шею чистую деревянную колодку, бросили в тележку, и тележка покатилась по убитому щебенкой шоссе. Через час приехали в столицу, через два часа — во дворец.

Вот его привезли в дворцовую тюрьму, сняли колодку, взяли под руки и повели садовыми дорожками.

Руш никогда не был, как говорится, «за стеной с серебряными гусями», и только восторженно вертел головой. И было на что посмотреть! Его вели через самые внутренние улицы дворца, где под небом, отделенным серебряной сеткой, пели соловьи, и цвели невиданные растения, и ручные императорские олени с пушистыми хвостами и золочеными рожками, вымершие в других местах империи, бродили меж павильонов, отделанных яшмой и янтарем.

Вот Руша ввели в один из центральных павильонов, к которому сбегались со всех сторон крытые дороги, и Руш увидел, как колышутся и сверкают на солнце тончайшие гобелены и воздух переливается из галереи в галерею. Руш понял, что это зала Ста Полей, предназначенная для официальных аудиенций, и сердце его дрогнуло: «Быть того не может, — подумал он, — чтобы такая красота была выстроена человеческими руками. Правду, наверное, говорят, что главные павильоны дворца строили духи, подвластные государю Иршахчану, и что эти духи наложили на залу Ста Полей заклятие, по которому в ней не могут быть приняты неправедные решения!»

Тут чиновник, шедший за Рушем, улыбнулся своей поросячьей улыбкой, и юноша очнулся. «Нет, — горько подумал Руш, — если бы добрые духи наложили на залу заклятие, вряд ли бы этот мерзавец меня сюда привел. Кто знает, вдруг он представит дело так, что я и его жена сговорились убить его или еще что-то подобное: ведь, говорят, те, кто берет взятки, сами соблазняют клиента дополнительными выдумками, да и ему приятней давать взятку за самый страшный приговор!»

А Руша между тем провели в маленькую комнатку перед залой Ста Полей и усадили за стол. Там ему поднесли горячий слоеный пирожок с начинкой из фазана и свиной печенки, лапшу и кусочек маринованного ужа. Руш поел, плача. «Разве донесется мой голос до государя? — думал он. — Ведь, говорят, когда в зале Ста Полей расследуют дело, то сразу сто чиновников судят сто дел, а государь сидит вдалеке, за занавеской, и иногда его и вовсе не бывает в зале».

Наконец Руш покончил с едой, стражники подхватили его и повели в зал.

Руш робко огляделся и увидел, что это еще не суд, а начало приема: занавеси в середине залы были сдвинуты, у зеркальных стен шушукались чиновники. Стража повела его к занавесям и поставила на колени, а проклятый финансовый инспектор, усмехаясь, стал рядом.

Занавес медленно пополз в сторону, и на троне показался император. Он был прелестен в своем белом платье, и столь мал, что золотой небесный венец династии, висящий на цепях над его головой, висел так высоко, что даже если бы император встал ножками на трон, то все равно не дотянулся бы до золотого венца. Чуть поодаль, на возвышении, стоял другой трон. «Трон вдовствующей государыни Касии», — вспомнил юноша и почтительно поднял взгляд...

И что же он увидел! На аметистовом троне, ласково улыбаясь, сидела та самая зеленоглазая красавица, с которой юноша забавлялся в храме всю неделю и которая назвалась женою финансового инспектора! На этот раз она была в черном вдовьем наряде, без украшений и узоров, и ее черные волосы были заплетены в косу и уложены вокруг прелестной головки; и в левой руке она держала отороченный мехом свиток с законами, а в правой — бронзовое зеркало, в котором видно все, что происходит в государстве.

Руш остолбенел и прирос к полу, а чиновник выступил вперед и сказал:

— Государыня! Позвольте вымолвить слово и не прогневайтесь за неподготовленную речь! Сообщники бунтовщика Харсомы малочисленны и давно наказаны. Однако некоторые бесчестные люди, желая воспользоваться случаем и составить себе состояние, обвиняют невинных людей, арестовывают подозреваемых в богатстве или же сводят личные счеты! Взгляните на этого юношу! Отец его был несправедливо обвинен! Молодой человек, невзирая на опасность, угрожающую ему самому, явился в столицу, мечтая смыть позор с родительского имени, — и никак не мог проникнуть сквозь барьеры, воздвигнутые бесчестными вокруг дворца. Его заключили в темницу и избили, — лишь случайно, инспектируя тюрьмы, я услышал его историю!

Государыня прослезилась и молвила:

— Пора положить конец преследованиям! Бунтовщики ли, нет, хватит об этом! Бедный мальчик! Я прощаю и его, и его отца, а за сыновнюю преданность даю ему должность во дворце!

Что в ту минуту делалось в душе Руша — описать не берусь.

Надо сказать, решение государыни остановить преследования мятежников было принято с удовольствием, и история юноши, верного сыновнему долгу, покорила сердца чиновников и простолюдинов. В тот же вечер ее пересказывали во всех харчевнях.

Среди присутствовавших в зале придворных был человек по имени Даттам, монах-шакуник. Храм Шакуника в это время имел огромную силу: не было, почитай, чиновника, который не имел бы от шакуников подарка, не было ведомства, которое не вело с шакуниками торговых дел, и храм получал со своих владений и заводов столько, сколько государь — с пяти провинций. Кроме того, храм имел право выпускать кожаные билеты, обеспеченные имеющейся в храме наличностью, и, по правде говоря, этим билетам многие доверяли больше, чем государственным деньгам.

Что же касается самого Даттама, то он был колдун и человек довольно развратный. Так сложилась его судьба, что в молодости он был известным мятежником и после разгрома бунтовщиков вынужден был уйти в монахи. Монашеского плаща, однако, не носил, одевался в атлас, мех и золотую сетку, грешил с девочками и мальчиками и был одарен прямо-таки непомерной страстью к познанию.

Этот Даттам был так любопытен, что резал живых людей, дабы убедиться, что сердце работает как насос, перегоняющий кровь.

Этим вечером Даттам вернулся с аудиенции раньше, чем обычно, весьма задумчивый и усталый. Настоятель спросил его, случилось ли что-нибудь в зале Ста Полей. Даттам ответил:

— Да. Первый министр Сатта потерял свою должность.

— Как, — удивился настоятель, — у него отобрали печать?

— В государстве, где правит женщина, есть должность более высокая, чем должность первого министра, — сказал Даттам.

— Какая же?

— Любовник государыни.

▪ Глава вторая, ▪

в которой рассказывается о том, какую рыбу выловил из ручья государь Инан

Прошло десять лет.

Государь Инан рос мальчиком тонким, впечатлительным. Когда ему еще не исполнилось восьми, государыня Касия, спасаясь от заговорщиков, переоделась в платье жены угольщика, посадила его в корзинку за спину и спустилась из дворца по веревке: а сама она была тогда на пятом месяце.

Государь Инан помнил, как ему было душно в корзине. Потом он глядел сквозь щель корзины, с вершины Облачного храма в центре столицы. К храму скакал отряд желтых стражников, и императрица и усатый человек рядом с ней переговаривались, скачут ли это друзья или враги? Тут государыня вспомнила о ребенке, вынула его из корзины и показала желтым: оказалось, что это друзья.

Церемоний государь не любил. Во время приемов в зале Ста Полей принимался плакать. Он заметил, что, после того как заплачешь, матушка позволяет ему уйти, и стал плакать совсем часто.

В четырнадцать лет государь представил государыне записку: «Об управлении государством». В ней было множество соображений о пользе завоеваний и неуклонных казней нерадивых чиновников. Так получилось, что записку высмеяли, будто ее писал не четырнадцатилетний мальчик, а умудренный опытом государственный муж. Строки о неуклонных казнях ходили в выписках по дворцу: распространился слух, что государь неспособен к управлению.

Государыня Касия никогда не карала людей. Она любила, чтобы чиновники уважали себя и были уверены в будущем. Она считала, что от такой уверенности крепнет государство. Но однажды она застала человека, которому оказывала благосклонность среди подушек и простынь, с другой дамой. Ей удалось сделать так, что этот человек вызвал неудовольствие молодого Инана: государь схватил его за воротник посереди залы Ста Полей, оторвал воротник и приказал оторвать и голову.

Государыня вступилась, несчастного чиновника отправили в ссылку. «Хотела бы я тебя простить, но ты сам знаешь: воля государя — закон», — со слезами на глазах молвила регентша. Таких случаев было пять или шесть: придворные с ужасом рассказывали об этих вспышках гнева юноши, сличали их с его жестокими размышлениями и горевали о том, какой у них будет страшный император, когда вырастет.

Государь привязался к одному воспитателю, к другому: всех удалили. Подружился с чиновником по имени Шамия. Государыня проверила чиновника — оказалось, что тот положил себе в карман два миллиона во время казенной инспекции и торговал подписью государя. Касия хотела сослать чиновника, но государь расплакался в гневе и приказал его казнить. То же повторилось и с другим другом, и с третьим. Придворные начали держаться подальше от государя, опасаясь вызвать недовольство всемогущей регентши. Государыня, вздыхая, сказала: «Мой сын слишком жесток». После этого распространился слух, что Инан не умеет выбирать друзей и гневлив по природе.

Молодой государь часто бил слуг, кричал: «Я вас повешу!» Единственный, с кем он дружил, — это со своим младшим братом. Они часами играли вместе.

Когда государю исполнилось четырнадцать лет и ему сделали взрослую прическу, никто не вспомнил, что пора бы регентше передать бразды правления в руки юноши.

Государь прибил ко дворцу ящик, куда клали собственноручные прошения. Он хотел быть знакомым с жизнью народа и ожидал талантливых проектов. Он нашел там множество безграмотных жалоб на таких мелких людишек, о которых он и не подозревал, что они существуют на свете, а еще — карикатуры на самого себя и сектантские стишки, где его называли подкидышем, а убитого бунтовщика Харсому — законным императором. Государь расплакался и приказал сжечь ящик: а между тем некоторые из этих стишков положили в ящик по приказу государыни.

В придворных кругах государя не любили, в народе его имя было весьма популярно.

Вскоре после того как государю сделали взрослую прическу, пришло известие, что государь бежал из дворца и объявился в провинции Инисса. В Иниссе началась непочтительность к государству, убили очень много людей и собрали очень мало риса. В конце концов самозванца поймали, привезли в столицу и поставили перед лицом Инана: это был плюгавенький человечек лет тридцати. Стражники выдрали ему, пока везли, все волосы. Государь глядел на этого человечка с любопытством и завистью: ах, как легко тот расправлялся с чиновниками, — а потом стал с интересом расспрашивать о ходе восстания. Мятежник отвечал дерзко, и государь с досады приказал зарубить его на месте.

В начале правления государыня сидела на материнском троне позади сына, но, когда государь стал на аудиенциях редок, пересела на государев трон. Потом сделали только один трон, на котором сидела государыня; при торжественных церемониях, когда требовался государь, приносили два золотых стульчика: на один стульчик, справа от матери, садился государь Инан, на другой, слева, — его младший брат Варназд.

Когда государю исполнилось пятнадцать, государыня Касия снова приказала бить золотую монету, но со своим, а не с государевым ликом. Бумажные деньги тоже стали выпускаться с портретом женщины.

Когда государю исполнилось шестнадцать, государыня выстроила новый дворец из трехсот шестидесяти трех павильонов, по числу дней в году. Один из небольших павильонов отвели государю. В эту зиму у государыни пользовался почетом некто Хани, молодой человек лет двадцати, смазливый донельзя. Ему отвели три павильона, соединенных с государыниными покоями. Но потом этот Хани проявил дерзость, вознамерившись вмешаться в государственные дела, и государыня прогнала Хани. В павильонах, соединенных с государыниными покоями, поселили другого чиновника.

Вообще всем этим молодым людям государыня дарила кольца и брошки, к делам же не подпускала. Впрочем, они обогащались через мелкие просьбы. Единственный, кто пользовался влиянием, был Руш. Государыня была женщина властная, любила одевать Руша в женскую юбку и заплетать ему косу. Руш не противился.

В Серединных Покоях было несколько драгоценных золотых блюд. Древние колдуны заколдовали их так, что блюда по приказу государя сами наполнялись едой и плавали по воздуху. Все присутствующие на пирах видели это и дивились.

Когда государь отселился в малые павильоны, волшебные блюда остались в распоряжении женщины.

У государя на шее, однако, висела золотая печать с вырезанным на ней ихневмоном и надписью по бортику «Великий Свет». Стука этой печати слушались рыбы в холодном иле и духи в пустых небесах: волшебная сила ее была такова, что, если обвести этой печатью круг вокруг порочного человека или надеть ее ему на шею, этот человек немедленно умирал. Поэтому государыня не отобрала у государя Печати Великого Света.

Обликом государь был похож на покойного императора: у него были каштановые волосы и серые глаза; плечи его были несколько узковаты для его лет.

Вначале молодой Руш жил добродетельно, разделяя неизбежные доходы с многочисленными родственниками, но с течением лет сильно переменился.

Объезжая по повелению государыни восточные провинции, приказал соблюдать перед собой этикет, как перед государем; сам возжег огонь перед предками Верха и Низа. Одному чиновнику, осмелившемуся сесть в его присутствии, приказал отрубить голову.

Дворец Руша в это время роскошью не уступал государыниному, а безобразиями далеко его превосходил. В числе прочих развлечений устраивались пиры по жребию: приглашенные приходили и садились, а слуга обносил их кувшинчиком со жребиями слоновой кости: кто какой жребий выбирал, тот то и получал. Один вытаскивал, к примеру, жребий на фазана, жаренного в масле, выжатом из розовых лепестков, и фаршированного редчайшими фруктами, а другой — на соевый сыр, пищу заключенных. Один получал рис, а другой — приправу к рису. А бывало, что кому-то достанется кабан на золотом блюде (блюдо позволялось уносить с собой), а кому-то бумажное блюдо с нарисованным на нем кабаном — так он нарисованного кабана и ел. Так же и с подарками. Никто не мог прийти на пир без подарка Рушу и не уходил без Рушева подарка. И случалось, что какой-нибудь поэтишка или случайно приглашенный вытягивал жребий на кубок чистого золота или дарственную на городскую усадьбу, а солидный чиновник, муж пяти жен, вытягивал жребий на три катышка навоза или, скажем, на восемь ударов плетьми!

Так-то получалось, что, хотя добра на этих пирах пожиралась целая прорва, редко кто уходил с них довольный: уж больно издевался над гостями хозяин. Государыня Касия о происходящем, конечно, знала и всегда старалась утешить обиженных. Рушу же она не препятствовала издеваться над людьми и создавать себе врагов, полагая необходимым, чтобы у такого могущественного человека не было друзей и единственной его опорой была бы она сама.

В тот день, с которого мы возобновляем свой рассказ, государь Инан прохаживался по саду, когда ему вдруг пришла мысль съездить покататься на лодке в Дальние заводи.

— Нельзя, — сказал испуганный смотритель лодок, — надобно прежде доложить государыне!

Инан побежал в Облачный павильон.

Двери государыниного кабинета были заперты, а военный чиновник, обычно несший у них караул, куда-то пропал. Инан постучался: никто не открывал. Инан прислушался: за дверью послышался тихий шорох, потом стон.

— Ой, — проговорил голос матери, — отпусти меня! Мне больно!

Инан заметался.

— Мама! Матушка! — закричал он.

Но двери были толстые: в кабинете ничего не услышали.

Инан вспомнил, что другая сторона кабинета выходит окнами в сад, вскрикнул и, бросившись в соседнюю комнату, выбежал на галерею. В кабинете государыни зазвенело, падая, что-то тяжелое и медное. Инан, не раздумывая, толкнул окна и вскочил внутрь.

Государыня стояла вполоборота к окну, а вплотную к ней стоял тот самый военный чиновник, который должен был нести караул у дверей кабинета, и держал свои руки под ее юбкой. Государыня потянула его на себя и прошептала:

— Ах, ты меня убьешь!

— Не смейте убивать матушку, — закричал Инан, вваливаясь внутрь.

Чиновник отскочил в угол. Государыня обернулась.

— Пошел вон, щенок, — зашипела она.

Как Инан выскочил из кабинета, он не помнил. Он выбежал на галерею, добежал до парадного входа и бросился по ступеням вниз. Там, внизу, он и наткнулся на своего младшего брата Варназда. Мальчику было десять лет, и он был прелестен и хрупок, как цветок лилии: на нем были белые атласные штанишки и курточка, вышитая серебряными птицами, клюющими жемчужные зерна. Мальчик играл в мяч и не заметил, как на площадку выбежал молодой государь: мяч полетел прямо к Инану, несильно ударив его в грудь, отскочил и упал в клумбу, испортив высокий куст голубых и ломких цветов росовяника.

Инан закусил губу, прыгнул на клумбу и схватил мяч. Мальчик подбежал к брату и, улыбаясь, протянул руку за мячиком. Он решил, что брат, по обыкновению, хочет с ним поиграть. Вдруг лицо Инана перекосилось, он изо всех сил хлестнул брата по щеке и сказал:

— Или тебе неизвестно, как просят государя?

Варназд испугался. Он, конечно, знал, что каждый, кто о чем-то просит государя, обязан стать перед ним на колени, но ведь это не зала Ста Полей, да и вообще, они столько раз играли вместе!

Варназд свесил головку, опустился в своих белых штанишках на мокрую от дождя землю, сложил на груди маленькие, накрашенные хной ручки и сказал:

— Братец государь, прошу вас, отдайте мне мячик!

Государь вцепился ногтями в мячик, разорвал его и бросил на землю, а потом повернулся и пошел прочь.

В это время на лужайке перед павильоном показалась государыня Касия и увидела младшего сына: тот стоял, прижимая к груди разорванный мячик, и плакал. Белые штанишки его были испачканы в земле, а на щеке — красная полоса от хны, осыпавшейся с государевой ладони.

Государыня Касия решила, что это кровь, и сердце у нее оборвалось. Она слетела, как птица, с крыльца и побежала к сыну.

— Убили! Убили! — кричала она.

На государыне были туфельки с золотыми носками и высокими каблучками. Когда она подбегала к мальчику, один каблук подломился, и женщина чуть не упала. Рядом с маленьким Варназдом стояла старшая нянька. Государыня схватила эту туфлю и стала бить ею няньку по лицу, крича:

— Вот как вы бережете моих детей!

Варназд отчаянно заревел и сел на землю. Государыня бросила туфлю, подхватила его на руки и сказала:

— Кто тебя ударил? Кто обидел?

Все кругом стояли, окаменев, не решаясь сказать правды.

— Это государь, — сказал Варназд, — он порвал мне мячик.

И заплакал еще сильней.

В этот миг затрещали кусты: государыня обернулась — это государь Инан стоял на повороте дорожки и все видел. Глаза его были полны слез, и он глядел, как глядит крот из кротоловки. Государыня надулась и зашипела, Инан вскрикнул и бросился прочь. Государыня подхватила младшего сына и побежала вверх по ступенькам павильона.

Все присутствовавшие при этой сцене застыли, ужасаясь в душе происшедшему.

Десятилетнего Варназда отнесли в покои государыни. Придворный врач нашел у него сильнейшее нервное потрясение. Он напоил его лекарством и уложил в постель под волшебное одеяло, затканное золотыми лилиями и лечебными изречениями. Зажгли благовонные свечи. Государыня Касия не отходила от него и держала его ручку, а тот все время улыбался и плакал.

Часа через два к государыне, сидевшей у постели, прокрался чиновник и шепотом доложил, что государь Инан не возвращался в свои покои: что делать?

— Мерзкий мальчишка, — сказала государыня, — он совсем меня со свету хочет сжить! Если он так жесток со своим братом, как же он будет жесток с народом!

И не велела искать Инана. Правда, приказала на всякий случай расставить стражу возле глубоких прудов.

А государыня всю ночь думала о том, что сказал бедный военный чиновник, отскочив в угол. Он сказал: «Великий Вей! Такой взрослый сын». Женщина гладила волосы младшего сына и думала, что если бы государем был он, то никто из ее любовников не говорил бы, что у нее взрослый сын, и никто из придворных не говорил бы, что у трона — взрослый наследник.

***

Темные крылатые карлики, подручные великого Бужвы, закатили расплавленное солнце в черный кувшин ночи и заткнули горлышко и носик кувшина серебряными пробками лун. Травы и цветы государева сада заблестели ночными бликами, меж ветвей деревьев заметались непонятные тени, — государь Инан все бежал и бежал по саду. Наконец он споткнулся о корень, упал, расцарапал лицо и руку, уткнулся в траву носом и горько, страшно зарыдал.

Он рыдал полчаса, а может, и больше, а потом перевернулся на спину и стал прислушиваться. Он никогда не бывал в государевом саду ночью, один. Сад простирался на тысячи шагов, от Левой реки до Орха; бог знает, сколько земли было отнято у нищих огородников, бог знает, сколько убитых и отравленных чиновников сторожат осыпавшиеся в вечность павильоны прошлых династий...

Высоко вверху, на лаковой крышке неба, вырисовывались кроны кипарисов и сосен; чуть подальше журчал ручеек. Среди деревьев копошились тени. Государю стало нестерпимо страшно. Что-то прошелестело в траве и прыгнуло ему на плечо.

— Ай-ай-ай! — закричал государь, но это была просто ручная белка. Государь стал гладить белку и заплакал ей в шкурку, но белка перепугалась и убежала.

Государь встал и побрел по лесу. Ноги его сами нащупали какую-то муравьиную тропку, и он шел осторожно, опасаясь попасться на глаза каким-нибудь здешним привидениям. Ведь многие из них наверняка имели зуб на правящую династию. И хотя государю принадлежал весь мир, и даже птицы не смели нести яйца без его позволения, и весна начиналась сообразно подписанному им указу, — государь совсем забыл об этом факте и крался по ночному парку осторожно, как мышь по амбару.

— Попался, — вдруг раздался над его ухом угрожающий шепот, и в следующий миг сильная рука прижала государя к стволу дерева, а перед его глазами мелькнуло что-то длинное и блестящее, как обрезок луны.

Государь пискнул и закрыл глаза.

— Э, да ты кто такой?

Государь открыл глаза. Перед ним, на дорожке, в лунном свете стоял мальчик, или, скорее, юноша, в чистых полотняных штанах, закатанных по колено, в серой куртке и с узлом через плечо. Куртка была распахнута, и виднелось гладкое белое тело юноши, сильное, как тело удава. У него были темные волосы и темные глаза. В правой руке он держал что-то вроде короткого копья с тремя зубчиками — это-то копье, а не обрезок луны, как почудилось Инану, и побывало у его шеи.

Мальчик выпустил императора и хмуро сказал:

— Эй, я думал, ты сторож. Ты чего здесь делаешь? Это мой участок.

— Как твой участок? — изумился Инан. — Это государев сад.

Оборвыш причмокнул.

— Сад — государев, а участок — мой, — сказал он. — Я здесь рыбу ночью ловлю. А этот сторож повадился лазать в мои верши.

Инан поглядел на него с изумлением. Он слыхал, что в государевом саду ночью гуляют привидения, но никогда не слыхал, чтобы в государевом саду ночью ловили рыбу. И вообще, как этот голодранец сюда попал?

— Ты, — заявил незнакомый мальчик, — если хочешь ловить рыбу, лови у Серебряного ручья или под храмом Семи Радостей. Там тоже есть. А здесь не смей — зарежу.

— Я не умею ловить рыбу, — растерянно ответил Инан.

— А, — задумался незнакомец, — хочешь, научу?

Мальчики сошли к неширокому ручью, вытекавшему из известняковой пещерки. Незнакомец вытащил нож, срезал гибкий ивняк и стал показывать, как надо плести вершу. Потом на мгновение скрылся в пещере и вернулся оттуда с двумя плетушками, в которых бились маленькие рыбы с оттопыренными, похожими на веер, плавниками.

— Белозубки, — сказал незнакомец. — А теперь смотри.

Мальчик зашел в ручей, пока вода не дошла ему до колена, зажег в левой руке бумажный фонарик и стал неподвижно. Теперь, в свете луны, Инану было видно, что волосы у мальчика не просто темные, а темно-рыжие, такого густого красного цвета, как свернувшаяся кровь или засохшая фиалка; он был одного роста с Инаном, но шире в плечах, и кулак его обхватил древко остроги, как амбарный замок.

Миг — и острога ударила в воду. Еще миг — и незнакомец выскочил на берег с большой белой рыбой на конце остроги. Рыба таращилась, делала страшные глаза. Она была юноше до пояса.

— Я так не сумею, — горько сказал Инан.

— Сумеешь, — возразил мальчик, — знаешь, сколько она на рынке стоит? Пол-ишевика.

Инан вспомнил, что ишевики теперь чеканят не с его портретом, а с портретом матери.

— Правда, надо дать пять розовых дворцовой страже и десять — блюстителям на рынке, — продолжал незнакомец.

— Я в жизни не держал в руках столько денег, — вдруг тихо сказал государь.

Мальчики замолчали. Тихо светила луна, плескался ручей, и Инану показалось, что в шорохе ручья он различает шелест идущих по дну рыб. Ему было и хорошо, и неудобно на этом мокром травяном склоне.

— А ты, кстати, кто? — спросил темно-рыжий незнакомец.

— Я император, — ответил Инан, — а ты?

Незнакомец засмеялся.

— Ну тогда я — король.

Инан подумал.

— Короли не умеют ловить рыбу, — сказал он.

— Напротив, — возразил мальчик, — король должен быть примером для воинов. Он должен уметь все. А если он не будет лучше всех охотиться и лучше всех драться в бою, так его тут же зарежут, и будет другой король.

— С императором не так, — сказал Инан. — Ему не надо лучше всех охотиться.

Темно-рыжий незнакомец захохотал, обнял его и повалился на траву, суча ногами в воздухе. Инан тоже засмеялся.

— А если серьезно, — спросил Инан, — как тебя зовут?

— Идасси. Я учусь в Лицее Белого Бужвы, в последнем классе. Но у меня не так много денег, как мне хотелось бы, и вот я ночью хожу сюда.

Теперь государю было понятно, как попал сюда этот мальчик. Лицей Белого Бужвы находился внутри дворцовой ограды, мальчики спали в соседних павильонах, и, конечно, Идасси ничего не стоило вылезти ночью в государев сад. Другое дело, что бы он стал делать, напоровшись на привидение?

— А белку или оленя ты подстрелить можешь? — спросил Инан.

— Белку нельзя. Они все учтенные. И яблоки тоже сосчитанные. А рыбу можно, так как ее никто не считал. И вообще, ты когда-нибудь видел, чтобы священными белками торговали на рынке?

Государь хотел сказать, что он вообще никогда не видел рынка, но вместо этого просто покачал головой.

— Вот. А какой смысл убивать белку, если не можешь ее продать?

Они помолчали.

— Ты чего дрожишь? — спросил вдруг Идасси.

— Я боюсь ночи, — признался Инан, — наверное, здесь много привидений.

— Нашел чего бояться! — изумился мальчик. — Если хочешь, любой стражник у ворот гораздо поганей этих самых привидений. Талисман против привидений стоит полтора ишевика, а ты видал где-нибудь стражника, который удовольствуется только полутора ишевиками?

— А у тебя есть талисман против привидений? — робко спросил Инан.

— А то как же, — кивнул мальчик.

Инан потупился. Он опять вспомнил, что никогда не бывал ночью в саду и что, наверное, ночью в саду водятся не только такие вот симпатичные мальчишки из лицея, но и привидения разных чиновников, казненных за совершенные преступления или, наоборот, за то, что они отказывались преступление совершить. Мальчик поглядел на дрожащего Инана, снял со своей шеи ладанку и сказал:

— На, держи, коли ты такой трусливый. Я себе новый куплю.

Инан надел на себя амулет.

— А ты чего из дому сбежал, если ночи боишься? — спросил Идасси.

— Мать накричала.

— Стерва мать-то?

Государь не ответил.

— Любишь ее?

— Очень.

— Знаешь, — сказал Идасси, — я думаю, когда ты вернешься, она задаст тебе страшную трепку.

— Похоже на то, — согласился Инан.

— Знаешь что — отдам-ка я тебе этих рыб. Думаю, если она увидит этих рыб, она не станет ругаться. Только скажи, что если она пойдет продавать их на рынок, пусть уплатит пять розовых страже у ворот и десять — надзирателям на рынке. А то они будут просить несусветную цену с неопытного человека.

— Проводи меня домой, — попросил Инан, — а то мне страшно.

Идасси надел больших рыб на ивовый прут, а маленьких положил в корзинку, и они пошли.

Они дошли до храма Семи Зернышек, и по совету Идасси государь прокрался задами к боковому флигелю, где была его спальня. Идасси был незнаком с расположением зданий в этой части дворца, и государев павильон, по правде говоря, был не из самых роскошных. Как мы уже отметили, государь пользовался одним павильоном, а мелкий чиновник, приближенный к постели государыни, — целыми тремя.

Идасси посоветовал государю, чтобы оттянуть трепку, влезть через окно, и даже сам поддел окно ножичком и отковырнул легкую деревянную раму.

— Так ты не веришь, что я император? — спросил напоследок Инан.

— Если бы император пропал из дворца, представляешь, какой был бы сейчас переполох, — ответил Идасси.

Он заметил, что Инан голоден, и отдал ему серую булку с маслом.

***

Как это ни покажется вам странным, уважаемые читатели, но как Инан сказал Идасси правду, что он император, так и Идасси тоже сказал Инану правду, что он король.

Императоры были у людей, а короли были у варваров, и поэтому Идасси был не совсем человек, а варвар. Вокруг империи жило множество разнообразных народов, и чем дальше, тем разнообразнее. Те, что поближе, приносили человеческие жертвы и ели сырое мясо, а те, что подальше, и вовсе имели три ноги и рот посреди брюха. Но Идасси был из тех варваров, у которых было два глаза и одна голова, и рот у него был на собственном месте.

Эти варвары не знали ни письменности, ни земледелия, а питались тем, что нападали на империю или служили в ее войсках.

Лет пятьдесят назад на империю напал народ под названием «синеухие». Этот народ жил у самых границ империи, а за ним жил народ по прозванию «рогатые шапки». Чтобы защититься, империя отправила послов к «рогатым шапкам» и обещала хорошо заплатить, если те истребят «синеухих». «Рогатые шапки» истребили «синеухих», поселились на их месте и тоже собрались нападать на империю. Тогда империя послала людей к народу «длинноголовых», который теперь жил за «рогатыми шапками», и обещала хорошо заплатить, если те истребят «рогатых шапок». «Длинноголовые» на своем языке называли себя вархами, а иногда западными ласами — так мы их и будем называть впредь. Вархи, или западные ласы, истребили «рогатых шапок», поселились на их месте и тоже собрались нападать на империю. Тогда империя послала деньги брату короля вархов, тот отравил своего брата и занял его трон. Племянникам его, сыновьям отравленного, это не очень-то пришлось по душе. Дядя и племянники стали препираться друг с другом так, что реки в стране вархов потекли кровью, и вархам стало не до империи. Новый король попросил у империи помощи оружием и золотом, а империя, в залог верности, попросила у него в заложники сына, Идасси. Тот послал мальчика. Года через два короля зарезали, племянники стали драться уже не с дядей, а между собой, и так это продолжалось еще несколько лет, пока на троне не оказался двоюродный дядя Идасси Рахем Зернотерка.

Король Рахем Зернотерка стал собираться в поход на империю, но тут доброжелатели ему напомнили, что в столице обитает законный наследник трона, четырнадцатилетний Идасси, и что если узурпатор соберется воевать, то, пожалуй, Идасси вернется в свою страну и у него будет много денег и сторонников.

Тут новый король вархов раздумал воевать и попросил прислать ему книжек с законами и о том, как возделывать землю. А Идасси остался жить в столице, и каждый год туда приезжали самые знатные люди королевства: одни — чтобы уговорить его вернуться, а другие — по поручению короля, чтобы его убить.

Идасси был мальчиком умным и хитрым, с сильными руками и не по годам тяжелым подбородком. Преподавали ему лучшие учителя. Учился он отменно, а с силой его могла сравниться только его жадность: с дворцовыми поварами (именно им, а не на рынке он чаще всего продавал рыбу) торговался он беспощадно, из-за каждого гроша. Зато потом швырял эти деньги приятелям: настоящую выгоду получаешь не когда сидишь на деньгах, а когда тратишь их на друзей. Вообще Идасси менялся мгновенно: на рынке он был базарный спорщик, на уроках — блестящий ученик, а с мятежными баронами — сын их законного короля.

В то время, о котором мы ведем рассказ, Идасси как раз исполнилось семнадцать лет: он был почти на год младше государя Инана.

На следующий день, едва у Идасси кончился урок математики, его вызвали к начальнику лицея. Идасси сразу вспомнил о ночном знакомом. «Донес, кухаркин сын, что я рыбу ловлю! А почему, спрашивается, нельзя? Покажите мне в империи такой закон, чтобы запрещал ловить рыбу в Ивовом ручье!»

Но начальник о рыбе и не вспомнил, а сдал Идасси с рук на руки какому-то чиновнику из дворца. Глаза у чиновника бегали, как два таракана. Чиновник проводил Идасси до паланкина, взгромоздился следом и почтительно захлопнул дверцу.

«Нет, это не рыба. Это дядины штучки», — подумал Идасси и тихонько пощупал за отворотом сапога широкий и плоский, как хвост попугая, нож, который всегда носил с собой. Идасси знал, что в любой миг его могут убить. Империи, конечно, его смерть была невыгодна, потому что сразу после его смерти его дядя напал бы на империю, но Идасси повзрослел рано и потому понимал, что то, что невыгодно государству в целом, может быть выгодно чиновнику в частности: достаточно, например, дяде заплатить Рушу много денег, и тот прикажет его убить: «Пытался, мол, бежать».

Через полчаса паланкин остановился: толстенький чиновник высадился первым и высадил Идасси. Перед ними возвышался маленький павильон с крышей, похожей на сосновую шишку. Мраморные ступени были застланы инисским ковром, а на ковре расставлены серебряные зверушки. Толстенький чиновник повел Идасси внутрь. Прошли одну комнату, другую, третью — Идасси в изумлении вертел головой и чуть не влетел в цельное зеркало, затканное золотыми цветами. Идасси в жизни не видал такой роскоши: в Лицее Белого Бужвы мальчиков воспитывали в тростниковых стенах, в духе справедливой строгости, а дома, в королевстве... Ба! Двадцать лет назад отец Идасси в одном из походов захватил золотую уточку-солонку, и об этом событии песен сложили больше, чем помещалось в солонку крупинок соли, потому что тогда никто из народа вархов не видел такой искусной работы и столько золота в одной уточке.

Наконец вошли в комнату, имеющую форму морской раковины: повсюду лежали подушки и стояли кресла, за витой колонной дымилась золотая курильница, под потолком качались цветочные шары. У столика для лютни сидел худощавый мальчик в черных штанах и белой шелковой куртке.

— Государь Инан, — возгласил толстенький чиновник.

Мальчик обернулся.

— А, — сказал он, — кто вчера не верил, что я — император?

* * *

Государыня Касия убирала волосы, когда ей доложили:

— Государь Инан отыскался. Ночью бродил по саду, а потом отковырнул окно своей спальни и изволил, незамеченный, лечь. Где-то при том поймал трех рыб-желтоперок, спрятал их под подушку, загадил постель.

— Великий Вей, — сказал молодой военный чиновник, которого прочили на место в смежных покоях, — а рыбы-то откуда?

— Тьфу, — сказала государыня, — как в государстве быть покою и теплу, если государи спят в обнимку с рыбами?

Позвала первого министра Руша и приказала:

— Пройди к государю Инану и скажи, что он не выйдет из своей спальни, пока не попросит прощения у брата. Да вот еще что: у него в спальне стоит игрушка, подаренная господином Даттамом в прошлом году, — возьми эту игрушку и отдай его высочеству Варназду.

Эта самая игрушка, подаренная Даттамом, была не что иное, как удивительные часы, собранные из десяти тысяч колесиков, и они отсчитывали обычный час и минуту, время восхода и захода солнца, дни, месяцы и годовые знаки, время сбора налогов и время праздников, а также показывали, как двигается солнце и обе луны, и в награду за эти часы господин Даттам выпросил себе право забирать в храм приговоренных к смерти преступников и изучать на них, живых или мертвых, строение души или тела.

Первый министр Руш обрадовался и поспешил в государев павильон.

***

Инан и Идасси тем временем развлекались во внутреннем дворике: Инан приказал привести лошадь, а Идасси сел на лошадь, пустил ее вскачь и стал вытворять разные штуки — висел то под брюхом, то за хвостом. Эту науку он усвоил раньше всех прочих, так как варвары сначала учат детей ездить на четырех ногах, а потом уж ходить на двух.

Вдруг, в разгар веселья, прибыл чиновник и доложил:

— Государь, соблаговолите последовать в спальню.

Государь, дрожа, вернулся в спальню, а Идасси, хотя его никто не приглашал, забежал за угол, ухватился за рогатый карниз, перекинулся на крышу, пробежал к галерее за государевой спальней, спрыгнул вниз и, отколупнув, как вчера, створку окна, запустил глаза внутрь.

Руш, ожидавший в государевой спальне, кланяясь, доложил:

— Государыня-мать велела запереть вас в спальне, пока вы не извинитесь перед братом.

Государь сел на кровать и собрался плакать, а чиновник отпер стеклянную, с вырезанными на ней цветами дверцу шкафа и достал оттуда часы.

— Это что такое? — закричал Инан.

Руш поклонился:

— Повеление государыни: взять игрушку и отдать его высочеству Варназду, ибо всякий проступок должен сопровождаться возмездием.

Государь, закрывшись рукавом, зарыдал.

— А ну положи на место!

Руш обернулся: в комнату, через подоконник, впрыгнул темно-рыжий юноша в форме лицеиста Белого Бужвы, худощавый и широкоплечий, и с широким ножом в руке. Руш выпучил глаза, а Идасси выхватил у него игрушку и запихнул обратно в шкаф с такой силой, что серебряные луны затрепетали и на верхушке часов распахнулось окошко, из которого выскочила фигурка человечка в платье налогового инспектора.

— Как-как так... — с изумленной злобой начал Руш.

Тут Идасси одной рукой схватил Руша за волосы, а другой приставил ему нож к горлу, и в этот миг он не показался Рушу худощавым юнцом. Напротив, первый министр почувствовал, что у юноши железная хватка и что пальцы, вцепившиеся Рушу в волосы, из той же стали, что и нож у его шеи. А Идасси запрокинул Рушу голову, осклабился и спросил:

— Ты что за подземная тварь, чтобы обижать государя? Что это он сделал, чтобы плакать?

— Я... — сказал Руш. — Именем государыни Касии... Государь вчера изволил ударить своего младшего брата...

Идасси ударил чиновника коленом в бок. Тут отлетел в угол и там нанизался рукавом на завиток в подсвечнике.

— Государь, — сказал Идасси, — волен бить кого угодно и за что угодно! Нет такого, что было бы не позволено государю, а воля государя — закон! А ты, собачья сиська, что такое?

— Я — первый министр, — вскричал Руш.

— Если ты первый министр, — усмехнулся Идасси, — где же твоя юбка?

Государыня Касия, как мы помним, любила, чтобы угодные ей молодые люди во внутренних покоях надевали юбки.

Идасси обернулся к государю и продолжал:

— И как вы, государь, терпите этот горшок с повидлом! А ну пишите указ: уволить свечным чиновником!

Государь обомлел, а Идасси хлопнул парой ящиков, отыскал бумагу и тушечницу. Руш хотел было закричать и убежать, но Идасси ударил его и показал нож, а потом на всякий случай запер изнутри дверь.

После этого Идасси сел за столик и сказал:

— Итак, государь, чем вы его хотите сделать?

— Свечным чиновником, — как во сне, ответил Инан.

Идасси написал указ по форме, которую они недавно изучали в лицее, а государь поставил свое имя, снял с шеи золотую печать с изображением мангусты и оттиснул ее на указе.

После этого Идасси снял со стола драгоценное шитое покрывало, вырезал ножом в покрывале дырку, чтобы получилась короткая юбка со складками в виде волн, оборвал с Руша штаны и надел на него это покрывало, сунул в руку указ об отставке и выпихнул министра наружу.

— Щенок, — завизжал Руш, — тебя завтра казнят!

Тут рыжеволосый наглец подбоченился и сказал:

— Если меня завтра казнят, то послезавтра мой дядюшка явится под самый Небесный Город, чтобы отомстить за смерть ненаглядного племянника, обдерет столицу, как свинью к празднику, а тебя повесит за твою колбасу!

А государь повалился на кровать, как маленький, и принялся хохотать и хлопать в ладони. Потом опомнился и спросил:

— Эй, а что это ты сказал про дядюшку?

— Видишь ли, — засмеялся Идасси, — ты мне не соврал, что ты настоящий император, а я тебе не соврал, что я настоящий король.

Если бы Руш просто ретировался с указом, это было б еще туда-сюда, но когда Руш, на глазах двух десятков чиновников, выскочил из павильона в оборванной скатерти вместо штанов, — тут уж скрыть происшествие было невозможно.

Государыня Касия сначала обомлела, слушая рассказ Руша, а потом расхохоталась. Рушу это показалось досадно — государыня прогнала его прочь. Пришли девушки, убрали государыню к дневной аудиенции: та сидела в задумчивости.

Никто лучше государыни Касии не знал, насколько серьезна была угроза Идасси. Нахальный варваренок! «Если меня убьют, мой дядя воспользуется этим, чтобы разорить империю!» Может быть, варвары и не дойдут до столицы, может быть, удастся перекупить половину баронов — все равно! Государыне казалось, что даже половинка разоренной провинции — слишком большая плата за казнь одного наглеца.

Государыня Касия была мудрой правительницей, никогда не причиняла людям зла, не взвесив последствий, и никогда не казнила больше, чем нужно. И она понимала, сколь опасна политика, которой империя придерживалась последние пятьдесят лет, — политика искоренения армии.

Но она была женщина, стало быть, не могла возглавить войско. Мысль же иметь могущественных военачальников была нестерпима: кто мешает этим военачальникам поднять мятеж против нее, хотя бы защищая права ее сына? Кто помешает им столкнуться с теми же варварами? А военные налоги? К тому же государыня не любила сражений и схваток, времени, когда надо выбирать: «или — или». Она никогда не думала о сражении как о времени, когда ты за один миг можешь все выиграть, но всегда — как о времени, когда ты за один миг можешь все потерять.

Государыня Касия знала об Идасси многое: и о ночных рыбалках, и о том, как он побил базарную торговку, и о драке на Ласковом Мосту, и о том, что королевский посланец Ино Рваная Щека, пребывавший в данный момент в столице, сулил Рушу за голову Идасси столько серебра, сколько эта голова будет весить.

«Что же делать? — думала государыня. — Казнить Идасси — начать войну, оставить в живых — поощрять неповиновение в других! Отослать домой — кто поручится, что Идасси не помирится с дядей? Поистине, какое бы решение ни предпочесть — каждое чревато бедой!»

Наконец туалет был закончен. Государыня поднялась и проследовала перед приемом в павильон, где лежал маленький принц Варназд. Она чуть не заблудилась в незнакомых комнатах. Мальчик пришел в восторг, увидев ее, и она довольно долгое время провела с сыном, целуя его в лоб, осторожно, чтобы не измять складки торжественного платья.

***

А Руш между тем, удалившись в свои покои, переоделся и подозвал к себе чиновника:

— Приведи сюда князя Ино Рваная Щека, но не рассказывай ему ничего, что произошло между мной и Идасси, и смотри, чтобы он ни с кем не говорил по дороге.

Ино Рваная Щека был седьмым в Яшмовой Книге знатных родов у вархов и держал сторону нынешнего короля. Две недели назад он со своими сыновьями приехал в столицу и предлагал Рушу большие деньги, чтобы тот убил Идасси, но Руш денег не взял, понимая, что сделать это дело трудно, а обмараться легко.

И вот теперь князя привели к министру, и министр Руш сказал:

— Я день и ночь думал о вашей просьбе, ибо с самого начала был убежден в ее справедливости. Единственное, что остановило меня, — это ничтожество предлагаемых подарков. Мне показалось, что вы меня совсем не цените.

Князь Ино Рваная Щека вздохнул и сказал:

— Увы! Наша земля погрязла в бедности, и наши короли нищие по сравнению с вашими министрами. Ведь мы, по невежеству, добываем богатства грабежом, а вы — налогами, и ясно, что налогами можно добыть большего. Но я готов дать вам за такое дело сто тысяч.

— Так-то вы низко цените кровь ваших королей, — возмутился Руш, — сто двадцать тысяч!

Они поспорили некоторое время и сошлись на ста десяти. Князь написал и послал со слугой расписку, чтобы отгрузить деньги, а сам остался пировать с Рушем.

Они ели и пили до утра, а утром князя отнесли в его дом. К вечеру он проснулся, и слуги рассказали ему обо всем, что случилось между Рушем, государем и Идасси. Князь Ино Рваная Щека всплеснул руками и сказал:

— Какой негодяй этот Руш! Ведь теперь Идасси все равно казнят, с моими деньгами или без них! Он заставил меня заплатить за прошлогодний снег и сделал посмешищем в глазах всех племен и народов! Хорошенькую песню споют об этом при королевском дворе!

Старший его сын сказал:

— Руш — бесчестный человек! Нет позора в том, чтобы брать деньги за убийство человека, который не сделал тебе ничего дурного, но позорно брать деньги за убийство того, кого ты ненавидишь.

А младший возразил:

— Какая разница! Теперь, когда Идасси мертв, ничто не воспрепятствует нам напасть на империю. Не печалься, отец, — не пройдет и года, как мы войдем в Небесный Город и ты вынешь эти деньги из сундука Руша, а его самого за такую подлость прибьешь к деревянной скамье и повесишь ее над воротами.

***

Между тем прошел день, другой, третий — никто не арестовывал Идасси, и вообще в лицее ничего не изменилось: только у ворот возобновились часовые да заделали старую дырку в стене, через которую Идасси лазил ловить рыбу. Утром Идасси занимался с наставниками, днем писал сочинения и стихи к следующему уроку. Государь его тоже не звал: то ли забыл о встрече, то ли у государя отобрали бумагу и перья.

Прошел четвертый день, пятый — наставники глядели на Идасси, как на привидение, когда тот отвечал урок. Лицо Идасси в эти дни ничего не выражало, учился он, как всегда, отменно.

Вдруг, на восьмое утро, у входа в учебный павильон ему вручили белый лист, украшенный печатью с изображением мангусты, — вечером его ожидала аудиенция в Малой Облачной Зале.

***

Вечером Идасси сел в присланный паланкин и отправился во дворец. У входа в Малую Облачную Залу стоял Руш с многочисленной свитой и в роскошной мантии первого министра, подобной целому водопаду искусных вышивок, столь тяжелой от драгоценных камней, что складки ее вертикально спадали вниз и не колыхались, даже когда человек двигался. Руш усмехнулся, завидев Идасси, и громко сказал:

— Вот идет дрянь из сырых варваров, которая за шесть лет пребывания в империи не научилась есть вилкой и разговаривать почтительно, и сейчас ему преподадут хороший урок!

Идасси возразил:

— Государь благороден и справедлив, он не даст меня в обиду. Что может со мной случиться?

— Государь, — сказал Руш, — сегодня плакал на плече у матушки и просил у нее прощения; он разорвал указ о моей отставке и подписал приказ о твоем аресте!

В этот миг разряженный чиновник стукнул жезлом в витые двери залы, и они растворились перед прибывшими.

Идасси вошел: у стены, затканной цветами и травами, на троне слоновой кости сидела государыня Касия. Она была одета в белое платье, и волшебные птицы, вышитые на ее платье, танцевали и славили Страну Великого Света. Тысячи перьев феникса пошли на то, чтобы украсить подол ее платья, и тысячи драгоценных камней пошли на то, чтоб украсить бриллиантовую бабочку, укрепленную в ее волосах, но ярче всех этих камней блистали чудные зеленоватые глаза государыни Касии. От этих глаз Идасси внезапно стало дурно: что-то в душе внезапно хрупнуло и сломалось, и маленький варвар, не опустивший бы глаз перед убийцей, отвел взгляд перед женщиной.

Позади государыни толпились фрейлины и чиновники, а справа сидел государь в белых нешитых одеждах: он надул губки и не глядел на Идасси, а глядел на маленький жезл власти в своих руках.

— Что с тобой? — встревожилась государыня Касия, заметив, как побледнел ее сын.

— Матушка, — отвечал тот, — у меня болит голова. Можно мне уйти и не являться на вечернюю церемонию?

Государыня кивнула. Руш, отпихнув Идасси, прошел вперед и, став за троном государыни, положил свои тонкие холеные руки на его спинку.

Все замерли и стали смотреть на Идасси. Идасси, в своей синей курточке лицеиста, улыбаясь, прошел вперед, и хотя на его ногах были форменные башмаки из телячьей кожи и под ними — толстые белые носки, Идасси показалось, что он идет босиком по иголкам. Идасси прижался одной щекой к полу перед государем, а другой щекой к полу перед государыней, а потом встал и выпрямился.

Красные, как ягода барбариса, губки государыни приоткрылись, и Идасси увидел ряд безукоризненно ровных зубов, белизной подобных вершинам родных гор Идасси и шерсти неродившегося ягненка.

«Сейчас она прикажет меня казнить, — подумал Идасси, — и я больше никогда не увижу гор моей родины и ее долин, и никогда не выпью парного молока из-под кобылы, и не проскачу на коне по белому насту, залитому солнцем и кровью врагов. И ее зеленых глаз я тоже не увижу».

Государыня повернулась к свой фрейлине и заметила:

— Какой хорошенький!

Руш услышал это и побледнел. Государь тоже это услышал и тоже побледнел. А государыня обратилась к Идасси:

— Что за скандал учинили вы в покоях государя? Порвали покрывало, оскорбили господина министра?

— Господин министр, — громко возразил Идасси, — сам оскорбил государя, запретил ему выходить из покоев, отобрал у него золотую игрушку. Каждый, кто оскорбит государя, заслуживает меча.

— Какую игрушку? — спросила государыня.

— Игрушку, — отвечал Идасси, — которая считает минуты и показывает, как ходят солнце и луны.

Тут государыня Касия всплеснула руками и обратилась к Рушу.

— Господин министр, — сказала она, — что я слышу? Кто вы такой, чтобы глумиться над моим сыном? И как смели вы что-то тащить из его покоев? Или вам недостаточно того, что вы воруете у народа, чтобы воровать еще и у государя?

Тут Руш бросился вперед, чтобы что-то сказать, но государыня размахнулась и ударила его белоснежной ручкой по щеке.

Все присутствующие были как громом поражены. А государыня повернулась к Идасси и сказала:

— Вот это времена! Подданные оскорбляют государя, варвары учат их почтительности! Я счастлива, что у меня и моего сына есть такие защитники! Соблаговолите принять участие в вечерней церемонии!

По пути домой, в паланкине, Руш изорвал весь ворот у своей рубашки. А надо сказать, это был дорогой ворот, выложенный жемчугом и серебром, и мастера провинции Инисса вышивали этот ворот целый месяц, чтобы получить от Руша снисхождение в общегосударственных налогах. Едва Руш высадился из паланкина, к нему подбежал слуга и, кланяясь, доложил:

— Вас дожидается князь Ино Рваная Щека, князю уже все рассказали!

Через полчаса министр, вымывшись в благовонной ванне с розовыми лепестками (он пользовался каждый день различными притираниями, чтобы угождать своим телом государыне Касии) и переменив рубашку, улыбаясь, предстал перед гостями.

— Обстоятельства изменились, — сказал Руш, — нынче утром вашего Идасси пригласили перед очи государыни, и все полагали, что из Малой Облачной Залы его выведут уже в цепях. Даже и цепи-то были готовы! Но случилось непредвиденное. Государыня, взглянув на него, заметила: «Какой хорошенький!» — и никак не упомянула о цепях, а вместо этого пригласила его вечером на прием.

Князь Ино Рваная Щека изумился и сказал:

— Что же нам теперь делать! Мой король приказал мне не возвращаться без головы Идасси!

Старший сын предложил:

— Можно убить любого встречного мальчишку и преподнести его голову королю, все равно она за два месяца пути так протухнет, что подмену никто не распознает.

— Голова-то протухнет, — возразил младший сын Рваной Щеки, — но ведь Идасси все равно останется в столице, и слух об этом очень скоро дойдет до нашего короля. Мы выставим себя обманщиками перед сюзереном, и нам не останется ничего, как вспороть себе сердце из верности к королю, не ожидая, пока нас убьют по его приказу.

Тогда старший сын заметил:

— Вот что, господин первый министр, мы заплатили вам деньги за товар — за голову Идасси, и не наша вина, что товар за это время подорожал. Извольте найти способ выполнить свои обязательства перед нами!

— Вряд ли я теперь смогу что-то для вас сделать, — возразил Руш, — разве что пригласить вас вечером во дворец. Государыня примет Идасси в час Павлина в личных покоях. Вот что я вам советую: возьмите с собой мечи, без которых вы все равно никуда не ходите, и дожидайтесь Идасси прямо в зале Ста Полей. Если вы увидите своего врага, который получил аудиенцию без очереди, в то время как вам пришлось дожидаться полсуток, — что может быть естественнее, если вы выхватите мечи и зарубите его?

— Так-то оно так, — сказал князь, — однако Идасси неплохо

дрался ребенком, и все говорили, что из него выйдет отличный воин: как бы он не расцарапал нам кишки.

— Не бойтесь, — возразил Руш, — у него не будет меча, ведь подданным империи запрещено носить оружие, а во дворце это и вовсе невозможно.

— А как же пропустят нас? — изумился князь.

— Дайте мне еще десять тысяч и наденьте свои длинные варварские плащи. Будьте спокойны — вас не обыщут. Только смотрите, не проходите в личные покои: там уже досматривают всех. Дожидайтесь у выхода.

Князь Ино Рваная Щека всплеснул руками:

— За что же это мы должны вам давать еще десять тысяч! Раньше мы давали вам деньги, чтобы вы убили совершенно постороннего человека, а теперь мы должны давать деньги, чтобы убить вашего же врага? Где это слыхано, чтобы человеку давали деньги за то, что он позволяет убить своего врага! По справедливости, это вы должны нам давать деньги, а не наоборот!

— Где вам понимать все тонкости, — усмехнулся Руш. — Раньше этот мальчишка был маленьким варваром и от его смерти не пошевелился бы даже лепесток сливы. А теперь он привлек внимание государыни. Представляете, сколько голов полетит после этой истории? И мне нужно много денег, чтобы наши головы не оказались в их числе.

Делать нечего: варварам пришлось отдать еще десять тысяч.

Во дворце царило немалое смятение. Все знали, что покои, смежные с покоями государыни, временно пустуют: вот уже третью неделю гадали об официальном преемнике. Толки по поводу Идасси поднялись самые необычайные. Ведь о преемниках в таких случаях обычно заботился сам Руш, а тут всесильный министр и молодой выскочка не очень-то любили друг друга. Кое-кто стал подумывать: не приходит ли власти Руша конец? Но люди умные пожимали плечами: еще не было случая, чтобы государыня пускала своих любимчиков дальше спальни, а Руш, как ни был охоч до подарков, стал министром все-таки не потому, что умел ловко сажать свой корешок, а потому, что был умен, трудолюбив и предан государыне. Чтобы Касия заменила умницу Руша полудиким варваренком, было невероятно, а чтобы Касия отставила человека, который ей приглянулся, — это было вполне возможно.

А сама государыня Касия тем временем призвала одного шпиона, который под видом торговца ходил в желтые земли, и сказала ему:

— Отправляйся и заключи союз с «черноголовыми» — восточными ласами. Скажи им, что если они нападут на вархов и разобьют их, то дань, которую мы платим вархам, перейдет к ним.

***

Вечерняя аудиенция состоялась в саду: зале, имеющей вместо крыши небо. Народу было довольно много, и все непринужденно ходили по дорожкам и болтали. Когда Идасси вошел, многие стали украдкой на него оглядываться. Наконец некоторые, кто хотел бы завести дружбу с возможным фаворитом, подошли к Идасси поближе, а другие, решившие держаться подальше от врага министра Руша, принялись считать тех, кто подошел поближе.

Сад был освещен хрустальными фонарями, в струях фонтанов прыгали разноцветные шарики, и цветы на деревьях были такие диковинные, что Идасси не мог разобрать: это настоящие цветы или вышитые серебром и золотом?

Между двух деревьев стоял Белый Бог Каналов и выливал из кувшина в золотых руках целый водопад. Это был очень красивый бог, из слоновой кости и золота, и когда из его кувшина текло полной рекой, все каналы и реки ойкумены исправно орошали поля. А семьдесят лет назад кувшин треснул, и в тот же миг каналы и реки стали пересыхать.

Идасси уставился на бога и раскрыл рот, словно хотел, чтобы из его рта тоже полилась вода. Руш увидел это, показал пальцем на Идасси и засмеялся.

— А где же государь? — спросил Идасси у соседнего чиновника.

— Государь с утра жаловался, что у него болит голова, и отказался от вечерних церемоний.

Тем временем неслышно вынырнувшая из темноты государыня подошла к мальчику и промолвила:

— А скажи, Идасси, кто лучше: боги империи или боги твоей родины?

Идасси обернулся и посмотрел на государыню — а она была дивно хороша в сиреневом платье с белой подкладкой и белым же шлейфом, — и грустно ответил:

— О государыня, откуда нам взять таких богов, как ваши? Ведь вы делаете богов из слоновой кости и нефрита, из золота и черного камня: с правильными чертами, маленькими ручками и чарующим обликом. Наши же боги нечесаны и немыты, они живут в лесу и видом — все равно что какая-нибудь коряга, или водяной столб, или спаленное молнией дерево. Тьфу, а не боги: разве может гнилая коряга даровать столько удачи нам, сколько ваши боги даруют империи?

Государыня сама совершила подобающие церемонии, рассыпала в саду перед богами семь видов злаков, возлила молоко. Накормили богов и стали есть сами.

Для всех присутствующих накрыли столы, уставленные всем, что родится из яйца, всем, что родится из икры, всем, что родится из зерна, всем, что родится из животной утробы, и всем, что зарождается само собой.

Идасси, будучи голоден, побежал к первому же столу, но чиновник-распорядитель окликнул его:

— Пожалуйте, господин Идасси! Вам сюда!

И провел в глубину сада, туда, где на веранде павильона Горных Хризантем был накрыт стол для государыни и еще десяти гостей.

За едой Идасси извертелся, разглядывая своих сотрапезников: девятеро были самые высшие чиновники империи, а десятый — монах-шакуник Даттам, самый страшный колдун ойкумены: говорили, что этому человеку было достаточно одного волоса, чтобы загнать душу владельца волоса в стеклянный кувшин.

Подали закуски, и государыня протянула Идасси маленький зеленый плод: в этих плодах делают дырочку и выдавливают сок себе в рот. Но Идасси никогда не видел этого плода, повертел его в руках и откусил половинку — сок брызнул во все стороны. Некоторые засмеялись, а Руш, сидевший напротив Идасси, сказал:

— Наш маленький гость не знает, как есть «зеленые шарики». У этого плода пьют только сок, а шкурку бросают.

Идасси возразил:

— Я бы не возражал, господин Руш, помериться с вами силой один на один, но я не хотел бы оставлять вам шкурку от съеденного мной плода.

Многие захохотали, а колдун Даттам улыбнулся.

— Наш маленький варвар, кажется, верит в колдовство, — усмехнулся Руш. Наклонился через стол к Идасси и заметил: — Право, что разделяет варвара и глупца?

— Только этот стол, — ответил Идасси.

Кое-кто из сотрапезников прыснул от такого ответа, а Даттам захохотал.

— Господин министр, господин Идасси, — проговорила государыня, — как вам не стыдно пререкаться друг с другом!

Но в глубине души она была довольна, что кто-то осмелился перечить первому министру, потому что слишком мало людей решались на это в последнее время. Она даже была довольна, что чиновники засмеялись от ответа Идасси: теперь Руш будет обижен на тех, кто засмеялся, или, во всяком случае, те, кто засмеялся, будут бояться, что он на них обижен, а это удивительно, до какой смелости может дойти чиновник, если ему кажется, что его начальник на него обижен. Так, однажды чиновник Дахан... не забудьте, уважаемые слушатели, напомнить мне рассказать о чиновнике Дахане в другой раз, потому что это история, приятная для ушей и поучительная для того, что между ушами.

Остаток вечернего приема прошел мирно. Государыня, в отсутствие государя, сама благословила подписанные за день указы, отдала их чиновнику в алом кафтане, украшенном единорогами, зверями справедливости, и промолвила, обращаясь к Идасси:

— Я прощаю ваше самоуправство, господин Идасси, а прощение должно сопровождаться подарком — просите, чего пожелаете.

Все, конечно, ожидали, что Идасси попросит один из кубков со стола, или должность, или домишко.

Глаза Идасси жадно сверкнули, и он произнес:

— Государыня! Мой народ невежествен и дик, и у нас дети учатся ездить на коне раньше, чем учатся ходить пешком, и учатся держать в руке меч тогда, когда вы учите держать их вилку и ложку. Все свое детство я ходил с мечом и здесь без меча чувствую себя как голый. Государыня! Говорят, в императорской казне хранятся два волшебных меча, отец и сын: одним из них император Иршахчан отсек голову бунтовщику Шехеду, а другим великий Бужва покарал семь непокорных князей: дозвольте хоть полюбоваться на них!

Государыня улыбнулась и велела:

— Принесите мечи.

Приказание немедленно было исполнено; Идасси так и вцепился глазами в мечи. По кивку государыни он вынул один из них из ножен: это был длинный двуострый клинок, слегка суженный к концу и с желобком для стока крови посередине лезвия. Рукоять его была сделана из двух пластинок, выточенных из панциря тысячелетней черепахи, стянутых золотой проволокой, и по этой проволоке вилась надпись: «Защищаю справедливость, устанавливаю порядок». Гарда меча, выполненная в форме листа лотоса, была усыпана небольшими бриллиантами и украшена золотой нитью, как бы оторачивавшей силуэт дракона. По преданию, это был меч великого Бужвы.

Идасси выполнил мечом несколько упражнений, и глаза его сверкали ярче, чем золотая нить на мече. Государыня посматривала на ловкого юношу с нескрываемым удовольствием.

— Нравится ли тебе этот меч? — спросила государыня Касия.

— Это великий меч великого воина, — ответил Идасси.

— Тогда он твой, — сказала государыня.

От этих слов Идасси закричал, как выпь, и станцевал танец радости. А Руш возмутился:

— Это в нарушение этикета! Да его арестуют, когда увидят, что из личных покоев государыни выходит человек с мечом!

Касия усмехнулась и сказала:

— Действительно, так нельзя.

После этого она приказала принести длинный шелковый плащ, затканный золотыми рыбами и водорослями, и своими ручками накинула его на плечи Идасси так, что меч совершенно скрылся в складках.

Руш даже посерел от злости и подумал: «Тем лучше. Можно будет представить дело так, что маленький варвар, опьянев от подарка, сам напал на своих врагов!»

***

Государь между тем скучал и волновался в своих покоях: он пожаловался матери, что устал и не может быть на вечернем приеме, чтобы не ловить насмешливые взгляды придворных после ареста Идасси: как он теперь раскаивался! Он сидел и глядел в серебряную жаровенку, в углях прыгали бесенята, кувыркались... Государю вновь и вновь представлялась картина: его мать стоит вполоборота к окну, и прижавшийся к ней мужчина держит руки под ее юбкой, государь кричит, мать оборачивается, мужчина тоже, — боги! У него лицо Идасси!

От нечего делать государь принялся играть: вынул из ларца волшебный жезл, с круглой шишкой на конце из яхонтов и изумрудов, обвел жезлом круг на столе и велел слуге принести мышь. Слуга сбегал куда-то, принес совсем маленького мышонка. Государь посадил мышонка в круг, тот побегал-побегал и подох: такая была у этого жезла волшебная сила, что если государь обводит этим жезлом вокруг зверушки, то эта зверушка погибает.

Государь взял мышонка в руки и заплакал в тоске. «Хорошо, что меня нет на приеме, — подумал он, — как мне смотреть в глаза Идасси, если я подписал приказ об его аресте?» А потом ему опять пригрезились государыня Касия и Идасси, и Идасси стоял в точности так, как охранник, которого Инан застал с государыней, и государь подумал: «Почему Идасси не мышонок?»

Между тем князь Ино Рваная Щека и два его сына стояли в зале Ста Полей среди других чиновников, дожидаясь назначенной на вечер аудиенции. Минул час, другой — двери на личную половину оставались закрытыми. Князь впервые был в зале Ста Полей, и она произвела на него столь сильное впечатление, что он чуть было не забыл, зачем пожаловал во дворец. И впрямь, зала Ста Полей была не чета кочевым шатрам его народа, да облезлым скалам, да замерзшим ручьям или прочей варварской природе. Тысячи колонн отражались в тысячах зеркал залы, и на капителях резвились боги и ангелы, и меж каждых двух колонн ходило на медной петле золотое солнце, так что от одной колонны до другой пролегал целый дневной переход.

Князь углядел было еще одного варвара, подошел, чтобы спросить, отчего это у варвара на плече княжеские знаки его дома, — оказалось, это не живой варвар, а его собственное отражение в зеркале. Хотел было сожрать персик с ветки, укрепленной на колонне, а персик оказался из яшмы. Князь смирно стал подле колонны, так, чтоб не облизываться зря на персик, и подумал: «Эх, если в мире и есть рай, то уж верно он в точности такой, как это изображено на стенах залы! Ах, все бы, кажется, отдал, чтоб ее ограбить!»

Вдруг придворные заволновались, двери с личной половины отворились, и из них вышел Идасси в сопровождении четырех чиновников. На нем был длинный, расшитый золотыми рыбами плащ. Идасси шел на седьмом небе от счастья. Князь Ино Рваная Щека шагнул к нему и сказал:

— Ах ты, сын козла и рабыни! Значит, королевских послов держат стреноженными в этом каменном винограднике, пока ты треплешь языком перед государем?

Тут князь выхватил спрятанный под плащом меч и нанес Идасси такой удар, что, если бы Идасси была суждена в этот день смерть, то меч пронзил бы его насквозь, как солнечный луч пронзает стакан воды. Но Идасси отпрыгнул за розовую колонну, меч ударился о колонну и перешиб тот самый яшмовый персик, на который недавно позарился князь.

— Клянусь тем, кто крутит солнце! — сказал старый князь. — Какая жалость! — И прыгнул, чтобы не дать персику расколоться о землю.

А Идасси скинул свой плащ и выхватил только что подаренный ему меч. И не успел князь поймать свой персик, как Идасси нанес ему такой удар, что меч разрубил князя от шеи и до тяжелой золотой цепи с бляхами, изображавшими разных животных. Князь Ино Рваная Щека булькнул, упал и умер. Чиновники вокруг закричали и запрыгали прочь, как горох из разбитой миски. После этого Идасси обернулся и ударил младшего сына Ино. Тот оттолкнулся ногой и отпрыгнул, и так получилось, что меч не попал варвару в бок, а снес ему ногу чуть выше колена. Варвар упал, и из него вылилось три миски крови.

В этот миг старший сын князя опамятовался и бросился на Идасси.

Он был искусный боец, и они схватывались по многу раз, и мечи их летали, как веера в руках танцовщицы. Чиновники бросились врассыпную, а нефритовые львы на верхушках колонн вытянули от изумления головы: ведь они никогда не видали поединков в зале Ста Полей. В этот миг распахнулась дверь, и вверху на резной галерее показалась государыня Касия.

— Великий Вей, — вскричала она, — разнимите их!

Но прежде чем она кончила, Идасси размахнулся и нанес молодому князю такой удар, что снес ему шапку и все, что было под шапкой. Шапка упала на пол, князь растерянно посмотрел на нее и сказал:

— Эй, ты сбил мою шапку! А что это за грязь внутри?

— Сейчас поймешь, — отвечал Идасси.

Тут князь повалился на пол рядом со своей шапкой и умер. А Идасси вытер меч великого Бужвы о кафтан покойника, подхватил свой плащ и бросился вон из залы: от изумления никто не решился его задерживать.

* * *

Поздно вечером государь Инан услышал осторожный стук в окно. Инан поднял голову от углей:

— Идасси!

Государь открыл окно, и рыжеволосый юноша скользнул внутрь.

— Государь, — сказал Идасси, — я обеспокоился, увидев, что вас нет на вечерней аудиенции. Мне было грустно.

— Ты на меня не сердишься? — спросил Инан.

Идасси посмотрел на него с таким недоумением, что государь опустил глаза.

— Вот что, — сказал Инан, — мне понравилось с тобой ночью ловить рыбу. Пойдем-ка ловить рыбу.

И они пошли ловить рыбу.

⁂

На следующий день Инан и Идасси играли вместе.

Идасси показывал ему всякие штуки с мечом, а потом вынул из рукава свой нож, широкий и плоский, как акулий плавник, и бросал его стоя и лежа. Он истыкал весь ствол молодого ореха, росшего напротив государева окна, пока к ним не подошел чиновник и, почтительно кланяясь, не сказал, что это будет нехорошим знамением, если орех засохнет. Тогда Идасси сказал, что они пойдут бросать ножик к покоям Руша, но государь отговорил его и увел пить чай в собственные комнаты.

После чая государь Инан захотел показать Идасси, что он тоже что-то умеет, и вынул из ларца государев жезл, с яхонтами и изумрудами. Государь обвел жезлом круг на столе и приказал Идасси принести что-нибудь живое. Идасси поискал на окне и снял с рамы жука. Государь посадил жука в круг. Тот побегал-побегал и подох. То же случилось и со вторым жуком, и с третьим.

— Это жезл государя Иршахчана, — сказал Инан, — и в руках императора он обретает волшебную силу. Все живое, вокруг чего государь его обведет, умирает.

— Даже человек? — спросил Идасси.

Государь вздохнул и сказал:

— Не знаю. Государь Иршахчан усмирял им целые народы, а в руках такого ничтожества, как я, он годится только против мышей.

— Почему ты называешь себя ничтожеством? — изумился Идасси.

Государь вздохнул и изящным движением поправил свои каштановые кудри.

— Моя мать все время называет меня так, — промолвил он, — а я как-то не привык ей противоречить.

— Не бывает на свете ничтожных богов и ничтожных государей, — сказал рыжеволосый мальчик с крепкими кулаками и широкими плечами, — ничтожными бывают только бесы да женщины, да еще простолюдин, который торгует на базаре горшками, пьет водку и бьет жену. Как не стыдно повторять бабьи слова, государь! У любого вашего подданного, кто назовет вас ничтожеством, надо отрубить голову, а ты говоришь такое!

Государь понурил голову, потому что ему нечего было возразить, да и слова Идасси ему понравились. Поворошил угли и вдруг сказал:

— А я думал, ты не придешь. Все говорят о тебе и моей матери.

— Не подобает, — сказал Идасси, — чтобы женщина сидела на троне. Не подобает, чтобы ей прислуживали свободные мужчины.

— Не ходи к ней, — попросил государь.

— Ни за что, — ответил Идасси, — к тому же у нас в лицее завтра экзамены, и я должен повторить все, что знаю.

Маленький варвар ушел из государевых покоев только после полудня.

У золотой курильницы на четырех толстых ножках, стоявшей у выхода из павильона, маялся почтовый чиновник. Когда Идасси проходил мимо, чиновник выступил вперед и, кланяясь, протянул ему надушенный конверт.

Идасси разорвал конверт. Внутри, на лазоревой бумаге с золотым ободком, была записка: «Если господин Идасси соблаговолит пожаловать в павильон Синей Овцы к первой ночной страже, ему будут рады. Он может оставаться до утра».

Проходя по мосту Семи Облаков, Идасси разорвал записку и кинул в воду.

— Все женщины — шлюхи, — сказал Идасси вслед записке, — залезть на коня и то труднее, чем залезть на женщину.

На маленьком внутридворцовом рынке рыжеволосый варвар вдруг остановился у пестрого лотка:

— А это что?

Толстая, гладкая баба ответила:

— А это, милый мой, любовные зелья. Если, к примеру, мужчина почувствует усталость или же не в силах справиться...

Идасси бросил бабе монету и сунул пакетик с зельем себе в карман.

Вернувшись в лицейскую комнату, Идасси затеплил свечку, раскрыл книги и решительно стал читать трактат «Об искусстве управления», готовясь к завтрашнему экзамену.

«Битвы проигрывают от следующих причин, — упорно читал он слова древнего государя Иршахчана:

— Если между военачальниками собственного войска начинаются раздоры.

— Если, победив врага, солдаты не преследуют его, а начинают грабить без разбора.

— Если во время боя часть войск, изменив, переходит на сторону противника.

Оттого же, что одно войско малочисленно, а другое — многочисленно, не проиграно было еще ни одной битвы».

Идасси пытался сосредоточиться, но буквы прыгали перед его глазами. Внизу живота словно пылала жаровня. Маленький варвар догадался, что это оттого, что он не вынул из кармана любовное зелье. Он встал, вытащил пакетик, высыпал его в таз с водой, а таз вынес на галерею и выплеснул в сад. «Клянусь тем, кто укрепил небосвод на гвоздиках звезд, — подумал Идасси, — никуда я не пойду».

Пробили первую ночную стражу. Рыжеволосый и широкоплечий упрямец читал и читал, глаза его бегали по строчкам, вправо-влево, влево-вправо, упорно, как два пахотных вола по паровому полю.

Вдруг Идасси захлопнул книгу и встал. «Она меня приворожила, — понял он. — Полный дворец чародеев — небось взяла корку от того самого плода и приворожила!»

Идасси выскочил в сад и побежал по темной аллее. Одна дворцовая улица, другая — далеко сбоку мелькнул храм Облачных Вершин перед павильоном молодого государя... Не прошло и четверти стражи — он стоял перед павильоном Синей Овцы. Идасси вдруг опомнился и глянул на себя. Но, слава богу, он не переменял одежды с тех пор, как утром был у государя, и это было лучшее его платье. «Эта женщина навела на меня порчу, — подумал Идасси, — разве я сам бы пришел?» И повернулся, чтобы уйти. Но в этот миг из-за резной балюстрады послышался приятный женский голос:

— А, вот и вы, господин Идасси! Что так поздно? Государыня уже отчаялась ждать вас.

Это была одна из служанок Касии. Женщина спустилась со ступеней, взяла Идасси под руку и повела за собой. Идасси шел, как бычок на привязи. Через несколько мгновений служанка втолкнула его в ярко освещенную комнату. Идасси глянул — и остолбенел.

Комната имела круглый, в форме луковицы гиацинта, потолок, расписанный всадниками, скачущими в небо, и улыбающимися им богами. На золотой цепи, почти до самого пола, спускалась огромная люстра, и рожки ее заворачивались кверху, словно застывший хрустальный фонтан. Стены были расписаны охотничьими сценами. Нижняя половина стен была из синего нефрита, а верхняя половина стен — из белого нефрита, так что казалось, что верхняя половина стен как бы парит над синим небом. Золотые статуи дровосеков, изнемогая от тяжести, несли на себе вязанки курильниц и подсвечников, а посреди комнаты стоял роскошно накрытый стол: за столом сидела государыня и еще человек семь.

— А, вот и господин Идасси, — ласково сказала государыня, — сударь, вы провинились, опоздавши! Утку съели без вас. Что же вас задержало?

Рыжеволосый юноша от стыда готов был провалиться сквозь землю. Он потупился, глядя на блестящий паркет, и прошептал:

— У меня завтра экзамен. Я учил уроки.

Сидевшие за столом расхохотались.

Ночь была действительно очень веселая: после ужина сели играть в карты и в слова. Почти все присутствующие были чиновниками самого высокого ранга: кроме первого министра Руша, был там хранитель дворцовой казны Ишнайя, глава министерства Справедливости и Спокойствия Арнай, был также молодой неприятный человек с быстрыми глазами — помощник министра финансов Чареника. Высшего, девятого, ранга из присутствующих не было только у Идасси да еще у настоятеля храма Шакуника, колдуна Даттама.

Государыня сидела во главе стола. Ее блестящие черные волосы были заплетены в косу и укреплены на голове двумя парными заколками, самцом и самочкой, ее длинные пальцы были белее шерсти ягненка, и плечи ее просвечивали под мерцающим слоем кружев, как копья врагов, сидящих в засаде, просвечивают в горах сквозь резную листву. Если бы сестра Идасси надела такой открытый наряд, Идасси убил бы ее собственными руками.

Высшие чиновники шутили, изощряясь перед государыней в остроумии, блестящие слова так и сыпались из их уст. Потом затеяли играть в жмурки, а уморившись, сели сочинять стихи. Государыня, смеясь, предупрсдила Идасси:

— Господин Идасси! На наших вечерах такое правило: кто дуется на других или злословит вслух, платит золотой штрафу. А то, право, должно же быть хоть одно местечко в мире, где люди не злословят друг о друге! Если бы послушать всех моих чиновников, так каждому надо было б отрубить голову.

У Идасси не было денег, и он не стал дуться.

Впрочем, он скоро и сам развеселился, как ребенок.

Когда играли в фанты, он вытащил фант с золотым колечком. Это давало право поцеловать государыню. А потом он вытащил желтый фант, и ему пришлось целоваться с Рушем.

Всех остроумней был, однако, не Руш и не молодой казначей Ишнайя, а настоятель Даттам. Это был человек лет сорока, немного располневший, с тяжелым, но красивым лицом, с желтыми глазами и волосами в золотой сетке. У него были золотые глаза чистокровного вейца, но в повадках его было что-то варварское, господское. На нем было длинное мирское платье, затканное цветами и травами, хотя он единственный среди присутствующих был не чиновником, а монахом. Даттам умел читать по звездам и сажать души людей в серебряный кувшин. Если кто-то навел порчу на Идасси, то это сделал именно Даттам, и поэтому Идасси внимательно присматривался к колдуну.

После часа Петуха государыня объявила, что устала, и удалилась в свои покои. Гости начали расходиться. Даттам взял Идасси под руку, и они вместе сошли в темный предрассветный сад, к пруду, на котором, обманутая пылающими факелами, растерянно покачивалась проснувшаяся утка.

— А признайтесь, — прошептал колдун на ухо Идасси, — у вас был весьма ошеломленный вид, когда вы увидели, что государыня — не одна...

Идасси в бешенстве оттолкнул колдуна так, что Даттам, взмахнув руками, полетел в пруд, — и убежал. Утка в пруду в панике заплескала крыльями и полетела на берег. Идасси стрелой пронесся мимо храма Девяти Зернышек, скатился вниз с радужного холма, перебежал вброд через тускло блестящий ручей и, тяжело дыша, взбежал на холм Белого Бужвы, где стоял лицей. Он вскарабкался на старый ясень, пролез по суку, нависающему над окнами второго этажа, и скатился в свою комнату: так он обычно входил и выходил из лицея ночью. Волосы его были мокры от предутренней росы, в глазах стояли слезы.

Идасси был взбешен. Его обманули. Кто? Женщина! Его позвали «на ночь» и заставили играть в жмурки и сочинять стихи! Как они все, должно быть, смеялись! Наверняка они видели записку, а то и сочиняли вместе!

Маленький варвар даже ни на миг не задумался, что в ойкумене обитает пятьдесят миллионов человек, и из них полтора миллиона живет в столице, и из этих полутора миллионов только восемь человек сидели вчера за столом государыни; что трое из этих восьми были министры, один — государственный казначей, один — настоятель самого могущественного храма империи, остальные — высшие чиновники, а Идасси — недоучившийся студент. И, скажем, чтобы добиться аудиенции у розового, похожего на поросенка, казначея Ишнайи, который так смешно запутался в плаще Идасси, когда играли в жмурки, — ему бы только слугам Ишнайи пришлось бы заплатить тридцать «розовых». Он не вспомнил, что доселе видел этих людей только так: они стояли в расшитых одеждах на верхних ступенях храмов, а он, толкаясь и хрипя, глядел на них из потной толпы; что ни один из его товарищей и во сне не мог подумать о такой чести: ужинать и сочинять стихи с ближайшими людьми государыни Касии. Все это не значило ничего.

Женщина пригласила его провести с ней ночь — и заставила его подбирать рифмы и гоняться за толстобрюхим Ишнайей.

Идасси проспал половинку стражи, как убитый, а в час Росы зазвенела серебряная рыба, подвешенная у входа в спальные павильоны лицеистов, — юношей скликали на экзамены.

Сначала их всех рассадили за столики и велели писать сочинение на тему «Благонравие по отношению к отечеству», а через два часа собрали написанное и объявили об устном продолжении экзамена.

Через час Идасси взошел отвечать в Ландышевую залу. На алтаре, в серебряной миске, плавали свежие листья, на круглом возвышении сидели трое экзаменаторов. Идасси поднял голову и обомлел: экзаменатор, сидевший посередине, был колдун Даттам. На этот раз он был не в светском платье, а одеянии монаха-шакуника: в длинном зеленом паллии, затканном цветами и травами, и с тяжелой золотой цепью на шее. Лицо его было холодное и свежее, под глазами — ни единой черной точки, словно он и не веселился всю ночь. «А что ему, колдуну, сделается, — подумал Идасси, — залез куда-нибудь на седьмое небо, сделал из двух часов два дня и отоспался».

Ах, зачем Идасси вчера сказал, что опоздал, уча уроки! Ну, а что будет, если он не выкажет свои знания? И зачем, ох, зачем он столкнул Даттама в пруд? Мало ему врага в лице главного чиновника империи, так нет, он нажил себе еще врага в лице ее главного колдуна!

Служка в коричневом плаще протянул Идасси медный кувшин, Идасси запустил руку, вынул билет, развернул: первый вопрос был о книге «Сад рассуждений», а второй, как назло, — о ламасском указе государя Иршахчана, указе о колдовстве.

Идасси быстро управился с первым вопросом, а на второй усмехнулся, поглядел колдуну в глаза и начал:

— В ламасском указе государя Иршахчана сказано: «Существует белое колдовство и черное колдовство. Белым колдовством занимаются звездочеты и гадальщики, приписанные к городским цехам и получившие от государства необходимое одобрение для спрашиваемой с них службы. Все же прочие виды колдовства — черное колдовство. Этого колдовства, с одной стороны, нет, а, с другой стороны, если бы оно и было, все равно это было бы нежелательно.

Существует четыре вида черного колдовства.

Первое — это деревенское колдовство, когда, если умер человек или корова, крестьяне обращаются не к властям, а к колдуну. Тогда колдун гадает на пластинах или овечьем роге или же привязывает к рогам быка клок сена и гонит его, пока бык рогом не упрется в дом виновника. Такие вещи недопустимы, ибо при этом из-за невежества народа гибнут невинные люди и вдобавок нарушается монополия государства на суд и казнь.

Второе — это когда человек сходит с ума и ему кажется, что он оборачивается волком, или летает по воздуху, или сосет кровь у маленьких детей. Особенно часто это происходит с женщинами. Это колдовство случается не на самом деле, а в душе человека.

Третий вид колдовства — это когда фокусник морочит толпу, выращивает из стеклянного шара бобовый стебель и взбирается по нему на небо. Это колдовство происходит не на самом деле, а в душе зрителей. Если не станет зрителей, не будет и колдовства. Недопустимо считать, что оно происходит на самом деле и что человек может делать такие вещи, которые государство делать не в силах.

Четвертый вид колдовства — это когда дурные люди объявляют себя пророками и императорами, лечат бедняков, обещают Золотую Страну и Желтое Небо. Льется кровь, поля покрываются костьми — и все из-за колдовских обещаний. Это колдовство не существует на самом деле, ибо еще никто из мятежников не сотворил Золотой Страны и Желтого Неба, но именно оттого, что его нет, оно и приносит величайшие несчастья.

Это четыре главных вида колдовства, и каждый из них — ложь».

Идасси изложил указ и замолчал. А Даттам полуприкрыл глаза и лениво махнул рукой:

— Право, господин Идасси! Вы прекрасно знаете историю и указы. Но, скажите, — какой это из видов колдовства?

С этими словами колдун вытащил из-за пазухи хрустальную чашку и зачерпнул в нее воды из алтаря, снял с белого мясистого пальца круглое, как луна, кольцо, прошептал несколько слов и бросил кольцо в чашку.

Взвизгнуло, зашипело, из стакана в потолок ударили пузырьки воды, связавшись в серебряную сетку, и внутри этой сетки Идасси вдруг увидел самого себя, в палец ростом.

Идасси цап — и схватил чашку, но человечек выскочил из чашки и побежал по столу, быстро-быстро. Идасси бросился его ловить. Человечек подбежал к краю стола, заметался, зацепился за неровную ворсинку в скатерти, поскользнулся: тут-то Идасси и прихлопнул его ладонью. Идасси поднял руку — на скатерти лежал раздавленный жук. Но в тот короткий промежуток, между тем моментом, в который Идасси раздавил человечка, и моментом, в который Идасси увидел раздавленного жука, — ему показалось, что чья-то огромная рука, тяжелая, как чугунный котел, прижала к скатерти и раздавила его.

— Так что это за вид колдовства? — спросил Даттам.

— Несомненно, третий, — ответил Идасси.

Два остальных экзаменатора недоуменно переглядывались: Даттам отвел им глаза, и они ничего не заметили.

Идасси быстро поднялся и покинул залу. Оказалось, он занял первое место. Он побежал с этой вестью к государю. Не прошло и часа, вдруг явились люди с известием, что государыня Касия мертва.

Государь взошел на трон.

Руша казнили, Идасси сделали первым министром. Дядя его, услышав это, пошел на империю войной. Идасси отправился навстречу дяде во главе войска, разбил противника, привез государю десять тысяч голов. После этого отправился дальше, освободил Хабарту, открыл выход к Южным морям.

Под управлением Идасси страна расцвела, птицы и звери давали потомство в положенное время, и даже налоги уплачивали сполна.

У Идасси была младшая сестра, государь взял ее главной женой, она родила наследника.

Вскорости государь простудился на охоте и умер. Идасси стал править от имени годовалого племянника. Страна процветала. Тысячи усадеб и деревень принадлежали Идасси: в озерах его плескались золотые рыбы, сундуки трещали от обилия желтого и белого. Два сына подрастали у всесильного правителя.

Прошло время, молодой наследник вырос, ему уже перевалило за тридцать, а к власти его все не пускали.

Сыновьям Идасси тоже не нравилось, что отец их ни с кем не делится страной. Вместе с императором они составили заговор: однажды трое его сыновей ворвались во дворец с обнаженными мечами, схватили Идасси, отсекли отцу уши и губы, а затем бросили в темницу. Они надеялись сами занять его место, но придворные возмутились: государь приказал казнить непочтительных сыновей на глазах отца, а потом приказал выколоть Идасси глаза и уморить голодом.

Умер Идасси на холодном камне, открыл после смерти глаза — глядь, а он все еще сидит недоучившимся студентом перед колдуном Даттамом, и Даттам улыбается.

— Ну, так это какое колдовство? — спросил Даттам.

— Это третий вид колдовства, — спокойно ответил Идасси, — когда колдовство происходит не на самом деле, а в душе жертвы.

— И как тебе твоя судьба?

— Это хорошая судьба, — промолвил Идасси, — нет ничего лучше судьбы, о которой можно сложить длинную песню.

▪ Глава третья, ▪

в которой маленький варвар состязается с главным колдуном империи в стрельбе из лука и в которой первый министр Руш спорит с настоятелем Даттамом о природе финансовых операций

Бес его знает отчего, но после фокуса, проделанного Даттамом, у Идасси страшно заболела голова, и если бы, право, ему бы задали сейчас самый простой вопрос — ну, к примеру, перечислить перечень административных бумаг, которые требуются при строительстве нового деревенского зернохранилища, или формы скобяной отчетности, — он бы непременно засыпался. Но вопросов ему никаких не задали, и Идасси сам не запомнил, как очутился за воротами экзаменационной залы и в своей комнатке.

В комнатке его все было полно дивным запахом, напоминающим смесь «пахучей ножки» с розовым росовяником, и по этому запаху Идасси догадался, что его дожидается письмо от государя. Так оно и было, только письмо было не одно, а целых два — одно от государя, другое от государыни. Оба письма приглашали господина Идасси — одно в павильон Розовых Вод, другое в павильон Дождя, и оба письма были написаны на лазоревой бумаге, на которой имели право писать только императоры.

Через час Идасси был у государя. Тот забавлялся с длинной пушистой мангустой. Увидав рыжеволосого юношу, государь очень обрадовался.

— Ну как, — спросил он, — ты сдал экзамены?

— Не знаю, — ответил Идасси, — но у меня их принимал Даттам. Страшный он человек.

— Он мой наставник, — сказал государь.

Идасси навострил ушки.

— А он правда тебя обучает или же у него только титул наставника, а учат другие?

— Нет, — сказал государь, — Даттам сюда приходит часто и учит меня разным удивительным вещам, и я думаю, что он приходил бы еще чаще, если б не боялся моей матери.

— А колдовству он тебя учит?

Государь поправил своими изящными пальцами легшую на лоб каштановую челку и сказал:

— Дай я тебе покажу, чему он меня учил.

Государь закрыл шторы из деревянных створок, так что в комнате стало совсем темно, а затем открыл в шторе маленький, круглой дощечкой задернутый глазок. К этому глазку он приставил треугольную призму, и вместо пучка белого света ото всей этой призмы веером разошлись цветные лучи.

— Видишь, — сказал император Страны Великого Света, — если присмотреться, то они идут не кругом, а овалом.

— Ну и что? — удивился Идасси.

Тогда Инан притащил стул и поставил на пути лучей, на стуле, маленькую деревянную ширму с глазком. Он поставил глазок так, чтобы через него проходил лишь фиолетовый луч, а потом Инан взял вторую призму и поднес ее к фиолетовому лучу. Но на этот раз луч не разделился ни на какие составляющие, а так и остался фиолетовым.

— Овал, а не круг получается потому, — сказал Инан, — что свет состоит из лучей разной степени преломляемости, и из-за их разной степени преломляемости они и падают по-разному на стену. А если взять другую линзу, то можно снова собрать радугу в белый цвет.

— Это Даттам придумал? — спросил Идасси.

— Нет, это какой-то из их монахов. Шакуники со всех концов ойкумены присылают ему описания своих опытов и наблюдений, и то, что ему кажется интересным, Даттам печатает в особой книжке и рассылает ее своим, а многие опыты он повторяет.

— Он тебе морочит голову, — сказал рыжеволосый варвар, — у него две тысячи духов сидят в хрустальном кувшине, а он тебя развлекает этими лучиками. Разве это колдовство? И вообще, он может приказать своим духам сделать с лучами все, что ему угодно.

— Не знаю, — отозвался государь, и плечи его вздрогнули по привычке. — Он меня не любит, это точно. Я знаю, что он режет мертвых и он предал больше людей, чем кто-нибудь вокруг.

— А кого он предал?

— Ну, во-первых, когда ему было девятнадцать, он был вождем взбунтовавшихся крестьян и предал их, а потом он предал экзарха Харсому, а потом еще был один ученый монах, звездочет, с которым Даттам поссорился. Этот монах тридцать лет наблюдал за звездами и составил самые точные астрономические таблицы, какие есть в мире. И вот, когда его недруг захотел опубликовать результаты своих исследований, Даттам подкупил печатника и позаменял последние цифры каждого наблюдения. Все звездочеты понадрывали животики от хохота, враг Даттама от отчаяния сошел с ума и умер, а через два года Даттам опубликовал настоящие таблицы, анонимно, и с тех пор все звездочеты считают по этим таблицам.

— Не думаю, что этот звездочет умер от отчаяния из-за каких-то там ошибок в книжке. Даттам, наверное, убил его взглядом, — сказал Идасси.

— Не знаю, — со вздохом промолвил император, — если бы он мог убить человека взглядом, он бы, наверное, убил Руша. У него очень плохие отношения с Рушем.

— И государыня это терпит?

— Государыня их и поссорила. При дворе есть сторонники Даттама и сторонники Руша, и все, в чем провинится партия Даттама, становится известно через партию Руша, а все, в чем провинится партия Руша, становится известно через партию Даттама. А то как же? Если придворные в согласии, то государь пребывает неосведомлен.

Инан помолчал и продолжил:

— Из-за этого у них жуткие свары по поводу всех этих призм и утвари для насилия над природой. Даттам как-то принес государыне козявку под микроскопом, чтобы показать, какими маленькими тварями населен мир, а Руш говорит: «Я не буду смотреть в микроскоп. То, что боги сделали скрытым от глаза, должно скрытым и оставаться, и потом — откуда я знаю, что вижу правду? Если я съем траву «волчья метелка», так я увижу тварей еще почище, чем те, что видны под микроскопом. Может, ваш микроскоп искажает мир и показывает не то, что есть? Может, он как «волчья метелка»?

Инан помолчал, нерешительно дотронулся своими тонкими пальцами до тяжелой шторы и докончил:

— На самом деле на микроскоп и на богов ему, конечно, наплевать. Ему важно съесть Даттама.

***

На следующий день государыне Касии докладывали о результатах экзаменов, Даттам, поклонившись, промолвил:

— Множество учеников выказали отменные знания, лучшим же, на мой взгляд, был Идасси. Я поставил его сочинение и его ответ на первое место.

— А какое ваше мнение, господин Руш, — спросила государыня, — вы ведь в этом году возглавляете комиссию?

— В сочинении маленького варвара полно ошибок, я поставил его на последнее место, далеко за красной чертой.

Тогда государыня просмотрела сочинение Идасси и молвила:

— Я согласна с мнением настоятеля Даттама, господин Руш.

Бедняжка Руш позеленел от злобы, но делать нечего. Пришлось ему оттиснуть свою печать на решении государыни и самолично вручать Красную Ленту маленькому варвару.

Церемония чествования победителей проходила в зале Десяти Тысяч Богов и продолжалась до середины дня. По окончании церемонии Идасси провели в сад.

Несмотря на то что государь очень устал, сидя на церемонии, он не отказался от вечернего приема и появился среди гостей в саду в светской одежде — голубом кафтане, затканном снежинками и звездами.

Войдя в сад, Идасси сразу наткнулся на господина Руша, тот стоял на посыпанной золотым песком дорожке и шутил с казначеем Ишнайей. Господину Рушу было страшно досадно, что ему пришлось лично вручить награду за первое место Идасси, он повернулся к Идасси и громко сказал:

— Большая честь для империи, что самые отдаленные народы слышат о ее славе и учат изречения наших ученых! Ведь короли народа Идасси спят на земле, укрываются лопухом, а подданные их и вовсе не имеют облика людей. Правда ли, что рядом с вами живет племя, имеющее рот на брюхе и четыре ноги?

— Нет, — ответил Идасси, — те, которые со ртом на брюхе, обитают дальше к северу, а наши соседи ничуть не безобразнее вас, господин Руш.

Государь, стоявший неподалеку, засмеялся, а Руш надулся, как индюк, и продолжал:

— А правда ли, что в вашем языке сорок разных названий для разных видов мечей?

— Правда, — ответил Идасси, — но хороший певец никогда не употребит этих прямых названий в стихах, а скажет: «исцеляющий стыд», или «утолитель ярости», или «молния воина», или еще десять тысяч слов — так что в языке людей есть сорок слов для меча, а в языке песен нет, пожалуй, ни одного слова, которое, приставленное бы к другим, не обозначало бы меч.

— Какое богатство, — улыбаясь, заметил Руш, — жаль только, что в других отношениях язык ваш так беден. Правда ли, что в вашем языке нет слова «три», а считаете вы так: «один, два, много»?

— Нет, — ответил Идасси, — слово «три» у нас есть.

— А слово «четыре»?

— Тоже есть.

— А слово «десять»?

— Тоже есть.

— А сто?

— Есть и «сто».

— Ну уж слова «тысяча» вы не знаете!

— «Тысяча» на нашем языке называется «тьмой», — сказал Идасси, — а «десять тысяч» — «мириадой».

— Великий Вей! Да зачем тем, кто не собирает налоги, такие большие числа? — с издевкой воскликнул Руш.

— А как же иначе считать войска? — возразил Идасси, и на всех присутствующих словно пахнуло холодом.

Руш отвернулся и с досадой пробормотал:

— Юноши вечно грезят о мечах и женщинах. Не думаю, что этот мальчик с пальцами в чернилах умеет драться, хотя ему и случилось зарубить в зале Ста Полей людей, которых специально опоили дурманом.

Но Идасси, конечно, услышал слова. Он мигом обернулся и сказал:

— Я хотел бы посмотреть, кто из нас лучше умеет драться, потому что истину выясняют не в спорах, а в поединках.

Первый министр изумленно развел руками:

— Что вы! Силы мои ничтожны, разве я осмелюсь противостоять вам? Разве что мой друг Даттам поможет мне.

Как мы уже отмечали, настоятель храма шакуников Даттам вовсе не был другом первого министра. Государыня Касия всегда держала людей так, чтобы они ненавидели друг друга и старались отличиться в глазах государыни. Это, конечно, не могло предотвратить взяточничества и прочих пороков, но зато государыня Касия, благодаря взаимным доносам, всегда была осведомлена о том, что делается в государстве.

В`свое время Даттам перетаскал Рушу немало взяток, но год назад государыня их поссорила: больше Руш не видел ни полушки из храма и каждый день предлагал государыне конфисковать его богатства. Итак, Даттам не был другом Рушу, но это был человек отчаянный, с сумасшедшинкой. Он поднялся из кресла, на котором он сидел, лениво развалясь и цедя через соломинку вино, и сказал:

— Право, почему бы нет?

Государыня Касия замахала руками.

— Господа, да вы с ума сошли! Государь Неевик был прав, воспретив носить оружие во дворце!

Но тут многие стали подначивать Даттама и маленького варвара, и государыня Касия в конце концов сдалась.

— Принесите мечи, — распорядился Идасси.

Душа его замирала. Что Даттам считался одним из лучших мечей империи, на это было Идасси решительно наплевать — какой там лучший меч среди этих одноперых куриц! Но Даттам считался одним из лучших мечей и в варварских королевствах, где он провел немало времени, прибирая к себе земли и исследуя чудеса мира. И притом Даттам колдун. Как сражаться против человека, у которого в руках меч может обратиться в крылатую змею, которая вцепится тебе в лицо и высосет душу?

— Ну уж нет, — воскликнула государыня Касия, — я не допущу, чтобы в этом саду повторилось то же, что давеча — в зале Ста Полей! Если вы хотите выяснить, кто из вас лучший воин, почему бы вам не устроить состязание в стрельбе из лука?

И государыня, хлопнув в ладоши, подозвала двух стражников, стоявших у входа в сад. Те, кланяясь, подошли. В правой руке первый стражник держал длинный пальмовый лук, обмотанный ярко-красной шелковой лентой с надписью: «стража Небесного Дворца». Такой же лук держал и второй стражник, только, будучи чином ниже, имел ленту белого цвета. Идасси мигом схватил красный лук, а Даттам, лениво усмехнувшись, взял белый. Его немного задело, что ему достался лук ниже рангом.

— Во что же они будут стрелять? — изумился казначей Ишнайя.

— Послать за мишенями, — сказала государыня.

Идасси огляделся и сказал:

— К чему мишени? Вон летят утки: посмотрим, сможет ли господин Даттам в них попасть.

Даттам поднял лук, целясь, и вдруг шепнул Идасси:

— Я не хочу побеждать нечестно: в вашей стране нет пальмовых луков. Когда стреляешь из пальмового лука, целиться надо на полпальца выше, чем когда стреляешь из тисового, таково свойство пальмы.

Идасси послушался его, и они выстрелили одновременно.

Раздался крик: стрела Даттама, с белым оперением, попала в утку, а стрела Идасси, с красным, пролетела мимо. Тут-то Идасси сообразил, что Даттам соврал про полпальца! Идасси выхватил из колчана вторую стрелу, прицелился и раньше, чем утка ударилась оземь, выстрелил еще раз.

Утка упала в заросли цветущих рододендронов, по приказу государыни ее подобрали и поднесли к ней. Придворные вытянули шеи. Утка действительно была убита белой стрелой Даттама, а вторая стрела, пущенная Идасси, вошла в тело белой стрелы и расщепила ее пополам.

Идасси обернулся к Даттаму, сверкнул черными, как смола, глазенками и вскричал:

— Вы обманули меня, проклятый колдун!

Даттам осклабился и ответил:

— Я просто хотел показать тебе, мальчик, что при дворе побеждает не тот, кто лучше всех стреляет из лука. Жаль, что мне это не удалось.

Наклонился и добавил вполголоса:

— Я завтра весь день буду в своем городском поместье, мальчик. Был бы очень рад видеть тебя там.

И прежде чем Идасси успел что-нибудь ответить, поклонился и растаял в терпкой зелени сада, затканной цветами и залитой заходящим солнцем.

Прием закончился через два часа. Государь Инан, сославшись на головную боль, ушел немного раньше, и Идасси вскоре тихонько последовал за ним. На приеме же они перемолвились всего несколькими словами.

— Это невероятно, — сказал Идасси, — что Руш дал мне первое место.

— Бьюсь об заклад, — промолвил Инан, — что первое место дал тебе Даттам, а Руш, наоборот, определил в конец списка.

— Зачем же государыня встала на сторону Даттама?

— Чтобы еще раз разозлить этих двоих. Вот увидишь, из-за этой маленькой досады Руш состряпает для Даттама большую гадость.

На следующее утро в покоях государыни собрался малый государственный совет. На нем присутствовали избранные высшие чиновники, а из представителей богов — господин Даттам, настоятель храма Шакуника, и еще настоятель столичного храма Покойных Государей.

Господин Руш докладывал о бюджете империи на будущий год.

— Положение страны очень тяжелое, — сказал господин Руш, — в Чахаре неурожай, а в Кассандане размыло дамбы. Для восстановления их потребуется не менее сорока тысяч рабочих. Кроме того, мы должны предупредить нападения западных варваров, послать подарки восточным и выплатить проценты по нашему долгу Осуе. В связи со всем этим экстраординарные расходы государства требуют восьмидесяти миллионов ишевиков.

— С каких это пор, — подал голос помошник министра финансов, молодой Чареника, — восстановление дамб требует денег? Издавна на такие работы посылались заключенные и жители соседних деревень!

— Восстановление дамб, неурожай и все беды внутри страны и вправду не требуют денег, — согласился господин Руш, — но во внешних сношениях деньги необходимы. Предупреждать нападения западных варваров лучше всего, раздавая деньги их соседям. Если же мы не пошлем подарков восточным варварам, то они опять нападут на Иниссу, и в следующем году нам придется платить втрое. Что же касается процентов по долгу Осуе, то это город невоинственный, но коварный, и если мы не заплатим осуйцам, они натравят на нас тех же варваров. Если мы не раздобудем в этом году восьмидесяти миллионов ишевиков, то нас ждет погибель.

— Откуда же раздобыть такие деньги, — недовольно сказала государыня, — мои подданные не губка, чтобы выжимать из них налоги! Селяне и так отдают государству больше седьмой части выращенного!

— Я думаю, — сказал осторожно Чареника, — что налог на рис можно поднять до двенадцати процентов. Кроме того, в городах развелась прорва людей, которые торгуют и наживаются, производят предметы роскоши и другие бесполезные вещи. Чем запрещать этих людей, как то было при прошлых государях, лучше брать с них до тридцати процентов в казну.

— Бросьте, господин Чареника, — сказал лениво Даттам, — издавна известно, что, когда налоги превышают пятнадцать процентов, их перестают платить вовсе и платят вместо налога государству отступное сборщику налогов.

Тут Руш улыбнулся и сказал:

— Выход из положения есть. Говорят, в этом году храм Шакуника получил сто сорок миллионов чистой прибыли. Почему бы ему не ссудить восемьдесят миллионов государству?

Все замерли.

Даттам неторопливо встал. Члены государственного совета глядели на него с опаской, как на живого покойника. «Ну все, — пронеслось молнией в уме Чареники, — если Даттам ссудит эти деньги, Руш не вернет ссуду и разорит храм. А если он не ссудит их, то Руш его арестует как изменника. Хорошенько же Руш отомстил Даттаму за первое место варвара Идасси!»

— Государыня, — сказал Даттам, и каждое слово он выговаривал раздельно и веско, так что слово взлетало птицей к потолку и долго звенело в сводах и пролетах зала, — я немедленно ссужу эти деньги, как только первый министр Руш будет уволен. Потому что только в этом случае я смогу быть уверен, что храму тем или иным образом возместят предоставленный кредит.

— Это государственная измена, — вскричал Руш, — говорить такие слова!

— Успокойтесь, господин Руш! — улыбнувшись, промолвила государыня. — Вы, скорее, должны гордиться, что за вас предлагают такие деньги. Подумайте, насколько это больше того, что вы получили от князя Ино Рваная Щека за голову Идасси!

Руш в возмущении вскочил.

— Ваша вечность! Это чудовищная ложь, и наверняка ее преподнес вам наставник молодого государя!

Государыня усмехнулась и обратилась к заместителю министра финансов.

— Господин Чареника, — сказала она, — не стоит ли перейти к следующему вопросу, о порядке совершения жертвоприношений в честь Исии-ратуфы, которые в Иниссе отличаются от общепринятых?

По окончании заседания государственного совета чиновники перешептывались, расходясь.

— Два быка сцепились рогами на узком мостике, — прошептал молодому Чаренике его тесть Арнак. — Как ты думаешь, кто из них победит?

— Ах, — ответил Чареника, — господин Руш всего лишь первый министр, а господин Даттам — хозяин крупнейшего кредитного учреждения империи, на банкнотах которого, по правде говоря, только и держится все наше денежное хозяйство. Если уволить Руша, не произойдет ничего, а если сместить Даттама, все финансы придут в негодность, цены на рынках подскочат в десятки раз, а государственные деньги погибнут.

— Глупый ты мальчик, — ответил тесть, — ты на все смотришь со своей финансовой колокольни. Ну какое государству дело, если деньги подешевеют в тысячу раз!

Сказал, а сам задумался: «А может, и вправду государыне Касии есть до этого дело? Вот уж покойный-то император даже слова такого не знал — финансы. А государыня Касия... Что с нее возьмешь? Бабский ум короток, к тому же — простая крестьянка. Небось помнит еще, как босоногой на рынок бегала и плакала, если теперь за гуся нужно отдавать не одну «розовую», а две. Может, она и вправду думает, как мой наивный зять».

Между тем, получив приглашение на вечернюю пьесу, Идасси оказался в изрядном затруднении. Вечером ему надо было идти в павильон Тысячи Превращений, а в чем?

Свое лучшее синее платье он надевал уже дважды; серый форменный кафтан лицеиста Буживы было надеть решительно невозможно; была еще куртка, в которой он ходил на рынок, но не в зеленой же куртке вот с такой дырой на правом локте идти в павильоны? Стало быть, платье следовало купить.

Деньги у Идасси, как ни странно, были. Часть их хранилась под полом комнатки в небольшом тайнике, который время от времени пополнялся выручкой от продажи рыбы, другую же часть Идасси носил с собой в нательном поясе. Дело в том, что Идасси никогда не исключал, что ему придется спешно бежать на родину, и он всегда полагал, что легче бежать с деньгами, чем без денег. «Ведь если бежать с деньгами, — думал Идасси, — то чиновников на перевозах и заставах можно будет просто подкупить, а если бежать без денег, придется их убивать, а подкупленный чиновник — вещь куда менее заметная, чем убитый».

И теперь, поразмыслив, Идасси достал из нательного пояса пять серебряных монет, переложил их в карман и отправился на рынок. Он знал лавку старьевщика, где можно было купить хорошее платье за пять монет, а больше он положил себе не тратить — государыня, не государыня — все! Нечего деньгами швыряться!

Подходящее платье Идасси нашел в лавке на Красном Мосту. Этот мост был покрыт крышей, словно улица во дворце, и поэтому под крышу набилось множество всяких лавочек, где торговали всем, что можно есть, носить и дарить. Кафтан, который присмотрел Идасси, был бежевого цвета с искусным серебряным шитьем по подолу. Одна из пуговиц у кафтана была обломана, но Идасси тут же сообразил, что если перешить сломанную пуговицу на пояс и потом перепоясать кафтан кушаком, пуговица будет совсем незаметна.

Идасси поторговался с торговцем, и из-за сломанной пуговицы ему удалось сбавить пол-ишевика.

Еще Идасси купил красивый бархатный кушак синего цвета и юфтяные сапожки, украшенные узором в виде листьев лотоса. Все покупки обошлись ему в четыре с половиной монеты.

На обратном пути ко дворцу Идасси шел улицей Ароматного Мира. Дойдя до поворота ко дворцу, молодой варвар вдруг остановился: впереди, чуть слева, глубоко за резными воротами и зеленью сада, сверкала репчатыми башенками флигелей городская усадьба господина Даттама и подымалась вверх круглая, похожая на яйцо кровля центральной башни, из которой, как говорили, колдун Даттам шпионит за небом. «Заходите», — вспомнил Идасси слова Даттама. А в самом деле, почему не зайти?

И Идасси перешел улицу и постучался в ворота.

Пустили Идасси внутрь довольно легко, и молодой слуга провел юношу по посыпанной песком дорожке к главному дому. Идасси спросил бывшего там монашка, где Даттам.

— Господин занят, — ответил монашек.

— Чем? — спросил Идасси.

— Труп режет, — ответил монашек и ушел.

Идасси принял эти слова за шутку и некоторое время стоял в приемном покое, вертясь и оглядываясь по сторонам. Размерами своими покой не уступал любому из дворцовых павильонов: малахитовые колонны зала вздымались вверх на высоту в пять человеческих ростов, золоченые светильники в форме львов умножались в бесчисленных зеркалах, и фигурка стройного широкоплечего юноши, казалось, терялась среди каменных квадратов пола, выложенного отполированным багровым базальтом, цветом точь-в-точь, как волосы Идасси.

Идасси обошел зал, как любопытная рысь, а потом не выдержал и толкнул тяжелые створки бронзовых дверей. За ними начиналась терраса, уставленная легкой, плетенной из шелковой травы мебелью, и открытая дорожка уходила в сад, петляя меж желтых шубок цветущих рододендронов и одетых в белое слив.

Идасси оставил узелок с новым платьем на террасе и спустился в сад.

Запах в саду был странный, немного напоминающий запах лекарственной лавки, и, сойдя в сад, Идасси догадался, в чем дело. Чуть подальше, за деревьями, располагались ровные делянки невзрачных растеньиц, не годных ни для сада, ни для огорода. Большая часть растений была Идасси неизвестна, но в одном он узнал растущий в далеких горах «волчий смех», страшную травку — с ее помощью шаманы ходят к богам, а люди умирают. «Стало быть, правду говорят в городе, — подумал Идасси, — что Даттам разводит в саду все яды, которые растут в ойкумене».

И, сгорая от любопытства, стал медленно пробираться вдоль грядок.

Минут через пять Идасси увидел маленький дом в глубине сада. От дома опять пахло неприятным, несадовым запахом. Идасси отворил дверь и вошел.

Даттам действительно резал труп. Посреди одноглазой комнаты стоял широкий камень, и на нем лежала совершенно разрезанная худенькая девица лет тринадцати. Ножки ее и лоно были заботливо прикрыты белым платком. Больше всего Идасси поразил этот белый платок: по нему было видно, что Даттама интересовало в покойнице совсем не то, что было бы интересно Идасси. Даттам стоял вместе с пятью или шестью монахами, и они о чем-то горячо спорили по поводу легких девицы, лежавших перед ними в мисочке.

Даттам заметил Идасси и пошел к нему навстречу. Руки колдуна, обтянутые перчатками из склееного рыбьего пузыря, блестели от крови, и старый зеленый плащ тоже был кое-где мокрый.

— Хотите поглядеть, господин Идасси, как устроен человек? — спросил Даттам, кивнув на девицу.

— Я и так знаю, как он устроен, — сказал Идасси. — Я много свежевал оленей и кабанов, а человек должен быть устроен так же, как они, иначе наши души не смогли бы вселиться в оленя после смерти.

— Величайшее заблуждение, — сказал Даттам, — внутренние органы человека не совсем схожи с внутренними органами животных. Больше всех нас напоминает свинья. Верите ли, что мы лет пять полагали, будто у основания мозга существует особая сеть, посредством которой животный дух становится человеческим, а сеть эта есть у обезьян, и ее нет у человека!

Идасси пожал плечами и подошел посмотреть, как режут человека, и Даттам прочитал ему целую лекцию, из которой Идасси узнал для себя много нового о крови и селезенке. Даттам объяснил ему, что сердце вовсе не вместилище чувств, как кажется многим, а просто большой насос, который гоняет по телу кровь, и Идасси опять вспомнил слухи о том, что Даттам, чтобы выяснить загадки кровообращения человека, резал живых людей.

Наконец они отошли от стола. Голова Идасси немного кружилась от запаха протухшего мяса, и он был вполне благодарен Даттаму, когда тот, содрав перчатки и запачканный кровью плащ, вышел в сад. Там он долго, отфыркиваясь как бобер, мыл лицо и руки и потом вылил на себя целую горсть настоянного на спирту благовония.

— Вы не показывали этого государю, — сказал Идасси, кивнув на домик.

— Государь вряд ли выдержит такое зрелище, — сухо сказал Даттам.

— Кто эта девочка? — спросил Идасси.

— Наложница наместника Иниссы, — ответил Даттам, — ему показалось, что ее отравили, и вот он прислал тело нам. Конечно, это прекрасно, что наместник верит в науку, но за четыре дня путешествия девица изрядно протухла, как вы можете заметить. Я бы подарил поместье тому, кто скажет, как сохранять трупы. Вы знаете, что до сих пор во всех анатомических атласах порядок картинок соответствует порядку, в котором портятся органы, — сначала рисуют кишки и желудок, потом печень, сердце, пока не дойдут до костей?

— Ее действительно отравили?

— У нее отек легких, — сказал Даттам, — кто знает отчего? Может, и не от яда.

— Значит, вы не всегда можете уличить отравителя?

— Пока лучшим средством уличить отравителя остается дыба, — усмехнулся Даттам, — но вряд ли наместник Иниссы вздернет на дыбу свою старшую жену, которая к тому же троюродная племянница первого министра Руша.

Они прошли по саду и поднялись в главный дом, но не в приемный зал, куда сначала провели Идасси, а в личные покои Даттама, в небольшую комнату, где стены были занавешены гобеленами, а пол — коврами; из приугольных курильниц поднимался голубоватый дымок, и в серебряной мисочке перед алтарем плавали свежие дубовые ветки.

Даттам хлопнул в ладони, и в комнату вошел красивый молодой монашек с подносом, полным печений и фруктов. Следом другой внес чайник. Роспись на чайнике изображала все три пояса мира — почву, по которой полз слепой крот, средний мир, где росли злаки и бродили олени, и небо, украшенное луной и редкими верхушками сосен. Даттам взял чайник и стал наливать Идасси чай, и Идасси вдруг подумал, какое это счастье — держать в руке весь мир, вот так, как Даттам держит сейчас чайник.

Идасси вдруг отставил чашку в сторону.

— О чем же вы хотели говорить со мной, Даттам? — спросил он. — О чем вы хотели говорить после того, как отняли у меня победу в стрельбе из лука, посмеялись надо мной на глазах самой государыни?

Настоятель храма Шакуника оглядел сидящего перед ним юношу, и на его тяжелом, чуть обрюзгшем лице с квадратной челюстью и желтыми тигриными глазами не было даже тени улыбки.

— Идасси, — сказал он, — вы думаете, что государыня Касия вас любит. Вы ошибаетесь. Есть люди, не способные никого любить. Я отношусь к их числу, государыня Касия относится к их числу. Вы показались опасным государыне. Очень опасным. Вспомните, чем до сих пор кончали все фавориты маленького императора. Вспомните, что ни один из них не был удален самой государыней, — против каждого она сумела восстановить собственного сына. Лахия был казнен за взяточничество, Удан сослан за казнокрадство — и во всех этих делах милосердие государыни выгодно оттеняло безжалостность и вздорность молодого императора. Этим государыня достигла двух вещей: все опасаются быть друзьями императора и никто не хочет видеть его на троне.

Идасси нагло усмехнулся. Даттам сидел не шевелясь. Его сильное полное тело, казалось, совершенно расслабилось средь подушек, и Идасси решил бы, что колдун совсем не волнуется, если бы короткие плотные пальцы Даттама не вертели витой браслет, сделанный в форме змеи, кусающей свой хвост.

— Что же касается вас, Идасси, — продолжал Даттам, — то вас нельзя сослать или казнить, потому что ваши родственники воспользуются этим, чтобы напасть на империю. И государыня решила сделать так, чтобы государь охладел к вам. Трудно ли заставить полудикого мальчишку влюбиться в красивую, хотя и стареющую женщину? А государыня красива и умна — кто мог бы двадцать пять лет назад подумать, что дочка простого крестьянина, неграмотная двенадцатилетняя девочка, представленная императору среди тысячи двухсот наложниц, станет повелительницей ойкумены? Но в тот миг, когда государь уверится, что вы изменяете ему с его матерью, — вы перестанете для него существовать, Идасси. А государыня прикажет принести перо и напишет указ о назначении вас сырным чиновником в какую-нибудь Иниссу.

Идасси покраснел от бешенства, и рука его поползла к поясу, туда, где в складах белой рубахи был запрятан широкий нож с треугольным, как акулий плавник, лезвием.

— Я говорю это вам, Идасси, — благожелательно продолжал настоятель храма Шакуника, — потому что вы необыкновенно умный мальчик. Если б речь шла о глупце, даже бы не стоило ему говорить, что его не любит женщина, и какая женщина... Но вы, я думаю, сами подозреваете, в чем дело. А если вы вообразили, что государыня Касия ради вас может отправить в отставку Руша, — о нет, отставка первого министра так перепугает многих чиновников, что они, пожалуй, вспомнят о том, что законный государь — Инан. Не надейтесь, что государыня Касия поручит вам войско, — женщина, которая не доверяет полководцам империи, уж конечно, не будет доверять варвару.

— Чего вы заботитесь обо мне, Даттам? Ведь вам нет дела ни до меня, ни до государя. Вы не любите его.

Императорский наставник улыбнулся.

— Если бы я осмелился выказать свою любовь к государю, — сказал он, — я был бы сейчас там же, где и его предыдущие любимцы. Несмотря на мою репутацию колдуна или благодаря ей.

Помолчал и добавил:

— Став любовником государыни, вы погубите себя, Идасси. Не став им, вы останетесь смешным варваром-мальчиком, другом кукольного императора, которого забывают накормить ужином, и ваша жизнь не будет стоить ни гроша с той секунды, когда в вашем королевстве за горами вспыхнет новая междоусобица. А она вспыхнет очень скоро — бьюсь об заклад, что государыня Касия уже послала людей и деньги ее возбудить!

— И какой же выход вы предлагаете?

— Храм Шакуника может помочь вам. Храм может вернуть императору то, что ему принадлежит по праву.

— Храм Шакуника, — сказал рыжеволосый варвар, — владеет половиной империи. Что же должен будет отдать император за то, что вы обещаете? Вторую половину?

Даттам только улыбнулся.

— Мы поговорим об этом потом, мальчик. А сейчас бери свой узелок и беги, а то опоздаешь на вечерний прием к государыне.

Однако в этот день Идасси так и не надел своего нового платья. Вернувшись во дворец, Идасси не стал открыто входить в лицей. Вместо этого он перемахнул через ограду в секретном месте и, взобравшись по крыше, проник в свою комнату. Комнаты лицеистов никогда не закрывались. Идасси убедился, что обиталища его не посещал никакой курьер и что никакое письмо его не дожидается. Идасси тихонько засунул сверток с новым платьем в ларь, выбрался из комнаты через окно и через пять минут лежал в густых зарослях рододендрона, окаймлявших главную дорогу к зданию лицея.

Идасси лежал почти два часа, пока не увидел, как по дорожке, с письмом в руке, проскакал всадник — чиновник в парчовом кафтане дворцовой почты, голубоглазый и с круглым, на тыкву похожим лицом.

Идасси в кустах ухмыльнулся, встал, сбросил с куртки приставшие к ней листья и отправился к государю.

Государь был в своих покоях один. Окуная перо в золотую тушечницу в форме цапли, стоящей на одной ножке, он что-то писал в тетради круглым ученическим почерком.

— Ты чего пишешь? — спросил Идасси.

— Трактат об управлении государством, — ответил смущенно восемнадцатилетний Инан.

Идасси изумился:

— Зачем писать? Править куда легче!

— Не знаю, — сказал Инан, — кажется, мне куда легче написать хороший трактат об управлении государством, чем править им на самом деле.

Помолчал и прибавил:

— У меня много свободного времени, и я могу попросить принести мне любую книгу. Мне кажется, у меня неплохие шансы написать такой трактат. Ведь до сих пор лучший трактат об управлении был написан императором Веспшанкой, а вместо Веспшанки управлял миром сначала его дядя, а потом его сын, и в конце концов сыну это надоело и он приказал отравить отца. А трактат он написал очень хороший.

Идасси, который очень любил трактат Веспшанки, изумился:

— Откуда ты знаешь, что он не правил?

— О, это подробно описано в «Хрониках Адерры» и сочинении Дархая и еще в одной анонимной истории, которая называется по первым строкам: «Рассматривая начало...».

Идасси, хотя и изучил все, что полагалось в лицее по программе, никаких этих хроник не знал, да и вообще две из них были запретны и хранились в Небесной Книге в единственном экземпляре.

А император вдруг спросил с интересом:

— А ваши короли писали какие-нибудь наставления? Их можно прочесть?

— Да у нас только один король, Алох Пьяная Нога, умел писать, — изумился Идасси, — и признаться, это ему ничуть не помогло, когда его зарезали на охоте!

Немного подумал и прибавил:

— Зато наши короли сочиняли очень хорошие песни, и Шроко, например, сочинял такие песни, от которых танцевали камни и балки пускали ростки, а мой отец однажды попался в лапы своему врагу и откупился тем, что сочинил ему хвалебную песню. А если бы он не умел сочинять песни, ему бы пришлось платить выкуп не меньше чем в триста ишевиков.

Государь Инан задумчиво поглядел на разбросанные по столу листки.

— Да, — сказал он, — я вряд ли напишу такую книжку, от которой будут танцевать камни. Но я думаю, что сумею сочинить нечто безусловно достойное, не сейчас, конечно, а лет через десять разысканий.

Идасси возмутился:

— Это что же, женщина будет править, а ты будешь писать умные книжки? Ты император или баба в штанах?

Государь вскрикнул:

— Да как ты смеешь!

— Тише! Сюда идут!

И действительно, далеко, в привратных покоях, зазвенел серебряный колокольчик, послышались шаги. Дверь государевой спальни распахнулась, и на ее пороге предстал чиновник дворцовой почты с круглым лицом и голубыми глазами, тот самый, которого Идасси видел, пока лежал в кустах.

Чиновник поклонился, вынул из-за пазухи свиток и сказал:

— Господин Идасси! Вам письмо от государыни.

И, показав письмо, протянул Идасси маленькую корчажку с благоуханной водой, которой полагалось омывать руки перед тем, как прикасаться к письму царствующей особы.

Идасси омыл руки и взял свиток. По правилам ему полагалось бы встать на одно колено, поцеловать письмо и только потом развернуть, но Идасси молча стоял, не разворачивая записку.

— Что же ты ждешь? Иди, — сказал Идасси чиновнику.

Тот откланялся и был таков.

Рыжеволосый варвар развернул записку и пробежал ее глазами.

— Дай мне! — сказал император. Идасси подал записку: «Вас ждут в первую ночную стражу в павильоне Облачных Вод». — Не ходи туда, — сказал государь, и темные брови сдвинулись на его тонком печальном лице.

Идасси промолчал.

— Я запрещаю тебе туда идти.

Глаза Идасси сверкнули, и он проговорил:

— Ничего хорошего не бывает с государством, которым правит женщина! Я пойду туда, и я убью ее!

Инан вскрикнул:

— Нет! Она моя мать! Глупый варвар, ты говоришь вещи, за которые разрезают живот и рубят голову!

— Ничего плохого в том, что мне отрубят голову за убийство, я не вижу, а вот что на троне сидит баба, это куда как плохо!

— Замолчи!

Идасси просидел у государя до самой темноты, пока не вошел чиновник пятого ранга и не объявил, что государю пора спать.

— Останься со мной, — попросил Инан, — мне страшно спать одному.

— Конечно, государь, — сказал Идасси.

Идасси лежал на своей шкуре тихо, пока не услышал, что государь прилежно спит. Тогда маленький варвар поднялся, тихо подхватил башмаки и куртку, осторожно раскрыл дверь — и был таков.

За дворцовой стеной били третью ночную стражу.

Идасси тихо прокрался к павильону Облачных Вод. Все было, как и в прошлый раз, — на освещенной веранде второго этажа звенели голоса и смех — государыня Касия тешилась остроумными шутками и шарадами. Идасси влез на старый раскидистый бук, чьи ветви нависали над верандой и над дорогой, прилепился, как кошка, к одному из суков и стал ждать.

К четвертой ночной страже гости стали расходиться: по мраморной дорожке, прямо под Идасси, прошел казначей Ишнайя и два его помощника, прошел Даттам с главным придворным врачом, тоже из шакуников, — оба они спорили о печени и селезенке — удивительные люди, тоже находят о чем говорить после вечера у государыни, и, наконец, последним прошел Руш. Он прошел так близко от дерева, что Идасси, свесившись, мог бы схватить его и свернуть его глупую голову.

Прошло немного времени, и свет в большой зале погас. Только на втором этаже, за узеньким цветным стеклом, теплился ночник, да в кухне, внизу, перекликались служанки. Идасси соскользнул с дерева и прошел к павильону. Он не стал входить в дом, а уцепился за тонкий резной столб, необыкновенно удобный для лазания, и в мгновение ока взлетел на второй этаж.

Галерея второго этажа была пуста, только маленькие золотые боги таращились со стен на Идасси. Один конец галереи переходил в винтовую лестницу на первый этаж, другой кончался резной, закрытой занавесками дверью. Идасси прошел к двери и взялся за ручку. Дверь была заперта.

— Кто там? — спросил тревожно женский голос, не принадлежавший, однако, государыне.

— Идасси, — ответил маленький варвар.

Кто-то как бы всплеснул руками, за стеной зашуршала занавеска... Идасси размахнулся и ударил в дверь сапогом. Дворцовые двери не были рассчитаны на сапоги — Идасси вошел внутрь.

Служанка в гардеробной испуганно пискнула. Идасси отпихнул ее, раздвинул занавески, отделявшие гардеробную от спальни государыни, и вошел внутрь.

Государыня стояла в своей спальне в легкой белой кофточке и нижней синей юбке, отделанной бахромой. Юбка кончалась чуть выше лодыжек, и Идасси увидел ножки государыни — маленькие, изящные ножки, которые когда-то свели с ума покойного императора, в тончайших, белого цвета носочках с узором из переплетенных трав.

— Как вы посмели! — вскричала государыня Касия, оборачиваясь.

— Вы сами приказали мне прийти!

— Я ждала вас три часа назад!

— Что мне было делать тут три часа назад? — возразил Идасси. — Когда женщина приглашает мужчину в свой дом на ночь, она приглашает его играть не в шарады, а совсем в другую игру.

— Мальчишка, — сказала государыня, — тебе нет восемнадцати, что ты понимаешь в других играх?

— Сейчас покажу, — ответил Идасси, расстегивая шелковую куртку.

И бог знает, что бы он расстегнул еще, — только в этот миг до слуха его донесся легкий шорох. Идасси мгновенно обернулся и отдернул занавес в углу комнаты, которым на ночь занавешивали статую бога Бужвы. В закутке, за статуей, сидел тот самый чиновник, которого прочили на место в потайных покоях, и был этот чиновник без башмаков и верхнего кафтана.

Идасси расхохотался.

— Шарея, прогоните этого нахала! — вскричала государыня..

Идасси развернулся и всадил чиновнику кулаком под подбородок так ловко, что бедняжка чуть-чуть не откусил себе кончик языка. Чиновник было поднял руку, защищаясь, но Идасси одной рукой схватил его за локоть, а затем поднял ногу и изо всей силы ударил чиновника под ложечку. Чиновник согнулся, отлетел к стене и непременно бы упал, если б не зацепился рукавом за ветвистый светильник, вделанный в оконную раму. Послышался треск рвущейся ткани, пламя светильника заколебалось — но, когда рукав чиновника окончательно порвался, он уже немного пришел в себя и, держась за светильник, замотал головой.

— Идасси! Ни с места! — вскричала государыня, видя, что варвар опять собирается бить своего соперника.

Идасси оглянулся. Он с трудом соображал, что делает. Душа его дрожала от бешенства, как в бою, когда человек перекидывается в медведя или трехглавого волка. В глаза ему бросился белый нож с костяной ручкой — этим ножом государыня надрывала негодные указы. Идасси схватил нож ручкой вперед, раскрутил и кинул. Чиновник хрипнул, выпустил светильник и сполз на пол.

Государыня с криком ужаса метнулась к чиновнику.

— Шарея, Шарри! — закричала она, щупая руками красное пятно, расплывающееся вокруг костяной ручки. — Великий Вей, — выпрямилась государыня, — вы его убили!

— А зачем он прятался в вашей спальне? — отвечал маленький варвар.

Государыня вдруг всплеснула руками и расхохоталась. Идасси стоял, опустив голову и понемногу приходя в себя. Он очень хорошо знал, что всякое убийство в империи карается топором и веревкой и что единственный способ спастись — это как-то укрыть преступление от глаз власти. Но тут преступление было совершено, так сказать, на глазах власти, такой власти, которой слушались даже боги, и укрыть его не было никакой возможности. И в то же время что-то подсказывало Идасси, что, возможно, это убийство на самом верху власти карается гораздо меньше, чем кража капустного кочана на рынке.

Может, этот завитой наглец еще жив?

Идасси наклонился над чиновником: тот уже не дышал. Государыня подошла и встала рядом. Идасси слышал ее взволнованное дыхание, но ему показалось, что она взволнована не убийством.

— Унеси его! — сказала государыня.

— Куда?

— Куда хочешь. Я не желаю, чтобы по дворцу ходили слухи, что в моей спальне зарезали человека.

Государыня подала Идасси башмаки и кафтан чиновника, и тот молча одел и обул мертвеца. Нож он вынул, обтер о платье покойника и положил на место. Государыня подала ему плащ Шареи, и Идасси обернул плащ вокруг мертвеца, изнанкой наружу — с лицевой стороны плащ был расшит серебряной нитью и блестел бы в темноте. По счастью, нож Идасси попал точно в сердце, и крови из чиновника вытекло очень мало.

Идасси поднял закутанное тело чиновника с пола. Государыня стояла рядом, в легкой юбке и белой кофточке, едва прикрывавшей ее белое стройное тело. От нее пахло горным шиповником и парным молоком. Идасси вдруг бросил труп, повернулся к государыне и жадно впился в ее губы. Та вскрикнула, а потом уперлась ручками в его широкую грудь и стала отталкивать варвара. Идасси выпустил женщину, подхватил мертвеца — и был таков.

Спустя немного времени после ухода Идасси государыня Касия позвала к себе начальника дворцовой стражи Аверию.

— Я сегодня позвала господина Шарею, чтобы продиктовать ему несколько депеш, — сказала она, — но его не оказалось на месте, и я вспомнила, как мне говорили, будто он крутит любовь с некой замужней дамой. Это преступление, когда чиновники манкируют обязанностями и разрушают семьи. Обыщите, пожалуйста, весь сад и особенно следите за стенами. Я не знаю, кто эта дама, и вдруг господину Шарее захочется ночью уйти в город?

Аверия повернулся, чтобы идти исполнять приказание, но государыня вдруг окликнула его:

— Погодите. Ни в коем случае не говорите, что это я послала вас на поиски.

— Я могу поднять стражу в учебный обход, — предложил Аверия.

— Так и сделайте.

Стражник побежал исполнять приказание, а государыня села на постель, уронила руки на колени и задумалась.

Скоро Идасси схватят с мертвецом на руках. Государыня была уверена, что маленький король ласов никогда не проговорится, где именно он зарезал Шарею, и никогда не узнает, что это государыня отрядила стражу на поиски.

Почему, почему она не позвала стражу, когда убийца был еще в ее опочивальне? Но нет, это был бы слишком большой скандал.

Зачем лишний раз позорить себя? Все равно, как только Идасси схватят с трупом Шареи, будет ясно, что несчастный чиновник убит молодым варваром из ревности. Государь немедленно возненавидит Идасси, и Идасси станет безопасен.

Нет, казнить его нельзя, это было бы слишком большим подарком варварам. Что ж, можно сослать Идасси в Иниссу или Чахар — пусть маленький король служит там в управе по сырам и творогу...

И тут государыня Касия ощутила острую боль при мысли о том, что Идасси будет сослан. Как сослан? А вечера? Опять слушать надоевшего, изленившегося Руша? Смотреть в холодные глаза молодого толстого Чареники, который на память знает каждую клетку в государственном балансе? Боже мой, боже мой, как страшно быть императрицей! Неужели это значит — не иметь права быть женщиной?

На рассвете Идасси вошел в спальню Даттама. Колдун проснулся почти мгновенно и сунул руку под подушку, где у него, верно, что-то было припрятано, но потом узнал маленького варвара и поднялся с постели, волоча за собой расшитое травами одеяло и щурясь спросонья.

— Что это у тебя в мешке? — спросил Даттам.

— Свежее пособие по анатомии, — сказал Идасси.

С этими словами Идасси вытряхнул из мешка на ковер чиновника, которого прочили на место в тайных покоях.

Был уже час Меда, когда Идасси, прикорнувший в спальне Даттама, проснулся. Яркий утренний свет пробивался сквозь тяжелые вишневые шторы. Идасси с трудом вспоминал вчерашнее.

Труп Шареи... Да... сначала он хотел зарыть его в дальнем углу императорского парка... Но потом откуда-то взялась ночная стража, «парчовые куртки» стали перекрывать дороги, Идасси пришлось прятаться с покойником по кустам...

Потом — путь в город... Потом он вместе с Даттамом раздел покойника и отнес его куда-то вниз, в лабиринты подвалов. Потом Даттам отослал Идасси и сказал, чтобы тот ни о чем не беспокоился. Идасси послышалось, что за стенкой подвала гудел огонь, и это показалось ему странным: зачем разводить огонь среди лета? Не иначе как за стенкой Даттамова подвала есть дырка прямо в ад...

Идасси раскрыл глаза пошире и увидел, что в спальню входит Даттам.

Даттам присел на краешек постели, на которой клубочком свернулся маленький варвар.

— Ну, и где ты его убил? — спросил колдун.

Идасси, сверкнув черными глазенками, ответил:

— Не твое дело.

— П-поразительная благодарность, — пробормотал Даттам сквозь зубы, — впрочем, я и сам догадываюсь... Знаешь ли ты, что, если государь узнает об этом убийстве, он охладеет к тебе?

— Почему?

— Потому что он решит, что ты приревновал покойника к государыне.

— И что же мне делать? — спросил Идасси.

— Не бойся. Вот если б тебя поймали с трупом в руках, было б плохо, а так можно распространить слухи, что Шарею убили по приказу государыни, только чтоб опорочить тебя. Ведь, по правде говоря, государыня любила этого человека не больше, чем морскую свинку или ручную лисицу в саду.

Идасси усмехнулся:

— Вы хотите сказать, что эти слухи можете распространить только вы и что без вас я погиб?

Даттам наклонился к варвару близко-близко. Смуглое его лицо было усеяно нездоровыми пятнышками и испещрено морщинами, но желтые глаза колдуна были как глаза тигра.

— У тебя очень мало времени, мальчик, — сказал он. — Мне довелось узнать, что в страну «черноголовых», что лежит за вашей границей, отправился лазутчик с золотом, и, черт побери, это то самое золото, из-за которого у меня требуют кредит в восемьдесят миллионов! Как только этот лазутчик натравит «черноголовых» на ваше племя, твой дядя перестанет угрожать империи и государыня получит возможность сделать с тобой все, что пожелает.

— А если она пожелает положить меня в свою постель? — дерзко спросил Идасси.

— Бедный маленький мышонок, — пробормотал колдун, скорчившись, как от зубной боли, — или ты не видишь, что эта женщина никого не любит, кроме жезла власти?!

— Мне кажется, — сказал Идасси, — ей по душе и другой жезл, тот, что есть у меня между ног.

— Дурак! Или ты думаешь, твой пест искусней Рушева или моего? Даттам вскочил.

— Великий Вей, я думал, ты единственный человек, который может устроить судьбу империи, а ты просто маленький глупый варвар, который думает, что его шумовка лучше других подойдет к горшку, в котором до него побывала половина придворных чиновников!

— Что же ты от меня хочешь?

— Сегодня ночью ты был с ней наедине, не считая того, кто теперь покойник. Кто мешает тебе в следующий раз, когда вы будете вместе, убить ее? Государь Инан слаб и плаксив. Я и ты займем ее место при государе.

Идасси помолчал и сказал:

— Я не сделал этого, потому что император мнительный человек и он никогда не осмелится убить свою мать и никогда не простит убийцу.

Даттам задумался. Он знал, что Идасси говорит правду.

— Как ты выбрался сюда из дворца? — спросил он вдруг.

Идасси нахмурился.

— Это моя тайна, — сказал он.

— Маленький король, мы уже сказали друг другу достаточно, чтобы наши тела скормили собакам, если об этих разговорах станет известно. Что у тебя за тайны от соучастника?

— Я скажу, как выбрался из дворца, только если ты скажешь, как ты вызываешь духов, — быстро проговорил Идасси.

— Черт возьми, Идасси! Я ученый, а не шарлатан! Пора тебе перестать повторять глупости, которыми я потчую толпу!

Идасси помолчал. Солнце встало уже совсем высоко над миром, и золотые зерна его лучей сыпались в комнату поверх штор, как сыплется мука из зернотерки, и золотой старец Бужва в углу улыбался Идасси сквозь дым воскурений, словно раздумывая, может ли молодой студент сделать с его мечом нечто более замечательное, нежели зарубить троих сырых варваров.

— Когда я ловил рыбу, — сказал Идасси, — я все время очень горевал, что мне приходится платить за выход из главных ворот. И вот однажды я зашел в грот в той части сада, которая начинается за храмом Лики, и мне почудился ток воздуха от стены к полу. Я покопался и нашел вентиляционную решетку, не очень широкую, но для меня как раз. Мне сразу подумалось, что эта решетка может вести к одному из тех подземных ходов, которые, как говорят, государыня велела построить три года назад. Я пролез в решетку и действительно попал в ход, который одним своим концом выходит к речному берегу у Залетного Яра, а другим выходит у павильона Церемонии Встречи Весны. Только этот ход старый и обвалившийся, и я должен был разрыть его, чтобы выйти к павильону. Не думаю, что его строили три года назад. Мне кажется, что он сделан еще при прошлой династии.

Даттам задумался.

— Приведи государя ночью в мой дворец по этому ходу, — сказал он, — и я найду, чем залечить совесть императора.

Когда Идасси вернулся в свою студенческую комнату, он сразу почуял, что она полна запахом императорских благовоний. Перед входом стояли две подарочные корзинки, обе перевязанные лазоревой лентой.

Молодой король открыл первую корзинку. В корзинке был небесно-голубой кафтан, шитый павлинами и павами, голубые же сапожки с узором в виде цветов сливы и белые атласные штаны. Еще там был тяжелый пояс из золотых пластин, украшенных мелкой чеканкой и камнями. Пластины соединялись одна с другой посредством застежек, в которые был вправлен камень турмалин. Письмо, приложенное к корзинке, было написано рукой государыни и извещало, что она будет рада видеть господина Идасси на вечерней аудиенции в зале Ста Полей в этом наряде.

Идасси открыл вторую корзинку. В корзинке был кафтан светло-розового цвета, весь затканный золотым шитьем и с отороченными соболем рукавами. Там же были алые сапожки в четыре шва и бежевые шелковые штаны. Пояс к кафтану был сделан из тонких пластин моржовой кости, на которых были изображены сцены крестьянской жизни, и на поясе имелись серебряные крючочки для кошелька и тушечницы. Письмо, приложенное к корзинке, было написано рукой государя и извещало, что он будет рад видеть Идасси на вечерней аудиенции в зале Ста Полей в этом наряде.

Солнце сверкнуло и рассыпалось в мраморных квадратах залы Ста Полей, серебряные раковины возвестили о наступлении часа Проса — Идасси ступил в залу Ста Полей.

Придворные немедленно уставились на Идасси, и государь Инан чуть привстал при его появлении, чтобы разглядеть наряд друга, а государыня Касия, наоборот, отвернула лицо в сторону так, чтобы видеть отражение Идасси в одном из тысяч украшавших стену зеркал.

На Идасси был бежевый кафтан с серебряным шитьем, тот самый, который Идасси сторговал себе в лавке старьевщика. Обломанная пуговица кафтана была аккуратно перешита на живот, и пояс синего цвета, стягивавший тонкий стан юноши, скрывал ее совершенно.

Кровь бросилась государю в лицо. Он знал, что Идасси получил в подарок платье и от него, и от государыни Касии. «Он не посмел явиться на аудиенцию в подаренном мной платье! Он трусит перед моей матерью!»

Государыня побледнела. Она тоже знала, что сегодня Идасси получил два платья в подарок. «Маленький негодяй! — пронеслось у нее в голове. — Или ты думаешь вывернуться, не надев ни одно из них?»

Что касается Идасси, то он еще не видел ни государя, ни государыню, так как они сидели за кисейным занавесом, не препятствовавшим им глядеть в зал, однако скрывавшим их от взглядов присутствующих.

Один из стоящих подле Руша чиновников хихикнул и тихо прошептал:

— Знаете ли, господин Руш, откуда у варваренка это платье? Я подарил его своему секретарю, а секретарь мой напился и продал его за десять «розовых», удивительные вещи продают за бесценок пьяные люди.

Глаза Руша мгновенно сузились.

— Уважаемый Кария, — прошептал он, — мне кажется, что ваш секретарь соврал вам и это платье у него украли. И если он покажет, что платье украдено, то он получит перстень с моего пальца, а ваш племянник — должность, о которой вы вчера просили.

— Весьма возможно, — сказал Кария, — на рукаве еще должна быть сломана пуговица, но возможно, что варвар перешил сломанную пуговицу куда-нибудь, где она незаметна.

В это время музыкальные чиновники затрубили в бронзовые раковины, и двое служивых из ведомства обрядов и церемоний развели в стороны занавеси трона. Государыня сидела на большом аметистовом троне, а государь Инан — на малом. Государыня была одета в синее платье, затканное цветами и травами, а подол платья был украшен звездами из драгоценных камней, и казалось, что женщина в этом платье попирает звезды и облака. В руке государыня держала знаки власти — жезл и чашу. Идасси не отрываясь глядел на государыню и на чашу в ее руках. «Как она прекрасна, — вдруг подумалось варвару. — И как чаша в ее руках похожа на ступку перед воротами веселых домов, а жезл — как он похож на пест!»

— Есть ли жалобщики? — спросила государыня. Тут из толпы

придворных выступил человек в кафтане мышиного цвета, поклонился и произнес:

— Есть.

— В чем твоя жалоба?

— Моя жалоба в том, — сказал человек, — что я принес в кассу храма Шакуника три билета по тысяче ишевиков каждый, и на этих билетах написано, что они в любой момент могут быть обменяны на государственные билеты или на золото, и я попросил их обменять, а мне отказали, сославшись на то, что в кассе нет денег.

Все застыли.

— Что вы скажете, господин Даттам, — обратилась государыня к Даттаму, стоящему в ряду высших придворных, — ведь вы главный в храме?

Даттам шагнул вперед, и шелковый паллий его, шитый переплетенными цветами и травами, колыхнулся вслед его шагам. Золотая сетка, покрывавшая его волосы, замерцала в свете солнца.

— Я тоже приношу жалобу, — сказал Даттам. — Я прошу схватить этого человека и подвергнуть его пытке как фальшивомонетчика, потому что билеты, представленные им, были фальшивыми. А еще как лгуна, потому что смешно говорить, что в кассе храма Шакуника нет трех тысяч ишевиков, когда в ней есть триста миллионов оных!

— Если у храма довольно денег, — выступил из-за плеча государыни Руш, — так почему же вы, господин Даттам, не даете ссуду государству?

— Потому что, пока вы стоите первым министром, — возразил Даттам, — эта ссуда не будет возвращена.

И поклонился государыне:

— Ваша вечность! Я заявлял и заявляю, что в тот же день, как господин Руш уйдет с поста первого министра, храм предоставит государству ссуду в восемьдесят миллионов ишевиков и при этом обойдется без процентов!

Идасси слушал затаив дыхание. Слава богу, всем присутствующим стало не до него, — стой он голый, и то бы уже никто не заметил, в чем он пришел. Только государь Инан по-прежнему смотрел на Идасси глазами, полными слез, и, казалось, совершенно не был озабочен перепалкой между первым министром империи и самым богатым ее финансистом.

— Где ваши три билета? — обратилась государыня к первому жалобщику.

— Их у меня отняли! — вскричал тот. — Их отняли, когда я явился их учесть, и монахи бросились на меня, и если бы не пять моих приятелей, которые помогли мне отбиться, они бы отняли вместе с деньгами и мою жизнь, лишь бы не платить по выпущенным ими бумажкам!

— А я вам говорю, — загремел Даттам, — что этот человек пришел учесть фальшивку, и если принять во внимание высокий номинал этой фальшивки и то, что их было целых три штуки, он знал, что у него не настоящие деньги, а вот это!

И с этими словами Даттам раскрыл шкатулку, которую держал за ним храмовый прислужник, вынул из нее три кожаных билета и, встав на колено, преподнес их государыне.

— Но это настоящие деньги, — изумилась государыня, изучив билеты, — и тут же, слегка покраснев, поправилась: — Настоящие банкноты храма Шакуника!

— Нет, — ответил Даттам, — на банкнотах, как видите, стоит символ этого года, года Благословенного Спокойствия. А с этого года, во избежание подделок, мы выпускаем новые банкноты. Внешне они ничем не отличаются от старых, но у них есть одна особенность. В середину их вплетена тончайшая нить из металлического сплава, которая пропускает электрический ток. А старые банкноты этого тока не пропускают, потому что в них нет металла. Что же до самого сплава, то его состав и электропроводность известны только нам, и фальшивомонетчику не по зубам их подделка! И вот, чтобы проверить подлинность банкноты, нам достаточно вставить ее в особый приборчик, и если она не пропускает тока и выпущена в этом году — это подделка.

— Вы никогда раньше этого не говорили, Даттам, — изумилась государыня.

— Нет. Но нам стало ясно, что кто-то подделывает наши банковские билеты, и, будучи сведущи в хитростях с природой, мы решили сделать так, чтобы этому кому-то наши билеты были не по зубам.

— И что же вы сделали со старым оборудованием? — спросила государыня.

— А со старым оборудованием случилось так, — усмехнулся Даттам, — что кто-то сумел его украсть за большую взятку. То есть этот кто-то думал, что он его крадет.

Даттам помолчал и неожиданно обернулся к Рушу.

— Наши станки купили вы! — закричал он. — И вы печатали на них деньги, чтобы подорвать кредит храма, и вы делали это здесь, в столице, в двенадцатом доме по улице Умиротворения Земли, который с утра окружили мои люди! И я требую, чтобы мои слова были проверены и доказаны!

Руш выступил вперед.

— Я первый министр империи, — сказал Руш, — и я имею право печатать любые деньги, обращающиеся в империи. И если ваши билеты — деньги, то я имею право их печатать, а если это просто ореховая скорлупа, как полагаю я, так о каком фальшивомонетничестве может идти речь? Что это за безобразие? Даже у варваров нет королевства, в котором король позволял бы кому-либо, кроме себя, чеканить монету! А тут наряду с государственными деньгами ходят какие-то талончики с вашей подписью, Даттам! На глазах у всех печатают фальшивые деньги, ибо всякие деньги, напечатанные не государством, есть преступление и фальшивка!

— Вы запутались в финансовых терминах, — загремел Даттам, — или никогда их не знали! Мы печатаем не деньги, а билеты банка Шакуника, и эти билеты не являются всеобщим платежным средством, а являются бумагами, обеспеченными имуществом храма Шакуника. А почему народ предпочитает наши билеты — так потому, что он знает, что их принимают и внутри империи, и вне ее, и еще потому, что в любой момент любое отделение банка, вне империи или внутри ее, обменяет эти билеты на золото. А скажите мне, когда последний раз приходили в казну с просьбой обменять «розовую» на золото и что этот смельчак получил: топор или каменоломни?

— Вы лжете, господин Даттам, — сказал Руш, — когда уверяете, что ваши билеты можно обменять на золото. Бьюсь об заклад, что если все ваши талончики предъявить к оплате, то вам не хватит денег, чтобы оплатить хоть двенадцатую их часть! И я советую всем присутствующим поскорей предъявить их билеты к оплате, потому что, кто успеет первым, вытащит свои деньги, а кто будет вторым, все потеряет.

— Я требую ареста первого министра Руша, — сказал Даттам, — за подделку билетов банка Шакуника.

— Я требую ареста настоятеля храма шакуников Даттама — за то, что он печатает деньги помимо государства, что суть фальшивомонетничество!

Государыня Касия негромко хлопнула в ладони.

— Господа, — сказала она, — довольно вам ссориться, как дикие кошки. Господин Даттам печатает не деньги, а банкноты и имеет на то лицензию от казны. Скорее можно разрешить другим храмам выпускать билеты, обеспеченные запасами их сокровищниц, чем нанести такой удар финансам. Что же касается господина Руша, то мы пошлем стражников на улицу Умиротворения Земли и выясним, в чем там дело. Однако, так как билеты храма Шакуника не являются деньгами, то человека, их изготавливающего, нельзя обвинить в фальшивомонетничестве. Преступление совершается только тогда, когда кто-то пытается обменять эти фальшивки на деньги, и мы приравниваем такую вещь к воровству и наказываем отсечением руки, если сумма больше пятисот, и повешением, если сумма больше четырех тысяч. Что же касается банка Шакуника, то я боюсь, что слова господина Руша заставят многих заподозрить, что власть неблагосклонна к банку, и поэтому я запрещаю банку в течение будущей недели учитывать свои билеты и менять их на деньги.

С этими словами государыня подала знак — белые занавеси над троном сошлись, и Идасси показалось, что из-за них сразу метнулось небольшое пятно, — это государь соскочил с трона и бросился в свои покои. Но, скорее всего, Идасси это только показалось — занавеси были плотные, и разглядеть сквозь них ничего было нельзя.

Аудиенция была закончена.

Два стражника, выйдя из-за колонн, подошли к первому просителю, который подал жалобу, и стали заламывать ему руки назад. Только тут несчастный сообразил, что и настоятелю шакуников, и первому министру все сегодняшнее сошло за пустяк, а ему, невинной соломине, отрубят руки!

— Смилуйтесь, государыня, — заорал он на всю залу, — я что? Я же выполнял указание господина министра! Я же чиновник! Как же я могу уклониться от вышестоящих указаний? Ведь мне за отказ полагается рубить кончики пальцев!

Идасси выскользнул из зала и побежал окольными тропами к павильону Облачных Высот, павильону, где жил государь. По пути он зашел в медный грот и вынул из расщелины схороненную там кожаную сумку с удочками и острогой.

Через четверть стражи Идасси осторожно открыл длинное раздвижное окно в государевой спальне и ступил внутрь.

Государь вернулся в спальню, конечно, раньше Идасси — ведь он шел крытой дорогой и не заходил ни за какими удочками.

Государь лежал ничком, уткнувшись в подушку каштановой головкой, и плечи его вздрагивали от рыданий. Он был в той самой одежде, в которой он был в зале Ста Полей, — в белом нешитом платье без единой вышивки на рукавах или на поясе, и только подол платья был украшен изображениями всяких подданных государя — крестьян, чиновников, птиц и зверей, — и луна и солнце, вышитые на подоле, стлались у его ног. Идасси остановился, в который раз дивясь, что человек в белом нешитом платье может плакать. А государь, заслышав шаги, вскочил с постели, взглянул на Идасси полными слез глазами и вскрикнул:

— Вон!

— Почему?

— Ты еще смеешь спрашивать?! Или ты не догадываешься? Ты оскорбил меня! Сегодня каждая собака во дворце будет говорить, что ты отверг мой подарок!

— Я не мог надеть присланное тобой платье, — сказал Идасси.

— Негодяй! Почему?!

— Не заставляйте меня объяснять, государь.

— Да уж чего там! Ты перетрусил моей матушки!

— Я не боюсь никого, даже бесов.

— Тогда почему?

Идасси помолчал.

— Вы прислали мне розовый кафтан, государь. Или вы не знаете, что розовый цвет — символ блуда между мужчинами? Что бы сказали при дворе, увидев меня в вашем подарке розового цвета?

Инан застыл как вкопанный. Узкие плечи его как-то поникли, и вся его стройная, изящная фигурка вдруг напомнила маленькому варвару плакучую иву над горным ручьем.

— Великий Вей, — пробормотал он, — я как-то... Но, Идасси, неужели это так распространено?

— Что?

— Ну, вот эта мерзкая вещь...

— Розовенькие-то? Да они на каждом шагу. В городе полно притонов с мальчиками для любви, у всех этих притонов вывешены розовые флаги, каких только высоких чиновников не встретишь там в скотской грязи! Да что там — и Даттам, и Руш, и этот молодой чиновник Андарз, которого вы прочите на лучшего поэта, — все они хорошо знают, как играть на барабане в две палочки!

Император совсем опустил голову. Уши его пылали. И в то же время что-то странное бегало в его глазах — стыд, смешанный с нескрываемым любопытством.

— И... как же это делается... — наконец робко спросил он. — Я имею в виду — между мужчинами? Ведь я очень хорошо знаю, как лечь с женщиной, но, Идасси, ведь у нас же нет ни Чаши Забав, ни Заводи Наслаждения...

— Не знаю и не хочу знать, — прервал его молодой варвар, — я не охотник до всякой гнусности!

Тут в покой вошел, кланяясь, чиновник с чайником на подносе. Вслед за ним внесли разные сладости и фрукты.

— Господину Идасси, наверное, пора идти, — заметил чиновник с чайником.

— Ничуть, — сердито возразил император, — мы с Идасси ночью пойдем ловить рыбу.

Чиновники переглянулись, и император вдруг покраснел.

Когда чиновники вышли за дверь, тот, что с чайником, прыснул со смеха и, наклонившись к уху другого, прошептал:

— Теперь это называется «удить рыбу».

— Интересно, кто из них удит, а кто удится? — ухмыльнулся другой чиновник.

— Тут и думать нечего, — сказал третий, — удит, конечно, Идасси, и, сдается мне, у этого варвара удочка длинная и крепкая, раз ее хочет отведать Заводь Наслаждения самой государыни.

xxx

В это самое время Даттам ходил по своей роскошной спальне, поджав губы и время от времени взмахивая в воздухе рукой.

Когда Даттам останавливался у зеркала, на него глядело крупное лицо с золотыми жестокими глазами, синими мешками у глаз и квадратным подбородком.

Даттаму было не впервой сцепиться с Рушем на глазах царедворцев, и все знали, что государыня Касия не собирается предпочесть одного другому, хотя слухи про это ходили регулярно. Но Даттам знал то, что понимали немногие: Даттам находился в более уязвимой позиции. Не потому, что государыня предпочитала Руша. А потому, что Руш был только царедворец, а он, Даттам, — еще и глава эмитирующего банкноты банка. Только подпись императрицы на указе об аресте могла погубить Руша, Даттама же могла уничтожить любая паника, вызванная слухами о скором аресте активов банка.

Спасибо государыне Касии — ее слова о недельном запрете на платежи звонкой монетой гарантировали, что государство такой паники не допустит... Хотя за что спасибо? Не она ли натравливает на него Руша, а потом вытаскивает из ею же выкопанной ямы... «Дольше так продолжаться не может, — думал Даттам. — Глупая баба! Банкир не чиновник, чтобы падать и подниматься. Да и нельзя женщине править империей. Слабеет от этого империя. Чахнет».

▪ Глава четвертая, ▪
в которой государь Инан разговаривает с коварным призраком

Между тем Идасси и государь попили чаю. Они переоделись в кожаные куртки и кожаные же сапоги выше колен, и Идасси прицепил к поясу крючки и острогу и взял корзинку для рыбы.

Когда они вышли на улицу, было чуть за полночь. Звезды висели в небе, спелые и крупные, ветер лениво шевелил верхушки деревьев, и где-то далеко-далеко тявкала ручная лисица.

Идасси повел государя по знакомой тропинке, но скоро, к его изумлению, свернул вправо.

— Разве нам сюда? — спросил Инан.

— Это будет поинтересней рыбалки, — отвечал Идасси.

Мальчики прошли буковой рощицей, и Идасси стал взбираться по поросшей деревьями скале, время от времени прислушиваясь и оглядываясь, чтобы убедиться в отсутствии соглядатаев. Но за ними никто не следил, кроме круглой и равнодушной луны Галь и колышущихся веток дубов и буков.

Вдруг Идасси остановился и скользнул в небольшую расщелину между камнями, в которую взрослый человек вряд ли мог пролезть. Это была расщелина, ведущая к старинному ходу. Спрыгнув на древний мощеный пол, Идасси засветил фонарь и огляделся. Убедившись, что никакая змея или ядовитый паук не заползли сюда на ночь, Идасси помахал фонарем и сказал:

— Иди сюда.

Император доверчиво соскользнул в расщелину.

Юноши шли довольно долго. В старом ходе пахло сыростью и влагой, кое-где со стен свешивались клубки летучих мышей. Идасси показал кинжалом вверх на каменную плиту, чуть вдвинувшуюся в потолок.

— Внешняя стена дворца, — сказал Идасси.

Император вздрогнул — он никогда не покидал дворца, кроме как раз в год на торжественной церемонии.

Через половинку стражи Идасси помог государю выбраться наружу, и они зашагали узкой улочкой, пахнущей отбросами и беднотой. Улочка привела их к длинной беленой стене усадьбы, уходившей в черную тьму. У стены стояла глиняная статуя Исии-ратуфы. Идасси пощупал богине грудь, вдел в потайную дверь ключ, и в стене раскрылась маленькая дверца.

Мальчики поспешили крытой дорогой, но не прошли и нескольких шагов, как за спиной их шелохнулся воздух и спокойный голос произнес:

— Приветствую государя в моем доме.

Государь обернулся: в нише стены, там, где до того ничего не было, стоял Даттам. На нем было черное, до полу спускающееся платье, расшитое золотыми листьями и цветами, и длинные завитые волосы Даттама были спрятаны под черным капюшоном с золотой же каймой.

Даттам встал на одно колено и попытался поцеловать руку государя. Тот со страхом отступил.

— Господин Даттам, — проговорил Инан дрожащим голосом, — к чему такие церемонии! Зачем вы меня звали?

— Вы как-то хотели, — сказал колдун, — услышать об обстоятельствах смерти вашего отца. Сегодня Большое Единолуние — вам могут ответить.

— Кто, вы?

— Нет, покойники. А я пока еще не покойник и приложу все силы, чтобы им не стать.

И с этими словами Даттам повернулся и пошел по коридору. Черный его плащ хлопал и вился за ним. Государь и Идасси поспешили вслед за Даттамом.

Даттам свернул налево, потом направо, прошел анфиладой и, наконец, вошел в высокую комнату, затянутую черным крепом. Стены комнаты были почти сплошь украшены высокими, до потолка, зеркалами в золотых рамах. С капителей над зеркалами свисали мраморные гроздья винограда. Комната была пуста, если не считать небольшого столика, на котором горел светильник в форме уточки и лежала жертвенная бумага палевого цвета лучших инисских сортов. На полу, обведенный белым кругом, стоял серебряный таз, где плавали еловые ветки.

Еще один белый круг был обведен вокруг всей комнаты. Комната была квадратная, и поэтому круг касался всех четырех дверей комнаты и не дотягивал до ее углов.

Даттам велел Идасси и Инану стать шагах в трех от таза. Сам он подошел к столику, взял бумагу и начал быстро писать бисерным почерком. Написав, взял бумагу, прочел написанное вслух и, взяв ее щипцами, поднес к огню.

Государь вскрикнул. Бумага, вместо того чтобы загореться обычным пламенем, вдруг вспыхнула ослепительным бело-стальным цветом и начала сгорать, с шипением и треском разбрасывая вокруг себя искры.

— Чу! — закричал Даттам, роняя щипцы со сверкающим комом в таз.

Таз зашипел, из него начал подниматься бледный пар, и вскоре Идасси и государь увидели, что дым складывается в тонкую женскую фигурку. Женщина дрожала и слегка колыхалась: она была одета в белую погребальную юбку и белую же кофту, и ее волосы были сколоты простой жемчужной заколкой. На мгновение отведя от привидения глаза, Идасси глянул в зеркало и похолодел: все они трое — государь, Даттам и Идасси — отражались в зеркалах, женщина же не отражалась ни в одном.

— Спрашивайте же, государь, — раздался голос Даттама, — а то ее отлучку заметят, и нам всем влетит от небесных чиновников за нарушение мирового распорядка!

— Как погиб мой отец Неевик? — спросил государь.

— Его убили по приказу Касии, — ответило привидение. — Когда государь вызвал наследника Харсому в столицу и стало ясно, что государь намерен отречься от престола и передать его Харсоме, императрица Касия страшно испугалась. Она убила мужа и свалила вину за это на Харсому.

— Как это произошло, — прошептал государь, — его отравили?

— Нет, — сказал призрак, — дело было так. В пятую ночь седьмого месяца императрица, изволя ужинать в одном покое с государем Неевиком, распорядилась положить яд в его любимое питье «десять трав». Но боги хранили государя, и в тот момент, когда служанка подносила ему питье, налетел порыв ветра. Ветер раздул тяжелую занавеску и вышиб кубок с отравой из рук служанки, и питье расплескалось по полу, а часть брызг попала на стену, в которую был вделан чудесный талисман — яшмовый тигр с рубиновыми глазами, вырезанный мастерами Пятой династии. Государь Неевик ничего не заметил и отправился спать, а Касия испугалась и решила, что сами боги оберегают императора. И вот ночью главный распорядитель дворца, ее любовник, вошел в зал и увидел, к своему ужасу, что рубины в глазах тигра превратились в простые булыжники, а сам яшмовый тигр крошится и трескается, и он понял, что древние мастера закляли тигра против яда. Тут же он сообразил, что завтра государь Неевик войдет в покой, взглянет на тигра и поймет, что супруга хотела его отравить. Тогда распорядитель бросился в спальню Касии и сказал, что нельзя терять ни минуты. Они оделись и, разбудив других сообщников, ворвались в спальню к государю. Заговорщики схватили государя и хотели его убить, но государыня воскликнула, что смерть государя должна выглядеть естественной и что она не хочет, чтобы у государя было разрезано горло или чтобы он почернел от яда. Все озадачились. Тогда Касия приказала четырем своим людям держать государя, а распорядителю дворца — взять длинный тонкий прут, раскалить его на огне и проткнуть им несчастного через заднее отверстие, выжигая все внутренности. Так они и поступили с императором Великого Света, а наутро объявили, что он скончался. И хотя все внутренности его были выжжены, на теле его не было ни следов яда, ни следов ножа.

Тут Идасси заметил, что по углам комнаты, там, куда не доставал второй очерченный Даттамом круг, копошились всякие змеи, и пауки, и всякая жуткая дрянь. Идасси испугался, что государь сейчас посмотрит на эту дрянь и упадет в обморок, но государь, по счастию, ничего не замечал. Глаза его, полные ужаса, смотрели только в круг, где колыхался прозрачный призрак, лицо побледнело, и руки судорожно мяли кусок зеленого шелка с заклинаниями, врученный Даттамом.

— Кто ты такая? — спросил государь.

— Я — твоя мать, — последовал ответ.

— Моя мать — Касия! — вскричал Инан.

— Нет. Нас было двое, наложниц государя, забеременевших почти в одно и то же время, и мы разрешились от бремени одновременно. Но я была глупая маленькая девочка, которая не думала ни о чем, как о любви к государю, а Касия дарила подарки и получала их, и она сплела во дворце плотную сеть измены и заговора. И так получилось, что она разродилась мертвым ребенком, а я — тобой, и когда она об этом узнала, она дала приказание подменить детей. После этого старый государь сделал ее из наложницы императрицей, и она, ревнуя ко мне, распорядилась привязать мне на шею тяжелую зернотерку и утопить меня в старом колодце, что за Змеиным павильоном...

Государь всплеснул руками.

— Так вот почему она не любит меня! — закричал государь. — Она любит маленького Варназда, он ее сын, и она мечтает меня извести!

В следующее мгновение привидение заметалось и закружилось над тазиком. Прозрачная фигура простерла к Инану руки.

— Мне пора, — сказала она, — я слышу, меня зовут! Обними меня!

— Не делай этого! — вскричал Даттам.

— Мама! — закричал император, бросаясь в круг.

— Нет! — заорал Даттам и, схватив узловатый посох с навершием из черного камня, что есть силы ударил по тазику. Тот разбился на тысячу кусков. Вода и еловые ветки плеснули и брызнули в неровном свете светильника, и Идасси увидел, как прозрачная фигура сворачивается и скользит в пелене воды.

— Мама! — еще раз отчаянно закричал Инан, пересекая белую черту круга и подхватывая осколки тазика. — Мама! — И, страшно вскрикнув, потерял сознание.

Даттам наклонился над государем и вытащил его из круга. Щеки императора были смертельно бледны, глаза закрыты, и темно-русые его кудри у корней были мокрыми от холодного пота.

— Что это было, — спросил Идасси, — и есть ли хоть слово правды в том, что мы услышали?

— Ты же сам называл меня колдуном, — усмехнулся Даттам.

— Ба, — сказал Идасси, — я не такой дурак, чтобы поверить, будто вы не умеете вызывать привидений, но пусть меня раздерет на пять тысяч кусочков, если это привидение не лгало от начала и до конца!

Остаток ночи Идасси помнил, как кошмарный сон. Молодой император скоро очнулся, но дышал тяжело, и зрачки в его глазах плавали в разные стороны. Идасси принялся убеждать его, что им надо идти и что оставаться в усадьбе Даттама смертельно опасно. К утру они оба должны быть во дворце.

Инан, как во сне, повиновался. Идасси вывел его из сада и кое-как помог спуститься в подземный ход. Там государь совсем ослабел, стал заплетаться ножками и перестал идти.

— Мама, мама, — все время слышал Идасси, — я хочу к маме.

И время от времени Идасси казалось, что откуда-то из закоулков подземного хода поднимается тьма, во тьме кружится серебряная фигурка и шепчет: «Сынок».

Идасси пришлось взять фонарь в зубы, а государя взвалить себе на спину и так и тащить его девять тысяч шагов. Кроме того, Идасси повесил себе на шею корзинку, которую наполнил свежей рыбой Даттам.

На небе уже крался утренним котом рассвет, когда Идасси выволок государя из расщелины в саду.

Через полчаса он, крепко держа заплетающегося государя одной рукой и корзинку — другой, прошел мимо дремлющих стражей павильона в государеву спальню. Идасси раздел государя и положил в постель, а сам свернулся клубочком на ковре.

Когда Идасси проснулся, был уже полдень. Государь спал, беспокойно ворочаясь и вскрикивая. Идасси вымыл руки, переоделся в чистое платье и пошел в павильон государыни.

Государыня Касия сидела за столом, две служанки убирали ей волосы, и толстый чиновник перед ней читал доклад о состоянии хлебных запасов в провинции Чахар.

При виде Идасси государыня сделала знак всем удалиться, и они остались вдвоем — женщина с черными волосами и чудными малахитовыми глазами и молодой варвар. Идасси чувствовал, что он плохо выспался, и в сознании его, как льдины на разорванной ледоходом реке, плавали страшные картины вчерашнего колдовства и нечисть, таращившая на них глаза за огненной чертой.

Впрочем, нечисти Идасси не очень боялся. У иных людей душа еще гаже тех пауков будет.

— Государыня, — сказал Идасси, — я пришел спросить: почему вы в ту ночь послали стражников арестовать меня с трупом?

— Я не посылала, — ответила Касия, — просто этот глупый болван Аверия поднял людей на учебную тревогу, и когда я об этом услышала, я чуть не умерла с досады. Я бы тут же услала его в Иниссу, если бы это не развязало разные языки!

— О, это прежде всего развязало бы его язык, — отвечал Идасси, — впрочем, он и так не завязан. Клянусь вам, что я собственными ушами слышал, как Аверия выболтал ваш разговор с ним в ту ночь!

— Маленький варвар, — вскричала Касия, — ты еще не выучился лгать так хорошо, как чиновники! Ты ничего не слышал, потому что этого не было, но если ты уже завел разговор о позавчерашнем, то ответь-ка: куда ты дел труп?

— Я закопал его в саду, — возразил Идасси, — что мне еще оставалось делать?

— В саду? Без следов?

— Или вы принимаете меня за безрукого чиновника, государыня? В наших краях издавна мало было поймать пропитание или убить врага, важно было так схоронить его в земле, чтобы сосед не съел вашего оленя или косулю!

— Где ты его зарыл?

— Этого я не скажу, чтобы Аверия не отдал приказ разрыть это место под фундамент для храма.

— А где ты пропадал сегодня ночью?

— Ах, государыня, поверьте, я не навещал мертвеца — он ведь

недавний и нервный и вряд ли сел бы играть со мной в «резаный квадрат».

— Ты был с моим сыном, — усмехнулась Касия.

— Мы удили рыбу, — сказал Идасси.

Лицо женщины исказилось.

— Рыбу? — вскричала она. — Не лги! Или ты думаешь, я не знаю, где вы были и какую рыбу удили!

Молодой варвар обомлел. «У нее везде шпионы, — пронеслось в его голове. — Они выследили нас, когда мы спускались в грот, они выследили нас в доме Даттама, а может, у нее есть свои знакомые на том свете, и никак ей донесла какая-нибудь из тех рож, что таращилась на нас с той стороны круга!»

Государыня уперла руки в бока. Она была очень хороша — в белой утренней юбке и кофточке лазурного цвета, и чудные ее, еще не убранные волосы спускались грозовой тучей на белые плечи.

— Удили рыбу! — вскричала она. — Развратный мальчишка, ты учишь моего сына поганому блуду, портишь его кровь и кости! Добро бы ты грешил с человеком, а то ты грешишь с мирозданием! Знаешь ли ты, глупый варвар, что, когда император сходится с женщиной, от этого зеленеют поля и птицы начинают нести яйца?! А ты думаешь, от гусиной любви зазеленеют поля?! Как бы не так — не иначе как в этом году в Иниссе начнется голод!

— Я? — Кровь бросилась в лицо Идасси от подобного обвинения. — Клянусь, мы не делали ничего мерзкого!

— А я говорю, что вы занимались блудом, которым занимаются те, кто не может ничего поделать в женщине!

Каждое слово женщины как будто срывало одежду с сердца Идасси.

— Я не могу?

— Да! Ты! А когда ты приходишь в спальню к женщине, Поникший Пестик, ты готов убить человека, лишь бы в поднявшейся суматохе не лечь с ней в постель и не показать ей свой увядший куст!

Лицо Идасси пылало.

— Клянусь тремя богами, — вскричал он, — сейчас ты убедишься, что я покончил с Шареей не для того, чтобы сбежать от женщины!

Идасси обхватил государыню своими сильными руками и жадно принялся ее целовать. Острые коготки Касии впились ему в спину.

— Пусти меня! Пусти! — говорила женщина.

Идасси, не отвечая, приподнял государыню и бросил ее на кровать. Юбка на государыне была тонкая-тонкая, и его бедра почувствовали под собой жаркие бедра женщины и шелковистую рощицу у лобка. Потом Идасси ощутил, как язык Касии шарит меж его губ. Государыня откинулась на подушку и перестала царапаться, и руки ее, скользнув под кафтан Идасси, гладили юношу. Потом они скользнули еще ниже, туда, где меж бедер Идасси набухал одноглазый цветок, и Идасси услышал чуть хриплый шепот:

— Сними же с меня платье, варвар.

***

Надо сказать, что ни государыня, ни Идасси и не подумали закрыть на ключ дверь. И вот прошло где-то четверть часа, и в спальню государыни заглянула одна из убиравших ей волосы служанок. Служанка услышала возню за пологом и тихонько просунула любопытную голову в дверь. Служанка увидела, что платье государыни и штаны Идасси валяются у постели на инисском ковре. Служанка прошла немного вперед и увидела, что оба они лежат на постели, и что белые ножки государыни сплетены за спиной молодого варвара, и все тело юноши плавно покачивается, как лодка, груженная живой и бьющейся рыбой.

Служанка тихо-тихо вздохнула и убралась назад.

***

Через час Идасси спускался по лестнице главного павильона. Кучка придворных, стоявших внизу, замолкла при его появлении и завистливо проводила его глазами.

— Господин Идасси, — окликнул его один из стоящих, церемониймейстер Гана.

Идасси приостановился.

— Господин Идасси, — продолжал Гана, приятель Руша, — у вас левый чулок одет навыворот.

Идасси вздернул голову и прошел мимо Ганы, но сердце его болезненно сжалось.

У выхода из павильона, облокотившись на резные перила, стоял человек в зеленом, затканном золотым шитьем паллии — Даттам.

— Ну что, Идасси, — сказал колдун, — как вам Золотая Долина государыни?

— Мы ничего такого не делали, — ответил варвар.

Даттам рассмеялся.

— Ах, господин Идасси, хотите, я вам расскажу, кто был наверху, а кто внизу и сколько раз ваш пастух пасся в Прекрасном Ущелье?

— Откуда ты знаешь, колдун? — прошипел Идасси.

— Идасси, вы же даже не заперли дверь, а служанки государыни рассказывают мне обо всем, что происходит в ее спальне.

Лицо Идасси пылало.

— И кому они рассказывают еще?

— О, помилуйте, я не единственный плачу за такие сведения. Сегодня это будет известно всему дворцу, завтра это станет известно государю, а послезавтра — послезавтра государыня выгонит вас вон.

— Почему?

— Да потому, что едва слух о ваших постельных делах достигнет ушей государя Инана, как он не пустит вас на порог, а как только вы перестанете быть другом государя, вы перестанете быть опасны.

Идасси опустил голову.

— Ах, маленький король, как можно было быть таким неосторожным? Неужели вы не понимаете, что эта женщина хотела, чтобы все совершилось публично? Как вы могли попасть в ее ловушку? Что она вам сказала?

— Она... Она дразнила меня, — пробормотал Идасси. — Она сказала, что я ничего не могу поделать в женщине, что я искусен только в срамном блуде!

Даттам едва заметно усмехнулся.

— Что мне делать? — вскричал Идасси.

— Вы увидите ее сегодня ночью?

— Да.

— Вы должны убить ее, Идасси. Сегодня — или никогда. Я жду вас у себя в усадьбе в час Овцы. Я научу вас, как это сделать и остаться в живых. Я постараюсь, чтобы государю не стало известно о ваших сегодняшних приключениях — но только до завтра! Слышите, Идасси, до завтра! Три вещи нельзя остановить: водопад, лавину и слух, особенно правдивый!

Идасси молчал. Потом вдруг насторожился:

— А что вы здесь, собственно, делаете, Даттам?

— Я был вызван к государю. Государь себя очень плохо чувствует, плачет и мечется в бреду, вам известно это?

— Еще бы! — сказал Идасси, вспоминая вчерашнюю ночь.

— Меня вызвали как врача. Пойдемте.

И Даттам быстрыми шагами пошел к государеву павильону. Идасси вприпрыжку побежал за ним.

Государь действительно был плох. Он лежал в постели, глядя воспаленными глазами на потолок. Заметив Идасси, он сказал:

— Идасси! Куда ты убежал? Мне было так страшно — она опять приходила...

— Тсс! — сказал Идасси. — Я ходил за врачом.

Из-за спины Идасси выступил Даттам. В руках он держал стакан, наполовину завернутый платком. Даттам поставил стакан на стол, вынул из кармана украшенную золотой филигранью коробочку и, открыв коробочку, высыпал порошок из нее в стакан. Вода в стакане вспучилась и забила тонкими газовыми струйками.

— Выпейте, государь, — сказал Даттам. — Это придаст вам силы, и никакие духи мрака не будут беспокоить вас.

Даттам поднес стакан ко рту государя, и тот кротко выпил напиток. Потом откинулся на подушки и прошептал:

— Что вы со мной сделали, Даттам. Мне тяжело...

Голос его прервался. Государь закрыл веки.

— Что это? — спросил Идасси.

— Всего лишь снотворное. Он будет спать до ночи и проснется спокойным и отдохнувшим. Слышите, молодой варвар, до ночи! Это все время, которое у вас осталось и которое я вам могу дать.

И Даттам, повернувшись, быстрыми шагами вышел из спальни.

Когда через пять минут Идасси спускался по лестнице государева павильона, он заметил во дворе начальника стражи Аверию. Тот топтался на месте, видимо обдумывая предстоящий разговор с государем. «Она послала его все рассказать Инану, — мелькнуло в голове Идасси. — Даттам прав!»

Через час Идасси, в синей залатанной куртке и деревянных башмаках, проскользнул в потайную дверь усадьбы Даттама. Колдун встретил его немедля, взял за руку и провел в дальние покои, где их никто не мог потревожить. Там Даттам достал из ящика стола два мешочка. В одном мешочке был порошок, в другом — белые неровные шарики. Даттам положил белый шарик в блюдце с молоком и, извинившись, отошел на минуту. Когда Даттам вернулся, у него в руках была клетка с красивой домашней кошкой. Кошка была видимо голодна, и для голода-то ее и держали в клетке.

Даттам вынул кошку из клетки, погладил ее по шерстке и поставил на стол. Зверек немедленно кинулся к блюдечку с молоком. Кошка сделала два или три глотка, потом зевнула, свернулась рядом с блюдечком в клубочек и прикрыла носик лапкой.

— Она спит! — сказал Идасси.

— Нет, она умирает, — ответил Даттам. — Она будет спать три часа и, не проснувшись, умрет. А человек, которому дали этот яд, спит десять часов и, не проснувшись, умирает, и, клянусь девятью богами, никто не может отличить его сон от настоящего и его смерть от естественной.

Даттам выбрал еще одну горошину и, опустив ее в коробочку, вложил коробочку в руку Идасси.

— Сегодня ночью ты будешь пить с государыней вино, — сказал Даттам, — тебе достаточно положить в кувшин эту горошину — Касия никогда больше не проснется, и никто не сможет обвинить тебя в ее смерти.

— Но я вряд ли смогу положить яд ей в чашку, — возразил Идасси, — а если я положу его в кувшин, мне тоже придется пить это вино.

— В этом-то все и дело, — отвечал Даттам.

— Но я вовсе не хочу умирать за то, чтобы твой храм жил и чтобы твои кожаные деньги продолжали обманывать людей!

Тогда Даттам бросил еще одну белую горошину в стоявший перед ним кувшин с водой. После этого он высыпал немного порошка из другого мешочка в свой стакан, размешал порошок и выпил.

А затем спокойно долил воды из кувшина, в который самолично положил яд. Идасси расширившимися глазами следил за ним, но колдун выпил воду и не умер, а только улыбнулся Идасси.

— Этот зеленый порошок, — сказал он, — действует как противоядие. Тот, кто его примет, не может отравиться белой горошиной. Поэтому перед тем, как прийти к Касии, тебе достаточно выпить воды, в которой размешан этот порошок, и отрава не причинит тебе никакого вреда.

— Ловко придумано, — сказал Идасси.

Забрал коробочки с ядом и противоядием — и был таков.

Даттам, улыбаясь, глядел ему вслед. Глупый мальчишка не знал одного. От страшного белого алкалоида, выделенного Даттамом из корней болотной красавки, не было ни противоядия, ни спасения. А зеленый порошок был обыкновенной смесью из лебединца и ревеня, осветляющей голову и прочищающей желудок. Ни от каких ядов он не помогал. Что же касается фокуса, который Даттам проделал на глазах варвара, выпив, безо всякого для себя вреда, воду из отравленного кувшина, — он объяснялся не чудесами алхимии, а ловкостью ремесленника. У кувшина было двойное дно, и наливать из него можно было две разные жидкости. Даттам всегда находил, что вот такие нехитрые штучки куда полезней иных сложных фокусов.

Между тем действия Идасси удивили бы Даттама, имей он возможность наблюдать за маленьким варваром. Вместо того чтобы возвратиться во дворец, Идасси свернул вниз, к реке, и через полчаса взошел по мосткам на белую баржу с раздвижными бортами, колыхавшуюся у левой пристани. Баржа грузилась, погрузкой распоряжался сорокалетний толстый капитан баржи, похожий на ананас.

Надобно упомянуть, что перед тем, как взойти на баржу, Идасси вынул из кармана широкий зеленый платок и повязал им голову, так, что его темно-рыжие волосы, похожие на черный чугун, чересчур раскалившийся в огне, были теперь скрыты под широкой повязкой, закрученной на затылке узлом в форме свиного уха.

— Добрый день, — сказал Идасси, подходя к капитану, — я хотел купить у вас красной смолки для благовоний и листьев опалового дерева для поминальной службы.

— Красная смолка кончилась вчера, — ответил тот, навострив уши, — а опалового дерева у нас не было.

— Но мой сосед Гуруш сказал мне, что покупал опаловое дерево у вас.

Тогда капитан сделал знак рабочим, чтобы они продолжали без него, и спустился вместе с Идасси в каюту.

— Что ты хочешь, — спросил капитан, — и как живет Гуруш?

— Гуруш сидит в Небесной Тюрьме за ограбление, — ответил Идасси, — но думаю я, что глупец, показавший на него, возьмет свои слова обратно. Я слыхал, что ты уходишь вниз по реке сегодня ночью, и хотел бы отправиться с тобой.

— Один?

— Один и с большим мешком. Я заплачу, как за двоих, а высадишь ты меня у Даракского леса.

Капитан сморгнул. Даракский лес начинался там, где столичная область переходила в провинцию Чахар. Лес пользовался дурной славой; в нем находилось не меньше десятка разбойничьих шаек, самой известной из которых была шайка Рагона Сушки.

— Уважаемый, — сказал капитан, — я вижу, вы не по годам умны и решительны. О какой двойной плате может идти речь! Почту за счастье провезти вас за так!

Идасси наклонил голову.

— Буду у вас в час Черного Бужвы, — сказал он.

***

Следующий визит Идасси нанес в неприметный беленый дом, стоявший в самом конце Лазоревого Квартала. Дверь ему открыл однорукий старичок с пронзительными глазами.

— А, это ты, маленький варвар! — сказал старичок. — Заходи.

Идасси прошел в маленькую комнату, набитую всяким барахлом: испорченными часами, богами со сломанными руками и ногами, обрезками проклеенных досок.

— Сделал ли ты, что я тебе заказывал? — спросил Идасси.

Старик выдвинул ящик стола и показал Идасси два паспорта, оба с голубой обложкой, и приложенные к ним подорожные. Один паспорт был на имя некоего Рамусы, другой — на имя Икены.

— Как видишь, — сказал старик, — все подписи и печати на месте, остается только выбрать тот паспорт, который ты пожелаешь, и проставить приметы.

— Я беру оба паспорта, — заявил Идасси, — два надежней, чем один.

— И какие же приметы писать в этих паспортах? — вскинул брови старик.

— Пиши в обоих: семнадцати лет, волосы черные, брови черные, рост высокий для своих лет, особых примет нет.

Старик еще раз оглядел Идасси: а волосы у маленького варвара, как мы уже упоминали, были довольно приметны. В полночь они казались черными, а в полдень — красными, и вернее всего было бы сказать, что эти волосы были цвета горной лавы.

— А деньги? — спросил старик.

Идасси вынул и показал ему двадцать ишевиков. Старик покачал головой.

— В чем дело, — спросил Идасси, — или мы с тобой договаривались не по десять ишевиков штука?

Старик помолчал и вдруг сказал:

— Неправильно ты поступаешь, маленький король, что бежишь от женщины.

— Ты меня узнал? — проговорил Идасси.

— Ах, мальчик, я никого не узнал, а только не так много в империи варваров, торговавших за рынке рыбой из императорских ручьев, о которых в последнее время столько шепчутся.

Идасси промолчал.

— И так как мы сговаривались об оплате за паспорта, исходя из твоих доходов на рыбу, они стоили одну сумму, а исходя из твоей нынешней милости, они должны стоить втрое больше.

— Хорошо, — сказал Идасси и вынул из-за пазухи еще сорок ишевиков. Старик поспешно сгреб деньги в ящик стола. — Пиши приметы.

Старик подсел и стал заполнять «лопух». Окончив, он посыпал листы песочком, потом аккуратно потряс их в воздухе и подал Идасси.

— А все-таки объясни, мальчик, зачем ты бежишь от собственного счастья?

— Сейчас скажу, — ответил Идасси. Он сложил листы и сунул их за пазуху. Когда его рука вновь вынырнула наружу, в ней на мгновение блеснул широкий, как акулий плавник, нож. Старик даже не успел вскрикнуть: нож вошел ему в горло, почти начисто перерезав шею, и Идасси отскочил, чтобы брызнувшая фонтаном кровь не задела его.

После этого Идасси вытащил нож, обтер его о скатерть и сунул обратно за пазуху. Он вышел в прихожую и еще раз проверил, заперта ли дверь. Вернувшись в комнату, он оттащил старика в угол. Свои деньги он забрал и сунул в карман, а потом начал долго и методично обыскивать комнату. Все деньги, бумажные, кожаные и монеты, которые нашлись, он взял себе. Платья же и кое-какую серебряную утварь сложил в сундук с лямками, стоявший тут же в комнате, навесил сундук себе на плечи и вышел задами к реке.

Никто не встретил его с сундуком в этот вечерний час, и Идасси утопил сундук в ближайшем же омуте. Смерть старого поверенного должна была походить на ограбление.

Эту ночь Идасси провел с государыней.

Он явился в павильон Облачных Вод к часу Скорпиона. На этот раз его ждали — служанка пропустила его, улыбнувшись, без слов, и Идасси прошел в маленькую комнату, стены которой были затянуты в шелк, а у стены стоял маленький столик, уставленный холодными закусками и с запотевшим кувшином вина посередине. Государыня вышла к Идасси в простом белом платье, из-под которого виднелись маленькие ножки в атласных туфельках, и когда Идасси посмотрел на эти туфельки, ему показалось, что они ступают по его сердцу.

Идасси не помнил потом, о чем они говорили и что они ели, а только помнил, что в ту ночь он испытал такое счастье, которого не испытывал никогда и не думал, что такое счастье бывает. Даже если бы Идасси превратился в волка и своими зубами перекусил бы горло министру Рушу, и то бы он не испытал такого счастья.

Было уже за полночь.

Темно-красные волосы Идасси разметались по подушке, и он лежал навзничь, закрыв глаза и улыбаясь ровными хищными зубами. Тонкие пальцы Касии гладили его грудь.

— Мне так хорошо, как никогда в жизни, — сказал Идасси.

— И мне, — отозвалась женщина.

Пальцы ее, спускаясь все ниже и ниже, наконец оказались у него между бедер, и Идасси почувствовал, как его пест вновь наливается соком и таращит свой глаз без ресниц и бровей.

— Знаешь, — сказал Идасси, — ты у меня первая женщина. Когда меня увезли с гор, я был еще совсем сосунком, а здесь мне надо было столько узнать, что мне было жалко времени на порядочных девиц и жалко денег на шлюх.

Государыня улыбнулась.

— Неужели ты думаешь, я этого не почувствовала, маленький король, — спросила она, — неужели ты думаешь, что в постели с женщиной так же легко скрыть свою невинность, как в харчевне за кружкой вина?

— Я не знаю, что со мной случилось, — промолвил Идасси, — но я очень тебя люблю.

— И я тебя люблю, — ответила женщина.

— Нет, — печально возразил маленький варвар, — я не думаю, что ты меня любишь. Ты просто испугалась моего влияния на Инана, и завтра, как только он узнает о нашей ночи, ты вышвырнешь меня, как кутенка. Но клянусь девятью богами, меня не заботит, что сделает Инан, и мне жалко только то, что это наша последняя ночь.

— Ты глупый маленький воробышек, — прошептала женщина, — это наша первая ночь, и у нас впереди еще тысяча таких ночей.

И они опять свились в один клубок, а когда Касия наконец закрыла глаза и откинулась на подушку, она прошептала:

— Кровь старого императора была жидка и слаба, и его дети унаследовали вздорный характер и слабую волю. Когда я рожу от тебя сына, он получит больше, чем получил Инан.

***

Когда Идасси выбрался от спящей Касии, минула уже половинка ночи. Две луны, белых и чистых, как тело государыни, висели над спящим миром, и сквозь черный бархат небосвода на Идасси глядели лукавые глазки звезд-демонов. Идасси шатало, как пьяницу, который выпил на десять кружек больше, чем разрешено кодексом. Больше всего на свете ему хотелось лечь и заснуть, и в чреслах своих он ощущал какую-то сосущую пустоту, словно там был кувшин, из которого выбили донышко.

Через четверть стражи он добрался до флигеля государя. Тот мирно спал. А между тем Даттам сказал, что государь проспит только до вечера! Идасси затряс друга за плечо:

— Государь! Вставайте!

Инан мгновенно проснулся. Слава богу, хоть в этом колдун не соврал!

— Одевайтесь, государь, — сказал Идасси, — нельзя терять ни минуты.

— Что такое?

— Я позже вам объясню.

Идасси развернул принесенный с собой сверток и достал серые штаны и белый кафтан без знаков различия.

Пока государь одевался, Идасси взял ключ и сходил в соседнюю комнату, к сундуку, который ему когда-то показывал Инан. Отперев сундук, Идасси переложил в свою сумку часть того, что в нем находилось, впрочем, стараясь отбирать не те вещи, которые были знамениты тонкой работой и волшебными свойствами, а, скорее, обыкновенные украшения из золота и драгоценных камней, которые вполне можно было бы встретить в доме знатного взяточника или даже купца. Государь быстро оделся, и мальчики выскользнули в окно.

— Что такое? Где ты был? — прошептал Инан, спеша за Идасси по дорожке.

— Я был в покоях Касии, — усмехнулся Идасси.

Глаза государя сверкнули.

— Зачем?

Идасси улыбнулся и обхватил пальцами рукоять меча, подаренного ему государыней Касией, — меч этот он не взял с собой в город, но он забрал его из своей комнаты перед встречей с государыней, вместе с толикой других вещей.

— Да уж не затем, зачем ты думаешь!

— Боже! Ты убил ее?

— Нет. Я провел в кустах два часа, и все это время вокруг ее павильона кишела стража — она что-то почуяла. А потом к ней пришел Даттам.

— Даттам? Зачем?

— Затем, чтобы продать нас! Неужели тебе не ясно, что он испугался? Он прошел к ней час назад, и я бьюсь об заклад, что сейчас она уже послала стражников схватить тебя, да и меня заодно!

— О боги, что же нам делать?

— Мы бежим из столицы.

Государь заметался, заламывая тонкие руки.

— Помилуй, Идасси, это невозможно! Для поездок по империи необходимы подорожные и паспорта, городские ворота закрыты...

— Не беспокойся. У меня есть подорожные, и я заполучил место на лодке, которая отплывает в третьем часу ночи. Капитан думает, что я друг лесным удальцам, и он почел за честь не взять с меня за проезд.

— А я?

— О тебе никто не должен знать. Я пронесу тебя на корабль в мешке. Пусть капитан считает, что я бегу из столицы после удачного ограбления.

— Но он никак не может отплыть в середине ночи! В это время закрыты все шлюзы и таможни.

— Вот потому он и плывет, — возразил Идасси, — что все таможни закрыты. Ах, государь, вы читали много книжек, теперь вы познакомитесь со своей страной собственными глазами!

— Но...

— Тише!

В следующую секунду Идасси сгреб государя в охапку, швырнул его в кусты и сам прыгнул вслед за ним. Послышался цокот копыт, и из-за поворота дорожки показались двое всадников. Идасси в кустах прищурился: на всадниках были белые шапочки с собольей опушкой и крытые красным сукном кафтаны. Это были налоговые гонцы — люди, с которыми простой народ предпочитает не связываться, и, судя по голубым лентам, завязанным сзади на шапках, направлялись они в провинцию Чахар. Вероятно, они выехали до рассвета, чтобы оказаться у городских ворот к часу Петуха.

Идасси выполз из-за кустов на дорогу и громко застонал. Копыто одной из лошадей едва успело разминуться с его головой.

— Реш! — сказал один из всадников. — Погоди, посмотрим, что это с ним!

— Не наше это дело, — отозвался другой.

— Слезь, дурак! Если он болен, мы должны ему помочь, а если он пьян, мы можем вытащить у него деньги!

Тот, кого назвали Решем, и его товарищ наклонились над Идасси. Реш перевернул мальчика на спину.

— Клянусь девятью богами, — начал Реш, — да это никак...

В следующую секунду нож, брошенный Идасси, попал его товарищу в горло. Не теряя ни мгновения, Идасси быстро захватил руками голову отпрянувшего было назад Реша и повернул: было слышно, как хрустнули позвонки.

Инан выскочил на дорогу.

— О боги! Ты их убил!

— Отведи лошадей с дорожки, — распорядился Идасси, подхватывая мертвеца на руки.

Он отнес обоих покойников в кусты, и там они с императором переоделись в форменное платье гонцов. На шеях инспекторов были застегнуты плоские бронзовые кольца. Эти кольца сохранились с незапамятного времени. Тогда они обозначали, что данный инспектор — не свободный чиновник, а личный раб государя. Теперь служащие рабами не бывали, но кольца продолжали носить. Эти кольца как бы символизировали, что налоговый инспектор — раб и слуга народа.

— Найди ключи от колец, — приказал Идасси государю. — Они должны быть в сумках.

Идасси тем временем оттащил покойников к знакомому гроту.

— Нашел?

— Нет. Ох, Идасси, мне плохо.

Двумя взмахами старинного меча Идасси отрубил покойникам головы — одному и второму. Наклонился, подобрал бронзовые кольца и обтер их о траву. Трупы Идасси сбросил в расщелину и завалил камнями, небось их еще долго не хватятся.

— Поехали, — сказал Идасси, садясь в седло.

— Но ведь ты говорил про баржу...

— Я передумал. План, который возник мгновение назад, лучше плана, о котором известно соучастнику, — ответил Идасси.

Сонные стражники без разговоров выпустили двух налоговых гонцов из дворца, а потом и из города, и к часу Петуха Инан и Идасси проделали порядочное расстояние.

К вечеру они пересекли пределы столичной области и углубились в длинный, тянущийся на несколько переходов лес, окаймлявший отроги Чахарских Гор.

Солнце еще висело в небе, но в лесу было тихо и темно. Старая лесная дорога просела на высоту человеческого роста, и оба беглеца ехали в земляном ущелье, касаясь головами корней нависших деревьев. Солнце, едва пробивавшееся сквозь листву, не достигало дна дороги, и Идасси чувствовал, как снизу поднимается холодный и влажный пар.

— Я больше не могу, Идасси, — пожаловался государь, — мы уже скачем бог знает сколько времени, я хочу спать и есть! Лучше бы ты пронес меня на этот корабль!

Идасси молча вынул из торбы припасенный хлеб с сыром и протянул своему спутнику пузатую фляжку.

— Пей не больше глотка, — предупредил Идасси, — это не вино и не вода, а зелье, придающее силы.

— Где ты его купил? — насторожился государь.

— Я его не купил и не выпросил, а сварил сам из сушеных листьев и ягод кустарника, растущего в наших горах. Это питье пьют воины и охотники, и оно не туманит разум и не превращает человека в волка, а просто придает ему силы преследовать врага или зверя от восхода и до заката.

— Но я вовсе не хочу скакать от восхода и до заката, — пожаловался Инан, — я хочу спать.

— Пейте, государь. За ночь мы проедем лес, оставим коней и сядем на лодку. За нас будет ехать река, а мы будем спать в свое удовольствие.

Инан выпил глоток, и Идасси перенял у него фляжку и сам сделал глоток. Потом отвязал от пояса большую бутыль с водой и передал ее государю.

Несмотря на то что государь весь предыдущий день спал, а Идасси не ложился двое суток, государь первым пожаловался на усталость. Правда, ночью Идасси, заметив, что конь под ним умен и хорош, дремал прямо на коне, по горскому обычаю, а Инан был к таким вещам не приучен.

Государь напился и спросил:

— Куда мы едем? Или ты надеешься убежать от моей мачехи?

— Мы едем в Опаловые Горы.

— Зачем? Кто нас там ждет?

— Войско, чьим королем я являюсь с тех пор, как отец мой умер. И это войско поможет мне отомстить за твою мать и за твоего отца и вернуть тебе трон, который у тебя отняли.

Государь побледнел.

— Но твой дядя... Разве он позволит...

— Король — это тот, кому служит войско, — ответил Идасси, —

а войско служит тому, кто сулит наибольшую выгоду и добычу. Как ты думаешь, кому будет служить войско, когда они узнают, что их зовут в поход на империю, и не абы как — а с настоящим императором во главе! Да они побегут ко мне быстрей, чем хорек за курицей! Никто не сулил им выгоды столь большой и законной!

Дрожь пробежала по телу молодого императора.

— Но разве выгода варваров — это не смерть империи? Разве не значит их прибыль — сожженные села и разграбленные города?

Глаза Идасси сверкнули. Государь был умнее, чем Идасси думал!

— Пусть считают, — усмехнулся Идасси, — что король зовет их на грабеж империи. Когда они поймут, что это не так, это уже не будет иметь значения.

Идасси наклонился, поправляя рукой узду, и продолжал:

— Может, тебе и придется пожаловать парочке дядиных графов титул наместников Иниссы или Варнарайна, только не очень переживай: мы им перережем горло позже, чем они доберутся до столицы, но раньше, чем они доберутся до провинции, в которую их назначили.

Тут дорога внезапно повернула, и Идасси вздернул коня.

— Стой!

На дороге, ухмыляясь, стояло пятеро или шестеро людей с натянутыми луками, и стрелы с оперением из белых и зеленых перьев целились прямо в обоих юношей.

Идасси обернулся — и увидел, как сзади, с края дороги, вниз спрыгивают новые злоумышленники. Признаться, ему было б нетрудно сбежать, схватившись за корни выступающего над дорогой дерева и перекинувшись вверх, — но какой смысл бежать без государя?

Тут вперед своих молодцов вышел человек лет сорока, в хорошем кафтане и белых сапогах, подпоясанный серебряной цепью, и был у его кафтана только один недостаток — прореха на груди, там, куда вонзился меч в бывшего владельца кафтана.

— Сдается мне, — сказал человек, — что наша дорога превратилась в реку, а мы в рыбаков и попались нам сегодня в нашей реке две большие рыбины.

— Не задерживай нас, глупец, — сказал надменно государь, — и дай нам проехать! Или ты не видишь, что мы чиновники?

— Вижу, господин, — кланяясь, отвечал разбойник, — и еще как вижу, и поверьте, что я и мои люди питаем такой почет к налоговым чиновникам, что не можем не просить вас погостить в нашем стане!

— Мы торопимся, — сухо отвечал государь, — и не можем принять твое приглашение, простолюдин.

— Я знаю, что вы торопитесь, — возразил разбойник, — торопитесь сосать кровь и костный мозг народа, но вам придется задержаться на ужин, и будь я не Рагон Сушка, если не заставлю вас отведать на этом ужине вашей же печени! Взять их! — И с этими словами несколько разбойников двинулись к государю.

Тогда Идасси ударил ближайшего разбойника плеткой и вскричал:

— Разуй глаза, Рагон Сушка, да посмотри, на кого разеваешь пасть? Мы бежим из своего дома, как ты бежал из своего! Давно ли ты видел налоговых чиновников семнадцати лет?

— Гм, — сказал разбойник, прищурившись, — рожицы ваши и вправду слишком молоды для этакого подлого ремесла, но откуда же ты раздобыл это платье?

— Так же, как ты раздобыл то платье, которое на тебе, — ответил Идасси.

— Что-то не верится мне, — возразил разбойник, — чтобы такой безусый юнец решился убить налогового инспектора, ибо за убийство мытаря казнят весь род преступника, не считая младенцев в утробе матери, и страшнее только кара за убийство государя. Кто вы такие?

— Или ты не держал в руках серебряного оменя, что спрашиваешь? — спросил Идасси. — Так дай я тебе подарю штучку!

Идасси вскинул руку и внезапно бросил разбойнику серебряную монету достоинством в два оменя — единственную монету империи, на которой чеканили облик Инана.

— Великий Вей! — вскричал разбойник, переводя глаза со спутника Идасси на изображение на монете и обратно. — Да они похожи, как печатка и ее оттиск!

А Идасси внезапно выхватил из ножен свой меч, и гарда его, выполненная в форме листа лотоса, усыпанного бриллиантами и украшенного золотыми силуэтом дракона, взблеснула в тени деревьев.

— Помнишь ли ты, старый осел, — вскричал Идасси, — рассказ о Двух Мечах Империи и о мече Парчового Бужвы, на алмазной гарде которого дремлет дракон?! Вглядись-ка в мой меч и скажи, видал ли ты налоговых инспекторов с таким мечом?

Разбойник вгляделся в меч и замер с открытым ртом, словно ожидая, что крылатый дракон с гарды вот-вот оживет и взлетит, а потом спросил:

— Если этот человек — тот, который изображен на монете, то кто такой ты и как вы очутились здесь?

— У нас нет времени на беседу на месте, — ответил Идасси, — проводи нас, и мы расскажем тебе, что хочешь.

— Ах, Идасси, — промолвил государь. — Я устал, и я хочу есть и спать. Эти люди уж верно либо убьют нас, либо накормят — нельзя ли принять их приглашение?

— Сплетите носилки и положите на них моего спутника, — ответил Идасси, — а мы с тобой, Рагон Сушка, поедем вперед. Ты мне расскажешь, как ты стал разбойником, а я тебе расскажу, как мы стали беглецами.

Разбойники тут же принесли носилки, которые имелись в верху дороги на случай, если будут раненые или убитые, и положили на них государя. Рагон Сушка и Идасси подъехали к носилкам, и Рагон Сушка сказал:

— История моя не такая занимательная. Я был в здешней деревне пахарем и крестьянином, и я работал больше других и расчистил себе десять делянок в лесу. На этих-то делянках я выращивал дивные дыни, а когда пришло время взимать налоги, в деревню приехал налоговый чиновник и потребовал, чтобы я отдал половину из того, что я получил за дыни, и еще половину от второй половины. Я отказался, и тогда он пригрозил, что натравит на меня деревню. И он в самом деле созвал сход и разделил делянки между общинниками...

— Как так? — сказал государь. — Ведь это вы их расчистили.

— Разве вы не знаете, государь, — проговорил Идасси, — что по закону вся земля, кто бы ее ни расчистил, принадлежит общине?

— Какой глупый закон! — поразился император.

— Не знаю, глуп ли он, — ответил Рагон Сушка, — а только на следующий день я зарезал инспектора и бежал в горы, и с тех пор, клянусь богом, я живу лучше, чем раньше, потому что раньше меня грабили чиновники, а нынче я граблю чиновников!

Государь едва слышно вздохнул и опустил ресницы. А разбойник помедлил и продолжил:

— И теперь я живу в лесу и получаю от прохожих все мое пропитание и все сведения о богах и городах. И мне рассказывали, что государь Инан мало что может сделать в государстве, потому что всем правит его мать, и что недавно у него завелся друг из медноволосых варваров. Уж не ты ли это?

— Ты прав, — ответил Идасси, — а Касия приказала арестовать государя, и мы бежим в земли моего народа, чтобы вернуться с хорошей силой и поставить ойкумену с головы на ноги.

— Доброго тебе пути, мальчик, — отвечал Рагон Сушка, — и когда ты будешь проходить обратно, не забудь меня.

Через некоторое время Рагон Сушка отъехал в сторону, чтобы отдать распоряжение, и один из разбойников подъехал к нему и тихо спросил:

— Не лучше ли будет выдать этих двоих? Это искупит все наши прежние преступления, да еще, того и гляди, нам выдадут целую кучу денег.

— Дурак ты, Шамат, — ответил ему Рагон. — Если мы выдадим беглецов, эту заслугу присвоят себе местные чиновники, а нас представят пособниками этих двоих. И кучу денег получит Радда и прочая чиновная сволочь, а нам не достанется ничего, кроме веревок для нашей шеи. В случае же, если мы проводим их и поможем им деньгами и лошадьми, они поднимут в ойкумене настоящую бучу, и в такой буче нам уж точно перепадет здоровый кусок!

После этого Рагон Сушка оставил своего подручного и вернулся к Идасси.

— Как ты собираешься ехать дальше? — спросил Рагон. — Не думай, что я хочу выведать твой путь, я просто спрашиваю, не могу ли я чем-нибудь помочь.

— Мы переберемся через горы, — ответил Идасси, — а в Асаке сядем на корабль, который плывет к границе, и по этому поводу я хочу спросить тебя, нет ли у тебя знакомых среди городских воров Асаки.

— Знакомые-то есть, — отвечал Рагон Сушка, — однако не стал бы я на твоем месте доверять городским ворам. Мы, лесные воры, народ честный — живем одним лагерем, спим за одной оградой, и если и заведется среди нас предатель, то через месяц либо мы его повесим, либо он всех нас выдаст. А городские воры — бог знает что, ты и не поймешь, вор он или соглядатай! Один грабит дома по наводке городской стражи, другой режет по указке городского судьи того, кто недодал судье взятку, а третий и вовсе каждый день пирует с наместником! Стоит этому вору увидеть твой меч, он его сопрет, а стоит ему разглядеть рукоять украденного меча, как он тебя выдаст. Мне ведь всякая смута по душе, а им, наоборот, во вред. Ведь если вы вернетесь сюда с войском, то я, пожалуй, смогу вернуться в деревню и стать там старостой, а то и начальником области, а городским ворам, если сменится власть, придется приручать новое начальство. Вот поэтому я бы на твоем месте обошел их стороной.

— Ты прав, — сказал Идасси, — не стоит связываться с теми, кто не знает почтительности к государю и только и думает, что о выгоде. Однако можешь ли ты мне помочь?

— Всей душой и в чем только пожелаешь.

— Нет ли у тебя двух молодых покойников?

— Гм. Покойников-то нет, но это не такой товар, который трудно достать. А зачем тебе?

— В столице нас наверняка хватились, и думаю я, что двух мертвецов тоже нашли. Наверняка уже повсюду отправлены извещения задержать двух юношей семнадцати лет, которые пробираются к западной границе в одежде налоговых инспекторов. Кто знает, может, за нами уже скачет погоня. Если бы мы оставили на дороге два переодетых в наши платья трупа, это сбило бы погоню с толку.

Рагон Сушка с радостью исполнил просьбу Идасси. Пока император дремал в носилках, Рагон и Идасси заехали по пути в хижину угольщика, где как раз имелось двое молодых парней, подходящих для задуманного дела.

Этих двоих разбойники убили, и, обрядив в одежду Идасси и Инана, привязали к дереву у дороги. Теперь надо сказать, что в этих местах водятся желтые лесные муравьи, которые очень резво сосут всякую падаль. Рагон проследил, чтобы покойников привязали как раз прямо на муравьиной тропке, и обещал Идасси, что к вечеру следующего дня мало кто сможет разобрать лица покойников.

Государь, угнетенный всем происшедшим, спросил:

— Зачем было убивать этих крестьян, Идасси?

— Стоит пожертвовать тысячью простолюдинов, чтобы спасти одного государя, — ответил Идасси.

В эту ночь Идасси ночевал под звездным небом, и ему не спалось. Как много переменилось за сутки! Еще вчера, когда на небе были те же звезды, он лежал на шелковой подушке в спальне государыни Касии, а сегодня он лежит на прелых листьях. Кто знает, доберутся ли они до Опаловых Гор или голова Идасси скатится в канавку у плахи?

Потом Идасси вспомнил свою ночь с государыней, и странное чувство овладело им. Ему вдруг подумалось, что никогда больше в жизни не будет ему счастья, такого счастья. Все может достаться ему: и королевский титул, и пост министра, и песни о человеке, который согнул шею империи, и миллионы ишевиков, и десятки женщин, купленных, чтобы веселить его на ложе... А все-таки он каждый раз будет вспоминать одну — эту, которая ни о чем не думала, кроме как о том, чтобы обмануть его и погубить.

Но разве мыслимо было остаться в столице? Мужчина не должен

быть младше женщины. Предать государя значило — предать государство. Разве мыслимо, что у империи нет армии? Он, король Идасси, подарит империи эту армию. Что с того, что его подданные разорят пару провинций, сровняют с землей десяток городов? Не успеют они опомниться, как Идасси поведет их в новый поход, далеко за границу, и вся нечисть, скопившаяся в царствование трусливой женщины у границ ойкумены, брызнет во все концы света.

Он, Идасси, не испугается ни одноногих великанов, ни тех, которые прикрываются ушами, как лопухом. Это все вранье, что их считают непобедимыми, — дураку ясно, что одноногим куда как хуже сражаться, чем тем, кто с двумя ногами!

Вечером следующего дня беглецы миновали Ласковый перевал, самый низкий в Чахарских Горах. Они снова скакали всю ночь, и к утру небольшой отряд выехал к поросшей лесом верхушке холма. Взглянув вниз, Идасси увидел великую реку Шечен, репчатые башни управ и беленые стены города, примостившегося у излучины реки.

Путники сделали привал, а Идасси взял шест, на котором носят корзины, и, выпилив у него середину, положил внутрь меч. В плетенные из травы сапоги Идасси, по совету разбойника, вдел два кинжала, и еще Рагон Сушка подарил ему складной дротик, части которого вдвигаются друг в друга.

Прощаясь, пожилой разбойник сказал Идасси:

— Не знаю, государь ли тот человек, который с тобой, или самозванец, — хорошо бы в нем было хоть на горчичное зерно твоей воли. Но если тебе удастся оплести своей сказкой свой народ, ты поднимешь великую бучу, и я думаю, что в этой буче мне кое-что достанется.

▪ Глава пятая, ▪

в которой молодой король вархов поднимает меч против всей ойкумены и в которой Даттам вновь встречается с Идасси у Висячего Моста

Идасси был не прав, полагая, что его исчезновение вызвало тревогу уже поутру. Государыня проснулась к часу Меда. Она подосадовала, увидев, что лежит в постели одна, — ей хотелось позавтракать вместе с Идасси. Поэтому, встав, государыня вела себя неровно. То сердилась на служанку, досадуя одиноким завтраком, то, наоборот, смеялась, вспоминая прошедшую ночь.

В конце завтрака она велела впустить Чаренику, который пришел с докладом о крупном воровстве в сырном ведомстве, но слушала его рассеянно и отпустила без распоряжений, из чего Чареника напрасно заключил, что герои его доклада уже пронюхали о разысканиях и дали крупную взятку Рушу, который замолвил словечко государыне. Это показалось Чаренике обидным, потому что он писал доклад не для того, чтобы герои доклада платили отступное Рушу, а для того, чтобы они платили отступное самому Чаренике.

После ухода Чареники государыня спустилась в кладовую и принялась там выбирать мужские кафтаны. Она выбрала расшитый драгоценными камнями кафтан и велела было послать его Идасси, но потом передумала: как бы маленький варвар не оскорбился заочным подаркам женщины.

В час Императора государыня приняла Даттама, который пришел просить лицензии на разработку медных рудников в Чахарских Горах. Рудники все равно были заброшены государством из-за глубокого горизонта залегания породы и невыгодности разработки, и государыня Касия сказала, что она обсудит этот вопрос с советом.

«Странно, чрезвычайно странно, — подумал Даттам, выходя из покоев государыни. — Касия жива, а маленького варвара нет и в помине. Может ли такое быть, что он отравился в одиночку или рассказал все государыне? Вряд ли, скорее всего, он просто перетрусил».

Даттам явился в павильон государя, но ему ответили, что государь спит и не стоит его беспокоить.

Государыня Касия сидела, читая доклад о состоянии дел в провинции Инисса, когда явившийся чиновник доложил:

— Государь Инан изволят отсутствовать с утра!

— Это его дело, — отвечала государыня.

— Но через два часа государю полагается возлагать Плетеные Ветви на алтари Риса и Воды, это будет плохая примета, если церемонию отменят.

— Разыщите его! — отдала приказание государыня.

На поиски был отряжен начальник стражи Аверия, но все попытки поначалу оказались безрезультатными. Тогда Аверия отдал приказ привести своего любимого гепарда и велел ему искать.

Гепард вылез через окно государевой спальни и побежал по тропинке. «Так и есть, — подумал Аверия, — милуются где-нибудь в парке с этим Идасси! Черт побери, что же делать? Если не докладывать об этом государыне, она обидится, а если доложить — так обидится государь! А ведь женщина не всегда будет царствовать...»

И тут любимый гепард начальника стражи ткнулся носом в землю, завертелся волчком и, тихо взвыв, бросился в кусты — к полузасыпанному входу в пещеру.

— Боже мой! — вскричал Аверия. — Что это он роет?

Через пять минут дворцовые стражники вытащили из пещеры два заваленных ветками и камнями тела, а еще немного погодя отыскали и головы.

Этим днем, после обеда, Даттам выслушивал донесения.

— Что прикажете делать относительно чахарской границы? — спросил его управляющий.

— А что такое?

— Мы получили сведения, — ответил монах, — что человек двадцать вархов во главе с Даром Дашери отправились к границе. Едут они, по обыкновению, поразбойничать, и я бы хотел знать, что с ними сделать: послать предупреждение местному городскому начальнику, самим остановить их или нагнать их за границами империи и купить у них задешево награбленное добро.

— Местный начальник сволочь и дурак, — ответил Даттам, — и имеет наглость поддерживать Руша. Пусть люди Дара Дашери похозяйничают, сколько хотят, а за границами империи мы их нагоним.

С этими словами Даттам отпустил управляющего.

Следующий посетитель был лет сорока, шпион по душевной склонности и рыбак по профессии. Он пришел в дом Даттама с корзинкой рыбы, как будто на продажу, но на самом деле он продавал не свежую рыбу, а свежие новости.

Даттам принял его добродушно, и тот рассказал ему разные разности о делах бандитов и в конце концов попросил у Даттама пять золотых.

— Ты мне принес не свежую рыбу, а очень несвежие новости, — усмехнулся Даттам. — Что это Шаль Голоед ограбил дом начальника третьей заставы, я знал и без тебя. Неужели ты больше ничего не знаешь?

Рыбак почесал в голове и сказал:

— Пожалуй, больше в городе не было никаких происшествий, а то вот еще: вчера днем на корабль Бануки приходил мальчишка-варвар, лет семнадцати, но крепкий и широкогрудый, и я слышал, как они обменивались условным словом подданных ночной улицы. Думается мне, что мальчишка хотел сплавить посредством Бануки награбленное, а сам Банука снялся с якоря глубокой ночью.

— А куда этот Банука плывет? — безразличным голосом спросил Даттам.

— По Белобокой реке вплоть до Шестого Канала, а потом через Шестой Канал в Чахар, в город Одун, а там рекой Шечен к морю и в области ласов.

Даттам сидел неподвижно минут пять после ухода соглядатая.

Одун! Город Одун! Идасси исчез, и государь тоже. Корабль контрабандиста, на котором видели широкогрудого юношу-варвара, плывет в Одун. Разбойники-вархи, дружинники Дашери рыщут к западу от Одуна, будто для поживы...

Даттам вдруг вспомнил, что род Дашери был на стороне покойного короля, отца Идасси, и сильно ослабел после того, как глава рода и десяток его вернейших дружинников закололись после гибели короля, а сейчас оправился.

— Рани, — закричал Даттам, вскакивая с места, — готовь дорожное платье и коней, — мы выезжаем через час!

В дворцовом парке начальник дворцовой стражи Аверия разглядывал мертвецов. Оба покойника были наги, если не считать подштанников, но, по счастью, самые худшие предположения Аверии не оправдались — это были явно не государь и не Идасси. Одному покойнику было около тридцати, а другой и вовсе был сед. Аверия с отвращением поглядел на лица, уже обглоданные пестрыми шакалами.

— И с чего это им отрезали головы? — полюбопытствовал один из стражников.

— Преступник хотел не отрезать головы, — ответил Аверия, — а снять с шеи чиновников ожерелья налогового инспектора. Разыщите, кто из инспекторов был послан вчера и куда.

Через полчаса Аверия учинил тщательный обыск в комнатке, которую Идасси занимал в Лицее Белого Бужвы. Он сам замирал от собственной смелости. «А что, если новый любовник государыни развлекается в городе, — подумалось ему, — а двоих инспекторов зарезал совсем не он? Ох, не сносить тогда головы!»

Комнатка Идасси не отличалась роскошным убранством, всего-то в ней и было, что письменная доска да жесткий сундук, служивший одновременно ученикам ложем. Аверия раскрыл сундук, по уставу лицея не имевший ключа, и ему в глаза бросились два роскошных наряда — подарки государя и государыни. Аверия пригляделся. «Эге-ге, — мелькнуло в его голове, — а с рукавов-то спороты камни».

Аверия встал на колени и стал простукивать пол. Через полчаса его поиски увенчались успехом. Приподняв половицу, он обнаружил под ней грубую железную пластину, которую и взломал особым ножом. «Наверняка тайничок пуст, — подумал Аверия, — варвар забрал все свои деньги».

Но тайничок был не совсем пуст. В нем лежал мешочек с зельем, который Идасси забыл, а может, намеренно не забрал, отправляясь к государю.

Аверия высыпал на ладонь белые горошины. «Вот это да, — подумал Аверия, — ведь это та самая отрава, которую недавно по просьбе государыни сделал Даттам. Никто, кроме колдуна, не мог дать ее Идасси, и вот интересно: кто даст мне за этот мешочек большую цену: сам Даттам или его враг Руш?»

И тихо спрятал мешочек в карман.

Был вечер четвертого дня пути, когда Идасси и Инан пришли к воротам приречного города Кадера. Идасси показал стражникам у ворот подорожные, свою и Инанову, и паспорта, полученные им от убитого Шарака. Мальчики давно переоделись и выкрасили волосы в черный цвет соком «парчовой ножки», и теперь их приметы совпадали с теми, которые были указаны в бумагах, — а то, что Идасси был шире в скулах и плечах, а Инан изящней и чертами лица походил на девушку, — этих примет в бумагах не было. Стражники приняли «лопухи» за настоящие и даже почти не спросили денег.

После этого мальчики спустились на пристань. Государь с любопытством вертел головой. Никогда доселе он не был в этих местах: сколько крика и шума!

Идасси меж тем высмотрел быстрый речной корабль с раздвижными бортами, который стоял в гавани для прохожих судов. У корабля на корме была загородка, и за этой загородкой Идасси увидел вьючных ланей. Из этого он заключил, что, когда корабль пристанет к месту, люди навьючат тюки на ланей и дальше пойдут горами.

Он подошел к невысокому жирному чиновнику, стоявшему около корабля, и спросил:

— Куда вы плывете?

— Мы плывем до Одуна, — отвечал человек, — а там мы пойдем горами к вархам.

— А достаточно ли у вас погонщиков?

Чиновник пожал плечами и сказал:

— Мне придали несколько человек, но они сбежали, и теперь я не знаю, как отчитаться.

— Мы два студента, — сказал Идасси, — и нам надо домой в городок близ Одуна, и мы будем сопровождать караван вместо них, если хочешь.

— Тогда у меня есть одна просьба, — сказал чиновник. — Назовитесь, пожалуйста, в перечне Шоном и Кашею, потому что именно таковы имена сбежавших.

Через час корабль отплыл, и Инан и Идасси плыли на нем.

Ночью чиновник вышел и пошел на верхнюю палубу, где на сене для ланей ночевали Идасси с государем, но он не нашел там юношей.

На следующее утро чиновник погладил государя и сказал ему на ухо:

— Я не знаю, с кем ты провел прошлую ночь, но если ты проведешь со мной сегодняшнюю, я дам тебе два ишевика.

Император вспыхнул и сказал:

— Я не приучен к подобным вещам.

— Так это-то и хорошо, — сказал торговец, — ты, я вижу, юноша бедный и робкий, и поверь мне, тебе со мной будет хорошо. Я торгую с королем вархов, и каждый год я имею прибытка на двести тысяч, из которых пятьдесят употребляю на покупку товара, пятьдесят — на взятки чиновникам, пятьдесят — на подарки королю, а остальное забираю себе.

Император удивился и сказал:

— Ты насмехаешься надо мной! Разве в империи есть частные торговцы и разве может один человек получать такие прибыли?

— Ты, верно, болен или глуп, как поросенок, — изумился торговец-чиновник. — Не знаю я, что там написано в законах, а только где же ты видел, чтобы законы соблюдались?

— Я думал, законы пишут, чтобы их соблюдать, — с досадой сказал государь.

— Вовсе нет, — возразил торговец, — их пишут, чтобы те, кто нарушает закон, платили тем, кто надзирает за его соблюдением.

Тут чиновник стал ловить государя Инана за руки и обнимать его, а Инан оттолкнул поганца и убежал.

Шечен в этих местах тек шибко, и через четыре дня они пристали к Одуну. Идасси сказал императору:

— Мне надобно отлучиться, а ты сиди на корабле и никуда не ходи. Здесь приграничная область. На порядок в ней смотрят сквозь пальцы, и, я думаю, мне удастся раздобыть для нас лошадей.

Вот прошло немного времени после ухода Идасси, и Инан увидел, как на корабль вернулся хозяин. Прошел еще час-другой, и государь услышал, как начальник корабля кличет:

— Шон, Шон.

Инан не сразу понял, кого это зовут, а потом вспомнил, что это его имя, и вылез наружу.

Хозяин стоял на палубе и держал в руках красивый пояс из черепаховых пластин и с драгоценной пряжкой. Вещица, судя по всему, была довольно ценная — многие из прислуживавших государю чиновников не погнушались бы надеть ее на прием в залу Ста Полей.

Ланна — а так звали начальника судна — протянул Инану пояс и сказал:

— Черт знает что такое! Сегодня все утро ходил я по чиновникам, и они выманили у меня взяток на втрое большую сумму, чем я закладывал в смету. А ведь еще есть заставы на границе! Словом, я посчитал деньги, которые мне понадобятся, и вижу, что их не хватает. Возьми, пожалуйста, этот пояс и снеси его в пятый дом на Банной улице — там есть закладная лавка. За пояс попроси четыре тысячи «розовых», а если столько не дадут, проси три тысячи. Это очень ценная вещь, из северной черепахи и с изумрудными крапинами, так что смотри не потеряй.

— Мой товарищ вообще-то велел мне не отлучаться, — прошептал Инан.

— Да что ж ты, баба или мальчишка? Он тебе муж, что ли, а ты ему жена, что он велит тебе сидеть в четырех стенах? Все эти четыре дня, пока мы плыли, я смотрел за ним, и, клянусь, он не отходил от тебя, как курица от кормушки!

Лицо Инана вспыхнуло. «И вправду, — подумал он, — даже мелкий чиновник смеется, что Идасси мной понукает. Что бы он сказал, если бы знал, что я — государь, а Идасси приказывает мне, как кнут — ишаку!»

И, взяв пояс, пустился в путь.

Закладную лавку в пятом доме на Банной улице Инан отыскал довольно легко: перед входом в лавку висел красный флаг с надписью, извещавшей о том, что здесь закладывают вещи, а сам вход был занавешен плетеным бамбуковым ковриком, у низа которого болталась налоговая печать, свидетельствовавшая, что налоговые органы в этом месяце проверяли лавку и нашли все благополучным.

Инан откинул коврик и вошел внутрь. К нему, любезно разводя руки, из-за конторки поспешил старик.

— Что желает уважаемый студент? — спросил он. — Наша лавка имеет лицензию от храма Шакуника и оказывает вам все виды услуг. Если, например, господин студент не хочет брать с собой в дальнюю дорогу золотые или бумажные деньги, мы можем взять их у него на хранение и выдать переводное письмо, по которому он сможет получить деньги в другом месте. Если господин студент должен потратиться на похороны, мы можем ссудить его деньгами под залог имущества. Ежели же господин студент намерен собрать деньги на дорогу в столицу и на то, чтобы выдержать экзамены, мы проэкзаменуем его сами и ссудим его деньгами под самые малые проценты.

Инан даже заинтересовался и спросил:

— И много ли денег можете вы ссудить студенту на дорогу в столицу?

— Это так и называется — экзаменационная ссуда, — ответил старик, — и деньги, как вы понимаете, уходят не на дорогу, а на всякие вещи, связанные с благорасположением экзаменаторов. Ведь, согласитесь, в наше время мало быть совершенным талантом. Юноши из богатых домов зачастую получают над таким талантом преимущество благодаря имеющимся у них подаркам. Вот мы исправляем подобную несправедливость за совершеннейшие пустяки, и мы вовсе не берем больших процентов. Напротив, мы надеемся, что впоследствии преуспевший талант просто вспомнит о людях, поддержавших его в трудную минуту.

— Увы, — вздохнув, сказал Инан, — я вовсе не прошу вас об учебной ссуде. Просто я принес вам вот этот пояс, чтобы вы оценили его и взяли в заклад и выдали взамен четыре тысячи «розовых».

Старик взял пояс и стал рассматривать, зайдя за конторку.

— Работа хорошая, — заявил он, разглядывая вещицу, — и материал знатный. А что вот тут за надпись? Ну-ка подойди сюда.

Инан наклонился к конторке, желая разглядеть надпись, и тут старик закричал:

— Хватайте его!

И не успел Инан выпрямиться, как двое ражих охранников заломили ему руки и поволокли из лавки.

— Я ничего не сделал! — вскричал Инан.

— Ах ты негодяй, — забранился старик, — это надо же, какие

времена настали, что воры сдают краденое прямо в двадцати шагах от судебной управы! К судье его!

Инану накинули на шею веревку и поволокли к городскому судье, управа которого действительно находилась в двадцати шагах. Судья в этот миг обедал, но, услышав, как стучат рыбьи барабанчики и шумят люди, вышел во дворик правосудия, спешно обсасывая крылышко фазана.

— Ваша честь! — кланяясь, доложил старик. — Сегодня утром мне принесли список похищенных в нашем городе вещей, и среди них значился вот этот старинный пояс из черепаховых блях с изумрудами и гранатами. И вот, не прошло и трех часов, как этот молодчик в платье студента является в мою лавку и просит за пояс четыре тысячи «розовых».

— Откуда ты взял этот пояс! Говори! — рявкнул судья.

— Ваша честь, — взмолился испуганный Инан. — Я не крал и не разбойничал, а пояс мне дал чиновник, начальствующий над кораблем, в котором я приплыл в Одун. Этот чиновник обнаружил, что у него не хватает денег, и послал меня заложить пояс за четыре тысячи «розовых».

— Негодяй! — загремел судья. — Да Ланна еще утром пришел с заявлением о том, что его обокрали, и он оставил в управе точное описание двенадцати украденных предметов, и вторым среди украденных предметов значился этот пояс! Тут же мы и распространили этот список по всем закладным лавкам! Или, по-твоему, Ланна сначала увидел, что пояс украли, а потом прислал тебя его заложить?

Тут чиновник хлопнул дощечкой, и ему подали казенную бумагу с печатью.

— Пояс черепаховый, изготовленный в правление государя Меенуна, о чем свидетельствует выбитая на обратной стороне застежки дата и девиз Годов. Застежка серебряная, в форме львиной пасти, охватывающей тело ягненка, сверху пасти в виде глаз вставлены изумруды, пластинки шестиугольные, оправленные по краям в серебро, в местах соединения имеются мелкие гранаты, — или это не описание данной вещицы?

Инан потерянно молчал.

— Ничего, мы сейчас выясним правду! — заявил чиновник. — Отвести его на корабль.

Судья явился на корабль в сопровождении целой толпы стражников, которая волокла несчастного Инана. Следом сбегался народ. Чиновник Ланна, заслышав шум, вышел из своей каюты.

— Ваша честь, — обратился к нему судья, — этот мальчишка утверждает, что вы сами отдали ему пояс!

— Помилуйте, — вскричал изумленный чиновник, — как же я мог отдать ему пояс, который у меня украли?

Из глаз хрупкого Инана от изумления брызнули слезы.

— Где один пояс, там и остальные похищенные вещи! — заявил чиновник. — Следует обыскать его каюту!

Не прошло и минуты, как из каюты вынесли укладку с вещами Инана. В укладке лежало с десяток изящных вещиц, соответствовавших описанию украденного.

— Надобно поискать еще! — распорядился чиновник.

А тем временем из каюты донесся возглас:

— Еще нашли!

«Что там может быть еще?!» — изумился про себя начальник судна, но в этот момент на палубу выволокли корзину Идасси и развернули.

— Великий Вей! — сказали чиновник и судья в один голос.

Под тряпками корзина была донизу наполнена драгоценностями.

Теперь надобно напомнить, какие именно вещи Идасси взял из покоев государя. Конечно, в этих покоях было много удивительных предметов, вроде крошечного глиняного таза, обложенного нефритовыми пластинами, в котором отражались небо и земля; или старого бронзового зеркала, покрытого узелковым письмом. С помощью этого зеркала еще первый государь Иршахчан приказывал бесам, и не было случаев, чтобы бесы его ослушались.

Но Идасси все эти вещи были не нужны. Ведь он вез драгоценности для того, чтобы раздать их варварам, и он понимал, что его варвары вовсе не оценят глиняного тазика, бронзового зеркала или веточки ольхи, вырезанной из щепоти коричного дерева великим художником Ешаром. Он знал, что его варвары больше всего ценят золото и некоторые драгоценные камни, и поэтому он набил корзину такими вещами, в которых было побольше золота и поменьше искусной работы. Словом, в этой корзине никак нельзя было признать вещей, украденных из какого-то высокоположенного места.

— А молодчик-то со стажем! — воскликнул судья. — Взять его!

— Ваша честь, — тихо сказал Ланна, — у мальчишки был товарищ, такой же черноволосый, как он, однако с глазами цвета сажи и покрепче видом. Да вон он, на причале!

Судья оборотился и увидел, что в набежавшей к судну толпе стоит высокий юноша с хищным лицом и длинным холщовым мешком за спиной.

— Арестуйте вон того молодчика, — распорядился судья.

Но не тут-то было! Едва парень заметил, что на него смотрят, он растолкал толпу, перепрыгнул через одну из сушащихся лодок, отшвырнул случившегося на его пути разносчика — и был таков.

***

Часа через два, когда в усадьбе судьи как раз накрывали ужин, в обеденные покои вошел секретарь и, кланяясь, доложил:

— К вам начальник судна Ланна.

— Проси, — ответил судья.

Войдя в гостиную, Ланна отвесил начальнику глубокий поклон и поставил перед ним на стол подарочную корзинку. Судья с любопытством стал разглядывать содержимое — там имелась штука первосортного инисского шелка, красивый пояс из тисненной золотом кожи и приятно звякнувший мешочек. Судья пощупал мешочек через ткань и убедился, что он наполнен ишевиками. Взвесив мешочек в руке, он подсчитал, что ишевиков должно быть не меньше трех дюжин.

— Благодарю вас за оказанную услугу, — сказал Ланна, — признаться, меня до смерти огорчала строптивость этого мальчишки. Подумать только, такой зеленый нахал отказывает почтенному, во всех отношениях заслуженному человеку! До чего дошли наши молодые люди! Теперь мне остается только выкупить его на поруки.

— Э, нет, почтеннейший, дело не так просто, — прервал его судья. — У парня-то вашего нашли краденого на четыреста тысяч ишевиков! Да на эти деньги можно купить должность дворцового казначея, а вы хотите, чтобы я отпустил его к вам на поруки!

— Но постойте, — возмутился Ланна, — мы так не договаривались! Вы обещались, что арестуете мальчика за кражу пояса и передадите мне!

— Обстоятельства изменились, — заявил судья, — кто же знал, что мальчишка и в самом деле вор?

— С чего вы взяли, что он вор, — удивился Ланна, — разве кто-нибудь жаловался на пропажу этих вещей?

— В том-то и дело! — отвечал судья. — Это означает, что мальчишка — вор белой подкладки!

— Что значит — вор белой подкладки?

Судья объяснил:

— В мире есть три вида воров. Первый вид — это вор ночной, или грабитель. Описания его висят на каждом столбе, голова его оценена после первого же грабежа, и поймать его нетрудно. Второй вид — это вор дневной, мошенник, взяточник или торговец. Этот человек на виду у всех занимается запрещенным, хотя и общепринятым делом, и поймать его, в случае если кому-то вверху показалось, что он мало делится и много утаивает, не составляет труда. Третий же вид — это вор белой подкладки. Это самый опасный вор. Он пробирается в дома людей, подозреваемых в богатстве, и обирает до нитки нажитое, а те потом не смеют даже заявить властям о происшедшем, чтобы не быть арестованными.

Ланна покачал головой.

— Ваша честь! Давайте вызовем сюда заключенного, и по его поведению вы сами поймете, вор он или невинно пострадавший человек.

— И то правда, — сказал судья, стукнул в медную тарелочку и распорядился: — Привести давешнего заключенного!

Вскоре в комнату ввели Инана. И без того бледное лицо государя осунулось из-за всех тягот пути и случившихся утром неприятностей, и его большие серые глаза глядели из-под длинных ресниц испуганно, как иволга выглядывает из гнезда. Хрупкие его запястья были скованы цепью, но даже в казенной одежде заключенного мальчик казался невероятно изящным, и каждое его движение дышало достоинством.

— Мы тут позвали тебя, Шон, — проговорил судья, — чтобы обсудить твое дело без свидетелей. Ведь не стоило разбираться на глазах у толпы, у кого именно ты украл столько ценностей, — это было бы ни к чему и ограбленному, и тебе, и нам.

— А почему это вы думаете, что я их украл?

— Частному человеку никак не скопить столько золота честным путем, — развел руками судья, — а поскольку ты еще молод для торговли, стало быть, оно приобретено путем грабежа.

Инан наклонил голову и горько заплакал.

Была уже темная ночь, когда Идасси, осторожно крадучись, подошел к зданию городского суда, в глубине которого располагалась усадьба судьи.

За неделю пути они с государем забрались порядочно на северо-запад от столицы, миновав Голубые Горы и попав в провинцию Чахар. Чахар — место на самом краю ойкумены, такое гиблое, что зимой там идет не дождь, а снег, и там так холодно, что все деревья, кроме елей и пальм, роняют свои листья. Поэтому крыши у домов там не плоские, а напоминают формой крыло ласточки, а комнаты стоят, сбившись в кучу, а не в виде отдельных павильонов.

В этот весенний вечер как раз было холодно, и землю снова покрыл легкий снежок. Идасси подошел к дому с той стороны, где к стене примыкал сарайчик, в котором судья имел обыкновение держать всяких конфискованных животных. На Идасси были рваные штаны, подпоясанные травяной веревкой, и за плечами его висел длинный холщовый мешок, в котором обыкновенно бродяги держат еду и постель. Но у Идасси в этом мешке не было ни постели, ни еды, а был только меч Парчового Бужвы, который юноша не мог укрепить на поясе, не вызвав всеобщего внимания.

Рядом с сарайчиком росли густые колючие кусты — под эти-то кусты Идасси и сел. Он не просидел так и пяти минут, как вблизи послышались шаги, и на повороте дорожки показался стражник.

Стражник подошел к неподвижно нахохлившемуся мальчишке и стукнул его тупым кончиком алебарды.

— Нечего здесь рассиживаться, — сказал стражник, — здесь место государственное. И покажи-ка, что у тебя в мешке.

— Сейчас, сударь, — испуганно проговорил Идасси. Он снял с плеч мешок и запустил туда руку — и в следующую секунду меч Парчового Бужвы рассек стражника на две половинки. Левая половинка стражника упала под куст ольхи, а правая — под терновый куст. Идасси, уже не скрываясь, подвесил меч за кольцо на правую руку, забрал у стражника лук и стрелы и, подтянувшись, залез на крышу сарайчика. С этой крыши он увидел проход между двумя воротами и стражников. Стражники жгли костерок и беседовали.

Идасси взял лук, забранный у убитого, наложил сразу две стрелы на тетиву и прицелился. Стрелять двумя стрелами учил его еще отец. Надобно сказать, что в умении стрелять из лука есть два главных навыка — держать руку неподвижной и видеть цель, и обоими навыками Идасси овладел так хорошо, что, бывало, натянет тетиву и поставит на руку плошку с водой. Спустит тетиву, и плошка не шелохнется.

Вот Идасси прицелился и спустил тетиву: оба стражника вздохнули и повалились наземь. «А это лучше, чем забавляться с женщиной», — подумал Идасси. Он спрыгнул во двор и, обыскав стражников, нашел у них ключи от обоих ворот. Ворота он отпер, рассудив, что вряд ли кто в это позднее время сунется в ворота дома начальника, а сунется — так ему же хуже.

После этого Идасси положил лук в мешок за спиной, а меч сжал в руке и обошел усадьбу кругом. Идасси заметил, что одна из дверей на женской половине приотворена. «Наверняка какая-то из служанок ждет любовника», — подумал он и тихонько отворил дверь.

Едва Идасси проскользнул внутрь, как где-то вдали коридора поднялась занавеска, и тихий девичий голос сказал:

— Тсс! Тише, Ямин, а то служанку разбудишь.

Идасси одним прыжком очутился около женщины и приставил ей к горлу меч.

— Пикнешь — убью! — прошептал Идасси. — Говори: сколько народу в доме и где тот юноша-заключенный, которого привели утром?

— Сегодня в доме народу мало, — тихо сказала женщина, — потому что мать моя уехала на богомолье, и с ней — пятеро слуг, а еще четверых отец отпустил в город.

— Так ты дочка хозяина дома?

— Да.

— А где заключенный?

— Он сидит наверху вместе с отцом и его знакомым.

— Как туда пройти?

— Надо сначала пройти направо, а потом подняться вверх по лестнице — там, слева от лестницы, караулит стражник. От стражника надо идти налево, в голубую гостиную, а потом опять налево, в красную, а за красной гостиной терраса, на которой они сидят.

Едва только девушка кончила говорить, как Идасси вздернул ей голову и ударил точно в горло. Потом он оттащил мертвое тело в кладовую, прикрыл дверь и пошел направо.

Поднявшись по лестнице, Идасси осторожно заглянул за дверь и увидел стражника, который ходил назад и вперед, мимо лестницы и по двум коридорам. Дверь в коридор была отделана сверху дорогим деревом, резанным в виде плодов и листьев. Идасси взобрался поверх двери и стал ждать.

Едва только стражник, напевая, прошел через дверь, Идасси спрыгнул на него сверху и ударил в загривок мечом. Стражник упал и умер, но так как он упал на толстый инисский ковер, шума было совершенно не слышно.

Тем временем судья и Ланна продолжали беседовать с государем Инаном. Они велели принести найденный у юношей мешок с драгоценностями и, вынув его из корзины, рассыпали украшения на столе. Ланна мечтательно перебирал золото и камни, а судья говорил:

— Я бы очень хотел узнать, у кого ты украл это золото. Ведь если эти люди не подали на тебя жалобы, они не подадут ее и сейчас. Нам же ты укажешь имена, с которых мы еще вполне можем поживиться.

— Эти люди остались в столице, — возразил Инан, — и вряд ли вам с них что-нибудь перепадет.

— Ну хорошо, — сказал судья, — тут ты, может, и прав. Однако, признаться, у нас в городе нет воров такого размаха, да еще и с такой внушающей расположение внешностью. Что ты скажешь насчет того, если я укажу тебе имена и дома людей, у которых денег не меньше, чем у лесного щекотунчика, а ты потом поделишься со мной половиной?

Но тут вмешался Ланна, начальник судна. Ему вовсе не хотелось, чтобы мальчишка оставался и сотрудничал с одунским судьей.

— Помилуйте, господин судья, — с досадой сказал Ланна, — ну разве этот мальчик грабитель? Во всем виноват его товарищ, тот, которого мы не успели поймать, — это мальчишка дерзкий, смелый и, судя по его повадкам, из варваров, аломов или вархов. Шон же, несомненно, даже не знал, что в корзине. Не правда ли, Шон?

Инан, потупив глаза, кивнул.

— Великий Вей, — с насмешкой воскликнул судья, — ты посмотри, Шон, как Ланна заботится о тебе. Еще немного, и он скажет, что все драгоценности принадлежали ему.

— Не очень-то он заботится обо мне, — возразил Инан, — коль скоро обвинил меня в краже пояса, который он сам мне дал.

— Ах, маленький Шон, — ответил торговец, — любовь к тебе и тревога за тебя свели меня с ума. Ты же сам знаешь, к каким безумным поступкам способны влюбленные. Я подумал о том, как мы расстаемся и как ты дальше идешь по земле один, без денег, доступный вымогательствам любого чиновника. И я подумал: обвиню-ка я мальчика в краже, а потом выкуплю заключенного на поруки. Это будет стоить мне, правда, десяти монет, внесенных в казну, и еще некоторой толики подарков моему другу судье, но зато уж теперь ему не придется скитаться одному, без опоры и защиты.

— Что значит — выкуплю на поруки? — удивился Инан.

— Вот видите, — обратился торговец к судье, — если бы этот мальчик был вором, разве он не знал бы столь общепринятых вещей?

И пояснил:

— Каждый заключенный по вынесении приговора становится казенным рабом, однако здесь, в провинции Чахар, действует закон, по которому ответчик может выкупить такого раба в личную собственность.

Тут чиновник услышал, что в дверь кто-то входит, и, решив, что это стражник, недовольно сказал:

— Ну, что тебе?

— Вы приказали разыскать второго вора, — ответил с издевкой юношеский голос, — вот я и разыскался.

Судья в ужасе обернулся, а Ланна хотел было вскричать, но так и не успел: нож, брошенный Идасси, вошел ему в грудь. Ланна булькнул и повалился на ковер.

Судья хотел было встать, но тут Идасси шагнул к нему, и тонкий кончик его меча уперся в горло судье.

— Клянусь божьим зобом, — сказал Идасси, — я не такой дурак, чтобы убивать городского судью, но я клянусь, что съем твою печень, если ты не сделаешь, как я хочу!

Судье очень не хотелось, чтобы его печень кто-то ел, и он, дрожа, произнес:

— Что же ты хочешь?

— Сейчас ночь, — сказал Идасси, — и городские ворота заперты. Во-первых, напиши записку, предписывающую стражникам открыть ворота двоим срочным гонцам.

По кивку Идасси Инан подал судье бумагу и тушечницу, и тот заполнил необходимый документ и приложил к нему печать.

— Собери наши камни, — сказал Идасси Инану, — да положи их в мешок, который у меня за плечами.

Инан исполнил требуемое.

— Эй, — тихо сказал Идасси судье, — а ну-ка вели ему не входить.

Судья испуганно обернулся к двери, желая посмотреть, о ком говорит Идасси, и в этот самый миг молодой варвар размахнулся и снес мечом голову старого судьи.

— Пойдем, — сказал Идасси, беря государя за руку, — здесь в конюшне отличные кони, и к вечеру следующего дня мы будем за границей империи.

Вот Идасси и Инан выехали из ворот судебной управы и поскакали темным городом к северным воротам.

— Как ты думаешь, стражники действительно выпустят нас по этой бумаге? — прошептал Инан.

— Должны выпустить. Тише, слышишь?

И Идасси, осторожно взяв государеву лошадь за узду, свернул в переулок. Едва они это сделали, как мимо них от городских ворот промчались три всадника: один — впереди и двое, скованных провисшей цепью, — сзади. У всадника впереди было желтое знамя, в ознаменование того, что его дело — величайшей государственной важности, и все три всадника промчались посередине улицы — там, где имел право ездить только государь, буде ему случится посетить Одун, или его курьеры. Всадники промчались по улице и свернули к управе городского судьи.

Каковы бы ни были распоряжения, привезенные всадниками, — Инана и Идасси, благодаря подписанной судьей бумаге, выпустили из города через малую дверцу, и вскоре юноши поскакали по ночной дороге, обсаженной рядами оливок. Оливки в этих местах вдоль дорог сажали специально, потому что пыль, оседающая на плодах, заставляет их созревать раньше.

К рассвету они выехали к довольно большой реке, свернули на восток и поехали вниз по течению.

— Долго ли нам еще ехать? — спросил Инан.

— Эта река называется Белка, — ответил Идасси, — и здесь неподалеку она впадает в другую реку, которая на вашем языке называется Желтая Борозда, а на нашем — Желтый Клинок; а еще через сто миль Желтый Клинок впадает в Шечен. Эта-то желтая река и есть граница империи. Через границу есть мост, который охраняет только пара сонных стражников, и если они нас не пропустят с нашей бумагой, то мы их просто зарубим. Впрочем, через реку можно переправиться и на коне. Правда, после этого начинаются ничейные предгорья, где крестьяне империи боятся селиться из-за набегов горцев, а горцы — из-за боязни набегов своих соплеменников. Но вряд ли мы встретим в этих землях имперские войска, и, если быстро скакать, мы доберемся до моста через Белку через четыре часа, а до желтой реки — через пять часов.

— Ах, — сказал Инан, — нельзя ли, наоборот, добраться до нее часов через шесть? Я устал и хотел бы передохнуть хоть час.

— Нет, государь, — ответил Идасси, — помните всадников, которых мы видели ночью в городе? Этих парней тоже пустили через городские стены ночью, и сдается мне, что они везли городскому судье приказ о нашем аресте.

— Неужели ты думаешь, что моя мачеха известила границы о моем бегстве?

— Нет, но она велела задержать двоих с такими-то приметами и приписала нам такое преступление, от которого не откупиться никакой взяткой. И она наверняка послала нам вслед отряды дворцовой гвардии, которые знают, в чем дело.

Государь замолк, и они проехали еще два часа, и еще час, а потом государь опять стал хныкать и просить привала хоть на треть часа. Тогда Идасси слез с коня, приложил ухо к земле и, послушав, сказал:

— Я слышу шум водопада и стадо коз, и за всеми этими шумами я слышу, кажется, погоню. Вперед!

Они поскакали вперед что есть силы, и вскоре подъехали к пустому мосту через Белку. Они проскакали через мост, и после этого дорога раздвоилась. Одна дорога шла обратно вдоль реки, и она была широкая и довольно плоская, а другая стала резко забирать в гору и больше походила на военную тропу, чем на дорогу.

Идасси и Инан поехали по той дороге, которая пошла между скал. Некоторое время они ехали в тени колючих деревьев, а потом тропа взошла на вершину скалы, нависшей над Белкой, и Идасси сказал:

— Смотри!

Инан оглянулся и увидел, что река внизу прыгает и бьется о скалы и по мосту через нее едут человек пятнадцать городских стражников.

— Они нас поймают, — перепугался государь.

— Вас — нет. Бегите, государь.

— Я никуда не пойду без тебя.

— Бегите, государь! Вам надо спастись!

— Что я буду делать в горах без тебя?

— То же, что и со мной! Мой дядя не посмеет тронуть вас пальцем! Вы вернетесь в империю во главе войска!

— Лучше я умру с тобой, чем стану императором без тебя.

Идасси обернулся к государю. Глаза его засверкали.

— Беги прочь, глупец, — заорал он, — ты здесь из-за меня! Я погубил тебя! Даттам не предавал тебя! Я спал с Касией! Я испугался ее убить! Я хотел твоим именем разграбить империю! Беги!

Государь побледнел смертельно. Идасси поднял хлыст и изо всей силы хлестнул его лошадь.

— Пшла!

Государь поскакал по тропинке прочь.

Идасси, улыбаясь, обернулся к преследователям. Место для защиты и в самом деле было неплохое. Неширокая тропа пролегала между рыжеватыми скалами и быстрой, шипящей над бурунами рекой. Стражникам нечего было и думать миновать Идасси: к тому же они, весьма вероятно, не подозревали еще об истинных именах беглецов и ловили всего лишь юношу, учинившего резню в покоях городского судьи.

Идасси снял с плеча лук, вынул из колчана стрелу с белыми перьями и прицелился. Как только первый из всадников подскакал на расстояние полета стрелы, Идасси спустил тетиву. Первая стрела легла хорошо — прямо в горло стражника. Преследователи завопили и опустили кожаные щитки, защищающие лицо, но тут же вторая стрела, пущенная Идасси, попала в шею коня предводителя отряда, и тот кубарем полетел на землю.

После этого стражники соскочили с коней и бросились ничком в дорожную пыль. Дважды они пытались подойти к скале, но стоило им поднять голову, как Идасси спускал тетиву, и из четырех выпущенных им стрел три приходили в цель, а из пятнадцати его преследователей в живых осталось восемь, если считать первого, который кувырнулся еще с коня.

Стражники тоже стреляли в Идасси, но не стрелами, а арбалетными шариками. Хотя у них за спиной висели луки, они, видимо, сообразили, что стрелы у Идасси кончатся, если не подкидывать ему новых.

Арбалет у Идасси тоже был, но Идасси не собирался им пользоваться. Ведь для того, чтобы зарядить арбалет, нужно куда больше времени, чем для того, чтобы положить на тетиву красно-белую стрелу, и, когда стражники бросались в атаку, Идасси успевал выпускать стрелы одну за другой, а с арбалетом он бы этого не смог. Стражникам же было неважно, с какой скоростью стрелять: все равно их было много — восемь на одного.

Так прошел почти час, и на небе уже начало смеркаться, и Идасси, радостно скалясь, подумал: «Если я продержусь еще хотя бы полчаса, им не догнать государя!»

И тут восемь оставшихся стражников поднялись и побежали в атаку. Стрелы Идасси сразили двоих, но остальные перепрыгнули через камень и бросились на Идасси. Идасси вырвал из ножен меч. Первый удар дивного меча Парчового Бужвы разрубил неосторожного блюстителя порядка от плеча и до копчика, и одна его половинка упала под ноги Идасси, а другая — под ноги его товарищам.

Идасси перескочил через камень, и двое стражников, замахнувшихся на него мечами, чуть не срубили по неопытности друг другу головы, а Идасси тем временем сделал выпад — и еще один стражник нанизался на меч, как бабочка на булавку.

Однако так как это был удар не рубящий, а колющий, меч Идасси на мгновение застрял в теле стражника, чего не стоит делать, если дерешься сразу с несколькими противниками. Идасси еле успел уклониться, как новый удар скользнул в полупальце от его головы и, будь у Идасси волосы подлиннее, непременно бы откромсал ему челку.

Тут четверо оставшихся стражников заняли правильную позицию и начали теснить Идасси, отрезав его от дороги, — и как Идасси ни пытался вывернуться, они с каждым шагом прижимали его к скале — сначала на три шага, потом на два с половиной, а потом на два, и, когда они прижали его на шаг, Идасси понял, что жизни у него осталось на полшага.

Тут один из стражников ткнул своим коротким мечом в бок Идасси, и Идасси отбил удар, и в следующее мгновение его противник повалился, хватаясь руками за горло, из которого торчала стрела, оперенная перьями зимородка, окрашенными в зеленый цвет. Это был цвет рода Дашери — рода, издавна дружественного королям вархов!

— В сторону! — вскричали сверху по-вархски.

Идасси, не размышляя, отпрыгнул, и тут же на место, где он стоял, обрушился с шумом человек в кожаных доспехах и со старой секирой в руке.

— А ну-ка, давай вдвоем смолотим это зерно! — закричал человек на родном языке Идасси.

— Убирайся, проклятый варвар, — отскакивая, закричал один из оставшихся стражников, кажется, начальник караула, — не серди империю и не защищай беглых бандитов, а иначе...

И замолчал, потому что секира в руке старого варха описала серебряную дугу и опустилась на голову начальника караула, — и это был такой сильный удар, что от него треснули завязки шлема начальника и его глаза брызнули из глазниц, а мозг — из черепа.

В следующую секунду из-за поворота дороги вылетели два десятка горских коней, и страшный крик подняли их всадники.

— Бежим, — закричали двое оставшихся в живых стражников.

Но куда там! Горцы налетели на них, как акула на морскую рыбешку, — и кто успел добежать до коня, был зарублен на коне, а кто бросился в воды реки, был застрелен в воде.

Идасси повернулся к своему спасителю и сказал:

— Ты спас мне жизнь, и отныне я твой должник в трех воплощениях, но кто ты и что ты делаешь в границах империи, на земле между Белкой и Желтым Клинком?

— Я Дар Дашери, — ответтид варвар, — старший сын и наследник Дашери. И мои люди приехали сюда поискать денег и приданого для моей сестры. И мы заловили в засаду вон того мальчика на буланой лошадке, который признал в нас вархов и закричал, что у Серого Камня бьется со стражей король вархов Идасси, который бежал из столицы. Так ли это?

— Клянусь всеми богами, — ответил за юношу один из воинов, — это действительно так. Кто служил твоему отцу, Идасси, — а я провел в его дружине пятнадцать лет, — тот признает в тебе его черты, хотя, черт возьми, этот кафтан скорее подошел бы рабу, которого держат, чтобы съесть в случае голода, чем королю вархов!

Между тем юноша, бывший на буланой лошадке, спрыгнул с нее и бросился к Идасси, и это был не кто иной, как Инан.

— Идасси! Ты жив! Ты не ранен! — закричал он, обнимая своего друга.

— Разве что самую малость задело, — проговорил Идасси.

— Как же ты бежал из столицы? — проговорил Дар Дашери. — Ведь до нас доходили слухи, что ты получил первое место на ихних экзаменах, и народ уже было испугался, что ты совсем обабился. И потом говорили, что ты очень подружился с государем Великого Света, хотя это и небольшая честь, потому что за этого слизняка, говорят, правит его мать.

Идасси отступил на шаг и сказал:

— Попридержи язык, Дар Дашери, и не губи собственного счастья! Вот император Великого Света, и, клянусь божьим зобом, если все вархи будут драться, как ты сегодня, его матери недолго править ойкуменой.

Тут люди Дара Дашери застыли как вкопанные. Потому что, по правде говоря, хотя они и презирали жителей империи за мягкое тело и слабый дух, государя Великого Света они очень чтили. И нередко, когда в их стране случался совсем уж большой неурожай, они слали послов Великому Императору, чтобы тот воззвал в храме Всех Богов к варварским богам и приказал им пролить немного дождя над страной вархов.

Правда, одновременно с посольством они слали отряды, которые разбойничали на границе. И когда их послы возвращались, они рассказывали дивные истории о Сыне Тысячи Богов, который сидит на аметистовом троне посреди залы Ста Полей и приказывает цветам распускаться, а птицам — спариваться и вить гнезда.

И сейчас эти бесстрашные воины, которые не испугались бы поиграть в пятнашки с привидением или упырем, попадали на одно колено, а кто-то и вовсе распростерся на земле крыжом.

— О великие боги, — вскричал Дар Дашери в ужасе от того, что назвал императора Великого Света слизняком, — слушай, Идасси, мне надо сейчас заколоться или можно сначала попрощаться с семьей?

— Успокойся, Дар, — сказал Идасси, — государь не знает нашего языка и не слышал твоих слов, но пусть такая глупость будет последней.

Потом обернулся к воинам и воскликнул:

— Вставайте, друзья, нечего валяться, как кошка перед котом! Надо как можно быстрее убраться с земли империи. И не жалейте о неразграбленных деревнях и нетронутых караванах — клянусь всеми богами, вы возвращаетесь с такой добычей, которая стоит больше всего золота Шакуника!

Мигом варвары вскочили в седла, а Дар Дашери подвел своего коня государю Инану и сказал:

— Ваша Вечность! Это лучший конь, который есть в моих конюшнях, — садитесь на него, а я позаимствую лошадку из запаса.

Через пять минут двадцать всадников мчались по темнеющей тропе. Сердце Идасси пело. Расстояние тоньше куриного хвоста отделяло их от границы империи, от слияния Белки, над которой они ехали, с рекой, которая на языке вархов называлась Желтый Клинок, а на языке империи — Желтая Борозда. Вряд ли кому-нибудь придет в голову высылать вторую партию стражников, пока не вернулась первая. С двумя десятками вышколенных людей Дара Дашери ему не страшны все стражники границы, а с тысячью таких десятков ему не страшны все воины империи!

Идасси поравнялся с государем и тихо сказал:

— Благодарю вас, государь, что вы вернулись мне на помощь, но вам не следовало подвергать свою жизнь опасности. Надо было приказать Дару Дашери возвращаться в горы, а не бросаться вспять.

— Как я мог поступить иначе? — сказал государь. — Я уехал только из-за твоих слов, но потом я сообразил, что ты мне солгал. Ты солгал для того, чтобы я мог спокойно бежать, не правда ли?

— Да, государь, я солгал, — отозвался Идасси.

Они проскакали еще три мили, то между скал, то между деревьев, и вот, когда солнце уже садилось, горная дорога сделала еще один поворот, и перед Идасси открылись Опаловые Горы.

Далеко-далеко, там, где земля поднимается к небу, стояли белые вершины, облитые солнцем и снегом, похожие на только что родившихся ягнят и на свежие шкурки горностая; ближе шли черные ущелья и багровые скалы, чуть в стороне стояла круглая гора, вся поросшая лесом и удивительно напоминавшая перевернутый кувшин для масла. Еще ближе багряные скалы рассекало ущелье, прямое и отвесное, как клинок, — и в глубине этого ущелья по камням прыгала взбесившаяся река, и над рекой, в ослепительной высоте, на семи цепях лежал Висячий Мост, тонкий, как луч света, связывающий тот мир и этот.

Обыкновенно перед Висячим Мостом в будке караулили три инвалида, которые брали деньги с контрабандистов и убегали при виде варваров.

Но на этот раз, когда варвары выехали на широкий, чуть покатый склон перед мостом, они увидели, что у первой пары опор, к которым подвешены цепи, стоят тридцать всадников в зеленых плащах и на отличных конях и человек во главе группы держит длинное копье с зеленым, свисающим до земли значком — значком храма Шакуника.

— Это боевые монахи! — удивился Дар Дашери.

— Чего это они так рано пожаловали? — спросил один из воинов. — Мы же еще не пересекли границу.

Дело в том, что монахи-шакуники частенько узнавали, черт их знает как, о набегах вархов и перекупали у вархских воинов награбленное.

— Эй, почтенные, — закричал Дар Дашери, подъезжая к монахам чуть дальше, чем на расстояние полета стрелы, — что вы здесь делаете? И не дадите ли вы нам проехать с миром, ибо мы простые вархи, которые ездили на пир к начальнику гарнизона в Амхаре и, как видите, не прихватили с собой ни скота из соседних деревень, ни утвари из ближних храмов.

Вперед монахов выехал человек в черном боевом кафтане и с капюшоном на голове и сказал:

— Мы пропустим тебя и твоих воинов, Дар Дашери, хотя ты ехал вовсе не на мирный пир, но мы хотим, чтобы ты оставил нам вон тех двоих, в одежде вейских простолюдинов.

— Это два раба, — ответил Дар Дашери, — которых начальник гарнизона подарил мне в обмен на девицу, и с чего это я должен уступать тебе мое имущество?

— С чего ж это, Дар Дашери, ты отдал рабам лучших коней в отряде? Оставь этих двоих и мирно езжай, если не хочешь, чтобы твоя жена стала вдовой.

Тогда Идасси, подбоченясь, выехал вперед и спросил:

— Ты кто такой, что гавкаешь на благородных баронов?

— Или ты не узнаешь меня, Идасси? Или ты забыл, как принес ко мне труп Шареи?

С этими словами всадник скинул капюшон, закрывавший его лицо, и Идасси ахнул.

— Даттам! Как ты сюда попал?

Даттам всего три часа как прискакал на границу дорогой, шедшей по соседнему ущелью. Он вовсе не был уверен, что не опоздал, и успокоился только полчаса назад, когда дозорный на той стороне ущелья, вооруженный одним из изобретений храма — стеклом, позволяющим видеть на дальние расстояния, — замахал красным флажком.

— Или я не колдун? — усмехнулся Даттам.

— Слушай, Даттам, почему бы нам не заключить союз? Ты дашь нам проехать, а мои воины не тронут твоего храма и приведут к тебе министра Руша в собачьем ошейнике.

— Я не дам тебе бежать. Либо ты и государь сдаетесь мне, и тогда мы поговорим о будущем, либо от всего вашего отряда не останется даже куска мяса. Я не допущу варваров грабить империю.

— Еще бы! — рассмеялся Идасси. — Тебе хочется сделать это самому!

— Как вы смеете нас задерживать, Даттам, — вскричал государь, — десять лет вы учили меня и так и не выучили свободе, и вот теперь, когда появился человек, который подарил мне свободу, вы накинулись на него, как голодный шакал? Или вы забыли, что вам сказало привидение?

— Государь, идите ко мне, и поговорим. Но клянусь вам — стоит вам попытаться атаковать нас, и я обрушу на вас скалы и землю и превращу воздух вокруг вас в огонь!

В это время один из спутников Даттама подъехал к нему и сказал:

— Господин Даттам, дозорный машет флажками, что к нам скачет человек двести отборной стражи, и не пройдет и трети часа, как они будут здесь. Кто их знает, кого они посланы схватить, вас или государя, — но не лучше ли действительно убраться на ту сторону Висячего Моста с этими варварами?

— Я совершил глупость, — ответил Даттам, — и я за нее отвечу, но, клянусь Великим Веем, я не допущу, чтобы эти двое вернулись в империю с ордами вархов! Ты слишком молод, послушник, и ты не видал варваров в пределах империи, и разбойников, и крестьянских бунтовщиков, и всякую нечисть, которая лезет из щелей мироздания, как только в ойкумене начинается смута! В молодости я видел восстание. От моих приказов матери ели детей от голода, а ручьи выходили из берегов от сваленных в них трупов, и больше я не буду пособником таким вещам.

И тут Даттам приподнялся на стременах и закричал:

— Я, государь, отвечу за все преступления, которые я задумал, но что думали вы, когда предавали империю, едва варвар-любовник поманил вас пальцем?

Дар Дашери и его воины ахнули. Западные ласы, в отличие от большинства варварских народов, считали блуд между мужчинами делом весьма гнусным, и бегство двоих юношей мигом представилось воинам рода Дашери в новом свете.

— Ты лжешь, поганая тварь, — закричал Идасси, — и я вобью твою ложь тебе в глотку!

С этими словами Идасси поднял лук и выстрелил, однако стоявший рядом с Даттамом послушник заслонил того щитом — стрела вонзилась в щит, одна и вторая. Идасси закричал:

— Вперед! Это всего лишь дебелые монахи, изнеженные, как каплуны! Прорвемся!

Варвары поскакали к мосту, конь Идасси летел первым. «Сейчас я поквитаюсь с тобой, проклятый колдун!» — подумал Идасси.

И тут под копытами варварских коней как бы разверзлась бездна, и в этой бездне Идасси увидел ярусы мира и отблески подземного огня, в котором жарят предателей и ростовщиков. Кони встали на дыбы.

Над Висячим Мостом вырос гигантский желтый клинок и перерубил мост так же легко, как Идасси перерубил бы глиняное чучело, — балки и цепи полетели вверх, словно комья грязи, из ущелья рванули огненные молнии, и скала справа от варваров покачнулась и рассыпалась, словно это была не скала, а кучка гусиного пуха. А было ли то колдовство Даттама или знания его храма — кто уж тут разберет?

Идасси вместе с конем подняло и швырнуло, как пушинку. Мир на мгновение потемнел, а когда Идасси вскочил на ноги, он увидел, что почти все люди Дара Дашери мертвы или ранены и только несколько отставших теснятся в ужасе от ущелья. Остатки моста свисали с обоих его концов, как лапша свисает со стенки котелка.

Среди отставших был и государь — он, конечно, вовсе не бросился в атаку, но Идасси на мгновение заметил боль в его глазах, и по тому, как государь прижимал к груди правую руку, Идасси догадался, что его друг ранен. А еще, оглянувшись, Идасси заметил далеко внизу у поворота тропы стройную колонну закованных в кожу и железо всадников и понял, что их наконец настигла погоня, посланная государыней Касией.

Тут что-то блеснуло в воздухе. Идасси отскочил в сторону, и секира, брошенная Даттамом, вонзилась в скалу в то самое место, возле которого Идасси стоял, отскочила и упала бы на землю, если б Идасси не поймал ее за рукоять. Тут же Идасси кинул секиру обратно. Он целил в Даттама, но промахнулся — покатое, как край луны, лезвие секиры ударило между глаз коню колдуна. Удар был такой силы, что прорубил железный налобник, конь Даттама всхрапнул и стал падать, но раньше, чем он свалился на землю, Даттам спрыгнул с седла и выхватил из-за спины меч.

Идасси покрепче перехватил в руке подаренный ему государыней меч и шагнул к колдуну.

— Вот мы и встретились с мечами в руках, колдун, — сказал Идасси, — как нам помешали в дворцовом саду, и, клянусь, на этот раз ты не обманешь меня своим раздвоенным языком!

Даттам молча бросился на Идасси, и мечи обоих противников скрестились в воздухе.

Даттам был отменным бойцом — он дрался в восстаниях и войнах, на равнинах и в горах, на земле ойкумены и за краем мира. И хотя последние несколько лет он жил в основном в столице, меняя любовников обоего пола и колдуя над зельями и уравнениями, он ежедневно упражнялся с мечом и обливался холодной водой, и он не утерял своей страшной силы, доставившей ему победу в стольких поединках.

Идасси, с мечом в правой руке и коротким кинжалом в левой, едва выдерживал его натиск. Он был оглушен взрывом, руки его были исцарапаны острой каменной крошкой, на которую его бросила взрывная волна, и вдобавок на нем не было доспехов — малейшая оплошность могла стать для него роковой. Спустя короткое время Идасси понял, что ему и думать нечего атаковать Даттама, все его силы уходили на то, чтобы отражать удары огромного меча, приспособленного как для правой руки, так и для левой.

Он даже не имел мгновения оглянуться и посмотреть, что делает государь — попался ли он погоне или догадался в общей суматохе броситься в ущелье и плыть на тот берег. В одиночку государь, конечно, не выжил бы, спрыгнув с такой высоты в горную реку, но если бы он доверился коню, конь бы мог его спасти. Конь этот был специальный, разбойничий, разумный. Этого коня учили прыгать с высоких скал и не ржать в засадах, когда скрываешься от погони, он бегал быстрее зайца и ловчее гепарда, и он мог преодолеть ущелье даже без Висячего Моста и принести своего нового хозяина к замку рода Дашери — если бы только хозяин не струсил.

Даттам наконец прижал Идасси к самой скале. Взмах — и клинок Даттама прочертил огненную полосу на камне, там, где только что была голова Идасси. Еще один взмах — и меч Даттама сбил ветку куста с застрявшими в ее развилках кусочками глины и камня от взрыва, а Идасси перепрыгнул через куст и вновь остался жив. Даттам нанес рубящий удар сверху вниз — его чуть утяжеленный на конце клинок был выкован именно для этих ударов, — но Идасси успел отразить его мечом и, коротко размахнувшись левой рукой, ударил Даттама в горло кинжалом. Колдун подставил руку, кинжал лишь неглубоко вонзился в налокотник, и новый рывок руки Даттама едва не выворотил кинжал из пальцев Идасси.

Поединок продолжался уже немало времени, и Идасси, к радости своей, почувствовал, что его грозный противник начинает уставать. Взмахи меча становились все медленней, кольчуга, от которой колдун явно отвык, сковывала его движения, и под теплым войлоком, устилавшим ее изнутри, с Даттама градом катился пот. Юноша-варвар, наоборот, все больше приходил в себя, жара не мешала Идасси так, как закованному в доспехи Даттаму, и теперь уже молодой король теснил своего противника к краю ущелья.

В бешенстве Даттам потерял осторожность и, вскрикнув, поднял меч обеими руками. Первый его удар Идасси отбил; колдун раскрылся, и Идасси увидел как бы со стороны сверкающий взмах своего клинка и гнущиеся от удара кольца Даттамовой кольчуги. Однако кольца выдержали. Идасси снова поднял меч.

И тут Идасси почувствовал, как откуда-то сзади его бок разрывает острая сталь. В первую секунду растерянность была даже сильнее боли — Идасси и думать не мог, что в их поединок вмешается кто-то еще. Среди варваров правила поединков блюлись строго, и не один король или барон, знавший, что его войско разбежится от такой подлости, предпочитал погибнуть в поединке и передать своих воинов своему сыну, нежели обесчестить род, дав оруженосцу или товарищу знак зарубить противника.

Но Даттаму не было дела до правил честного поединка. Он хрипло рассмеялся и опустил меч, и в следующее мгновение, собрав все силы, Идасси нанес последний удар, в тот же левый бок, где только что побывало его лезвие. На этот раз ослабевший металл не выдержал. Идасси увидел сыплющиеся вниз кольца Даттамовой кольчуги и свой клинок, скользящий в окрасившемся кровью войлоке.

Даттам упал на колени. Новый удар, опять сзади, швырнул Идасси лицом в каменную крошку. Идасси еще успел приподняться и услышать хриплый шепот Даттама, обращенный к подбежавшему монаху:

— Убей его! Или он погубит весь храм!

А потом тяжелый сапог с узором из листьев аканта — такие сапоги носили «парчовые куртки» — ступил на песок рядом с Идасси, и чьи-то руки грубо выдернули из спины меч, тут Идасси потерял сознание.

* * *

Идасси очнулся нескоро, а очнувшись, увидел, что лежит на белой постели в небольшой комнатке с железной решеткой на окне. Идасси удивился, что у комнатки тростниковые стены, но потом по мерному покачиванию пола понял, что его везут на лодке. Он попробовал руки — руки его были скованы, и цепь уходила к большому железному кольцу в стене, а другая цепь обнимала его поперек туловища.

Он лежал на животе, а не на спине, ибо именно в спину были нанесены погубившие его удары, и Идасси подумал, что, когда он в скором времени предстанет перед богами и предками, ему будет трудновато объяснить, с чего это хороший воин был ранен в такое непотребное место, как спина. Идасси вспомнил, что воины с ранами на груди отправляются на небо, где едят и пьют в свое удовольствие и тискают небесных дев, а воины с ранами на спине и старухи отправляются в этакое замерзшее болото, расположенное далеко на севере, и он с беспокойством подумал, что как бы его по неразборчивости не определили в это болото.

* * *

Как мы уже сказали, государь Инан в этой стычке почти не пострадал — ему только слегка оцарапало руку. «Парчовые куртки» набросились на него, скрутили и уволокли. В столицу его привезли через десять дней, и он не мог сказать, чтобы с ним обращались много хуже, чем всегда. Его отвели в один из дворцовых павильонов и приставили к дверям стражу, и не успел государь прийти в себя от путешествия, как дверь комнаты распахнулась и вошла государыня Касия.

Государыня Касия остановилась перед сыном и заговорила:

— Ну, и кто же вам помог бежать и откуда вы раздобыли подорожные?

Государь опустил голову и ничего не ответил.

— Отвечай, глупый щенок, или я велю тебя вздернуть на дыбу!

Государь испугался и пробормотал:

— Нам никто не помогал, кроме одного разбойника по имени Рагон Сушка, который заловил нас в лесу и хотел убить, но, узнав, кто мы такие, сопроводил до Шечена.

— Лжешь! Подорожными вас снабдил Даттам! Он намеревался устроить вам побег в свой заветный Варнарайн, где у него больше всего сил и сторонников, а когда он понял, что вы его обманули и сбежали в другую сторону, он кинулся за вами!

Тут государь заплакал и во всем признался: и как Даттам показал ему привидение, и как Идасси разбудил его ночью, и как они ехали лесами и реками в Опаловые Горы, и как дикий варвар Дар Дашери, едва признав в нем государя, распростерся перед ним в пыли.

Государыня уперла руки в бока и со злобой вскричала:

— Славных же я детей народила от этого червяка Неевика! Один чихает и кашляет с тех пор, как появился на свет, а другой, стоило любовнику поманить его пальцем, готов обратиться за помощью к варварам, растоптать в пыли империю, выше которой нет ничего на земле и на небе!

— Мы не любовники! — закричал государь.

— Ах не любовники? — изумилась женщина. — Тогда тем более ты глупец.

И, хлопнув дверью, вышла.

— Мама! Мама! — отчаянно закричал вслед Инан.

* * *

А Даттам, как мы помним, тоже был ранен, но не так серьезно, как Идасси, хотя нельзя сказать, что это было таким уж преимуществом. Ведь как только тюремщики убедились, что настоятель храма Шакуника жив и умирать до того, как его положат на плаху, не собирается, они посадили Даттама в довольно-таки смрадный каменный мешок, где он целые дни лежал на гнилой соломе, не двигаясь и закрыв глаза.

Недели через две его рана нагноилась, и тогда его перевели в клетку посуше, а еще через день его навестила государыня Касия.

— Мой сын все рассказал мне, — сказала Касия, — и историю с привидением, и как вы настраивали против меня маленького короля вархов. Мы допросили двоих послушников, которые помогали вам в деле с привидением, и я хочу узнать: зачем вы пошли на это?

— Я — хороший хозяин, — ответил Даттам, — и поэтому у храма много золота. А Руш — плохой министр, и поэтому в стране золота мало. Я боялся, что рано или поздно Руш разорит храм, чтобы прикрыть его деньгами свое казнокрадство.

— Не вали все на Руша, Даттам!

— Тогда мне больше нечего сказать.

— Скажи хоть что-нибудь в свое оправдание.

— Я поймал Идасси и государя. Если бы не я, толпы варваров бы сейчас хозяйничали в провинциях, по всем округам бы пылали управы, подожженные крестьянами, а чиновники бежали бы из столицы в лагерь изменников.

— Почему? Или в молодости ты сам не жег управ?

— Что было, то прошло, — ответил Даттам, — и я не мог отдать ойкумену на поток и разграбление.

— Что же ты за это просишь?

— Государыня! Помилуйте сына. Ведь он был самой невинной игрушкой среди всех, кто замешан в этом деле, а казнь его огорчит народ, который даже не слыхал о его бегстве.

— А о чем ты просишь еще?

— Пощадите храм, государыня. Ни один из его монахов не виновен в задуманной мной измене, а гибель храма и отмена его денег обернется катастрофой не меньшей, чем вторжение варваров.

Государыня усмехнулась и промолвила:

— Я посоветуюсь об этом с моим министром Рушем.

И когда она вышла, старый колдун заворочался на своей лежанке и закричал великим криком, так громко, что даже в соседнем каменном мешке глухой старик, посаженый туда еще двадцать лет назад за грабежи и разбои, изумился и вытянул голову: потому что первый раз за двадцать лет ему послышался какой-то звук.

Идасси мало что помнил из времени своего переезда обратно в столицу. По прибытии его отвезли в дворцовую тюрьму и держали там на постели в железе. Несколько раз к нему приходили доверенные лица Руша снимать показания и угрожали пыткой. Но то ли они боялись ее применять, оттого что раненый был слишком слаб, то ли им это запретили, — словом, они не пытали Идасси, а только спрашивали, и Идасси по вопросам заметил, что им уже во всем признались, и притом не только государь, но и Даттам, а Даттам был не такой человек, чтобы признаваться в своих преступлениях без очень жестоких пыток. Сам же Идасси только ругался или молчал.

Но вот постепенно раны Идасси стали заживать, ему становилось все лучше, и наконец в камере Идасси убрали постель и положили узника на солому, как полагается. А еще через день дверь темницы отворилась. Идасси напрягся в ожидании писцов, но в проеме двери стояла узенькая женская фигурка с зеленоватыми глазами и чудными шелковистыми волосами.

В руках государыня Касия держала фонарь в форме поникшего цветка орхидеи, и яркий свет от этого фонаря словно собирался в складках серовато-жемчужного ее платья и отражался от серебряного шитья на носках замшевых туфелек.

Государыня остановилась над Идасси и сказала:

— Сегодня я подписываю приказ о казни Инана, Даттама и тебя. Хочешь ли ты мне что-нибудь сказать?

Идасси молчал.

— Бедный маленький варвар, пропустивший свое счастье, — продолжала государыня, — это Даттам сбил тебя с толку, и, клянусь Великим Веем, он заплатит за это со всеми процентами и пенями, которые он так любит взимать со своих должников! Это Даттам говорил, что я не люблю тебя. Без него ты бы слушался не чужого ума, а собственного сердца, и ты бы понял, что нет на свете любви сильней, чем любовь стареющей женщины к юноше, подобному тебе.

Идасси ответил:

— Для воина нет ничего дороже славы, а слава — это песня, которую споют о воине после смерти. Или ты пустила бы меня дальше своей постели? Или ты послала бы меня на границу защищать империю? Никто не споет песню о любовнике старухи, посмешище своего рода! Но песня о молодом короле, который бежал вместе со своим другом и которого казнили за любовь к добыче и преданность императору, — это будет хорошая песня! Не хуже песни о короле, завоевавшем империю.

— И тебе не жалко, что ты променял мою постель на плаху?

— Плаха лучше твоей постели, женщина! Посмотри на себя в зеркало! Ты годишься мне в матери! Пусть с тобой лежат дворцовые чиновники, тискают увядшие груди в надежде заполучить хлебную должность!

Краска сбежала с лица государыни.

— Маленький негодяй! — вскричала она. — Каждое твое слово будет стоить тебе лишнего часа пыток!

— Что же, — усмехнулся Идасси, — это-то и означает, что я прав.

Государыня в сердцах швырнула на пол фонарь и вышла вон.

В это время в народе распространился слух, что во дворце что-то неладно. Никто из низших людей не видел государя на церемонии Семи Зернышек. Слухи густели, густели, и кое-кто начал открыто поговаривать о том, что наставник государя, Даттам, зарезал молодого государя и подменил его барсуком. Барсук принял государеву личину и совершал самые гнусные поступки.

Но на этом шакуники не остановились и решили извести государыню колдовством, которым они владели в совершенстве. В платье государыни нашли зашитую лягушачью лапку. Под окнами откопали истыканного иголками ихневмона. Из-под ножки стула в зале Ста Полей извлекли злокозненный амулет.

Народ волновался, требуя расправы над шакуниками. В конце концов заговорщиков схватили. Казна вздохнула свободней, получив не менее трехсот миллионов, а всем остальным завладел народ.

Что же до банкнот банка Шакуника — то все обязательства по их обмену взяла на себя казна. Правда, в связи с этим была такая паника, что многие, далеко отстоящие от власти, продавали их буквально за гроши. Помощник министра финансов Чареника и первый министр Руш через подставных лиц скупили много таких дешевых билетов и выкупили их потом в казне по полной стоимости. В то время возникло даже выражение «взятка билетами Шакуника», то есть взятка такими деньгами, из которых нижестоящий даритель вовсе не может извлечь никакой пользы, а вышестоящий, наоборот, может.

Вот минула еще неделя, и месяц, и другой, и Идасси по-прежнему лежал в камере, как волчонок, зализывающий раны. Никого к нему не пускали, кроме писцов и палачей, и теперь эти люди, добывая из него показания, обращались с ним как нельзя хуже, так что Идасси приучился вздрагивать и сжиматься в комок, когда слышал шум открываемой двери.

От него совсем не требовали, чтобы он рассказывал о собственных планах, а все время настаивали, чтобы он признался в сообщничестве с заговорщиками-шакуниками, и в конце концов Идасси подписал все, что они хотели. После этого Идасси переодели в чистое платье и перевели в более светлое место, и по этим признакам Идасси догадался, что его скоро казнят.

А на следующую ночь он проснулся оттого, что в его камере ярко горел свет, и, открыв глаза, он увидел, что в его ногах стоит государыня Касия и держит в руке фонарь в форме лотосового цветка.

— Ты сказал мне слова, которые женщина вряд ли забудет, — промолвила Касия, — и получил за эти слова сполна. И все же я исполню любую твою просьбу, не считая, конечно, просьбы о помиловании.

Идасси помолчал и сказал:

— Самая страшная доля для человека — умереть без наследников. Тогда душу его топчут в аду, как траву, а род его засыхает, как разбитое молнией дерево. Мне семнадцать лет, и у меня нет ни сына, ни брата. Прошу тебя — вели привести мне женщину из веселого дома, чтобы я мог оставить в ней свое семя.

Тогда государыня чуть заметно усмехнулась и положила руку на свой едва округлившийся живот.

— В этой просьбе нет надобности, — ответила государыня. — Через пять месяцев у тебя будет ребенок, и уж теперь-то точно судьба его будет счастливей судьбы Инана.

С этими словами государыня нагнула голову и вышла из темницы, а Идасси закрыл глаза и лежал, не шевелясь.

***

Через пять месяцев после казни Идасси у государыни Касии родился ребенок, и это был мальчик. У него были темные глаза и удивительные волосы, которые казались черными в полночь и красными в полдень, как и у многих, принадлежавших к королевскому роду вархов.

Когда государыня Касия умерла, мальчику было десять лет. Молодой государь Варназд относился к брату с заметным расположением. Тот окончил Лицей Белого Бужвы, стал чиновником продовольственного ведомства и впоследствии занимал достаточные посты, однако в жизни его не было ничего замечательного.

Оглавление

Литературно-художественное издание

Юлия Латынина

ДЕЛО О ЛАЗОРЕВОМ ПИСЬМЕ

Издано в авторской редакции

Ответственный редактор *С. Рубис*
Художественный редактор *Н. Никонова*
Технический редактор *О. Куликова*
Компьютерная верстка *Т. Комарова*
Корректор *В. Авдеева*

ООО «Издательство «Эксмо»
127299, Москва, ул. Клары Цеткин, д. 18/5. Тел. 411-68-86, 956-39-21.
Home page: **www.eksmo.ru** E-mail: **info@eksmo.ru**

Подписано в печать 06.04.2007.
Формат 84×108 1/32. Гарнитура «GaramondNarrow».
Печать офсетная. Бумага тип. Усл. печ. л. 23,52.
Тираж 10 100 экз. Заказ № 7394.

Отпечатано в полном соответствии
с качеством предоставленных диапозитивов
в ОАО «Можайский полиграфический комбинат».
143200, г. Можайск, ул. Мира, 93.